冒険の森へ

傑作小説大全

11

復活する男

集英社

冒険の森へ　傑作小説大全11

復活する男

目次

ショートショート&ショートストーリー5編

短編6編

装幀／菊地信義　装画／小山進

復活する男

ショートショート&ショートストーリー

使者

星新一
Hoshi Shinichi

一台の円盤状の物体が飛来し、地球上に着陸する。人びとの見まもるなかでドアが開き、宇宙人がひとり、にこやかな表情と動作で出てくる。外見は地球人と似ている。みなの緊張がほどける。

だが、つぎの瞬間、予想もしなかったことが起る。円盤が爆発し、宇宙人のからだが四散。もちろん即死。青ざめる関係者たち。

「なんということだ。この宇宙人の星のやつらは、事故だと信じてはくれまい。連絡の途絶で、われわれにやられたと判断するだろう。そして、地球を野蛮な星と思い……」

こうなったからには、対策はただひとつ。なかったことにする以外ない。宇宙人なんか来なかったのだ。だれも円盤など見なかったのだ。爆発などなかったのだ。

あたり一帯が徹底的に調査され、破片がひとつ残さずしまつされ、放射能は中和され、事件のあとは完全に消される。さらに報道管制。このことが一般に知れたら、社会不安で大混乱が発生するだろう。

問題は目撃者たち。みな神経科の病院へと隔離される。暗示療法。あれは悪夢だったのだ、あなたの狂気の幻影だ、忘れるのです。そして、正常にもどりなさい。忘れるのです。

やがては最高責任者さえも、あれは幻覚だったという気分になってくる。

すべてが忘却のかなたに去ったころ、一台の円盤が飛来し着陸し、にこやかな宇宙人が出てきたとたん、それが爆発する……。

スタイリスト

城昌幸
Jo Masayuki

或る、夏の暑い日だった。

松葉牡丹の赤い花を見た時、わたしは、わが友、R・R氏を思い出した。

R・R氏は、三年ほど前に、自殺して既に此《こ》の世の人ではない。自殺の理由は明らかにされていない。それについての遺書が、無かったからだ。唯《ただ》、一通、残された書面に、R氏は、自分の墓場の設計だけを、至極、入念に認《したた》めて置いた。

それに依ると、R氏は、或る共同墓地の一劃《いっかく》に、百坪ほどの地面を購い、くちなしの花で四方の垣根を作り、中の空地には、十文字の鋪石《しきいし》路を設け、余の全《すべ》ては挙げて、松葉牡丹の花を植えこんだものだ。

右の隅、鋪石路に、石作りのベンチが一ツある。

R氏の墓は、こういうものだった。つまり何処《どこ》にも墓石はなかった。墓の無い墓地である。では、亡骸《なきがら》は、何処へどうしたのか、というと、焼いて灰にして、それを松葉牡丹の地面へ撒いてしまったのだ。

「おれの命日は……」

R氏は、生前、云ったものだ。

「この墓場へやって来て、ベンチに腰掛けて、何となくおれのことでも思い出してくれればいいよ」

R氏は、夏に死んだ。

生垣の、くちなしの花も、松葉牡丹の小さい花も、夏咲く。それ故、彼の命日の頃は、その墓場は美しい装いに包まれる。

行って見よう——墓参しよう、と、わたしは、不図《ふと》、思い付いた。もう暫《しばら》く、行ったことがない。たまには、この風変りな亡友を思い出すのも悪くはない。

R氏は、既に記した通り、理由を余人に明かさないで自殺するほどだから、その為人《ひととなり》も世の常の人間とは非常に変っていた。——だが、こういう風に、非常に変っていた、などという言葉を用いると、人は、R氏が、エクセントリックなのだろう、と思いたがるだろうが、そうではなかった。

彼は、却《かえ》って、驚くべき規帳面《きちょうめん》だった。彼の家は、その書斎は、何時《いつ》、行って見ても、きちんと整頓されていた。机の上は、綺麗に片付けられ、本棚は、図書館以上に整理されて、右から何番目には何時でも同じ本が指摘されるほどだった。

生活は、模範的だった。朝の起床時間から就寝まで、一年中、些《いささ》かの狂いもなかった。そうだ。こういうことが云える。R氏の人生は、全て計画されたものだ、ということが。それは、人造人間のように、歯車のように、進行した。

この、狂いの無い規帳面ということは、逆に、彼をして風変りに思わせるのだった。彼は世間から離れて、孤独な暮らしをしていたので、この態度は、偏窟にさえ思われた。

R氏は、生涯、独身だった。

女ぎらい、というわけではなかったが、妻を持つ気はなかった。妻を持つことは、自分の生活が乱される——その規帳面さに、ひびが入るという懸念らしかった。

彼は、或時、こんなことを、わたしに語ったものだ。

「おれは、自分の生涯を、自由に送って来た。万事、予定通りに運んだ。もう、そろそろ、人生を、すませてもよい頃だと思う。生きて来たことを自由に扱ったのだから、死ぬことも亦《また》、計画通りの、自分の自由にしてもよいだろうと思う」

或は、彼の自殺の原因は、朧気《おぼろげ》ながら、こんなところに伏在しているかも知れない。こうした気質の男だから、彼は、有数のロマンチストだった。夢を見て、夢の果に死んだのであろう。

この気質のせいか、彼には、多分にダンディな傾向があった。お洒落で、芝居気があった。つまり、彼は、自分の性向の赴くままに人生のディレッタントとして、その生涯を費消したのだ。抜群の気取り屋なのだ。

死も亦、彼に取っては、一つのスタイルであったらしい。自殺は、一つの気取りだ。

こんなことを考えながら、その暑い日、わたしは、R・R氏の墓参りに出かけた。自分の生涯を、計画した男の墓地を訪れた。

……近づくと、白い、くちなしの花の芳香が、もの懐しく鼻をつく。生垣を廻って、入口から、彼の「墓地」へ足を踏み入れると、一面に、鋪石を除いた地面一杯に、赤に、黄に、白に紫に、松葉牡丹が、今を盛りと咲き乱れていた。

「綺麗だなア！」

わたしは、思わず見とれた。自分も死んだら、こんな墓が欲しいとさえ思った。

と、わたしは、例の石のベンチに、水色の洋装で、日傘をさした女が一人、物思わし気に腰かけているのを発見した。

誰だろう？　R・R氏には恋人はなかった筈《はず》だが？　それとも、秘密の恋人があって、彼女は、この墓地を、昔を回想しつつ彷徨しているのであろうか？――美しい幻想だ、と、わたしは、こんなことを考えながら、ともかく、失礼を顧ず、好奇心から、その女に訊ねた。

「御親類の方ですか、R・R氏の？」

「いいえ」

「どうして、ここに来られたのですか？　ご散歩ですか？」

「いいえ。わたしは、Rさんの家から頼まれて、御命日には、このベンチに腰かけて居てくれと云われて……何でも死んだRさんの御遺言なんだそうです」

「頼まれて？　このベンチに？」

「この洋装も、今日一日、貸していただいているのです」

「あッ!」

途端に、わたしは、R・R氏の計画を、その夢を理解した。

くちなしと松葉牡丹の花園のベンチに、日がさをさした、この水色の洋装の女がいる姿は——

実に、美しい一幅の名画だった。

ロマンチスト、R・R氏は、自分の死後の墓の舞台装置まで予《あらかじ》め考えていたのだ。

R氏よ、君の思いつきは成功したぞ! とわたしは心の中で叫んだものだ。

雇われた点景人物の、その女は、ちらり、と腕時計を見て、低声で、後一時間、と、呟くと、ハンカチで鼻の汗を押さえた。

拾得物

眉村卓
Mayumura Taku

タクシーを降りてみると、もう真夜中近く、あたりはしんと静まり返っていた。

彼は、ポケットに手を突っ込み、口笛を吹きながら、自分のアパートへと進み始める。

だいぶ酔っていた。

学校の先輩でもある係長に誘われて、何軒か、はしごをやったのだ。

でも、飲んだわりには、それほど気分はよくなかった。と、いうのも、係長の話ときたら、はじめから終わりまで、会社員としての心得や、社内の派閥や、彼が入社する前の会社のようなどの――要するに、仕事に関する事柄ばかりだったのである。

おまけに、

「きみは、気が弱くていけない。いいたいことはちゃんというべきだよ。今みたいなことをやっているから、八方美人だなどといわれるんだ」

と、繰り返し文句を言われたのだ。

むろん、彼だって、自分がまわりのみんないることに、当の係長の顔色をうかがってばかりいるのを、知っていた。知ってはいたが、そうするよりほか、なかったのだ。何せ、係長というのは、部下に反抗を許さぬタイプの人間で、へたにさからったりしたら、どんなにイビられるかわからない。

そんな人間のくせに、もっと自己主張をしろと訓戒を垂れるなんて！

身勝手にも、ほどがある。

思い出せば、思い出すほど、腹が立ってくるのをおぼえながら、彼は、一歩また一歩とアパートに近づいて行った。

カラン、と、音がした。

足が、何かを蹴飛ばしたのだ。

それも、かなりの重さのある、金属製の物体のようである。

彼は、からだをかがめて、それを拾いあげた。

重い。

四キロか五キロぐらいはある、へんな格好の……。

彼は、息をのんだ。

拳銃だ！

いや、普通の拳銃ではなかった。銃身が細く長くにぎりの上の部分がいやに大きい、見なれぬ武器なのだ。

これは何だ。

なぜ、こんなものが、こんなところに落ちているのだ？

ともかく警察に届けた方がいいと判断した彼は、その武器をかかえあげると、ふらふらした足どりで近所にある派出所へむかった。

派出所のあかりはともっているが、中には警官の姿がない。

彼は、中にはいって待つことにした。

けれども、どういう加減か、十分たっても二十分たっても、警官はいっこうに戻って来ないのである。

これ以上、アパートへの帰宅がおそくなると、錠をかけられてしまう。

彼は、例の武器を置いたまま外へ出ようとし、それから思い直して、また腕にかかえた。こんなものだけ置かれていれば、警官の方だって始末に困るに違いない。

あす、また届けよう。

彼は、今来た道を戻りだした。

戻りながら、考える。

いったい、これは何だろう。武器には相違なさそうだが、どう見ても弾丸を発射するとは思えない。

にぎりには、赤いボタンがついている。

これを押すと、何かが飛び出すのだろうか？

突然、彼は背後に、けたたましいクラクションのひびきを聞いて、飛びあがった。同時に一台の車がスピードもゆるめずに突っ込んで来た。

彼はあぶなくその車をかわしたが、というより、かわそうとしたが、瞬間、身体のどこかが車体にひっかかりそうなのを直感し——反射的に例の武器を車に向けて、ボタンを押していた。

周囲の空間が、ぼっと、薄い緑色に光った。

彼は、武器を持った腕をだらりと垂らしたまま、馬鹿みたいに突っ立っていた。

車が、消えてしまったのである。そこにはもう、車の影も形もなかったのである。

急に静けさをとりもどした道に、彼はしばらく立っていたが、やがて、はっとわれに返った。

あり得ないことだが……この武器は、ねらったものを消してしまうのだ。それがどういう原理ではたらくのか、彼には皆目見当もつかないが、そうらしいのだ。

これは、物体を原子に分解してしまうのだろうか？

それとも、どこか別の世界へ吹き飛ばしてしまうのだろうか？

いや、そんなことは、あとでいい。

彼は、車を消してしまったのだ。車と、それに、車に乗っていた人間も、消してしまったのである。

これが、殺人になるのかどうか、彼には何ともいえなかった。が……ともかく人間ひとりを消滅させたのだから、罪になることは確実だ。見回したところ、彼が車を消したという形跡はどこにも残っていないが……少なくとも、ここにうろうろしていては決して安全とはいえない。

彼は、武器を持ったまま、歩き出した。あわてないように気をつけながら、ゆっくりと歩き、アパートに帰りついた。武器を、管理人にみつけられないように、うまく身体で隠して、自分の部屋にはいった。それから武器を、押し入れのいちばん奥にしまい込んだ。

ふとんにもぐり込んでからも、彼はなかなか寝つけなかった。あの武器は何だろうと考え、自分のしたことを思い返し……それから気がついたのである。

あの武器は、ねらった相手だけを消すことができる。しかも、消したという形跡は何ひとつない……となれば、うまく使えば、完全殺人だって不可能ではないはずだ。

だれを消してやろうかな、と、彼は空想をたのしんだ。たのしみながら、いつのまにか眠り落ちて行った。


「なあ、きみ」

半年後、彼のコップにビールをついで、係長が言っていた。「きみ、どういうわけで今のように自信たっぷりになったんだ？　社内ではもっぱらの評判だよ。その、何というかすごみが出て来たってね」

「……」

彼は微笑するだけだ。いつでも消してやるぞという微笑。

係長はおびえたように目を伏せるのだ。

ボトムライン

景山民夫
Kageyama Tamio

その男は、賢治たちが演奏を終えて、楽屋代りになっているステージ裏の倉庫に戻ってきたときに、ちょうど古びたアコースティックギターの絃を新しいものに張りかえはじめたところだった。

中年、と呼んでも何のさしつかえもない、やや長髪にした髪にも顎《あご》から口元にかけてびっしりと生やしている髭にも、かなり白いものが混じった男で、身なりはといえば、アメリカ陸軍の払い下げ品らしい色あせたグリーンのバトルジャケットの下に、何のプリントも無い白のＴシャツという姿だった。

リーバイスらしい擦り切れかけたジーンズをはき、足元はくるぶしまでの深いワークブーツで固めている。つまり、ジャケットの色だけを紺に変えれば、建設工事現場でよく見かけるようなスタイルだ。

男は、フェンダーのストラトキャスターを手にして楽屋に入ってきた賢治と、そのあとにつづくバンドのメンバーたちに何の関心も示さずに、黙々と絃を張りかえる作業に集中していた。

男のギターは、相当に使い込んだ代物らしく、ボディのニスのそこここが剝げ、特にサウンドホールの下側は、激しいピックワークの結果なのだろう、木の地肌がのぞいていた。

「誰なの、あれ？」とボーカルのアレサが小声で賢治に尋ねた。アレサというのは、もちろん本名ではなくて、彼女の本当の名は入川久米子というのだが、アレサ・フランクリンを尊敬しているので、バンドの中では、そう呼ばれている。

「知らねえよ、見たことねえもん。楽器の修理屋さんじゃねえの。こないだマスターが、またPAの返しのスピーカー壊れかけてるって言ってたから」

「PAの修理屋がなんでギターいじってんだよ？」

と、ベースの俊太郎が、これも小声で言った。

「出演者？」

「そう言えばさ、明日の出演者はソロだって、カウンター係のヨッちゃん言ってなかったっけ？」

賢治がフェンダーをギターケースに仕舞いながら、俊太郎の方を向いて聞いた。少し大きな声だったので、どうやら男の耳にも届いたらしく、彼は絃を巻く手を止めて一瞬だけ賢治たちの方を見た。が、またすぐ視線を自分の膝の上のギターに落として、元の作業に熱中しはじめた。

「ビール飲みたくない？」とバスタオルで首筋の汗を拭いながら、アレサが今の男の視線を無視しようとするように大声を出した。

　賢治たちのグループの演奏は、この店のような小さなライブハウスのステージでも、かなり派手に動きまわるから、冬だというのに全員が汗びっしょりになっている。ボーヤなんかいない、メンバーだけのバンドだから、このあと店がハネるのを待ってアンプやドラムセットを運びだしてレンタカーのバンに積む仕事が待っている。その前にビール一口というのは悪くないアイディアだと、賢治も思った。

「俺、店行ってマスターにビール貰《もら》ってくるわ」

　そう言って、素早く濡れたシャツを着換えると、賢治は裏口から店に戻り、カウンターの中にいるマスターに声をかけた。

「ビール貰えませんか」

「いいよ、何本？」

「えっと、今日は俊太郎が運転する番だから、ビール四本とコーラ一本、お願いします」

　マスターが小瓶のビールの栓をプシュンプシュンと抜いている間に、賢治は、さっきの男のことを尋ねてみる気になった。

「楽屋にギター持ったオッサンがいたんすけど、あれ明日の出演者の人ですか？」

「会ったのか？」とマスターが五本の瓶の乗ったトレイをカウンターの上に置きながら聞いた。

「ええ、こっちが戻ってったら、もういたから」

「そうか、店閉めてから来るって言ってたんだけど、あんたたち今日かなり演奏が押したからな」

「誰なんですか、あの人」

「上山《かみやま》って人だ。もっとも俺たちは〝ミスター・ボトムライン〟て呼んでたけどな」

「ボトムラインって、まさかディスコの名じゃないですよね」

そう聞くと、マスターはつくづく馬鹿にした顔で賢治を見た。

「学校で英語習ったんだろ、一応は」

「そりゃ、まあ」と、少しムッとしながら賢治が答えた。これでも、モータウン系のソウルナンバーを売りものにしているバンドのメンバーなのだ。英語には多少の自信はあった。

「ボトムってのは、尻って意味もあるからそっちの方のボトムラインは別な意味になるけどな、いま言ってるのは、最低線て意味だ」

「それで、どうしてあの人が、ミスター最低線ていう風に呼ばれてたんですか？」

賢治の質問にマスターは過去を振り返る目をした。

「もう十八年も前のことで、俺は赤坂にあった当時の言い方をすればスナックみたいな店のボーイをやってた。上山さんは、大学生で、その店で弾き語りのバイトをしてたんだ。弾き語りったって、近頃のカラオケ代りみたいないいかげんな腕じゃなかった。あの人は、とにかくブルースしかやらなかった。それが店の売りものにもなってたんだけどな」

「だけど、十八年前っていうと」と、賢治は自分が生れた年から三年後の、その時代に関する知識を頭に思い浮かべながら言った。

「グループサウンズとかフォークの時代でしょう？」

「そうさ、だけどあの人はブルースだけだったんだ、そういう時代にだぜ」

マスターは、まるで自分のことのように誇らしげに、そう言った。

「ある日、店にヤクザが来た。銀バッジつけて、若い衆を三人連れてな。それで、ちょうどステージをやってた上山さんに、グループサウンズの曲をやれって言ったんだ。あの人は断わった。そのまま若い衆に店の裏に連れだされて、俺たちは下手すりゃ殺されるんじゃねえか、なんて言ってたんだ」

賢治は無意識のうちにビールに手を伸ばして、それをラッパ飲みしながら、マスターに話の続きをうながしていた。

「それで、どうなったんです?」

「店に戻ってきたときの顔は、ひでえもんだったよ。でも、あの人はそのまんまステージに上がるとギターを持って、その銀バッジの前で延々四十分、Eのブルースコードで歌える曲をメドレーにして全部やった。とうとう終ったときには、銀バッジが拍手したもんだ。その夜、店がハネてから俺は上山さんに聞いたんだ。何であそこまでするんですかってな」

「で、答えは?」

「あの人はこう言ったよ。自分は生きてく上で、どこまで行けるかの上限の線は引かない。ただ、この線から下に自分を置くようなことは死んでもしないっていうボトムラインだけは、キッチリ守って生きてくつもりなんだって。つまり、人間には自分で決めた最低線のプライドってものが必要なんだっていうことだな。その日から、俺たちの店では、あの人をミスター・ボトムラインって呼んでたんだ」

「いまは何をやってる人なんですか?」

賢治が尋ねた。マスターは首を横に振った。

「知らないんだ。一九六九年にアメリカに行っちまって、それから今まで、どんなことをやってたのかまるで分らない。ただ、十日前にフラッと、この店に顔を出した。それは偶然だったらしいけど、俺にはすぐにあの人だと分った。俺は長いこと話し込んでから、ふと、一晩だけでいいから店に出てくれないかと口にしちまった。しばらく考えてたけど、前の晩に店を閉めてからステージで練習させてくれれば、やってもいいって言うんだ。それで今夜、来てもらったってわけさ」

賢治が、生ぬるくなってしまったビールを手にして楽屋に戻ると、アレサをはじめメンバーはカンカンに怒っていた。

「何やってたのよ、ずーっと人を待たせてさ」

その言葉を無視して、賢治は絃を張り終えたギターを持って立ち上がった男の姿を目で追っていた。男は、その賢治の視線に気づいたのか、先程と同じように一瞬だけこちらに目を走らせ、それから楽屋を出て行った。

楽器をバンに積み終えてから、賢治はメンバーにちょっと用があるから、と別れを告げて裏口から店に入り、カウンターの陰に隠れて男の演奏を聞いた。

それは、火の出るようなギタープレイと心の底をえぐってくるような歌声だった。カウンターの陰で身を縮めながら、賢治は自分たちのバンド名を、ボトムラインという名に変えようかと考えていた。

二杯目のジンフィズ

大沢在昌
Osawa Arimasa

彼が、その酒場のことを知ったのは、一枚のあるＬＰレコードがきっかけだった。

そのレコードは、離婚によって芸能界に復帰した、ひとりの元アイドル歌手が吹きこんだものだった。

もう、五年も前のことだ。

当時、売り上げ部数を誇っていた写真週刊誌に、傷心の身で旅だつ彼女の姿が載った。離婚の直後ということもあり、やつれきった美貌と尖《とが》ったその肩に、以前ファンだった彼は胸を痛くしたものだ。

離婚の原因は誰の目から見ても、夫であった男の側にあった。いくらかの非が彼女にあったとしても、その負うべき責めに比べ、あまりにも多くのものを――美しさを、持ち前の明るさを、そして華やかさを――彼女は奪われていた。

比べて、夫であった有名なジャズピアニストは、あいかわらずテレビや雑誌に、鍵盤よりもカメラに向かい慣れたその顔を出し、若い女優とのスキャンダルも話題になったりした。少しも傷ついた気配や痛みを感じている様子はなかった。

彼女の旅は、おおかたの予想を裏切り、長いものとなった。一カ月と伝えられていた予定が三カ月にのびた。

マスコミは、彼女が成田空港に降りたつ、その日まで、まるで彼女の存在を忘れていたかのようだった。彼女の存在は過去のものとなり、その外国での生活が話題にのぼることはなかった。

ところが、帰国を報じる小さなニュースにつづき、わずか一カ月とたたぬうちに、彼女が歌手に復帰するという話題が週刊誌やワイドショウをにぎわせた。しかも彼女は、かつての明るさ美しさをすべて取り戻しており、自らが作詞した曲ばかりを集めたアルバムを出すというのだ。

そのアルバムは、男女を問わず、彼のようなファンに支持され、ロングセラーとなった。そして、その復帰第一作のＬＰの中に、あの酒場を詞にした歌が含まれていたのだ。

詳しい歌詞を、今、彼は思い出すことはできない。ただ、東京から一万キロ以上も離れた、大都会の片隅に、一軒の小さな酒場があり、そこへ世界中から傷心を抱いた男や女が過去を捨てにくる、というひどくロマンチックでセンチメンタルな内容だった。

店の名は歌詞になかった。

その曲はファンであるなしを問わず、多くの人々を魅了した。ＬＰを買うほとんどの人の目的が、その曲を聞くためだった。しかし、なぜかシングルカットはされなかった。

その理由を、彼はレコード会社にいる知人から、ある日聞かされた。

酒場は実在するのだった。そして今日も、過去を捨てにやってくる世界中からの客を待っている。だから、そっとしておきたい、と彼女が望んだのだという。

それがどんな店で、どこにあるのかということを具体的に知る術《すべ》は、そのときの彼にはなかった。が、彼女がそこで過去を捨て、明るさを取り戻して立ち直ったように、いつか自分も苦しみのどん底に陥るような不幸があったとき、そこを訪れてみよう、と心密《ひそ》かに思った。それは、いわば、彼が人生を過ごしていく上での、小さなお守りにも似た存在として、心に残った。

彼は、今、機上にあった。その目的は、あの酒場を訪れることだった。

五年ののち、ついに彼にもそうした事態がたち起こったのだった。唯一の身よりであった妻を失ったのだ。三十代の半ばから白いものをぽつぽつと数えるようになっていた彼の髪は、四十を過ぎたばかりでまっ白に染まっていた。それはすべて、病身の妻を見舞い、ついにはその最期を看取った半年間に生じた変化だった。

喪失の痛みは大きかった。五年前に彼が感じた彼女の痛みに比べても決してひけをとるものではない、そう思うほどだった。

彼はひと月の休暇願いを上司に出し、無理やりに受けとらせた。受理されなければ、会社をやめてもいい——それほど強い決意だった。

あの酒場へ行こう。今こそ訪れるときだ。そして苦しみを捨て、もう一度人生を生き直す勇気を得るのだ。信仰にも似た気持で、彼は固く思いこんでいた。

彼は旅だつ前、旅行代理店を巡った。そして、あるかなしかのつてを頼りに、五年前の彼女の旅をアレンジしたという人物を捜しだした。その人物は、もう旅行代理店に勤めておらず、詳しいその旅の内容も覚えてはいなかった。

が、同じ街を同じように訪れることができれば、きっとその酒場を捜しだせる、と彼は信じた。

街について二週間が過ぎた。ひとりでホテルに泊まる彼は、毎日毎日、あてどもなく何軒もの酒場を訪ね歩いた。

しかし、どこも、そうだと思える店はなかった。

彼は疲れ、次第に、ふさぎこんでいった。あると信じていたあの店は、実は空想の産物ではなかったのか。

レコード会社の知人は、ただ酒席の話をおもしろくするために、あんな話をしたのではなかったのか。

もはや長距離電話でそれを確かめる気力すら彼には失われていた。また、そうして、話がすべて嘘とわかったときの徒労感が、彼にはおそろしかった。苦しみも痛みも倍加し、ホテルの窓から身を投げて死にたくなってしまうかもしれない。

三日間、彼はホテルから一歩も出なかった。既に顔見知りになったボーイが、病気ではないかと心配するほどだった。

「ミスター、体の具合でも悪いんですか?」

「いや、そうじゃない」

彼は、力なく首を振った。

「じゃあ何か悩みごとでも?」

「そんなものかな」

「だったら酒を飲みなさい。こんな、ホテルのきどったバーじゃなくて、街に出て酒を飲むんです。そうすりゃ、きっと、悩みなんかどっかへ飛んで行っちまいますよ」

ホテルと同じように年をとり、くたびれた顔のボーイは、歯のない口を開けて笑った。

「このホテルのすぐ横にも昔からやっている小さなバーがあります。そこへ行ってみちゃどうです? 昼間っからこんなところにくすぶってちゃいけませんよ」

酒場なら毎日通ったとも——そういいたい気持を彼は抑えた。知らぬ店を訪ねては、たった一杯だけビールを飲み、立ち去る、そんなことばかりをくり返してきたのだ。

だがボーイの好意を無にするのは気がひけた。そこで彼はのろのろとコートを手にとり部屋を出ていった。

バーは、ホテルと軒を並べるようにして建つ高層ビルの間にはさまれた、陽もささぬような小さな路地にあった。毎日、出歩いていながらその存在にすら気づかなかった店だった。小さく、くすんでいて、今にも取り壊されそうに見える。

だが、一歩足を踏み入れた瞬間、彼は、そこが捜し求めていた酒場にちがいないと感じた。なぜなら、そこはあらゆる点で、彼が想像していた、あの酒場と一致していたからだ。

もしちがっているものがあったとすれば、それはたったひとつ、カウンターの中を静かに動き回っているバーテンダーだった。というより、バーテンダーだけは、どんな人物がそこにいるか、彼は想像できずにいたのだ。

店には音楽も流れず、話し声もなかった。

客たちは一様にひとりきりで、ひっそりと、カウンターにとまり、グラスを前にしている。男もいれば、女もいた。東洋人は彼ひとりだったが、白人も黒人もいて、国籍もそれぞれちがうように見えた。

バーテンダーは初老の黒人だった。

彼の考えでは、バーテンダーは、客たちが捨てにきた過去を拾いあげてやる存在でなければならなかった。とすれば、あらゆる国からやってくる客たちの、さまざまな言葉を解さなければならない。

彼はカウンターの隅に腰をおろしながら、彼女は英語が得意だったのだろうかと考えた。このバーテンダーに苦しみを打ち明けたのなら、理解できる言葉を使ったにちがいない。

バーテンダーが彼の前に立った。一枚の粗末なメニューが手渡された。すりきれ、薄よごれたボール紙で、お世辞にもきれいとはいえない手書きの文字が、そのバーで出すカクテルと置いている酒の種類を告げていた。

彼はとまどい、メニューを見つめた。

見つけだした今、いったい何を飲もう。

ビールは、もうたくさんだった。それに見渡してみると、何人かいる他の客たちは、いずれもビールより強い飲み物を手にしているようだった。

彼らの痛みが自分のそれに比べ、決して上回っているなどということはない筈《はず》だ。彼は奇妙な誇りとともにビールを頼むのをやめることにした。

ウイスキーでは。

ウイスキーの種類は限られていた。彼の好きな銘柄はそこにはなかった。

ブランデーは、あまり好きではない。

とすると、カクテルということになる。

正直な話、彼は学生の頃、初めて酒場と名のつくところでジンフィズの類を飲んだ他は、カクテルに手を出したことがなかった。

彼は薄暗い明かりの下で、メニューに並んだ文字に目をこらした。詳しくない彼には、馴染みのある名前は少なかった。

結局、彼は、おずおずとジンフィズの文字を指さした。

バーテンダーは無言で頷《うなず》いた。そして何事も告げず、カウンターの中央の仕事場に戻っていった。

彼はほっと息をついた。店の中は本当に静かだった。バーテンダーがマドラーでグラスをかきまぜるときに氷がたてるカラコロという音だけが響いている。

やがてジンフィズが届けられた。彼はある種の感慨を胸に抱きながら、グラスを取りあげた。

二十年、いや、もっとひさしぶりかもしれない。ひと口味わったジンフィズは、初めて飲んだときと比べ、まったくちがう味のような気もしたし、さほど変わってはいないような気もした。ただ、舌は確かに、それがジンフィズにちがいないと告げていた。

彼は前に立つバーテンダーを見、「サンキュー」とつぶやいた。バーテンダーは返事のかわりに無言で首をふった。

何かを話しかけなければ、何から話そうか、彼がそう思ったときだった。

バーテンダーの赤いヴェストにさげられた小さなプレートが目にとまった。

そこにはこう書かれていた。

「私は言葉を話しません。すべての注文はメニューをさしておこなってください」

彼は驚きに目をみはった。過去を捨てられるからには、拾うものがいてくれるとばかり信じていたのだ。

ここではないのだろうか。いや、そんな筈はない。ここにちがいない。すると……。

そのとき、彼は悟った。そこにあるのはただひとつの真理、「人生には一杯の酒で語りつくせぬものなど何もない」という、古人の諺《ことわざ》だった。

彼はグラスを空にした。目的はただひとつだった。

二杯目を頼むことだ。

短編

誘拐天国　東野圭吾

門前金融　浅田次郎

彫刻する人　乃南アサ

雪が降る　藤原伊織

ぼうふらの剣　隆慶一郎

秘剣　白石一郎

誘拐天国

東野圭吾
Higashino Keigo

1

席についたばかりの宝船《たからぶね》満《まん》太郎《たろう》が、あとの二人の顔を見比べていった。

「たくさんいた仲間も、とうとう我々だけになったか」

「仕方がないだろう。それが世の常というものだ」銭《ぜに》箱大吉《ばこだいきち》が冷めた顔で応じる。「わし、今年は、集まらんのだろうと予想してたんだ。ところがあんたのほうから中止の知らせもないし、じゃあ三人でもやるのかと思ってやってきたんだ。何しろここでの麻雀《マージャン》大会は、年に一度の楽しみだからな」

「迷ったんだがね、次に誰かがくたばっちまったら、もう完全にアウトだと思って、集まることにしたんだ。それに関西のほうじゃ、三人麻雀のほうが主流だというぞ」

「わしは、三人でやったことないなあ」

「いいじゃないか。おれだって、ずいぶん前にやったっきりだ。すぐに慣れるさ」

「福富《ふくとみ》の。あんたはどうだい」銭箱が、先程から黙ったままの福富豊作《ほうさく》に訊いた。

「えっ、なんだって？」福富は我に返った顔をし、七十半ばになっても相変わらず子供のように丸い目をくるくると動かした。

「なんだ、聞いてなかったのかい。何をぼんやりしてるんだい」

「申し訳ない。金印《きんじるし》のことを考えていてなあ」福富はしみじみといった。「去年の今頃は、あんなに元気だったのになあと思って。それが突然脳梗塞であんなことになっちまった」

「金印は八十を過ぎとった。あの歳になりゃあ、一年一年が勝負さ」宝船がいう。「といっても、おれたちもそろそろだけどな」

「我々もそろそろ、死ぬ覚悟をしとかなきゃあならんわけだねえ」福富はため息をついた。

するとと銭箱がせせら笑った。

「覚悟なんかいるものか。死ぬ時は死ぬ、それだけだ。わしゃあもう、この世に大して未練もないしな」

「うん、おれも未練はないな」宝船も同意した。「やりたいことは、おおよそ全部やったからな。近頃じゃ退屈で退屈で、余った時間と金の使い道に困ってるという状態だ」

「福富の。あんた、何かやり残したことでもあるのかい?」

「うんまあ、やり残したことはないんだが」福富は薄い白髪頭を掻いた。「ただ、今死んだら、ひとつだけ思い残すことがあるなあ」

「ほう、なんだいそれは?」宝船は身を乗り出した。

「その歳になって、まだ思い残すことがあるとは、うらやましいねえ」

「いや、大したことじゃないんだが」福富は咳払いを一つした。「孫のことがね、ちょっと……」

「おたくは五年ほど前に生まれたんだっけな」銭箱が年齢のわりに正確な記憶力を働かせていった。「遅い初孫ってわけだ。うちなんかは、一番上がもう大学生だ。かわいくもなんともない。その点福富のところは、かわいい盛りだろう」

「うんまあそれはそうなんだが」福富はためらいがちにいった。「じつをいうと、その孫とゆっくり遊んだことがないんだ。それが心残りでねえ」

「遊べばいいじゃないか」宝船が、何をつまらんことで悩んでいるんだという顔でいう。

「それがそうもいかんのだよ」

眉を八時二十分にして福富豊作が語ることには、娘夫婦が教育熱心で、まだ五歳の孫を塾やら家庭教師やらで勉強とお稽古漬けにしているらしい。そのために福富がゆっくり孫に接する時間もないのだという。

「なんだそんなことか。それならあんたがピシッといってやれば済むことじゃないか。たまには遊ばせろと」

宝船の言葉に、福富は力なく首を振った。

「いやあそれがなあ、わしの娘は死んだ女房に似て弁のたつ女でなあ、福富財閥を継がせるためには、今からみっちり教育しておかないと間に合わないというようなことを、機関銃みたいにまくしたててくるんだ。あれをやられると、頭が痛くなって退散せざるをえんのだよ」

「婿さんはなんといってるんだい」

「あれは娘のいいなりだよ」

「じゃあ、あんたと一緒じゃないか。伝統だな」銭箱がげらげら笑った。

「事情はわかった。それは何とかしてやりたいな。とはいえ、おれたちが口を出すのも妙だし」宝船が首を捻《ひね》った。

「強引にどこかへ連れて行ったらどうだ。で、二、三週間外国へでも行って、たっぷり遊んできたらいいじゃないか」銭箱がいう。「クルーザーを貸してもいいぞ。三十人ほど乗れるのを、また新しく買ったんだ。使用人を乗せて、孫と二人で世界一周ってのもいい」

「お言葉はありがたいが、あとで娘に叱られることを考えるとなあ」福富は情けない顔をした。

「娘には黙って、こっそりさらってくればいい」

「馬鹿な。それじゃ誘拐じゃないか」

「だめか、やっぱり」わはははと銭箱は豪傑笑いを披露した。

「いや、待てよ。それはいい考えかもしれんぞ」宝船が真顔でいった。「誘拐すりゃいいんだ」

「あんたまでふざけるのか」

「ふざけちゃいない。本気だよ。誘拐されたということにすれば、あんたが娘さんから叱られることはないだろう。それに誘拐犯を名乗って子供の命は無事だと伝えておけば、単なる行方不明よりは事情がはっきりしてて娘さんたちとしても対処しやすいだろう。うん、これはいい。これはいける。面白い」

「面白そうだな」

「ちょちょちょ、ちょっと待ってくれ」福富はあわてて二人の友人を交互に見た。「そんなことをして警察沙汰になったらどうするんだ」

銭箱が、ふんと鼻を鳴らした。「警察なんてどうってことない。ちょっと手を回して、おまえら黙っとれといっておけばいいだけのことだ」

「あんたら本気でいっとるのか」

「本気だといってるだろう」そういって宝船は腕組みをした。「うん、これはいい退屈しのぎになるな。先程、やり残したことはないといったが、考えてみたら誘拐はやったことがなかった。よし、一つそれをやろう」

「乗った」銭箱が手を叩いた。「わしも悪いことはいろいろやったが、誘拐は初めてだ。身代金の受け渡しとかもあるわけだろう。いいじゃないか。わくわくする。ひひ」

「福さんよ、そうすりゃあんただって心置きなく孫と遊べるんだ。何も不服はないはずだが」

「うーん」福富はしばらく考え込んでから顔をあげた。「だけど健太に怖い思いをさせるのは気が進まんなあ」

「孫は健太というのか。大丈夫だ、怖くないようにさらってこよう。で、誘拐の間は、どこかゆっくり遊べるところに隔離するとしよう。どこがいいかな」宝船は銭箱に知恵を求めた。

「ここじゃだめか」といって銭箱は室内を見回した。天井には巨大なシャンデリアがぶらさがり、壁には内外の有名画家たちの作品が飾られている。部屋の広さは百平米というところか。調度品も最高級品を揃えてある。

「ここは子供向きじゃないだろう。何しろ年に一度の麻雀大会用に皆で金を出しあって建てた別荘だからな」

「いい所がある。経営が行き詰まって、売りに出とるちょっと変わった遊園地があるんだ。あれを買い取ろう。宿泊設備もあるから、そこに泊まればいい」

「そんなさびれたところで健太を寝泊まりさせるのか」福富が不満を露《あらわ》にした。

「心配するな。わしが責任をもって奇麗に改装させる」

「じゃ、そういうことでいいかな。決定するぞ」

宝船の声に、「わしは賛成だ」と銭箱はいい、福富も不安気ながら頷《うなず》いた。

2

福富政子《まさこ》は、福富財閥の若き跡継ぎではあるが、一人息子の送り迎えにはなるべく自分も同乗するようにしていた。キャデラックの後部席に座り、仕事の書類に目を通しながら家と幼稚園の間を往復するのが、彼女の楽しみの一つでもあったのだ。

この日も彼女はいつものように、今度建設予定のレジャーランドの計画書を読みながら金満館幼稚園へ行き、健太を乗せると自宅に向かった。

「今日はどんなことを勉強したの」政子は息子に尋ねた。

「ええと、フランスでのお食事の仕方」

「そう。上手にできた?」

「うん」

「うんじゃなくて、はいでしょ」

「はい……」

「ちょうどよかったわね。今日はフランス語の先生がいらっしゃるから、教わったことをたしかめられるじゃない」

「はい」

「その後はバイオリンだったわね。この間の曲、きちんと弾けるようになったの?」

「少しだめ……」

「いけないわねえ。もっと練習しなくちゃ」

親子がそんな会話を交わしている時である。帰り道の途中にトンネルがあるのだが、そこにキャデラックが入った瞬間、前方の出口が突然真っ暗になったのだ。

「わっ」運転手はあわててブレーキを踏んだ。

政子と健太は前につんのめった。

「いったいどうしたの?」咎める口調で彼女は訊いた。

「すみません。どうも出口が塞がったみたいなんですけど」

「出口が? そんな馬鹿なことってあるの?」

「わかりません」

「じゃあバックしなさい」

はい、と返事して運転手はキャデラックをバックさせようとした。ところがその時、がしゃんという音がして、入り口も閉じられてしまったのだ。

あっと健太が声をあげた。

「どうなってるの、どうしてこんなことになるの」政子がヒステリックに喚いた。

その直後、シューシューという音と共に、周囲から白いガスが噴出した。政子はまたしても驚いたが、今度は声を出す暇がなかった。悲鳴をあげようとした時には、意識をなくしていたからだった。

3

「手荒な真似はしないという約束だったじゃないか」福富豊作が口を尖《とが》らせて抗議した。

「あれぐらいはやむをえんだろう。怪我はさせてないし、あの催眠ガスには副作用はない」宝船満太郎が答えた。

「運転手と政子はどうした？」

「キャデラックごとトレーラーで運んで、家の近くに置くよう部下に指示しておいた。今頃は目を覚ましているかもしれんな」銭箱大吉が黄金色に輝く腕時計を見ていった。

「証拠は消しただろうな」宝船が銭箱に訊く。

「大丈夫だ。トンネルの仕掛けも、前後の車を迂回させる看板も片付けさせた」

「トレーラーが目撃されてやしないか」

「それもそうだな。何しろでかいものだからな」銭箱はちょっと考えてからいった。「じゃ、あれはスクラップ工場でこっそり処分させよう」

「とりあえずは第一段階突破だな」そういってから宝船は、そわそわした様子の福富を見て苦笑した。「お孫さんに会いたいなら、行ってきたらどうかね」

「いや、それはまだいいが……これからどうする？」

「そうだな。さらったんだから、今度は身代金の要求だろう」

「うん、そうだそうだ」銭箱も同調する。

「金を要求するのか」

「そりゃそうだろう。金を要求せん誘拐犯がどこにいる」宝船はいってから、福富を見てにやにやした。

「心配せんでも、金は福さんに返すよ」

「いやあ、こんな面倒をかけとるんだからそれはいいんだが……いったいいくらぐらい要求するつもりかね」

「そこなんだが、こういうのには世間相場というのがあるから、一応それに準じておこうと思っている」

「いくらだい」と銭箱が訊いた。

「おれの調べたところでは、こうした事件の場合、まあ一億というのが一つの目安らしい」

「なるほど一億か」銭箱は頷いた。「やっぱりそれぐらい要求するか」

「一億……うーん」福富は唸った。「一億となると、返さなくていいとはいいにくいなあ。面倒かけて申し訳ないが」

「ええと」宝船が怪訝《けげん》そうにいった。「あんたらそれ、単位は何だ？」

「えっ、ドルだろう？」と銭箱。

「違うのかね。それともマルクか？」

「いやあ、それがだな、おれもまさかとは思ったんだが、円のようなんだ」

「円？　円というと、日本円のことかい」銭箱が目を丸くした。福富も、まさかという顔をしている。

「そうらしい」

「そんな馬鹿な」銭箱は大声をあげた。「じゃあたったの一億円ということか。身代金が」

「そうだ」

「冗談だろう？　人の命と引き替えにするんだぞ」

「健太の命とだ」福富が声に怒りを含ませた。「健太の命がたったの一億円だというのかね。一億円で何が買える？　少し前なら、ゴルフ場の会員権でもそれぐらいのがあったぞ。安物のマンションでも一部屋買うのがやっとだ。それと健太の命が同じだというのか。そんなふざけた話があるものか。駄菓子屋で飴玉を買ってるんじゃないんだぞ」唾を飛ばした。

「宝船の。そいつはちょっと安すぎるぜ。福富が怒るのも当然だ。そりゃあ世間じゃ、そういう安値で人の命が取引されているかもしれん。だけどわしらがそれに倣《なら》わなきゃならんというものでもないだろう。やっぱり五十億か百億ぐらいはつけなきゃ格好がつかんぜ」

「それでも安いぐらいだ」福富はまだむくれている。

「気持ちはわかるが、それはまずいんだ」宝船がいった。「今度の誘拐が、おれたちの仕業《しわざ》だとばれないためには、なるべく世間の常識に外れるようなことはしないほうがいい。身代金の相場が一億円というなら、それでいくしかないんじゃないか」

この台詞《せりふ》に福富は顔色を変えた。「宝船さん、あんた正気でそんなこといってるのか」

「金額なんか、この際どうでもいいだろう。肝心なのは、なるべく平凡な誘拐事件に見せかけるということだよ」

「ちょっと待ってくれ。そうすると世間の誘拐犯人たちは、そんな端金《はしたがね》のために、人さらいなんていう面倒なことをしてるってのかい」銭箱が指先でこめかみを押しながら訊いた。

「そういうことだ」

「なんと」銭箱は首を振った。「あほじゃないか。その度胸と知恵を別のことに使ったら、一億ぐらい簡単に稼げるだろうに」

「世間の連中の考えてることは、おれにだってわからんよ」

ううむ、と銭箱は唸った。

「ああそれに」と宝船は福富を見ていった。「ポケットマネー程度の金なら、あんたの娘さん夫婦も警察に届けたりしないんじゃないか」

「当たり前だ。一億の金を惜しんで警察に届けたりしたら親子の縁を切る」

「じゃあそれでいこうじゃないか。一億円ならかさばらんし、受け渡しするのも楽だろう。福さんは、後のことはおれたちに任せて、健太君とゆっくり遊んでりゃいい。そういうことでどうだい」

「うん、まあ、こっちが面倒をかけとるわけだから文句をいう気はないんだが……。しかし一億か。健太が……。納得いかんなあ」

「ひとつわりきってくれ。では一億円で決まりだ。次はいよいよ電話だな」

「その前に、屋敷の様子を見ておいたほうがいいんじゃないか」銭箱が提案した。

「それもそうだ。よし見ておこう」

宝船が、テーブルの下に並んでいるスイッチの一つを押した。すると部屋の壁の一部が、ぐいーんと音をたてて開き、そこに巨大画面が現れた。

「うちの屋敷を見られるのかね」と福富が二人に訊いた。

「向かいの家と裏の家にカメラを仕掛けたんだ」宝船がいった。

「その家の住人はどうしたんだい？」

「どちらも海外旅行中だ」銭箱がにやにやしていった。「テレホンクイズというのを仕組んで、海外旅行が当たったことにした。今頃は家族でエーゲ海クルーズでもやってるんじゃないか」

宝船がさらに別のスイッチを入れると、画面に福富邸が映し出された。周囲に白塗りの塀が巡らされた、純和風の邸宅である。その巨大な門が今は開いており、パトカーが数台列をなして入っていくところだった。

「なんだ、もう警察が来ているじゃないか」銭箱が驚いたようにいった。

「しまった、遅かったか」宝船がオールバックにした、じつは鬘《かつら》の頭に手をやった。「こっちの連絡が遅れたから、早々に警察へ連絡されてしまったようだ」

「どうするんだ」と福富が不安そうに訊く。

「県警本部長に電話してやろう」銭箱が携帯電話を取り出した。「わしらが洒落でやっとることだから、手を出すなと」

「いやちょっと待て。それはやめよう」宝船が止めた。「県警本部長じゃだめか。じゃ、警察庁長官ならどうだ。あの洟《はな》たれ小僧なら、わしのいいなりだぞ」

「いや、せっかく誘拐をやるんだから、警察に圧力をかけるのはやめようといっとるんだ。それじゃ面白くない。どうせだから、徹底的に楽しもうじゃないか」

「ははあ、警察と知恵比べをするというんだな」銭箱が携帯電話を片付けながら舌なめずりをした。「それはそれで面白そうだ」

「なっ、一億円を無事に奪えるかどうかだ。麻雀よりもずっと面白いぞ」

「わしは乗った。福富はどうだい？」

「私も別にかまわんよ。健太とのんびりする時間があるなら」

「じゃあそういうことでいこう。さてと、いよいよ電話だな。銭さん、例の準備はできてるかい」

「ああ、もちろんだ」

そういうと銭箱は自分の前のスイッチを操作した。するとテーブルの中央がゆっくりと開き、コンピュータのディスプレイとキーボード、それから電話機が現れた。

福富がのけぞった。「なんだいこりゃあ」

銭箱はにやりと笑った。

「元ＣＩＡのスパイから買い取った玩具《おもちゃ》だ。音声変換して、全く別人の声みたいにして電話をかけられる。しかも世界中のネットワークを経由するから、逆探知されても一向にかまわん」

「ふうん、すごいもんだな」

「よし、早速電話をかけようや」

宝船の言葉に、「ほいきた」と銭箱は返事し、皺《しわ》だらけの指でキーボードを叩き始めた。

4

福富邸には、所轄の署長はもちろんのこと、県警本部から本部長をはじめ、刑事部長、捜査一課長らも駆けつけていた。状況から考えて、福富健太が何者かによって拉致されたことは確実で、あんな小さな子供をさらうからには営利誘拐と見てまず間違いないというのが、彼等の間で一致した意見だった。

その推測を裏付けるごとく犯人から電話があったのは、邸内のすべての電話、ファックスに対して、逆探知の準備がなされた直後であった。犯人は大胆にも、警察首脳が集まる応接間の電話にかけてきたのだ。

福富政子が緊張の面持ちで受話器を取り上げた。

「もしもし、福富でございますが」

「やあ、どうも」というのが、相手の第一声だった。若い男の声だ。モニターを通して、周りの者にも聞こえた。それで身を乗り出していた警察関係者たちも、ふっと身体《からだ》の力を抜いた。のんびりした口調から、犯人ではないと思ったのだ。ところが続けて男がいった。

「私、誘拐犯人なんですがね」

全員が飛び上がった。

「あ、あの、誘拐犯人って？」政子がどもって尋ねた。

「誘拐犯人といえば誘拐犯人ですよ。おたくのかわいい息子さんを誘拐した者です」

「どこなんですか。健太はどこにいるんですか。返してください」

「もちろんお返しします。でもあっさり返すぐらいなら、はじめから誘拐したりはしないわけです。当然こちらとしては、なんらかの見返りを要求します」

「いくらですか？　いくら出せば返してもらえるんですか」

「まあそう焦らずに。取引の席で、そんなに露骨に金額の話を持ち出したら、足元を見られますよ」相変わらずのんびりした口調で犯人はいった。「そうですね、今回は特別にサービスして、一億というところでどうです」

「一億……」政子は唾を飲んだ。

やりとりを聞いていた県警本部長の野田は、唇をぎゅっと結んだ。予想通り犯人は高額な身代金を要求してきやがったなと思った。一億円と聞いて、さすがに当主の福富政子も当惑したように見えた。

すると、その政子が訊いた。

「あのう、それはフランでしょうか。それとも元《げん》でしょうか」

野田は目玉を剝いた。ほかの警官たちも驚いた様子で彼女を凝視した。

犯人が応じた。「ははは、やっぱりそう思うか。そうだろうなあ。ところがフランでも元でもないんだ。マルクでもない」

「そうですか、じゃあやっぱりドルなんですね」そういって彼女は唇を嚙んだ。「わかりました。なんとかいたしましょう」

野田は呆気《あっけ》にとられていた。一億ドルといえば、約百億円だ。

「まあかわいい息子さんのために、それぐらい出すのは当然だろうね」犯人は淡々としゃべっている。会話が長くなるのは、逆探知のことを考えるとありがたかった。「だけど今回はドルでもないんだ。もちろんギルダーでもなければバルボアでもない。円なんだ。おたくが用意するのは一億円だけでいい」

「一億円？　ほかには何を？」

「ほかにはない。一億円だけだ。それだけ用意して、次の指示を待つんだ。いいな」

「あの」と政子はいった。「一億円ぐらいなら、今すぐにでも揃いますけど」そういってから彼女は送話口を掌《てのひら》で塞ぎ、心配そうにしている夫の良夫に小声で命じた。「あなた、金庫の中から一億円取ってきてちょうだい」

「あ、はいはい」良夫は弾かれたように立ち上がり、応接間を出ていった。

電話の男がいった。

「わかっているんだよ、そんなことは。引き出しを探せば、小銭を集めるだけでも一億円ぐらいにはなるだろう。だけどこちらにもいろいろと段取りというものがあるから、少し待ってろといってるわけだ。じゃあまた連絡するから」

「あっ、ちょっと待ってください。健太の声を聞かせてください」

「えっ、ああそうか。そりゃ声ぐらい聞きたいだろうなあ。だけどちょっとここにはいなくてね、今度電話した時に聞かせるよ」

「そんなあ」

「すまん、こっちも不慣れなことが多くてね。じゃ、そういうことで」相手は電話を切った。

政子が受話器を置いて、十秒ほどしてから刑事部長が我に返った声を出した。

「おい、テープを巻き戻せ。声の分析をする手配をしろ」

「あっ、はい」部下があわててテープレコーダーを操作した。

「奥さん、今の男の声に聞き覚えは？」捜査一課長が訊いた。だが政子は答えず、空中の一点を見つめている。

そこへ良夫が戻ってきた。

「一億円、取ってきたよ」半透明のゴミ袋に入れた札束を、大理石のセンターテーブルの上に置いた。

政子は無表情でその袋を見下ろしたが、やがてその顔が般若《はんにゃ》のように歪んだ。きりきりきりという歯ぎしりが全員の耳に届いた。良夫は頭を両手で覆って、身を屈めた。

「どういうことよっ」彼女の声が五十畳以上ある応接間にこだました。「一億円ですって？　たった一億円、そんなわずかなお金が欲しいばっかりに、私の大切な健太をさらったというの？　そんな馬鹿なことってある？　一億円。何よそれ。駄馬でも、もっと高いわよ。一億円。たったの一億円」地団駄を踏んだ。「その程度のお金なら、健太をさらう前にここへ来て、くれと一言いえばあげるわよ」

この政子の言葉に、居合わせた刑事の何人かが、何かいおうとしたようだが、女主人の剣幕にまた顔を伏せた。

「野田さんっ」政子は県警本部長の前に進んだ。「こんな端金を目当てに、福富家の跡継ぎを誘拐しようという輩《やから》が出るのは、治安が乱れている証拠です。名誉挽回のためにも、この犯人は何が何でも逮捕しなさい」

「はい、それはもう」野田は立ち上がり、直立不動で宣言した。

そこでまた電話が鳴った。だがそれは捜査陣が使う電話だった。若い刑事が受話器を取り、メモを取った後で上司たちを見た。「逆探知が一応できたそうです」

野田の表情が晴れた。「どこからだ？」

「ええとそれが」刑事は頭を掻いてから続けた。「ヤウンデからだそうです」

「やうんで？　なんだそりゃ」

「カメルーン共和国の首都です」

「なにい？」

5

福富豊作は孫の健太と共に、メリーゴーラウンドの馬にまたがっていた。世界でも珍しい二階建てのメリーゴーラウンドである。このほかにも、巨大なジェットコースターや観覧車をはじめ、銭箱が贅沢のかぎりを尽くした設備がこの遊園地には揃っている。

メリーゴーラウンドの動きが止まり、音楽が鳴りやんだ。

「健太、もう一回乗るかい？」

「ううん、ぼくもういい」

「そうか。じゃあ次は何がいい？」

「ええと、ちょっとくたびれちゃった」

「なんだ、もう疲れたのか。まだそんなに遊んどらんじゃないか」

福富は健太と共に、傍らに停めてあった電気自動車に乗った。この車にはカラフルな模様が描かれ、人気アニメの主人公の人形が運転席に座らされている。その人形に向かって福富はいった。「レストランに行ってくれ」

すると車は静かに動きだした。音声認識システムとファジー制御で、人間の命令どおりに動くようになっているのだ。

「ぼく、びっくりしちゃったよ。目が覚めたら、こんなすごい遊園地にいるんだもの。夢かと思っちゃった」レストランで、特製お子さまランチを食べながら健太はいった。ここではウェイターやウェイトレス、それからコックにいたるまで、全員が何らかのマスクをかぶっていた。健太に顔を覚えられないためである。

「ははは。脅かしてすまなかったなあ。だけどわかってるな。このことは内緒だからな」

「うん、わかってる。ぼくは、どこかの狭い部屋にいたって、おかあさんにはいえばいいんだよね」

「そうだ。えらいぞ」

「ぼく、約束は守るよ」そういってから健太はこんなことを訊いた。「ねえおじいちゃん、お勉強はいつするの？」

「勉強？」

「うん、だって」と健太は細い腕にはめた腕時計を見た。「そろそろお勉強する時間だもの」

「いいんだよ、ここでは勉強のことは忘れるんだ。思いきり遊びな」

「ふうん」健太はなぜか浮かない顔つきだった。

そこへ猿のマスクをつけた二人組が近づいてきた。宝船と銭箱だった。「あっ、お猿さんだ」と健太は指差した。

「やあ坊や、しっかり遊んでるかね」ゴリラのマスクをかぶった銭箱が訊いた。

「うん」

「なんだい、元気がないじゃないか」オランウータンの宝船がいった。「身体の具合でも悪いのかね」福富のほうにも顔を向ける。

「勉強しなくていいのかと、心配になっとるようなんだ。かわいそうに、こんなに小さいのになあ」福富は嘆いた。

「坊や、そんなことは心配しなくていいんだぞ」ゴリラが健太の頭に手を置いた。

「うん。でも、友達はみんな、遊びたいのを我慢しているのに、ぼくだけ遊んでいいのかなあ」

健太の台詞に、三人の老人は目を合わせた。長年の付き合いで、お互いの考えていることを、それぞれが察知した。

オランウータンの宝船が少年に訊いた。

「じゃあその友達も、ここへ連れてきてあげようか」

プリンを食べていた健太が、顔を上げて目を輝かせた。「本当？」

「ああ。それなら一緒に遊べるじゃないか」

「やったあ」健太は喜びを顔で表した。ここへ来て以来、初めて見せるような笑顔だった。

ゴリラの銭箱が、上着のポケットから手帳を取り出した。

「じゃあ、お友達の名前を教えてもらおうかな」

「うん、いいよ。ええとね、まずはね、月山君。それからね……」健太は指を折り始めた。

6

県警本部長の野田は、福富家の応接間で腕組みをして座っていた。犯人からの連絡はまだない。健太が誘拐されてから、三時間が経過しようとしていた。

「犯人の奴、いったい何をしとるんだ。健太君の声を聞かせるといったくせに」気まずい沈黙に耐えかねて彼は呟いた。すぐそばでは、福富政子が鬼刑事顔負けの鋭い目つきで、電話機を睨みつけている。

そこへ捜査一課長が駆け込んできた。「本部長、たいへんです。また誘拐事件が起こりました」

「なんだと?」野田は眉を寄せて部下を見た。「詳しく話してみろ」

「ええと、まず隣町で月山という家の長男が誘拐されました。五歳だそうです」

「えっ、月山さんのところの一郎ちゃんが?」政子が反応した。

「御存じですか」と野田が訊いた。

「健太と同じ幼稚園に通っているんです。クラスも同じです」

「それは偶然ですな」そういってから野田は首を捻り、「ところで妙な言い方をしたな。まず隣町で、とか。まず、とはどういうことだ。ほかにも何かあるのか」と捜査一課長に訊いた。

課長は頭を掻いていった。「はあ、じつはさらにもう一件誘拐事件が……」

「なに?」

「これは少し離れていますが、県内です。火村《ひむら》さんという家で娘さんがさらわれました。この子も五歳です」

「まああ、火村亜矢ちゃんですわ」政子がいった。

「やっぱり健太のクラスです」

「ううむ、どういうことだ」野田は唸り声をあげた。

「その子たちが誘拐されたというのは間違いないのか。単なる行方不明とかではなくて」

「間違いありません。何しろ犯人から電話がかかってきたんですから」

「何といってかけてきたんだ」

「それが妙でしてね、詳しいことは福富家から訊けと、このようにいっているらしいのです」

「すると同じ犯人ということだな。身代金の話は」

「それについては、何もいわなかったそうです」

「どういうことだ。犯人の奴はいったい何を考えていやがる」

その時テーブルの上の電話が鳴りだした。ものすごい勢いで福富政子が受話器を取り上げた。「福富でございます」

「やあ、私だよ。誘拐犯人だ」先程と同様の声が、のんびりと名乗った。「約束通り、お子さんの声を聞かせてあげようと思ってね」

「聞かせてください。早く」

数秒ほど間を置いてから、少年の声が聞こえてきた。

「もしもし、ぼくだよ」

「健太、健太なのね。おかあさんよ、わかるわね」

「うん、わかるよ」

「あなた、今どこにいるの？　そこはどこなの？」

「わかんないんだ。だってぼく、目が覚めたらここにいたんだもの」

「じゃあ、どんなところ？」

「ええとね、暗くって狭い部屋」

「ああ、かわいそうに。元気にしてるの？　どこも怪我してない？」

「うん、してない」

「ごはんは食べたの？」

「お子さまランチ食べたよ。おいしかった。あっ、ちょっと待ってね。もう電話を代わらなきゃいけないんだって」

「あっ、健太」

また受話器を受け渡しする気配があって、先程の男の声に戻った。

「どうだね、元気そうだろう」

「まあ一応は……。それより、いつになったら健太を返してくれるんですか」

「それはもちろん取引が無事に終わってからだよ」

「一億円なら用意してあります。取引するなら、早くしてください」

「まあ、そう焦りなさんな。せっかく健太君の友達も集まったことだし、ゆっくりやろうじゃないか」

「あっ」政子が声をあげた。「じゃ、やっぱり月山さんや火村さんのところのお子さんを誘拐したのも……」

「まあそういうことだ。だけど、一人一人の親に電話するのは面倒だから、全部まとめておたくと交渉することにする。かまわんだろう?」

「それはかまいませんが、どうして二人も三人も誘拐するんですか。たくさんのお金を要求したいなら、健太一人でも充分なのに」

するとと電話の向こうで男がくすくす笑った。「二人や三人じゃないよ。いずれわかることだがね」

「えっ?」

「まあいい。とにかくこちらにはこちらの事情があるんだよ。ところで、そこに野田県警本部長がいるはずだが、差し支えなければちょっと代わってもらえんかね」

「えっ、あ、はい」政子は怪訝そうな顔で、受話器を野田のほうに差し出した。突然の指名に、野田は戸惑い顔だ。

「野田だが」舐められてはいけないと、精一杯威厳をこめた声でいった。

「やあ、ごくろうさん。たいへんだね」

「はっ」これはどうも、といいそうになって野田はあわてて口をつぐんだ。犯人の声は若い男のものだが、その独特の口調にはどこかで接した覚えがあり、それでつい媚びた態度をとってしまいそうになったのだ。

野田は咳払いをした。「私に何の用だ」

「まあそう固くならなくともよろしい」

「固くなんかなっているものか。なんだおまえは。態度がでかすぎるぞ。誘拐犯人のくせに」

「ほほう」低い笑いが電話線を伝わってきた。「そちらこそ、威勢がよすぎるんじゃないかね。私の態度が気にくわないなら、取引の話はもうやめにしてもいいんだが」

会話を聞いていた福富政子が、あわてた様子で首を振った。野田は怒りの言葉を飲み込んだ。

「私に話があるんだろう? それを聞こうじゃないか」

「うん。じつは君に頼みがある。パトカーを二十台ほど用意してほしい。それを福富邸の敷地内に待機させておくんだ。わかったかね」

「パトカーを二十台？　何に使うんだ」

「取引の時に必要なんだよ。まっ、詳しいことは後の楽しみということにしておこう」

「いつまでにだ」

「なるべく早くだ。またこちらから連絡する。じゃ、そういうことで」

「あっ、待ってくれ」野田がいった時には、すでに電話は切れていた。野田は部下のほうを振り返った。「これだけ長話だったんだ。今度こそ、まともに逆探知できただろう」

「そのはずです」

話していると電話がかかってきた。部下が即座に受話器を上げた。

「もしもし、あ、逆探知できましたか。はい、はい、えっ？」部下の表情が妙な具合に固まった。「はあ、わかりました……」彼はメモを取り始めたが、やはり顔色は冴えない。

「どこからだ」部下が電話を切るのを待って、野田は訊いた。

「はあ、それが」部下はメモを見ながらいった。「犯人は各国のコンピュータに侵入して、高度な転送機能を使ったらしいです。一応報告しますと、ここへかかってきたのはテヘランからだそうです」

「テヘラン？　この前はカメルーンで、今度はイランか。じゃ、その前はわからんのか」

「いえ、最近では逆探知技術も向上しておりまして、どこから転送されてきたのかも突き止めることができます」

「それならいいじゃないか」

「それがですね、テヘランへはサントドミンゴから転送されてきているんです。これはドミニカ共和国です。で、その前はコンゴのブラザビル。さらにその前はスリナム共和国のパラマリボ。残念ながら逆探知できたのは、そこまでだそうです」

「わかった、もういい」野田は手を振った。「逆探知はあきらめよう。それより」と彼は福富政子のほうを向いた。「お金のことで、ちょっとご相談したいことが」

「なんでしょう?」

「ええとですな。犯人はどうやら、健太君以外にも誘拐をしているらしい。となると当然、それぞれに身代金を要求することが考えられるわけですが、ほかのお宅ではこちらのように、すぐにぽんと一億円を用意するということはできないのではないかと想像されるわけです。犯人の要求に迅速に対応するためにも、ここは一つお力を貸していただけないかと」

「わかりました。身代金は当方で立て替えましょう」

きっぱりといってから、ふと何か思いついた顔を政子はした。「いいえ、立て替えるのではなく、全額こちらで負担させていただきますわ」

「えっ、全部ですか」野田はびっくりして訊いた。

「ええ、そのかわり」といって、政子は鋭い目線を県警本部長に返した。「この事件をマスコミに発表する時には、私どもで負担した金額はすべて、健太一人の身代金だったということにしていただきたいんですけど」

「ははあ、そういうことですか。すると、ほかのお子さんの身代金はタダだったということになりますな」

「いけませんでしょうか」

「いやあ、いけなくはないと思います。わかりました。なんとかしましょう」

このぐらいの金持ちになると、息子の身代金にも見栄をはらねばならないらしいぞと野田は思った。

「ええとそれで、いったいいくら用意すればいいのかしら。もし一人につき一億円ということなら……」

「そうですな、犯人の口ぶりですと、さらったのは二人や三人ではないという言い方でしたから、あるいは五億か六億は用意しておく必要があるかもしれません」

「その程度なら、金庫にあるんじゃないかしら。ねえ」そういって政子は、ひたすら影の薄い夫を振り返った。

「そうだね。ちょっと見てこよう」

福富良夫が立ち上がった時、刑事たち数人が先を争うようにして駆け込んできた。

「大変です。また誘拐事件です。二人、さらわれました」

「こっちもです。男の子が誘拐されました」

「こちらは三人いっぺんに」

「なんだと」野田は目を血走らせた。「するとこれで合計……」指を折った。「九人か」

するとそこへまた別の刑事たちが飛び込んできた。彼等は息をきらせながら、先程の刑事たちと同様のことを口々に報告し始めた。

7

「さてこれでこちらの段取りは整ったな」電話を終えた宝船がいった。「銭さんのほうはどうだい」

「わしのところも完璧だ。今夜中には、全部の地域に仕掛けを終える予定になっとる」コンピュータの画面を見ながら銭箱が答えた。画面には、地図が映っている。その地図上のいくつかのポイントが、ぴかぴかと点滅していた。

「いよいよ金の受け渡しだなあ」福富がいった。「うまくいくといいが」

「うまくいかんはずがない。おれたちがやっていることなんだぞ」宝船が自信たっぷりに応じた。「なあ、銭さん」

「そうさ。宝船の知恵と、わしのテクノロジーがありゃあ、鬼に金棒さ」

「それから我々三人の財力な」

「それはわかっとるが、小説やドラマなんかでよくいうじゃないか。誘拐では身代金の受け渡しが一番難しいとか」福富はなおも心配そうだ。

「だから逆にいうと、そこのところが一番ドラマチックで面白いということになる。誘拐犯人としては、最大の腕の見せどころというわけだな。これがないと、気の抜けたビールみたいなもんで、何も面白くない」

宝船の言葉に、「明日が今から楽しみだよ。いひひひひ」と銭箱も不気味に笑ってみせた。

「さてと、それじゃあ子供たちの様子でも見に行くか」

宝船が立ち上がると、他の二人もどっこいしょと腰を上げた。そして例によって猿のマスクをかぶる。今回は福富も、チンパンジーの面をかぶった。健太以外の子供には、顔を見せるわけにはいかないからだ。健太にも、チンパンジーの正体がおじいちゃんであることは、他の子供にいわないよう釘をさしてある。また子供たちには、おとうさんやおかあさんに頼まれて、二、三日ここの遊園地で君たちを預かることになったのだと説明してあった。

オランウータン、ゴリラ、チンパンジーのマスクをかぶった三人の老人は、建物を出て、遊園地に入った。そしてミッキーマウスが運転する電気自動車に乗って、園内を見回った。「おっ、いるいる」ゴリラの銭箱が前方を指差した。

三人の男の子が、ベンチに並んで座っていた。所在なさそうに、ぼんやりしている。

老人たちは彼等の前で自動車を止めた。

「どうしたんだい、坊やたち。遊ばないのかい」銭箱が話しかけた。

三人の子供たちは顔を見合わせた。しかし誰も何もいわない。

「遊園地は嫌いかい」銭箱が重ねて訊いた。

右端の男の子が首を振った。

「好きなんだろう?」

今度は三人が頷いた。

「それならどうして遊ばないんだい。ここにはいろいろな乗り物だってあるんだから、乗ってきたらどうかね」

すると三人はまた顔を見合わせ、黙り込んだ。やがて中央の子が、遠慮がちに口を開いた。「どれに乗ればいいの?」

「どれにって、どれでも好きなのに乗ればいいじゃないか。考えることなんてないだろう。メリーゴーラウンドでもいいし」

「じゃあ、そうする」真ん中の子が立ち上がると、両脇の子もそれに倣った。

「いや別にメリーゴーラウンドでなくてもいいんだぞ。くるくる回るコーヒーカップでも」

銭箱がいうと、歩きかけていた三人は足を止めた。

「じゃあコーヒーカップにする」先程の子がいい、三人でそちらのほうへ歩きだした。

「いや、おい、ちょっと待てよ」銭箱は三人を呼び止めた。「わしのいうとおりにする必要なんかないんだぞ。自分たちの乗りたいものはどれなんだ」

質問され、三人の子供はまた顔を見合わせた。そしてやがて泣き顔になった。

「わっ、おい、どうなってるんだ。なんで泣くんだ」

銭箱はあわてた。

「わかったわかった、よしよしもう泣くな」宝船が口を出してきた。「じゃあこうしなさい。まずはコーヒーカップに乗る。その後はメリーゴーラウンドだ。で、その後は、アイウエオ順に乗っていく。それでどうだい」

不思議なことに、三人の子供たちは泣くのをやめた。大きく一つ頷くと、しっかりとした足どりでコーヒーカップに向かって歩きだした。

「なんだい、ありゃあどういうことだ」銭箱が彼等を見送って呟いた。

「指示待ち族だよ」と宝船がいった。「何をするにも、親や教師の指示に従わなきゃならんと教育されているから、逆に指示がないと何もできないんだ」

「なんだそりゃあ、最近のサラリーマンと同じじゃないか」銭箱がいう。

「原因は同じさ。受験地獄が低年齢化してきたから、症状が出るのも早くなったというだけのことだ」

「やれやれ、世も末だ」

二人の話を聞いていた福富としては、他人事《ひとごと》とは思えなかった。孫の健太はここへ来てからも、ずっと勉強のことを気にし続けている。あれなどは昨今のサラリーマンが陥っている仕事中毒のようなものではないのか。

老人たちはさらに他の子供たちの様子も見て回った。ある女の子は、洋服を汚して母親から叱られるのをおそれ、乗り物に乗ることはおろかベンチに座ることもできず、一箇所でじっと立っているだけだった。またある男の子は、シューティングゲームを熱心に眺めてはいたが、決して自分ではやろうとしなかった。なぜやらないのかと尋ねると、「ぼく、うまくできないかもしれないから」という。どんなことでもうまくできなければならないという強迫観念にとらわれているのだ。

「なんということだ。どの子も全く子供らしくないじゃないか」一回りした後で銭箱がため息混じりにいった。「まるで人生にくたびれた中年を、そのまま幼児にしたようだ」

「世の中、狂っとるんだ」宝船が吐き捨てた。「あんな小さい子供を教育漬けにして、いいことなんかあるわけがない。親は気づいとらんのだよ。あの子供たちは我々がさらうよりも先に、すでに誘拐されとる。学歴社会という化け物にな」

8

翌日の朝、福富邸の門を、次々にパトカーがくぐっていった。野田によって呼び集められたものだ。またそのうちの数台は、現金輸送車の護衛も兼ねていた。その現金輸送車には、二十億円が積み込まれていた。すなわち誘拐された子供の数は、福富健太を含めて、ちょうど二十人だったのだ。これは幼稚園における健太のクラスのメンバー全員である。

健太を除く十九人の子供たちの親も、福富邸に集まっていた。そのほかに親戚一同、福富財閥関連企業の社長や重役、著名な文化人なども顔を揃えている。応接間では狭いので、パーティ用に作られたホールで全員が待機することになった。といっても、犯人からの連絡がないうちは、どうすることもできず、誰もが手持ち無沙汰である。客を退屈させることなど我慢ならない政子は、それではいけないとばかりに、至急フィルハーモニーを呼んで、ミニコンサートを始めさせたりした。腹の減っている人もいるだろうということで、有名料理店からコック連中も呼び集め、立食形式で好きなだけごちそうを食べられるようにした。まさにパーティである。

「本日は、うちの健太の誘拐事件のために、かくも大勢の方々にお集まりいただき、本当にありがとうございます」政子の挨拶《あいさつ》まで始まった。「これだけの方々に応援していただいているわけですから、必ず無事救出されるものと信じております。私共も、犯人の要求にしたがって、健太の身代金として二十億円を用意させていただきました」金額をいう時、彼女はちょっと胸をそらせ気味にし、声を少し高くした。会場の客たちから、ほう、という声が漏れた。

健太以外の誘拐された子供たちの親もここにはいるが、彼等は政子の発言に対して何もいわなかった。身代金を全額、代わりに負担してくれるのだから、文句をいうわけにはいかないのだ。

「それではここで、本日の活躍が期待される方に、一言ご挨拶していただきたいと思います。わたくしたちの治安を守ってくださる、野田県警本部長です」

苦々しい思いで客たちの様子を見ていた野田は、政子からの突然の指名に腰を抜かした。

「いや、その、私はちょっと」

「いいじゃないですか。決意のほどを聞かせてくださいな」

野田は結局、壇上に立たされてしまった。

「ええと、県警の野田です。今日はなんとしてでも、憎むべき犯人を捕まえてみせます。必ずご期待に応えてみせます」

野田がいうと、「いいぞ」とか、「日本一」「大統領」という声がかかった。

冷や汗をかいて彼が壇から降りた時、部下が駆け寄ってきた。「本部長、犯人から荷物が届きました」

「何、本当か」

「間違いないと思います」

「なぜ犯人からのものとわかる。中を開けたのか」

「いえ、それはまだですが、見ていただければわかると思います。荷物は万一のことを考えて、裏庭のほうに運んでおきました」万一のことというのは、爆弾の可能性をいっているわけだ。

「よし」野田は福富政子にも事情を話し、彼女と共に裏庭に向かった。

裏庭に行くと、段ボール箱がたくさん積み上げてあった。数えてみると二十個ある。

「これが全部犯人から送られてきたものか」

「そのようです」

野田は真っ先に差出人の欄を見た。そこには、誘拐犯人、とだけ書かれていた。なるほどたしかに犯人からのものだということは一目瞭然だ。

「ふざけたことを。よし、開けてみろ」

野田の命令で、爆発物処理班の連中が遠隔操作を使って慎重に箱の一つを開けた。ほかの者は遠巻きにして見ている。やがて箱は開けられたが、爆発はしなかった。中から出てきたのはパラボラアンテナと通信装置のようなものだった。

「なんだろうな、これは」箱の中を覗《のぞ》き込んで野田は首を傾げた。そしてほかの箱も全部開けさせてみた。中身は同じだった。ただしアンテナには一から二十まで番号がつけられていた。

その時、福富家の使用人の男が走ってきた。

「本部長さんにお電話です」

「どこからです」

「それが、ええと」使用人は頬《ほお》を掻いた。「犯人だと名乗ってますが」

野田は駆けだした。

応接間に行き、受話器を取った。「野田だ」

「やあ、荷物は届いたようだね。箱は開けてみたかね」

「開けた。あれは一体何だ」

「大したものじゃない、単なる通信機だよ。通信衛星を使うやつだ。説明書が入っているはずだから、それをよく読んでから使用してくれたまえ。パラボラアンテナは車の屋根に取り付けられるようになっている」

犯人の、依然として態度の大きい物言いに、むかっ腹を立てながら野田は訊いた。「どう使用しろというんだ」

「まず、用意した金を二十台のパトカーに振り分けてくれ」

「一億円ずつ積むわけだな」

「ほほう、二十億円用意したのか」

「違うのか。一人一億で二十億だろう」

「なるほど。それならそれでいい。金を積んだら、次にその通信機を、パトカーにセットしてくれ。電源はシガーライターから取れるようになっている。ところでアンテナに数字がついていることには気づいてくれたかね」

「ああ」

「その番号が、そのままこちらの呼ぶパトカー番号になるから、乗り込む警官たちに自覚させておいてくれたまえ。それから、一号車には君が乗り込むこと。責任者がいないと、面倒な場合があるかもしれないのでね」

「いいだろう。どうせ私も乗り込むつもりだった」

「いい覚悟だね。結構、結構。君たちにはこちらから、無線で指示を出す。二十台は全部周波数が違うので、そのつもりをしておいてくれ」

「そのためにわざわざ通信機を用意したのか」

「そうだよ、いかんかね。君たちには少々遠出をしてもらうことになるから、警察無線や携帯電話などでは、電波が届くかどうか不安なのでね」

どこへ行かせるつもりだろうと野田は訝《いぶか》った。

「以上の用意ができたら、夕方六時までに警官たちをパトカーに乗せて、いつでも出発できるようにしておいてくれたまえ。さて、何か質問はあるかな」

「子供はいつ返してくれる？」

「その話は取引が成立してからということにしようじゃないか。ではまた六時に」

犯人との電話を終えると、野田は部下に指示を出し、その後すぐに捜査一課長らと相談に入った。

「身代金をパトカー二十台に分けて運ばせるというのは、どういうことだろう」野田がまず疑問点を述べた。

「二十億円を一台で運ぶのは大変だと思ったんじゃないですか」刑事の一人がいう。

「それにしても、一台一億円というのは、無駄が多すぎるぞ」捜査一課長が反論した。「私はやはり、捜査の混乱を狙ったものだと思います。警備する立場からいえば、対象が二十台というのは多すぎます」

「それはいえるな」野田が同意した。「すると犯人は、一台一台に対する警備が甘くなることを期待しているのか」

「それ以外には考えられません」

「よし、とりあえず、近隣の県警には協力を要請しておこう。犯人の指示で、どこまで移動させられるかわかったものではないからな。それから至急携帯電話を二十個揃えて、各パトカーの乗員に渡してくれ。バラバラにされた時の用心だ」

そしてやがて六時になった。

「野田君はいるかな」野田が一号車の助手席に座って待っていると、通信機のスピーカーから声が聞こえた。

野田はマイクを取り上げた。「ここにいるぞ」

「いいだろう、では出発してもらおう。まずは国道に出て南下、そして東名高速道路に乗るんだ。その後は下り車線を、制限時速を守って走ってくれたまえ」

「どこまで行くんだ」

「それは考えなくていい。とにかく出発するんだ」

通信が切れた。野田は仕方なく、他のパトカーにも出発を指示した。

9

壁の巨大スクリーンに地図が映し出されていた。その上を二十個の点が移動している。点には一から二十までの数字が付されていた。

「間もなく分岐点だな」銭箱がいった。画面上の二十個の点は、現在は奇麗に整列して高速道路を西に向かって走っている。「そろそろ指示を出したほうがいいんじゃないか」

「そうだな。よし」宝船がマイクを取り上げた。「野田君、どうぞ」

「野田だ」不機嫌そうな声がモニターから出た。銭箱が吹き出しそうな顔をした。

「次のインターチェンジで、一号車から十号車までは高速道路を降りるんだ。十一号車から二十号車までは、そのまま高速道路を走り続ける。わかったかね」

「なんのために二つに分けるんだ」

「それは君がじっくり考えることだよ。とにかくいうとおりにするんだ」

「わかった。次のインターで、十号車までを降ろせばいいんだな」

「そのように、君のほうから部下に指示してくれたまえ」

「一号車から十号車までは、インターを降りてどうすればいい」

「出てすぐに、T字路にぶつかるだろう。そこを右折して直進だ」そういって宝船は通信を切った。そして地図を見る。「次の分岐までは、三十分ほどだな」


指定されたインターチェンジで高速道路を出た一号車は、犯人からの指示通りにT字路を右に曲がった。二号車から十号車までのパトカーも、ぞろぞろと後に続いてくる。さらにその後から、パトカー、ワゴン、白バイといった警備用車両もついてきた。高速道路上でも、この不気味な隊列に他の車の運転手たちは怯《おび》えていたようだが、一般道路では異様さが際だっている感じだった。何か事件でもあったのかと、歩行者たちもパトカーの行き先に目を向けている。

「犯人の奴め、やっぱりこっちを分裂させやがったな」野田がいまいましさを口調にこめていった。二手に分かれた関係で、警備用車両も半分ずつにする必要があったのだ。

携帯電話が鳴った。素早く野田は受話器をとった。

十一号車に乗っている捜査一課長だった。

「たった今、犯人から指示がありました」

「どういう指示だ」

「次のインターチェンジで、十一号車から十五号車は高速道路をいったん出て、改めて上り車線に入り、今来た道を引き返せというものです」

「なに、さらにまた分けるというのか」

「どうしましょう」

「やむをえん。指示に従ってくれ。警備陣も二つに分けるんだ」

「了解」

　電話を切ってから野田は呻いた。犯人はどういうつもりなのだ。

　通信機から声がした。「やあ、野田君。私だ」

「今度はなんだ」野田は怒鳴った。

「なんだ、ずいぶん不機嫌そうだねえ。今からそんなじゃ、もたないよ、君い」

「うるさい。何が、君い、だ。舐めるな」

「まっ、そう興奮せずに。もうすぐ君たちの前に、富士五湖のほうへ行く道路が出るはずだ。それに入ったら、河口湖まで行ってくれたまえ。そこから中央自動車道に入る。わかったかね」

「その先は？」

「それはまた連絡するよ。じゃっ」通信が一方的に切れた。

　野田たちの車が中央自動車道に入ると、すぐにまた指示が出された。

「大月ジャンクションで、一号車から五号車までは下り車線へ、それ以外は上り車線に入るように」

「待ってくれ。最終的な行き先を教えてくれ」

「そんなものを君が知っても屁《へ》の役にも立たんよ。気にせずに、こちらのいうとおりに走ってくれればいい」それだけいうと、野田の返事を待たずに犯人は通信を切った。

「くそお、すっかり連中のペースにはめられているぞ」野田は歯ぎしりしたが、今はいいなりになるよりほかなかった。

　間もなく大月ジャンクションが見えてきて、野田たち五台のパトカーは下り車線に、そのほかは上り車線に入った。そしてここでまた警備隊も半減である。

「こんなふうにして、警備を手薄にするのが狙いだな。そうはいくものか」野田は携帯電話を取り上げると、捜査一課長の乗っている十一号車に電話した。

「こちら十一号車」課長の声がした。

「もしもし野田だ。そっちの状況はどうだ」

「現在、首都高速を走っています。間もなく二手に分かれます」

「分かれる？　どんなふうに？」

「十一号車から十三号車までは、練馬《ねりま》経由で関越自動車道に入ります。十四と十五は、東北自動車道に入らされる模様です」

「警備は？」

「はっきりいって手薄です」捜査一課長は、ちょっと情けない声になっていた。

「行く先々の警察に連絡して、警備を協力してもらってくれ」

「わかりました」

「ほかのパトカーにも、そうするように指示してくれ。この分だと、一台一台をバラバラにされるかもしれん」

「了解」


捜査一課長との電話を終えると、他のグループにも同様の連絡を行った。東名高速道路を西に向かった、十六号車から二十号車のパトカーは、まだ分割されていなかった。しかし名古屋を過ぎると、いくらでも分岐点はある。まず間違いなく、分けられるだろう。

一通りの連絡を終えて電話を切ると、それを待っていたかのように通信機から犯人の声が聞こえた。

「間もなく岡谷《おかや》ジャンクションのはずだ。君たちはそのまま西へ向かいなさい。四号車と五号車には、そこから松本のほうへ向かうよう私から指示を出す」

「こんなにバラバラにしてどうする気だ。そっちだって、金を回収してまわるのに大変じゃないのか」

「心配してくれてありがとう。だがね、我々は動く必要はないんだよ。動き回るのは君たちだけでね。ではまた」

10

午前二時を回っていた。宝船満太郎は、大あくびをした。

「さすがにこの時間になると眠い。昔は明け方まで飲んでいても平気だったが」

「夜遊びの帝王といわれた男も、歳には勝てんか」銭箱がにやにやした。「まあしかし、あと少しの辛抱だ」

「うん、わかっとる。もう殆《ほとん》どが、所定の位置に近づいているからな」そういって宝船は壁の画面を見た。

二十個の点は、今や本州全土に散らばっていた。最西端は岡山県であり、最北端は岩手県だ。どちらのパトカーも市街地にはいない。今頃は山中深く入っているはずである。いや、他の十八台も似たような状況のはずだ。

「あんな辺鄙《へんぴ》なところへ行かせて、本当に大丈夫かね」福富が心配そうに訊いた。

「まあ見ていてくれ。あとはそれぞれのパトカーに、一回ずつ指示を出すだけだ。といっても、二十回だから楽でもないがね」宝船が通信機のスイッチを入れた。

野田はうんざりした気分で前方の闇に目を向けていた。彼の乗る一号車は、石川県と岐阜県の県境のあたりを走っていた。周囲は森に囲まれており、おまけに深夜ということもあり、現在自分たちがどこへ向かっているのか、野田も運転する警官も正確には把握できていなかった。

通信機から声がした。「やあ、お疲れさん」

のんびりとした犯人の声に、野田は殺意を覚えた。眠気と疲れが、それを後押しした。

「一体全体、我々をどこへ行かせる気だ」尖った声で訊いた。

「もうあと少しだよ。そのまま一キロ弱進むと、右に折れる細い道がある。そこへ入っていくと、行き止まりになっていて、古い祠《ほこら》がある。中に、大きめの段ボール箱が入っているから、それを取り出して開けてくれたまえ。後の指示は、その中に入っている。では気をつけて」

「金はどうするんだ?」野田が訊いた時には、通信は途絶えていた。

仕方なく、野田は運転手に指示を出した。少し行くと、なるほど犯人がいったような脇道があった。パトカーはそこへ入っていった。

間もなく行き止まりになった。今にも崩れそうな祠がある。野田はパトカーから降り、背中と腰を伸ばしてから祠に近づいた。

開けると段ボール箱が入っていた。それを運転係の警官と二人で引っ張り出し、地面の上に置いてから蓋を開けた。中には赤いビニールシートを畳んだようなものと、四角い黒い箱が納められている。箱には蓋がついていた。そしてその上に手紙が置いてあった。

『黒い箱の蓋を開け、五百万円を入れよ。蓋を閉じたら、箱の横のスイッチを押し、段ボール箱から離れよ。以上』

「五百万円とは妙ですね」警官がいった。「わざわざ一億円も運んできたのに」

「とりあえず、書いてあるとおりにしてみよう」

パトカーから金を持ってきて、百万円ずつに束ねた札を箱の中に入れてみた。なるほどそこには、札束五個がきっちりと入るようになっていた。

蓋を閉じ、もう一度箱全体を見回してから、野田は横のスイッチを入れた。

その直後、ものすごい勢いで段ボール箱の中からビニールシートが飛び出してきた。野田はびっくりして尻餅をついた。

見るとビニールシートは飛び出したのではなく、中に気体をとりこんで、どんどん膨らんでいくのだった。それは間もなく、直径二メートルほどになった。中のガスがヘリウムらしいことは、それが空中に浮かび始めていることで明らかだった。その風船の下部は、例の黒い箱と繋がっていた。野田たちが見守る中、五百万円を入れた黒い箱は、みるみる上昇していった。

「あれを追いかけるんだ」野田は警官に命じてパトカーに乗り込んだ。

だがそれが不可能だということは、運転手がエンジンをかけた時すでに明らかだった。風船は高く舞い上がり、夜の闇に溶け込んでいた。

「だめです、見当たりません」運転席の警官が、空を見上げて絶望的な声を出した。

野田は急いで、ほかの者に電話をかけてみた。だがここが山中だからか、それとも部下たちのいる場所に問題があるのか、携帯電話は繋がらなかった。

「急いで市街地に出てくれ」野田は運転手に命じた。

複雑な山道を走ってきたために、そこから抜けるには一時間以上を要した。そしてようやく電話が繋がるようになった。最初に繋がったのは、捜査一課長のところだった。

「すみません、やられました」課長は悲鳴のような声を出した。「今、奥利根《おくとね》のあたりにいます。一時間ほど前に、五百万円を風船に持ち去られました」

11

「今日、全国の数箇所で、未確認飛行物体を見たという人が現れました。目撃者の話では、物体は赤や青といったカラフルな球体のようで、かなり上空を飛んでいたということです。また岐阜県の田圃に、ピンク色の気球のようなものが墜落しているのが発見されています。これらの件につきまして、警察のほうからはまだ何の発表もありません」


風船が野田たちの目の前から飛び立って以来、十数時間が経過していた。捜査本部では、風船に関する情報集めに大わらわだった。

「とにかくわけがわかりません」昨夜《ゆうべ》の奔走でくたくたになり、目の下にクマを作っている捜査一課長が力無く首を振った。「墜落した気球はいくつか見つかっているんですが、どれも現金を積んだものではありませんでした。何者かによって現金だけが持ち去られたというのでもありません。どうやら見つかっているのは、我々が目にしたものとは別物のようです」

「攪乱《かくらん》戦法だよ」野田は机を叩いた。「気球の行方を追われないよう、ダミーの気球をいくつも飛ばしやがったんだ。どこまでもずるがしこいやつらだ」

「自衛隊にも協力してもらって、気球を探してもらいましたが、飛行中のものはとうとう見つかりませんでした」

そうだろうなと野田は思った。空は広い。たかだか二メートルの気球を、そう易々とは見つけられないだろう。

「自衛隊の話では、気流から推定して、今朝未明までに大半は太平洋のほうへ流されたんじゃないかということですが」

「それは動力がついていない場合だろう」

「そうですが……」

捜査員の一人によると、気球が飛び立った時に懐中電灯で照らしたところ、黒い箱の下から、折り畳まれていた小さなプロペラが出てきたということだった。犯人が何らかの方法で気球をコントロールしたことは明白だった。

「例の通信機の出所はわかったか」野田は訊いた。

「現在、全国の業者に問い合わせているところです。メーカーのゼニバコ電産にも当たってみましたが、そちらでは心当たりがないそうです」

「メーカーに訊いてもわからんだろうな」野田は頷いた。「よし、とにかくそのセンで捜査を進めてくれ。何しろ唯一の物証だからな」

「わかりました」疲れた顔で捜査一課長は答えた。

滞在三日目になると、子供たちの表情にようやく活気が戻ってきたようだった。自主的に遊ぶようになり、失敗を恐れなくなった。また秩序も生まれてきたようである。リーダーシップをとる者も出現してきた。ようするに、本来の子供社会が戻ってきたわけだ。

「よかった、よかった。子供はこうでなくちゃいかん。見てみろ、あの顔つき。生き生きとしているじゃないか」オランウータンのマスクをかぶった宝船が、巨大砂場で走り回る子供たちを見ていった。

「しかし、そろそろ家が恋しくもなってきたようだ。昨夜、ユカリちゃんはしくしく泣いとった」福富がいう。

「それも子供らしくていいじゃないか。甘えるのも仕事だ」銭箱がいった。

砂場でトンネルを作り、そこへ玩具の汽車を通そうとしていた健太が、空を見上げていった。「あっ、風船だ」

その声でほかの子供たちも上を見た。「あっ、ほんとだ」

「赤い風船だ」

「こっちへ来るよ」

三人の老人も空を見た。赤い気球が正確に彼等のところへ向かっていた。その少し後ろから、別の青い気球が続いている。

銭箱が懐中時計を取り出した。「思ったよりも早かったな。気流の具合がよかったらしい」

「いったいどういう仕掛けになっとるのかね」福富が

感心して訊いた。

「それほど大層なもんじゃない。ここから出す信号に引き寄せられとるだけだよ。電源の軽量化に苦労したが、太陽電池を併用したのがよかった」

「大したもんだ。風船のアイデアは銭さんかね」

「まあな。戦時中に、風船爆弾の設計をしとったのが役に立った」

「あの爆弾は、アメリカに落とすよう設計されたんだろう？」宝船が訊いた。

「そうだ。それに比べりゃあ、本土から数十キロしか離れとらんこんな島に着陸させるのなんて、屁でもない」

やがて西の空から、色とりどりの気球が次々に現れた。気球は徐々に高度を落とすと、遊園地内に落下していった。

「さあみんな、拾っておいで」福富が子供たちに声をかけた。子供たちは元気に駆けだした。

子供たちによって、二十個の気球は無事に回収された。いずれにも、五百万円の札束が積まれていた。五百万円が二十個で一億円だ。


あとはいよいよ子供たちを返すだけだった。誘拐した時と同様、特殊な催眠ガスを使って彼等を眠らせることにした。

「みんな、疲れただろう。この部屋でゆっくり眠るといいよ。目が覚めた時には、おうちに帰っているからね」福富が子供たちにいった。

「またここへ連れてきてね」ベッドの上から男の子がいった。

「ああ、きっとな」

「みんな、家に帰ったら、まず最初に何をやりたい？」ゴリラのマスクをかぶったままの銭箱が訊いた。

子供たちは少し考えてから、声を合わせて答えた。

「お勉強っ」

猿のマスクをかぶった三人の老人は、目を合わせ、小さくため息をついた。

門前金融

浅田次郎
Asada Jiro

昼食の盆を両手に持ったまま、一等陸士赤間《あかま》三郎は加賀士長の姿を探した。

市ヶ谷駐屯地の大食堂は陸軍士官学校以来の古い建物である。何しろ長いこと帝国陸軍の士官生徒や陸軍省の参謀が三度の飯を食った食堂だから造作は立派なもので、このさき百年は建てかえる必要はないという気がする。

むろん、広さも広い。日本一の人口過密を誇る市ヶ谷駐屯地の、陸海空全部隊の隊員の食事を一時間以内に終わらせる広さである。頭数からいえばたぶん、一個師団ぐらいの収容力はあるだろう。

ここで人探しをするのは難しい。満席のラッシュ・アワーで、隊員たちはあらかた同じ作業服を着ているのだ。

盆を捧げ持ったまま右往左往したあげく、ようやく窓際の席に加賀士長の姿を発見した。市ヶ谷名物のスキヤキはすっかり冷めてしまった。

「ごくろうさんです」

長いテーブルの対《むか》いの席に座ると、加賀士長は赤間をチラッと見たなり、露骨に嫌な顔をした。

「タマゴ、食いますか」

答えはない。赤間は生タマゴを加賀士長の盆の上に置いた。

「何だ、スキヤキにタマゴをつけないのか」

「あんまり好きじゃないんです。鍋で煮えてるわけじゃないですし」

「なら、貰《もら》うぞ」

何て付き合いづらい人だろうと思う。無口な上に、中隊事務室の要員だから日ごろ訓練で顔を合わせることも少ない。課業終了後は中央大学の夜間部に通学しているのだが、よほど真面目な人物らしく、新宿の安キャバレーはおろか、市ヶ谷界隈の喫茶店で見かけたためしもなかった。

事務室での任務は庶務係である。警衛隊や不寝番の勤務割当て、私的書簡の記録や配達、文書の管理など、要するに細かな事務仕事の一切を賄っている。

さて、どのように切り出したものかと、赤間は冷えたスキヤキを食いながら考えた。

「何か言いたそうだな」

「いえ……」

「特別勤務の希望日があるのなら、事前に言っておけ。多少は調整する」

「そうじゃなくって」

やはり血も涙もない性格らしい。もっとも、こうでなければ庶務係は勤まらないだろうけれど。

箸を置いて背筋を伸ばし、赤間は思い切って言った。

「自分に手紙がきてないでしょうか」

「隊員への手紙は即日配達している。何だ、ラブレターか」

「いえ。青年援護会からの」

差出人の名を口にしたとたん、加賀士長の箸が止まった。まるで犯罪者を見るような目付きを赤間に向ける。

「ちょっと利息を入れるのを忘れただけなんです。外出が取れなくて」

「理由が矛盾する。利息を入れるのを忘れたのか、外出ができなかったのか、どっちだ」

「ええと、両方です。お願いします、青年援護会からの請求書は直接自分に渡して下さい」

加賀士長の自衛官らしからぬ細い指が生タマゴをつまむ。

「これは返しておく」

「いえ、そうおっしゃらず」

「俺も好きじゃないんだ」

「べつに深い意味はないんですけど」

「手遅れだ」

と、加賀は赤間の盆の上にタマゴを置いた。テーブルに身を乗り出し、赤間の顔を招き寄せる。

「庶務係の任務として、以下の各項に該当する通信物を発見した場合、受領者に配達するより先に、営内班長および生活指導係陸曹に届けねばならない。ひとォつ――」

加賀士長は間近に赤間の目を睨みながら人差指を立てた。

「ひとォつ――、爆発物もしくは危険物の可能性ありと認める小包。ひとォつ――、差出人の記名がない封書。ひとォつ――、特定の政治団体または思想グループからの通信物。ひとォつ――、受取人の遅滞せる債務についての請求書。青年援護会からの通信物はすべて、その第四項に該当する」

中央大学の夜間部に通う加賀士長が、将来は司法試験をめざしているという噂はどうやら本当らしい。

「チタイせるサイム、って何ですか」

「返済が滞っている借金のことだ」

「ということは――」

「だから手遅れだと言ったろう。青年援護会からの手紙は借金返済の催促に決まっている。したがって昨日、現品を第五営内班長に届け出た。悪く思うな」

きわめて事務的な口調でそう言うと、加賀士長は作業帽を冠《かぶ》り、平らげた昼食の盆を持って席を立った。

物が咽《のど》を通らなくなってしまった。空腹のままでは午後の訓練にさしつかえる。生タマゴをぶっかけて、赤間は食いたくもない飯をかきこんだ。

先月、市ヶ谷駅前の「青年援護会」から三万円の借金をした。名前はたいそうだが、何も自衛隊の外郭支援団体ではない。駐屯地の近辺には全国どこにでもある、自衛隊員専用の高利貸である。

三万円を借りて、一回目の利息分の二千七百円は天引き。つまり手取りで二万七千三百円。以後毎月、二千七百円ずつを月末に持参するという約束だった。考えてみれば、月に九分とは法外な利息だ。返済できずに一年たてば、倍以上の金を返すはめになる。そんなことははなから承知の上で、三万円の遊興費に目がくらんだのだった。月の給与より多いのだから、三万円は大金である。

むろん、そんな金はたった二回の外出で消えた。半分はパチンコ代とキャバレーの飲み代、半分は後楽園の競輪場。だのに否が応でも月末はやってきた。

どうして給与を貰ったとき、二千七百円を確保しておかなかったのだろうと、赤間は今さら知れきった過ちを悔いた。要するにその給与も、直後の外出で溶け去ったのである。

とりたてて金遣いが荒いわけではないと思う。給与が娑婆の諸物価に釣り合わないのだ。その証拠に、自衛隊に入る前にはこんな金の苦労をしたことがなかった。東京オリンピックからこのかた、世の中はめざましく成長したというのに、自衛隊だけは高度成長の恩恵を授かっていない。

月明けに駐屯地内の公衆電話から、青年援護会に連絡をした。外出がとれないのでもう少し待ってくれ、と。

ところが返答は非情で、すでに催促状を中隊あてに出したという。まずい。それはまずい。隊の内外を問わず、決して借金をしてはならぬというのは隊員の心得であり、生活指導上の主眼目なのだ。入隊以来、上官から耳にタコができるほど固く戒められており、しばしば中隊長や先任陸曹の講ずる精神教育のテーマでもあった。

中隊事務室に届いた怪しげな私信が点検を受けるのは当たり前だから、ともかく庶務係の加賀士長に頼みこんで、事態の露見だけは避けようとしたのだった。

手遅れだと加賀士長は言ったが、たぶんそうではないと思う。仮にきのうかおとといのうちに同じ申し出をしたとしても、相談に応じてはくれなかっただろう。それが中隊庶務係の任務なのだから仕方がない。自分が甘かったのだと赤間は思った。

市ヶ谷名物のスキヤキにもほとんど手をつける気になれず、梅干をしゃぶりながら赤間一士は席を離れた。

残飯を捨て、プラスチックの食器を返納口に戻す。白いゴムのエプロンをかけた中島一士が、あわただしく皿を洗っていた。

「オス」

と、二人は同時に言った。

「いいよな、臨時勤務は。俺も糧食班に行きてえって言おうかな」

「おまえなんか出してくれるもんか。中隊の戦力なんだから」

小作りな顔にネズミのような前歯を剝いて中島は笑った。自分が中隊の戦力かどうかは知らないが、この同期生はたしかに戦力外である。早い話が、何をやらせても人並のことができないので糧食班への臨時勤務に出された。

現在の状況は中島の耳に入れておく必要がある。

「なあ、中島」

「何だよ」

風呂桶のようなステンレスの水槽の中で手を動かしながら、中島は白衣の肩で頰《ほお》を拭った。

「先月の利息、まだ入れてねえんだけど」

ええっ、と中島は敵の斥候にでも出喰わしたような驚き方をした。驚くのは当たり前だ。何しろこの同期生は、青年援護会の連帯保証人なのである。

「それ、やばいよ」

「やばいのはわかってる。どうやら中隊に手紙がきたらしい。いまさっき加賀士長に頼んでみたんだが、だめだとさ」

「で、どうなるんだ」

「さあ……」

「さあ、じゃないだろう。俺のほうはちゃんとやってるんだ。何とかしろ」

「金、貸してくれ」

「バッカじゃねえのか、おまえ。金がねえから相《あい》保証で金を借りに行ったんだろう」

「シッ、声がでかいぞ。ともかく課業終了後に話そう。大丈夫だ、悪いようにはしない」

「悪いようにはしないって、もう悪いようになっちまってるじゃねえか。ああ、やだやだ。きっと俺まで呼び出されるよな。で、来月から給与を管理されて、外出止めだよな」

中島は捨て鉢に言って、皿を洗い始めた。

青年援護会の話を持ちこんできたのは中島のほうだった。

一号館の地下にある「ドラゴン」でコーヒーを啜りながら、まったく唐突に、中島は夢のような話を切り出したのだ。

自衛官に金を貸してくれる会社がある。利息だけ毎月払って、元金はボーナスで返せばいい。ただし保証人が必要だから、相互保証ということで、どうだ。

前借りなどというものは考えられぬ自衛隊の中で、それは夢のような話だった。借金はご法度だと言われても、現実には自衛官に金を貸してくれる人間などいるはずはないと思っていた。考える余地などなかった。

中島は糧食班の古参陸士長にその話を聞いて、さっそく出かけたのだが、保証人を同伴しなければだめだと断わられた。そんな保証人などいるわけはないと言うと、だったら自衛官同士の相互保証でもよい、それならば友達はいくらでもいるでしょう、と言う。まことに理に適《かな》った話である。

外出許可が同時におりた土曜日の午後、二人は連隊脇の左内門《さないもん》から、意気揚々と娑婆に出た。

申請書に記入した外出目的は「休養」で、内容は「映画鑑賞」「食事」「喫茶」、同行者は「第三営内班中島一士」となっている。どうでもいいおざなりの申請書に忠実である必要はない。むろん、「青年援護会にて借金」とは記入していない。

外堀通りに向かって下る急な左内坂を、二人ははしゃぎながら歩いた。三万円の金を受け取ったら、とりあえず新宿に出てコーヒーを飲む。映画もいいけれど、サウナ風呂というのはどうだ。いや、やはり金があるのだから、同じ風呂なら二丁目の個室のほうがよかろう。夕方の開店と同時に歌舞伎町のキャバレーに飛びこみ、その勢いで二丁目へ――。

青年援護会は市ヶ谷駅に近い、怪しげな雑居ビルの三階にあった。「市ヶ谷支店」と書かれたプレートが、曇りガラスを嵌《は》めたドアに掲げられていた。ということはおそらく、「練馬《ねりま》支店」も「朝霞《あさか》支店」もあるのだろう。

中島はまず店内の様子を窺《うかが》うように、細くドアを開けた。だが、考えてみれば怖れることは何もないのだ。仮に見知った誰と鉢合わせしたところで、共犯にはちがいないのだから。

受付に愛想のない中年女がひとり。笑顔もなく、いらっしゃいませの一言もないところが、いかにも青年援護会の社名にふさわしい。雰囲気としては、駐屯地の厚生課に預金をおろしにきたようなものだ。

受付の後ろでは、五、六人の社員が机に向かっていた。

簡単な書類を書き、身分証明書を添えて提出する。長椅子にかけて煙草を一服するうちに、男子社員のひとりが立ち上がって二人の名を呼んだ。

「ええと、三十二連隊四中隊の、赤間一士、中島一士。こちらへどうぞ」

青年援護会が自衛隊専用の金貸しであることは、そうした客の呼び方ひとつからも明らかだった。もしかしたら社員は除隊者ではなかろうかと赤間は思った。

「同期ですか」

パーティションで仕切られた小部屋に入るなり、男は首をかしげながら言った。

「同期じゃ、まずかったですか」

背を伸ばして椅子に座りながら、中島は不安げに訊ねた。

「いえ、どうしてもだめだというわけじゃないんですけど、ほら、同期だと満期除隊も同じ日付ですよね。それに、今年の六月で二年の満期ですから、もう何ヵ月もないし」

「任期は継続する予定ですけど、だめですか」

フム、と男は肯《うなず》いて、赤間の顔を見た。

「赤間一士は？」

テーブルの下で、中島が爪先を踏んだ。

「ハイ。自分も継続の予定です」

「お二人とも、予定ですかァ？」

「いいえ、継続します」

赤間と中島は、きっぱりと声を揃えた。

陸上自衛官の陸士、つまり兵隊の任期は二年間である。債務者と連帯保証人が一緒に任期を満了して除隊してしまったのでは、貸した金も取りっぱぐれるということらしい。

「では、こういうことにしましょう。万が一、除隊するときには除隊日の一週間前までに全額返済。もちろんどちらか一人が継続任用するとしても、新しい保証人を立ててもらいます。よろしいか」

言葉のはしばしに、堅い語調が感じられる。やはりこいつは自衛隊経験者にちがいないと赤間は確信した。

やがて男は、書類に何やらぺたぺたと判を捺すと、

「少々お待ち下さい」と言って席を立った。

「……大丈夫かな」

「平気だろ。ハンコを捺してたし」

男はじきに戻ってきた。テーブルの上に差し出された茶封筒には、一回目の利息を天引きした金が入っていた。

「同期の相互保証だから、ご希望の三万はどうかと思ったんですけれど、まあいいでしょう。そのかわり、月末の利息はきちんと入れて下さいよ。返済もなく、利息も入らない場合は、不本意ながら連絡をさし上げることになります。そういうの、まずいですからね」

それはまずい。考えただけで背筋が寒くなる。

「もし外出が取れなかったり、警衛上番《じょうばん》とか演習参加とかでどうしても来ることができない場合は、どなたか代理人の方でも結構です。どのような事情でも、待ったはダメです」

「あの、たとえば災害派遣とか、待機命令とか、そういう急な場合はどうしましょう」

と、赤間はいちおう訊ねてみた。防衛出動はまさかないにしろ、地震が起きれば災害派遣に出るだろうし、過激派のテロがあれば全員外出止めで、営内待機となる。

「そういう状況にはこちらも対応します。あえて連絡の必要はありません。駐屯地内の情報は正確に入ってきますから」

要するに、嘘は通用しないという意味なのだろう。ともかく月末の利息を入れさえすれば、何の問題も起こらないのだ。

借金はたった二回の外出で、どこかに消えてしまった。


午後の訓練はことさらきつかった。

七・六二ミリの六四式小銃を胸前に掲げて走る「ハイポート」が、うんざりするほど続いた。

営庭からスタートして駐屯地を一周し、地獄坂と呼ばれる弾薬庫の脇の急坂を駆け上がる。ようやく戻ってきた営庭を隊列は非情にも通過して、それが五周もくり返されたのだった。

軽装の持久走、つまりふつうの長距離走は個人の能力が物を言うが、武装の場合はちがう。鉄帽に半長靴《はんちょうか》、小銃を持ってのハイポートは、ともかく飯《メンコ》の数である。装具の扱いに慣れていない隊員は次第に隊列から落伍し、相棒《バディ》と呼ばれる隊員が、それを励まし支えながら完走するはめになる。

二等陸士の石川とバディを組まされたのは、赤間一士の不幸だった。石川は後期教育をおえて中隊に配属されたばかりの新隊員である。しかも二十五歳という採用年齢ギリギリで、たっぷりと腹も出ていた。

はたして、石川は二周目に入ると早くも隊列から下がり始めた。

「どうした石川！　ついてこい、遅れるな！」

米軍ゆずりのリズミカルなレンジャー呼称の合間に、安田三曹が怒鳴った。

「赤間一士、石川を補助しろ。歩かせるな！」

ハイッと答えて、赤間は石川の大きな背を押した。

「走れ、石川。歩いたらおまえ、あとで和田士長にぶん殴られるぞ」

図体ばかりが大きく、何の取柄もない石川は和田士長のサンドバッグだった。課業終了後に屋上に呼び出され、石川が殴られるのは日課のようなものだが、きょうばかりはまずい。石川が歩けば、バディの赤間までが連帯責任を問われて殴られる。

小刻みに走りながら、赤間は懸命に石川を叱咤した。

「しっかりしろ、石川。握把《あくは》を弾帯に挟め」

「こう、ですか……」

小銃のグリップを、ひそかにベルトに差しこむ。教育隊では決して教えない、ハイポートのコツだ。

「鉄帽《テッパチ》をガチャガチャ揺らすな。頭を動かさずに走れ」

要領をいくらか呑みこむと、とにもかくにも石川は隊列の後尾にすがって走り出した。それでも最後の一周は、赤間が小銃を二丁かついで走った。

五周を走りおえて小休止の声がかかると、石川は営庭の砂の上に仰向いてしまった。古い陸士長たちは汗を拭きながら煙缶のまわりに集まって、煙草を喫い始める。一等陸士はたいてい屈みこんで息を整える。二等陸士は河岸《かし》の鮪《まぐろ》のように転がる。同じ訓練でも、飯《メンコ》の数はそれぐらい歴然としていた。

石川はそのまま息が上がって死んじまうんじゃないかと思うほど、仰向けに寝転んだまま動かなかった。

虚《うつ》ろに見開かれた目が、冬の雲を追っている。

「おい、ゴエモン。生きてるか」

「はいィ……」

こいつは何で自衛隊なんぞに入ってきたのだろうと赤間は思った。

娑婆に女房と、子供を二人も残してきたという話だ。定員を充足させるために、地方連絡部《チレン》はどんなことでもするが、これはやりすぎだろうと思う。

世は高度成長の真只中で、若者が職に困ることはない。旗色の悪いベトナムから、いつなんどき自衛隊にお声がかからないとも限らない。地連が募集戦線において空前の苦戦をしいられているのも当然だった。

石川二士が中隊に配属された晩、安田三曹が第五営内班の全員を集めて言ったことを、赤間は思い出した。

(この石川二士は、来月で二十六になる。ということは、俺よりも齢上だ。よんどころない事情があって、娑婆には奥さんと、子供が二人いる。したがって、特別外出や休暇については配慮してやらねばならん。以上、承知しておけ)

よんどころない事情とは、いったい何なのだろうと赤間は思った。一万五千百円という二等陸士の月給に釣り合う事情といえば、ひとつしか考えられない。

ようやく息の戻った石川の顔の上に屈みこんで、赤間は訊ねた。

「おまえ、ヤクザだったんか」

両肘をついて、石川は半身を起こした。

「ちがいます」

「だっておまえ、ほかに考えられないじゃないの」

「それは、ちがいます」

石川には齢なりの落ち着きがある。班長の安田三曹より齢上だと言われれば、たしかにそんな気もする。赤間より七つも上なのだ。

作業服のジッパーをおろすと、石川は胸に風を入れた。

「借金で首が回らなくなっちゃって、町金融の追い込みって、すごいから」

「だからっておまえ、何も――」

「地連の人が言ったんです。任しておけ、悪いようにはしないから、とりあえず自衛隊に入れ、って」

「ふうん。で、どうなったの」

「教育隊の班長と区隊長が、町金融を回って話をつけてくれました。給料はほとんど返済にあてられるけれど、ともかくこうして生きています」

「だって、女房と子供は」

「実家に戻りましたから。女房は働いているし」

「何やって働いてるの」

「水商売ですけどね。子供を食わせるぐらいは、何とか」

「ガキ、いくつなんだよ」

「上が女で、この春に小学校です。下はまだ三つだけど」

「うっへえ。でかいなァ」

「ガキができちゃったんで、結婚したんです」

入隊の動機が借金だというのは、珍しい話ではない。赤間の同期にも同じ境遇のやつがいた。しかし、娑婆に女房子供を残して自衛隊に転がりこむなどとは、ちょっと想像を越えている。

東京中の盛り場で、当たるを幸い若者たちに声をかける地連の勧誘は、巧妙かつ執拗だ。心を許して悩みごとなど口にしようものなら、たちまち自衛隊こそ天国であるかのような説得が始まる。もちろん嘘はない。柵の内側に転がりこんでしまえば、とりあえず娑婆での出来事のすべてはご破算になる。

だからといって、女房子供を捨ててまで選ぶ道かと問えば、百人が百人、ノーと答えるにちがいない。

「何でそんなに借金を作ったんだ」

いくらだかは知らないが、そこまでの決断をするからには、命のかかるぐらいの金なのだろう。三万円でないことだけは確かだと赤間は思った。

「自分の借金じゃないんです」

「え？　何だよ、それ」

「中学の先輩が運送屋を始めて、自分もそこで働いてたんです。最初はよかったんですけど、そのうちうまくいかなくなって、自分がいろんな連帯保証人とか手形の裏書きとかして――」

「で、その先輩が会社を潰してずらかっちまったと」

「まあ、そんなところです。先輩は独身で身軽だったけど、自分は女房子供がいたもんで、逃げようもなかったんです」

こんな不幸な人間が世の中にいるものだろうかと赤

間は思った。幸福なやつがきょうび好きこのんで自衛隊を志願するわけはないのだが、こいつの不幸はどう考えたって連隊チャンピオンだろう。

「赤間一士――」

石川は思いついたように鉄帽を脱いで、赤間の名を呼んだ。

「何だよ」

「銃を持たせちゃって、すんませんでした」

「仕様がねえよ、バディなんだから」

「自分も、そのうちみんなについて行けるようになりますかね」

「このブヨブヨの腹を何とかすればな」

赤間は弾帯の上にたっぷりと盛り上がった石川の腹の肉をつまんだ。こんな贅肉は、ふつう六ヵ月の新隊員教育隊でさっぱりとこそぎ落とされるはずなのだが、やはり娑婆の風に慣れた二十五歳という年齢のせいなのだろうか。

「陸士長になるころには、みんな同じ体になるさ。見てみろ、あれ」

赤いペンキで塗った屋外用の煙缶を囲んで、陸士長たちが煙草を喫っている。どの体つきも、身丈こそはちがうが精悍な兵士のそれだった。

あと何ヵ月かたてば、赤間もその輪の中に加わる。筋肉はすでに遜色ないと思う。

だが――赤間は石川二士のたるんだ体をしげしげと見つめた。

こいつの体がみんなと同じように引き締まる日など、はたして来るのだろうか。

訓練を終えると、営内班のベッドの上に古新聞を拡げ、小銃を分解する。部品をひとつひとつ磨き、組み上げ、武器庫に返納する。

古参の陸士長から順番に作業が終わるのはべつだん序列に順《したが》っているからではない。銃の手入れもやはり、飯《メシコ》の数が物を言うのである。二等陸士がまだ分解も終わらぬうちに、古い陸士長は組立まで完全におえて武器庫へと向かう。

「なにグズグズしてるんだ、ゴエモン。ラッパが鳴っちまうぞ」

返納をおえた和田士長が、石川の坊主頭をゴツンと叩いた。

「赤間、おまえのが終わったら手伝ってやれ。バディだろう、課業終了までにできなかったらおまえ、連帯責任だからな。わかってるな」

まさかこのさきずっとバディ呼ばわりされるのではなかろうな、と赤間は不安になった。どんな作業でも訓練でも、石川とバディを組んだら負担が倍になる。

二等陸士を殴るのに理由はいらないが、一士とは多少の付き合いもあるから、まさか虫の居所が悪いという理由だけで殴りとばすわけにはいかない。そんなき、バディとしての連帯責任を唱えるのは、和田士長の十八番《おはこ》だった。

「急げよ、ゴエモン」

部品と格闘する石川にひとこと告げて、赤間は武器庫に向かった。

鉄扉の前に、安田三曹が仁王立ちに立っている。返納を待っている顔付きではない。とっさに赤間は、あの件だと思った。

「赤間一士、武器手入れ終わりました」

「よし。点検」

安田三曹は銃を受け取ると槓桿《こうかん》を引き、銃口を覗《のぞ》きこんだ。

「赤間よォ……」

「はい。やり直し、ですか」

「いいや、手入れは上出来だ。おまえはこういうことをやらせると几帳面だよなァ。作業服もきちんとしているし、靴はピカピカだし。ふつう内務のいいやつっていうのは、戦技が得意なやつより安心していられるものなんだけどなァ」

いつもながら、遠回しで嫌味たっぷりな物言いだ。

「ところで赤間。おまえ、俺に何か言うことあるだろう」

「班長に、ですか」

とたんに安田三曹はムッと顔色を変え、小銃の撃鉄を落とすと、赤間を武器庫の中に引きずりこんだ。

「和田の耳にでも入ったら、半殺しだぞ。で、いくらあるんだ」

「いくら、って……」

「借金だよ。青年援護会からいくら借りている」

「三万です」

「保証人は」

「それは、ちょっと……」

中島の名を口にするわけにはいかなかった。

「うちの営内班の者か」

「いえ、ちがいます」

安田三曹は赤間の胸ぐらを突き放すと、小銃を銃架に置いた。

「まったく、どいつもこいつも。いいか、赤間。安給料なんだから借金をするなとは言わない。ボーナスの前借りだと思えば、殴るほど悪いことじゃない。だが、利息はきちんと払え」

アマニ油の匂いで胸が悪くなった。気を付けの姿勢をとったまま、赤間は咽を鳴らして生唾を呑みこんだ。

「金、ないんだろう」

「はい」

「俺が預っている厚生課の通帳に、暮のボーナスの残りが少し入っている」

「え、そうでしたっけ」

「明日の朝一番でおろしに行け。公用外出証を出してやるから、利息だけ払ってすぐに戻ってくるんだ。いいな」

隊員たちの預金通帳は、営内班長が管理している。むろん浪費を防ぐというより、盗難や紛失を予防するためだから、必要があればいつでも預金は下ろせる。てっきりからっぽだと思っていた通帳に、何千円かの金が残っていたとは知らなかった。

「二度とヘマはするなよ。外出ができないときは俺に言え。利息ぐらいは払ってきてやる」

「佐々一曹はご存じでしょうか、このこと」

生活指導陸曹の佐々一曹は旧陸軍から居流れた最古参の下士官である。暴力をふるうことはないが、この件を知ればおそらく頭は五厘に刈られ、幹部室で丸一日正座させられたうえ、反省文を書かされる。隊舎の廊下を曲がるときも「右向ケ前へ進メ」と胸の中で呼称して直角に曲がるような佐々一曹は、隊員たちにとってそれなりの脅威だった。

「言えるわけないだろ。加賀士長が気をきかして、佐々一曹より先に俺のところへ持ってきたんだ」

「ご迷惑をおかけしました。赤間一士、帰ります」

いったん回れ右をしてから、赤間はどうしても気にかかっていたことを訊ねた。

「あの、班長。今さっき、どいつもこいつもって言いましたよね。それ、どういう意味でしょうか」

「どいつもこいつもさ。わが第五営内班はみんな青年援護会の常連客だ。森士長、和田、栗山、渡辺、小村。ただし、利息を入れないってのは、おまえだけだけどな」

嚙みしめていた顎《あご》が、ガックリと落ちるような気がした。名前が挙がっただけでも自分を入れて六名。第五営内班の総員は十二名だから、半数である。

「でも班長。どうしてそんなことがわかったんですか。きちんと利息を入れていれば、借金していることなんてわからないでしょう」

口答えをしたわけではないのに、安田三曹は憮然とした。

「なあ、赤間」

「はい。何でしょう」

「その秘密をどうしても知りたいか」

「できれば知りたくあります」

「なら、教えてやろう」

安田三曹は銃架の蔭《かげ》に赤間を招き寄せた。

「これはわが第五営内班の機密に属することである。口外すれば殺す。復唱せい」

「はい。第五班の機密を口外すれば殺されます」

「よし。聞いて驚くなよ」

安田三曹は厚い唇をふるわせながら、濁った声を絞った。

「今を去ること八年前、当時二等陸士だった俺と森士長が、相保証で利用したのがそもそもの発端だった」

「げっ、ほんとでありますか、それ」

「あまりにも長いつきあいなので、青年援護会は俺にだけ情報を公開する。俺と森士長が相保証、和田の保証人は森、栗山の保証人は和田、渡辺の保証人が栗山、で、最新情報によれば、小村の保証人は渡辺だ。まったく仲のいい営内班だよなあ。保証人を一列縦隊で申し送ってやがる。ところで――おまえの保証人はいったい誰なんだ」

「自分の保証人は第三班の中島一士であります」

意外な事実を聞いたように、安田三曹は赤間を睨みつけた。

「まずいぞ、それは。戦線が他の営内班に拡大されるのはまずい。へたをすりゃわが班の実態が曝露される」

「その点はご心配なく。中島一士は業務隊糧食班の上官からの紹介で、青年援護会を知ったそうです」

「ふうむ。そうか、やつは臨時勤務に出ているんだっけ。ということは、こと借金戦線においては、業務隊糧食班の戦闘序列に入っている、ということだな。たまたまわが第五班の隊員が、その序列の末端と接触したにすぎん、というわけだ」

「そういうことになります。ところで——班長は今も借金があるのですか」

「そりゃあおまえ、飯《メンコ》の数だけ借金はかさむわな。俺も森士長も、すでに戦局は悲観的な状況にある。だが、決して降服はせん。この夏には森士長の四度目の任満一時金に二人のボーナスを併せ、戦局の一挙挽回を計ろうと思う」

「……武運長久を祈ります」

「おお。おまえもな」

廊下に出ると、体が軽くなったような気がした。青年援護会の実体をよくは知らないが、その存在のよしあしはともかく、自衛隊員の生活の一部になっていることに疑いようはなかった。

彼らは自衛官の生活を知りつくしている。返済不可能な金を貸すことはない。そう思えば、青年援護会という社名も伊達《だて》ではあるまいという気がする。

営内班のベッドの上で、石川二士は隊員たちの冷ややかな視線に囲まれながら、小銃を組み立てていた。


二泊三日の実弾射撃訓練が俸給日の翌日からという日程には、いささか悪意に近いものを感じた。

給料を貰えば一週間は外出許可の奪い合いになる。原則として通学者が最優先だが、それとて給料日の後は、通学にかこつけてどこで何をしているかわかったものではない。

残る権利は先任順、つまり自衛隊の飯《メンコ》の数で優先順位が決まる。だからといって、一士や二士が黙っているわけではない。部屋長や古い陸士長に取り入って外出に同行、つまり一緒に遊びに出る、という手がある。あるいは事前に俸給後の休暇か特別外出を申請しておくという方法もある。

しかし、俸給日の翌日から中隊をあげての実弾演習では身も蓋もなかった。

給料はとりあえず現金で支払われる。とりあえずというのはつまり、いったんは中隊長の手から現金入りの封筒で渡されるのだが、受領したその足で班長室に行き、必要最小限を除いた残りすべてを厚生課に貯金しなければならないのである。

「ええと、青年援護会の利息は演習から帰ってだな。だとすると、当面いくら必要だ」

「五千円、いいですか」

「多いな。何に使う」

「今晩隊内クラブで一杯やります。あと、煙草銭とお茶代」

安田三曹は窓ごしに営庭を眺めながら、少し考えるふうをした。

「まあよかろう。それから、営内班の臨時支出として、五百円ずつ徴収する。いいな」

「え、何ですか、それ」

「用途については後日説明する。ともかく五百円、もらっておくぞ」

有無を言わさずに安田三曹は、赤間の給料袋の中から五百円札を抜き出した。

「あの、班長。まさかとは思いますけど、いちおうお聞きします」

「何だ。文句あるのか」

「文句ではありません、疑問を解決してほしくあります。まさかとは思いますが、その五百円は誰かの利息を支援するためのものでしょうか」

「殺すぞてめえ」

「ということは、ちがうわけですね」

「あったりまえだ。借金は各個戦闘である。決して援護射撃を期待してはならない。用途については後日説明する。いや——説明するまでもあるまい。今晩にはわかるさ」

班員十一名から五百円ずつ徴収すれば五千五百円。これは大金だ。

翌《あく》る日の出発は早いので、その夜外出を許可されたのは通学生だけだった。

加賀士長が通学から戻った私服姿のまま第五営内班を訪れたのは、日夕点呼《につせき》をおえた消灯まぎわである。

「加賀士長、入ります。森士長に用事があって参りました」

加賀はデパートの包装紙にくるんだ大きな箱を抱えていた。

「よう、ご苦労さん」

ベッドから起き上がった部屋長の背中に、赤間は素早く作業外被《がいひ》を掛けた。

「左内門で警衛隊に中味を調べられましたので、包装がちょっと乱れております」

なるほど包装紙は不器用に包み直されている。

「ほう……」と、森士長は険悪な目つきをした。

「警衛はどこの部隊だ」

「連隊の、本管中隊です」

「分哨長は」

「通信小隊の大野三曹でした。四中隊の森士長からの頼まれ物だと言ったのですが、いちおう不審物の点検はしなければならない、と――」

「大野のバカも偉くなったもんだな。俺の私物が不審だというわけか。よし、演習から帰ったらぶっ殺す」

まもなく四任期をおえる営内の生き神様は、加賀士長から包みを受け取ると、よく通る古参隊員の声で号令した。

「石川二士、前へ！」

突然名を呼ばれて、石川は二段ベッドの奥から下着姿のまま這《は》い出てきた。

「安田班長以下、第五営内班全員から特別給与を支給する。受領せよ」

当の石川より先に、赤間にはその「給与」の中味がわかった。「石川、前へ」と、赤間はうろたえる大きな背中を押した。

「少々予算オーバーでしたので、僭越《せんえつ》ながら自分も一口、乗せていただきました」

加賀士長は冷ややかな口調に似合わぬ、温かなことを言った。

「早く開けてみろ、ラッパが鳴るぞ」

和田士長にせかされて、石川は立ったまま包みを解いた。段ボールの箱の中から真赤なランドセルが姿を現したとたん、冬の営庭に物悲しい消灯ラッパが鳴り響いた。

「第四中隊、消灯ォー！」

半長靴を軋ませながら、当直陸曹が廊下を通り過ぎた。隊舎の灯りが一斉に消え、隊員たちはベッドに潜りこんだ。

赤いランドセルを下着の胸に抱えたまま、石川は月あかりの中に佇《たたず》んでいた。やがて大きな影は正確な回れ右をし、声にもならぬ涙声で、「ありがとうございました」と呟いた。

二段ベッドの上から、栗山士長の低い声が命じた。

「消灯後はすみやかに就寝。明朝は〇七三〇《まるななさんまる》舎前に集合。遅れをとるなよ」

はい、と答えてからも、石川はなおしばらくの間、闇の中に立っていた。

「目標、正面の敵ッ！　距離三百、撃《て》ェー！」

安田三曹の声が雪もよいの冬空に谺《こだま》する。

伏射の姿勢で引金を絞ると、実弾の衝撃が肩を揺るがした。

「第五班、前へッ！」

第五営内班がそのまま第五戦闘班に早変りとは、運用訓練幹部の計画もずんざいな気がするが、考えてみれば何の不合理もない。むしろ互いの気心が知れ合っている分だけ、安全にはちがいない。

実弾戦闘射撃は、一個班全員が直線上に展開して攻撃しなければ危険きわまりない。射撃をしながらしばらく走るうちに、案の定、弾丸が赤間の脇をすり抜けた。

「バカヤローッ！　後ろから撃つな。前ッ、前ッ！」

石川は息を荒らげ、匍匐《ほふく》するというより這いずりながら、ようやく隊員たちの線まで上がってきた。

「安全装置かけてるか！」

「あ、いけねえ」

「うわっ、銃をこっちに向けるな」

よりにもよって、またこいつとバディを組むはめになってしまった。ハイポートとはわけがちがう。何しろ弾倉には、七・六二ミリの実弾がぎっしりと詰まっているのだ。

小高い砂丘の上に黄色い的を掲げた敵陣は、遥かに遠い。

「いいかゴエモン、頼むからまっすぐ走ってくれ。俺のほうに寄ってくるな」

「でも、和田士長が怒鳴るんです。あっちへ行けって」

誰だって死にたくはない。芒《すすき》の繁みで息を整えながら、和田士長は小石を投げてきた。

「ゴエモン、てめえこっちに寄ってきたら撃ち殺すぞ。正当防衛だからな、そうだ、赤間のほうへ行け！」

班長の号令で、戦闘班はまた一斉に前進を開始した。石川はたちまち遅れるが、まさか手を貸すわけにはいかない。左右を進む和田士長と赤間一士は自然と石川との距離をとり、戦闘班の両翼を少しずつ圧迫する形になった。

異変に気付いた安田三曹が叫んだ。

「赤間一士！」

「赤間、現在地！」

「石川二士！」

「石川二士、現在地！」

答えながら拳《こぶし》を挙げる。

「赤間、石川は攻撃線を離れて左翼に迂回、側方から敵機関銃を攻撃せよ！　了解か」

要するに、危ないからどいていろ、ということなのだろう。敵陣の左翼には土嚢《どのう》を積み上げた機関銃座らしきものがあり、もちろん人はいないが、重機関銃を模した木組が据えられていた。

「ゴエモン、安全装置」

「安全装置、よし！」

「左に迂回する、ついてこい」

赤間が低い姿勢で駆け出すと、石川は鉄帽や装具をガチャガチャ鳴らしながら追及してきた。

二人が離脱するのを待ちかねたように、戦闘班は前進を開始した。みごとな直線だ。

たぶん、もう射撃をするべきではないだろうと赤間は思った。だが、ぼんやりしているわけにはいかない。後方では中隊長はじめ中隊の幹部が、眼鏡《がんきよう》で一部始終を見届けている。

機関銃座に向かって匍匐しながら、手榴弾《しゆりゆうだん》を二つずつ持っていることに気付いた。安全ピンをはずして投げれば、ポンと花火のような音を出して破裂する模擬弾だが、機関銃を潰すとなればこれを使うほかはあるまい。つまりこういう状況のために、二個ずつの手榴弾を配られたのだ。

「説明が足らねえんだよな、班長。聞き返すのも間抜けだし。いいのかな、使っても」

さらに匍匐を続けながら攻撃線を振り返る。銃声で声はかき消されているが、安田三曹が軍手を嵌めた掌《てのひら》を上げて、手榴弾を投擲《とうてき》するそぶりをした。

「やっぱり、手榴弾を使えだとさ」

えっと声を上げて、石川は匍匐をやめた。

「自分、手榴弾は投げたことないんですが」

「実弾じゃない。花火みたいなやつだ」

跳躍と匍匐とをくり返しながら、二人はようやく機関銃座に肉迫した。

「ほんとならまちがいなく戦死だよな。こんなにうまくいくもんか」

二人は砂地に片膝を立て、安全ピンを引き抜いて手榴弾を投げた。赤間の投げたものは銃座の中でポンと爆《は》ぜたが、石川の投げた手榴弾は目標まで届かず、土嚢に当たってころころと斜面を戻ってきた。

斜面に腹這った二人の目の前で、ポンと情けない音がした。

「あのなあ、ゴエモン……」

「すんません」

「ごめんじゃすまねえと思うんだよな、ほんとだったら」

赤間一士は攻撃線に向かって叫んだ。

「機関銃、沈黙！」

その声を合図に、第五戦闘班は立ち上がり、着剣した小銃で連射しながら突撃を開始した。

「援護するぞ、ゴエモン」

赤間と石川は間を置いて伏射の姿勢をとり、小銃の脚《きゃく》を出して実弾を連射した。

快い反動を全身で受け止めながら、赤間はどういうわけか、青年援護会の妙に清潔な事務所の空気を思い出した。

社長も社員も、たぶん退職した自衛官にちがいない。そうでなければ高利貸の事務所が、あんなに清らかなはずはない。

借金を返済して満期除隊したら、あの会社に雇ってもらえないものだろうかと赤間は思った。

好きで入ったわけではないのだから任期満了は待ち遠しいけれども、近ごろではこの暮らしもまんざらではないと思うようになった。だとすると、除隊してからも自衛隊に向き合って暮らせる青年援護会は、もってこいの職場かもしれない。

ある日、利息を払いに行った事務所で、背広を着た自分が応対に出たら、班長や部屋長はどんな顔をするだろう。

敵陣の正面で実弾を撃ちつくすと、戦闘班は声を揃えて万歳を三唱した。

赤間と石川も、砂丘に立ち上がって万歳を叫んだ。何だかばかくさいけれども、ともかく日本軍の戦は、これをやらなければ終わらない。

バンザイ、と赤間は、冬空に向かってひとりだけ、四度目の間抜けな声を張り上げた。

彫刻する人

乃南アサ
Nonami Asa

1

「富士山」

ふいに背後から可奈子《かなこ》の声がしたので、ベランダに置かれている鉢植えを眺めていた川口恒春《つねはる》は、反射的に顔を上げて、ベランダの手すりの向こうに広がる景色の、空と陸地の境目の部分を見渡した。マンションの四階にあるこの部屋は、近所の建物に多少の邪魔をされてはいるけれど、それでも見晴らしは良かった。ところどころを建物に遮られて、切れ切れに見える凸《でこ》凹《ぼこ》の地平線は、薄ぼんやりしている空に半ば融《と》け込んでいる。その向こうに、山らしいシルエットなど探せるはずもなかった。

第一、考えてみれば、こんな方向に富士山が見えるはずが無い。マンションはむしろ都心の方を向いているのだから、見えるとすれば、せいぜい東京タワーのてっぺん程度なのだ。いくら探したところで秩父《ちちぶ》の山並の端っこだって見えはしないはずだと気がついて、恒春は口の半分で笑いながら可奈子の方を振り返った。

「富士山なんか見えるはず、ないだろう。どっち向いて建ってると思ってるの」

全《すべ》ての窓を開け放ち、すっかり初夏の空気が漂う部屋で、テーブルにナイフやフォークを並べていた可奈子は一瞬ぽかんとした顔になり、それから呆《あき》れたような、悪戯《いたずら》っぽい顔で笑った。

「違うわよ、あなた」

「え？」

「恒春さんのね、後ろ姿が、富士山みたいだって。そう言ったの」

「――富士山？」

そこで、恒春は怪訝《けげん》な表情になって、自分の身体《からだ》を見回した。ゆっくりと昼寝をして、シャワーを浴びた後で、トランクス一枚になってベランダで缶ビールを飲んでいたのだから、目に飛び込んできたのは、自分の白い肌ばかりだった。

「――すえ広がり」

可奈子は、室内からこちらを見て、くすくすと笑いながらそう言うと、さっと立ち上がって台所の方へ行ってしまった。恒春は、どういう意味か分からなくて、しばらくの間はぽかんとしていたが、やがて、窓ガラスに映る自分の姿を見て納得した。

確かに、首から肩にかけての線は案外華奢《きゃしゃ》で丸みを帯びており、日頃の姿勢の悪さからか、肩は前に向かって下がっている感じで、撫で肩に見える。それが下半身に向かうにしたがって、妙にむっちりとした肉をつけている。腹のまわり、腰、尻のあたりになると、かなりの重量感があって、サッカーをしていた昔よりずいぶん細くなってしまった脚の部分を除けば、それは、確かに末広がりに近い線を描いていた。

「うまいこと、言うもんだな」

自分も思わず笑ってしまいながら、恒春は飲み終えたビールの缶を持って部屋に戻った。

「すっかり、おじさんの体型ねえ。昔は、サッカーとかラグビーとか、やってたんでしょう？」

恒春は、ぽってりと肉のついてしまった裸の腹をぴちぴちと叩きながら、可奈子が夕食の支度をしてくれている台所に行き、もう一本、缶ビールを取り出した。可奈子は、その様を見ながら、明るく眉を動かして肩をすくめる。

「まあ、それだけ飲んでばっかりいれば、無理もないわね」

「そういうこと。おまけに、昔は上の方についてたものが、歳とともに重力に逆らえなくなってきてるんだな」

ビールのリングを引きながら、恒春は自分も穏やかに笑い、背中で「もう、情けないなあ」という可奈子の声を聞いた。このマンションには、台所と浴室をのぞけば、寝室と居間と食堂を兼ねているひと部屋しかない。その、十四畳ほどの広さの部屋に戻り、まずはテレビのリモコンを探してスイッチを入れる。さっき可奈子が掃除機をかけてくれたから、カーペットはさらさらとして心地よく感じられるようになった。その上にあぐらをかき、改めてゆっくりとビールを飲む。何ともいえない安らぎと、気だるい満足感が心を満たしていく。これで、のんびりと夕食を取ったら、このまま、ナイターでも見ながら、ごろりと横になろう。どこへも出かけない休日は、こうして明るいうちからビールを飲み、何もしないで過ごすのが、恒春はいちばん好きだった。

「何だか、結婚前とも思えないわね、その落ち着き方」

山盛りのパスタをのせた大きな皿を持ちながら、可奈子はなおもくすくすと笑っている。

「私たちの仲が、今ひとつ新鮮味に欠けてるのは、あなたのその、体型のせいもあるのかも知れないわねえ」

「そうか？　俺は、十分新鮮だけどね」

「何だか、お父さんと一緒にいるみたいな感じがしちゃうもの。パンツ一枚で歩いていられたって、緊張もしやしない」

「へえ、可奈子の親父さんは、年頃の娘の前で、こんな格好をするの」

「私が中学生の頃くらいまでよ。今、そういう格好をするのは、恒春さんだけ——ほら、そうやってあぐらをかいてると、まるっきり富士山」

可奈子に言われて、恒春は仕方なく自分も笑った。自分の体型を笑われているのだから、少しは傷ついても良さそうなものだったが、それも面倒な気がする。だいたい、これぱかりは笑われたって仕方がないものなのだし、六歳年下の可奈子が、たとえ笑おうと小馬鹿にしたことを言おうと、大概のことは甘んじて受けようというのが恒春の方針だった。既に先月で三十歳の大台に乗って、今更かりかりすることなど何も無い。

「いいの。男に大切なのはね、こういう親父みたいな安心感なんだから」

それまで心にも思ったことの無い台詞《せりふ》を適当に吐き、恒春はテレビに向かった。

一人でちょこちょこと動き回るのが好きらしい可奈子は、「そうですかね」などと言いながら、それでも機嫌の良さそうな表情で、せっせと食事の支度をしてくれる。彼女は家庭的な性格らしく、せっかくの休日というのに、恒春が不精をして、どこにも出かけたくないと言っても、特につまらなそうな顔をしたこともない。彼女は、家の中で楽しむ方法を心得ているらしかった。

「恒春さんと一緒にいられれば、それで楽しいんだもの」

そんなことを言って、彼女は恥ずかしそうに笑っていたこともある。甘えん坊のくせに、ままごと遊びの母親みたいに、恒春の世話を焼くのが、可奈子は楽しくて仕方がない様子だった。そのお蔭《かげ》で恒春のむさ苦しかった部屋は、可奈子が訪ねて来るようになってから、見違えるくらいにきれいに片づいた。

やがて、全てのテーブルの準備が整うと、可奈子はよく冷えたワインを取り出してきた。

「何か、着れば？　お食事するのに、その格好はないでしょう」

ちらりと、非難する目で言われて、恒春は素直にトランクスの上にTシャツを着込み、それから改めてテーブルに向かった。ちん、とグラスの触れ合う音が涼しげに響いて、二人は瞳《ひとみ》で微笑《ほほえ》みあいながら、甘みの少ない白いワインを飲んだ。

「いいなあ、楽ちんだ。可奈子が何でもやってくれる」

テレビをつけたまま、恒春はチキンの料理とパスタとを頬張《ほおば》り、それをワインで流し込んで、さらにサラダにも手を伸ばした。可奈子は母親みたいな表情で、柔らかく微笑んでいる。

「あんまり甘やかさないようにしようかしら。それ以上ぶよぶよになられたら、嫌だわ」

「いいの、俺は俺なんだから」

「いくら、あなただって、押しつぶされそうな人と一緒にいるのなんか、私、嫌だもの」

「――そうかぁ？」

恒春は料理を頬張りながら、案外真面目な表情でこちらを見ている可奈子を見た。彼女は、心持ち口を尖《とが》らせて、水鳥の雛《ひな》を思わせる表情でゆっくりとうなずいた。恒春はふと、この可奈子を失った時のことを考えてみた。彼女がこの部屋に来るようになる前の、自分の殺伐《さつばつ》とした食生活のことを考えると、もう二度と一人には戻りたくないとさえ思った。三十歳にして、ようやく巡ってきた春なのだ。

「身体にだってよくないと思うわ。何だか、急に太ったみたいだもの」

さらに言われて、恒春は今度は少し真剣に考えざるを得なかった。確かに、この半年ほどの間に、急に太ってきたのは自覚している。幸せ太りだ、などと、可奈子の存在を知っている会社の同僚にからかわれながら、実はこの夏のスーツを作った時にも、密《ひそ》かにズボンのサイズを大きくしたのだ。けれど、こうして毎週のように旨《うま》いものをたらふく食わされて、その挙げ句にぶよぶよになって、それで別れられてしまうというのは、なんとも理不尽な気がする。

「少し、身体を動かした方がいいわよ」

「まあね、もう少し暇になったらね」

可奈子は、黒目がちのくりくりとした瞳を輝かせ、少し切なそうに見える表情で、まだ口を尖らせている。全体に小柄なために、ひどく痩せているという印象は無いのだが、彼女はいくら食べても太らない体質らしく、腕などを見ると、子どものように見えた。時折、脱ぎ捨てられている彼女の服を見る時、恒春は、よくもこんな小さなものに身体が納まりきってしまうものだと感心する。

「暇なんて、自分で作るものだわ」

「旨いね、これ。可奈子、天才」

恒春は、真剣になりそうな可奈子に向かって、にこりと笑って見せると、大きな口を開けて料理を頬張った。可奈子は、続けて何か言おうとして、やがて諦《あきら》めたようにため息をついた。

「本当に、成人病になっちゃうから。私、病弱な男の人なんか、嫌なんだから。私に出来ることっていえば、お休みに、こうやってお料理する時にね、塩分を控えめにするとか、お野菜を増やすとか、それくらいなのよ。恒春さんが普段はどんな食生活をしてるかなんて、私には分からないんだからね」

「気をつけるって。暇を作って、身体を動かせばいいんだろう？」

実は、可奈子には内緒にしているが、最近恒春自身も、時折腰がだるくなったり、肩が凝ったりするのを多少気にしていた。年齢からくるものだろうか、などと思ってみたり、疲れがたまっているのだと自分を慰めたりしているが、決定的に運動不足であることは否《いな》めない事実だった。ここは、可奈子に嫌われないためにも、奮起して身体を動かすのも良いかも知れない。なに、可奈子の言う通り、暇など自分で作るものだ。毎晩のように飲み歩いているのを、週に一度だけ減らしさえすれば、それで良い。むしろ、汗をかいた後のビールの方が、旨いに違いない。

「水泳でも、始めるかな」

ぽつり、と言うと、可奈子は嬉しそうに何度もうなずいた。心の底から恒春の健康を案じてくれているらしいと分かって、恒春は思わず手にしていたグラスを置いて、彼女を抱き寄せ、その小さな鼻の頭に軽く唇をつけた。頭でも顔でも目鼻でも、全てが小さく出来ている可奈子は、まるで生きている、不思議な人形みたいに見えることがあった。恒春のいちばん大切な、人形だ。そんな可奈子に嫌われないためにも、恒春は、明日にでもさっそく、駅の傍《そば》のスポーツクラブを覗《のぞ》いてみようと思った。

「でも、三日坊主じゃ駄目なのよ」

「見くびってもらっちゃ、困るな。俺はね、でだしは遅いけど、いったんエンジンがかかると、後はすごいんだから」

恒春の腕の中で、可奈子はわずかに唇を噛み、上目遣いに恒春を見上げて笑っている。果たして長続きするものかどうかは分からないが、取りあえず、久しぶりに身体を動かしてみるのも良いだろうと思いながら、恒春は、そっと自分から身体を離して、改めてワインを注ぎ足してくれる可奈子に笑いかけていた。

2

その年の、夏も盛りを迎えたある日、恒春は会社の仲間に誘われて、ビアガーデンに行った。

「ねえ、川口さん、最近瘦せたんじゃない？」

大きなジョッキを掲げて乾杯をした後、一人の女子社員が恒春を見て言った。すると、他の同僚も口々に「痩せた」と言い始めた。恒春は笑いながら「まあね」と答え、まんざらでも無い顔でビールを飲んだ。

「なぁに、どこか悪いの？」

「ダイエット？」

女子社員たちが口を揃えて言う。

「違う、違う。こいつ、水泳始めたんだって。な？」

同期の村田という社員が、冷やかし気味に恒春を見た後、恒春に代わって説明を始めた。

「彼女にさ、怒られたんだって。あんまりぶよぶよしてると、捨てちまうぞって、脅《おど》かされたんだと」

恒春はにやにやと笑いながら、ただうなずいていた。他人の口から改めて説明されるのを聞いていると、あんなに小さくて人形みたいな可奈子が妙にしっかり者に思えるから不思議だった。

「あら、川口さんって、そんな彼女がいたんですか？」

「結婚、いつですか？」

女子社員たちは、心の底から感心した表情で、口々に「へえっ」と言っている。恒春は、最近では、若いOLからは、どうもおじさん扱いを受けることが多くなって、彼女たちと話すことがあるとすれば、何かの相談を受ける時くらいのものだった。そんな彼女たちに向かって、こちらから可奈子の話などをしたことも無かったから、妙に照れくさくなって、しきりににやにやと笑ってばかりいた。

「それで、頑張っちゃってるんだ。川口さんって、案外可愛いんですねえ」

「水泳か、私も始めようかなあ。川口さん、週に何回くらい、行ってるんですか？」

「最初は、週に一回だったんだけどさ、何となく物足りなくなってくるんだよな。だから、最近は週に二、三回は行ってるよ」

「すごい！　それくらい泳げば、痩せますよねえ」

彼女たちは口々にそんなことを言い、それから、自分たちがダイエットにどれほどの苦労をしているか、甘いものを我慢するのに、どれほどの精神力が必要か、などという話を賑《にぎ》やかに披露し始めた。恒春は、彼女たちの話を聞くうちに、多少なりとも酒を控えれば、それだけでもかなり摂取カロリーを抑えられるのだと再認識した。とにかく、体重が減り始めて、いちばん楽になったのは自分自身なのだと、改めて感じていたのだ。

「もともとハンサムなんだもの、痩せたら格好よくなっちゃいますね、川口さん」

「そうかな」

「そうしたら、急に浮気でも始めるつもりなんじゃないですか？」

二十歳そこそこの女の子に言われて、恒春は「君なんか、どう」という言葉を慌《あわ》てて呑み込んだ。おかしなことを言ってしまって、セクハラ扱いをされたのではたまらない。

「おう、もう一軒、行こうぜ」

やがて、ビアガーデンでひと頻《しき》り賑やかに過ごした後、恒春は駅に向かう女子社員に手を振りながら、隣にいる村田に言われた。

「ああ、悪い。今夜は、これで、やめとくわ」

何となく、さっきのダイエットに関する会話が思い出されて、恒春は、少し考える顔をした後、いつになく村田の申し出を断った。以前ならば、何があっても断れない気がしていたのに、口に出してしまえば、それは案外簡単なことだった。恒春に断られても、村田はさほど不愉快そうな顔もせずに、案外あっさりと「そうか」と言った。

電車に揺られながら、恒春は不思議な満足感に浸っていた。確かな足どりで、疲れを引きずることもなく帰宅できることが、なぜだか奇妙に嬉しかった。今夜、こうして余計に摂取せずに済んだカロリーの分だけ、自分はせっかく減った体重を戻さずに済むのだ。

よくよく考えてみると、恒春は、そう酒を飲みたいわけでもないのだということに、最近になって気がついた。雰囲気が好きで、ただ習慣で手が伸びていただけのことかも知れない。それが、全て脂肪になって蓄えられていたのかと思うと、恒春には、金を使って愚かなことをしてきたのかも知れないとさえ思われた。それよりも、プールに飛び込んで、全身を動かしていた方がよほど気持ちがいい。こうしていたって、すぐにでも泳ぎたいくらいだ。

——面白いよな、自分の身体を変えるのって。

ほろ酔い程度の頭で電車に揺られながら、恒春は車窓に映る自分の姿を見つめていた。最近では、可奈子は逢うたびに驚いてくれている。こうして自分の姿を見ていても、確かにただ痩せたというよりも、全体に引き締まって、すっきりとしてきている。彼女がもっと驚いて、完璧に惚れ直すくらいに、格好良く変身してやろうと、恒春は自分を見つめながら決心していた。

ところが、夏も盛りを過ぎて秋を迎えた頃、ある時点から体重は減少をやめてしまった。水泳を始めて、四カ月が過ぎた頃だった。最初、恒春は落胆し、次には焦りを覚えて、以前にも増して水泳に励むようになった。だが、それでも体重は減っていかない。酒も減らし、昼食にはそばを食うようにしても、体重計の目盛りは、無慈悲なくらいに低い数字を示してくれなくなった。

確かに腹はへこんだし、ズボンだって、ウエストがだぶだぶになった。体重の点では、標準に達しているのだから、ひょっとすると、もうこれ以上は減らないのだろうかと思うと、久しぶりに張り切っていた気持ちが、急速に萎えていくのを感じる。

——まあ、どうってことはないけどな。

その夜、恒春は誘われるままにビールを飲み、ここのところでは珍しくほろ酔い気分になって帰宅した。まあ、あとは今の体重を維持することさえ考えれば良いのだ。何も、水泳程度に血道を上げる必要など、ありはしない。やれば出来るのだ、ということは可奈子にも会社の連中にも証明してみせたのだから、あとは時折泳ぎに行く程度でも良いのかも知れない。そんなことを考えながら、服を脱いで、風呂に入ろうとした時だった。浴室の鏡に映った自分の姿を見て、恒春は目をみはった。

「あれ——これ、俺？」

もともと、自分の裸体など、しげしげと見る機会は少ないし、風呂に入っている時でも、ほとんど意識したことが無かったから、まるで気づかなかった。これでは体重が落ちなくなったはずだった。

——俺の、身体か。

恒春の肉体は、その脂肪が落ちるにしたがって、今度は、躍動し、発達することを忘れていた筋肉が、徐々に、だが確実に表面に現れ、変化し始めていたのだ。ただ痩せるだけでなく、恒春の肉体は、これまでとはまるで違う逞《たくま》しさに向かって成長を始めていた。ただの運動不足の解消だと思っていた水泳が、恒春が望んでいた以上の効果をもたらしていたのだった。

「へえ、これが」

恒春は、改めて鏡に映る自分の姿を眺め回した。まだ、とても人に自慢出来るところまではいかないが、ひとつひとつの筋肉が、独自に発達を始めていることは間違いが無い。数カ月前に「富士山」と呼ばれた肉体が、今ではまるで別人のものになろうとしていた。すっかり落ちていた肩から胸にかけての筋肉がうっすらとつき始め、腹もだいぶ引っ込み、腰のあたりもすっきりし始めている。ひ弱に、生白いだけに見えていた脚にも、腿のあたりに新しい筋肉が出来始めていた。

恒春はしげしげと自分の身体を見回した後、生まれて初めての奇妙な感覚を覚えた。それは、感動といっても良い、「美しい！」と叫びたい欲求のようなものだった。今は、とても言えたものではない、けれど、「美しい」と言われるまでに、自分で自分の肉体を「造りたい」と思った。それは、決して不可能なことではないのだ。現に、今だって、これだけの効果が生まれている。

しばらくの間、自分の胸や腹を撫で回した後、恒春は密かに決意していた。こうなったからには、何が何でも、美しい肉体の持ち主になりたい、もっと筋肉を発達させて、肉体美の持ち主になろうと思った。

3

ベッドの中で大きく伸びをしていると、枕元の目覚まし時計が鳴った。恒春は、伸びをしたままの姿勢で時計の頭を軽く叩き、アラームを止めて、改めてもう一度伸びをした。爽快《そうかい》な朝だ。「よしっ」とかけ声をかけ、勢いをつけてベッドから起き上がると、またすぐに横になる。起きるついでに腹筋運動を五十回するのが、最近の恒春の習慣だった。腹筋が終わると、ようやくベッドを抜け出す。

時刻を知るためにテレビのスイッチを入れ、それからブラインドを上げる。秋の透明な陽射しが斜めに入ってくる。窓を開けると乾いた風が鋭く吹き込んで来て、腹筋運動のせいで汗ばんでいた恒春の額を一瞬のうちに乾かした。

　窓辺に立って大きく深呼吸をした後、恒春は窓を閉め、窓辺に置かれている鏡の前に立った。フレームの無い、全身が十分に映る大きな鏡に映し出される自分の姿を凝視しながら、ゆっくりと下着を脱ぐ。鏡の中の恒春は、目覚めたばかりとも思えないくらいにすっきりとした表情で、服を脱ぎ捨てていく自分自身を静かに見つめている。

「ようし、よしよし」

　恒春は、自分の動作の全てをチェックしながら、まるで犬でも調教しているみたいな言い方をした。以前は、鏡といえば、浴室に作りつけられているものがある程度だったのだが、どうしても全身を映し出せる大きな鏡が欲しくて、ついに秋の始めの頃に買ってしまった。

「よかった、大きな鏡があればなあって思ってたの。お風呂場のだけじゃ、全身が見えないんだもの」

　可奈子は、部屋に置かれている鏡を発見した時に、真っ先にそう言って、嬉しそうに笑った。そして、可奈子自身の姿を映すには大きすぎる鏡の四隅《よすみ》を見回して、「高かったでしょう」と嘆息を洩らした。あの時、恒春は、確かに可奈子が前からそんなことを言っていたことを思い出して「気がきいてるだろう」と笑ったものだ。彼女は、その高さ二メートル、幅一・五メートルはあろうという大きな鏡を、恋人の心遣いだと思ったらしかった。

「それとも、恒春さんもお洒落が楽しくなっちゃったんじゃない？　お肉が取れて、すっきりしてきたから」

　可奈子は悪戯っぽい表情で、そんなことも言った。「まさか」と笑って答えたものの、実は、可奈子の言う通りだった。鏡が欲しかったのは、あくまでも恒春自身だったのだ。

　夏が過ぎる頃、恒春の肉体の明らかな変化に気づいた可奈子は、ベッドの中で小さな歓声を上げた。

「別人みたい」

　水鳥の雛みたいな雰囲気の可奈子は、改めてしげしげと恒春を見回し、半ば怯《おび》えたような、不思議な表情になった。

「何だか、怖いみたい。あなたじゃないみたい」

「男はね、鍛えれば、こうなるの」

あの時、恒春は自分の胸を撫でながら、余裕のある笑みを浮かべた。その時のことを思い出して、今も恒春は口の端だけで微笑み、それが、決して精悍には見えないことを知って慌てて真顔に戻った。改めて、出来る限り渋い表情を作って、さらに鏡を見つめ続ける。

鏡は、今や恒春の生活の中ではもっとも欠くことの出来ない品物となり、そして、その前が、家にいる時にいちばん長い時間を過ごす場所になりつつあった。

恒春は毎朝毎晩、それに向かって、さまざまなポーズをとり、自分の肉体を確かめるのを習慣にしていた。より美しい肉体を造るためには、点検することがいちばん大切だった。そして、自分の身体を見つめている時、恒春は全てを忘れ、ひたすら美しい肉体を造り上げることだけを考えた。

今朝も、こうして点検すると、気のせいかも知れないが、昨日よりもさらに肉体が引き締まっている気がする。急いで、これまた秋口に買い求めたメジャーを取り出してきて、胸囲、腹囲、腿まわり、腕まわりを測る。水泳を始める前は、たしか八十八センチだった胸囲は、今は九十三センチにまで増えていた。そして、今朝は、腹囲が確かに五ミリ程減っている。それは、取りも直さず、就寝前に水分を取りすぎないように気をつけている成果に違いない。

「脂肪を削りとっていくと、中からはきれいな筋肉が出てくるって寸法さ」

このまま鍛え続ければ、来年の夏には、恒春の全身は、すばらしく柔らかい、質の良い筋肉に包まれることだろう。広い肩と厚い胸、引き締まった腰の線と、小さな尻と、それらが完全な形で、残り少なくなってきた脂肪の下から現れるに違いない。

「背中の方も、できてきたな。よしよし」

恒春は、まだ発達しているとまでは言えない胸の筋肉をそっと撫で、身体を捻《ねじ》って背中を鏡に映しながら、自分に向かってうなずいた。長時間、裸で立っていたせいで、身体がかなり冷えていた。それに脂肪が少なくなった分、以前よりも寒さが身にしみる。

恒春は、ようやく鏡の前から離れると、やっと浴室に行き、シャワーを浴びた。寝起きの腹筋運動に加えて、鏡に向かう時間、シャワーを浴びる時間が増えたから、恒春の起きる時刻は、以前よりも一時間以上も早くなっていた。けれど、それが一向に苦にならないのは、深酒をしなくなったせいと、鏡に向かう楽しさを知ったおかげに違いない。

「川口さん、今夜あたり、皆で飲みに行かないかって」

「ああ、悪い。今夜は俺、用事があるから」

「最近、付き合い悪いぞ、川口さん」

「また泳ぎに行くの？」

「いや、今日は他の用事なんだ」

その日も、恒春は同じ課の女の子に誘われて、柔らかくそれを断った。誘われれば断らないことで定評のあった恒春が、水泳に凝っているということは、もう課内の誰もが知っていることだった。違う用事だとは言ったけれど、本当は泳ぎに行く。最近の恒春は、仕事で遅くなる日以外は、ほとんど連日プールに通い詰めていた。

元々が筋肉質だったから、普通の人よりも早いペースで筋肉がついているのだろうと、スポーツクラブのインストラクターは言っていた。彼の小さな尻や、堅く厚い胸を見るたび、恒春は自分も頑張らなければと思った。

「お腹《なか》が引っ込んできた時にも思ったけど、ぜんぜん違う人と、こうしてるみたいな感じ」

木枯らしの季節になったある日、ベッドの中で可奈子がくすくすと笑いながら言った。

スポーツクラブには日焼けマシンも用意されていたから、恒春は冬に向かおうとしている季節になっても、こんがりと良い色に焼けていた。筋肉がついて、肌が黒くなっただけで、人間の印象というものがこれほどまでに変わるものだとは、恒春自身も気づかなかったことだったから、可奈子が驚くのも無理はなかった。

「あなたじゃないみたい。水泳を始めてから、本当に変わったわ」

知り合った当時と、どこも変わらなく見える可奈子は、半ばうっとりとした口調で囁いた。恒春は「そうかな」と答えながら、十分に満足していた。可奈子の小さな手が、宝物にでも触れるように、そっと恒春の胸を撫でる。恒春は、彼女の小さな丸い肩に腕を回しながら、今、この瞬間にも、恒春の腕の見事な筋肉が、その目的に応じて伸縮を続けている様を感じていた。それは、無駄のない機能美であり、人工の力では成し得ない芸術であり、理屈抜きの美しさだ。

「でも、お願いがあるんだけど」

可奈子は、恒春の胸を撫でながら、さらに囁いた。恒春は、軽く瞼《まぶた》を閉じたまま、口の中だけで「うん?」と答えた。

「あんまり、筋肉のお化けみたいにならないでね」

「筋肉のお化け?」

その言葉に、恒春は驚いて枕から頭を上げた。そんな小さな動作でも、自分の首、肩、腕の筋肉が微妙な動きを見せる。

「何だよ、それ。俺がお化けだっていうの」

口にしてしまってから、少し言い方がきつかっただろうかと思った。可奈子は怯えたような表情で、慌てて小さく首を振った。

「違うの、違うの。そうならないでねって、言っただけ」

恒春は、普段は穏やかな性格だと自認しているつもりなのに、なぜだか急に小さな苛立《いらだ》ちが自分の中で育つのを感じながら、それでも努めて柔らかい口調に戻ろうとした。

「ぜい肉が取れて、筋肉がついてきたからって、お化けにはならないよ」

恒春の手の中で、可奈子の小さな肩がきゅっと緊張するのが分かる。恒春は、出来るだけ優しく、柔らかく、その肩を摑《つか》んだ。可奈子は、不安そうな表情で、恒春の目を見上げた。

「だって、ほら、よくいるでしょう? 筋肉が発達しすぎちゃって、ムキムキしてる人」

半ば媚びるような、不思議な表情で、可奈子は熱心に恒春の瞳を覗き込んで言った。

「ああいうのって、気持ちが悪いわ。私、恒春さんが逞しくなってくれるのは嬉しいんだけど、あんなふうになられたら、いやなの。今だって、前に比べたら別人みたいなのに、それ以上変わったら、私、誰と付き合ってるのか分からなくなりそうな気がする」

「贅沢だなあ、可奈子は。痩せろって言ってみたり、ムキムキするなって言ったり。だいたい、俺は俺なんだから、中身はどこも変わってないんだから」

恒春は思わず笑いながら、そう答えた。

「それにね、水泳くらいじゃあ、あんなふうにはならないさ。あれは、筋肉を発達させるためにトレーニングしなきゃ」

言いながら、恒春の頭の中でぱっと何かがひらめいた。そうだ、水泳で造った筋肉は確かに美しい。だが、出来るだけ早く、見事な筋肉をつけるためには、他のトレーニングも必要に違いない。泳いでいない時も、漫然と過ごしていては駄目だ。常に、自分の肉体を鍛えることを考えなければ。そうだ、トレーニングだ。

「よかった。恒春さんがムキムキになっちゃったら、私、どうしようかと思っちゃった」

可奈子は、安心したように言うと、「お腹が空いたわね」と言いながら、そっとベッドから抜け出した。恒春は、可奈子がシャワーを浴びに行くのを見守りながら、頭の中で、新たなトレーニング・メニューを考え始めていた。可奈子はあんなことを言ってはいるが、実際に美しく鍛えられた男の筋肉を目《ま》の当たりにすれば、絶対に感動し、夢中になるに違いないのだと、確信していた。

4

年が変わり、新入社員が入ってくる季節になって、仕事の帰りに飲みに行く機会が多くなった。

いつの頃からか、恒春は職場で「水泳おたく」と呼ばれるまでになっていた。余暇に何をしようと個人の自由ではないかと思ったが、あまりに付き合いを悪くしてしまっては、何かと不便なことも生じてしまうと、昨年の忘年会の季節に悟って以来、恒春は、個人で飲む回数だけは減らし、課の仲間などと飲む時には断らないことにしていた。ただし、酒量だけは極端に控えて、こっそりとウーロン茶に取り替えてしまうことも珍しくは無かった。

「あら、こちら、素敵！　すごく体格がいいのね」

その夜、新人の歓迎コンパの後、恒春は五人ほどの仲間に誘われて、不本意ながら二次会にまで付き合うことになった。たまにはカラオケも良いだろうと思いながら、仲間の誰かが知っているというスナックに入ると、隣に座ったホステスが、恒春の肩に手を置いて驚いた声を上げたのだ。恒春は、薄めの水割りを飲みながら、あまり表情を動かさず、出来るだけさりげなく「そうかな」と言った。

「あたし、逞しい男の方って、大好き！」

ホステスは、粘り気のある瞳で恒春を見つめ、恒春の肩から腕にかけて、爪に真っ赤なマニキュアを施された指を移動させる。目の前にいた村田が、にやにやと笑いながら、恒春を見た。

「そんなこと言われるようになるとは思わなかったよな。まったく、去年のおまえからは想像もつかないよ」

恒春は、余計なことを言いやがると思いながらも、事実なのだから仕方がないので、ただ笑っていた。

「泳いで泳いで、今や、課で一番のモテモテ男になりやがった」

もう一人の仲間が口を挟んだ。「やっぱり！」というホステスの嬌声が上がった。

「そりゃあ、モテるでしょう、ハンサムで、この身体だもの。素敵よぉ」

確かに、去年の今頃は、恒春は新鮮味も感じられなければ面白味もなく、ただ理由をつけては飲んで歩く、中年に向かって突っ走っているような男だったと思う。肌だって、不健康に生白かったし、姿勢も悪かった。日焼けマシンを使うようになって初めて、恒春の顔立ちは焼けていた方がよく見えるのだということが分かった。

「まったく、よく続くよなあ、感心するよ」

村田は素直な口調で、小さくうなずきながら言った。

「こういうのってさ、癖になるんだよ。身体を動かしていないと、気持ちが悪くなるんだ」

「それでも、ただ泳いでいるだけで、そこまで変身するとは、なあ」

店内が暑かったから、恒春は、嫌みにならないように気をつけながら、出来るだけ何気なくワイシャツの袖をまくり上げた。ホステスが再び「素敵！」という声を上げる。

「ちぇっ、見せつけてくれるんだからな、もう」

「俺も何か始めようかな。川口だけがモテるのは、許せんからな」

考え深い表情で、半ばつまらなそうに言われて、恒春は再び笑顔になった。ホステスたちも盛んに「逞しい人が好き」などと言い、彼らを刺激している。実際、以前の恒春ならば、ホステスの口から「素敵」などという言葉を聞いたところで、明らかに世辞だと分かっていたから、鼻の下を伸ばす気分にもならなかった。

「昔はスリムな男が好きだったけど、やっぱり男は逞しくなきゃって、最近つくづく感じるわ。傍にいてくれるだけで安心できるなんて、最高！」

恒春の隣のホステスは、さらにそんなことを言って、無理矢理に恒春の腕に手を絡ませてくる。香水の匂いが鼻腔を刺激し、恒春の肩に彼女の頭が乗った。

「ちきしょう、俺も鍛えちゃうぞ！」

仲間の中でいちばん痩せている男が、半ば自棄《やけ》のような声を上げて、どっと笑い声が起きた。

中身はまるで変わっていないのに、ただ体型、体格が変わっただけで、こうまで扱いが変わってしまうのかと思うと、恒春は満足でもあり、不思議な気分にもなった。とにかく、恒春の美に対する意識が、決して間違っていないことは確かだ。鍛えられ、よく発達した筋肉に覆われている男の肉体ほど美しいものは、この世には無い。それに比べれば、年齢とともにはかなく崩れてしまう女の身体など、美しくもなければ、芸術にもならない。芸術と呼ばれ得るのは、男の肉体だけだと、恒春は固く信じていた。

結局、その夜は電車の終わる時刻までカラオケをして騒ぎ、恒春は久しぶりに夜中になってから帰宅した。眠気はあったけれど、ここですぐにベッドに倒れ込んでしまうと、酒と肴《さかな》の全てが脂肪になってしまう気がする。まずは、服を脱ぎ捨てて、それから恒春は三百回の腕立て伏せを始めた。泳ぎに行かれない日は、必ず三百回以上の腕立て伏せ、その他のトレーニングをしてから眠るのが、恒春の日課だった。

――より逞しく、より美しく。

恒春は、念仏のように同じ言葉を繰り返しながら、腕立て伏せを続けた。ちょうど顎《あご》が当たるところにカウンティング・マシンを置いて、顔が床ぎりぎりまで下がらなければ、回数がカウント出来ないように工夫もしている。

――美しい肉体は、何にも勝るんだ。

床に汗をしたたらせながら、恒春はひたすら腕立て伏せを続けた。気がつくと、もう午前三時を回っていた。

「よく続きますね」

翌日、スポーツクラブに行くと、すっかり顔なじみになってしまっているインストラクターが笑顔で話しかけてきた。初めて逢った時には、向かい合うだけで気恥ずかしくなってしまうくらいに体格に違いがあったのだが、今や少しずつ恒春は彼に近づきつつあった。

「プロテインとか、摂ってますか?」

「プロテイン?」

プールに入る前のストレッチングをしながら、恒春は彼を見上げた。

「いい筋肉を造りたいんでしょう? それだったら、やっぱり食生活から変えないと、難しいですよ。プロテインを摂るとか、炭水化物をたっぷりと摂るとか。その質や方法もね」

インストラクターは、ブーメラン・パンツで小さな尻を覆っただけのスタイルで、片手の指を折りながら、それから恒春に実生活内での注意事項を言い始めた。恒春は、ストレッチングを中断して、彼の言葉のひとつひとつを頭に刻み込んだ。まるで普通の人間は知ることの出来ない、秘伝を教えられているような気分だった。道理で、彼は人一倍見事な体格をしているはずだ。ただがむしゃらに泳いでいただけでは、あんな肉体にはならないのは、そういう秘密があったのかと、恒春は感心しながら彼の言葉を聞いていた。

「男にとっては、鎧《よろい》甲《かぶと》と同じですからね、この筋肉は」

年齢的には、恒春よりも五、六歳は若いと思われるインストラクターは、最後に「頑張って下さい」と言ってにやりと笑った後、他のメンバーの方へ行ってしまった。彼の広い背中で、ギリシャの彫刻を思わせる筋肉が躍動している。

――プロテインだな。

それから、恒春は黙々とストレッチングをこなし、プールに飛び込んだ。途中、十五分の休憩を入れて、たっぷり二時間は泳がなければ、メニューはこなせない。他の、のんびりと泳いでいるメンバーを後目《しりめ》に、恒春はひたすら筋肉のために泳ぎ続けた。

そうして次の夏が来る頃、恒春は全てのスーツを作り直した。以前のものは、まるでサイズが合わなくなってしまっていた。

「見事な体格でございますね」

サイズを測ってくれた店員が、笑いながらそう言うのを、恒春は内心では小躍りしたい気分で、だが、表面上は薄く笑っただけで聞いていた。

「もう、それくらいでいいんじゃないの？」

買い物に付き合ってついてきた可奈子が、恥ずかしそうな、心配そうな声を出した。

「別に、ムキムキしてないだろう？」

「してないけど。でも、もう今で十分よ。これ以上鍛えたら、そのたびに服を作り直さなきゃならなくなるのよ」

可奈子の言葉があまりにも所帯じみて聞こえたから、恒春は思わず笑ってしまった。まだ結婚しているわけでもないのに、そんなことにまで口出しをされたいとは思わない。第一、酒を飲まなくなった分だけ、恒春の懐は、以前ほど淋《さび》しくはなっていなかった。

「何だか――怖いわ」

可奈子はぽつりと呟いた。

女には、こういう気持ちは分からないだろうと思いながら、恒春は小柄な可奈子の頭を軽く撫でた。少しばかり険悪な雰囲気が漂いそうになったが、可奈子は恒春に頭を撫でられながら、やがて力無く微笑んだ。

その日も、買い物のあと、可奈子は恒春の部屋にやってきた。玄関の扉を閉めるなり、素早く彼女を抱きよせると、可奈子は喉の奥で小さな悲鳴を上げた。

「どうしたの」

「だって、すごい力」

キスしようとしていた恒春は、可奈子の小さな顎を上に向かせ、ため息をついてみせた。

「どうして、そんなに嫌がるんだよ。不健康でいるよりも、ずっといいだろう？　煙草もやめたし、酒も減らしたし、体力だって、前よりもずっとついたんだぜ」

「――そうだけど」

可奈子は、泣き出しそうな顔で恒春を見ている。恒春は、以前にも感じた苛立ちを覚え、急に白けた気分になって靴を脱いだ。

「君が心配だって言うから、俺は泳ぎ始めたんじゃないか。それを、何だよ、ムキムキになるなとか、怖いとか」

「だって！」

　ふてくされて部屋に入ると、背後から珍しく激しい口調がかぶさってきた。

「そりゃあ、最初は私が言ったからかも知れないけど、今は恒春さん、自分のために、筋肉つけてるんじゃない。運動不足の解消のためなんかじゃない、筋肉を造りたくて、自分の身体のことばっかり気にして、気持ち悪いわ！　変よ！」

「何が、変なんだよ！」

　思わず大声を出すと、可奈子はその場に立ちすくみ、小さな肩をびくりとさせた。黒目がちの丸い瞳にみるみる涙がこみ上げてきて、彼女は唇を微《かす》かに震わせた。

「私――私だって、気がつかないと思うの？　あなた、暇さえあれば、鏡ばっかり見てるじゃない。私と一緒にいたって、自分の身体のことばっかり考えてる。前みたいにのんびりすることなんかなくて、テレビを見てる時だって、握力をつけてたり、腕を動かしてたり、私の話もろくに聞いてくれなくなったじゃない。私のことを抱いてたって、私のことなんか、考えてなんかいないじゃない！」

　おとなしいとばかり思っていた可奈子は、それまで堪《こら》えていた感情を爆発させるみたいにそう言うと、

「そんな恒春さんなんか、嫌い！」と叫び、涙を溢《あふ》れさせたまま、くるりときびすを返して、乱暴に出て行ってしまった。後には、静寂だけが残った。

　――身体、鍛えるのの、どこが悪いんだよ。何を、そんなに怒る必要があるんだよ。

　恒春は、ぽかんとして、乱暴に閉められた玄関の扉を見つめていた。恋人が逞しくなってくれれば、普通ならば喜んで良いはずではないかと思う。それなのに、可奈子は、恒春に身体を動かせとすすめておいて、今さら、それが嫌だというのだろうか。

「勝手なこと言うなよな。俺の身体は、俺が造るんだ」

　今すぐに追いかけて行って彼女を連れ戻そうかと思う。そうするべきだと、頭の中では分かっていた。

　――だけど、俺の方に何か謝ることがあるか？　俺が、どんな悪いことをしたんだ？

　恒春は、ただ究極の美に向かって、努力を続けてい

るだけではないか。それの、どこが悪いというのか、可奈子の言うことが、恒春にはまるで理解できなかった。この身体は、文字通り、汗水を垂らして懸命に造ってきた肉体なのだ。それなのに、ああいう言いぐさは無いだろうと思うと、女というものが、いかに男のことを理解しない生き物であるか、つくづく感じてしまう。

——まあ、いいか。今の俺なら、女になんか不自由しない。あんなに地味な、所帯じみた娘《こ》じゃなくたって、他にいくらでもいいのがいるさ。

恒春は大きく深呼吸をすると、その場でそそくさと服を脱ぎ捨て、大好きな鏡の前に立った。女と諍《いさか》いを起こそうと、どんなに嫌なことを言われようと、何者をも寄せ付けないくらいに頑強な肉体を持った男が、鏡の向こうで余裕のある笑顔を向けていた。

5

それ以来、恒春は可奈子に連絡をしなくなった。可奈子からは、何度か留守番電話にメッセージが入っていたのに、どういうわけだか、こちらから連絡をするのが面倒で、そのままにしてしまった。とにかく、トレーニング中に邪魔をされるのは何よりも不愉快だったし、そのトレーニングは、日増しにメニューが増え、こなすのが大変になっていた。

何も考えず、ひたすら筋肉を造り、それを毎日鏡の前で確認する。それが、恒春の何よりの楽しみになっていた。夏が過ぎ、数個の台風が過ぎ去って、紅葉の季節を迎える頃には、恒春の筋肉は、ますます完成度を高めていた。会社では、もうすぐ大幅な人事異動があるらしいという噂で持ちきりだったが、特に出世欲があるわけでもない恒春には、そんなことは関心事ではなかった。

そのうち、同じ課の原田純子《じゅんこ》という女子社員が、相談があるといって恒春に近づいてきた。二十四歳の純子は、課内では一番の美人と噂されている娘で、花が咲いたような華やかな笑顔の持ち主だった。一度、夕食をともにした後、乞われるままにバーに連れていくと、彼女は恒春が好きだと告白した。

「川口さん、素敵な彼女がいらっしゃるって聞いてたから、諦めてたんです。でも、どうしても自分の気持ちだけ伝えたくて」

純子は、長いまつげの影を頬《ほほ》に落とし、小さな唇をきゅっと結んでいた。

「いいんだ。終わったんだよ、それ」

恒春は、彼女の細い顎と、首の線を見つめながら、ゆっくりと呟いた。口に出した瞬間、可奈子の水鳥の雛みたいな顔が、自分の中できゅんと遠ざかる気がした。そう、いつも恒春の部屋を嬉しそうに片づけて歩いていた娘は、もう過去の存在になってしまったのだ。

その晩のうちに、純子は恒春に誘われるまま、いともあっさりとホテルに付いてきて、恒春の胸にすがりつき「素敵」と囁いた。

「こんなにきれいな身体、見たことがないわ」

純子は、細く白い腕を恒春の背中に回し、何度も彼の大好きな筋肉を撫でた。それ以来、恒春は誰にも気づかれないように配慮しながら、純子との関係を続けることになった。

——ほら見ろ。これだけ運が向いてきたっていうことだ。

恒春は、連れて歩くにも最適の純子が気に入っていた。遊びに来ても、恒春以上に何もしたがらない娘だったが、その代わりに、彼女は自分の目の前でトレーニングをしている恒春を、見事に放っておいてくれていた。恒春には、純子が恒春の肉体に恋をしているのだと分かっていた。恒春が純子を連れて歩きたいと思うのと同様に、彼女も、恒春を連れて歩きたい男として選んでいるに違いない。

「営業が、ぜひとも君に戻ってほしいと言ってるんだがね」

純子との密かな関係が始まり、恒春の生活のサイクルがまたもや変化をみせ始めたある日、恒春は上司に突然そう言い渡された。周囲で囁かれていた人事異動の噂が、自分にも影響を及ぼすとは考えていなかったから、恒春は一瞬ぽかんとしてしまった。恒春の勤める会社は中規模の食品会社で、彼は入社して五年は営業におり、それから四年間は現在の開発部にいた。営業から開発に回された時、恒春は出世意欲も失い、会社のために働くなどという古くさい考えも捨てたことを思い出した。

「君の変身ぶりは有名だよ。君なら、取引先に与える印象も、すこぶるいいに違いないし、開発の事情もよく分かっているんだから、余計に都合がいいだろう。どうだろう、古巣に戻れば、きっと存分に力を発揮できると思うがね」

　小柄で丸顔の上司は、そう言って「開発としても君を手放すのは惜しいんだが」とつけ加えた。恒春は、ただ「はい」を繰り返していた。「頼む」と言われたところで、辞令が下りれば、有無を言わさず異動しなければならないのがサラリーマンの運命だ。

「しかし、ずいぶん立派な身体になったものだねえ。五、六歳は若返ったんじゃないかね」

　さらに上司はそう言って笑った。そこで恒春は、質問されるままに、毎日のトレーニングの内容を説明した。

「それだけ鍛えていれば、わが社の戦力としては、もうぴったりだ」

　最後に「期待してるよ」と言われて、恒春は上司の部屋を出た。これで、また日常の環境が変わる。怠惰な生活を送っていた日々は、もう遠い過去だった。

「やっぱり、会社もちゃんと見てるのよ。川口さんみたいな人は、第一線で働くべきだわ」

　係長のポストを与えられて営業に復帰すると報告すると、純子は瞳を輝かせた。恒春は、可奈子とは感触の異なる純子の肌を撫で、可奈子よりもずいぶん長い純子の腕を首に絡めながら、満足気にうなずいていた。世間は、やはり外見で人を判断する。同じ能力ならば、やはり外見で勝っている方が有利なのだ。これだけ鍛えられた肉体を持つ男が、高い評価を得るのは、いわば当然のことだった。

　――可哀相な可奈子。だけど、君には感謝してる。

　恒春は、純子を抱きながら、心密かにそんなことを呟いていた。可奈子のひと言が無かったら、恒春の人生は、もう先が見えていたも同然だった。あの当時は特に三十歳を迎えて、全てに対する気力を失いそうになってもいた頃だ。その目を覚まさせてくれたのは、他ならぬ可奈子だった。けれど、目覚めた途端に、その可奈子とも別れることになろうとは、全く、運命の皮肉としか言いようが無い。

「私たち、きっとうまくいくわね」

　腕の中で、純子が囁く。恒春は、彼女の長いまつげに囲まれた瞳を覗き込みながら「きっとね」とうなずいた。来年の今頃には、ひょっとすると彼女は恒春の妻になっているかも知れない。少なくとも、恒春にはそういう心づもりがあった。

「でも、営業は忙しいんでしょう？　これまでみたいに、一緒にいられる時間は少なくなっちゃうわ」

「そりゃあ、仕方がないさ」

「浮気なんかしたら、承知しないから」

「大丈夫だよ。俺は浮気性じゃない」

恒春は、大きく息を吸い込み、ゆっくりと呟いた。今や、胸囲百センチに届こうとしている胸が、純子の手を乗せたまま、大きく上下に動いた。

「本当？」

「浮気してる暇があったら、泳いでた方がいい」

正直に言うと、純子はくすくすと笑い、恒春の胸を撫でる。昔から、ターザンやスーパーマンが好きだったという純子は、二人きりでいるときは、とにかく恒春の身体に触れたがった。恒春は、彼女のささやかな力が自分の筋肉のひとつひとつを確かめるように移動するのを感じる時、もっとも気持ちが安らぐのを感じるようになっていた。

正式に辞令が下りると、恒春の日々は一変した。異動直後の慌ただしさに加え、挨拶《あいさつ》まわりから会議の連続へと、急に残業が増えたのだ。とてもではないがスポーツクラブに通う時間など、到底ねん出できない日が増えた。泳げない日には、腹筋、腕立て伏せなどのメニューをこなすしか無いのだが、あまりに疲労が激しいと、そんな余裕さえ無い日がある。

三日も何も出来ない日が続いたある晩、恒春は、ある恐怖が芽生えてくるのを感じた。

——せっかく造り上げた筋肉が落ちるのではないか。サイズがダウンしてしまって、身体の線が崩れてしまうのではないだろうか。

それは、恒春にとってはたとえようもない恐怖だった。ここまで苦労して造り上げ、世界で最高の美に向けて、現在も努力を続けようとしているものが、数日の怠りによって、いとも簡単に崩れさってしまったらどうしようと思う。たとえ一センチでもサイズが落ちるなどということは、絶対に我慢の出来ることではない。

——畜生、絶対に、このサイズは落とさないぞ。

久しぶりに営業に回った緊張感よりも、恒春にとっては、自分の肉体に対する危機感の方が強かった。

「すごい馬力ですねえ」

出張先のホテルでさえ腕立て伏せをしている恒春を見て、同行した部下は目を丸くして言った。取引先と一席もうけて、賑やかに飲んで騒いだ後でも、恒春は絶対にそのままベッドに倒れ込むような真似はしなかった。最低五百回は腕立て伏せと腹筋をする。そうしなければ、恐怖心に打ち勝つことが出来ないのだ。

「じゃあ、俺、お先に休ませてもらいます」

半ば引きつった表情の部下に言われ、彼がごそごそとベッドに入った後も、恒春はトレーニングを続けた。

——より美しく、より逞しく。

息を切らし、汗を滴らせながら、恒春はひたすら自分に念じ続けた。恒春にとって、もはや、筋肉が崩れてしまうことは、恒春自身が崩れてしまうことと同じだった。

——絶対に維持してみせる。

しかし、係長として営業に戻った恒春には、容赦無く出張の予定が入り、接待の夜が続いた。おまけに、取引先との忘年会の夜が続き、暮れも近づいた頃、土日にはゴルフが入って、ついに恒春は十日以上もスポーツクラブに行かれなくなった。そんなことは、水泳を始めてから初めてのことだった。暇を見つけては、可能な限り筋力トレーニングを続けてはいるのだが、それでも恐怖心はどんどんと育っていく。身体の中に、ガスがたまっているような不快感が募り、苛立ちが日々育っていった。

あれほど楽しみだった毎朝の鏡の前の儀式も、恐怖に変わろうとしていた。何しろ、少しでも筋肉が落ちていたり、身体の線が崩れているのを発見したら、いても立ってもいられなくなるに違いない。鏡は容赦無く、そんな恒春の姿を映し出すに決まっているのだ。

——営業なんかに、移りたくなかった。

その金曜日の朝、恒春は疲労のために寝坊してしまった。目覚めた時には、トレーニングをする余裕は無い時刻になっていた。恒春は苛立ちながらとにかくベッドから這《は》い出し、恐る恐る、鏡の前で胸囲を測ってみた。その途端、目の前が真っ暗になった。一センチ、減っていたのだ。やはり、二週間近くも泳げない日が続いたせいだ。

「一センチ、一センチも！」

思わず悲鳴を上げそうになりながら、恒春は何度もメジャーで測り直した。だが、どう見てもやはり一センチ、胸囲が減ってしまっている。

——落ち着け。今日さえ無事に過ごせたら、明日は思い切り泳げる。思い切り、身体を動かせる。

何度も自分に言い聞かせ、ワイシャツのボタンを引きちぎりたい衝動と戦いながら、恒春は身支度をした。何としてでも、サイズを元に戻すのだ。これ以上落ちてしまったら、取り返しのつかないことになると、それればかりを呟き続けていた。明日は純子と逢うことになっている。だが、その予定は夕方からにずらしてもらおう。とにかく早起きをしてスポーツクラブに行かなければ、全身が爆発してしまいそうだ。

苛立ちながらも、とにかく牛乳とコーン・フレイクで簡単な朝食をとり、恒春はそそくさとマンションを出、冬の陽射しの中を足早に歩いた。たいして効果は無いと分かっていながら、それでも出来るだけ全身の筋肉に負担がかかる歩き方を工夫せずにはいられない。

——明日までの辛抱だ。明日になれば、思い切り泳げる。この美しさは、絶対に失わない。

冷たい風が吹き抜ける駅のホームは、コートで着膨れしている人びとで溢れていた。急行が止まらない駅だから、通過電車ばかりが、一層鋭い風を巻き起こし、人びとを震え上がらせる。恒春は、新聞を買う気にもなれず、ただ苛々としながら、虚《うつ》ろに線路を見つめていた。マイクを通して、駅員がお定《き》まりのアナウンスをしているが、それも耳に入らない。とにかく、失ってしまった一センチ分の筋肉のことだけで頭はいっぱいだった。その時、大きなカバンを提《さ》げた高校生が、恒春にぶつかりながら通り過ぎて行った。すれ違いざまに、恒春の耳元で「邪魔！」という小さな声が聞こえた。

「ぶつかったのは、そっちだろうっ！」

思わず怒鳴り返して、彼を軽く押した時だった。激しい警笛の音が鳴り響き、恒春の目の前で、驚いた顔の高校生がゆっくりと仰向けのまま、ホームから落ちていくのが見えた。そして、次の瞬間には、恒春の目の前に、いつもと同じ電車が滑り込んでいた。耳を裂くブレーキの音が響き、悲鳴が上がる。恒春は、彼を押した手を硬直させたまま、何が起きたのか分からずに、ただ立ち尽くしていた。

「こいつだっ！」

誰かの声が耳元で叫んだ。

＊　＊

「あんた、自分の力が分かってないんじゃないの。筋肉つけりゃ、力だって強くなるだろうが。それとも、人を殺すために、そんなに身体を鍛えてたわけかね。無意味に、筋肉だけつけて楽しんでたっていうわけ」

恒春は、虚ろなまま、刑事の声を聞いていた。何日も狭い留置場に閉じ込められているおかげで、筋肉がどんどんと落ちてしまっている。

「あんたは軽く押したつもりでもさ、その腕で押されたら、普通の人なら飛ぶって、分からないかね」

刑事は、さらに言葉を続けた。

恒春は、ただ黙ってうなだれていた。うなだれながら、机の下に潜り込ませている手を、黙々と握ったり開いたりしていた。

雪が降る

藤原伊織
Fujiwara Iori

1

どこかでなにかが鳴っている。

単調で硬い音だった。それがやむことなく聞こえてくる。こいつはいったいなんだろう。その疑問がぼんやりやってきたとき、ようやく耳もとで鳴るデジタル特有の音階だと気づいた。

志村秀明は顔をあげた。まだはっきりしない頭で事情を把握するのに数秒かかった。いつもこうだ。重油の表面にどろりと浮かびでたような目覚め。不快な夢を見ていたような気もするが、いまはもう思いだせない。

まだ鳴っている腕時計のアラームをとめた。八時だった。始業までちょうど一時間だ。ずっとデスクでうつ伏せになり、眠っていたのだった。窮屈な姿勢でいたせいか、肩から腕にかけてしこりがある。あくびをかみ殺しながら目をおとすと、スチールデスクの表面によだれが小さな池をつくっていた。

「おはようございます」

声がしたほうに目をやった。パソコンのキーボードに手をおいた浜野淳子がさりげない微笑をうかべた。早出したらしい。ならいままで、ひどく無様なおれの恰好《かっこう》を見ていたにちがいない。ただこの娘のいいところは、それ以上よけいなことは口にしない点だった。

「おはよう。早いな」

答えてからティッシュでよだれをぬぐい、引き出しの洗面用具と歯ブラシをとりだした。フロアには、ほかにも早朝出勤した社員がなん人かもう席についている。彼らのあいさつに生返事をかえしながら廊下をぬけ、洗面所に入った。ここにはまだ、だれもいない。

放尿のあと、鏡を眺めた。四十男のくたびれきった顔が映っている。おちくぼんだ目が、冷めたスープみたいに濁っている。

歯を磨き、シェーバーで髭を剃り、蛇口そばにある消毒液で顔を洗った。まだそれほど白髪が目立たない髪に櫛をいれると、いくぶんマシにはなった。よれよれになったネクタイをしめなおす。シャツには、よだれの染みが袖にあった。このままでは、とうていまっとうな会社員にはみえない。だが、椅子の背にかけてあるスーツの上着を着れば、一応それらしくはなるはずだ。

ポケットに手をいれた。引きださないまま、札《さつ》を勘定した。三枚残っている。すると十七万負けたわけか。志村は小さなため息をつき、また鏡に目をやった。やはりさえない中年の顔が映っている。その表情を見つめていると、ぼんやりした思いが訪れた。かつては、この十倍負けてもため息などつきはしなかった。もっともおなじくらい勝っても、それほどの喜びはなかった。いまも卓をかこむ相手は中小企業の経営者たちだが、あのころのレートは、志村のようなサラリーマンにしては異常だったというほかない。そういう時代がすぎたのはいつのことだったろう。

「よう」声がかかり、鏡の背後を長身の人影がすぎた。

同期の高橋一幸だった。便器のまえに姿勢よく立ち、ジッパーの音をさせながら声をかけてきた。

「また徹マンか」

「徹マンじゃない。ちゃんと寝た」

「自分のデスクで、たった二、三時間ほどだろ」こちらに視線を向けもせず、彼はそういった。

「なんで知ってる」

「守衛がこぼしてたよ。志村課長はよく五時ころおみえになって、フロアのドアをいつもより早く開けなきゃなりませんってさ」

「ふうん。地獄耳だけはあいかわらずなんだ」

「情報人間っていってくれ」

そのまま答えず洗面用具をしまっていると、そばに高橋が立った。鏡に対照的な四十代の男ふたりが映る。男性誌の広告に載るエリートの標本のような高橋は二、三日に一度、スーツを替えている。シャツをクリーニングにだす頻度は志村の想像を超えていた。

公《おおやけ》の席では、志村は彼を肩書で呼ぶ。口調も変わる。高橋は、売り上げ三千億の食品企業が持つ中核部門、このフロア全体を占めるマーケティング本部の次長だった。本部長は役員兼任で在席時間は多くない。報告、決裁はほぼ彼をとおすから、実質的なトップに近い。本部には企画、開発、宣伝、市場調査、販売促進の五つの課があり、志村はそのなかでいちばん規模の小さいセクション、販促の課長だった。一年まえ、同期でそれだけの差がついた。

洗面台の蛇口をひねりながら、高橋が笑った。

「その顔つきじゃ、きのうは散々だったみたいだな。それにまだ酒も残ってる。息がにおうぞ」

「放っとけよ。おまえの財布をつかったわけじゃない」

「暮れのボーナスが、ちょいへったたけってわけか」

手を洗った高橋がポケットからハンカチをとりだした。志村はふとそのハンカチに目をとめた。格子縞のそれは、思いがけずしわくちゃだった。志村のものとおなじくらいには清潔さを失っている。その視線に気づき、高橋は照れたように笑った。

「おたがい、男ヤモメはこういうところでボロがでるな」それから真顔になった。「おい、志村。わるい噂が流れてるんだ。知ってるか」

「わるい噂にゃ慣れてるさ」

「おまえ個人のことじゃない。そうじゃないんだが、それでも関係する可能性はけっこう高いかもしれん。今晩、時間あいてないか」

「あいにく先約がある」志村は嘘をついた。

高橋は値踏みするように志村を眺めたあと、小声になった。

「年明けに、例の第二弾がはじまるって噂があるんだ」

「ふうん。新年早々からまた虐殺かよ。おっかねえな」

「あんまり、おっかないって反応じゃないぞ。子どもがいなきゃ、そういうとこが気楽でいいよな」

「おまえには、まるで関係ないだろう。おれのほうは、まあ、なるようにしかならんさ」

「仕事だけきっちりやってりゃいいってもんでもない。社内事情に興味ないのか」

「ない」

高橋はため息をついた。「おまえ、ほんとうに変わっちゃいないな」

「成長ないってのが、わるいかよ」

そのとき開発の課員が入ってきた。あいさつのあとすぐ、彼と高橋のあいだで世間話がはじまった。話題は、先日のワールドカップ予選。それをきっかけに、志村はひとり廊下にでた。

虐殺か。あれはリストラのネーミングとしちゃ、なかなか秀逸だったなと思う。二年近くまえ、役員会で希望退職募集の決定があった。天皇と呼ばれる会長の裁断という話だったが、それが冷酷な老害というかたちで業界紙にもれそうになった。

そのため急遽《きゆうきよ》、規模を縮小し東商の記者クラブで発表したのが、たまたま二月十四日だった。三千六百人の企業で百二十人と小規模になったせいか、ほとんど記事にさえならなかった。載ったものでもベタ記事扱いだった。だがおなじ日に発表のあった社内では、アル・カポネの襲撃事件にちなみ、このリストラは「セント・バレンタインの虐殺」と冗談混じりに呼ばれたのだ。

あのときはスライド制による退職金上積みもあり、すんなり枠がいっぱいになった。志村の下にいた五十代の社員もひとり、郷里に帰るという理由で辞めていった。あのころ、深刻な気配はどこにもなかった。

今度のはもっと大規模なものかもしれない。個人消費の低迷下、今期の経常利益は三十数パーセント減になる見込みだった。当然、なにかの動きはあるはずだ。役員に近い立場の高橋でさえ、噂が流れているとしかいわなかった。詳しい話は耳に入っていないらしい。あの口調からすると、ひょっとしたら中間管理職の指名解雇に近いものかもしれない。もしそうなら、当然おれも対象になるだろう。いや、まっ先に白羽の矢が立つはずだ。まあ、どちらでもいい。

席にもどった。椅子にすわったとたん、高橋がもらした件は頭から消えた。駅売りで買ってきた経済紙にざっと目をとおしているあいだに、フロアがざわめいてくる。

そのうち始業のチャイムが鳴った。

気がつくと、いつのまにかデスクには発泡スチロールのカップがおかれていた。湯気をたてている。男女均等労働がゆきとどき、セルフサービスが基本となったいまも、浜野が毎朝、自発的にいれてくれるコーヒーだった。彼女のほうに目をやった。素知らぬ顔でまたパソコンのＣＲＴに向かっている。

志村もデスクにあるパソコンのスイッチをいれた。いつもの習慣で起動を待つあいだ、カップを手に持った。いつもブラックだが、けさのコーヒーはとくに苦いような気がする。

コーヒーは雀荘《ジャンソウ》でも、帰り際に三杯飲んできた。それまで飲んでいたビール何本かのにおいを消すための気休めにすぎない。ちょっと多すぎるかな、まったくいつもどおりの感想を抱きながら、ＩＤとパスワードを入力した。

電子メールが数本入っていた。営業から二本、総務、人事、千葉工場からそれぞれ一本ずつ。くわえて着信マークのちがうものがひとつあった。社外からアクセスされたものだ。

志村は首をかしげた。

外部からの受信は、とくに不自然というわけでもない。若い連中はインターネット経由で社外と自由にやりとりしている。だが志村の場合、ふだんの電子メールは社内のもの以外ありえなかった。名刺にも、メールアドレスは刷りこんではいない。

そもそもパソコン操作を覚えたのさえ、二年まえのあのリストラをはじめとした効率化の大号令のもと、社員全員にノート型のものが配付されたからにすぎない。業務の必要以外、パソコンに興味などまるでなかった。

タイトルに「雪が降る」とある。差出人の欄には、アルファベットと数字だけが並んでいる。どこかのプロバイダーのＩＤだ。アダモの熱狂的なファンが無差別にでも、メールを送りつけてきたのだろうか。その思いがうかんだとき、ふと過去の記憶が頭をかすめた。

クリックしようとしたそのとき、課員の石井茂が席を立ち、こちらへやってくる姿が目に入った。

「おはようございます」

石井は元気よくあいさつした。営業から半年まえ異動してきたばかりのまだ二十代後半、五人いる部下のいちばん若手だった。彼が毎月、五十時間ほどの残業をこなし、仕事に慣れようと努力しているのは知っている。この暮れの賞与査定で志村は、彼をAにランクした。

「ラジャスタの来期オープン懸賞のプレミアム案です。宣伝の内諾ももらってます。みてもらえますか」

石井は自信にあふれた声をあげ、B４でカラーコピーされた企画書をさしだした。

ぱらぱらとめくった。キャンペーンタイトルが本命をふくめ数案、基本戦略、プラン構造、展開スケジュール、コスト計算まで緻密に記されてある。それにオリジナル景品のイラスト案。その方向性も、レトルトカレーとしての商品特性を新鮮な角度から勘案したものので、わるくなかった。広告代理店のプランを単純に横流ししたものではない。独自の手がくわえてある。

志村は顔をあげた。

「石井。おまえ、脳細胞はいくつある」

「は？」石井はきょとんとした顔つきになった。

「脳細胞、いくつあるかって聞いてんだ。十個くらいしかないんじゃないのか」

「あのう」石井の声が急に弱々しくなった。「この企画書、どこかまずいところがあるんでしょうか」

「説得力ゼロだな」

「………」

「レビューが欠けてる」志村はいった。「前回実施時の知名変化、好意度、イメージ形成、認知レベル。このまえのキャンペーン後、なんのために市場調査課に頭さげて定量調査やってもらったんだ。おまけにまえんときの営業、流通サイドの評価、問題指摘にゃいっさいふれてない。こういうのを自己満足ってんだ。やり直し」

石井はデスクから企画書をとりあげると、なにかいたげに志村を見た。わかっている。それは宣伝課の仕事だといいたいのだ。それに彼はこの販促にきてまだ時間がたっていない。前回のキャンペーンにもタッチしてはいない。

志村はその表情を無視して大声をあげた。「それと、いっとくが、おれんとこに持ってくるときゃモノクロでいい。カラーコピーにいくらかかるか、知ってんのか」

石井は背筋をのばした。そして「わかりました。やり直します」思いなおしたように彼も大声をあげ、席にもどっていった。その背中をわずかのあいだ見おくった。おそらく、やつはいいマーケッターになるだろう。浜野がこちらにちらと微笑を向ける姿が視界に入った。

ふたたびパソコンの画面に目をおとし、マウスを手にとった。

「雪が降る」のメールを開く。

そこにはこんな文面があった。

〈母を殺したのは、志村さん、あなたですね。なお、父は幸か不幸かこの事実を知りません。念のため。

高橋道夫〉

2

志村はその画面にしばらく見いっていた。

発信者が高橋一幸の息子であることはすぐにわかった。腑におちた。外部からアクセスできた理由だ。社員名簿には社員番号が併記されている。IDは、社員番号とおなじだ。そして書かれてある内容はそのとおりだった。おそらくそのまま事実だった。

着信時刻は、きょうの午前零時三十七分。顔をあげると、メール発信者の父親の姿がフロアの向こうにみえた。なにか深刻な顔つきで電話している。

しばらく考えたあと、社員名簿を引き出しからとりだした。住所が東横《とうよこ》線の祐天寺《ゆうてんじ》のあたりだとは知っている。高橋一幸の電話番号を見ながら電話を手にとったとき、ようやく彼の息子が高校生であることに思いいたった。たしかいまは高校二年生になっている。授業中で家にいるわけがない。

受話器をおき、またメールに目をやった。「雪が降る」。そのタイトルの意味はいま、見当がつくような気がしないでもない。わずかの時間、数年まえの出来事を思いうかべた。本文は、高校生にしては簡潔で無駄がないな、と考えた。いや、無駄がなさすぎる。メールの意図がわからない。

返信のページを開いた。アドレスが自動的に宛て先欄に移動する。タイトルに「ぜひ」と打ちこんだ。それから本文をつづけた。

〈ぜひ、一度お目にかかってお話したい。電話をいただけないでしょうか。

志村秀明〉

そのあとに自宅の電話番号を記入し、また考えてから、会社の直通番号も打ちこんだ。［送信ＯＫ？］の表示がでる。今度は躊躇《ちゅうちょ》なくそのままメールを送りこんだ。

あれで彼は電話してくるだろうか。ぼんやりと思いつつ、ほかのものを開いた。人事からのメールは、自己養成セミナー受講案内のお知らせ。営業からの一本は、同期忘年会開催の通知だった。二本ともすぐ削除した。千葉工場のは、かつての志村の部下からのもので「近くまたリストラがあるという噂が流れています。本当でしょうか」とあった。これにはすぐ「知らん」とだけ打ちこんで返信した。

営業のもう一本と総務からのものは、内容がほぼおなじだった。消費者クレームだ。メーカーが緊張を強いられる事態のひとつだった。だがふだんなら、こういう案件は志村のところに持ちこまれるようなことはない。ともに隔靴掻痒《かつかそうよう》の記述だが、問題は、商品のベタ付け景品がことを引きおこしたところにあるらしい。

高橋道夫のメールの件は、とりあえず頭から追いだした。電話があるとしても、たぶん二、三日後。万がいち、きょう早々だとしても下校してからのおそい午後か夜になるだろう。

総務の広報担当、中谷によると、高級ビスケット「アンデラ」のパッケージにもれなくつけたキャラクターグッズ「シルフィ」で商品購入者の子どもがけがをしたという。昨夕、終業時間の五時まえくらいに、電話でのクレームがあった。営業の宮脇という社員からのメールには、同様のクレームが、商品を購入した大手量販店・享栄ストアにもいった旨《むね》、記してあった。この宮脇という社員は顔を知らない。クレームをつけてきた消費者の名は、ともになかった。だが時間から考えると、同一人物のようだった。

シルフィは、最近テレビアニメで人気が高いユーモラスな妖精といった感じのキャラクターだ。プレミアムは代理店経由でライセンサーの玩具メーカー・タキサワに発注したものだった。景表法ぎりぎりにおさまる範囲でコストはかかったが、このベタ付けをはじめたアンデラは、いま爆発的なヒットを記録している。

志村は顔をあげ、担当の浜野の名を呼んだ。

彼女がこちらに顔を向けた。

「シルフィが入った段ボール、作業室に転がってたろう。あれ、何個かもってきてくれないか」

声をかけたあと、とりあえず顔を知っている中谷に電話しようとしたとき、彼女がもう席のまえに立っていた。その手に、小さな人形に似たシルフィがふたつある。彼女はそれを志村のデスクにおいた。

「二体じゃいけませんか」

「いや、これだけでいい。それにしても早いな。ブラジャーのなかにでもいれてたのか」

いってから気づいたが、もうおそかった。彼女の眉がつりあがった。

「引き出しにいれてたんです。それより課長、いまの発言は完全にセクハラに該当しますね」

志村はため息をついた。そのとおりだ。

「そうだな」と志村はいった。「いや、わるかった。謝る。三年も部下でいるとつい、おまえが娘みたいな気分になっちまうんだ」

「娘？」彼女は呆《あき》れたように目をぐるぐるまわした。「私は三十二なんですが。それ、みえすいたお世辞でしょうか」

「ちがう。けど、なんかそういう気分になった。勘弁してくれ」

「へたな言い訳。私は父から、ブラジャーなんていう言葉を聞いたことはありませんよ」それから浜野は、くすりと笑いをもらした。「まあ、いいでしょう。でも次におなじような発言があったら、そのときは訴訟を起こしますからね」

「わかった。今後は注意する」

それ以上なにも訊かず、浜野は席にもどっていった。シルフィが問題になっているが、自分の領域ではないと悟ったらしい。すぐその判断が可能なほどに仕事はできる。おまけに美人だ。なん人もの社員が彼女にアプローチしていることくらいは、志村の耳にも入っている。だが、彼女は彼らを歯牙にもかけてはいないという噂だった。

また電話にもどろうとしたとき、当の中谷がこのフロアに入ってきた。志村の席に向かってくる。もうひとり、若い男もいっしょだった。その顔だけはよくエレベーターのなかで見て知っている。たぶん、もう一本のメールをいれた営業の宮脇だろう。

フロアの向こうに目をやると、高橋が席を立つのがみえた。彼にも同様のメールが入っていたらしい。さっきの電話はこのふたりにかけていたものにちがいない。

席までやってきた高橋は、志村たち三人を等分に見つめながら、「会議室で」といった。

テーブルにつくと、向いにすわった若いほうがすぐ「宮脇です」と自己紹介した。もう五十代に入った中谷にはまだ肩書がないが、三人いる広報担当のなかでは最年長だった。

最初に彼が口を開いた。

「メールは読んでいただけましたか」

高橋が「拝見しました」と答え、志村を見た。

志村もうなずいて、中谷にたずねた。

「商品購入者の子どもがけがをしたということですが、どういうけがなんでしょう。率直にいって、メールではその点があいまいでした」

「それがこちらにも、どうもはっきりせんのですよ。ただ、娘がけがをしたと先方の男性が怒鳴るだけで……。とりあえず丁重にお詫びして、きょう再度、連絡させていただくと答えておきました」

「このキャラクターで、いったいどんなけがをしたのかな」

志村は、十センチほどの合成樹脂製のシルフィを二体、テーブルにおいた。営業の宮脇は当然知っているせいか、すぐテーブルにかえしたが、中谷は手にとったまましげしげと眺めている。

「なるほど。かわいい景品ですな。これではちょっと、どんなけがか、想像しにくいですな」

「いまはじめてご覧になったんですか」

思わず声が大きくなった。高橋がテーブルの下で志村の足を蹴った。志村は声をおとしてつづけた。

「メールの着信時刻は、たしかきのうの午後六時まえでしたね。そのころ、私はまだ在席しておりました。メールより、電話一本いただければ、すぐそちらまでうかがって、詳しい事情もおたずねできたし、このキャラクターについてもご説明することができたはずなんですが」

「いや」中谷の口調が急に落ちつきを失った。「最初にまず、最高責任者の高橋次長にご連絡すべきだと思い、電話もしたんです。ですが、外出先からおもどりにならないということでした」

そういう判断はないでしょう。いいかけた志村の機先を高橋が制した。「申しわけありません。はずせない所用があったもので帰社できませんでした」肩書の上下関係を無視し、彼は丁重にそういった。そういう男だ。

「一般的にいえば」志村はわりこんだ。「PL法、製造物責任法ですね。あれの施行以来、玩具メーカーはとくに幼児商品については過剰なほど気を配ってる。皮膚にかすり傷さえつけないよう、すべての商品の金型から鋭角をほとんどなくしたほどです。このシルフィだって例外じゃないことは、ご覧になっておわかりいただけるでしょう」

「そういえば、PL法のことも、先方はいってましたな」

のんびりした中谷の口調に、苛立《いらだ》ちそうになる気分を志村はようやくおさえた。かわりに「クレームマニアだな」とつぶやいた。

「クレームマニア?」

この中谷はいったい何年、広報担当をやってきたんだろう。ただひたすら電話に頭をさげるだけで、勤め人としてやってきたのか。考えながら、それでも冷静に答えた。

「私も大阪支社に五年ほどいたとき、わずかですが広報の担当経験があります。ふつうの消費者なら、二年まえに施行されてもう話題にもならない法の名を口にするようなことはまずない。それより納得がいかないのは、パッケージに番号が明記してあるお客様相談室に電話してこなかったことです。わざわざ本社の広報担当を呼びだしている。おまけに流通にまで、クレームをつけている。メーカーと流通の力関係を知ってますね」

それまで黙って聞いていた営業の宮脇がかすかにうなずくのが目に入った。腕を組んだ中谷がつぶやいた。

「いったいなんのためにそんなことをするんでしょう」

志村は、新入社員に研修をしている気分になった。

「商品による軽微な事故で過大にすぎる金銭補償を強要すれば、強要罪ないしは脅迫と微妙な関連を持ちます。この手は、最近では総会屋でさえつかわない。一般的なクレームマニアは、ただ優越感を持つためだけに企業に文句をつけるケースが多い。だれかが頭をさげて謝罪する言葉を聞く。担当が流通に頭をさげる姿を想像する。ただ優越感にひたる目的のためだけにです。相手が一流メーカーのエリートだったらなおいい。それだけで隠微に満足する。もちろん商品購入者の九十九パーセント以上は善意の消費者ですが、そういった傾向を持つマニアはゼロじゃない」

「その善意の消費者である可能性もゼロじゃない」高橋が口をはさんだ。「その場合は、誠実な対応が絶対条件になる」

「そうですね。私がシルフィの責任者として連絡をとりましょう」志村はテーブルの受話器をとりあげ、中谷のほうを向いた。「連絡先はいまおわかりですか」

中谷はポケットから、メモをとりだした。文京区の住所、電話番号にくわえ竹村貞夫とある。

「この竹村って人はこれまで、中谷さんのところへおなじような件で連絡してきたことはないんでしょうか」

「さあ、記録をとっていないんで、どうもそのへんのところは」

「記録をとってない？」

呆れて、志村は今度ははっきり大きなため息をついた。また高橋が足を蹴った。

志村は受話器をとり、本体にあるスピーカーボタンをおした。あいさつのあと、それまでひと言もしゃべらなかった宮脇が「よろしいですか」そういって、ポケットから小型テレコをとりだし、録音ボタンをおした。高橋は黙って見ている。宮脇を見てうなずき、志村はメモの番号にかけた。

相手はすぐ電話にでた。

「尾島食品の志村と申します」志村は切りだした。「このたびは、まことに申しわけございませんでした」

「ああ、尾島ね」答える相手の声がスピーカーから流れた。三十代らしい男の声だった。「お宅、ひどく粗悪な景品つくってるじゃないの。おかげで、娘が手を傷つけちゃったんだ。ＰＬ法ができてこのかた、こんなに製品のチェックに手を抜く悪質な企業もめずらしいんじゃないの。けがをしたのは、あなた、五歳の娘ですよ。もし傷が残るようなことがあったら、どうしてくれるのかね」

「申しわけございません。景品の制作責任者は、この私です。お嬢様は私どもの景品のどこで、おけがをなさったのでしょうか」

「……あの人形、シルフィだっけ。うちの買ったあれ、プラスチックのスカートがカミソリみたいに鋭かった。それでざっくり手を切って、ずいぶん血がでたんだね。たまたま欠陥品に当たった消費者が不幸だと考えてるんなら、ちょっと許せないな」

志村はシルフィを手にとり、指でくるくるとまわした。

「シルフィはスカートをはいておりません。ジャンプスーツを着ておりますが」

短い沈黙のあと声がかえってきた。「いや、おなじプラスチックの髪の毛だったかな。あそこに尖《とが》ったところがあったでしょうが」

「髪の毛はやわらかいナイロン繊維でできております」

今度の沈黙は長くつづいた。

「しかし」と志村はいった。「お嬢様がおけがをなされたということでしたら、私がいまからお詫びとお見舞いにまいります。病院での治療が必要なようでしたら、もちろん私どもで費用は負担させていただきます。とにかく、お子様の重大事ですから、ぜひお目にかかりお詫びしたいと存じます。これからすぐ、おうかがいしてもよろしゅうございますか」

短い間があって返事がかえってきた。

「いや、そんな必要はもうないかもしれないね。さっき娘のけがを見たら、どうやら傷は残りそうもなかったみたいだから」

「それは不幸中の幸いでございました。いまのお言葉をお聞きして、私も胸をなでおろしました。では、私どもはこれでお嬢様のおけがにつきましては安心しておいていい。そう考えて、よろしゅうございますでしょうか」

「まあ、そういうところかな。だけど、これからはいいかげんな粗悪品はつくらないよう注意してよ。なにしろ企業責任ってのは重大なんだから」

「かしこまりました。肝に銘じて以後、じゅうぶん注意させていただきます」

電話はすぐ向こうから切れた。

志村は中谷のほうを見た。「いまの人物の子どもが手にけがをしたというのは、おそらく事実でしょう。そのとき、たまたまシルフィがそばに転がっていた。それで腹立ちをこちらにぶつけてきた。事情はたぶん、そのあたりだと思いますね」

「そうらしいですな」

「じゃあ、これで一件落着。そういうことでよろしいですか」

中谷は弱々しい笑みをうかべた。「ごやっかいかけました」ささやくような声で立ちあがり、会議室をでていった。

背中を見おくった。悄然《しょうぜん》とおちたその肩を見たとき、突然、志村は予想もしなかった思いにとらわれた。それは激しい後悔だった。おれは同僚、それも年長者の顔をつぶしちまった。ひどく尊大なやり方でつぶしちまった。

さっきの電話でのやりとりに、はじめて自己嫌悪を覚えた。中谷の能力を目にして感じた苛立ち。だがあれは、おれのなかで反作用として芽生えた過信の裏返しじゃなかったろうか。なにも目のまえで電話することはなかった。おれだって、ただ優越感を求めただけではなかったか。なら、おれは下劣なクレームマニア以下じゃないか。結局、中谷もおれも会社員という立場に翻弄されている……。

「おまえ、詐欺師の才能あるな」ふくみ笑いの混じる高橋の声が聞こえた。「この人形、ちゃんとスカートはいてるぜ。もっとも布っきれで、とうていカミソリみたいにざっくりとはいかないけどさ」

「ああ」志村は、中谷のでていったドアにまだぼんやり目を向けていた。

また高橋の声が聞こえた。「中谷さんのことなら、あとでおれがフォローしとく。できるだけていねいにやっとく」

志村はやっとふりかえり、彼の顔を見かえした。その目には、やわらかな光があった。この高橋には入社時からいつも心を見すかされていたような気がする。彼が足を蹴ってくれなかったら、もっとひどい後悔があったかもしれない。彼の息子から送られたメールの文面がふいに刺《とげ》のようによみがえった。

高橋が宮脇のほうを向いた。「おまえもこれでいいか」

「ええ、けっこうです」宮脇が答えた。「僕もこれから享栄ストアに処理の事後説明にいってきます。ですが、志村課長にもご同行願えないでしょうか」

「どうしてですか」志村はいった。「いま録音したテープを聞いてもらうだけでじゅうぶんでしょう」

「享栄では、以前にもおなじようなケースがあったんです。しかし今度替わった窓口はまだクレーム処理に慣れていない新人担当者なんで、こっちにもけっこうきついとばっちりがきました。ですから、さっき課長が話された業界事情を専門家の立場からもう一度、先方にご説明していただくと今後のためにもありがたいんですが」

「営業支援は販促のおまえの役目だろ」高橋が口をはさんだ。「それにこの宮脇はおれの大学時代の後輩なんだ。顔、立ててやってくれよ」

高橋はいきなり自分のネクタイを引きぬき、志村にさしだした。怪訝《けげん》な表情をかえす志村に彼はにやりと笑いかけた。

「そのネクタイはよれよれだ。おまけになんかの染みがついてる。その恰好でいかれたら、社の恥だ。これ、つかえ」

「おまえは、どうするんだ」

「スペアはロッカーに持ってる」

志村はため息をつき、「わかった」といった。

3

帰社したのは、近くで立ち食いソバをかきこんだあと、一時をすこしすぎたころだった。

フロアに入りデスクに向かっているとき、「あ、いまもどってまいりました」浜野の声が聞こえた。ついでその声は志村に向けられた。「課長、外線です」

席についてから、受話器をとった。

「はい。志村です」

「メールの返信、拝見しました」

幼いが、折り目正しい声が流れてきた。志村は思わずフロアの遠くに目をやった。高橋のデスクは空席だった。

椅子をぐるりとまわし、窓のほうを向いた。窓外には、穏やかな冬の午後の光が降りそそいでいた。日比谷通りごしに公園と皇居の緑がみえる。

「高橋、道夫くん、かな」

「そうです」

「きみから電話があるとは思わなかった」

「どうしてですか」

「電子メールをつかう若い人たちは、いつもメールでしかやりとりしない。そういう考えがなくもなかった」

「そうでもありません。でなければ、オフ会だって開かれないでしょう?」

「そういえば、そうだね」

オンラインによるパソコン通信で知りあったものどうしが、じっさいに顔をあわせる会合はよくあり、それがオフライン・パーティとかオフ会とか呼ばれているのは聞いている。

「それにしても、時間が早いね」志村はいった。「きみは高校生じゃなかったたっけ。きょうは学校を休んだのかい」

「きょう、二学期の期末試験が終わったんです。試験は、午前だけですみますから」

そうか。期末試験は十二月初旬にあるのか。試験が午前で終わるのも知らなかった。おれのときはどうだったろう。その時代はもう、記憶のはるか彼方に霞んでいた。

「お会いできますか」少年の声がいった。

「それは私のほうから、きみにお願いしたことだ。いつがいいだろう」

「なるべく早くがいいです」

それは志村もまったくおなじ思いだった。「わかった」といった。

「それじゃ、さっそくだが、きょうの夕方、きみのつごうはどうなっている?」

「ぼくはかまいません」

「じゃあ、私はどこへいったらいい」

「ぼくのほうから、そちらの近くまでうかがいます。時間はいつでもけっこうです」

この近くなら、銀座か有楽町ということになる。いまそのあたりはどこも忘年会で混んでいる。社内の同僚に顔をあわせるかもしれない。ひょっとしたら、この少年の父親に出会う可能性さえある。だがいま、志村は彼のどんな希望にも応える気になっていた。

少年にわかりやすい場所を頭のなかで探した。

「有楽町マリオンの時計は知ってるかい」

「知ってます」

「じゃあ、あの下で六時ということでどうだろう」

「わかりました」

「じゃあ、のちほど」

電話が切れた。

志村はしばらく電話の受話器を眺めていた。少年のどんな感情もいまの会話からはうかがえなかった。感情をおし殺したような気配さえあった。だが、テレビでしか知らないいまどきの若者ふうではない。しっかりした話し方だった。ただ、高橋一幸のそれとはずいぶん距離があるように思えた。そして陽子の話し方とも……。


雑踏が流れていく。

日比谷から銀座に向かって歩きながら、志村はすこし後悔しはじめていた。やはり場所をまちがえたかもしれない。だがこの時期、どんな盛り場も似たようなものだろう。それなら早退してでも時間をずらし、こんな雑踏はさけるべきだった。

だいいち高橋道夫の顔がわからない。たぶん顔をあわせた機会は一度だけあった。陽子の本葬のときだ。彼は親族の席に連なっていたはずだ。父親の隣りにすわっていたはずなのだ。なのに記憶がまったく欠落している。あのときはただ呆然としていた。周囲に目を配ることさえなかった。一幸の顔さえろくに見ず、彼がどんな表情をうかべていたのかも知らない。通夜は欠席した。ひとり自分の部屋で痛飲した。ただそのことだけをおぼえている。

信号をわたり、マリオンまえの三角広場にでた。

六時五分まえだった。陽はすっかり暮れ、もう昼の穏やかさは失われていた。暖冬の今年にしては、刺すように冷たい風が吹いている。だがその場所だけは明滅する人工的な光のなか、おびただしい数の人間が群れつどい、おぼろな熱気を放っていた。近くのオフィスから流れてきたといった若い世代が多い。学生らしい若者たちも大勢いる。志村は立ちどまり、若さという年齢だけがつくるにぎわいを眺めた。

その少年にはすぐ気づいた。ダッフルコートのポケットに手をいれ、広場のまん中にひとり、ぽつんと立っている。背丈は高かった。

まっすぐ歩いていくと、少年の視線がこちらを向いた。

彼のほうから声をかけてきた。

首をかしげ、「志村さん?」とたずねた。

「そうです。高橋道夫くんだね」

答えて数秒のあいだ、少年を間近な距離で眺めた。清潔な印象が最初にあった。髪の毛がさらさら流れ、繊細で涼しい目もとは陽子の面立ちを受けついでいる。そして体格は父親のものだった。

少年も志村の表情を静かに見かえしていた。その視線に気づいたとき、ようやく声がでた。

「夕飯はもう、すんだかい」

「いえ、まだです。でもお腹《なか》はすいていません」

予約していたレストランが無駄になったことを志村は知った。こぢんまりして、この世代の少年があまり緊張しないですむようなところをなんとか探したのだった。

「じゃあ、喫茶店にでも入ろうか」

彼はうなずいた。

喫茶店なら、どこにでもある。いまはなにをしゃべっていいのかわからなかったので、志村は黙ったまま銀座のほうに足を向けた。

数歩おくれて、少年も黙ったままついてくる。

外堀通りを越え、いくらかひと気の少ない裏通りに入った。最初のぞいた喫茶店は、隣席の声が間近に聞こえそうなほどテーブルが密集していた。「ほかを探そう」少年に声をかけ、別の店に入った。今度は満席だった。またしばらく歩いて、次にのぞいたところもおなじだった。まったく空席がない。

この時間、やはり銀座にきたのはまちがいだった。会ってから、喫茶店探しだけでかなり時間がたっている。また通りをぶらぶらしながら、いま、おれはひどく要領のわるい無様なおとなにみえるかもしれないな、と考えた。少年は無表情なままだ。

照れかくしに彼に声をかけた。

「きょうは冷えるね。昼はあんなに暖かかったのに」

「そうですね」気にするふうでもなく返事がかえってきた。

やがて銀座にしてはひどくうらぶれた構えの小さな喫茶店が目に入った。のぞいてみると、席は半分ほどしか埋まっていない。ほかを探すのはもう時間の無駄のような気がした。「ここにしよう」そういうと、少年もうなずいた。

片隅の席にすわった。ほかの席とはかなりはなれている。

無愛想な中年女性が注文をとりにきた。ウェイトレスは彼女ひとりだった。あるいはこの店の経営者なのかもしれない。ふたりはともにコーヒーを注文した。

少年はダッフルコートのまま席にすわっている。その姿を見ながら、志村はコートを脱いだ。

「ちょっと電話してきていいかい」

「どうぞ」

ポケットの携帯電話はつかわず、ピンク電話で予約したレストランにキャンセルをいれ、また席にもどった。

少年が首をかしげた。

「もしかしたら、どこか予約されていたんですか」

「いや、ちょっとした仕事の用件さ」

答えてから志村は、最近、この世代の若者とこんなふうに会話をかわしたことが一度もないことに気づいた。おそらくこの十年間、いや、たぶん会社員になってから一度だってない。あったのは、仕事絡みの市場調査のときだけだ。

「わざわざでてきてくれて、ありがとう」できるだけ穏やかな口調になるようつとめ、志村は言葉を探した。「きみはたしか高校二年だったね。もう受験勉強でずいぶん忙しいだろう」

「ええ、まあ」

「もう大学は決めてるのかい」

「第一志望は、早稲田の理工です」

「ふうん。理工にいって将来、なにになるつもりなのかな」

「建築家」

「建築家か」

つぶやいたあと、今度は建築にまつわる話題を探していると、少年の声が聞こえた。落ちついて静かな声だった。

「失礼ですが、志村さんは、むかし離婚されたそうですね」

「うん。経験はある」

志村はうなずいてそういった。この少年には、嘘だけはつかないでおこう。そう決心してきたのだった。話すべきでないことはあるかもしれない。だがけっして、嘘だけはいうまい。

いったん私的な事実にふれると、ぎこちなさから、いくらか解放されたような気がした。

「大阪に赴任したことがある。そのとき、三年後に職場結婚した。一年しかつづかなかったけどね。だけど、きみはどうしてそんなことを知っている?」

「父のところへ、会社の人たちがよく大勢で遊びにくるんです。志村さんの話題もしょっちゅうでます。リビングをとおるとき、なんとなく耳に入ってくるんです」

志村は微笑した。「そうか。きみのお父さんは人望があるからな。私のところには、だれひとりやってきたことがない」

「でも、志村さんは仕事ができるって。父のことをいうのはなんですが、父と志村さんのふたりが同期のトップだって……。そういう評判も聞きました」

「そんなことはないさ。高橋、いや、きみのお父さんのほうがはるかに上だ。課長って肩書はあるが、私はただの会社員にすぎない。課長って肩書はあるが、私はただのバクチ好きの会社員にすぎない。まあ、バーゲン品だと思ったほうがいい。きみのお父さんには負ける」

「ほんとうに、父に負けると思われるんですか」

「ほんとうだ」

「どういう点で」

「彼には、人間のこころがわかる」

「……志村さんには、わからないんですか」

「さあ、どうかな。考えたことがない。私にわかるのは、麻雀《マージャン》の相手がなにを考えてるかってくらいのもんだろう」

少年は笑わなかった。落ちついた口調のまま問いかけてきた。

「志村さんの離婚の原因には、母が関係してましたか」

志村は少年の顔を見かえした。射るような視線があった。思いつめたように鋭い視線だった。だが、その目は澄んでいた。ふいに志村は、けさ洗面所で見た濁ったスープみたいな自分の目を思いだした。おれがこういう透明な光を失ったのは、いつのことだったろう。いや、そもそもそんなものを、最初からおれは持っていたのか。

志村は、見ひらかれた少年の目の光に目をすえたまま、ひと言ひと言、区切るように答えた。

「関係していない。まったく、関係してはいない」

少年はまだ志村の顔をじっと見つめている。

「会社に入ってから、志村さんとぼくの父は、母を争ったと聞いています。評判になるくらい公然と争ったそうですね」

わずかに口もとがゆるむのを感じた。「そんなことまで知ってるのか。そのとおりだよ。きみのお母さんは、おそろしく魅力的だったからな」

そう。たしかに争った。新入社員のころだ。

短大出の松浦陽子も同期入社だった。まるで妖精だった。そして当時、彼女は光り輝いていた。あのキャラクターグッズ・シルフィなどより、はるかに妖精そのものだった。若かったあのころ。高橋とのあいだにあったさや当てを思いだすといまも微笑が浮かぶ。駆け引き。黙約。協定。抜け駆け。正面衝突さえあった。一度、本気で殴りあったこともある。あのころ、おれたちはみんな若かった。

「率直にいって、きみのお父さんと私は最初、いい勝負だったと思うよ。しかし結局、負けちまった。私の場合、入社二年後に大阪支店への転勤があったからね。もちろんはじめのころは毎週末、新幹線に乗ったさ。電話代もずいぶんつかった。しかし、きみのお母さんは高橋一幸のほうにかたむいていった」

「条件として不利になった。そういうことでしょうか」

「かもしれない。最近の若い人たちは、去る者は日々にうっとうしいっていうそうじゃないか」

少年は今度も生真面目な表情をくずさなかった。

「でも」と彼はいった。「でもそれは、志村さんが父に負けたんじゃなくて、会社の意向に負けたんじゃないですか」

志村はまた、澄んだ光の宿る利発そうな少年の目を見つめた。その疑問は志村自身、かつて何度も自分に問いかけたものだった。まったくおなじだ。あのころ、その疑問に結論はでなかった。いつも解答のない疑問だった。

「わからない」とだけ志村はいった。

「そして、志村さんは大阪で結婚されたんですね」

「そう。大阪にいて、三年ほどたったころかな。きみの両親、高橋とお母さんが婚約したのは、私が結婚したあとだった。彼はあえて私が区切りをつけるのを確認してから、そうしたんだ。人がよすぎるほどフェアな人間だ。こういうのを、お人好しともいう場合もあるがね。きみはそう思わないかい」

「そうかもしれませんね」

志村は念をおすためにつけくわえた。「だから、私と高橋のあいだにいっさい遺恨は残らなかった。私が離婚したのも、きみのお母さんとはまったく関係がない。まあ、私は見てのとおり、ろくでもない人間だし、先方の実家ともいろいろいざこざがあった。それに結婚してみると、それまで知っていたはずの相手がまったくちがうようにみえてくることがある」

「母の場合はどうだったんでしょう」しばらく考えたあと、落ちついてはいるが挑むような声で少年がたずねた。「志村さんと再会したとき、過去の判断がまちがっていたのを知ったんでしょうか」

志村は黙ったまま、目をおとした。

「いずれにせよ」また挑戦的な響きの声が聞こえてきた。「母は死ぬまえ、もう父より志村さんのほうが好きだった。好きだとわかってしまった。そうじゃないんですか」

4

カップをとりあげ、志村はコーヒーをすすった。

メールの件は、この少年の口からでないかぎり、自分からは持ちださないでおこう。そんなふうにかたく心に決めていた。だがいまは、ただひとつだけしておきたい質問の誘惑に勝てなかった。

「きみのお母さんは、日記を残していたんだろうか」

彼は首をかしげすこし考えたあと、「いいえ」と首をふった。

「ところでお訊きしたいんですが、『ランニング・オン・エンプティー』って、なにを指すんですか」

志村は顔をあげた。

陽子とこの少年のあいだに、そんな会話があったのだろうか。いや、いま聞いた彼のたずね方からしてもそれはありえない。

「その英語、きみなら、どう訳すだろう」

「『空白の疾走』。それとも『虚無を駆ける』、かな」

志村は思わず口もとがゆるむのを感じた。「きみのお母さんも、まったくおなじことをいってたよ。あの映画の邦題はほんとうにひどいって」

「映画の邦題？」

「そう。そのタイトルが『旅立ちの時』って邦題に変わった。私は、通俗的で平凡だけど内容をうまく伝えているとは思った。興行目的にもかなってるし、じっさい家族からの少年の自立を描いた物語だったから……。それでちょっとした論争になったことをおぼえている。きみは、リバー・フェニックスを知ってるかい。あの映画で主演していた俳優なんだけど」

「知りません」

「きみはいくつになる？」

「十七歳です」

「そうか。あの映画でも、彼は十七歳の少年役で出演していた。感受性の鋭い顔だちの俳優だった。オスカーの候補にもなったかな。ちょっときみに似ていた」

「その俳優と映画がなんの関係があるんですか」

「『ランニング・オン・エンプティー』って名をだしたのは、きみなんだぜ」

「………」

「きみのお母さんと再会するきっかけになった映画なんだ」沈黙する少年を見て、志村はそういった。「リバー・フェニックスという俳優は死んだ。四年まえだよ。たしか二十三歳だった。それで、彼の映画のリバイバルが横浜の名画座であったんだ。見終わって映画館をでようとしたとき、偶然、きみのお母さんと出会った」

「志村さんが母と関係したのは、そのときですか」

口に運ぼうとしたカップが宙にとまった。そのままの姿勢で少年の顔を見かえした。食いいるようなまなざしがいま、自分にそそがれている。その目に宿る光ほど真剣なものは、これまで見たことがない。おれもこういう目をしたことがあったろうか。ふたたびその思いが訪れた。

「その質問は、男女関係という意味だろうか」

少年は、今度ははっきりとうなずいた。

「おそらく」と志村はいった。「厳密にいえば、おそらくそういう関係はなかったと思う。しかしこれは言い訳にすぎないかもしれない。じっさい私自身が望んで果たせなかったのだから」

「どういう意味ですか」

志村はコーヒーカップをおいた。

「正直に話そう。きみにはすべてを話しておいたほうがいい。たったいま、そういう気分になった。正確に話すようにもつとめてみる」


四年まえのその冬の日、志村は横浜まで足を運んだ。関内《かんない》にある横浜支店で販促キャンペーンの説明会があったためだ。ひどく寒い日だった。

支店での仕事が終わり、街にでるともう日は暮れていた。

久しぶりの横浜だった。通りをぶらぶらしてみよう。そんな気分になって街並みを歩いているうち、映画の看板が目に入った。リバー・フェニックス追悼「旅立ちの時」の文字があった。それを見たとき、すぐチケットを買い、その映画館に入った。なん年もまえ、彼が成長期の幼い少年を演じた「スタンド・バイ・ミー」が強い印象を残していたからだった。志村が映画館から遠ざかってすでに久しい。この「旅立ちの時」も公開時には見のがしていた。

いい映画だった。

エンドロールが流れ、狭い廊下にでたとき、志村は足をとめた。ソファにすわり、ひとり泣いている女性を見たからである。

陽子はほとんど変わってはいなかった。

すぐ目のまえに立ち、黙ったまま待っていた。すると、やがて気配に気づいた彼女がようやく顔をあげた。そして「志村さん?」とつぶやいた。「どうして、あなた、泣いてないの」

志村は思わず、自分の口もとに微笑がもれるのをおぼえた。お久しぶり、といったような平凡なあいさつはなにもない。彼女のなかでは、最後に会ってからの二十年は空白でさえないらしい。いかにも陽子だった。

長い時間をおいての再会という事実を忘れたように、志村も調子をあわせた。

「なんで泣く必要があるんだい」

「だって、母親のアニーがリバー・フェニックスとピアノを連弾するシーン。アニーが父親と十五年ぶりに会って話すシーン。あそこで泣かない人は人間じゃない」

「じゃあ、おれは人間じゃないかもしれない」

志村はそういったが、じつのところ、彼女と同意見だった。たしかにあの場面では涙をこらえるのに苦労した。

陽子が泣きやむのを待ち、いっしょに表にでた。おどろいたことに彼女は自分のクルマ、小型のルノーだったが、それを交通量の激しい映画館まえの通りに路上駐車していた。さいわい駐車違反のステッカーは貼られてはいなかったが、その奔放な無邪気さもいかにも陽子らしかった。

ドアを開けながら、彼女はごく自然に声をかけてきた。

「乗って。いいお店があるの」

彼女のなかでは、あのころのまま時間がとまっているのかもしれない。考えながら志村が助手席にすわったとたん、クルマは急発進した。数分後、もう近くのホテルの駐車場に入っていた。

だがそのホテルの最上階にあるバーに足を踏みいれた瞬間、二十年の空白は、志村のなかからも消えた。若かったあのころ、ふたりが会うときはいつも映画を見て、どこかで酒を飲む。そして映画の感想を交換する。そんなありふれたコースをたどるのが慣例になっていたからである。

飲酒運転をとがめる気にはならなかった。こういうことは何度かあった。そんなとき、陽子が忠告を聞きいれることはいっさいなかった。それに彼女はおそろしくアルコールには強かった。

最初にでた話題は、ふたたびさっき見たばかりの映画についてだった。やがて、その会話だけが熱を帯びていった。ふたりが思い出を話すことはなかった。あの時代をたどるようなことはなかった。おたがいの近況について話すこともなかった。なのに志村にとっては、若かったあのころがそっくりよみがえってくるように思えるのだった。遠い過去がいつかの姿そのままでよみがえる。まるでむかしとおなじだ。

タイトル問題でやりとりがあったのもそのときだった。ランニング・オン・エンプティー。ただ途中、ふと陽子が会話からはなれ、声をあげたことがある。雪が降ってる。その声で彼女の視線を追うと、いつのまにか白い雪片が窓の外の暗い夜空を舞っていた。

それから彼女は思いだしたように志村を見つめ、どうして私たちの結婚式にきてくれなかったの。そうたずねた。たしかに案内状はもらった。だけどあのころ、大阪じゃ仕事が忙しすぎたんだ。志村は嘘をついた。そうなの。そんなふうに短く答えただけで、彼女はまた映画の話にもどっていった。志村が東京本社に帰ってから、彼らの自宅を一度も訪問したことがないことについては、なにもふれなかった。なにをしていたのかも訊かなかった。なぜ、顔をあわせる機会がなかったのかとさえたずねなかった。

どれくらい時間がすぎたのかはわからない。それからはなにを話したのか、よくおぼえていない。記憶にあるのは、おれのほうはこれ以上飲んだらあぶないな、という思いだけだった。これも若かったむかしとまったくおなじだ。

やがて志村は陽子に声をかけた。なんとか声をかけることはできた。もういこう。これ以上酔ったら、きみは運転できない。平気よ。彼女はそう答えたが、時計を見て、もうこんな時間なのか、とつぶやいた。そしてようやく立ちあがった。

ホテルの駐車場からでたとき、彼女の運転はしっかりしていたと思う。ただ、雪はまだ激しく降りつづいていた。風に舞い、渦を巻き、さらにいっそう降りつのる気配があった。路上にもすでに分厚くつもっている。さすがに陽子も、のろのろ運転を余儀なくされた。高速の入り口までいったが、積雪のため閉鎖されていた。一般道をいくしかない。彼女は大胆にUターンした。その瞬間スリップし、立木にルノーの横腹をぶつけた。軽い衝突だったが、都内にもどるのは、どう考えても無理だった。

ホテルにもどろう、と志村はいった。シングルをふたつとろう。

彼女は素直に、うん、とうなずいた。

衝突のあと注意深く操作されたルノーは、ようやくホテルにたどりついた。だがフロントからは、あいにく雪のため混んでいてツインがひとつしか空いておりません。そんな答えがかえってきた。

いいじゃない。陽子がいった。あなたは理性的な人なんだから。それにほかを当たっても、この雪じゃきっとどこも満員でしょう。

選択の余地はないように思えた。

部屋に入ると、コートと上着を脱いだだけの恰好で、志村はすぐベッドのひとつに横たわり、毛布にもぐりこんだ。理性的な人か。生まれてこのかた、はじめてそんなことをいわれた。なら理性を失わないためには、眠っちまうしかない。

陽子のバスをつかう音が聞こえてくる。眠ろうと努力しているあいだ、それはざわざわと志村の耳を刺激しつづけた。

だがやがて、努力は報われた。酔っていたせいかもしれない。いつのまにか志村は深い眠りにおちていった。

どこにいるんだろう。

目覚めたとき、最初にやってきたのは、ぼんやりしたその疑問だった。それから昨夜のことを思いだした。

温かいものが喉もとをやわらかくなでてすぎた。首をひねると、陽子の寝顔がすぐそばにあった。やわらかくふれたのは、彼女の寝息だった。頭を志村の肩に埋めている。規則正しく息づき、彼女の肩もゆるやかに上下している。彼女は全裸だった。その姿で静かに眠っていた。

周囲に視線をめぐらせた。閉じたカーテンの細い隙間、まだ外は暗い。時計を見た。朝の五時だった。

陽子の寝顔をじっと眺めた。二十年の歳月。それは彼女にわずかな痕跡しかもたらしてはいなかった。奇跡を見るような思いがあった。あのころ、夏の陽射しで濃い影をつくった長い睫毛《まつげ》。それはそっくりそのままだった。唇をわずかに開き、その表情はあどけなくさえみえる。目尻にいくらか細い皺《しわ》が彫りこまれてはいるが、それはしっとりした落ちつきさえ与えたようにも思える。いつかの妖精がそこにいた。手をのばすまでもないところにいる。

そっと毛布をずらし、志村はベッドを抜けだした。それから身につけていた衣類を全部、床に脱ぎすてた。そしてふたたび陽子のそばに横たわった。その寝顔を眺めながら、彼女の目覚めを待った。急速にふくれあがる欲望と闘いつつ、静かにじっと待った。懸命に耐えているうち、めぐってくる思いがあった。それは過去に向かう思いだった。あのころ、どうしてこんなふうにならなかったのだろう。たぶん、なにかひとつ、きっかけさえあればよかったのだ。たとえば、昨夜の雪みたいなただひとつのきっかけさえあれば……。それさえあれば、あのころこういうふうになっていたかもしれない。おれには、まったく別の人生があったかもしれない。

その思いは後悔に似ていた。

しかし、と志村は頭のなかで首をふった。いまこうしておれは陽子と肌をふれあっている。しっとり伝わってくる彼女のぬくみがある。これまで知らなかったほのかな湿りがある。ひょっとしたら、と志村は思った。ひょっとしたら、おれはもう一度やりなおせるかもしれない。彼女さえそれを望めば、新しい世界が開けるかもしれない。

そのままじっとしていた。陽子の与えるぬくもりだけにひたっていた。閉じられた瞼《まゆ》のなかにいるこの状態。それが壊れてしまうことをなにより恐れたのである。

そのうち、なぜかまたおぼろな眠気がやってきた。それが欲望にとってかわっていった。春の日、うららかな陽射しをあびながら野草に横たわったときのような、まどろみの気配。なにがこれを運んでくるのだろう。訝《いぶか》しく思いつつ、志村はやってくるその穏やかな眠りをいつか、ごく自然に受けいれていた。

ふたたび目覚めがあった。今度は、目前に自分の顔をのぞきこむ陽子の顔があった。瞬いた目を見て、おはよう、と彼女は小さな声をあげた。それからすぐ彼女は志村の肩に頭をおとし、頬《ほお》をきつくおしつけてきた。

陽子はすこし泣いた。

声もあげず泣くその涙が、志村の肩に流れる。ひっそりと鎖骨のあたりをぬらしていく。そのとき志村は、欲望が急速に収縮していくのを知った。ただやわらかな和《なご》みだけを感じていた。それ以外、なにも感じはしなかった。ただこうしているだけでいい。これだけでいい。その思いだけで、やすらいでいた。

志村は自分に問いかけた。おれはいままで、こんなにやすらいだことがあったろうか。ほとんど切ない問いだった。


ホテルをでたとき、冬空は晴れわたっていた。降りつもった雪の照りかえす銀の光にみちていた。

その光が散乱する世界でふたりは立ちどまった。

「おれはこれから、電車で出社するが、きみはどうする?」

「クルマで帰る」と彼女はいった。

「いや。きみも、電車で帰ったほうがいい」

「ううん」彼女は首をふった。「やっぱりクルマで帰る。もう車道は走れるようだもの。それよりね」

「それより、なんだ」

「私、さっき決めたの」

「なにを決めたんだ」

「今度もし、あなたに会えたら」彼女は微笑した。「もし、あなたに会えたら、そのときは高橋からはなれて、あなたのところにいくの。おしかけるの。いい?」

「……もし、会えたらってどういう意味なんだ」

「あなたに会うのは、この次、雪が降ったとき。そう決めたの」

まだ一月すえだ。だが今年は、暖冬だという。昨夜の雪も予想されてはいないものだった。

「いつ降るかわからない。もう降らないかもしれない」

「ううん。きっと降る」

「なんだか、バクチみたいな言い方に聞こえるな」

「絶対に雪は降る。でも、たしかに賭けは賭けよね」

「絶対、降るって確信してるんなら、会えたらとか、賭けって言葉はおかしいじゃないか」

「あなたがやってくるかどうか、それを賭けるの」

志村は陽子を見つめた。彼女は冴えわたった光のなかで、笑みをうかべた。その口もとから白い息がもれ、凍るように光を反射した。

彼女はこういった。あなたの仕事が終わるのは五時でしょう？　もしその時間、都心に雪が降っていたら、その日の夜七時にまたこのホテルのバーで会いましょう。私は必ずいるわよ。でも、あなたはくるかどうかわからない。アダモの歌みたいにならないよう祈るしかないわね。雪は降る。あなたは来ないって……。

そんないいかげんなバクチにつきあうのは、ごめんだ。いいかけて志村は言葉をのんだ。さっき、自分の肩を流れた陽子の涙を思いだしたのだった。おれがくるとしても、彼女のほうが気が変わる、いや、変えなければならないと考えるかもしれない。そのとき、ようやく高橋の顔が頭にうかんだ。おそらくあのとき、彼女は揺れていたのだ。あの涙は、その揺れが運んだのだ。そしていまも揺れているから賭けという言葉がでる。この子どもっぽい気まぐれにつきあうのは、おれの義務だ。

「おれはくるさ」とだけ志村はいった。

陽子は答えなかった。ただ微笑をうかべた。

そのまま彼女は、駐車場に向かい去っていった。角を曲がり、姿が消えた。ザクザクと雪を踏みしめる音だけが聞こえていた。立ちつくしたまま、志村は遠のいていく足音だけに耳をかたむけていた。やがてすっかり消えてから、背を向けた。

二週間後、また雪が降った。大雪だった。

その夕暮れ、ためらうことなく志村は横浜に向かうＪＲに乗った。積雪の影響でダイヤは乱れたが、七時にはなんとか間にあった。

だが陽子はやってこなかった。

彼女の死を聞かされたのは翌日、出社してからである。

高橋一幸の細君が死んだという話はもう社内を流れていた。雪の第三京浜を走行中、スリップ事故を起こしたということだった。

5

「志村さんは、何時ころまで母を待たれたんですか」

「午前一時まで待った」志村は答えた。「それがバーの閉店時間だった」

なにかいいかけて、少年は口をつぐんだ。

「その日、また、そのホテルにとまったよ。今度は私ひとりでね」それから短い間をおいてつけくわえた。「私は話すべきでないことまで話したかもしれない。もしそうなら、きみに謝りたい」

「……だけど事実だった」

「私のエゴイスティックな感覚をとおしただけの事実かもしれない。それと、謝ることはもうひとつある」

「なんでしょう」

「いまいったように、私は利己的な人間なんだ。彼女を待っているあいだ、きみやきみのお父さんのことは、いっさい考えなかった」

少年は首をかしげ、しばらく考えていた。それから穏やかな声でいった。「ぼくのほうこそ、謝らなければいけませんね」

「なぜ?」

「『殺した』という言葉をメールでつかった。許してください」

「いや、そのとおりだと私は思った。すくなくとも、きみのお母さんが亡くなったころはずっとそう思っていた。それをいつのまにか忘れてたんだ。私は鈍感でもあるらしい。きみのメールは、それを思いださせてくれた。だから、会って話す必要があると思った。きょうはそのためにきたんだ」

「ぼくも志村さんに会う必要がありました」

「どんなオヤジなのか、たしかめたかったのかい」

少年は微笑した。「それもあります」

「で、どうだった?」

「会ってよかった」

短い沈黙のあと、志村はたずねた。「きみはいま、それも、といった。ほかになにかあるんだろうか」

少年はダッフルコートのポケットから、小さく折りたたんだ紙をとりだしテーブルのうえをすべらせた。

問うような視線を向けた志村に、彼は笑みをうかべた。「母がパソコンをやっていたのは、ご存じですか」

「彼女がパソコンをやっていた?」

「そうです。いかにも似あいませんよね」

志村はテーブルにおかれた紙片に目をおとした。

「それは未発信のメールです」

「未発信のメール?」

顔をあげると、少年はうなずいた。

「じつはきのう、勉強のあいまに母がつかっていたパソコンをいじっていたんです。それまでは、旧式のタイプだからあまり興味がなかった。すると操作しているうち、ハードディスクにファイル文書が見つかった。セキュリティーがかかっていたけれど、試しに、YUKOと打ったらすぐ開きました。ほんとうに母らしいでしょう？　一本だけメールが入ってました。それはファイルをプリントアウトしたものです」

「読んでいいかい」

「どうぞ」

志村はテーブルの紙片をとりあげた。開いていくと、A4のサイズにまでひろがった。

タイトルに「雪が降る」とある。本文は鮮明にプリントされていた。

〈いま、午後三時です。雪が降っています。でも私の気分はなんだか小春日和のようです。あなたに会えるかもしれないし、会えないかもしれない。でもいいんです。このまえ、私はおとなになったから。ねえ、人はすこしずつおとなになるんじゃなくて、いっぺんにおとなになってしまう。そういうことがあるって思いません？　私の場合、それがずいぶんおそくにやってきたようです。

志村さん。大好きよ。大好きっていえるから、パソコンなんか知らないあなたに、発信もしないこんなメールを書いているのかもしれません。バカみたいでしょ。

志村さん。このまえは、あなたと最初からいっしょに「ランニング・オン・エンプティー」を見たかった。そしてきょう、もし会えれば最高のセックスをしたい。してみたい。したかった。してください。

これから私は横浜にいきます。　　　　松浦陽子〉

松浦と記された姓に長いあいだ、目をとめていた。少年の声が聞こえたとき、ようやく顔をあげた。

「四年まえ、母からあなたに宛てたメールです」

しばらく声がでなかった。それから「四年まえか」と志村はつぶやいた。「あのころ、ここに書かれてあるように、私はパソコンの知識なんかまるでなかった」

「会社に導入されたのは、二年まえだとぼくも父から聞きました。でも……」

「でも、なんだい」

「志村さんの話に、すこしでも嘘か修飾があるようだったら、このメールはお見せしなかったかもしれません」

「どうして」

「母がかわいそうだから……。ぼくは母を大好きでした」

「私も大好きだった。いや、いまも大好きだ」

するど、少年はなにかを思いうかべるように微笑した。

「母がめずらしくぼくにお説教したことがあるんですよ」

「どんなふうに？」

「人はすこしずつおとなになるんじゃない。いっぺんにおとなになることもあるのよって。母が亡くなる直前でした。ぼくは十三歳だったけれど、よくおぼえています。その意味が、このメールと志村さんの話を聞いてようやくわかった」

志村は黙って少年の顔を見つめていた。もし、と思った。もし、おれが陽子と結婚していたら、こういう少年が生まれたろうか。

彼がうなずいた。自分に向かってうなずくようにうなずいた。

「ぼくはこれで失礼します」

少年を見かえしたまま、志村はぼんやりと声をあげた。

「もういくのかい」

「ええ。用件はすみましたから。ぼくが、母のメッセンジャーになるという用件です」

彼が立ちあがった。視線をあげながら、志村はたずねた。

「ひとつ、訊いておきたいことがあるんだが」

「なんでしょう」

「きみは、お父さんを尊敬しているか」

「尊敬しています。母とおなじくらい好きです。志村さんがなさっているそのネクタイ、きっと父のでしょう？」

そのまま去っていくダッフルコートの背中を呆然と見おくった。気がつくと、彼はコーヒーに手をつけてはいなかった。そのカップの表面をしばらく眺めていた。それから、陽子のメールに目をおとした。手にとり、また文面を読んだ。三度、読みかえした。

陽子もまた、空白を疾走していったのだ。


翌朝は定時に出社した。

社内には、すでにざわめく朝の活気があった。デスクについて上着を椅子にかけたとき、こちらにやってくる高橋一幸の姿がみえた。手になにか持っている。新しいキャラクターでも発見したのか。役職にありながら、彼は依然、現場が好きな男だった。

「よう」と彼はいつものように陽気な声をあげた。「ちょっと、会議室にいかないか」

彼は昨夜、息子と話したのだろうかと考えた。いや、それはないだろう。あの少年はもう歴然としたおとなだった。

きのう、中谷たちとつかった会議室に入った。ドアを閉めると、高橋は窓のところまで歩き、志村のほうをふりかえった。

「なあ、志村。きのう、トイレでおれが話したろう」

「なんのことだよ」

「わるい噂が流れてるって、あの件だ。あれの正体がわかった。きのうの晩、本部長にメシ誘われたんだ。話を聞いた。こいつはまだ、だれにも秘密だぜ」

「あいにく、お偉いさんの秘密ってのには、興味がない」

「あいかわらずだな」高橋は笑った。「だがな。おまえ、もう、そんなのんきなことはいっちゃおれんようになるぞ」

「なにをいいたいんだよ」

「来年はじめ、早々にあるってのは、ありゃリストラじゃない。大人事異動だ。社によると、組織活性化を目的とした信賞必罰の異動だとさ」

「だれが出世して、だれが左旋回なんて、おれは興味ないんだ」

「まあ、あれこれ大きな話はある。しかし自分のことでも興味はないか」

「なるほどな」小さなつぶやきがもれた。「そうか。おれはどっかにとばされんのか」

「ああ、とばされる」また高橋がにやりと笑った。

「おれの後任に、とばされる。マーケティング本部次長だ。おまえもやってみりゃわかるが、けっこうつらいぞ。まあ、ご愁傷さまっていうしかないな」

「こんな朝っぱらから、わるい冗談いうな」

「冗談じゃないんだ。アンデラはじめ、おまえが手がけたキャンペーンはことごとくヒットしてる。この伝統企業もようやく能力主義に目覚めたってとこだな。たぶんきょうにも、本部長から、おまえに話がいくよ」

ふうん、と志村はぼんやり思った。感想はただそれだけだった。昇格などうれしくもない。そんなものとは無縁に生きてきた。興味もまるでなかった。おれはただ、目のまえにある仕事をこなしてきただけだ。それからやっと気づいた。

「ちょっと待て」と志村はいった。「なら、おまえはどこへいくんだ」

「支店長になる」

そうか。同期からついに役員が生まれるのか。東京か大阪の支店長なら、取締役兼任だ。そちらのほうには、一種の感慨があった。

「で、どっちだ。東京か、大阪か」

「いや、旭川支店だ」

「旭川？」

「北海道の旭川くらい、おまえも知ってるだろう」

志村は高橋の顔を見つめかえした。

「おい。からかうのはよせよ」

「からかっちゃいないさ。きのう、本部長から因果をふくめられた。おれは必罰のほうらしい」

唖然として高橋を眺めていた。その表情は変わらず、たんたんとしている。やっと声がでた。

「役員連中、どっかおかしくなっちまったのか？　どういうことなんだ」

「わけがある」

「どんなわけがあるってんだよ」

「浜野淳子」

「浜野？」

高橋の表情から苦笑がもれた。「おまえ、ほんとうに社内事情にうといな。それも足もとなのにさ。おれと浜野がつきあってるのが、なぜか会長の耳に入った。どうやらおれは、部下に手をつけた不良上司って烙印をおされたらしい」

志村は声がでなかった。高橋と浜野。まったく気づかなかった。やはりおれの鈍感さは際だっている……。

会長は、この時代にあっては異様に謹厳実直な老人だった。あのワンマンなら、その程度の噂が耳に入っただけで、信賞必罰をお題目にこの人事くらいやりかねないのはわかる。いままでもなん人か、役員の首がとんだ。それは笑い話で終わったが、いまはちがう。清廉といえば聞こえはいいが、度がすぎる。おまけに高橋も浜野も独身どうしだ。おれが勤務していたのは、人間の働く場所じゃなかったか。この会社に入り、かつて経験したことのない怒りが生まれた。次の瞬間、限界までふくれあがっていた。

「あの爺い」つぶやいて志村は高橋を見た。「どこが信賞必罰だ。どこが能力主義ってんだよ。おれはいまから、会長室で爺いとかけあってくる。一課長だって、部屋くらいにゃ入れるだろう」

「やめてくれ」鋭い声が聞こえた。「浜野が傷つく」

ドアに向け、一歩踏みだしかけていた志村は足をとめた。

ふりかえると、高橋は静かな口調でいった。

「なあ、志村。おまえだからいっとく。おれは浜野と結婚するつもりなんだ」

「結婚？」

「ああ、おれが本社にもどってきたら、いっしょになる。転勤の件は、彼女にもきのう電話で話してある」

「……もどってこれんのか」

「たぶんな」高橋はうなずいた。「本部長もそのへんはわかってる。会長の任期は、来年六月の役員改選までだ。来期はない。長老支配も長期にすぎるという話が、もう大株主のあちこちから聞こえてるんだ。ほとぼりがさめたころ、呼びもどすってさ。まあ、短くて一年、長くても三年といったとこだろう」

本部長だってサラリーマンだ。空手形にならない保証はあんのか。いいかけて、志村は口をつぐんだ。こいつもおれも、いままでこの企業社会をなんとか生きぬいてきた。この高橋にわからないはずがない。リスクを承知で、彼はいま社命を受けいれようとしている。なにもいうべき必要はない。

「おれのことは話すつもりじゃなかったんだが、まあ、おれの席が空くんだからしかたないよな」高橋は苦笑に似た笑いをもらした。「それより志村、おまえ、なんか忘れてないか」

「……なんだよ」

「そのネクタイ。かえせ」

自分の胸に目をおとした。そうだった。きょう、高橋にかえすつもりでまた彼のネクタイをしめてきたのだ。きのうはずしたあのよれよれのネクタイはロッカーにかけてある。

志村はネクタイを引きぬき、「ほらよ」そういって高橋に手わたした。かわりに彼の背後にあった手が細長い包みをさしだした。

「なんだ、これ」

「開けてみろよ」

洒落た包装を開くと、「お祝い」ののし紙、そのなかに黄と紺のストライプの真新しいネクタイが箱におさまっていた。志村は顔をあげた。

「おまえの昇進祝いだ」

礼をいおうとした。だが、声が喉につまった。本部長とわかれたあと、銀座の洋品店のまえにひとりたたずむ高橋の姿を想像したのだった。

高橋の手がさりげなくネクタイをとりあげた。

「おれがしめてやるよ」

シャツの襟に、高橋の手がそっと近づいた。首の周りで彼の手が動きはじめた。ストライプの布と指が胸もとで交差する。目のまえを黄と紺の鮮やかな色彩がよぎる。結び目のかたちを整える、かすかなきぬずれの音が聞こえてくる。志村はいま、黙って彼にすべてをゆだねていた。高橋の顔は腕の距離にあった。志村はじっと、彼の目に宿る光だけを見つめていた。それは昨夜の少年と同質のものだった。

手を動かしながら、彼が声をかけてきた。

「なあ、志村。おれたちが新入社員のころ、殴りあいやったの、おぼえてるか」

「ああ」とだけ答えた。それ以上、口を開けば涙がでそうだった。

「あの殴りあいは一回こっきりだった。こういうのも最後にしたいな。男のネクタイしめるなんざ、一回で願いさげだ」

ネクタイをしめおわると、高橋はうしろに身を引いて、試すようにこちらを眺めた。

「うん。よく似あう」彼はひとりうなずいた。「今度のおまえのポジションじゃ、対外折衝がやたら増えるぜ。ネクタイくらい気を配れよな。それとバクチもだ」

志村がようやく声をかけることができたのは、彼がドアを開けようとしたときだった。

「高橋。おまえの息子、いまの話、知ってんのか」

「ああ。きのうの晩おそく、話した。浜野の件はまだだが、旭川のほうは話した」

「なんていってた?」

「いいんじゃないのって、あいつ、のんきにいったぜ。雪が降るからだとさ。おれも知らなかったが、旭川は北海道じゃいちばん積雪が多い街らしい。遊びにきてスキーでもやれると思ってんじゃないのか、あいつ。まだまだ子どもなんだ」

彼は会議室をでていった。

志村はおなじ場所に立ちつくしていた。背筋をのばした高橋の姿がドアに残っているような気がした。

十分ほどしてから、自分の席にもどった。無意識のうちにパソコンのスイッチをいれていた。起動を待つあいだに、浜野がコーヒーを運んできた。顔をあげた志村は「いつもすまんな」そう声をかけた。彼女は黙ったまま、唇のはしで笑みをかえした。だが、その目は真っ赤だった。

彼女は席にもどらなかった。そのまま廊下をぬけ、小走りにどこかへ去っていった。その姿を見おくったあと、しばらく考えた。それからメールを開き、高橋道夫宛てのメールを打ちこんだ。

〈きみのお父さんを友人に持ったことを、私は誇りに思う。

志村秀明〉

[送信OK?]の表示が浮かびでる。志村は画面の文字を長いあいだ見つめていたが、やがて発信しないまま、メールを閉じた。あの少年にこれは必要ない。それは彼自身、いちばんよく知っているだろう。

窓の外に目をやった。きょうも穏やかな冬の光が降りそそいでいた。

ぼうふらの剣

隆慶一郎
Ryu Keiichiro

泣き虫

柳生《やぎゅう》飛騨守《ひだのかみ》宗冬《むねふゆ》は運のいい男だといわれている。

柳生宗矩《むねのり》の子息中、剣技において最も劣る身でありながら、兄二人の夭折によって不思議にも柳生家を継ぐことになったからだ。同じ齢の兄友矩《とものり》は寛永十六年（一六三九）六月六日、二十七歳で死に、長兄で家を継いだ十兵衛三厳《みつよし》はその十一年後の慶安三年（一六五〇）三月二十一日、四十四歳で川猟中に急死している。この二人が永生きしていたら、宗冬が柳生の当主になり、時の将軍家綱の剣法指南役になることなど絶対になかった筈《はず》である。

それだけではない。

柳生家は宗矩の晩年に一万二千五百石を頂戴している。一万石以上は大名と呼ばれるから、柳生家は小なりといえども大名の席に列《つらな》ったわけだ。それが宗矩の死と共に、後継ぎの十兵衛三厳に八千三百石、宗冬に四千石、末弟の義仙《ぎせん》に二百石（これは柳生芳徳寺の寺領である）と三分割されてしまった。結果として柳生家は大名ではなくなり、元の直参《じきさん》旗本に戻されたことになる。十兵衛三厳が怒り狂って、病いと称して柳生に引き籠り、以後二度と江戸に出なかったほど、これはあんまりな仕打ちだった。最愛の恋人だった友矩を、病死と称して殺した十兵衛への将軍家光の復讐だったといわれる所以《ゆえん》である。

以後、柳生家にとって元の大名に戻ることが藩をあげての悲願となった。

その悲願を、宗冬は実に十八年の努力の末、達成している。寛文八年（一六六八）十二月二十六日、千七百石の加増を受けて、一万石となり、翌九年十一月十五日にその御朱印を頂戴しているのだ。柳生家は再び大名に復帰出来たわけだ。以後幕末に至るまで柳生家は変っていない。その意味で宗冬は柳生家の基礎を磐石にした人物といえる。

父宗矩が惣目付《そうめつけ》になったような、格別政治的に重要な役割をつとめたわけではない。ただただ剣法指南を続けただけでこれだけの処遇を受けるとは、泰平の時代においては稀有のことだ。

ここにも宗冬の運のよさがこの結果を生んだのだといわれた理由がある。

家庭的にも宗春《むねはる》・宗在《むねあり》の二男と三女を持ち、後継者という点で些《いささ》かの不安もなかった。十兵衛三厳が女の子ばかり二人しかいなかったために家の絶えたことを思えば、これも好運の一つといえるだろう。

だがこれはすべて後世の評価である。宗冬本人は、幼年の時から、自分ほど不運な男はいないと堅く信じ切っていた。呪われた子だと思うことさえ屢々《しばしば》だった。

不運は出生の時からあった。柳生家の家譜『玉栄拾遺』には友矩は宗冬の二歳年長のように書かれているが、実は同じ年の生れである。友矩の方が僅かに早かったので、兄ということになった。宗冬は宗矩の正妻の腹だが、友矩の方は妾のお藤の生んだものだ。生れた時から人形のように目鼻立ちの整った、色の白い赤子だったという。お藤に似たのであろう。これに反して又十郎と呼ばれた宗冬の方は父に似て容貌魁偉、なんとも可愛げのない赤子だった。宗矩の寵愛が左門友矩に偏したのは見やすい道理である。

母が生きていれば、宗冬の不幸はそれほどではなかっただろうが、その母は産後の肥立ちが悪く、その年に死んでいる。宗冬の養育はお藤の手に委ねられた。

又十郎は泣き虫だったと云われる。あたかもそれが重大な欠陥であったかの如く云われる。だが当歳で生みの母を失い、同年の兄の生母に当る女性に養育された子が、泣き虫だったと云って非難されていいものだろうか。顔も知らぬ亡き母への恋慕の情が又十郎を泣き虫にしたのである。底なしの淋しさがいつでもこの子供の胸の中にあった。その淋しさが涙を呼ぶのだった。武門の子にしては感じやすすぎるかもしれないが、又十郎の気持は充分理解出来る。又十郎の眼に映じた世間は、幼時から既に悲しみの色に染め上げられていたのである。

だが父の宗矩も、六歳年上の兄十兵衛も、又十郎の悲しみに気づくほど優しくはなかった。それに宗矩は忙しすぎた。又十郎の生れた翌々年、大御所家康が死に、将軍秀忠はやっと自分の思い通りの政治が出来るようになった。関ヶ原以来、秀忠の側近として生きて来た宗矩にとっては、正に絶好の働きどころだった。

秀忠にとって目の上のこぶの如き存在だった異母弟松平忠輝《ただてる》の改易と流罪を皮切りに、福島正則など豊臣恩顧の大名を次々ととりつぶし或るいは転封させ、娘の和子《まさこ》を強引に後水尾《ごみずのお》天皇の妃とし、元和《げんな》大殉教と呼ばれたほどキリシタンを大量に処刑し、という調子で、秀忠本来の残忍酷薄な性情がほとんど一気に爆発し露呈したのは、すべてこの元和年間なのである。宗矩はそのほとんどの事件の裏で、諜者のかしらとして、或るいは刺客人の総帥として、全国をとび廻っていた。

一方、長兄の十兵衛は元和二年から、小姓として秀忠に仕えている。十歳である。更に三年後の元和五年には家光付きになる。家光十六歳、十兵衛十三歳。十兵衛は父宗矩をしのぐ剣の天才だった。十三歳で既に家光の相手ではなくなっている。だが十兵衛の役は打たれ役である。宗矩が教えた型に従って、家光は十兵衛を打つ。癇の強い十兵衛にはこれが気に入らない。いくら将軍とはいえ、こんな下手くそな剣に斬られてたまるか。その思いが、三本に一本は家光の剣をはずさせ、十本に一本は逆にこっぴどく打ち返させるに至った。当然その度に宗矩から激しく叱責され、時にぶん殴られもするが、十兵衛は頑として態度を改めない。この性癖がわざわいして後に家光の機嫌を損ね、小田原に蟄居《ちっきょ》ということになり、更に十年の諸国回国修行と発展するのである。

とにかく十兵衛は面白くない。勢い屋敷に戻ると幼い弟たちに当ることになる。道場にひっぱり出し、稽古と称して袋竹刀《ふくろしない》でひっぱたくのである。勿論《もちろん》又十郎だけではない。左門も同じ目にあうのだが、あまりの美貌がさすがの十兵衛に左門への打撃を躊《ため》わせた。頭や顔に傷をつけたら大変だという気持が自然に働くのである。父も怒るだろうし、お藤に冷くされるのも気色のいいものではない。そこへゆくと又十郎の方は誰にはばかる必要もなかった。面相もぶっこわした方がいいような代物だ。遠慮会釈なくひっぱたくことが出来る。

　これで泣くなというのは無理であろう。泣けば十兵衛は焦《いら》だって余計強くひっぱたく。又十郎は前に倍してぴいぴい泣く。まるでいたちごっこだった。

　それでも又十郎は一度でも十兵衛のしごきから逃げたことがない。やや長ずると左門の方は要領よく、十兵衛が帰邸する直前に屋敷を出てしまったり、仮病を使ってみたりしたが（勿論お藤のさし金もある）、又十郎の方はそれが出来ない。つまり要領が悪いのである。必ずとっつかまってひっぱたかれる破目になった。

　だが人生とは奇妙なもので、変なところで平衡を保っているようなところがある。又十郎について云えば、ひっぱたかれればひっぱたかれるほど、痛みについて鈍感になった。その証拠に口ではひいひい泣き喚くくせに、又十郎は気を失ったということがない。まともに脳天をぶん殴られても、実のところそれほどの衝撃は感じないのである。けろりとした顔をしていようと思えば出来ないことはない。だがそれでは十兵衛が益々躍起になるのが勘で分るから、泣いてみせるのだ。

　やがてそれが外貌にも現れるようになった。背は低いがどっしりと腰が坐り、小肥りのように見えるが実は全身筋肉の塊りである。首は異常に太く、胸は厚く、うしろから見ると背中がつい立てのように広く見える。腕も脚も太い。もっともこれは父の命令を馬鹿正直に守って、日に千回の素振りと三里の疾走を欠かさなかった結果である。

　ちびで、ずんぐりむっくりしていて、度重なる打撃のため耳も鼻もつぶれている。瘦せぎすですっきりと背が高く、柳のようによくしなう身体と、端正で色白な顔を持った左門友矩とは文字通り月とすっぽんだった。

　己の容貌を気にかけない男はいない。当然又十郎は不幸だった。

五丁町

「兵法がいやになったよ。人のを見ているだけで気分が悪くなる」

又十郎が云った。頭の下に柔かな女の膝がある。

吉原の京町一丁目の角店『大三浦屋』の一室だった。もっともこの吉原は後年『元吉原』と云われた庄司甚右衛門の創立になる初期の御免色里である。

寛永九年の秋。又十郎は二十歳になっている。

女は局女郎《つぼねじょろう》だった。太夫、格子、局と云われる順位の中の最下級の女郎である。又十郎のような部屋住みの男が買えるのは、せいぜいがこの位の女である。それでも決して楽ではなかった。

この当時、太夫と格子は揚屋《あげや》に呼ばねば遊べないしきたりである。客が指名すると揚屋では『揚屋指紙』という一種の借用証文を遊女屋に書き、それに応じて女がやって来る。江戸町から京町へ、或るいは逆に京町から江戸町へと太夫又は格子が行く。それを『道中』と洒落て云った。局女郎は揚屋へ行かない。遊女屋の中の自分の部屋（これが『局』だ）で客を取る。だから今、又十郎は『大三浦屋』の二階にいた。

「兵法をやめなんして何をしなさんす」

女が訊く。当然の問いである。剣法指南役の家に生れて、剣法がいやだ、では通るまい。

「そんなこと知るか。とにかくいやなものはいやだ」

又十郎が吐き出すように云った。その額が青黒く腫れ上っている。明らかに木刀の打撃によるものだが、これは十兵衛ではない。父の宗矩に思い切り打たれて、又十郎はないことに失神したのである。目が醒めた時、又十郎は兵法をやめようと決心していた。

城中だった。将軍家光に対する宗矩の指南の助手をつとめていた。打太刀《うちだち》の役である。打太刀は常に敵方を意味する。打太刀に対して柳生新陰《しんかげ》流の術を使うのが使太刀《しだち》で、この役は勿論、宗矩が演じていた。家光が納得するまで一つの型を繰り返し見せ、次いで、家光に使太刀を使わせる。それが宗矩の指南である。

本来ならば新陰流は他流のような型稽古は行わない。型を教えるのも試合形式なのだ。つまり敵方である打太刀は、必ずしも使太刀に都合のいいように振舞わなくてもいいのである。使太刀側に明かな隙があれば、逆に打太刀側が使太刀側を斬ってもいい。だからこそ十兵衛三厳は、時に家光をこっぴどく斬ってみせて不興を買った。そのため国もとで謹慎を命ぜられ、いわゆる諸国武者修行に出ていた。隠密行ともいわれるが、いずれにしても家光に嫌われた末であることは、前後のいきさつから考えて明らかであろう。

十兵衛に替って、左門と又十郎が交互に宗矩及び家光の打太刀をつとめることになっていた。

事件は又十郎が『三学の太刀』の打太刀を宗矩相手につとめていた時に起った。

原因は不明だが、この日突然、又十郎には宗矩の太刀が見えた。まるで時間の運びが突然遅くなったように、宗矩の太刀ゆきが順を追ってはっきりと見えたのである。太刀ゆきが見えれば、これをかわすことも、或るいは逆をとって斬ることも可能だ。即ち、少なくともこの一瞬において、又十郎は宗矩を超えたことになる。

又十郎の気分は嘗《かつ》てないほど楽々としていた。相手の手が見えればいやでもそうなるものだ。

〈親父を斬ってやろうかな〉

ふっとそう思った。今なら出来そうな気がした。又十郎はその逆襲の軌跡を脳裏に描いてみた。たった一つ障碍《しょうがい》があった。この時、又十郎の持っていた木刀は定寸を少し欠けていた。ほんの一寸五分ほどだったがそれが肝心の時に僅かに太刀ゆきを遠くする。その分踏み込みを深くすればいいわけだが、この踏み込みの加減が難しかった。

〈まあいいさ〉

又十郎は承知の上で、使太刀の打ちこみをはずし、意外の反撃を送った。だがさすがに宗矩である。身体をそらしざまに再度の反撃で又十郎を斬った。予測通り一寸五分の不足が致命的だった。又十郎は思わず、

「やっぱり短かったな」

そう呟いてしまった。

これがいけなかった。独り言のつもりだったのに、家光に聞こえてしまったのである。

家光は自分の腕はさほどではないが、眼だけは肥えていた。いわゆる見巧者《みごうしゃ》である。今の型で又十郎が危

く宗矩を斬るところだったのを充分に見ていた。

「長いのに替えてやってみよ」

又十郎は宗矩の顔が怒りで青黒く変ったのに気付いた。

〈まずいことになったな〉

そうは思ったものの上さまの命令では仕方がない。又十郎はやや寸の延びた木刀に替えた。宗矩は無言だった。凄まじい眼で又十郎を睨んでいる。

〈何もそんなに怒ることはないじゃないか〉

又十郎はまだ気楽な気分でいた。

型通り向い合った。宗矩は木刀を垂らしたままだ。これは先刻の型とは違った。

〈何か云うつもりか〉

又十郎は一瞬迷った。宗矩が家光に何か解説するのかと思ったのである。それは許すべからざる油断だったが、それにしても宗矩の足運びは異常な早さだった。進んだとも見えぬ間に、宗矩は間境いを越え、又十郎の眼前にいた。

「せがれ、推参なり」

宗矩は喚くなり真向唐竹割《まっこうからたけわ》りに又十郎を斬った。


〈あの足の運びは何だ〉

女の膝の上で、又十郎は又してもあの一瞬を胸の中で再現して見ている。不審だった。十何年の間、父の剣を見て来て、一度たりと見たことのない足の運びだった。

〈どうして俺は動けなかったんだろう〉

蛇に魅入られた蛙同然に自分は茫々然として、いつ宗矩の足が間境いを越えたのかも見ていない。はっと我に返った時は、もう眼前にいた。相手の心を虚にするような足の運びと云えようか。

〈親父殿は俺を憎んでいたな〉

自分を斬る直前の宗矩の顔を、又十郎は鮮明に覚えている。凄まじいまでの憎しみが、全身から立ちのぼっていた。それが双眸《そうぼう》の光に集約され、又十郎を射た。

〈殺されるかもしれない〉

そんな予感があった。このまま屋敷にいることの危うさが切迫した思いになって、又十郎はお藤に金を貰《もら》うと吉原へすっとんで来たのである。

「親父に殺されるのはいやだ」

思わず声になった。なんとかして屋敷を出なければならぬ。女が不審そうに又十郎の顔を見下していた。

又十郎は仲の町の通りを大門《おおもん》に向って歩いた。黄昏《たそがれ》が降りて来ている。

遊女たちの弾くみせすががきの音が廓《くるわ》の中を満たしている。店先の提灯に火が入った。

かわたれどきと呼ばれるこの時刻ほど、吉原の華麗さともの悲しさを同時に感じさせる時はない。

又十郎はうら淋しかった。屋敷に帰りたくない。出来るものなら幾晩でも居続けしていたかった。だがそんな金があるわけがない。それに侍は夜は必ず屋敷に居なければならぬ。それがきまりだった。

〈侍なんてつまらないもんだな〉

今日の又十郎にはその思いが身に沁みて感じられた。妙な掟《おきて》で日常の暮しさえがんじがらめに縛られていて窮屈この上ない上に、実の父に斬られる心配までしなくてはならない。こんな割に合わない暮しはなかった。といってこの暮しを捨ててどんな生き方が出来るか、又十郎には皆目分らない。

〈八方塞がりか〉

自嘲するように笑いかけた時、又十郎は人にぶつかりかけた。さすがに鍛えている身体である。咄嗟《とっさ》に素早く身をかわして、実際に衝突することはなかったが、相手はのめってたたらを踏んだ。見ると六方者《ろっぽう》といわれる無法者である。派手な格好で馬鹿長い刀を一本差した連中が六人いた。

「六方者だと思って馬鹿にしやがったな」

ぶつかりかけた相手が喚いた。他の五人が素早く又十郎を囲んだ。

又十郎の方は何が何だか分らない。ぽかんと相手の顔を見つめて無言である。

「薄ら笑いなんかしやがって気に入らねえ。刀を抜け、この野郎」

いうなり長い刀をすっぱと抜いた。見事なものだ、と又十郎は感心した。まるで手妻《てづま》である。

「何ぐずぐずしてやがんだ。手が震えて刀が抜けねえか」

又十郎の沈黙をいいことに、男は益々いきり立った。他の五人も刀の柄に手をかけて、腰を落とし、いつでも抜き討てる格好である。

ひとわたり見廻して、又十郎は馬鹿々々しくなった。どの男にも本物の殺気は見当らない。つまりこれは一種の見世物なのだ。見世物は又十郎の最も苦手とするところである。

別に格別の思案があったわけではない。ほとんど無意識に又十郎は双刀を鞘《さや》ごと帯から抜きとっていた。

「刀が欲しいらしいな。ほら、やるよ」

顔を真赧《まつか》にして喚いている相手の足もとに無造作に放った。相手は一瞬虚をつかれたような顔をした。その時はもう又十郎は歩き出している。相手の脇を平然とすり抜け、大門に向っていた。ひどくさばさばした感じだった。もう侍はやめた。兵法ともおさらばさらばだ。

六方者たちは茫然と見送ることしか出来なかった。こんなに簡単に両刀を捨ててゆく武士など考えることも出来なかったからである。

又十郎はそのまま屋敷へ戻らなかった。

猿楽師喜多七大夫の家へ向った。

猿楽

『寛永九壬申年、公一日土居氏ニ至リ、喜多十大夫カ猿楽能ヲ見玉ヒ、其術妙神ニ入、公感悟シ、煉磨日夜ニ進ミ云々』

これは柳生家の家譜『玉栄拾遺』の中で又十郎が猿楽に入れこんだことを録した言葉だが、にわかには信用出来ない。何よりも喜多十大夫は寛永九年には九歳で、まだ舞台に立っていない。十大夫の初演は翌寛永十年十歳の時で、それも深川八幡造営のための勧進能に、父七大夫と共に五日間の興行に出たのである。『玉栄拾遺』に云う「土居氏」とは恐らく時の老中で才物の聞こえ高い土井利勝《としかつ》のことかと思われるが、その土井屋敷で九歳の十大夫が舞ったとは思われず、まして や『其術妙神ニ入』とは到底考えられない。これは多分喜多七大夫の誤りであろう。

北（喜多）七大夫長能《おさよし》は堺の医師の子に生れながら金剛大夫の嗣子《しし》格となり、金剛三郎を名乗り、金春《こんぱる》大夫安照の女婿となったが、その異能ぶりを見て子孫の仇となると警戒した安照が充分指導してくれなかったと伝えられるほどの名手である。大坂の陣では豊臣方につき、槍をとって実戦に加わったという豪気さで、戦後は浪人して京都で遊女に能を教えたりしていたが、元和五年に許され、金剛七大夫を名乗って秀忠の寵を一身に集めた。

寛永九年、七大夫四十八歳。今尚《いまなお》斯界《しかい》の頂点に立っていた。又十郎が頼ったのは、この七大夫だった。

又十郎の猿楽好みは父の宗矩ゆずりである。

宗矩のは好きを通りこして溺れるに近かったらしい。沢庵《たくあん》和尚が宗矩へ戒告のために与えたという『不動智』の中に次の文がある。

『貴殿乱舞を好み、自身の能に奢《おご》り、諸大名衆へ押して参られ、能を勧められ候事ひとへに病と存じ候なり』

大名の屋敷に押しかけて行ってまで能を演じたと云うのだから、尋常ではない。

実は柳生家と能、殊に金春流との間には、並大抵でない深い結縁があったのだが、この時の又十郎は全く知らなかった。

兵法の道を捨て、猿楽一筋に生きてみたいという又十郎の願いとその由って来る事情を、喜多七大夫が深沈とした表情で聞き入っていたのは、金春の女婿として柳生と金春の秘事をある程度知っていたからである。

「その最初の立合いの時……」

暫《しばら》くの沈黙の後で七大夫が云った。

「お手前の太刀は父上のお身体に当りませんでしたか」

「掠《かす》った程度です。何分、寸が足りず……」

これは又十郎の間違いである。この時の又十郎の木刀は、宗矩の着物の胸を裂き、肌襦袢《はだじゅばん》まで斬っていた。木刀の鈍い切先きで、刃物で切ったような鋭い切口だった。宗矩は肌にその刀尖《とうせん》を感じ、慄然《りつぜん》とした。明かに自分の負けだった。又十郎のいう通り刀身が一寸長かったら自分が斬られていたことを宗矩は悟った。又十郎の腕はいつの間にかそこまで上達していたのだ。

だがこの時、宗矩は又十郎に負けるわけにはゆかなかった。少なくとも家光の前で負けを認めるわけにはゆかない事情があった。

この年の正月、大御所秀忠が死んだ。家光にしてみれば大嫌いな父親がいなくなったのである。快哉を叫びたいほどだった。家光の秀忠嫌いは有名で、常時身につけていた守り袋の中の書き付けには、家康の後が自分で間に秀忠などいないように書いたものまであると云う。家光は何も彼《か》も、秀忠の使っていた物は捨ててしまいたかった。柳生宗矩は正しくその捨てたい物の部類に属していた。

柳生石舟斎は知らず、少なくとも宗矩は秀忠と共に歩いて来た。秀忠の汚い蔭《かげ》の仕事を人知れず果すことで、その懐ろ刀と云われて来た。今、それが裏目に出ようとしている。家光の気紛れ一つで、柳生は一介の無役の旗本の一人と化してしまいかねなかった。

秀忠の生前、秀忠と宗矩の間には一つの黙契があった。今までの蔭働きに酬《むく》いるために、それにふさわしい役職を作り、宗矩をそこに据えようというのである。惣目付、と役職の名称まできまっていた。それさえ家光の気分次第で吹きとんでしまうかもしれない。

宗矩にとっての救いは、柳生の剣が天下無敵であるという家光自身の評価と、左門友矩に寄せる家光の思いだけだったと云っていい。

そんな時に、宗矩が又十郎に負けるわけにはゆかない。天下随一の剣の伝説が崩れてしまうからだ。だから宗矩は必死だった。二度目の立合いの時、秘伝中の秘伝ともいうべき『西江水《せいごうすい》』の剣を使ったのはそのためである。

「せがれ、推参なり」

とは、後世伝えられるように、刀の長短など問題にしたのが新陰流の心法にはずれると云う叱責ではない。実は宗矩の心の底からの悲鳴だったのである。

だが又十郎はこの時点でもそんなこととは全く気付いていない。逆に喜多七大夫の方が朧気《おぼろげ》ながら真相を察していたと云える。七大夫は同時に宗矩の憎しみについての又十郎の勘を信じた。

〈本当にこのお子は殺されるかもしれぬ〉

そう思ったのである。

七大夫は舅《しゆうと》である金春安照の激しい憎しみの目差《まなざ》しを今もって忘れられずにいる。金春一族の将来のために、この素人上りの不世出の天才を抹殺すべきではないかとまで思いつめた安照の気持を一番よく知っていたのは、当の抹殺さるべき七大夫だった。芸とは魔である。それは猿楽も剣法も同じであろう。魔に憑かれた者の思案は、屢々常人の枠を超える。

「確かに家を出られた方がいいかもしれませんな」

と七大夫は云った。

「ですが手前共のところでは差し障りが大きすぎます」

それはそうだろう。天下の柳生の倅《せがれ》が剣を捨てて猿楽師に弟子入りしたとなったら、一番困るのは宗矩である。厳しい掛合いが来るのは目に見えていた。

「柳生の庄にお戻りなさい。それが一番」

又十郎は頬《ほお》をふくらませた。それでは父による危険は避けられるかもしれないが、能役者になりたい望みの方はどうなるのだ。

「柳生村から月ヶ瀬街道を半里行きますと中ノ川村です」

又十郎はまだ分らない。柳生に行ったことがまだ一度もないのである。七大夫は辛抱強く云った。

「中ノ川村は金春の領地です。金春大夫七郎重勝は彼の地に居ります」

又十郎はあっとなった。

名人第六代金春大夫八郎安照の孫、第八代金春大夫七郎重勝はこの年三十八歳。四座の大夫の中で唯《ただ》一人大和《やまと》に住んでいた。大和の中ノ川村及び坊城村で知行五百石。これは元々秀吉に貰ったものだが、徳川の代になってもそのまま継承を許されている。

柳生から僅か半里なら、毎日三里を走る又十郎にとっては隣りのようなものである。それに柳生に引き籠るという分には、宗矩が文句をつける心配もなかった。柳生にはまだ石舟斎からじきじき稽古をつけて貰った老人たちが生きている。この連中はなんとなだめすかしても江戸へ出て来ようとはしない。大殿直伝の秘術を抱いてそのまま死ぬつもりでいる。

宗矩は早く石舟斎の膝元を離れ、仕官のため全国を流浪していたので、手ずから稽古をつけて貰ったのはごく短い間だけだった。だからこれら古老から出来るだけ多く、石舟斎直伝の剣を引き出したい。だが自分で柳生に行き、何ヵ月も古老たちと剣をまじえる暇は宗矩にはない。だから息子たちが柳生へ行くのは大歓迎だった。先に諸国回国修行に上ったといわれる十兵衛も、実は秘《ひそ》かに柳生の庄に引き籠っているだけかもしれないのである。

又十郎は父に柳生谷に籠る旨《むね》の手紙を書き、七大夫に託した。どうしても家へ帰る気がしないので、路銀も七大夫に借り、夜中にもかかわらずその場から東海道を大和へ向った。刀はこれも七大夫の好意で短いのを一振り貰って差している。いわゆる大脇差で、いざという時は充分役に立つし、何より軽い点がよかった。髪も服装も武士のままなのに、大脇差一本というのは旅姿として異様である。だが又十郎は平気だった。自分がどんなに着飾ってみても映えないかわりに、どんなひどい格好をしていても目立たないことをよく知っていた。大脇差一本の武士は馬鹿にされるかもしれないが、喧嘩を売られる心配もあるまい、というのが又十郎の計算だった。なんと云っても又十郎は二十歳の若さだ。気楽なものだった。夜道を歩きながら好きな謡《うたい》も出るという呑気さである。手形類を一切持たないのが若干不安だったが、小田原まで行けばなんとかなるとたかを括《くく》っていた。小田原藩には道場での顔見知りがいた。兄の十兵衛が世話になっていた家もあった。

柳生家では宗矩が珍しく気むずかしい顔で思案していた。つい今しがた喜多家から又十郎の手紙が届いたところだった。

又十郎の遁走ぶりが余りにも鮮やかで薄気味が悪かった。見事にかわされたという感じがどこかでする。

〈あいつ本当に腕が上ったのかな〉

宗矩は首をひねった。昼間のことはまぐれということもある。だがこの逃げっぷりはどうだ。自分でも父親からあれほどの憎しみの炎を吹きつけられたら逃げ出しただろう。だがその夜のうちにやれるかどうか疑問だった。そこまでの思い切りとなると、これはもう芸のうちだ。

〈ひょっとすると十兵衛を超える〉

宗矩は気に入らなそうに唇を噛んだ。

西江水

八代目金春大夫七郎重勝は正直のところ半信半疑だ

った。叔父に当る喜多七大夫からの添書は持参しているが、又十郎の猿楽への執心がもう一つ疑問なのである。七大夫の添書には確かに、武士をやめて能役者になるのが本人の望みだと書かれ、又十郎もきっぱりそう云っているのだが、重勝には何となくからかわれているのではないかという思いが強い。

　又十郎の熱意の程は疑いの余地がなかった。毎朝、半里の道をほとんど全力疾走して、柳生からこの中ノ川村までやって来る。何人かの幼い内弟子たちと一緒に稽古場の掃除をし、身体を清めて稽古を待つ。その態度は真摯《しんし》そのものだった。

　だがどこか違う。強いて云えば又十郎は必死すぎた。余裕がなさすぎるのである。能役者になるには年をとりすぎている、ということもあるが、そういう例はないではない。それで結構名手となった者もいる。だがそんな人々も決してこれほどの必死さを感じさせはしなかった。

　真剣勝負を間近かに控えて、初めて剣法を学ぶ男の必死さに似ている。さんざん考えた揚句、重勝が達した結論はそれだった。だが、能は真剣勝負ではない。気持はそれに近くても、立合能で能役者が死ぬことはない。また能を学んで、文字通り真剣による生命のやりとりに役だつことは、通常の場合にはない。但し通常の場合には、だ。

〈やっぱりあれだな〉

　他流は知らず、金春の能には、その通常でない秘伝がある。たった三十五歳で夭折した父の七代目金春大夫七郎氏勝から重勝はその伝承を受けている。だが……。

〈他流なら分るが柳生新陰流の子息がどうして……？〉

　秘伝は柳生側にも伝えられてある筈なのだ。何も金春に求める必要はないのである。

　それに又十郎はその件について一言も口にしてはいない。ひょっとすると重勝の勘繰りすぎなのかもしれなかった。

〈暫く様子を見るしかないか〉

　堂々めぐりの末、結局はそこへ落着くしかなかった。それにしてもなんともいらいらさせられる相手だった。

又十郎の方は師匠のそんな気持に微塵《みじん》も気づいていない。ただもう毎日が楽しくて仕様がないのである。幼時から兵法しかやったことのない、それも地獄のような荒稽古しか受けたことのない又十郎にとって、能の稽古は楽しくて楽しくて仕方がない。その上、不思議なほどすらすら入ってゆける。所作の一つ一つが素直に理解出来るし、身体も自然に動く。呼吸も剣の呼吸とさして違いはない。

〈どうしてもっと早く能を学ぶ気にならなかったんだろう〉

それだけが悔いとして感じられた。

又十郎は柳生正木道場の古老たちが、一向に剣の稽古をせず、猿楽にうつつを抜かしている自分に、激しい怒りを抱いていることにまったく気づいていない。その怒りが次第に高まって、今や爆発寸前にあることも。

丁度そんな時に、兄十兵衛三厳が突然柳生に戻って来た。

「爺いどもの話では、剣の稽古をなおざりにして、猿楽にうつつをぬかしているそうだな」

十兵衛の言葉は、いつもながら切りつけるような鋭さだった。

又十郎は返事が出来ないでいる。

〈兄者は変った〉

回国修行の間に何があったのか、又十郎は知らない。十兵衛もそのことについては一言もいわない。ひょっとすると回国修行はただの口実で、厳しい隠密行だったのかもしれなかった。そう思わせるような陰惨ともいうべき翳《かげ》が、今の十兵衛には感じられる。

〈人を斬ったんだ。それも少ない数ではない〉

それだけは確かだった。今の十兵衛の暗さは、その結果としか考えられなかった。

又十郎は人を斬ったことがない。それだけに逆によく分る。十兵衛には明らかに夥《おびただ》しい血の臭いがしたし、死人《しびと》の怨霊によるとしか思われぬ底の知れぬ暗さが、皮膚の下に痣《あざ》のように拡がっていた。

又十郎にはそんな兄が恐ろしくおぞましかった。

〈剣の道が人をこんなに暗くするのなら、俺はごめんだ〉

腹の中でそう喚いていた。

十兵衛は突き刺すように無言の又十郎を見つめていたが、不意に音もなく立った。

「道場へ出ろ」

これでおしまいだ、と又十郎は観念した。

〈俺は殺される〉

そう直観した。理屈ではなかった。理屈で考えればいくら十兵衛でも弟を殺すわけがない。だが又十郎は感性で一瞬に悟る余裕しかなかった。その感性が、殺される、と告げた。抗いはしなかった。素直に道場に出た。十兵衛の云う通り、ひきはだ竹刀ではなく木刀を手にとった。

又十郎と十兵衛は向い合った。道場に人気はない。全くの二人きりである。

突然……そう、全く突然に、又十郎はあの日の宗矩の動きを見た。あの日には全く見えなかった宗矩の動きが、緩慢に、それだけに細部まで明瞭に見えた。その不思議な足運びは、今は不思議でもなんでもなかった。金春の稽古場で日毎《ひごと》鍛えている猿楽の足の運びだった。

〈なあんだ〉

一瞬、裏切られたような気がした。その時、又十郎はもう動き出していた。口の中で謡をうたっているような気楽さで、つつと進んだ。十兵衛が近よるともないその足運びに気付いた時、又十郎はもう一足一刀の間境いを越えていた。又十郎は全く無造作に、脇に下げていた木刀を持ち上げ、十兵衛の額を斬った。十兵衛は物も云わずに昏倒した。

又十郎はそのまま道場を出て中ノ川村へ走った。十兵衛が昏倒から覚めたら、今度こそ絶対に助からない。そう思ったからだ。思い切りの良さは又十郎の身上である。二度と柳生には戻るまい。咄嗟にそう思って中ノ川村に走った。もとより金春にかくまって貰う気などない。柳生の門弟の半ばは隣接した伊賀の忍びである。十兵衛がその連中を繰り出せば又十郎の生命など簡単に吹き消されてしまう。金春宗家がそのとばっちりを受けるのは又十郎の本意ではない。

又十郎はただ師匠の金春重勝に一言詫びを云って行きたかっただけだ。

又十郎の話を注意深く聞いていた金春重勝は、暫く待つように云いおくと姿を消した。やがて戻って来た時、数巻の巻子本《かんすぼん》を手にしていた。

「いずれは見せるつもりだったのだよ」

重勝はそう云って和紙を拡げた。

又十郎の見たこともない物がそこにあった。

それは絵だった。それも斬り合いの図である。夥しい斬り合いの図が詳しい文章と共にそこにあった。

『新陰流兵法目録事《のこと》』

一番最初にそう書いてあった。次いで、

『三学円太刀』

とあり、長袴をはいた二人の武士の斬り合いの図があった。

又十郎の心臓がことことと大きな音を立てはじめたように感じられた。

これはまぎれもなく祖父柳生石舟斎宗厳《むねよし》の筆跡だった。なんと新陰流の極意の絵目録なのである。文章も簡潔ながら見事に要点をおさえている。

夢中になって次々に紙をくっている又十郎を見ながら、重勝はこの絵目録が金春家に所蔵されている所以を語った。

重勝の父七代目金春大夫七郎氏勝は、能以上に兵法の天才だった。槍を十文字鎌槍術宝蔵院胤栄《いんえい》、新当流長太刀を穴沢浄見、大坪流馬術を上田吉之丞といった当代一流の師に学び、いずれも皆伝を得ている。その氏勝が剣の師と仰ぎ、皆伝を許されたのは柳生石舟斎だった。

又十郎は思わず声を上げそうになった。さっき道場で突然父宗矩のあの日の足運びが見えたのも、決して偶然ではなかったのである。金春氏勝が能の所作に新陰流兵法を映したのか、柳生新陰流が金春の足運びを映したのかは知らないが、宗矩の足運びは明かに金春流の能と無関係ではなかった。

「それは新陰流が当金春の秘事を映したものです」

又十郎の問いに重勝はきっぱりと答えた。

金春流に『一足一見』という秘事がある。氏勝からそれを聞いた石舟斎は是非知りたいと懇望し、新陰流の秘法『西江水』と交換教授をしようと云い出した。その結果金春家から伝えられた『一足一見』の法に、宗矩の足運びはかなっているという。

この事実は江戸柳生と尾張柳生双方に石舟斎から伝えられたらしく、双方の弟子の書いたものの中にその記述がある。

江戸柳生の高弟木村助九郎の『兵法聞書』に宗矩の言としてこう書かれてある。

『一、一足一見の事、理あり。金春流の謡能の心持に有、是《これ》兵法に実《まこと》面白き也』

極めて漠然として摑《つか》みきれないところが宗矩らしいではないか。これに反して尾張柳生の伝承として近松茂矩《しげのり》が『昔咄』に録した記述はもう少し詳しい。

『金春流に一足一見といふ大事の秘密あり。これを柏崎の能にかづけて、二まはり半の伝といふ。此事を故ありて、金春家より柳生家へかたりしかば、殊の外懇望にて、柳生家の一大事西江水とかけあひぬ。故に互に弟子となりて、仍《より》て金春大夫、かの九十三番を自筆に書きて相伝せし。後にこれをわけて取りし故、此方へ来られし兵庫（柳生兵庫助利厳《としとし》のこと）も所持なりし由』

江戸柳生の勿体《もったい》ぶった秘密好きと、尾張柳生のかくしだてのない合理性の如きものがまざまざと感じられはしないだろうか。その秘密好きのために、又十郎はもとより十兵衛まで『西江水』の秘事は勿論のこと『一足一見』の法も宗矩からまだ伝えられていなかったのである。

金春重勝は、この絵目録がその交換の後に石舟斎自らの手で氏勝に譲られたものであることを語り、『没茲味手段』の『一見之事』のうちにある『一、清（西）江水之事』の部分を示し、自ら立って亡父から伝えられた『西江水』の秘伝を又十郎に教えた。

「元々は柳生のもの、手前はそれをお返ししたまでのことです」

と重勝は笑ったが、それは正しく宗矩があの日に使ったものであり、又十郎が先刻十兵衛を倒した手だてに違いなかった。

宗矩は後年の伝書の中で『西江水』についてこう書いている。

『この心持、石火の機と申候、つつとはやき事なり。……みるやいなや、ちやくとひつとり、きくやいなや、ちやくとひつとるを西江水と申也』

ちなみに、この西江水という言葉は『碧巌録《へきがんろく》』第四十二則の、

『待㆔儞一口吸㆓尽西江水㆒、即向㆑汝道』

から採ったものだと云う。

又十郎は又ぞろ、今度は金春重勝から路銀を貰って江戸に向った。今度も大脇差一振を腰にしただけの気楽な旅だった。相変らず手形の類は一切持っていない。

〈なんとかなるさ〉

その気楽さだけが頼みの綱だった。そしてその通りなんとかなるところが不思議だった。あるいはそれが後世云われる又十郎宗冬の運のよさだったのかもしれない。

江戸の屋敷に戻っても、格別どうということはなかった。宗矩の前に手をついて、

「只今帰りました」

そう云って、それだけだった。宗矩は僅かに頷《うなず》いてみせただけだった。

宗矩は又十郎に気を使うゆとりなどなかったのである。又十郎出奔の年の暮に願い通り惣目付に就任し、諸大名の上に睨みをきかせていたのだが（惣目付は大名監察がその職分である）、ここへ来てまずい事態が生じた。半ば予期したことだったが、左門友矩が家光の愛人になってしまい二千石を頂戴し、更に四万石の大名とするという内意を得たのである。大名監察の立場にいる者が、こんな出鱈目《でたらめ》な大名取り立てを許せるわけがない。まして我が子となれば尚更である。宗矩は家光の機嫌を損ねる危険を冒して、友矩に逼塞《ひっそく》を命じた。友矩は領地である柳生の隣村大河原村に引き籠った。丁度又十郎と入れかわりになったような形だ。

それでも家光の執念が冷めず、遂に宗矩が十兵衛を使って友矩を斬ることになったのは、寛永十六年六月のことだ。

友矩がいなくなった穴を暫くは又十郎が埋めてくれた。家光の相手を又十郎がつとめたわけだが、宗矩の危惧にもかかわらずこれが極めて巧くいったのである。

宗矩は漸《ようや》く又十郎を見直すようになった。又十郎の良さは、その気楽さと明るさにあった。それにその不格好さである。友矩を失って不機嫌この上ない家光で

さえ、この猪のような首の太く短い男の野放図な気楽さには思わず笑ってしまうのである。決して意図しているわけではないのに、奇妙に道化めいたところがあった。それが見る人の心を例外なくなごますのである。十兵衛のような剛でもなく、友矩のような柔でもない。強いて云えば陽だった。とにかくこの男がそばにいると何となく愉しいのである。おまけに信じ難いことだがこの男は能の達人だった。踊りの好きな家光にとって格好の遊び相手である。家光は風流《ふりゅう》が好きで、能の後が風流になることが多かったが、又十郎はやすやすとそれについて来る。天性踊りに向いているとしか思えなかった。とにかくこれといった目立った特徴もないくせに、又十郎は家光の心をなごやかにした。柳生家が家光の癇癪《かんしやく》の犠牲者たることを免れたのは、ひとえに又十郎のお蔭だったのだが、宗矩を除いては柳生家の誰もそのことに気付かなかった。

〈わしは不運な男だ。不運のお蔭で、剣も能も中途半端で終ってしまった〉

又十郎宗冬は終生そう思っていたらしい。

晩年に至って柳の木蔭を散歩していた時、池で動くぼうふらの微妙な動きに剣理を会得し、自ら『柳陰斎』と号したと云う。この号には柳生家の陰で生きて来たという卑下の意味が多分に含まれているような気がする。

又十郎宗冬は、柳生の表で生きた宗矩、十兵衛の二人が揃って彼の剣を極度に恐れていたことを終生知らなかったのである。

秘剣

白石一郎
Shiraishi Ichiro

一

寛保元年の正月、城内東の丸の一隅にある須藤主馬《しゆめ》の役宅に、表御右筆日記方《おもてごゆうひつにっきかた》の軽輩五、六名が、年頭の挨拶《あいさつ》に来た。

須藤主馬は紀州藩の表御用部屋で、御右筆組の組頭をつとめて百五十石、さして高禄の者ではないが、御用部屋の生き字引と呼ばれるほど役務に精通しているので城内でも幅が利き、それだけ年始の客も多い。

主馬の下役、日記方の軽輩五、六名が連れ立ってやって来た時は、須藤家ではすでに早朝から二十名あまりの客を迎え、送り出した後であった。

客の接待には、すべて須藤主馬の娘、信乃《しの》が当たっている。

紀州の御家中では、年始の客に限り、その家の妙齢の娘が接待に出て、屠蘇《とそ》を振る舞わねばならぬしきたりがあった。

日頃めったに人前に出ることのない娘を、祝日にことよせて客の前に披露し、縁談に応じる年頃であることをほのめかすための風習といわれる。

須藤家の娘、信乃は、早朝から多くの客に接した気疲れで、この日は、いくらか不機嫌になっていた。

「またお客さまよ」

玄関の戸の開く音に眉をひそめ、信乃は、奥の間で上女中のたきにいった。

「お客さまには悪いけど、いい加減にしてもらえないかしらね。普段着で挨拶に出るだけなら何ともないのだけど、こんな似合いもしない物を着て、来る人ごとにじろじろと品定めをされて……」

「また、そんなことを……」

たきは、たしなめる声に苦笑を交えた。

「よくお似合いですよ、お嬢さま。そうしていらっしゃると見違えるようでございますよ」

牡丹色の高価な友禅染めの小袖、白地に御所車の絵模様をあしらった繻子《しゅす》の帯、小まん島田の髪に二、三本のかんざしをつけた風情は、若々しくてよく似合うのである。

だが、本人が頭から似合わぬときめて迷惑げに、さも窮屈そうに振る舞うので、それが却《かえ》っておかしく見えた。

信乃は須藤家の三人姉妹の末娘で、勝気で我儘《わがまま》な振る舞いが目立つかわりに、衣裳などにはおよそ無頓着な性格だった。

すでに良縁を得て嫁いだ二人の姉にくらべ、自分は似もつかぬ不器量だと、信じこんでいるようすである。信乃の姉二人は、家中でも、若侍などにさわがれた評判の美人だった。

しかし長く須藤家に仕え、三人の姉妹を間近に見て暮らしたたきの眼には、あまり家中の評判にもならぬこの末娘が、姉たちに勝って美しく見える。本人がまるで認めようとしないのが、たきには口惜《くや》しいほどだ。

信乃は丸顔のふっくらとした面立ち、眼鼻のつくりは姉たちにくらべ目立たぬ方だが、近く接していると、この娘の独特の美しさが判ってくる。聡明なのである。それも、むき出しの聡明さではなく、人眼にはむしろ蓮っ葉で我儘に見える振る舞いのかげに、聡明なものを押しかくしている。両親にさえ困った我儘娘と思われているようだが、たきひとりはひそかにこの末娘の性格を高く買っていた。

「さ……」

朱塗りの三方に銀盃と瓶子《へいし》をのせた屠蘇の道具を、信乃に向かって押しやり、たきはいった。

「玄関のお声では、日記方の小田さまたちのようでございますよ。お若い方ばかりでしょうから、お待ちかねですよ、きっと」

いやな顔をしたが、それでも信乃は客が父の御役向きの者たちと知って、しぶしぶながら三方を捧げ、表座敷に赴いた。

日記方といえば、表御用部屋の父の下役、それも重立った者はすでに午前中に来ているから、この客は軽い身分の者ばかりだった。

いずれも粗末な木綿の羽織袴《はかま》で、五、六人が座敷の隅に肩を寄せ合うようにして坐っていた。信乃は丁寧に会釈して座敷に入ると、奥の一人から順に膝行《しつこう》して屠蘇を振る舞って回る。まず三方を置いて一礼し、客の前に捧げ、客が両手で銀盃を取ると、瓶子の屠蘇を満たし、終わるとふたたび三方を置いて会釈する。

ひとりひとりくり返すと、かなりの時間がかかる。その間、客たちの視線を全身にあびているのが、信乃には苦痛だった。

ようやく五人目の客に盃をすませ、襖《ふすま》ぎわに控えた最後のひとりに、三方を差し出したときである。一瞬、躊躇《ちゅうちょ》しているように見えた客の妙な振る舞いに、信乃は眉を寄せた。この客は信乃の捧げ持つ三方の銀盃に、右の片手を伸ばしたのである。

ただの盃ではない。藩祖南竜院から、須藤家に頂戴した家宝で、銀盃の底には紀州家の葵《あおい》の御紋が刻まれている。

他の客は心得ていて、恭々《うやうや》しく両手で捧げ持つかたちで信乃の酌を受けた。

無礼な、と眉をひそめ、信乃はうつ向いていた顔をあげて客を見た。

おだやかな男の瞳《ひとみ》が詫びるような色を浮かべて、信乃の視線を迎えた。

若く、清潔な風貌の武士であった。

非礼を咎める気持ちを信乃の心から、ふっと失わせるような澄んだものを、この武士の印象は持っていた。信乃は瓶子を取りあげ、武士の右手の銀盃に酒を注いだ。

伏眼になった信乃の視線が武士の膝の上に置かれた左手に走り一瞬、信乃の手元が狂い、盃にあふれ出た酒が、武士の袴の上にこぼれ落ちた。

武士の左の拳《こぶし》には、指がなかった。

親指を残して他の四本がつけ根のあたりから見えず、

切断されたあとに、肉がぶざまに盛り上がっていた。

「粗相を致しました」

ゆっくりと盃の酒を干し、頬《ほお》を染めてうつ向いている信乃に、武士はいった。

胸元から懐紙を取り出し、いかにも自分の粗相であったように、膝元の畳を拭った。

しかも、その間、袴の濡れには気づかぬ振りであった。

信乃は詫びる言葉もなく、早々に座敷を退き、奥の小部屋でたきを見るなり、

「どうしましょう。私、とんでもない粗相をして……」

「どうなさったのです」

「お客さまのお袴に、お酒をこぼしてしまったのよ」

「まあ、お嬢さまらしくもない……」

「だって……」

と信乃は泣き出しそうな表情になった。

「指がないのですもの」

「え?」

「お酌をしながら、ひょいと見ると、その御方、左手の指がないのよ」

「でしたら、田宮さまですよ。お嬢さま」

「田宮さま?」

「きっとそうですよ。田宮弥太郎《やたろう》さま。ほら指なし田宮さまですよ」

「あの御方が?」

「日記方に御出仕と聞いておりましたし、左手の指のない御方なら、間違いございませんよ。お嬢さま、少しの粗相ぐらい構いませぬよ。あの御方でしたら」

たきの言葉には、多分に軽侮の響きがふくまれていた。

「でも……」

と信じられぬ面持ちで信乃は、先刻の武士の印象を思い浮かべた。
六、七年前、藩中で評判だった噂を、信乃も聞かされた覚えがあるが、意外であった。
まだ幼い頃に聞いた名前のせいか、信乃はもっと年老いた中年の武士、それもひ弱な感じの、陰気で暗い容貌の武士を想像していた。自分の粗相をさりげなくつくろってくれた態度や、若々しい清潔な風貌など、噂とはまるで違った人物に見えたことが、信乃にはふ

しぎだった。

「信じられないようね」

と信乃はつぶやいた。座敷で見た武士の印象が、ふくれあがるように大きく自分の胸を満たしてくるのを、信乃は感じた。

二

「たわけっ、そのようなことで当家の流儀がつげると思うか、立て、立てっ」

田宮流四代目の当主、田宮次郎右衛門は木刀を片手に道場の中央に立ち、床にうつ伏してあえいでいる二十歳の倅《せがれ》、弥太郎を見下していた。享保十八年、厳寒の深夜である。

広い道場は不気味な静寂につつまれ、わずかに正面師範席の燭《しよく》台《だい》の灯が、この父子の凄惨な絵図を照し出している。

「立たぬかっ」

次郎右衛門の木太刀が、びしっと弥太郎の肩を打った。

「立てっ」

更に木刀が一閃《いつせん》して、容赦なく弥太郎の頭上を打つ。額が破れて血が噴き出した。

それまで燭台の側に坐って稽古を見守っていた娘の波江が、見かねて席を立ち、父子の間に割って入った。

「父上、今宵はこれまでに致しておいて下さいませ、弥太郎もこのように疲れ切っております」

「む……」

これが肉親の父かと思われるほど冷酷な表情で、弥太郎を見おろしていた次郎右衛門は、がらりと木刀を床に投げ、労《いた》わりの言葉を与えるでもなく、歩み去って行く。

波江は仄暗《ほのぐら》い道場の床に膝まずき、半ば失神している弟を抱きかかえるようにして、父親の肩幅の広い後ろ姿を見送っていた。

ここ二、三カ月というもの、田宮家では連日のように続いている光景である。一藩の武芸師範と称されるほどの家筋では、父たる武芸者が跡目を譲る子に、血のにじむような稽古をつける光景は、珍しくない。が、このところ田宮次郎右衛門の、倅弥太郎に接する態度には、いささか常軌を逸するものがあった。

田宮家は元和《げんな》五年、田宮常円長勝が、その工夫による田宮流の抜刀術を以《も》って紀州公に仕えて以来、代々武芸師範として藩主の御指南に当たっている家筋である。

大藩の紀州ではこのほか竹森流、西脇流、金田流の三家が、剣術師範として仕えているが、藩内で最も重用されているのが、常円長勝以来の田宮流だった。

次郎右衛門は田宮流四代目の当主で、若い頃には、天稟《てんぴん》の剣才をたのみ、粗暴な振る舞いもあったが、その後、年を重ねるに従い円熟した絶妙の剣技は、いまでは流祖長勝を凌《しの》ぐと噂されている名手である。

若年の頃の次郎右衛門の性格と、抜群の剣技を物語る逸話に、次のようなものがある。

次郎右衛門二十八歳の折、紀州家の宿老安藤帯刀《たてわき》に刀剣の鑑定を依頼されて、その屋敷に赴いた。差し出された刀は、二尺六寸三分、次郎右衛門の見立てでは一文字延房の古刀だった。

「一文字延房、業物《わざもの》にござります」

「斬れるか」

帯刀の問いに、

「いかにも、斬れましょう」

「ならば、ちょうど斬罪を申し渡した家人がいる。斬って見せてくれ」

待つ間もなく一人の中間《ちゅうげん》が罪人の縄尻を取って庭先へ現われた。

ちらと罪人の背恰好《せかっこう》を一べつして次郎右衛門は帯刀にいった。

「あの者一人では真の斬れ味は判りませぬ。お許しあれば、あの中間めも共に重ね、二つ胴にして、斬り落として御覧に入れます」

帯刀の承諾を得て庭に下りると、中間に向かい、

「わしが工夫の剣技を御家老に御覧に入れる。そちはあの罪人の下敷になれ。二人重ねて置いて斬るが、そちの体には毛筋ほどの傷もつくまい」

かねて次郎右衛門の腕を聞き知っていた中間がその言葉を信用して罪人を背後から抱えこみ、砂上に仰向けに寝ると同時に、

「えいっ」と次郎右衛門の右手が一閃した。どのように構え、いつ抜いたのか、眼にもとまらぬ早さである。

かちっと鍔音《つばおと》を鳴らして、大刀が鞘《さや》へ収ったとき、縁側に立っていた帯刀の眼が初めて、二人ながら砂上に胴斬りにされ、四つになった屍体を認めた……。

この逸話によれば、若年の頃の次郎右衛門には、こと剣技にかけては、人を人とも思わぬ残忍なところがある。

その後、こうした性格が災いして人の讒言《ざんげん》を招き、藩主の怒りに触れ、いちじ高野山に引き籠ったことがあったが、間もなく許されて帰った。

次郎右衛門が、後に田宮流の無刀取りを完成し、心技ともに無双の名人と称讃されるようになったのは、その後の自省の賜物である。

次郎右衛門には男児三人、女児一人があった。男児二人は死亡し、家督をつぐべく残ったのは、末弟の弥太郎である。

弥太郎は、次郎右衛門の見るところ、生来の鈍根であった。むろん武芸の家筋に生まれた以上、弥太郎も幼児の頃から、厳格な修業を強いられている。当時の武芸者がわが子に接する厳しさは、言語に絶するものがある。元来、藩主からいただく武芸者の知行は、家禄ではなかった。次郎右衛門の知行三百石も、次郎右衛門の武技に対し与えられているもので、家禄といえばわずか十五石、家格は藩士の末席の小普請《こぶしん》である。これは、ひとり田宮家に限らず、諸流師範の家もみな同じであった。従って当主が三百石でも、その子が武芸未熟の者であれば、代替わりの節には、容赦なく十五石の小普請に減禄される。流儀は門弟の中から熟達の者を撰んでこれに譲り、代々の名家も没落する。紀州藩では有馬流、狭川《さがわ》流などの名家が、よき後継者を子孫に得ず、流名までも門弟に奪われて、没落した例があった。

諸流の師範がわが子の教育に眼の色を変えるのも、とうぜんである。

次郎右衛門も倅弥太郎の武技には、人並み以上の関心を払っていた。幼い頃から手を取って教え、とうぜん他の門弟に対するとは、異なる厳しさで指導に当たった。

しかし、親の慾眼で見ても、駄目なのである。どういうものか、この弥太郎には天稟がなかった。ひと口にいうと筋が悪いのだ。

教えても叱っても型が崩れる。着座の姿勢を基本とし、坐ったまま自在に剣を遣うことを主眼とする田宮流では、何よりもまず、型を尊ぶ。一歩の前進にも、一寸の後退にも、相応の型がある。それを自得する素質が弥太郎にはない。本人は、自分の責任を痛感し、精一杯に努力している。

弥太郎が十五、六にたっした頃、次郎右衛門は半ば匙《さじ》を投げた。弥太郎の成長は天意にまかせるつもりで、ただ自己の剣技を磨くことだけに没入した。まだ体力には自信があったし、切実に隠居を考えるような年でもなかった。ここ四、五年というもの次郎右衛門は、弥太郎のことなど、念頭にないように振る舞って来た。

それが、二、三カ月前から、恐ろしいほどに変わったのだ。

真夜中でも、とつぜん弥太郎を呼び起こし、道場へつれ出して稽古をつける。ただの稽古ではなく、木太刀でびしびしと、寸毫《すんごう》の仮借もなく打ちすえるのだ。道場に倒れ、息も絶えだえになっている弥太郎を、悪鬼さながらの形相で打つ。額が破れ唇が切れ、血を流し、失神するまで続けられる。

次郎右衛門は数年前に妻を失い、今は弥太郎の姉の波江が、父子の世話をしている。波江が見ていて思わず悲鳴をあげるような稽古が、日ごと夜ごとに続けられた。

弥太郎にも、父の残忍な稽古を黙って耐え忍ぶだけの覚悟はある。しかしとつぜん荒稽古をつけはじめた父の心が、二十歳の弥太郎には知れなかった。

波江も同じ思いとみえ、ある夜、全身青痣《あおあざ》になっている弥太郎の背に、打ち身の薬を塗りながら、

「そういえば……」と思い出したようにいった。

「近頃、父上は、妙なことをなされていますよ」

「妙なこと？」

「いえね、何でもないことだけど、毎朝、お掃除をする時、父上の御部屋にひどく紙屑が散っているのよ」

「紙屑？」

「ええ、細かく千切ったものや、小さく丸めたものなど……」

「それが、どうかしたのですか」

「いいえ、別にどうってことはないのだけど、よく考えてみると、貴方《あなた》に稽古をつけはじめた頃から、それが

目立って来たようなので、気になるの」

「そんなこと……」

と弥太郎が一笑にふし、その話はそれきりで終わった。

相変わらず次郎右衛門の稽古はつづき、弥太郎は姉にも隠して、ひそかに血反吐《ちへど》をはく日が続いた。人相は一変し、見るかげもなく痩せ細った。しかし、悲鳴をあげることはしない。鈍根とはいえ、おそろしく忍耐強い若者だった。

「弥太郎」

まだ暁闇《ぎようあん》のある朝である。弥太郎を呼び起こし、道場へ連れ出した次郎右衛門が、めずらしく自ら娘の波江に稽古の立ち合いを求めた。

波江を道場の片隅に坐らせておいて、

「弥太郎、これを使え」

次郎右衛門が差し出したのは、日頃愛用している堀川国広の長刀である。

けげんな顔になる弥太郎の手に、否応なく、ずっしりと重い真剣を持たせ、

「わしは、脇差で相手をする」

とたんに弥太郎の表情がこわばった。

「真剣で立ち合うからには親とは思わず、一心にかかってこい。わしも容赦はせぬ。さ、来い」

それ以上いわず、次郎右衛門は弥太郎との間合いを取ると、一尺三寸の小刀を引き抜いた。

波江は正面師範席の横に控えていたが、思いもよらぬ父の振る舞いに顔色を変え、眼を瞠《みは》っているばかりだった。

父の表情を読みながらためらっている弥太郎に、

「来い、抜かぬかっ」

「は、はい」

問答はいっさい許されぬと覚悟して、弥太郎はやむなく二尺六寸の国広を抜いた。

次郎右衛門は、右上段に構えている。

田宮流では、敵が上段であれば必ず下段につける。弥太郎の切尖《きつさき》は、足元三尺先の床を指した。日頃、教えられている通り、そのまま心気を澄して、相手の瞳を見る。

次郎右衛門の瞳を見たとたん、名状しがたい恐怖が背筋に走るのを弥太郎は感じた。この二、三カ月の父

の異常な稽古振りにも、時折察していたことだが、いま真剣を交えて見る父の瞳には、明らかに殺気がある。

父は、自分を殺そうと決意している。

父の瞳の殺気を確かめたとき、恐怖が消え、弥太郎は観念した。田宮流の後継者たる資格が自分にないとすれば、ここで父に倒されても本望だ。

「弥太郎、かかれ」

次郎右衛門の声が、道場の空気をふるわせた。

「とうっ」

右上段の父の左腕の肘を、下から払いあげるかたちで一歩踏み出し、弥太郎の白刃が一閃した。わずかに左へ半身を開き、小刀でかっきと長刀を受けとめながら鍔元へ迫り、

「まだ、まだっ」

鍔迫《ぜ》り合いのかたちで次郎右衛門が、軽く弥太郎を押した。

どどっと床を踏み鳴らし、背後へ弥太郎の体がよろめいて崩れる。

「来いっ」

ふたたび青眼につけ、切尖を弥太郎の喉元に擬して次郎右衛門は叱咤した。

わずか一尺三寸の小刀が、弥太郎の眼には四尺にも、五尺にも映る。

息づかいを乱して顔色も青ざめた弥太郎はふたたび父に叱咤されて、半ば夢中で上段から、長刀を真っ向に斬り下ろした。

「ええいっ」

右へ飛んだ次郎右衛門の体が、弥太郎の体に吸い込まれるように迫り、さっと離れた一瞬、峻烈な気合いがほとばしった。

正面に控えた波江が、思わず悲鳴をあげると同時に、弥太郎の手から長刀が落ちた。血しぶきが弥太郎の左の拳から噴きあがり、点々と道場の床板にしたたり落ちる。

自分の手をみつめて棒立ちになる弥太郎の側に、波江は走り寄り、床の血潮のなかに無惨に斬り落とされた四本の指を認めた。

弥太郎は苦痛の呻きをあげ、崩折れるように膝をついた。

懐紙で小刀の血糊《ちのり》を拭い、鞘へ納めた次郎右衛門は、

「まて」

弥太郎の手を取ろうとする波江を押しのけて、息子の側に寄った。

あらかじめ用意していたらしい木綿の白布を懐中から取り出し、引き裂いて手首を縛り、肘を縛り、肩のつけ根をかたく結え、さいごに血潮の噴き出る左の拳を蔽《おお》って、血の流れをとめた。

「父上……」

波江の鋭い批難の眼差しをうけながら次郎右衛門は、呻き声を殺して苦痛に耐えている弥太郎を見おろした。

「そなたが、なまじ剣を遣えると思えば田宮の家に未練がのこる。わしは今、自分の未練を斬った。そなたではしょせん、当家の流儀はつげぬ。そなたがわしの荒稽古にも耐え、懸命に学ぼうとする心が見えるだけに、わしも迷うた。今後は剣を忘れ、別の道を歩むがよい」

次郎右衛門は、視線を波江に移した。

「波江は、近く師範代中村のもとへ嫁ぐことになろう。当家の流儀は中村へ譲るが、そなたを娶合《めあ》わせることで、流儀に田宮の血はのこる。弥太郎も指を失ったからには、今後かなわぬ野心をおこし、そなたたちを妬《ねた》むようなこともあるまい」

項垂《うなだ》れて聞く姉弟の前に、

「見い」

次郎右衛門は右の手を差し出した。姉弟の視線が、手首から先、紫色に硬直した次郎右衛門の右の手をみた。

「わずかあれほどの働きで、わしの右手はこの通りじゃ。手ばかりではない。右半身が時折、耐え難い鈍痛に襲われる。木太刀も握れず、歩行も出来ぬことがたびたびある。そなたたちには隠していたが、毎夜わしは、手もとの紙を丸め、千切ることをくり返して、わずかに指の動きを保つよう努めてきた。しかし遠からず、この体も使えぬようになる。田宮の家はこれで絶えたも同然じゃが、流儀はわずか波江によってのこる。それでよい」

やさしく弥太郎の背へ手を置き、

「医者を呼ぶ、辛抱せい」

それだけ言い残して次郎右衛門は、歩み去って行く。

波江が床に坐ったまま、嗚咽《おえつ》の声を袖に忍んだ。わずかに白みはじめた道場のなかに、弥太郎は血の気の失せた唇をかみ、波江は袖で顔を蔽って坐りつづけた。

三

寛保元年の正月、御右筆組須藤主馬の役宅を訪れた日記方の軽輩五、六名のうち、信乃の眼をひいた指のない武士が、この弥太郎である。すでに七年の歳月が流れている。

田宮次郎右衛門は、弥太郎の指を斬り落とした翌月、享保十九年の正月に隠居、右半身が硬直する奇病のため、その後ひと月を経ずに死亡。田宮流の抜刀術は、稽古場胆煎《きもいり》（師範代）の中村千右衛門がついだ。

千右衛門は師の他界の直前、その病床の前で師の娘波江と祝言をあげ、間もなく藩主に召し出され四十二石三人扶持《ぶち》を頂戴し、田宮流五代の師範を拝命した。

千右衛門にくらべ田宮家の嫡男弥太郎は、武芸未熟の咎めによって父の三百石を召しあげられ、わずか十五石の無役小普請に減禄され、父の他界と同時に、道場を千右衛門に引き渡し、下婢ひとりを伴ない、小普請組のお長屋に移った。

死期を自覚して不肖の倅の指を斬り落とし、潔く流儀を弟子に譲り渡した次郎右衛門の振る舞いは、その没後に至っても、藩中、称讃せぬものがなかった。

「一藩の師範たる者、そのくらいの厳しい覚悟がなくては、代々、真の御奉公はつとまるまい。さすがは次郎右衛門、親子の情も家名も捨て、御奉公専一の心がけ、見事と申さねばならぬ。それにしても、おのれは無双の名人と称されながら未熟の子を持ち、敢えて子の指を斬った次郎右衛門の心中、察すればいかにもあわれじゃ」

みんな異口同音に言うが、父の評判とは逆に、本当に哀れだったのは弥太郎である。鈍根のせいで不具者にされ、藩士の末席の小普請に落ち、その上まるで不肖の子の見本のように、どこでも侮蔑の白い眼をあびる。亡父の名声が高くなればなるほど、残された子の立場はみじめだった。

弥太郎が落とされた小普請組というのは、お目見得以下、非役の下級士族の集まりである。藩内で犬小屋と蔑称される九尺二間のお長屋に住み、役扶持は一文も入らず、反《かえ》って非役の義務として小普請免なる役銀を徴集され、その日の暮らしにもこと欠く、哀れな存在だった。

このみじめなお長屋に、下婢ひとりを連れて移り住んだ弥太郎は、世間の嘲笑を恐れてか、滅多に戸外へも出ず、閉じこもって日を過ごした。一日中、薄暗い室内に坐り、ろくに食事も摂らず、下婢と口をきくこともなく、青白い顔で考えこむように項垂れている。

真夜中でも眠れぬとみえ時折、夜具の上に坐り、じっと左の拳をみつめている弥太郎の姿を、下婢は見ることがあった。

そんな振る舞いから自刃を考え、悩んでいる主人の心が、下婢の眼にもおぼろげに読めた。それだけに、

「すぎ、しばらく私を一人にしておいてはくれぬか」

と弥太郎がいい出したある朝、長年田宮家に仕えた下婢は、色を失った。

「何を申されます。それでなくとも御不自由なお体、すぎがいなくては、毎日の食事など、どうなされます」

「自分でやってみたい」

弥太郎は肉の落ちた頬に、弱々しい笑みを浮かべた。

「何も、そなたが案じることはない。一日も早くこの体に馴れる為には、しばらく不自由な思いをしてみるのが、かえってよかろうと考えたまでだ。いずれ、そなたを呼び戻すつもりだが、その間、しばらく姉上の所へでも、身を寄せていてはくれぬか」

千右衛門に嫁いだ弥太郎の姉はその後、時折みやげ物など持ち、人眼を忍ぶようにして訪れてくる。しかし、みじめな弟を正視するに耐えぬようで、いつも口数も少なく帰って行った。意外に弥太郎の決心は固く、下婢は十日ほど後にお長屋を去った。

その後、不自由な片手で煮炊きなどしている弥太郎の姿を、周囲の女たちが見ることがあった。妻や娘から、それを聞いたお長屋の武士たちは、ひそかに弥太郎を嘲笑した。

「やはり次郎右衛門殿が見限っただけのことはある。あたら名家に生まれながら父の手で不具にされ、下婢にも逃げられた上、自分で煮炊きまでして生きのびようとする。その心根が情けない。性根のある男なら、右の片手があれば腹は切れる」

武士たちの冷たい視線を知らぬはずはないが、弥太

郎はべつに自害するでもなく、侘《わび》しげな一人暮らしを続けていた。

そんな弥太郎が、わずか半年の後に思いがけず御役入りを命じられ、数多い非役の武士を差し置いて、表御用部屋へ出仕と決まったのは、波江の夫中村千右衛門のひそかな尽力の結果であった。

弥太郎に与えられた御役は、日記方認《したため》物見習いと称する表御用部屋でも最下位の役目である。しかも、この日記方というのは、藩内でも最も嫌われた勤めだった。

御役の内容は、藩内の年中行事、吉凶葬祭、贈答音信などに関し、逐一、古い記録を引証して先例を示し、さらにそれを後々のため日記に書き残す仕事である。

繁雑多忙を極めるのはまだよいとして、この役所には仕事の性質上、因循姑息な人間が多く、みるからに小吏然とした者ばかり集まっている。

ために藩内でも、底意地の悪いということを、俗に日記方のようだと表現して憚《はばか》らぬくらいであった。

弥太郎が役所へ出仕して二日目のこと。

朝、定刻に姿を見せた書役《かきやく》の一人が、腰の物を仕事場の刀架へ掛けようとして、ふと顔色を変えた。

「誰だ」

早出して片隅に控えている四、五人の見習いたちを振り返り、書役はいった。

「ここへ刀を架けた者は誰だ」

「私ですが……」
四、五人の中から、おずおずと顔をあげた新参の弥太郎を見て、
「なにいっ」

眼の色を変え、ずかずかと書役は歩み寄った。

「こいつがこいつが。よくも新参見習いの分際で御役方の登城の前に腐れ刀を架けおった。拭けっ」

「は?」

「拭くのだ。わしがよいというまで、おぬしの袖で刀架を拭け」

困った顔で弥太郎は同輩の見習いたちを見た。誰も知らぬ顔で横を向いている。ふと見ると、いずれも先刻は刀架に掛けていたはずの長刀を、いつの間にか膝元に置いている。

「何をぐずぐず致す。早う拭け」

「は……」

やむを得ず、立ち上がって刀架の下段に掛けていた自分の長刀を取り、畳へ置こうとすると、

「誰もおぬしの刀の番はせぬ。犬にでも咥《くわ》えさせる気か。不精をせず自分で持て。さ、早う拭け」

袖で拭けというのなら、それもやむを得ないが、しかし左手の指がない弥太郎では、大刀を右手に持つと、拭きようがない。

やむなく左脇の下に長刀を挟み、右の袖で刀架を拭った。十段並びの樫《かし》の刀架を、よしといわれるまで上から下まで丹念に拭く。

「よし」

頃合いを見て、書役はいった。

「二度とそんな真似をしたくないなら、これにこりて、御役方の登城の前に僭越《せんえつ》な真似をするな。見習いは御役方が残らず刀を架けてのち、空いた所へかける。よいな」

「は……」

面を伏せながら、聞きしにまさる御役所の雰囲気をわずか二日目で、弥太郎は知った。

しかしこれなど、まだよい方であることが、次第に判った。刀架の掛け順はもちろんのこと、硯箱《すずりばこ》の蓋の取りかた、弁当の箸の持ちかた、どんな些細《ささい》なことにも新旧の秩序があり、それを乱すと、満座のなかで居たたまれぬような叱責をうける。仕事の性質が、こうも人間を姑息にするものかと、新参の者には信じられぬような雰囲気だった。

この息苦しい仕事場で弥太郎に与えられた役目は、書役たちの雑役である。

机の上下左右いたる所に古い写本を積み重ね、本に埋るようにして執務している書役たちの命令をうけ、必要な書物を二階の書庫に探し、不要のものを元の棚へ戻す。

簡単な仕事のようだが、書庫に山積する数万の写本の中から、一冊を撰び出す仕事は容易ではない。手間取れば遅い、本が違えば違うで書役たちの罵声に追われ、青くなって走り回るのが、見習いの仕事であった。

殆《ほと》んど連日といってよいほど、書役たちの叱責は、手の不自由な弥太郎に集中した。他の見習いにくらべ、いくらか仕事に手間取るのは事実だったが、弥太郎が

指を失ったいきさつを知った上で、ことさらにいじめ抜いている風があった。

「遅い」

ある朝、待ちかねた書役の一人が、書庫から写本を携えて戻った弥太郎を怒鳴りつけた。

「おぬし、かたわ者と思い不愍《ふびん》をかけてはいるが、こうも仕事に手間取るようでは、御役目上、黙ってはおれぬ」

不具者と正面切っていった男は、さすがにこれが初めてである。机に向かっていた者たちも、仕事の手を休めて弥太郎に注目した。

父に指を落とされて以来、弥太郎の人相は一変している。頰のこけた顔には生気がなく、眼だけが暗く光って見える。

若さを失った陰鬱な容貌は、上役の眼からみると、いかにも反抗的な表情に見えた。

「その眼つきは何だ」

と書役はつづけた。

「大体おぬし、自分がかたわ者だということに少々甘えておりはせぬか。仕事が遅いだけではない。字を書かせても不味《まず》い。叱れば、陰気臭い眼で上役を睨む。もともと、この役所は、おぬしの器量には過ぎているのだ。ここは、実の親の手で不具にされたような愚か者に、勤まるようなところではない」

思い切った叱責に、部屋中がしんと静まり返った。

弥太郎は、右手を膝に置いて顔を伏せている。表情は見えぬが、頰のあたり血の色が引き、両肩が小刻みにふるえているのが、一同にも知れた。

「不服のようだが……」

書役は刀架のあたりへ、ちらと眼を走らせた。

「なんなら、いつでも相手をする。もっともかたわ者のおぬしを斬っても自慢にはならぬが」

その一言が仕事場の空気を凍らせた。みんな固唾《かたず》を飲んで、弥太郎を注視する。

しかし、一同の期待と緊張を裏切るように、

「申し訳ございませぬ」

弥太郎は深く頭をさげたのである。

「お叱りのこと、以後、気をつけさせていただきます」

「うむ」いくぶんほっとした表情ではあったが、当の

書役にもその出方は意外であったらしい。ことを好み、見守っていた一同には、さらに意外であった。

「何だ、あの男は……」

弥太郎が青ざめた顔を伏せて書庫へ消えると、嘲笑の渦が仕事部屋に湧いた。

「評判に違《たが》わず、呆《あき》れ返った腑抜けだ。金子氏にあれほどに罵られ、脇差へ手もかけぬ。不具者とはいえ、名人田宮の息子、まさかと思うたが、矢張りよほどの未熟者とみえる」

この事件が、役所内の弥太郎への評価を決定的にした。藩内にも噂は伝えられ、従来にまさる侮蔑の眼が、若い弥太郎に集まることになった。

こんな屈辱の日々、役所の勤めを終えて帰宅した弥太郎は依然、一人暮らしをつづけていた。迎える者もない寒々とした家に帰り、不自由な手で煮炊きして、わびしい食事をすませ、冷たい寝所に入る。寝所で何をしているのか。周囲の住人たちは、弥太郎の家の燈火が、夜明けまで灯っているのを見ることがあった。

弥太郎の、御役所での昇進は遅かった。日記方見習いの役目から、ようやく一人前の書役に進んだのは、およそ四年の後であった。三年も勤めている頃から、眼に見えて弥太郎は変わってきた。いつとなく表情の暗さが消え、眼の鋭さが失われ、年齢に似ぬ落ち着いたあきらめの色が、その表情に漂うようになった。役所内の弥太郎への侮蔑は、依然として続いていたが、上役の叱責や皮肉にも、この頃から、どこか余裕のある笑顔で応ずるようになった。そんな弥太郎の変化を別に意識したわけでもないが、周囲の武士たちも、いつとなく仕事の内容に精通し、新参者などにことのほか親しまれている弥太郎を見て、軽く扱いながらも、けっこう仕事の上では重宝することになった。

四年目で弥太郎が、どうやら書役に進んだのも、そのためである。

昇進と同時に御右筆の組屋敷に一軒を頂戴し、弥太郎は姉のもとへ預けていた下婢を呼び寄せ、初めて人並みの暮らしに戻った。

寛保元年の正月、表御右筆組頭須藤主馬の役宅へ年頭の挨拶に訪れ、信乃と会った折の弥太郎は、すでに二十八歳、書役を拝命して二年を経ていた……。

「旦那様」

須藤家を訪れて数日の後、役所から帰宅した弥太郎に、下婢のすぎがいった。

「今日、須藤さまのお嬢さまがお見えになりまして」

「須藤さまの？」

「何ですか、これを旦那様にと……」

笑顔ですぎの差し出す風呂敷包みを、けげんな表情で、弥太郎は見た。

八丈絹と思われる上質の袷袴《あわせばかま》が、弥太郎の眼に入った。

「どうしたのだ。これは」

「粗相した先日のお袴のかわりにと申されましてね。旦那様にくれぐれもお詫びして下さるようにとお言づけでした。本当にまあ、眼のさめるような美しい御方で……」

「ほう」

弥太郎はすぎの言葉ではじめて、先日訪れた須藤家の娘を思い出した。そういえば、自分の左手の拳を見て驚き、瓶子《へいし》の屠蘇を袴にこぼしたようだったが……。

「これを御縁に、時には御遊びにお寄り下さいましと何度もおっしゃいましてね。旦那様のことを気にしておいでのように拝見しましたのですよ」

「ふむ」

まぶし気な表情が、弥太郎の顔に走った。暗いなかに過ごし馴れた人間が、とつぜんまぶしいものを見て戸惑っているような、若々しい弥太郎の顔だった。

老婢のすぎが、そんな主人の、初めて見せる年齢にふさわしい表情を、いかにも楽し気に見守っていた。

四

「どうしてもいやだと申すのなら、そのわけをいえ。わしは、願ってもない良縁と思うたで、先方の話に内諾の返事をしてきた。理由もなく前言を翻すわけにはゆかぬ」

須藤主馬は妻のゆきと共に茶卓を前にして坐り、苦い表情で襖ぎわに項垂れている娘の信乃を睨んでいた。

めったに酒をたしなまぬ主馬がめずらしく微醺《びくん》を帯び、上機嫌で帰宅したのは、つい先刻である。帰るとすぐ妻と二人、茶の間に引き籠って何か話し合っていたが、間もなく娘の信乃を呼んだ。

主馬が信乃に告げたのは、縁談である。

相手は主馬の上司で、藩の御側御用人を勤める実力者の嫡男、家柄といい地位といい、願ってもない良縁だった。

娘も喜ぶと思い、早速、茶の間に呼んで知らせたところ、喜ぶどころか、いやだという返事なのである。

「いったい何が不服なのだ。申してみよ」

娘にとってこれ以上の縁談はないと喜んでいただけに、主馬は裏切られた思いになった。

「これまでにも二、三話があったものを、当人のそながいやというで、みな、断わってきた。しかし今度ばかりは、両親がこの上ない相手と喜んでいるのだ。にべもなくいやだと申すのでは、我儘が過ぎはせぬか」

主馬が言葉を荒げるのにも、無理のない点がある。正月から初夏にかけてのこの半年ばかりの間に、信乃には三度の縁談があった。いずれも良縁と思えたが、本人が承知する風もないので断わってきた。縁談に関する限り、主馬はなるべく本人の好みを通してやりたい考えである。それだけに親の自分が乗り気になるような縁談なら、我儘なようでも、娘は喜んで承諾してくれるという確信があった。

「そなた、どういうつもりなのだ」

主馬は苦り切っていた。

信乃は無言のまま、かたくなに面を伏せている。色白のきめのこまかい肌、豊かな頬のふくらみ、胸元から腰まわりの肉付き、女としていま花開いてきた印象がつよい。

「これ以上、そなたの我儘ばかり通すわけにはゆかぬ」

信乃を見ながら、主馬は半ばもてあます口調になった。

「何か、どうしてもいやだという理由でもあるのか。すでに心に決めた男があるとか、一生嫁げぬ欠陥がそなたにあるとか……まさかそんなことはあるまいと思うが、どうだ」

もちろん、ないと思えばこそ、この言葉で娘を縛り、今度こそ否応なく縁談をまとめるつもりだった。

が、主馬の言葉が終わると同時に、信乃が低い声でこたえた。

「なに？」

空耳かと疑う風に主馬と妻は顔を見合わせた。

「なんと申した。え？」

ふたたび信乃が何かいった。聞こえないのではなく、信じられない表情で、まじまじと主馬は娘をみつめた。そのまましばらく、言葉を失っていた主馬が、やがて、

「誰だそれは……」と信乃に聞いた。

「そなたが、心に決めた男とは、誰だ」

今度は強く決意した素振りで、信乃は面をあげた。

「なに？」

男の名を聞くと、しばらくは思い当たらぬ風に主馬は考えていたが、ふっと顔色を変えて、信乃に念を押した。

そうだと信乃がうなずくのをみると、何とも名状し難い表情になり、主馬は黙り込んだ。

やがて信乃を退け、主馬は専ら信乃の面倒を見ている上女中のたきを呼んだ。

「いったい、どうしたのだ。これは」

たきが顔を見せるなり、主馬は口早に事情をつたえ、

「あの男と信乃が、どうして知り合ったのだ。何か特別の関係でも出来ているのか」

話を聞いてたきも、しばらくはあっけにとられた表情だった。思い出し思い出しする風に、主馬の問いにこたえていたが、

「そういえば……」とたきはいった。

「袴を届けましたあと、お嬢様が時折、お友だちの所へと申されてお菓子などお持ちになるのを見たことがございます。考えてみますと、あの御方のところへ参られていたのかも知れませぬ。でもそれほど、親しくなされていたとも思えませぬが」

「ふむ」

と苦り切った表情で、主馬は腕を組んだ。

「あのお嬢さまのことでございます」

たきは主人夫婦に訴えた。

「我儘を申されるようでも、人一倍賢いお方、何かよくよく事情があってのことに違いございません。あまりお叱りにならず、よく考えてみてあげて下さいませ」

たきの言葉にうなずきながら、

「しかし、相手がのう」と主馬は顔をしかめた。

どう考えても、ふしぎだった。だいいち信乃がその

男に、親しく接する機会があったとは思えない。男はこの年の正月、当家に年始の挨拶に来たていどである。信乃がその男を知ったとすれば、おそらくこの時だが、すると信乃は一目惚れに相手を見染めたのだろうか。よほど秀でた男とでもいうのなら、判らぬこともないが、藩内でも人からまともには相手にされぬ男であった。信乃も、この男の評判は、とうぜん知っているはずである。

相手が相手だけに、たきの言う通り、信乃には何か、よほどの決心があるとしか思いようがない。

主馬はこの問題が、簡単にはおさまりそうもない予感がした。

ともかく信乃の心を知った上は、自分もあらためて一度、その男に会い、ゆっくりと観察してみねばなるまいと、主馬は思った。

翌日、表御用部屋へ出仕した須藤主馬は、昼食のあと日記方に使いをやって、信乃のいう相手を、自室に呼んだ。

待つ間もなく、

「田宮でござります」

障子越しの廊下に、男の声がした。

「入りなさい」

と主馬はこたえ膝行して入ってくる相手に、障子を閉め、近く寄るようにと命じた。伏眼になって自分の前に控えた田宮弥太郎の顔を、主馬は初めてみる相手のように、まじまじと見た。下役の一人には違いないが、日記方は、主馬の統括する一部門にすぎず、五十人からいる御用部屋の書役のひとり一人を知悉《ちしつ》しているわけには、ゆかなかった。もちろんこの男にも、見覚えはある。

しかし、この男に関して主馬が知っているのは、七、八年前のあまり香《かんば》しくない噂だけといってよかった。

主馬はしばらく口をつぐんだまま、弥太郎の顔を注視していた。

若々しく、清潔な容貌であることが、まず意外だった。この男について今まで漠然と決めこんでいた暗い感じはなく、書役に特有の、ひねこびた老成の印象もなかった。

なるほど、よく見ると、別に悪い若者ではないと主馬は思った。

「急ぎの用でもないが……」

と主馬は、机の上に用意していた書物を取り、

「南竜院様の御言行録の中から、当時の新規お召し抱えの者に対する、拝謁の模様を拾い出してもらい度《た》い。今後の参考にするためだが、仕事の暇をみてやってくれればよい」

弥太郎を呼ぶための口実にすぎぬ仕事だった。弥太郎は訝《いぶか》しむ風もなく、かしこまって主馬の用を聞き、差し出された写本を右手に取った。そのとき主馬は左膝元に置かれた、指のない弥太郎の左手に気づいた。

相手の真面目な印象からうけた淡い好感が、その一瞬に心の中でふっと消え去ったのを主馬は感じた。

役所から帰宅すると主馬は、夕刻、自分の居間に信乃を呼んだ。浴衣地の白の薄物に黄の帯をしめ、緊張した表情で入ってきた信乃に、

「今日、田宮に会うてみたが」

と主馬は口を切った。

「なるほど、評判ほどに愚かな男とも思えぬ。しかし、そなたが、とくに心に留めるほどの若者ではない。しかもあの男は、そなたも知っているように、武士として、取り返しのつかぬ烙印を背負っている。あの左手の傷痕がある限り、今後、一生、あの男の汚名は拭えぬものと思ってよい。役高も調べてみたが、わずか二十石そこらの小身、まずどの点から見ても、何ひとつ取り柄はない」

信乃は黙って顔を伏せている。

「で、そなた。あの男の、どこに惚れた」

信乃は思いがけぬ乱暴な父の言葉に体をふるわせ、みるみる頬を染め、さらに頬の血が引いて、青ざめるまで黙っていたが、

「判りませぬ」と低くこたえた。

「なに？」

「自分にも、よく判らないのです」

と信乃は畳をみつめた。

「初めてこの座敷であの御方にお眼にかかり、あの御方が帰られましたあと……」

「うむ」

「いつの間にか、もし嫁ぐならあの御方と……どうしてか、……自分の心にも、よく判りませぬ」

「いつのまにか、心に決めたというか」

「はい」

そのままに聞くと、おかしな言葉だったが、主馬は笑えなかった。それをいう信乃の表情には、言葉を越えて、主馬の心に訴えかけているものがあった。

娘のこんな表情を見たことがないと主馬は思った。青ざめた信乃の顔には、ひどく真剣なものがあり、親の眼にも、はっとするほど美しく見えた。

「その後、あの男に会うたことでもあるのか」

「御留守に二、三度、お訪ねしたことがございます。それに、道でおみかけして、会釈しましたことも」

「それだけか、言葉をかわしたことはないのか」

「ございませぬ」

「それではどうにも、納得のしようがないが、……そなた、あの男の過去の醜聞は知っておろう。どう思うのだ」

「その折のことは」

と信乃はこたえた。

「私にも判りませぬ。でも、いまは……」

ふと顔をあげ、

「誰よりも御立派な御方と、私には思えます」

娘の表情をみていると、相手への妙な同情や一時の感傷で言っているのではないことが、痛いほどによく判った。

「では、そなた、どうあっても、あの男に嫁ぎたいというのだな」

項垂れたまま信乃が深くうなずくのをみると、主馬は何ともいえぬ息苦しい気持ちになった。

「もうよい」これ以上、娘を見るに耐えぬ表情で、「退《さが》りなさい」といった。

信乃が別間へ退ると主馬は額に皺《しわ》を寄せ、考えこむ姿勢で、半刻《はんとき》あまり居間にいた。案じ顔の妻が、居間に顔を見せ、主馬の顔色を覗《うかが》いながら席を占めると、

「ゆき」と主馬は妻の名を呼んだ。

「これは、あきらめた方がよいようだ」

「え？」

「考えてみると三人もいる娘、一人ぐらいは親の言うままにならぬ子も出来よう。末娘のことだ。あきらめることにしよう」

「では」

と眼を瞠るようにして、妻は主馬をみた。

「あの田宮と申す者に、信乃をおやりになるのですか」

「うむ」

苦笑してみせたつもりが、ふと泣き笑いに歪むのを、押さえることとの出来ぬ主馬の表情だった。
二、三日の後、須藤主馬は、ふたたび役所の自室に弥太郎を呼んだ。出来上がった先日の書類を携えてきた弥太郎に、主馬は簡潔に事情を語り、娘をもらってくれぬかと、言葉を飾らず切り出してみた。
唐突な主馬の申し出に、弥太郎は驚きのあまり、しばらくは言葉もない表情で黙っていたが、やがて、

「私は……」と固く面を伏せ、主馬にいった。

「わずか二十石足らずの小身、その上、御覧のようなかたわ者です。それをすべて御承知の上で、娘ごは私のもとへ嫁ぎたいと申され、また組頭は、それをお許し下さるとおっしゃるのでしょうか」

「もちろんだ」と主馬はこたえた。

「よくよく考えた上で、おぬしに頼んでおる」

主馬が苛立《いらだ》ちを覚えたほどの長い沈黙ののち、弥太郎は、

「しばらく、御返事を猶予していただけませぬか」

「考えると言うのか」

「いえ、ただ……しばらく御猶予願えませぬか」

と主馬はいった。

「何も猶予することはあるまい」

「もらってくれる気があるかどうか、おぬしの心さえ聞けばよい」

「それも、いまは……何とぞ……」

と弥太郎は、深く頭を下げた。

「しばらくの御猶予をお願い致します」

何一つこたえようとせぬ弥太郎の態度に、気を悪くした表情で主馬は口を閉じた。

五

田宮次郎右衛門の没後、田宮流五代をついだ中村千右衛門の道場は、師の没後七年を経て、いまは藩内でも屈指の繁栄ぶりを唱《うた》われている。千右衛門の剣技は稀世の名人であった先代にくらべ、若干の見劣りがするのは否《いな》めないが、それを補うに足る懇切丁寧な稽古ぶりが好感を呼び、門弟の数では却って先代を凌ぐと

噂されていた。

田宮弥太郎が千右衛門の田宮流道場に、めずらしく姿を見せたのは、主馬との話し合いがあって、二、三日の後のことであった。

姉婿にあたる千右衛門への心遣いから弥太郎はこの七年間、一度も、かつてのわが家であった道場に足を運んだことがない。昼どきのことで、道場は若い門弟たちに満たされているとみえ、木太刀の音、床を踏み鳴らす足音が、門外にまで姦《かしま》しく響いていた。

道場とは別に、当主の家族の住居が裏手にあり、私用の訪客を迎える小門があったが、弥太郎は小門へは行かず、正面玄関に訪《おとな》いを入れた。

取り次ぎの者から訪客の名を聞き、半信半疑で自ら迎えに出た千右衛門は、玄関先に立っている弥太郎を見て、ひどく驚いた表情になった。無骨な顔に好意の笑みを湛《たた》え、

「これは、めずらしい人が来てくれたものじゃ。波江がさぞ喜ぶじゃろう。さ、上がって下され」

千右衛門は弥太郎が道場の正門から訪れたことを、別に訝しむようすもなく、先に立って弥太郎を離れの家族の住居に案内した。いままでは女児二人の母になっている波江が、これも、めずらしい弥太郎の来訪に驚いたようで、いそいそと客間へ招じ、茶菓などもてなし、千右衛門は稽古を中座したまま、弥太郎に対した。

最も近い親族でありながら、こうして三人がひとつ座敷に顔を合わせるのは初めてである。波江はその後、子供の世話に追われ、めったに弥太郎の住居を訪れることもない。千右衛門は、先代の嫡男で不遇の地位にある弥太郎には、心苦しいものを感じるのか、時に路上で会釈するていどの親しさにすぎなかった。それだけに、弥太郎の方からこうして訪ねてくれると、何かともてなして好意を見せたいようすである。

座敷に入ってきた姉の子供二人を膝元に寄せ、弥太郎は姉夫婦とさりげない話を交わしているうち、

「じつは……」

頃合いをみて、あらたまった表情になった。

「義兄上《あにうえ》にお願いがあって参ったのですが」

「ほう、何事ですか」

笑顔を向ける千右衛門に、

「義兄上に一度、お手合わせ願いたいのですが」

思わず声をあげて弥太郎をみたのは、側の波江だった。

「もっとも、御門弟の御一人とまず立ち合わせていただき……」

落ち着いた声で、弥太郎はいった。

「その上で、よろしければ、義兄上にも、一度お手合わせいただきたいと考えて参ったのですが」

千右衛門は無言のまま、信じかねるように弥太郎を見守っていた。

「弥太郎、そなた……」弟の正気を疑いながら波江は弥太郎の左の拳へ眼を走らせた。

「何をいうのです。まさか、その体で……」

「いかがでしょう。一度、お試し願えませぬか」

波江の言葉を無視して、弥太郎は真っ直ぐに千右衛門を見た。

沈黙して弥太郎の表情を読んでいた千右衛門が、やがて、表情をあらため、

「お相手しよう。ちょうど師範代も来ておること、お望みなら、すぐに道場へ案内するが」

「お願い申します」


席を立つ千右衛門に従い弥太郎は、波江の心配そうな表情を背にして道場へ向かった。広い道場は思い思いの稽古に興ずる若い門弟で、雑然としていたが、千右衛門が弥太郎を伴って姿を見せ、ひと声かけると、木太刀の音、床を踏み鳴らす騒音が鳴りを静めた。
二、三十人の若者が稽古をやめ、千右衛門と、その背後に従う弥太郎に視線を集めた。
「大田垣」門弟たちのなかに師範代の姿を探し、千右衛門は呼んだ。

「は……」と進み出てくる二十七、八の逞《たくま》しい若者に、弥太郎を引き合わせ、

「立ち合いを望んでおられる。御相手するように」

と千右衛門は命じた。亡師の嫡男であることや、義弟に当たることなど、一切の説明をさけている。しかし、大田垣と呼ばれた師範代は、もちろん弥太郎と知り、過去の評判も心得ているようで、いかにも訝しい表情になり、千右衛門を見た。

「さ……」

千右衛門は道場の刀架へ歩み寄り、自ら二振りの木刀を携えて戻ると、軽く素振りをくれ、両名に手渡し

た。

けげんな表情のまま大田垣はその一本を手に取ったが、師の真面目な表情を見て、ともかく心を決めたらしい。激しい素振りをくれ、つつと道場の中央にすすみ出た。

右の片手に木太刀を下げたまま、弥太郎はその大田垣を追って中央に進む。
二、三十名の門弟は、立ち合いとみて、それぞれ道場の片隅に席を占めた。
中央に進み出た二人は、二、三間の間合いを置いて立ち、双方、軽く一礼する。

大田垣は黒の木綿袴、白の稽古着、頭髪の乱れを白鉢巻で押さえている。

弥太郎は小倉《こくら》袴に茶色無地の小袖、別に袖くくりもせず、羽織を脱いだだけの無造作な支度であった。

千石衛門が双方の中央に進み、気合いの満ちた勝負の声をかける。

同時に一歩、左足を前に踏み出し、

「いざ」と大田垣は木太刀を右の肩に引き寄せ、切尖を天に向ける田宮流右上段の構えを取った。

弥太郎は半歩後退し、相手の構えを注視しつつ、右足を前に、体を大きく左へ開く。同時に右の片手の弥太郎の木太刀が、足元から徐々に上にあがり、肩と水平の高さに、相手の喉元を指して、ぴたりと静止した。

見守っていた一同が、その異様な構えに眼を瞠った。

弥太郎の体は正面の大田垣に対し、切尖から一本の直線になったのである。

一杯に伸ばした右手の切尖から左の肩まで、一本の矢のように相手に向かい、左右の足の踵《かかと》は、床の上の直線上に置かれている。

とうぜん弥太郎の胸は左正面に控える門弟たちに向かい、相手の眼には、右肩に隠れて見えぬ。田宮流は無論のこと、諸流のいずれにもない、異様な構えであった。

道場の師範席正面に立つ千石衛門も、濃い眉を寄せ、鋭い眼差しで弥太郎をみつめている。

弥太郎の構えに眼を奪われていた道場の一同は、つぎに大田垣のほうへ眼をうつした。大田垣は右上段に構えたまま、喉元の切尖をみつめ、立ちつくしている。

微動だもせぬのは、相手の変化を待つのではなく、動けないのだということが、大田垣の異様に緊張した表情からうかがわれた。

眼が弥太郎の切尖に奪われるらしく、それを振り払おうとして、精魂をつくしている。怒脹した大田垣の顔から、しだいに血の気が失せてゆくのを一同は見た。

右上段の構えのまま、みるみる蒼白に変じた大田垣は、どうしたことか、ふと両眼を閉じた。同時に弥太郎の切尖が、静かに大田垣の喉元に吸われ、皮膚と間髪の差を置いて、静止した。

道場の一同が、思わず息をのんだ一瞬、

「それまでっ」と千右衛門が進み出る。まるで呪縛がとけたように大田垣は、右上段の構えをとき、そのまま片膝を折った。真っ青な顔で床をみつめ、大きく息をつく額のあたりにびっしりと小粒の汗が滲《にじ》み出ていた。

弥太郎は静かに木刀をおさめて立ち、何事もない表情である。一同が声もなく弥太郎を見守るうち、

「わしがお相手しよう」

厳しい表情の千右衛門が、弥太郎の正面に立った。

「お願い致します」

一礼すると弥太郎は、静かに間合いを取って千右衛門に対した。

再び異様な構えにうつる弥太郎に対し、千右衛門が下段に切尖を落としたのは、気力をもって上半身を防ぐ覚悟である。

大田垣の敗北を一種の気負けと見て、千右衛門は上半身を武器に頼らず、満身の気合いで相手に向かったのだが、自ら立ち合ってみると、その気力さえ萎えるほどの相手の構えだった。わずかな空間を占めるにすぎぬ弥太郎の木太刀の尖端《せんたん》は、細部を正確に貫き通す鋭利な錐《きり》を思わせながら、同時に恐ろしい拡がりで、視野を蔽いつくすほどに見えるのである。眼をそむけようとすれば、切尖は際限なく膨脹して視野を蔽い、眼を凝らすと、針の鋭さを感じさせる。

勝負の最中、ふと眼を閉じた大田垣の振る舞いを、剣士にあるまじき敗北とみたのだが、向かい合ってみると、いかにも納得できる思いであった。

千右衛門は驚歎の声を胸中にのみ、依然、木太刀を下段につけたまま、弥太郎を睨んで立ちつくした。二、三十名の門弟は手に汗を握り、膝を乗り出すようにし

て、師と弥太郎の立ち合いを見守っている。

そのまま息苦しい静寂の時が過ぎ、やがて足下三尺先を指した千右衛門の木太刀が、切尖から徐々に上へ移り、青眼の位置で、わずかに弥太郎の切尖と触れ合うかに見えたとき、

「これまで……」

弥太郎の次の動きを制する千右衛門の声を一同は聞いた。

微動だもせず、同じ構えをつづけていた弥太郎が、静かに木太刀を引く。

同じく木刀をおさめ、まじまじと弥太郎を見て、しばらくは言葉もない千右衛門の額のあたり、かすかに白味を帯び、汗を滲ませているのを一同は見た。道場の入口に膝をつき、ひそかに終始を見守っていた波江の表情が、押さえ切れぬ慟哭《どうこく》に歪んだのを、ただ弥太郎に見惚れている場内の一同は知らなかった。

この試合の噂は、旬日をへず、紀州藩中に広まることになった。試合を眼にした門弟たちが口々に伝えたのはもちろんだが、中村千右衛門自身、会う人ごとに、この話をした。

「まだかつて、見たことのない異様な剣でござる。いかなる工夫をしたものか、いかに問い訊《ただ》しても、本人がこたえませぬで、何とも判断はつきかね申すが、よほどの鍛練の結果、身につけた独自の技でござろう。あの不自由な体で、あれまでに到達した努力、ただ見上げたものと、感じ入り申した」

千右衛門の言葉の裏づけを得て、噂は藩中知らぬ者もないほど急速に広まったが、半信半疑の者も多く、なかにはまるで信じない者もあった。弥太郎の出仕する表御用部屋の者たちである。特に日頃、席を並べている日記方の者たちは、頭から噂を否定した。

「聞いたところでは」と書役の一人はいった。

「試合と申しても、ただ立ち合ったというだけではないか。大田垣が、あの男に胴を取られたとか、中村殿が小手を打たれたとか、詳しい噂は一度も耳にせぬ。妙な構えをしたとかしないとか、いずれにしても眉唾な話ばかりじゃ。両手が自由に使える折でさえ実の父に愛想をつかされ、指を斬り落とされたほどの鈍物じゃ。いまは右手一本の不具ではないか」

そんな話が姦しくかわされている役所内に、弥太郎は平日通りに出仕していた。別に変わったようすもなく、日頃の丁重な態度で同役に接し、書物の山積した机に向かい、落ち着いて事務を捌《さば》いている。噂を知らぬはずはないが、それを気に留めるようすもない顔色だった。

そんな弥太郎に、じかに真偽を問い訊すものがなかったのは、この数年、弥太郎をいじめ抜いてきた者たちの心に、噂を真実にしたくない一種の狼狽の気持ちがあったからである。しかし、この日記方の武士たちも、噂がちょうど在国中の藩主徳川中納言宗直《むねなお》の耳に入り、近く弥太郎の武技の上覧を望まれるらしいと聞いた時は、さすがに声をのんだ。

こうなっては真っ向うから否定する者もなく、しだいに弥太郎を見る書役たちの眼が違ってきた。いぜん、何の変わりもなく勤めている弥太郎が、ふと得体の知れぬ不気味な人物のように思われ、弥太郎に接する態度が、しぜんと丁重なものになってゆくのを、どうしようもない書役たちの表情であった。

寛保元年七月の初旬、紀伊中納言宗直の命により、藩内諸流のなかから撰ばれた二名の剣士と、田宮弥太郎との上覧試合が、和歌山城西の丸の庭先で行なわれた。

藩主宗直は、先代吉宗の将軍家襲職のため、伊予松平家から紀州藩主に招かれた人物ですでに高齢だが、かくしゃくたる尚武の大名だった。

田宮弥太郎が、鈍根のため、その父次郎右衛門に指を斬り落とされ、小普請末席に落とされたことを覚えていて、こんどの噂にはひどく興味を覚えたようである。侍臣を促して上覧試合の運びになった。

陪観を許されたのは藩内の重臣二十名ばかりと、日常武術に携わる諸師範十名ばかりである。

庭に面して障子を開け放った座敷の中央に六十歳の中納言が着座し、小姓、御側御用人が背後に控え、他の諸臣は、すべて緋毛氈《ひもうせん》を敷いた庭先の一角に着座した。

その三十名の陪観者の末席に、表御右筆組頭須藤主馬の顔が見えたのは、主馬が上司に当たる重臣の一人に事情を打ち明け、特別の配慮を願って許されたためである。

重臣たちから一間ほど離れた末席に、主馬が固唾を飲んでまつうち、やがて、熨斗目《のしめ》の小袖に細縞の小倉袴、白襷《しろだすき》を綾にかけた田宮弥太郎が、麻裃《あさかみしも》の中村千右衛門に導かれ、伏眼がちに藩主宗直の前に歩み出て来た。

つづいて、弥太郎の相手に撰ばれた逞しい骨格の剣士二名が庭上に姿を見せる。

藩主への辞儀がすむと、この日の審判を承わった中村千右衛門が、白足袋の足を庭の中央へ進め、凜《りん》とした声で、剣士の名を呼んだ。

「金田流、山岡新次郎」

左正面の砂上に片膝ついて待つ二名の剣士のうち、三十歳前後の一人が腰をあげ、三尺余の木太刀を携えて、中央に進み出た。六尺近い大兵である。

「御用部屋書役、田宮弥太郎」

千右衛門の声に右正面に控えた弥太郎が、これは二尺六寸の木太刀を右手にして進み出る。

「勝負！」あたりの空気をふるわせる気合いの声をかけ、千右衛門は背後へ後退する。同時に金田流の山岡新次郎が右足を一歩踏み出し、切尖を青眼から徐々に上へ、左上段、弥太郎の真っ向うを打つ姿勢で、木刀を静止した。

金田流は金田一伝流とも呼ばれ、その昔の浅山一伝斎より出たものである。金田源兵衛正利がこれを学び、のちに林崎流、東軍流、新当流、念流の各要所を汲み入れて別派をひらいた。臨機応変の変わり身を得意とし、上段につけたかと思えばすぐに青眼、下段と縦横に構えを変えて、相手を眩惑する。

金田流の相手に対し、つつと半間ほど後退しながら弥太郎のつけた構えは、千右衛門の道場の場合と同じく、右手を一杯に伸ばして相手の喉を指し、全身一本の矢になって向かう異様な構えだ。

末席に控えた須藤主馬、さらに陪観の一同は、噂に聞いた弥太郎の構えを見て、いまさらのように眼を瞠った。藩主宗直も、膝を乗り出し、この不具の剣士の奇怪《きっかい》な姿をみる。

双方が互いに相手を凝視して、しばらくのち、山岡新次郎の左上段の切尖がかすかにふるえた。

山岡は六尺に近い大兵、左上段に構えた姿は、見守っている者の眼に、一撃必殺の威嚇を感じさせる。弥太郎は右手の切尖を相手に向け、切尖ごしに鋭く相手の瞳を凝視している。全身が一本の鋭い錐となって、そのまま化石したように微動だもしない。

ふたたび、左上段の山岡の切尖が痙攣《けいれん》した。陪観の席にある諸流の武芸者の眉が曇った。変わり身を得意とする山岡が、左上段の不利を知り、青眼へ切尖を運ぼうとして、それを果たせないでいると読めたのである。金田流は、応変の構えに移ることを、身上とする刀法である。それが果たせないとあればこの試合は、すでに敗北を意味している。

そう思って、陪観の武芸者が眉をひそめたとき、

「ええいっ」

凄まじい声を発し、まるで迷夢を払うに似て、山岡の木太刀は、上段から弥太郎の切尖を斜めに薙《な》いだ。が、見守っていた一同はわずかに木太刀をかすめる音を聞いただけである。一瞬早く、弥太郎の体は山岡の胸元に吸われ、同時に山岡の体は、突風に煽られたように反転した。背後へ吹っ飛んだといってよい。

砂上に後頭部を打つ鈍い響きが、一同の耳にはっきりと聞こえたほど、凄まじい転倒だった。

「それまでっ」

千右衛門さえ息をのみ、制止の声をためらったほどであった。山岡は地上に仰臥《ぎょうが》したまま、半ば気を失ったようすである。

見守っていた末席の主馬の、思わず握りしめた拳が、びっしりと汗にぬれていた。

つづいて弥太郎に対した西脇流の剣士は、先日の大田垣の場合と同様、立ち合ったまま血の気を失い、木太刀を交じえぬままに自ら潰《つい》えた。

藩主宗直には、あまりに鮮やかな弥太郎の勝利が、ふしぎでならなかった。

千右衛門を呼び、その旨《むね》を訊すと、

「要するに切尖に満身の精気をこめ、相手の動きを封じる独自の剣でございます。山岡はその呪縛を逃れようと、ただ夢のように木太刀を振り下ろしたに過ぎず、その一瞬の崩れで喉元を突かれ、転倒しましたもの。私の見ましたところ、その折の田宮の切尖には、真の力は籠っておりませぬ。切尖はわずかに喉元に触れたにすぎず、もし力をこめておりますれば、木太刀といえど、おそらく山岡の喉を貫いていたでございましょ

う」

その言葉に、宗直は興を覚えたらしく、

「あの不自由な体で、いかなる工夫をこらしたものか、鍛錬の模様を問いただしてみよ」

御側取り次ぎの者が庭上へ下り、庭の隅に平伏している弥太郎のもとへ赴いたが、

「ただ、愚か者の一念と申すよりほか、別に申し上げるほどの工夫とてございりませぬ」

静かな声で弥太郎はこたえた。


この試合が藩中に伝えられ、弥太郎に対する人々の眼が、従来の侮蔑から、極端な敬意に変わったのは自然である。なかでも日記方の同輩の豹変ぶりは滑稽なほどで、蔭《かげ》で指なしと呼んでいた者たちが、

「田宮殿、貴殿がいまの御身分におわるはずもない。いまに何らか昇進のお沙汰がござろうぞ」

弥太郎に向かって、ぬけぬけとおもねるような言葉を口にした。

果たして旬日のうちに、執務中の弥太郎のもとへ、城内の重臣の詰所から呼び出しがあった。側で使いの口上を聞いた書役たちが、

「田宮どの、いよいよ御昇進でござるぞ」

「まず、お祝いを申さねばなるまいて」

口々に言葉をかけるのを背に、弥太郎は城内本丸の詰所に赴いたが、間もなく戻った。

「如何《いかが》でござった。御加増でござろうな」

膝を寄せてくる書役たちに、

「いえ、別にそのような御用では……」

と弥太郎はこたえ机上の書物に眼を落とした。平常通りの執務を終え、夕刻、帰宅した弥太郎を、めずらしく姉の波江と、夫の中村千右衛門が、待ち受けていた。

笑みを浮かべて座敷に入ってくる弥太郎に、

「どうして、殿の御沙汰を拒まれたのだ」

待ちかまえていたように千右衛門がいった。

「貴方は、もともと武芸で聞こえた田宮家の嫡男、殿は貴方のため、わざわざ田宮流別派を興すことをお許し下されたのだ。わしも事前にその御沙汰を聞いて、今後は貴方と二人、御流儀を共に盛り立ててゆけると喜んでいた。今日、御重臣の呼び出しで赴いてみると、

貴方は、折角の御沙汰を拒まれたそうではないか」

弥太郎は、困った表情になった。

千右衛門の言葉は事実である。御重臣の呼び出しは、弥太郎に父祖の業に従い、武芸師範を命ずるというものだった。もっとも、田宮流五代はすでに千右衛門に譲られているので、新たに流儀の別派を許すという御沙汰である。

「どうして、お受けしなかったのです」

波江も弟をなじった。

「田宮家にとって、名誉なことではありませぬか。亡くなられた父上も、どのようにお喜びになることか……」

黙って二人の言葉を聞いていた弥太郎は、

「私は、その器ではありませぬ」

とこたえた。

「私の剣技は、ただあれだけのひとつわざ、人に教え伝えるほどのものとは思えませぬ」

これは、今日、詰所で重臣たちにもこたえた言葉である。千右衛門がその返答に満足せず、色々と問いつめた末、

「今からでも遅くはない。私が貴方に代わって、御重臣に御受けの言葉を申し上げて来てもよい」

そういったとき、はじめて弥太郎の表情があらたまった。

「私は、近く嫁を迎えたいと思っております」

と思いがけぬことを弥太郎はいった。

「え?」

と眼を瞠る二人に、

「嫁を迎えるからには、いずれは私も子を持つことになりましょう。自分が剣の道で父に愛想をつかされる鈍物であったことを考えると、私の子にも、同じような鈍物が出来るかもしれませぬ」

何を言い出すのかと、けげんな表情を向ける千右衛門と波江を、静かに見て、

「私は……」

表情をひきしめて、弥太郎はいった。

「武芸師範など拝命し、わが子の指を斬るようなことだけは、生涯、致したくないと思っております」

六

賑《にぎ》やかな宴のあと、座敷はひっそりと忘れられたような静けさにつつまれていた。

客の去った表座敷に、麻裃を脱いだ弥太郎と白無垢の衣裳を、紅の小袖に着換えた信乃の二人が、対座している。

すでに深更に近い時刻だった。

寛保元年、十一月の夜である。両家の近親数名ずつを招いたにすぎぬ極めてささやかな婚礼が、この夜、弥太郎の住居で行なわれ、客の去ったあと、ほっとした落ち着きに、それぞれ無量の感慨をこめて若い夫婦は、対座していた。

すでに寝静まったらしい武家屋敷の、夜の気配に耳をすませるうち、

「そなたに見てもらいたいものがある」

弥太郎は、信乃にいった。

「え?」

つぶらな眼をむける信乃の手もとに、懐から守り袋のようなものを取り出して渡し、

「開けてみなさい」

と弥太郎はいった。


信乃が薄化粧の顔をかしげ、絹の守り袋を開くようすを、弥太郎は静かな表情で見守っていた。信乃が袋から取り出したのは、厚さ二分、幅二寸角ほどの色変わりした木片であった。三尺ほどの麻紐が、それに巻きつけてある。木片の一端に小さな穴が穿《うが》たれ、麻紐が、その穴に通されてあった。

「これは生涯、人に見せぬときめたもの。しかし、そなただけには、見てもらいたい」

けげんな表情を向ける信乃の手から、その木片を取ると、弥太郎は席を立ち片隅から机を引き寄せ、その上に足をかけ、天井の中央の桟に打ちつけた古釘の一つに麻紐をかけた。木片は天井から三尺の下に麻紐で吊られ、ちょうど弥太郎の喉元の高さで宙に浮いた。

なにごとかと信乃は眼を瞠り、夫の訝しい動作をみつめていた。

「誰にも打ち明ける気のなかったわしの工夫、そなた一人に見てもらおう」

床の間の刀架の側へ歩みより、亡父にゆずられた堀川国広の長刀を、弥太郎は取った。

腰に手挟み、右の片手で鯉口《こいぐち》を切る。

二尺六寸の刀身が燭台の灯に、冴えたきらめきを放った。麻紐一本で宙に浮いた木片の前に立つと弥太郎は、右足を前に出して、大きく体を左に開く。同時に右手の刀身が静かにあがり、木片を指して静止した。信乃は父の主馬から、耳に痛いほどに聞かされた異様な弥太郎の構えを、眼《ま》のあたりに見た。そのまま、静かに呼吸を整えていた弥太郎の体が、

「ええいっ」

押し殺した短い裂帛《れつぱく》の気合いと共に、前に進む。ぴたりと刀身を吸った木片が、宙づりのまま微動だもしないのを、信乃は見た。訝しさに釣られて腰をあげた信乃は、木片をみつめて声をのんだ。

信乃の眼は、木片の裏へ抜けた刀身のわずかな切尖を捕らえたのである。

ふたたび低い気合いを発し、すっと刀身を手元に寄せ、なお微動だもせず宙に浮いている木片をみつめ、弥太郎は刀身を鞘へおさめると、

「見なさい」

おだやかな笑顔で信乃をふり返った。

信乃はおそるおそる歩み寄り、木片を手にとって見た。

「そこに、いまの刀傷ではなく、古い傷痕が見えるはずじゃ。この木片は、私の一途《いちず》の努力を最初にかなえてくれたもの。すでに四年の昔のことになるが、こうして宝のように肌身につけている」

弥太郎の言葉が、信乃の耳を驚かせた。

「四年も昔……？」

弥太郎はうなずいてみせた。

「生涯だれにも見せず、誇りもせず、自分一人の心に秘めておくつもりだった。これは、私のひそかな宝だったといってもよい」

信乃は、無言で弥太郎をみつめる。

「父に左手の指を斬り落とされた当座、私は一人で何度死を思ったかしれぬ。しかし、恥辱のなかに死ぬに堪えぬ私の若さが、こうした努力を生んだ。馬鹿気た努力だったかもしれぬが、根気と一心が、三年目のある夜、切尖をこの木片に貫かせてくれた。望みがかなってみるとふしぎなものだ。あれほど憎いと思った役所の上役や周囲の者たちが、さほど心にはかからぬようになった。いつか見返してやりたいと思いつめた気

持ちも、なぜか消えた。すべて馬鹿らしいことに思えたのだ。このまま自分ひとりの心の宝にして、一生、人に誇るまいと決めた私の心を、ふと変わらせたのがそなただった。人から、まともには相手にもされぬ不具の私に、自ら嫁いでくれるそなただけに、私と同じみじめな思いはさせたくなかった。さらに、大事な娘を私のような者へ嫁がせ、藩内の嘲笑を買うに違いないそなたの父御の立場も、考えてみた」

弥太郎はふっと言葉を切り、視線を足もとへ落とした。

「つまり、初めて人並みの幸せが訪れたとき、私の心は変わったのだ。悟ったようでいても、矢張り私は苦労に負け、素直な心を失っていたのかもしれぬと考えるようになった。人に見せぬと誓った剣技を、あのように藩内に披露したのも、そのためだ。そして私はいま、生まれてはじめて、心から幸せだと感じている」

無言のまま、眼をみひらいて弥太郎をみつめていた信乃の胸に、この夫の長い孤独がしみじみと迫り、そのつぶらな瞳に、やがて、一杯の光るものがあふれ出てきた。

瞳孔が涙に閉され、みるみる視界がかすむのを感じながら、信乃は暖かく手を伸ばし、静かに弥太郎の胸に歩み寄った。

長編1

汝ふたたび故郷へ帰れず

飯嶋和一

むかしわたしは一匹の猟犬と一頭の栗毛の馬と一羽の雉鳩《きじばと》とをうしない、今でもその行方《ゆくえ》をさがしている。ずいぶん多くの旅びとにわたしはその話をし、その足跡と、どう呼んだら答えるかを説明した。わたしはその犬の吠え声を聞き、その馬のひづめの音を聞き、その鳩が雲のかげに消えるのを見さえしたという、一、二の人に出会った。かれらは自分がそれらをうしなったかのように、しきりにそれらを取りもどしたがった。

ヘンリー・D・ソロー

(『森の生活―ウォールデン―』神吉三郎訳)

故郷《ふるさと》をきかれ、答えると、たいてい人は冗談でも言っているのではないかという顔をする。そして決まって、そんな名前の島が本当にあるのかとききかえす。事実、そこで生まれたのだと答えた時、相手の表情は穏やかになり、なかには子供の頃の懐かしい隠れ家を思い出すように、一瞬遠くを見つめる人もいる。

わたしの生まれた島が、ほんの少し人々に知られるようになったのは、本土のYという、ピアノからモーター・バイクまで製造する大手企業が、九州から沖縄まで島づたいに一大リゾート地を造ろうとした時のことだ。その計画が頓挫《とんざ》したのは、次々と買収が進むなかで、わたしの生まれた島だけは全く相手にしなかったからだ。『開発攻勢に島民超然』、そんな見出しのついた新聞の切り抜きは、今もわたしの手元にある。

「……ええ、種子島《たねがしま》のずっと先です。鹿児島から船で約二十時間。奄美大島のちょっと手前。東シナ海にトカラ列島というのがあるんですが。人の住む、その一番南の島です。……ええ、そうです。宝島《たからじま》です」

1

『老いぼれ犬』がやって来たのは、輸入オレンジのショーケースの前に立っていた時だった。買い物客が押し寄せて来る前の、急に人の足が途絶える三時過ぎだった。昼の客が崩していったオレンジの石垣を、わずかな傾斜のある台にそって一つ一つ補充しながら積み上げていた。正面の壁には鏡が貼りつけられ、実物と鏡のなかの幻のオレンジとを、果物売り場特有の強すぎるライトが照らし出していた。

『会長サン来てるよ。また』

売り場主任とかいうわずかな地位をあてがわれ、代わりに脳味噌を抜かれたクソ野郎が、死臭のような臭い息をおれのアゴのあたりに吐き、そう言った。補充用のオレンジの入ったワゴンを押しながら倉庫へ戻ろうとして、肩が凝るほど退屈なＢＧＭが耳元でチカチカ鳴っているのが聴こえた。

応接室とは名ばかりの、薄っぺらな化粧ベニヤと、埃をかぶったゴムの木の鉢と、ビニール・レザーのソファからなる狭い裏部屋に、老いぼれ犬はおれを待っていた。近々七十三を迎えるという短く刈り込んだ坊主頭は、真っ白だったし、痩せた浅黒い顔はその下の頭蓋骨の形をくっきりと浮かべていた。たいそうに見せかけたビニール・ソファは縮みかけた老いぼれ犬の体をずいぶんと小さく見せていた。白いシャツにシルクの少しくたびれた細いネクタイ、タイと同じ色の襟が小さな茶色の背広を着ていた。銀ブチの丸メガネはレンズも黄ばんだ色をしていた。鼻こそ潰れていないものの、左右の耳のふちが火にあぶられたプラスチックのように歪んでいるのも、牛乳ビンの底のような分厚いメガネレンズも、戦前を代表するブル・ファイターだったというその名残りらしかった。白いシャツの袖から陽に焼けたような筋ばった両手が飛び出し、老人斑の見える甲の皮膚に太い静脈が走っていた。

『ヨオ。大変だな毎日』

老いぼれ犬は笑顔を作り、弾んだ声で話しかけてきたが、頬《ほお》のあたりがどこか緊張して見えた。おれは黄色とオレンジと緑がゴチャ混ぜになったスーパーのユニホームを着たまま、彼の真向かいのソファに腰を下ろした。

「……何ですか？」

『決まったよ。次のが』

「何がですか」

おれは表情ひとつ変えずに問い返した。

『来月の十日に……八回戦だ』

「…………」

『そうがっかりするな。これ以上、間隔が開くのは絶対まずい。とにかく、そろそろこなしておかなくちゃな』

「……ランキングにのっかって、おれはもうすぐ四年になりますよ。去年はたった三試合。そのうち十ラウンドは、一度だけ。

……おれが負けましたか？　おれがダウンくらってひっくり返ったりしましたか？

　前にも言いましたけど、おれは一クラス下げてもかまわんのですよ。マシな試合組んでもらえるなら」

『お前のベスト・ウエイトはミドルだ。お前の体は大きすぎる。それに骨が太い』

「おれがかまわないって言ってるんですよ。こんな飼い殺しされてるような毎日なら、いっそスッパリやられちまった方がいい」

『馬鹿なことを言うな。一度落としてやったことがあったろう。勝つには勝ったが、五ラウンド以降、お前のスピードはガクッと落ちた。ベスト・ウエイトはベスト・ウエイトだ。それを変えるぐらいなら私のほうがトレーナーをやめる』

「じゃ、なんでデカいカード組んでくれないんですか。やれ世界だの東洋だの、そんなこと言ってんじゃないんですよ。少なくともおれがヤル気になるようなカード組んでくださいとお願いしてんですよ」

『お前はこの国のミドルにしては大きすぎる。それにスピードがある。リーチもバカ長い。私が同じクラスのチャンピオンかかえてたら、やはりお前だけは避ける。とにかく負けの少ないやつは相手にしたくないもんだよ』

「そんな気休めはもういいんですよ。いつまでおれはこんなことやってなきゃならないんですか。こんな所で、こんな幼稚園の服着せられて……。おれの足が硬くなってベタ足になってからですか」

『……じゃ、降りるのか？　どうするんだ』

　老いぼれ犬はいつもの殺し文句をすぐに持ってきた。そしておれが、これまでの台本どおりに、「やればいいんでしょう」という何回も繰り返さなくてはならなかったセリフを返すものと決めてかかっているように見えた。

「降りたらどうなるんですか？」

　老いぼれ犬は急に顔の皮膚をこわばらせ、こめかみの血管を浮きだたせた。しかし、いつものように一つ長い息を吐いて肩の力を抜いた。

『お前が、試合をやらなきゃやらないほど、有り難がる人間は多い。……お前の気持ちは解るが、ここは我慢するしかないな。いつか必ずお前の本当の力が誰の目にも明らかになる日が来る。もう少しだよ。駿一《しゅんいち》。お前のように素質がありながら、自分で腐って本当に消えていったのが何百人といる。もう少し我慢できるかどうかなんだ。乗り越えるしかないと私は思うがね。

実戦の間隔が開くのは何より大きい。今度の相手もいいものを持ってる。初めての八回戦だといっても、お前と同じように、今年新人王になったやつだ。ダックでかわしながらグイグイ前へ出て来る。ここで潰しておいたほうがいい、お前の将来のためにも』

「ショウライ?」おれは笑った。「おれにそんなものがあるんですか。いつになったらそんなものがくるんですか?　いつだっておれは、掃除ばかりやらされてる。ここ二、三年、こんな話ばかりでしょう?　ランキング外のグリーン・ボーイやトウのたったオールド・タイマーといつもやる上位ランカーはおれぐらいなもんでしょう。他のやつらは、こんなテメエが失う危険性だけの、なんのメリットもない話に乗ったりはしない。せいぜい調整のために一つぐらいで……」

『お前が勝ち続けていることは誰でも知ってる。いつまでもお前を無視できるわけじゃない。だからこそ、お前がそうして自滅するのを待っているところがある。冷静でいることが大切なのはリングの中だけじゃないだろう?　待てるかどうかさ。今は、リング以前の勝負だよ。お前のように巧くて、打たれないやつは長持ちする。何の心配もない』

「………」

『じゃ、あまり長居して邪魔になっては申し訳ない。この話は進めておく。いいね』

返事だけはとうとうしなかった。老いぼれ犬が去ってからも、おれはソファに腰掛けたままプラスチック・タイルの床にテーブルの脚が描いた無数のひっかき傷を見つめていた。何度か長い吐息をついた後、やっと立ちあがった。

応接室を出たところで、売り場主任が立っているのに出くわした。眉間にシワを寄せた、ロボットのような馬鹿ヅラをしてこう言った。

『新田クン。残り急いでくれ』

「ハイ。スイマセン」

反射的におれの中の留守番電話が、お調子者の声で飛び出した。

薄暗い倉庫に戻った時、ダンボール箱のバナナやオレンジ、ネットに入ったジャガイモにタマネギ、山と積まれたたくさんの野菜や果物の吐息と体温を感じた。天井までほとんどの空間をダンボール箱が埋めつくし、通路のように残されたわずかなコンクリートの床の上に、裸電球の光をうけた銀色のワゴンが見えた。キャスターの付いた四本の長いパイプの脚を持つ、移動式のカゴの中に、これから補充しなければならないオレンジがかなり残されたままになっていた。

ワゴンの取っ手に手をかけ押そうとして、抑えきれないものがおれを内から突き上げ、思わず取っ手のパイプから手が離れた。右足を後ろへ引き、右肩が下がった。太いワイヤーで組まれたワゴンの中心に向かって、足と腰の筋肉に突き上げられた右のこぶしが固くまとまっていった。ナックルが風を切る音をたてた。瞬間、奥歯に力がこもった。

ワゴンに当たる寸前で、右のこぶしは止まった。おれの頭の中だけでワゴンはひっくり返り、ぶちまけられたオレンジはテニスボールのようにそこらじゅうへ飛び散って跳ね上がった。当たる寸前でなにかがまたおれの右を抑えつけた。爆発することなく黙らされた筋肉が、足で、腹で、胸でも震えていた。噴き出した汗が目に入った。何ラウンドもスパーリングをやった後のように体じゅうが重かった。スパーの後の荒い呼吸のかわりに、たぶん笑ったのだと思う、吐息がかすれて出ていった。

ワゴンを押しながら薄暗い通路を歩いていた。なぜか売り場までずいぶん遠く感じた。ＢＧＭが次第に大きく聴こえてきた。抑揚に欠けた恐ろしく平板な音階がおれをいらだたせた。売り場にしばらく居続けると感覚がマヒし、音は鳴っているのに何も感じなくなってしまう奇妙な力を、その音階が持っていることは知っていた。通路の最後の角を曲がって、視神経を焼くような明るすぎるライトに照らされた広い売り場が目に飛び込んできた。

その時、視界全体が急に遠のき、自分だけが別な場所に取り残されたあの感覚が、おれをとらえた。売り場全体が映画のスクリーンの中のようで、自分だけが薄暗い劇場のこちら側のシートに腰掛けている感じだった。少し混み始めた客の、黄色いプラスチックのカゴを手にした女たちや、連れの子供の泣き声や、ひっきりなしに繰り返されるタイム・サービスのアナウンスや、あふれ返る光や、それにさらされている色とりどりのセロファン・パッケージや、模造品のような果物や、外国の祝祭日のような青と赤と白で染められた半円の旗や、何もかもがいつもと同じようにそこに見えるのだが、それらの一切が生気に欠け、夢の中に出て来ているようなピンとこない風景を作っていた。

目をこすり、頭を何度か振ってみたが、光景はやはりそのままだった。また額から汗が噴き出ていた。これまで何度かこんなことがあった。その度、安ウイスキーがなんとかしてくれることをおれは知っていた。今度もアルコールさえ入ればなんとかなるだろう、そう思うことで切り抜けようとしていた。

2

夜明けに、風の音で目を覚ますと、きまっておれは島の中にいた。サンゴ礁が隆起してできた周囲十三キロの島は、しつこい緑で覆われた山と、サンゴの死骸の白い砂丘からなっていた。ガジュマル、ビロウ、アダン……いかにも南方を引き連れた大樹よりも『ツンノキ』と呼んだ、濃い緑の小さな葉を飾った低木がおれは好きだった。浜に点在するそれらの小枝を折ると、透き通った冷気が鼻の奥を洗った。かつてその香りのために建てられたという香水工場の跡を見たことがある。

白毛に包まれた豚の耳のような葉が密生し、遠くからは銀色の固まりに見えた『シオキ』。そして浜一面を縫いつけた野生の蔓バラ、冬にはその細かいトゲを持つ網目がいっせいに原色の黄へ変わった。

春雷が鳴る三月に、きまって海底の岩穴へ昼寝をしにやってきた奇妙なフカ。フカを捕る裸の男たち。こん棒の振り降ろされる下で、のたうつ青灰色のヒレと白い腹。巨大な伊勢エビと、やはり両手で持たなくてはならなかった甲イカの褐色の皮膚。サンゴ礁の色を宿した岩のような夜光貝。

平家の落人《おちゅうど》が築いたという岬近くの砦の跡。ハブが現れる度に家々で焚かれた硫黄《いおう》の匂い。太古のままの夜空へ霧を吐いた天の川。ただうねりと鼓動とをたたえた匂いのない海流。スコールの、水平線にかかった虹の円。そして、群生する竹を、ガジュマルを揺るがせ、しじゅう止むことのなかった激しい風……。

走ることをやめてからも、いく度となく風の強い夜明けに目を覚ました。ロードに出なくてはならないという気持ちはまだ残っていたが、どうしても起き上がることができなかった。それでも、長い間にしみついた習性は、簡単に眠りへ引き戻しはしなかった。後ろめたさがやがて苦痛に転じ、決まって安ウイスキーのビンに手を伸ばさせた。

アルコールが細い血管のすみずみまでいきわたって感覚を鈍らせるまでの少しの間、浮かんでくるのは遠い島の記憶ばかりで、あたかもおれは、あの島を去った七歳の春に盲《めし》いてしまった人間のようだった。

3

一ラウンド終了のゴングが鳴って、おれは自分のコーナーに戻って来た。

試合前も、いつものような恐怖心や圧迫感をほとんど感じなかったし、ゴングが鳴ってからも何の緊張感も持たなかった。こんなことはアマの時代を含めてもなかったことだった。また同時に、これほど集中出来ない試合というのも十九戦目にして初めてだった。

おれの百八十五センチの身長が相手よりも八センチ高く、日本人離れした百九十七センチという広げた両手の長さは二十センチ近く相手を上回っていた。この試合がランキングに入って、上位をかけた初の八回戦だという相手は、その緊張からか肩に力が入り過ぎ、押すようなキレのないパンチばかりを出して来た。

マウスピースを吐き出しコーナーのスツールに腰を下ろして、呼吸を整えた。

段を重ねて連なる観客席は、四方に高くせり上がり、その底にあるリングの上からおれは辺りを見渡した。空席が目立つシートも、四本のロープも、スコアシートにポイントを書き込んでいるレフェリーの青いシャツも、対角線のコーナーの、指示を与えている相手セコンドのTシャツも、すべていつものままだった。しかしそのすべてが生気に欠け、ストーリーのわかり切った、見飽きてしまった映画のスクリーンを見ているようだった。

『両選手の戦績、ならびに経歴をご紹介いたします』リング・アナウンスがいつものようにそこで入った。『赤コーナー、シモムラ所属、日本ミドル級二位新田駿一。……戦績、十八戦十六勝二敗。十六勝のうち六つのノックアウト勝ちが含まれています』

お義理の拍手がパラパラと沸いた。十八戦十六勝二敗……これが足掛け五年、毎日毎日神経を擦り減らし、走り続けたすべての結果らしかった。思わず笑った。

『青コーナー、……』

おれに対するものと比べれば、たいそうな拍手と声援だった。たぶん職場か学校か、そんなところの仲間なのだろう、声をそろえて『ツヨシ、ツヨシ』と名前をコールし、若い男の子や女の子が大騒ぎしていた。

メインエベントの前の、ちょうど夕食時に当たる客席では、おそらく新聞屋にでもタダ券をもらったのだろう、サンドイッチやホットドッグをビールなんかで流しこみ笑いあっているまばらな客が見えた。

ホイッスルが鳴って、老いぼれ犬はおれの顔と胸と肩のあたりへワセリンを事務的に塗った。何の指示も出さなかった。試合中もこの日はコーナーから声をかけたりしなかった。止血や傷をふさぐカットマンの長《おさ》内《ない》が、水で洗ったマウスピースを口に押しこんでくれた。

ナベ底をたたくような間の抜けたゴングが鳴って、おれはコーナーを出て行った。短く刈り込んだスポーツ刈りの相手は、やけに狭い額をワセリンで光らせ、勢いよく飛び出して来た。おれは上体を真っすぐに起こしたアップ・ライトで構え、両方のグローブをアゴの辺りまで上げると、ジャブを出しながら左へ回りこんだ。相手は体を二つに折り曲げるような、低いダッキングでおれの左を二つともかわした。ディフェンスのためのダックというよりそれでリズムを作り、おれの二つめのジャブの引き際に右のフックを上からかぶせるつもりのようだった。ヤツが左へダックしたことで次に右が来ることは解った。やはり顔をふせたまま伸び上がるようにして打って来たヤツの右を左のグローブでブロックし、右を小さく相手の顔面へ突き上げた時、ヤツはそれを待っていたように左のフックで合わせてきた。顔面にもろにくらった。ヤツはそのまま踏み込んで来て、今度は小さく右のフック、次いで左のアッパーをおれのボディに突き上げて来た。バックステップで何とか衝撃を最小にくいとめ、やっと左へのサイドステップで真っすぐ追って来た相手と体勢を入れ替えた。右の大きなフックでおれの左のジャブを殺そうとしているのは解った。このラウンドの相手セコンドの作戦はおれのジャブ封じにあるようだった。とにかく、しつこく左を出して、距離を保たなくてはならないと思った。ヤツの持っているパンチの中で右のフックがいいのは解った。それに比べれば左はたいしたことがない。おれのジャブを殺すのに、いまのように左の戻し際を上からかぶせられたら、次第に苦しくなって来る。それよりヤツが右をブロックだけにしぼり、左だけで攻めてくるように仕向ければ試合はいっぺんに、こっちへ流れて来る。そんなふうにおれは考えていた。ヤツの大きな右フックは、おれを少し正気に戻した。肩を左右に振ってリズムを作り、時計回りに足を使い、おれは一定のリズムで軽いジャブを、タン、タンと、顔面に放った。相手は上体を深く倒すクラウチング・スタイルで、細かいウィービングを刻みながらグイグイ前へ出て来た。アゴを深く引き、極端に低い姿勢で追って来るために、下から突き上げるフリッカー・ジャブは使えず、ただ相手の前進をほんの少し止めるのがやっとだった。おれの足が左へ回り込み、ヤツがおれを追いかけようとして体の向きを変えた時に、出し続けた左の何発かが当たったが、ほとんどはミス・ブロウだった。キャリアの浅い選手が、セコンドの指示どおり動けるのは、最初の二、三十秒だけなはずだったが、なかなか相手の意志は崩れず、次第に距離を保つのが苦しくなって来た。現におれの左ジャブに合わせて打って来た右のフックを、二つ顔面にもらった。そのあたりから、急におれのステップが重くなり始めた。

『頭揺すって新田。頭揺すって』長内のかなり緊張した声が聞こえた。

一ラウンドのヤツは、終始おれのボディ狙いで来ていた。とにかくジャブをダックでかわし、中へ入ってこようとして来た。その度、右のアッパーでのけぞらすことが出来た。ところがこのラウンドに入って、ヤツは攻め方を完全に切り替え、おれのジャブの引き際に合わせ、徹底して右のロングフックを顔面に飛ばしてきた。それも、おれの左を軽いと見てさほどよけもせず、真っすぐ突っ込んで、上から右をかぶせて来るのだ。

おれは左へ足を使いながら、とにかく相手の右へ回り込み、相手の射程の外から左を執拗に突きたて、ヤツの大きな右のタイミングに合わせ逆に左でカウンターを取る機会を狙った。ところが、ヤツのパワーに押され、距離を保つことすら難しくなってきていた。左が重くなり、顔の左半分も熱を帯びて重苦しかった。ジャブの三つに一つは確実に返され、カツンと頭の中心に響くのをもらった。今までこんなことはほとんどなかった。バカ長いおれのリーチが、誰も入ってこれなかった切れのいいジャブが、この目をひんむいて向かって来るグリーン・ボーイに、全くコケにされているのだ。

相手の左へ回っているはずが、逆に右へ、相手のパンチが飛んで来る真正面に追い込まれ始めていた。もう手先のジャブではどうにもならないとおれは判断した。相打ちになれば、踏み込んで腰を入れて来るヤッのフックに、顔をのけぞらせるのはおれの方だった。ヤツが右を合わせて来るタイミングを計りながら、思いきって勝負に出るしかなかった。ヤツの右肩が沈んだところへ、腰と肩を入れ握りを強くした左のストレートを突き出した。

瞬間、相手の姿が消えた。ほとんど同時に右の肋骨の下へ重い鉛の弾を撃ち込まれたような衝撃を感じ、呼吸が止まった。おれの右足が引き攣《つ》りながら縮んでくるのを感じた。次いでヤツの左が飛んで来ておれのテンプル（こめかみ）をとらえた。また頭のてっぺんまで響いた。顔の筋肉が骨からはがれ、目の前が暗くなった。黄色い光が闇の中を勝手に走った。おれはしゃにむに相手の首筋へ抱き付いた。相手の腕を押さえつけるように抱えこんだ。アゴに力が入らず、口の中のマウスピースが重かった。自分の荒い吐息だけが聞こえた。手を放したらおしまいだと思った。

レフェリーが分け入って来て、おれの体を引きはがし、たぶんホールディングの注意でもしたんだろう、おれに何かしゃべった。頷《うなず》きながら時間を引き延ばそうとした。何か叫んでいる女の声が聞こえた。ざわめきのように観客席が沸いているのがわかった。

『ファイト』の声がかけられると同時に、おれは一瞬の隙をついて近距離からワン・トゥを放った。たぶん勝ちを意識して少しの余裕を持ったのだろう、動きの止まった相手の顔面にそれが当たった。そのまま体をあずけてまたクリンチにもちこんだ。相手の肩と肘とを押さえつけ、体重を相手にあずけたまま呼吸を整え、回復を待った。全身がだるく、自分の身体《からだ》を縫いぐるみでも着ているように重く感じた。それでも黄色い光が薄れ、耳の奥のシャワーの音に混じって長内の声が聞こえた。

『ラスト三十、ラスト三十』

ブレイクを命じられ、ファイトがかけられた時、ヤツが頭を低く下げ、体ごと飛び込んでくるのが見えた。反射的にジャブを送り、バックステップで下がった所がロープだった。まだ耳の奥で、意識を乱すシャワーの音はしつこく響いていた。

おれはこの試合で初めて、おれの中の恐怖心に忠実に従った。アゴをひき両方のグローブを耳の上まであげた。両腕と肘で顔面と打たれたばかりのレバー（肝臓）を守った。目を見開き、相手の足の動きから出て来るパンチの種類を判断し、それに合わせて自分の体重を移動させることにした。強い左右のフックがおれのブロックした両腕の上へ何発かたたきつけられた。脇腹にも三つばかりもらった。メインエベンターの地位を目の前にした相手は、頭に血が上り、フェイント一つ入れずに振り回して来た。その分パンチは読みやすかった。ロープにつまったままだったが、相手のパンチに合わせて上体をローリングさせ、パンチの芯を外すことが出来た。それでも体には反撃するだけの力はなかった。

『そう、逆らわずに。逆らわずに』また長内の声だった。

ヤツが力めば力むほどおれは読みやすくなり、ヤツのパンチはミス・ブロウが目立った。持て余し打ち疲れて、パンチが押すような単調さを持ち始めた。左フックが甘く出て来た時、おれは極端にひくいダッキングでヤツの腕の下をくぐり抜け、外側へ出て、起き上がりざま右のフックを相手の顔面に引っ掛けた。体を入れ替え、そのまま相手の両腕を上から抱え込んでクリンチにもちこんだ。

『ガ』とか『キ』とか『ベテ』とか、ざわめいている観客席から単発に飛び出してくるそんな声を聞いた。電光掲示は『9』を示し、残り十秒をきったことをおれに知らせた。

ブレイクがかけられ、『ファイト』の声と同時に、ヤツは強引に左を振るって来た。後ろへステップしてかわした後、ヤツが右フックで追ってくるのがわかった。おれはまた下がると見せかけ、逆にとどまって左ストレートを放った。腰の入らない惨《みじ》めなパンチだったが、タイミングだけはうまく合って、ヤツが顔をのけぞらせた。が、次に反射的に出ていった右は踏んばりがきかず体が右へ流れ、素人のケンカみたいな自分でも笑いたくなるようなパンチだった。ヤツがガードを固め、反撃しようとして出て来たところでゴングが鳴った。

マウスピースを吐き出し、スツールに腰を下ろして深呼吸をくり返した。両腕をただ重いだけの、そこらへ置いてしまいたいものに感じた。まるで翼が折れた鳥だった。首筋に当てられたアイスパッドの冷たさだけが、自分の体らしいことを思い出させた。呼吸がやや治まって、口に含んだ水がしみた。やって来たレフェリーが、ホールディングのことを何だかんだ言ってきた。おれは頷いただけで何も聞いてはいなかった。

青コーナーにいる男は顔も肩も皮膚を光らせ、セコンドの指示に頷くのも、水を吐き出す動作にも生気が感じられた。残り四ラウンドというのが途方もなく遠いものに思われた。

ホイッスルが鳴っていた。一分のインターバルが終わった。ひどく早く感じた。

おれは立ち上がり、マウスピースを口のなかに押し込んだ。老いぼれ犬が肩にワセリンを塗ろうとした手を振り払い、ゴングが鳴るとコーナーを出た。

最初のジャブを出し始めて、全身がだるく、前のラウンドにもらったレバー・ブロウがまだ効いているのがわかった。目も相手をつかまえにくくなっていた。足がフワついて打つポイント（急所）さえ見えにくかった。おれの左ジャブを、頭を移動させるだけのヘッドスリップで軽くかわし、相手は中へ楽に入ってきた。左フックをおれのボディにもってきた後、そのまま左がおれの顔面をとらえた。次に右が来るのはわかった。グローブでブロックしたもののすぐにヤツの左フックが顔面へ飛んできた。やっと抱きつくようにクリンチへ持ち込んだ。

試合の二週間前になってやり始めたロードワークなど、契約したリミットまで体重を落とすためだけの意味しかなく、まだ残っていたはずの体力はすでに使い果たしてしまっていた。ラウンドが始まってものの三十秒とたたない間におれの息は切れ始めた。

『新田。左だよ左。ジャブだ』

コーナーから長内がいくら叫んでくれても、おれの左はヤツの右の怖さに、出すことよりガードとして顔にへばりつくことのほうが多くなった。おれの足もリズムを思い出せなくなっていた。

止めたというより、足が止まった。おれに残っていたのは、下がりながらカウンターを狙うことだけだった。ガードを固めて前へ出て来た相手にバックステップで誘い、ヤツが左の次に右を打とうとしてガードを開けた瞬間、左ストレートを放った。タイミングは合っていたのだが、おれの崩れた体のバランスがパンチを弱め、一瞬相手が顔をのけぞらせただけで、ヤツはそのまま前進して来た。またボディに左をもらった。次いで顔面に。おれが一つ出す度に、三つぐらいもらうハメになった。慌《あわ》ててまたクリンチ。騒いでいる観客の声が聞こえていた。何か叫んでいるバカがいた。

至近距離で戦えば、自分の長すぎるリーチが逆に邪魔になって、不利であることなどわかりきっていた。それでも、距離を保つためのジャブはすでに封じられ、足はとうに止まっていた。それまで倒れずに済んでいたのは、ヤツが本番のリングではアッパーを打てないという癖を持っていたことと、一本調子の強いパンチばかりで攻めてくるため、パンチが見やすく微妙にパンチの芯を外すことが出来たせいだった。顔が腫れだしたのか利き目の左目に、汗がやたら流れこんで見にくかった。クリンチするたびに電光板の残り時間を確かめた。いつまで経っても数字はほとんど減らなかった。

ファイトがかけられ、すぐロープへつめられた。ロープに押しつけられながらも、アゴを引きグローブと両腕で顔面とボディを守った。体力はすでになくなっていたが、膝に来るような決定打はもらっていなかったから、グローブの間から相手を見つめ打ち疲れるのをともかく待った。ガードをもてあまし、ヤツは背中のキドニィ（腎臓）も何度か突いて来た。ヤツが打ち疲れ、右のガードが甘くなったところへ、おれは左のショート・ストレートを送った。確かに顔面をとらえたが、少しも効かなかったばかりか、逆にヤツの闘志をかきたてるハメになった。やっと開いたおれのボディへ重い右をたたきつけて来た。息が出来なかった。次の返しの左フックでおれのマウスピースが飛んだ。しかもコーナーを背負っていた。

そこで初めておれは、負けるんだなと思った。これで自分のキャリアが本当に終わるということを、その時おれは現実のものとして感じた。おれの中に何より強くしみついた負けることへの恐怖感が、脳味噌へ最後の信号を送った。

おれはコーナーにつまりながら、左足を後ろに引くサウスポー・スタイルに初めてスイッチした。老いぼれ犬に改造されるまでは、高校からずっと利き腕の左を生かすこのスタイルで通してきた。利き目も左だった。逃げ場のないコーナーで相手のパンチに釘付けにされながら、左足を大きく後ろへ引いたことなど倒すことしか頭にない相手には、気づく余裕などなかった。おれは膝を落とし、全く恐怖心を捨てたヤツが無防備で大きな右を振るってくる瞬間、全身の残っているすべての力を左のナックルに集め、下から上へアッパーを突き上げた。相手のアゴが上がったところへ、それはかするような手ごたえで走り、ヤツの体が一瞬電気に撃たれたように強《こわ》ばったのが見てとれた。ヤツは何とか踏みとどまったが、膝は力を失い下半身がカクンと落ちた。反射的に、おれは右へすべての体重をかけ、ほとんど体ごとヤツのアゴへストレートを打ち降ろした。勢い余って足が体を支えきれず、のしかかるようにヤツの体の上へ倒れ込んだ。ヤツの後頭部がキャンバスへ仰向けに倒れ込んだ時に、おれの体の下で小さくバウンドしたのが見えた。

おれは起き上がると、ともかく正面にあった真向かいのロープへもたれこんだ。『スリップ』のコールがそのとき聞こえた。長内が『ニュートラル、ニュートラル』と叫んでいるのに気づいた。わけがわからないまま、長内が指さしているコーナーへたどりついた。

相手は口からマウスピースをのぞかせたまま、白目をむいて動かなかった。ヤツの足が痙攣《けいれん》しているのがわかった。レフェリーがヤツの口からマウスピースを引き抜き、カウントも数えないまま相手のセコンドとリング・ドクターを呼んだ。スリップダウンのコール以来何のアナウンスもなかったから、観客がざわつき始めた。おれも自分のコーナーに戻るわけにもいかず、ニュートラル・コーナーで立ったままレフェリーやドクターや、ヤツのセコンドが手当をしているのを見ているしかなかった。長い時間がただ過ぎていった。

『ノックアウト勝ちです。赤コーナー、新田選手のノックアウト勝ちです』そんなアナウンスがやっと入り、何が何だか解らないままレフェリーに右手を上げられた。長内が飛び込んで来て、おれの体を支え、タオルで顔の汗とワセリンをぬぐってくれた。老いぼれ犬はロープをくぐると、おれには何も言わず真っすぐ倒れたままの相手のところへ向かった。

自分のコーナーのスツールにもたれ、半病人のようにやっと呼吸しながら、やはりピンとこない風景のなかで担架にのせられた相手が、リングを出て行くのを見ていた。

4

ドレッシングルーム（控室）までの通路をひどく長く感じた。両手に着けられたままのグローブが重かった。心臓の鼓動を反響させている左目のあたりは腫れを増したようで、光が眩《まぶ》しく、物の輪郭はにじんでいた。ざわついたホールを出、ドレッシングルームに通じる暗い階段を降りるとすぐに、長内がアイスパッドを左目に当ててくれた。熱を持った左の瞼《まぶた》が次第に感覚を失い、同時に打たれた両腕や、疲れ切った背中の筋肉が緊張から解かれて、足を運ぶのも億劫なほど全身が重かった。たしかにレフェリーはおれの手を上げてくれたはずだったが、それが単なる幻覚で、実は倒されたのは自分ではないのかと、二度ばかり長内へ確かめた。

灰色のペンキで塗られた鉄のドアを開けると、マッサージ台やスチールロッカーや、そんな何の飾りもない家具だけが置かれた、寒々とした部屋がおれを待っていた。マッサージ台に腰を下ろすと、まだ足や両腕の筋肉が震えていた。とりあえずグローブの紐を切ってもらい、アイスパッドを左目に当て、背を丸めたまま肩で呼吸を繰り返した。背中が痛かった。ずいぶん腎臓を突かれたから、この後の検尿の紙コップには、また赤い尿を受けとめることになるだろう。

呼吸が落ち着くのを待って水を飲んだ。トランクスと腰にくくりつけられた重りのようなノーファウルカップを脱ぎ捨て、バンデージを切ってもらって初めてホッとした。

老いぼれ犬は、ハタヤマとかいった相手の様子を見に、そのまま医務室へ行ったらしかった。

簡単にマッサージをしてくれたあと、雇われセコンドの長内はバッグにワセリンの缶や、止血に使うアドレナリンのビン、タオルなどを詰め、帰り支度を始めた。しばらくして老いぼれ犬が戻って来た。

『畑山クン、気がついた。大丈夫だ』誰に聞かせるでもなく、そう言った。

すでに着替えを終え、帰るばかりになっていた長内が『負けたわけじゃない、そんな顔するな、駿一。たまにはあんなこともあるさ。じゃあな』笑いながらおれの肩を一つたたいて、出て行った。

＊

おれが検尿から戻ってからも、老いぼれ犬はずっと黙ったままだった。すでに身支度を終え、マッサージ台に腰掛けているおれの前を何度か行ったり来たりしたあげく、おれのすぐ横のバッグを持ち上げようとして、まだアイスパッドを目に当てているおれの顔を見上げた。

『残念だったな。思いどおりにならなくて。お前が負ける気だってことぐらい私にも分かってたよ。走るのやめてどの位になる？　昨日今日の話じゃないだろう。お前の体重が減り出したのはここ十日ばかりだ。ジムワークも身が入らない。そうやって、お前は自分の負ける理由を作ってた。……負けて当たり前だ。むしろ私も、今日はお前が負けることを願ってた。一度ランキングから消えてしまえば、少しはお前も考えるだろうと思った。

……バカな試合だった。いつになったらわかるんだ。日本人離れした長いリーチと、それだけ速い足を持ってて、しかもそれだけの大きな体をしていながらバランスがいい。今まで長いことこの世界で生きてきたが、本物のミドル級の素質を持った日本人ボクサーを見たのはお前が初めてだ。それが何故《なぜ》、あんなバカな試合をやる？　いつになったら本当に始める気になるんだ。

……誰もが最初は夢を見るものだ。そうでなくてはこんな苦行に近い日々を歩くことはできない。遊びたい盛りに。誰もがだから、それらの精進がいつか報われることを念じて夢を見る。これは当然のことだ。辛ければ辛いほど大きな希望を見なければならない。それは私にも解る。しかし誰もが多かれ少なかれ思いどおりにはならないものを抱えている。たいてい人は思うようにならない壁に当たって、自分というものを確かめることになる。現実と呼ぶようなものと向き合わなくてはならなくなる。そしてそれに向かって戦いを始めなくてはならない。そこから始めなくてはどうにもならんだろう？　ところがお前はどうしても妥協できない。問題は、お前が現実との距離に疲れてしまっていることだ。

プライドが高いというのは大切なことだ。誇りを失ったら、人間は奴隷でしかなくなる。だがな、夢にひきずられて、現実の自分を侮辱してなんになる。ここ何か月か、そして今日、お前がやったことはそれだよ。

……どこにでもいるだろう？　路上でシャドー・ボクシングをやっている少年が。偉大なチャンピオンたちのようにステップを踏んで、ジャブを出して、思いどおりにパンチが出せる、何の努力もなしに。頭の中の想像上の相手を打ちのめすことは簡単だ。頭の中だけでは誰もが思いどおりのボクサーになれる。でもお前はプロの選手だ。しかもれっきとしたランキング・ボクサーだ。日本ミドル級二位新田駿一……そこから始めるしかないだろう？　もう少しありのままの自分を大切にしろということだ。

他のプロスポーツではどうしても満足出来ない人々がいる。今はごく少数だが、他のプロスポーツとボクシングは違うと感じている人々がいる。この何もかもが不鮮明で嘘臭い世の中で、プロのボクシングは真実をはっきりとした形で示す、数少ないものの一つだと信じてくれている人たちがいる。毎日毎日の仕事や俗事の数々で疲れ切った人々が、忘れていた勇気や誇りを思い出してくれるような、そのために身銭を切ってファイトを見に来てくれるような、そういう優れた本物のボクサーになるのが、それだけの素質を授かってきたお前の使命だと思う。ベルトだとか金だとか、そんなものよりずっと大切なものがある。そんなことすら解らないスポーツ記者や、所詮、昔のドサ回りの興行師程度の知能しかないテレビ屋どもの言うことなど心の中に入れるな。……お前なら出来るかもしれない。日本のミドル級など世界じゃ通用しないと誰もが思ってる。確かに欧米の層は厚い。アメリカに行けば誰もがお前のような体をしてる。それでも世界の一線級に伍する選手に、お前ならなれるかもしれない。

「可能性」というのは［ひょっとしたら出来るかもしれない］という意味だろう？　初めからやれるとわかっていることや、初めから出来ないことに可能性なんてあるわけがない。それは不能しか意味しない。あくまでお前次第だ。そのためには、今の一戦一戦を全力でやって行くしかないんだ。どんな試合でも』

「……お説教はもうたくさんですよ。足使って、ポイントアウトして、勝ち続けて、このザマでしょう。なんぼ勝ってもいいことなんかない。もうたくさんだ。おれには何もない。この四年間、このバカな世界に入って、毎日毎日走り続けて、食い物や治療費やマッサージや、体にだけ金かけて、ファイトマネーもみんな自分の体につぎこんで、毎日毎日女子高生みたいに体重計の目盛り気にして、百姓みたいに日が昇る前に起き出して、走ってヘトヘトになって、昼間は働いて、職場のクソったれどもに神経使って、夜ジムワークやって……たまに金があるとソープなんかへ行ってションベンやクソするみたいに商売女に乗っかって、またうすら寒いアパートへ戻ってきて……。フッと見回したら何もありゃしない。このザマだ。ブタみたいに太ったプロゴルファーやグウタラなプロ野球や、あんなんがデカいツラしてゴマンと稼いでんのに。野球用語しか知らないアホな高校生がプロのチームへ入団するだけで何千万貰《もら》うって時に、こっちはたった十万かそこらで、それも何か月かに一ぺん、本気で殴り合って、血のションベンたれたり顔こんなになって、何も残ってない。日本のタイトル取ったところで、食べてさえいけない。相も変わらずみんな働いてる。どっちが本業か分からないような毎日送ってる。一つの職業でさえ、ノイローゼになったり、首吊ったり、電車に飛び込んだりしてるのに、こっちは減量でフラついてる時も同じように働かなくてはならない。神経が擦り減るなんてもんじゃない。それなのに一国のプロボクシングの現役チャンピオンが、名前すら知られやしない。テレビだってすべての番組が終わった真夜中の一時に、バカ女の裸しか出てこないチャンネルの裏で、それにすべてつぎこんでるまともな大人が死に物狂いでファイトしてるのをビデオで流してる。今ではスポーツ新聞でさえ、世界戦を除けばベタ記事にするのがやっとでしょう。……時には載らないことすらある。スポーツ新聞ですよ。

……そして、引退したら、何も出来ない。ただ貧乏で、無能な人間しか残ってない。もうおれは、こんなバカなことに何の魅力も感じていない。もう本当にたくさんだ」

『……お前、本気で言ってるのか』

「もちろん本気ですよ」

『じゃ、やめちまえ。そこまでバカになった人間にボクシングやる資格なんかない。とっとと出て行け』

「言われなくてもそうしますよ。もう敗け犬の下で貧乏クジ引くのはたくさんだ」

不思議におれは最後は冷静だった。怒鳴ることもなかったし、笑いさえこぼれた。左目に当てていたアイスパッドをマッサージ台に置くと、バッグは持たずそのままドレッシングルームのドアを出た。

＊

気がつくと堀に沿った坂道を歩いていた。歩道に人影はなかったが、すぐ脇のだだっ広い車道は赤いテイルランプやヘッドライト、点滅するウインカーであふれていた。古い堀のメタンと排ガスが空気をあぶり、まだ初夏だというのに歩道に並べられたプラタナスは、乾いた葉を次々と落とし始めていた。坂を登りきったところに、屋台らしい赤ちょうちんが見えていた。

腫れ上がって変形した顔の、馬鹿デカい男が現れたせいか、それまで笑いあっていたネクタイに白シャツの三人連れは、急に話し声をひそめ、そそくさと勘定を払った。オドオドしながらオデン屋はくだらない愛想を言った。ノドが渇いていたから、ビールをたてつづけに二本空けた。急に水分を入れたせいで左目の腫れは増し、打たれた体のそこここが熱と鼓動を沸きたたせた。

何もかも、不当に仕組まれたゲームのようだった。まるで転がる石みたいにここまで来たのだと思った。アルコールがきいてくるにつれ、次第にまわりの景色が浮き出て来るのを感じた。曇りの日に、突然陽光が差して、窓から見える樹木や屋根や一切の風景が本来の色を取り戻す時のように、いつものどこか映画のスクリーンを見ているようなピンとこない世界から、オデン屋のオヤジも一升ビンもコップも、何もかもがゆっくりと起き上がってくるのがわかった。

5

誰かがおれを呼んだ気がした。聞き覚えのない甲高い声だった。急に人の気配を感じ、振り向くとすぐ真後ろに、おれの背中へくっつくようにして見知らぬ男が立っていた。瘦せた坊主頭の、無精ヒゲばかりが目立った。死人のような青白い皮膚をしていた。目ヤニのついた力のない瞼の下で、充血した目をおれに向けていた。半ば開いた唇は乾き、吐息が腐った肉のような臭いをさせた。眉の輪郭を崩した細かい傷、そしてどこか見覚えのある、右の上瞼に三センチばかりの深《ふか》傷《で》の痕が目にとまった。

白鳥さんに違いないとおれは思った。おれが何か言おうとすると、男は振り向いて勝手に歩き出し、波打ち際まで行って立ち止まった。光のない砂浜だった。空は深い雲に覆われ、ぽつんと立った男の背後に泥水のような濁った波が寄せていた。古くなったカラーテレビの画像のように色彩があせた暗い風景だった。おれが追いつこうとすると、男は再び海の方へ歩き出した。追って走り出したおれの足首まで波が打ち寄せた。男が海から手に竹ボウキの穂先を持って現れ、おれの目の前で背を丸めると、後ろ向きに山の方へ向かって後ずさりしはじめた。足跡を消そうとしているようだった。再び男が視界に現れ、おれの横を通り過ぎて、真っすぐ波の中へ入って行った。また男の呼ぶ、声というよりは鼠の鳴き声のような音が聞こえた。おれも波の中へ入って行った。男がおれの方を向いて立っていた。膝まで波が来ていた。男は背中を見せてしゃがみこむように膝をついた。座りこんだ男は上半身だけを波の上に出し、胸のあたりから何かを引っ張り出して、おれへさし出した。薄いゴムの手袋だった。男が鈍く光る重い物を左手に持ち、耳のあたりに持っていこうとしているのに気づいた。男が首を回しながらおれの顔を見上げた。手にしていた銃身だけが銀色の、改造銃らしいものの銃口がうまく定まらず、それを持った左手がひどく震えていた。男がもう一度おれの方を見上げた。キャンバスに崩れ、負けを認めたボクサーが自分のセコンドを見る時の顔に似ていた。おれはさしを入れるのはおれしかいないようだった。おれはさし出された薄い皮膜のような手袋をつけた。男の横に立ち、銃を握った男の左手を両手で包んだ。ふらついていた銃口を男の左耳の中へ押し込み、まだ震えている男の指の上から力を込めた。一瞬火の色を見たような気がした。男の体は宙に浮いた後、波の中に倒れ込んだ。硝煙がおれの目と鼻を刺した。おれの手の中に、銃身だけが銀色の不細工なリボルバーが残っていた。波の中に隠れた男の左手に銃を握らせた時、波の中から現れた横顔が崩れているのがわかった。

見慣れた天井の、どこか人の顔に見える木目がそこにあった。頭が少し重かった。ノドが渇いていた。ビールぐらいはまだ残っていたはずだったが、冷蔵庫には歯型のついたまま硬くなったチーズと、水の入ったポリタンクしかなかった。何本か畳の上に転がっていた安ウイスキーのビンを確かめてみたがすべて空だったた。ポリタンクを取り出し、そのまま注ぎ口から水を流しこんだ。冷えきった重い液体が食道を伝って胃袋まで落ちていくのがわかった。少し指が震え、水はアゴから胸まで濡らした。飲み終えて冷蔵庫のポケットへ戻そうとして、わずかな重みを手は支えきれず、陽焼けした畳の上へ白いプラスチックの容器を落とした。水が飛び散った。横倒しになったタンクの口から流れ出た水が、少しずつ黒いシミを乾いた畳に広げていくのを、なすすべもなくただ見つめていた。

ともかく流しまで足を運び、水道の蛇口に頭を突き出して水をかぶった。水滴をふきとりながら、ふと玄関に脱ぎすててあったスニーカーが目にとまった。夢だとはわかっていたが、気がつくとおれはスニーカーを手に取り底を確かめていた。すっかり擦り減ってしまったソールには砂浜を歩いたような形跡はなにもなかった。一瞬、真剣になっていた自分の緊張がおかしかった。少し笑った。

水では自分の渇きを癒すことなどできないことはわかっていた。机の引き出しから小銭をかき集め、ジーンズのポケットに押し込んだ。サングラスをシャツの袖でふき、足でスニーカーを引っ掛けようとして、胃が鉛を飲んだように重苦しく、飲み込んだばかりの水がいっぺんに口から飛び出した。

墓地のなかにある公園のベンチに腰を下ろし、長い缶に入ったビールを一気に飲み干した。同じ販売機から取り出したウイスキーの小ビンを口に運んだ。

小さな子供がスベリ台から降りようとして高さに戸惑い、手スリにつかまったまま立ち往生していた。若い母親が下で受け止めようと手を広げ、さかんに話しかけていた。ブランコには黄色い安全帽とランドセルの三人の女の子が腰掛け、うつむきながら靴の先で地面に線を描き話しこんでいた。その母親も三人の女の子も、ベンチでウイスキーのビンを手にした薄汚れたおれを一度目にとめると、それからは不自然なほどこちら側に視線を向けず、どこか緊張を残したまま立ち去っていった。思わずおれは笑った。

二本目の小ビンを空にしたあたりから、少し気が軽くなってきたのがわかった。空を覆った桜の枝から木漏れ陽が差し込んでいた。久しぶりに白鳥さんのことを思い出した。彼がリングを去ってから丸二年が過ぎようとしていた。考えてみれば、何もかもうまくいっていたのは、彼と一緒だったあの一年間だけだった。彼の顔を見ることがなくなって、まる一年が経っていた。あんな夢を見たせいか、まだ昨日別れたばかりのように身近に感じた。

＊

その男の名前を初めて聞いたのは、この国がモスクワのオリンピックに選手を派遣しないことを決めた夜だった。

テレビの画面では、オリンピックに行くはずだったというレスリングや柔道のチャンピオンたちが次々と出て来ては、グチを言ったり泣いたりする趣味の悪いニュース番組が続いていた。最後にシラトリという名の、ボクシングの世界選手権ただ一人の入賞者だという男が出て来た。瞬間、それまでの連中とはどこか違って見えた。色白で額の広い、角ばった顔の社会人ボクサーは、レポーターがそれまでの流れどおり家出妻捜しの亭主の類いを演じさせようとしているにもかかわらず、醒めた目と落ち着いた声で話し出した。

『……そうですね。でも、これでいかに自分が愚かだったかを知ることができました。オリンピックとかいうものも、所詮、このような国どうしのくだらぬ見栄の品評会だったと、やっとわかったわけです。そんなものを何か価値のあるものだと長いこと思いこんでいた自分が、今はただおかしいのです』

『……大学を卒業されてから、ずっと定職にも就かずに、このオリンピックへ賭けてこられたと聞いてますが』

『ええ、そのとおりです。ただ単に無駄だったのです。私はもう二十八になりますが、これからテストを受けてプロのリングに立ちたいと思っています。ただ無駄だった日々も、少しは何かを、私にもたらしているかも知れません』

静かな深い声で、時に笑みさえ浮かべ、彼は、はっきりとそう言った。

おれは大学の二年だった。高三のインターハイ九州地区大会で優勝したときに、おれの日本人離れした長い腕が、バカ大学のスカウトの目にとまり、トーキョーへ出て来るハメになった。そこまではよかったが、四流大学の体育会などそれこそゴミバコで、便所掃除から布団の上げ下げ、上級生の代返からレポート代筆、夜中の二時にたたき起こされタバコ買いまでやらされた。四六時中、ただ年をよけいに食っているというだけの三流選手のマッサージを、腕が腫れるまでやらされ、風呂屋では連中の薄汚い尻の穴まで洗わされた。大学生とは名ばかりのサルどもは、明けても暮れてもオマンコという単語しか知らず、下級生を侮辱することでかろうじて自分を保っているクズしかいなかった。気が狂いそうな合宿所の生活に疲れ切った二十歳のときだった。それから三か月後、さんざん迷ったあげく、おれは合宿所を飛び出し、そのまま大学もやめた。両親とはその時以来会っていない。

＊

そのポスターを見たのは、身分証明書すらなくなったおれが、ただ食いつなぐという目的のために、観葉植物屋の軽トラックの荷台で鉢と一緒に乗せられていた時だった。信号待ちのトラックの荷台から、いかにもプロボクシングのポスターらしい三色刷りが目に入った。プロ入りして一年、八戦土つかずのまま、白鳥雄司が次に迎える十回戦は、ウエルター級の日本タイトルマッチであることをそのポスターは告げていた。

おれが自分の意志でチケットを買い、プロの試合を見にホールへでかけたのは、それが初めてだった。戦前の予想では、強打の若いチャンピオンに、いくら無敗とはいえトウの立ったオリンピック崩れが勝つのは難しいだろうというのが大勢を占めていた。

リングに青コーナーから上がってきた白鳥雄司は、ローブもトランクスもシューズも、ソックスに至るまで白で統一し、それがライトによく映えた。ゴングが鳴ると、それまでチャンピオンより一回り小さく見えていた体が逆転し、スピードもバランスも遥かにコンテンダーのほうが上であることをすぐに示した。白鳥はサウスポー・スタイルから、的確に右ジャブを当てておいて、間を置かず恐ろしく速いサイドステップで相手の左サイドへ徹底してくっつき、彼のスピードについていけないチャンピオンの向き直った顔面へ、左ストレートをビシビシ決めて、一方的な判定をものにした。

以前から声をかけてくれていた老いぼれ犬のジムへおれが足を運んだのは、彼がベルトを巻いた翌日のことだった。

＊

おれがプロの世界へ入って、二度目に負けた夜だった。一人で帰ると老いぼれ犬に言い、ホールのあるビルを出た。大きな遊園地の一角にあたるそこは、すでに人影もなく、闇のなかでポップコーンの空き袋や捨てられた新聞紙が、やっと吹き始めた風に転がっていた。その夜ナイトゲームのなかった古いスタジアムはうち捨てられた遺跡のように静まりかえり、巨大な影だけが浮かんでいた。遊園地を抜けて、広い通りに出た時、誰かがおれの名前を呼んだ気がした。ダメージは残っていなかったし、別に急ぐ用もなかったが、負けるはずのない相手に終始クリンチで力を封じられ、試合をもっていかれた惨めさがかなり足を重くしていた。そのまま地下鉄の駅へ向かおうとして、やはり誰かが自分のことを呼んでいるのに気がついた。顔を向けた歩道のあたりに、横付けされたセダンの窓が開いていて、スポーツ刈りのいかつい顔が目に入った。あの白鳥雄司だとすぐにわかったが、彼がおれを知っているわけがなかった。しかし、その男はもう一度おれの名前を呼んだ。自分を指さし、（おれですか?）と確かめてみた。彼が白い歯を見せて頷いた。もし、シラトリという澄んだ響きの姓の、その男でなかったら、たとえ相手が現役の世界チャンプでも、その夜のおれが近づいていくことはなかったと思う。

「あの。……何でしょうか」

『お疲れさん。新田君、家はどこ?』

「おれの?　あの、自分の、アパートですか」

『ああ、そうだよ』

ちょっと目もとをほころばせた、穏やかな顔だった。

「……上中里《かみなかざと》なんですが……」

『駒込《こまごめ》の先の?　近いじゃないか。送るよ』

彼は、緊張して立っているおれに後部のドアをわざわざ開けてくれた。

車が動き出してからも、おれはバックシートで身を縮め、運転席の丸いなで肩をした強い輪郭を、ただ見ているしかなかった。そして「白鳥さん」と呼ぶのも気安く思われ、かといって、初対面で「先輩」と呼ぶのも馴れ馴れしく、どう呼んだらいいものかとそればかり考えていた。

途中、信号待ちをした時に、彼は振り向いて『お茶でも飲んで行こうか』と言った。路肩に車を停め、通りに面した二階建てのコーヒーショップへ入った。

運ばれて来た紅茶に、ほんの少し唇を湿らせただけで、彼はそれ以上カップを持とうとはしなかった。試合会場で二、三度見かけたことがあったが、いつも感じたような近寄り難さが、その夜の彼にはなかった。それでも視線は合わせにくく、おれは広い通りを流れていく、テイルランプの赤い光の列を見ているしかなかった。

『……新田君は、鹿児島の生まれ？』

「県はそうなんですが、生まれたのは宝島っていう、島なんです」

『タカラジマ？……あの、海賊かなんかの物語に出て来る？』

「はい。同じ名前です」

『へえ、そんな島がホントにあるんだ？……沖縄のほう？』

「いいえ、奄美の少し手前です。鹿児島から船で二十時間。トカラ列島っていうんですけど」

『じゃ、暖かくていい所だろうな』

「ええ、でも冬はけっこう寒いです」

彼は窓の外に視線を移した。ずっと遠くを見るように目を少し細めて、かすかに頷いたようだった。

それからおれの顔に視線を戻したが、リングで相手のダメージを計る時の、ずっと深いところを見つめる眼だった。

『新田君、今日で何戦目？』

「八戦です……」

『試合落としたのは、二つ目だ？』

「……別に、今日の試合にこだわってるわけじゃないんです。ただ、これで、おれはあまりたいしたことないってことが、わかっただけで……」

『何が、わかったって？』

「偉大なボクサーは、たいていデビューして十戦位は、負け無しで行くでしょう？　おれはこんなところで、たった八戦で二つも落としてしまった。えらく若いならいざ知らず、もう二十一になるんですよ……」

『偉大なボクサー、っていうと？』

「モンソンとか……」

『カルロス・モンソン？　ずっとミドルの世界チャンプだった。……彼は無敗かい？』

「無敗じゃないんですか？」

『ああ。デビューして何戦目かで、ちゃんと三つ落としてるはずだ。それから、負けなかっただけだよ。君が言うように無キズで来た名選手もいるだろうが。負けてから強くなったというのは、もっとずっと多いと思うけどね。

相手を考えなきゃ。今日の奈良崎さんは、二流の選手じゃない。かつてウエルター級のチャンピオンだったということを忘れちゃいけない。彼は引退するそうだ。君が彼のキャリアの最後の選手だ。確かに手数は君の方が上だ。当たった数も。だが、彼は渾身《こんしん》の力をこめて、一打一打、打っていた。これがラストファイトだという思いがこもってたよ。二対一の割れた判定だから新田君の手が上がってもおかしくない。それでも、八回戦の試合にプライド捨てて向かっていったあの闘志が、君を何度かたじろがせた。

……前へ出て、打って行ったあの六ラウンドは、勝負に行ったラウンドだったのかい？』

「奈良崎さんがグロッキーになった、あのラウンドですか？」

『勝負に行ったラウンドだったのかい？』

「……ええ。……そうです」

『じゃ、落ち込むことなんか何もないよ。勝負に行ってつかまえられなかったのなら、ただ君の力が足りなかっただけだ』

白鳥さんのジムから、スパーリング・パートナーの話がおれへ届いたのは、それから二日後のことだった。

＊

街のどこからも山が見えたことと、やけに行き止まりの多い狭い道路と、軒の低い木造の家が多かったことを除けば、その街の記憶らしいものはほとんどない。しかし、おれが初めて十回戦のリングに上がった白鳥さんの故郷『会津《あいづ》』は、不思議な街だった。戊辰《ぼしん》戦争の時、朝敵として最後まで戦ったという土地柄からか、反骨の風を愛するようなところがあった。オリンピックをあざ笑い、プロに転向したために、出身大学のボクシング部から除名までされて白鳥さんが孤立し、プロになってからも三十を数える彼の年齢や『世界』につながることのないウエルター級の日本チャンピオンであるせいもあって、スポーツマスコミから無視され続けていることも、その街の人々にとっては、逆に誇りとして映っているみたいだった。

試合の一週間前にその街へ着いてからというもの、どこでも信じられないような歓迎を受けた。日本ランキング入りしたばかりのおれでさえも、白鳥雄司のスパーリング・パートナーだというだけで、地方紙はかなりのスペースを割き、写真入りの紹介記事を載せてくれた。多くの人々がおれの名前を知っており、まるでおれが白鳥さんの唯一の味方であるかのように話しかけて来た。

　四日後に試合を控え、最後のロードワークに出た時だった。青空の色まで薄められる前の、深い海の色をした大気のなかで、まだ灯ったままの街灯が目にしみる光を散らせていた。人通りのないアスファルトの道を白鳥さんと二人、軽いジョッグで流していた。釣りへ行くのだろう、子供が五人ばかり、自転車の荷台にブリキのビクと釣り竿をくくりつけ、すぐ横を追い抜いて行った。自転車の一団は五十メートルばかり先へ行ったところで停まった。こちらを振り返ると一斉に声を合わせて『シラトリィ、ガンバレヨ』と叫んだ。白鳥さんがちょっと手を挙げて応えた。彼らは再び走り出したが、急に一台がまた停まって何か思い出したように『ニッタもガンバレヨ』と声を張り上げた。おれが手を挙げるのを確かめると、その自転車は慌てて後を追って行った。走りながら白鳥さんが噴き出した。おれも笑った。

　普段は秋葉原の電気街に勤めている長内は、試合当日の午後になって、やっと会津に着いた。デビュー戦からずっと、おれのカット（切り傷）は彼が処置してきた。老いぼれ犬も長内のカット技術には、一目置いていた。

　デビューして四戦目に、しかも第二ラウンドの一分を過ぎたあたりで、おれは激しく頭をぶっつけられ右の上瞼《うわまぶた》を深くカットした。血が目に流れこんで、そのラウンドの後半は左目だけで戦った。ところがわずか一分のインターバルに、落ち着き払った長内は、慣れた手つきで完璧に血を止め、傷を塞いでくれた。残り四ラウンドを何の支障もなく戦い、三対〇の判定でものにした後で、診療所の医師に見せたところ、六針縫うハメになった。医者はてっきり試合をストップされ、おれが負けたものと思ったらしく、しきりに慰めてさえくれた。それ以来、かつて何度かフライ級のリングに上がったことがあるというその四十過ぎの小柄な男の、浅黒い顔と一見かつらのように見える真っ黒な髪がおれのコーナーへ付いているというだけで、よけいな不安は持たずに済んだ。そして、時間がひどく長く感じられる試合を待つまでの控室では、長内がボクシングと同じだけ熱を注いでいる蝶採集のもようを汗だくで再現してくれ、そんな彼生来の陽気さに、どれほど救われたか知れない。

　長内は、アドレナリンやワセリンや綿棒を入れたいつもの革のバッグの他に、かなり大きなキャスター付きのスーツケースを運んできた。ベッドの上にそのスーツケースを載せ、彼が取り出したのは、深紅の厚いパイル地で出来た真新しいリンググローブだった。

『千駄木《せんだぎ》の連中が持ってけってよ。行きたいけど会津じゃ遠すぎるから、応援する代わりだとか、持たせやがった。あいつら人を見ると、誰でも運送屋だと思ってやがる』

笑いながら長内がホテルの部屋の壁へ掛けてくれた深紅のローブの背中には、″SHIMOMURA BOXING CLUB“の白い文字、そしてその下に、やはり白で走っている馬の像が描かれていた。馬は疾走している時の、両脚を折り曲げ真ん中に寄せたフォームだった。躍っているタテガミから細かい筋肉に至るまで、すべてが大小様々な三角形からなっていた。

『お前の生まれた島は、ナントカ馬の原産地だって？千駄木のジジイどもそんなこと言ってたぜ。お前の名前も、名馬とかそんな意味だからとか、なんかわけのわかんないこと言ってオレに持たせやがった』長内は汗をふきながら、いつもの照れを隠した軽口で話した後、ローブをじっと見やったままつぶやくように続けた。

『……連中も嬉しいんだろう。なんせ久しぶりだからな、先生のジムから十回戦の選手が出たのは。まあこれでお前もやっと一人前ってとこだろうな』

会場になった市の体育館は、これから始まるのが日本タイトルマッチだとは思えないほど、人で溢《あふ》れていた。その日おれは、サテンの純白のトランクスに白のシューズという、いつもの白鳥さんと同じ格好で、セミファイナルのリングへ向かった。フード付きのワインレッドのローブに袖を通した時、真新しい糊《のり》のにおいがどこかでした。人いきれと、声援と、それが自分の名前だけを呼んでいるというのも初めての経験だった。リングに上がるステップの前で、滑り止めのロージンをシューズの底にこすり付け、老いぼれ犬が肩で押し上げてくれたロープをくぐった。

『頼むぞ新田！』いきなりそんな声が飛んで来た。リングアナウンサーがおれの名をコールした時に、こっちが肝を潰すほどの声援と拍手をもらった。

『自分のリズムだぞ。カッカするな』老いぼれ犬は耳元でそう言った。かなり険しい顔だった。しかしおれは冷静だった、と思う。おれが白鳥さんのスパーリング・パートナーになってから、五十ラウンドを超えるスパーの中で、彼から学んだ一切を吐き出せばいいのだと、それだけを自分に言いきかせていた。

その日の相手は、ジュニア・ミドルの二位にランクされているベテランだった。契約したウエイトは、一階級上のおれに合わせたミドルだったが、身長で十五センチ、両腕の長さは二十五センチもおれが勝っていた。

ゴングが鳴ると、いつものようにおれはガードを高く上げ、まず左のジャブから入ったが、打ったあとのグローブの返りが以前よりずっと早く、相手に打つ隙をあたえなかった。なにより、ファイトを仕掛けてくる相手は、いつもの白鳥さんのスピードと比べれば止まっているように見えた。

白鳥さんはスパーリングのパートナーを、故意に痛めつけたりすることはなかった。が、相手がおれの時には、顔つきまで変わり、全く手かげんせずに最初から打って来た。グローブこそ練習用の十二オンスのものを使ったが、格下のパートナーには決まって着けさせていた鼻からアゴまでをカバーするヘッドギアは、けっしておれには着けさせなかった。

三ラウンドの後半、長内の声がラスト三十秒を叫んだすぐ後だったと思う。相手が、おれの左側に移動するようなフェイントをかけ、逆に右へステップして突然おれの正面から入って来た時だった。瞬間、相手の動きが、スパーの最中に白鳥さんがよく見せる、おれの射程の中に入って打って来る時の恐怖を思い出させた。ほとんど無意識に、いきなりおれのオーバーハンドで打ち降ろす、右ストレートが飛び出した。相手の甘くなったガードの、ちょうど八の字に開いたグローブの間へ、全身の体重を乗せた右が吸いこまれて行った。それまで本番のリングでは出たことのないパンチだった。ほとんど条件反射のように右が出ていた。相手の膝が落ち、足は自由を失って、もつれるのが見えた。すぐ踏み込んで、返しの左フックを放ったが、空を切った。相手が腰からキャンバスへ落ちていた。地響きのような歓声のなかで、ニュートラル・コーナーから見上げた電光掲示の残り時間は、二十秒をきっていた。ファイトがかけられると、おれは倒しに行ったが、相手はガードをしっかり固め、長年のキャリアで無理な反撃は一切せずにゴングを待たれてしまった。

　自分のコーナーへ戻りながら、スパーリングで白鳥さんが、なぜあれほどおれを痛めつけたのかがわかった。自分自身、それまで長いリーチと速い左ジャブでなんとかして来たものの、白鳥さんクラスのいいサウスポーになれば、右からの強烈な武器がなければ通用しないことは身にしみてわかるようになっていた。そして、相手がおれのジャブをかいくぐり、イン・ファイトを仕掛けて来る時の、幾つかのバリエーションを、白鳥さんは強烈なプレッシャーを与えながら実際に示して見せ、おれのなかの恐怖心と結びつけて反射的に強い右を出させる回路を埋め込んでくれたようだった。

　いきなり飛び出す右は、おれに余裕を与え、相手には必要以上の不安をもたらしたようだった。次の四ラウンドが始まるとすぐに、おれが腰で右を打つフェイントをかけると、相手は慌ててガードを上げた。試合は一方的におれの方へ流れ込んで来た。

「右を出すぞ。右を打つぞ」そう、しじゅうフェイントがらみで威《おど》し続け、逆に左を使ってダメージを与え、相手の注意がおれの左へ向けられた時、また右の真っすぐを飛ばした。

　相手のリードパンチの左は、おれの右を恐れ、打つよりもガードのために耳の下へ貼りつけられ、四ラウンド以降めっきり相手のジャブは飛んで来なくなった。打つ手がなくなって思い余った相手は、強引に右で入って来るしかなかった。おれはその度ごと、左の握りを強くし、肩を入れて、カウンターを決めた。

　試合を決めるのは肉体的なダメージより、精神的なものの方だ。五ラウンドに入って、相手のセコンドが指示したものだろう、ヤツはボディ打ちに切り替えて来たりしたが、距離は完全におれのものだったから、タイミングを計って、入って来るところへ逆に右アッパーを突き上げた。相手が顔面をのけぞらせたところへ、ワン・トゥ、そしてスリー、フォアまで打った。また距離をとって左。相手が左で入って来るところを、右のクロスで上からかぶせた。打つ手がなくなったのかヤツがガードを開け、顔面をガラ空きにしたままヤケ気味に左右を振り回して来たが、それは同時にヤツが勝負を捨てたことをおれに教えた。クリンチで抱き付いてきた時、つくづく相手がやる気をなくしているのがわかった。クリンチが解かれ、ファイトがかけられる時に、『シュンイチ。出ろ!』という、老いぼれ犬の声を聞いた。一気におれは前へ出た。頭よりも体のほうがなにもかも知っていた。自分の体が勝手に動きだした。左、左、右のコンビネーションから始まって、最後はテンプルへの左フックだった。

『ヒョウ』という空気を凍らせるような声が観衆から噴き上げられ、次にワァンという歓声が耳をふさいだ。相手はキャンバスの上へ横ざまに倒れこみ、そのまま立ち上がっては来なかった。

＊

気がつくとあたりは暮れ始め、目の前の水銀灯が不安定な揺れを残したまま灯った。人気の絶えた公園は、スベリ台もブランコもジャングルジムも、ただ鉄材が組み合わされた不細工なオブジェに過ぎず、さびれた資材置き場のような影を乾いた夏の地面に伸ばしているだけだった。白鳥さんの声が聴きたいと思った。覚えていたはずの電話番号は、やはり思い出せなかった。部屋のどこかに古いアドレス帳があるはずだった。

部屋に戻って、長いこと触ったこともなかった古机の引き出しをひっかきまわした。アドレス帳もメモの類いも見当たらなかった。彼が住んでいた街の名はまだ覚えていた。とにかく、忘れないうちにそれを書きとめようとした。広告の裏に走らせたサインペンの文字が、自分のものとは思えないほど定まらず、一人で嗤《わら》うしかなかった。すぐ公衆電話まで出て行く気力はなかった。椅子へもたれこむと、重い汗が噴き出した。

ポケットの小銭を確かめて、外へ出た。すっかり夜だった。二た月ばかり眠れない夜が続いたせいか、人工の光が目につらかった。点滅するネオンや商店の前を避け、暗い路地を選んで奥へ入り込んだ。神経が闇にほぐれて、やがて小さな寺の山門の前に、ポツンと忘れられたような電話ボックスを見つけ出した。

番号案内を呼び、交換が番号を探している間のオルゴールを、『トロイメライ』だったか、ひどく長いものに感じた。彼が引っ越していないことだけを祈った。落ち着いた女の声が七桁《けた》の数字を告げた時、持っていたサインペンで電話機の黄色い塗料の上へそのまま書きつけた。七つの数字もまた勝手な方向へ走り、グチャグチャに曲がった。女の声に何度も頭を下げ礼を言った。

受話器を再び取り上げ、少しためらった後、思いきってコインを幾つか入れた。プッシュ・ボタンを押した。二、三度コール音がした後で、向こうの受話器が取り上げられた音、落ちるコインの音、耳をしめつけるカン高い信号音が続いて聞こえた。

『ハイ、シラトリデス。ドチラサマデスカ』

弾んだ息づかいと、小さな女の子の声にかなり慌てた。覚えていたはずのその子の名前が思い出せなかった。

「……お父さん、いますか？……」

聞き慣れない声に驚いたのか、受話器を投げ出すような、堅いものをぶっつける音が聞こえた。何か叫ぶような女の子の声と、遠くで答えるやや低い声がわかった。何度か遊びに行った、小さなベランダに野鳥の餌台のあるあのアパートのことを、一瞬思い出した。

『失礼いたしました。白鳥でございます』

「あのう、……新田と申します。以前、白鳥先輩のスパーリング・パートナーで……」

『新田さん？　何を言ってるのよ。どうしてらしたの本当に。たまには顔見せなさい』

以前のままの明るい声で、如才なく奥さんが話しかけてくれたので、言葉につまった。

「……どうも。あの、先輩は？」

『今、大阪に出張で。今日までには戻ると言って出たんですが、明日の朝になるらしいんですね。何か急な御用でも？』

「いえ、別にいいんです。すいません。また電話いたします。夜分に本当にすいません」

奥さんが何かを言いかけたが、おれは受話器を置いた。

アパートに戻ろうとして、一人暗い路地を歩いていた時だった。不意に、白鳥さんの身に何か起きたのではないかという、妙な思いがおれの中を占めた。あれはただの夢だという気もしたが、ひょっとしたら本当に虫の知らせのようなものがあるかも知れないとも思えてきた。明日になったらまた電話してみよう。もしそれで、まだ彼が戻っていないなどということになったら、その時はなんとしても、おれが探し出さなくてはならない。

『……女房を別にすれば、俺がこの世で信じている人間は、ウチの会長とお前だけだ』

いつだったか、ジムの帰りに、白鳥さんがポツンとそう言ってくれたのを思い出した。

6

最初に声が聴こえた。夜なのか昼なのか、わからなかった。覆いかぶさる重い影に一瞬驚いて、反射的に上体を起こした。鋭い目をした大きな男が、しゃがみこんでおれを見下ろしていた。整髪料かなにか、鼻に刺さる、それでも新鮮な匂いがした。

『新田……』

伸ばして横に分けている髪も、少し太って顔の輪郭は円くなったものの、白鳥さんに違いなかった。白いシャツにネクタイを着けていた。はいている紺のスラックスもプレスがきいていた。まだ、夢を見ているようだった。蛍光灯がついていた。自分の部屋に間違いなかった。白鳥さんの手がおれの肩をつかんだ。じっとおれを見つめていた鋭い視線が急に陰った。

『お前、……こんなバケモノになりやがって……』

おれは何か言おうとしたが、頭の中がまとまらなかった。

『……もう、いい。もういいんだ。新田』

彼はおれの肩を軽くたたいて流しへ向かい、コップの水を運んで来てくれた。おれが水を飲みほすのを待って、着替えるように彼は言った。

『立てるか？』

「はい。……すいません」

おれが着替えるまで、彼は玄関に腰を下ろしていた。後ろ向きの影は首うなだれ、判定が下りた後の、気落ちしたコーナーを思わせた。

アパートの外階段を降りたところに、車が停まっていた。そばに小さな人影が立っていた。老いぼれ犬だとすぐにわかった。白鳥さんがおれの腕をとり、階段から車のバックシートに座るまで支えてくれた。

『大丈夫か？』おれのシートの隣に座ると、老いぼれ犬はそれだけ言った。ひどく優しい声だった。おれは前方を見たままアゴだけで頷《うなず》いた。

幾つか、まばゆい光の商店街を通り抜けた。まだ夢のなかにいるみたいだった。横に座った老いぼれ犬や、白鳥さんの影を何度か確かめた。ノドが渇き、ひどく寒かった。次第に人家の窓明かりがまばらになり、やたら大きな家や、たぶんドライブインやモーテルのネオンだろう、場違いな光の固まりが闇の奥から飛び出して来た。二時間ばかり走ったと思う。いつの間にか道は狭まり、丈の高い雑草ばかりが窓に映る、急勾配の曲がりくねった道を登り始めた。

車が停まって最初目に入ったのは、闇の中に浮かかんでいるバレーボール大の白い球だった。門標もなにもないコンクリートの四角い柱が二本道脇に立っていて、その上に一つずつ載せられた丸いライトの一方だけが灯っていた。汚れた満月に似たその淡い明かりは、逆に闇の深さを引き立てていた。

車から降りるなりおれの胃は引き攣《つ》り、四つん這《ば》いになってまだ日中の余熱を宿した砂利の上へ苦い液を吐いた。腕も腹筋も嘔吐がひとしきり止むごとにブルブルと震えた。濃い草いきれと虫の声がうるさかった。

白鳥さんに支えられ立ち上がった時、闇の奥に鉄筋二階建ての暗いビルが見えた。建物へ向かって歩き出すとすぐ、玄関のライトが点滅しながら灯り、ドアが見えた。覗《のぞ》き穴とノブしかない、鉄のドアだった。表札らしいものも見当たらなかった。ドアの横に付いたブザーを白鳥さんが押した。階段を降りて来る足音がドアの向こうで聞こえ、鍵を外す音がした。白鳥さんに腕をとられたままドアを入ろうとして、おれは首を回し、後ろを振り返った。老いぼれ犬はやはり立っていた。門灯の淡い光のなかで、突然老いぼれ犬がおれに頭を下げたのがわかった。なんだか、ずいぶん小さく見えた。

壁も床も、打ちつけられたコンクリートのままの何もない建物だった。立っていたのは五十歳ぐらいの、おれの目のあたりまである大きな男だった。白髪の混じった灰色の髪をきちんと分けていた。どこか歪んだ鼻の形と、毛孔《けあな》の目立つ重い皮膚をしていた。厚い瞼《まぶた》の下で、表情に欠けた細い目が、まばたきもせずにおれを見ていた。首も胸の筋肉もよく発達し、半袖の肌着から太い静脈が走った二本の腕が見えた。白鳥さんが、プロレスラーのようなその男に頭を下げた。初めて男は、視線をおれから外し、白鳥さんに一つ頷き返した。

『新田。……じゃあな』なにか言いきかせるように白鳥さんはおれを見つめ、ドアを出て行った。

倉庫のような空間にその男とおれだけが残った。男はしばらくの間、ただ黙っておれを見ていたが、頭だけを動かし奥の方へ行けと示した。まだおれの足はフラついたままだった。早く横になりたかった。床の隅に地下へ通じる階段があった。

『降りろ』後ろに立ったまま男がザラついた声でそう言った。長いこと使われたことがないような声だった。壁にもたれるようにして階段を降りた。降りきったところに暗緑色のペンキで塗られた鉄のドアがあった。

『なかへ入れ』

言われるまま、おれは大きなステンレスのノブを握りドアを開けた。十二畳位の、壁も天井も床も黒で塗り潰された部屋だった。病院にあるような鉄製のベッドと陶器の洗面台、それに洋式の便器が裸のまま部屋の隅に付いていた。他にはなにもなかった。

「ここは？」おれは振り返ってドアの脇に立っている男にきいた。

男は相変わらずじっとおれに視線を据えたまま、重い声で答えた。

『修理工場』

「何の？」

『お前みたいなクズの。……ここが修理工場になるか、スクラップ処理場になるかは、お前しだいだ』

それだけ言うと男はドアを出、外から鍵をかける音をさせた。

ノドが渇いていた。物音一つしなかった。その静けさがたまらなかった。やがて、神経に絡んできたのは窓のない壁だった。いつものようにスクリーンの中のピンとこない世界の中で、四方の黒で潰された壁と天井だけは、やけに重く感じられ、次第におれの方へ押し寄せて来る気がした。腰を下ろしたベッドから一番遠い、便器のついた右の壁までの距離を歩幅で測った。それからドアのある壁までの距離を。ベッドへ戻る度に、自分の歩幅が一歩から二歩少なくなっているような気がして、何度もやり直した。ノドの渇きは辛かったが、洗面台の水では治まらないことはわかっていた。

階段を降りて来る足音が聞こえた時、救いのように感じた。ドアの鍵が外され、例の男が視線はおれに向けたまま、足でドアを開けた。手には四つ折りにした毛布を何枚か重ねていた。

「あんた誰なんだ？」

『ここは修理工場。俺は修理工』

男は表情ひとつ変えず毛布をベッドに放り投げ、手に残った一枚をドアの脇へ、コンクリートの床の上へ敷いた。

『座るか横になるか、どちらかにしろ。消耗するだけだ』

床に腰を下ろしてからも、男は壁に背をもたせたままおれから目を離すことはなかった。おれのダメージを計り、おれが何を考えているかを読もうとする相手には慣れているはずだった。ただリングの上と違っていたのは、この男が何なのか、一体いつまでこんな所にとじこめられているのか、ここは本当は何をする場所なのか、おれは何ひとつ相手方の情報を持っていないことだった。それに対して、男はおれの何もかもを知っているように落ち着き払い、下からおれを見上げていた。

「いつまでこんなとこに?」

『お前しだいだ。腐ったお前の脳味噌や身体がマトモに戻るまで。……戻らなかったら、ここで終わりだ』

男のさげすんだ目つきといい、口のききかたといい、息の詰まりそうなこの部屋といい、一切がおれの最後の気力をわきたたせた。

「出たい時におれは出て行く。あんたの指図は受けない」

おれはドアの方へ歩を進めた。男は相変わらずおれの顔へ視線を据えたまま、壁に背をもたせて座りこんでいた。おれがドアのすぐ前まで近づいた時、男は起き上がってドアの前へ立った。薄笑いが男の口元に浮かんだ。

『……じゃ、試してみなサンピン』

おれは右足を後方に引き、踵《かかと》を浮かせて男との距離をつめていった。すぐに自分の身体がバランスを保てなくなっているのに気づいた。右でストレートを打つフェイントをかけ、男の顔をおれの左が出て行く中心へ移動させた。いきなり左ストレートを男の顔面に放った。男はまばたき一つせず、楽に上体を右へ倒して外し、そのまま左フックをおれのボディに、そして起き上がりざま右ストレートをアゴに打ちつけた。硬球をバットの根元で打った時のようなシビレが全身を走り、おれの膝は力を失って、落下していく快感に近いものがよぎった。男がストレートを放った瞬間、右肩がくるっと回ったのが見えた。きれいな打ち方だった。素人の打ち方じゃなかった。

＊

蠅取り紙のように体に貼りついてくる布から、しきりに身を引き離そうとしていた。もがけばもがくほど、体に貼りついた布がからんできて息苦しかった。黄色い光があたりで飛び跳ねていた。頭部に一箇所だけ穴が開いていて、そこから入って来る冷たい風が心地よかった。やがて黄色い光とシャワー音のなかで、少しずつ影の部分から物の輪郭が浮かび、黒い天井と、見知らぬ男がおれの後頭部を氷で冷やしているのに気づいた。その場所とその男を思い出すのに、少し時間がかかった。

『……気がついたか』

「……ええ」

『気分はどうだ』

「いい天気ですよ」

おれが笑うと、初めてその男は笑った。目元をほころばせただけだったが、嘘のない笑顔だった。

『……それほど馬鹿じゃなさそうだな。……とにかくアルコールたたき出して、元の体に戻すことだ。ただ癖になってる程度だ。たいしたことはない。じき元に戻れる』

「プロの選手だったんですか」

初めて視線がとまどい、男は少し慌《あわ》てたようだった。そしてまた硬い表情に戻った。

『……そんなことはどうでもいい』

「それぐらいわかりますよ」

＊

その夜からずっと修理工はおれのそばにいてくれた。人の存在をこれほど心強く感じたことはなかった。ひどく寒かった。修理工の毛布まで借りて、いくらくるまってもガチガチ歯が音をたてた。

そして、周りの風景が妙に遠く感じられるあの感覚が、ずっと強くなってきたように思えた。何もかもが、自分を置き忘れて行って、おれはだんだん小さくなり、まるで捨て犬みたいに見知らぬ場所で怯《おび》えていた。おれは汗をかいているらしく、修理工は何度もおれのシャツを取り替え、額や背中をタオルでこすった。口の中が乾き、舌が軽石をつっ込まれたように邪魔だった。ノドの渇きより、かつて自分の知っていた手で触れることのできる親しい世界から、このまま引き離されていくのではないかという不安が、酒を欲しがらせた。

修理工が運んでくれるリンゴのジュースは匂いを嗅いだだけで胃が引き攣った。

『飲め。……死にたくなかったら飲め』

おれの身体がアルコールを欲しがる時がわかるのか、強い渇きがおれを襲うごと、決まって彼はジュースの入ったコップを口元に運んできた。

「……死んだほうがマシだ」

『確かに、そのとおりだな』

　笑いながら修理工はいつもおれを受け流した。何度もおれは「一杯だけ」と言い出しそうになった。ただおれはあまりにも「欺く」ことに慣れ過ぎていた。おれの脳味噌も身体も、いかに相手と自分へ嘘をつくかに賭けて来たようなものだった。それしか勝利に通じる道がないことを知りつくしていた。どんなにパンチをもらおうと、全く効いていないように振る舞い、あるいは体力などとうに使い果たしてから、まだ何ラウンドでも動けるかのようにステップを踏んで見せたものだった。歯のガチガチ鳴る音と、世界の一切が遠ざかり、このまま置き去りにされる不安のなかで、おれを支えていたのは、それらの身にしみついた痩せ我慢だけだった。

　修理工場へ着いて何日目かに、夜なのか昼なのかはわからなかったが、不意に島のことを思った。忘れていたツンノキの香りが突然鼻の奥に立ちのぼった。海よりも、島を埋めつくしたうっとうしい植物のほうが、なぜかずっと親しく感じられた。輝く青空の下、灰色のからみあった幹と濃い緑のパイナップルの葉に似たアダンの群生を。その影が広がる象牙色の砂地を、はっきりと思い出した。もう一度この目で島を見たいと思った。おれが島にいたのは八歳を迎える年の春までだった。島のことを思うと、そこだけが本当で、あとは馬鹿馬鹿しいくらい現実味に欠けたもののように感じられた。そして自分をとり囲んでいる、この遠ざかる風景こそが、映画のスクリーンのようにピンとこない景色こそが、ありのままのこの世界に他ならない気がした。

　たぶんおれは笑ったのだと思う。短い吐息とともに、急に気が軽くなったのがわかった。ずっとこわばり、緊張していた神経がほぐれていくのを感じた。初めておれは、おれをとり囲むこのわけのわからぬ遠ざかって行く世界を認めた。

「……見えているとおりじゃないか。……島へ帰ろう。ここを出たら」もういいのだと思った。「ここまでだ」とそう思った。

　おれはまず、修理工がさし出す白く濁った果汁を体内に入れようとしてみた。なんとか飲み込んでみたものの、胃はまた痙攣《けいれん》を起こしたようで、やはりすぐに戻してしまった。おれがとにかく何とかしようと思い始めたのを感じとったのか、彼は次に生温かいミルクを運んで来た。それまでよりも静かな、やや硬いその液体は胃のなかに入ってしばらくは落ち着いていてくれたが、やはりそれも口から飛び出した。

嘔吐感が鎮まると、おれの身体は少し落ち着きを取り戻し、背骨のあたりが楽になっているのを感じた。疲労と長い間の緊張が少しずつほぐれて行って、眠りのなかへ入りこんで行くのを感じた。

『……もう少しだ』ザラついた声が聞こえた。おれは重くなってくる瞼の下で、うなずいて応えた。修理工の目が穏やかになっているのを見たような気がした。

『オイ、行くど。シュン。起きんか。イオ（魚）とり行くど。シュン』

懐かしい声に目を覚ました。夢を見ていたらしかった。その声も、その声の主もよく覚えていた。風と陽にゆがんだ古い雨戸を開ければ、朝の冷気と紺色の闇のなかに、小柄な陽にやけた男が立っているはずだった。

「彦兄《ニ》ィ！」おれはその男の名を呼んだ。もう少しで泣くところだった。

ハシケ船が前籠《マエゴモリ》の港に着いたら、あの『イギリス坂』を駆け登って、ガジュマルの大木を右手に見、学校に通じる最後の十字路まで一気に走り、そこからは右へ右へ道をとって行けば、風を避ける石垣に囲まれて、あの低い屋根の黒い家がある。

身体さえ戻ればトーチカのようなあの家へ、彦兄ィのところへ、すぐ行けるのだと思った。

「……何か飲むものもらえますか」

『ん？……おう』

修理工も、うたた寝していたらしかった。ドアを開け放ったまま、彼は出て行った。体はまだ重かったが、不安はもう感じなかった。運ばれてきたミルクを飲んだ。胃は引き攣りも爆発もしなかった。

＊

ミルクから流動食、そして粥《かゆ》へと胃が固形物を受け入れるようになって日を重ねるごと、おれの身体は元に戻って行こうとしているようだった。それでも、やはりあの感覚は変わりはしなかった。ただ以前のような不安は全く感じなくなっていた。おれはやっと諦《あきら》めることを覚えたようだった。

修理工と一緒に、久しぶりに外へ出た。朝だった。

ゆっくりと山道を歩いた。ものの十分ぐらいですぐ座り込むハメになったが、それでもなにもかもが新しかった。木々の吐き出す酸素が肺にしみた。黒土の香りと朝露の草々の輝き、汗さえ快かった。腰を下ろしたモミの木の根元から、遠く朝焼けの街が見えた。モヤの中で家々の小さな屋根がひとつひとつ光りだすのがわかった。

『少しずつ。あとは体を動かして行けばいい』

「いろいろと……本当にすいません」

『これが俺の仕事だ。……いろいろ来るよ、近ごろは。シンナー狂いの小学生だとか、逆に孫のいる立派な会社のシャブ漬け重役だとか。……ひでえ世の中だ。でも現役のランカーがやって来るとは思ってもみなかった』修理工が笑った。

『そうだな、……あと十か月。うん、十か月すればリングへ戻れる。お前は大丈夫だ。神経はやられてない。……ボクサーってのは始末が悪い。天上天下唯我独尊、いつまでも赤ん坊みたいに世界はテメエ中心に回ってると思ってやがる。……特に素質のいいのは自惚《うぬぼ》れが強くてな』

最後のほうは修理工自身に言い聞かせているみたいだった。

「……もうグローブをつけることもないでしょう」

『さあ、それはどうかな。……まあどう生きてもいい。お前の人生だ。もうこんな所へ来るハメにさえならなきゃ』

目尻のシワを浮きたたせて、彼がまた笑った。初めて会った頃とは別人のようだった。

＊

すでに二階へ移されていたおれの部屋へ修理工がやって来た。雨の降っている朝だった。

『オーバーホールは完了だ。いつまでもマトモなやつを置いとくわけにはいかない』

「あの、……料金は?」

『下村さんから、ちゃんと戴いてる。心配ない』

雨あがりに、修理工が引っ張って来たライトバンへ乗りこんだ。車が動き出した時、もう一度おれは雑木の山と、鉄筋の倉庫のような『修理工場』を見渡した。

バンは山をおりて一時間ばかり走ったあと、新興住宅地の外れにある小さな駅に着いた。

『あと二十分で、上りの電車が来る』腕時計を見ながら修理工が言った。

「ほんとうに、いろいろと……」

『スクラップにならんで良かったな。……これ下村さんから』

手渡された書類袋に、細長いアドレス帳のようなものが入っていた。郵便局の預金通帳だった。おれの名義になっていた。革のケースに入った印鑑まで添えられていた。開いた通帳の最初に打たれていた日付は、おれのデビュー戦の日だった。あの時のファイトマネーの三万円は全額もらったはずだった。しかし同じ日にそれとは別に一万円が振り込まれていた。会長がマネージャー料としてファイトマネーの三分の一を引き始めたのは、おれが六回戦に上がってからだったが、それでもおれの試合の日ごと、引かれたはずの何万円かがそのままパンチされていた。最後は二か月前に二百万振り込まれ、総額は三百四十万円と幾らかになっていた。それから茶封筒に入った現金が十万。そしてその中に写真が一枚入っていた。

リングの上でレフェリーから手を上げられ笑っているおれと、すぐ横で両腕を組みほほ笑んで立っている会長の姿が写っていた。たぶん全日本新人王になった時のものだろう。

その写真の裏には、

『〝共に闘えて光栄でした。〟

新田駿一君
下村秀次郎』

やや歪んだ肉太の文字でそう書かれていた。

『そろそろ行けや』修理工の声で我に返った。『後ろのバッグも持ってけ。そんな馬が着るようなシャツやズボン、置いてかれたって誰も着れやしない』

「お名前ぐらい、教えていただけませんか」

『前にも言ったろう。俺はただの修理工』

バッグを手渡しながら彼は笑ってそう言った。車が動き出す時、彼は窓枠ごしにおれを見つめた。

『……新田って言ったな』

「はい」

彼は小さくひとつ頷くと車を出し、そしてそのまま視界から消えていった。

7

会長の積み立ててくれた預金通帳には手をつけたく

なかった。そのままずっと、ひとつの記念として持っているつもりだった。

おれが立っていたのは、結婚式場の地下だった。目の前には小さめのバスタブほどもある、ステンレスで出来た流しが二つ並んでいた。つま先から腰までの、渓流釣りに使うようなゴム長を履き、その上からまたゴムのエプロン、それに深いゴム手袋で武装して、白濁したプールへ向かった。鍋から食器から、すべて一人で洗わなくてはならなかった。朝、調理場へ降りて行くと、死体置き場のような腐った肉汁の臭いが胸をふさいだ。まだコックたちが来る前に、おれは流しの前に立ち、すでに水を濁らせ横たわっている深いソース鍋や底にたまった皿から洗い始めた。ゴム手袋など単に気休め以外の何物でもなく、午前中には手の皮膚はすっかりふやけ、昼食時に手袋をとると、長風呂の後のように白くシワになった指先が必ず顔を出した。

オーブンやバーナーの火と、大小の鍋から立ちのぼる湯気で、調理場はいつも暑過ぎた。床は油煙が層をなしてこびりつき、ゴム長は小さすぎたから立っているのがつらかった。低い天井と、たちこめる湯気や煙の中で、五十個は超える白い様々な帽子たちはふり分けられたそれぞれの仕事に没頭していた。とくに土日と祝日は結婚式がたてこむので手を休める暇さえなかった。オーブンを開ける者、ソースをかける者、肉を切り分ける者、分業に徹したそれぞれの仕事を次々とこなしていった。会話は怒鳴り声だけで、互いにののしり合いながら、彼らは機械より正確に百人単位の皿を送り出した。そのなかで、おれはただ一人彼らに背を向ける格好で、流しへ向かっていた。オーブンから焼けた鉄板を運んで来る時だけ『熱いから気をつけろ』そんな声が飛んできた。茶色に焼けた鉄板は、水に放りこまれると空気を削るような音を立て、白煙を噴いて底へ沈んでいった。冷えたと思って手を触れた水の中の鉄板が、ゴム手袋を焦がしたことが何度もあった。焼けた鉄板は一気に水の温度を上げ、こびりついた油や肉片が水をすぐに濁らせた。おれはそのオーブンからの鉄板に一番神経を使った。

昼食時のわずかな休憩の間、おれは誰もいなくなった調理場の隅の、通気孔のような通路にひとりでいた。そこは地下の調理場から直接外へ出られる唯一の避難経路になっていて、人が一人通れるだけの狭い階段を昇りつめると、ゲート脇を飾った植え込みのすぐ後ろに出ることができた。通路出口の、陽がそこだけ差しこんでいるコンクリート階段の上へ腰を下ろし、再びコックたちが仕事を始めるまでのほんの一時を、おれはいつもそこで過ごした。外気に触れ、陽光を浴びながら、おれの耳のなかの油がはじける音や怒鳴り声や、食器のふれあう音が消えていくのがわかった。コンクリートの古い階段の脇には小さな溝が切ってあり、除湿機からの水がわずかな艶《つや》を与えて流れていた。そこには、細かい羽虫や、名前もないような白く小さな虫が這っていたりした。

リングも、ジムも、何もかも遠かった。本当にそんな日々がおれにあったのかどうか、時折不思議な気さえすることがあった。

調理場の流しの前の一年間、おれは皿洗いの、大きな役たたずの器械にすぎなかった。そこでは毎日毎日、同じことの繰り返しだった。ただ、まとまった金を作り次第、本当に島へ帰るのだという思いだけがおれの中を暖めていた。

8

鹿児島へ発つ夜、東シナ海は大シケだと七時のテレビニュースが告げていた。

トカラの島々へ向けて、二日前に出るはずだった今年最後の定期船は、やはり今夜も出航を見あわせることを電話の声が伝えた。西鹿児島のビジネスホテルに足止めを食って、三日が過ぎていた。船舶課の係員は、明朝六時にまた電話をくれるよう付け加えた。天候と波の具合によっては、明日の朝八時に船を出すかもしれないという。もう暮れも二十八日が過ぎようとしていた。このまま、年内は安ホテルに足止めされて年を越すことになるかもしれないと思った。

街に出た足は、それでも港にある待合所へ向かっていた。風の強い午後だった。港へ通じる真っすぐな通りを歩きながら、内地の人々が『潮の香り』と呼ぶものが風の中で強まってくるのを感じた。しかしそれは、死んでしまった海流の、腐った藻の臭いだということをおれは知っていた。湾に流れこみ、流れから置き去りにされて澱《よど》んだ潮は、すぐ腐臭を立ち昇らせる。実際それはドブの臭いに似ていると思う。おれの知っている海は、ニオイなどなかった。始終うねりつづける海流のなかに置かれた島で、あれほど海に接していたにもかかわらず、おれは海のニオイなど知らない。流れつづける生きた海が死臭など漂わせるわけがなかった。

やがて、風の含んだ塩分が錆を浮き立たせた道路標識や、窓のない灰色の倉庫が目立つようになり、とうとう前方に赤錆びた引き込み線のレールが見えてきた。置き忘れられた貨車も、支柱がひん曲がり判読できないほど錆にやられた標識も記憶のなかの風景に似ていた。おれの足はレールを横切り、薄汚れたモルタルの建物へ向かった。

小さな倉庫のような建物のドアを開けると、光の柱を何本も斜めに差し入れている正面の窓があった。そして、その窓を半分ほど占めて、海が見えた。濁った泥水の色をさせていたが、確かに海だった。切符売り場を兼ねた狭い待合室は、幾つかの古びた木製ベンチと乗船名簿を書くための机、それに黄ばんだ透明プラスチックの板で仕切られた出札窓口からなっていた。砂ぼこりでザラついたコンクリートの床の上に、荷造りされたダンボール箱が四つばかりかさねてあり、部屋の隅には木枠に入って積み込むばかりになったバイクが、鍵もかけられていないそこへ置いたままになっていた。低い天井と湿ったカビの臭いがする誰もいない待合室で、指紋のたくさん付いたガラス窓ごしに海のうねりを眺め、その時身近に島を感じた。

*

目覚めてすぐに時計を見た。まだ五時になったばかりだった。窓から見上げた空は星もなく、曇ったままだった。今日もダメかもしれないと思った。それでも寝過ごすのが怖く、とりあえずシャワーを浴びヒゲを剃って荷をまとめた。

トカラの島々を含む十島《としま》村の村役場は、島の中ではなく、鹿児島に置かれている。その船舶課へ、六時を待って電話を入れた。たぶん徹夜だったのだろう、声が少し嗄《か》れた男の係員は、意外にも八時に船を出すという返事を受話器へ流してきた。受話器を置いてすぐに、腕時計へ目をやった。途中何もなければ二十時間で宝島へ着いてしまう。何時間かのロスはあるとしても、明日の今頃は間違いなく島にいるのだと思った。それからしばらくの間、おれは電話台の横の小さな机に腰を下ろし、次第に明るくなってくる窓の外を眺めていた。あれほど願っていたにもかかわらず、いざ本当に戻れるということがどうしても現実のものとは思われなかった。逆に、強い不安を感じている自分がいた。

*

タクシーを飛ばして駆けつけた待合所には思ったより人影が少なかった。それでも、積み上げられたトカラの島々の名がマジックインキで殴り書きされたダンボール箱は、本当に船が出ることを示していた。その中に『宝島』の宛名を見つけた。あの島によくある平田姓だった。

乗船名簿には渡島目的を書く欄があった。書き進めていたペンがそこで止まった。『観光』というのにマルをつけるのはどうも抵抗を感じた。しかし、おれを待つ家があるわけでもなく、それを選ぶ以外に手はなさそうだった。結婚式場の洗い場で一年過ごし、やっと蓄えた三十万ばかりの自由になる金があった。個室だというから、『一等』の船室に乗りこむことにした。

埠頭に横付けされていたのは、四階建てのビル位はある大きなオレンジ色の船だった。記憶にあるそれよりも遥かに大きく見えた。乗りこんだ船内も明るく、やはり新しい船だとわかった。電話ボックスまで付いていた。自分の船室に向かう途中、階下の船室を覗くことができた。座席を取り払って、枕と毛布だけを並べた広い部屋だった。十七年前、確か薄暗い広い部屋で、横になって島を出たことを思い出した。

『一等室』は三畳ばかりの狭い部屋だった。二段ベッドが付いていた。他には、床に固定されたテーブルとやはり壁へくくり付けられたテレビ、それに蛇口の付いた洗面台があるだけだった。船室のドアを閉じるとホッとした。船に乗りこんで来た客は少なかったが、広い船室にいれば長い間には話しかけられたりすることもあるだろうから、答えるもののない今のおれには一等室も高くはなかった。

船はいつの間にか動きだしていた。窓の外を流れて行く青味がかった景色を少しの間眺めた。錦江湾《きんこう》を出て外海に入れば、ひどいシケだと聞いていた。とりあえずベッドへ横になってみた。おれの身体ではかなり窮屈だったが、膝を立てればなんとか横たわることはできた。ベッドに付けられたカーテンはすでに色褪せて、ところどころカーテンから外れたランナーが、船が傾くごと音をたててレールの上を走った。

おれは島のことを思っていた。確かに海流でかこまれた、樹木と砂地ばかりの島だった。電気すらある一定の時間しか灯らない、そんな何もない島だった。ただ誰もが生気に満ちていた。陽が昇る頃に起き出し、陽が沈み、送電が終わると同時に眠った。狭いがよく手入れされた水田と、太陽と真水に恵まれていた。三度の惣菜は海に行き、干潮で露わになったサンゴ礁へ網をくりつけてさえいればよかった。やがて潮が満ち自然に起き上がった網の中へ、イセエビやクロマツ(黒鯛《くろだい》)が勝手にかかって来た。農協の売店の、不思議な時計のことも思い出した。いつ行っても正午を指していた。島で現金の使える唯一の場所で、大きな丸時計が止まったまま壁に掛けてあったのだ。細かい時刻などたいした意味を持たない土地だった。敗戦の知らせを、島の人たちが聞いたのは、それから一週間後だったという、そんな島だった。いわゆる物資には乏しかったかもしれないが、その後この目で見たどこの土地よりも豊かな人々がいた。

一昔前、Y社が鹿児島から沖縄までの島づたいに一大レジャー基地なるものをもくろんだことがある。その計画が頓挫《とんざ》したのは、おれの島が全く相手にしなかったからだ。トカラの島々でも諏訪之瀬《すわのせ》や中之島《なかのしま》では土地を売った。ところが宝島まで来て、誰も土地を手放す者がいなかった。金など見向きもしなかった。宝島は水に恵まれ、何もかも自給でやってきたという島びとの長い歴史を、連中はあまりにも軽く考えすぎていた。他を頼らずに自立し生き抜いてきた人々がどんなものか、何かにしじゅう怯えながらゼニカネなどを拝んでる連中に理解できるわけがなかった。

島からは遥かな小倉《こくら》の地で、中学生だったおれがその話を知ったのは、新聞の紙面からだった。『開発攻勢に島民超然』そんな大見出しのついた切り抜きを、自分の部屋の壁にそれから長いこと貼りつけていた。おれは誰でもなく、宝島で生まれ、あの島で育った『宝ン衆《タカラシュ》』なのだと、みんなに言ってまわりたかった。

外海は予想以上に荒れていた。吐くだけ吐いてしまうと気は軽くなり、それからは随分と眠った。何度目かに目を覚ました時、見知らぬ港に着いていた。聴きとりにくい船内アナウンスが『平島《たいらじま》』であることを告げていた。かつてトカラの島々で、これだけの船が接岸できる港を持った島などなかったはずだった。ハシケと呼ぶ小船で乗客や荷の積み下ろしをするため、船は島ごとに沖へ停泊しなくてはならなかった。船酔いで足の立たなかった七歳のおれは、その時間がひどく長いものに感じたのを憶えていた。

次は『小宝島《こだからじま》』だと思っていたが、船は真っすぐ宝島へ向かうという。下りる支度をしろと伝えに来た船員によれば、小宝島は今では五十人も住んでいないそうだ。この船で正月に戻る人もいないため、このまま小宝は飛ばして、宝島へ行くのだと言う。おれの島からいつも正面に見えた岩の角《つの》が先端を飾るその島影を、はっきりと思い出した。

腕時計は、夜中の二時を回ったところだった。雨が降っていた。外は何も見えなかった。港を示す赤い標灯だけが点滅しているのがわかった。おれの島も、もうハシケなど使わなくともよくなったようだった。とりあえず荷をまとめ、船室を出た。鉄の階段を降りたところの扉の前には、係の船員とすでに下ろすだけになったタラップが置かれていた。最後に下りる客はおれを含めても四人だけだった。見憶えのある顔はなかった。いざ下りるその時になって、おれは自分の手落ちに初めて気がついた。これから朝までを過ごす宿を決めておかなかった。島に着いてしまえば何とかなると思っていたが、それはあくまで船が通常の運航どおり、夜鹿児島を出て昼過ぎに島へ着いた時の話だった。真夜中に着くことなど出航の興奮だけで考える余裕もなかった。まして雨が降っていようとは予想もしなかった。もちろん雨具の用意はなかった。これから入る港は前籠《マエゴモリ》だというから、集落がすぐ側にあるということと、あとは土地勘だけが頼りだった。港から左手へ行けばイギリス坂に出るはずだった。そこから坂を登りつめれば学校の下に出たような気がした。位置はそう変わらないだろうから、山に向かって坂を走るしかないと度胸を決めた時だった。

『兄ちゃん、宿は決めてある?』

下船を待っているぶ厚いオーバーを着た老人が声をかけて来た。

「いいえ。今、どうしようかと……」

『じゃあ、ウチへ来なよ。民宿やってる』

見たことのない男だった。島の人間でこれだけの年齢なら、おれの記憶のなかにいるはずだと思い返してみたが、どうしても思い当たらなかった。がっしりした仕立てのオーバーも頭のハンチングも伸ばした白いヒゲも、どこか垢抜けして、島の人間ではないように思われた。

「もし、そうさせていただけたら。……でも、いいんですか?」

『ああ、今はバアさんと二人だけだ』

船が着いたらしく、鉄の扉が開けられ、タラップが下ろされた。小雨が降っていた。サーチライトのような、強すぎるライトに照らされた桟橋の上に、車が何台か停まっているのが見えた。コンクリートで固められた桟橋といい、まるで見知らぬ島へ来たようだった。おれはただ頷くしかないようだった。それでも、老人の後について船を下りる時、冷たい風の中に懐かしい匂いを嗅いだ。ひどく新鮮で胸を洗う、透明な海の香りを確かにおれは嗅ぎ分けた。

桟橋の上に下り立つと、出迎えていた年とった女が老人へ傘を渡した。老人のさしかけてくれた傘に入り、車の方へ真っすぐ向かった。桟橋では強いライトの中を、荷下ろし作業に没頭する黒い雨ガッパの影が行き交っていた。

車が坂を登り始めてすぐに『イギリス坂』だとわかった。坂の中腹で車は停まった。降りたところの道路はアスファルトで舗装され、正面に見えた老人の家は鉄筋の明るい建物だった。アルミサッシの玄関戸から始まって化粧ボードの壁やテーブルセットまで、何もかも内地の家そのままだった。電気は夜中の二時を過ぎても消える気配はなく、壁や天井やいたるところで灯っていた。

招じ入れられた二階の部屋も、やはりアルミサッシの広い窓を持っていた。港の標灯の、点滅する赤いライトが正面に見えた。五百トンの船が着けられる港も、灯台を小さくしたような標灯の赤いライトも車も、この民宿まで、何もかもがおれを嗤《わら》っているようだった。

＊

宿の主人は、奄美の沖永良部《おきのえらぶ》の出身で、両親はアメリカへ移住していたことがあるとか聞いた。それでも、水洗トイレと温水シャワーとコーヒーメイカーはおれを驚かせた。

朝からクロマツ（黒鯛）の刺身が大皿で出された。弾力のある、透きとおった魚肉の甘味だけが、かつての島を思わせた。

朝食を終えて外へ出た。小雨が降っていた。アスファルトのイギリス坂は道幅も広く、雨ごとの泥だらけの坂とは思えなかった。かつて立っていた『トカラ馬発祥の地』という木の立札の代わりに、ステンレス製の『イギリス坂』という道標があった。帆船が突然沖に現れ、上陸して来たイギリス人の水夫を村役人が斬り殺したという由来まで、教育委員会の名で書き添えてあった。その坂を真っすぐ登れば、トカラの島々を見渡せる学校へ通じていることは、道が広げられアスファルトに変わってもよく憶えていた。坂を少し登るごと、立ち止まって海の方を振り返った。海は低く霧がたちこめ、小宝島しか見えなかった。坂に沿った家々は鉄筋に建て替えられたものが多く、砲台のように坂の両脇に埋め込まれた形で並んでいた。途中、どこか見憶えのあるガジュマルの木に出会った。枝から根が降りて次第に太い幹を形造るその濃い緑は、暑い夏にも重い影と涼風を集めて、遊び疲れた裸足《はだし》の子供たちを慰めたものだった。粗いロープで出来た手製のブランコが、やはり記憶の中のもののように吊るされていた。

　彦兄《ニ》ィの家はちゃんと憶えていた。十字路まで来てそこを右へ下りていけばいいのだと思ったが、一瞬立ち止まっただけでそのまま学校の方角へ向かった。どの道もすっかり舗装されていた。

　やがて、昔おれが住んでいた家の辺りにさしかかった。十七年もたてば当たり前のことかも知れないが、イギリス坂がずいぶん短く縮まったように感じられてしかたなかった。おれが立ち止まったその一角は、学校の先生や内地からの仕事で来た人々が住む家が並んでいた場所だった。古い木造の平屋はすべて消えて、内地の団地をそのまま持って来たような、クリーム色の同じ形をした鉄筋が何棟か並んでいた。内地と違うのは垣根のブッソウゲが、ハイビスカスに似た赤い花をつけていることだけだった。バナナ畑も懐かしかった。立ち枯れたバナナの木はもっと目にしみた。

　アスファルトの道が絶えると、急にホッとした。島の土の匂いが呼吸を楽にした。道はやがて、島じゅうの植物で飾られた学校の敷地へ入って行った。ゆるやかな勾配の、ソテツの繁みの辺りから山羊《ヤギ》の声が聴こえ、黒白まだらのトカラ山羊がうろついているのに出くわした。今も学校では山羊を飼っているらしかった。校門に通じる石段を登りながら振り返ると、前籠の港と水平線が見えた。右手に見える小宝島を除いて、他の島々は乳白色の霧に覆われていた。それでも、海の広がりと風とを感じた。集落の一番高い場所にあるその石段は濡れていたが、てっぺんに腰を下ろした。小さな石柱の校門には松の枝がくくり付けられ、もうじき正月だということを思い出させた。吐く息が白かった。霧雨が、まつげも両手も膝も濡らした。肺は久しぶりに洗われたようで、わずかな海の輝きにおれは何度も頷いた。そうしてしばらくの間、その高みからおれは島と海とを見つづけた。

校舎は建て替えられ、赤土のグラウンドだけが記憶よりも遥かに小さくそこにあった。卒業記念のトーテムポールや、様々な動物をかたどった石膏やコンクリートのモニュメントに、知っている名前があるような気がして探してみたが、昔のものは潮風が崩したのか、最近五、六年の新しいものばかりだった。

校門まで引き返し、やはり一軒の家を捜した。竹藪《たけやぶ》に隠れてその家のあたりは見えなかった。彦兄ィに会いに行きたかったが、遊んでもらったのは十八年も前の話なのだ。彼も四十五歳になっているはずだった。彼の多くは変わらないだろうが、この島と同じように変わってしまったところも多いかもしれない、車やカラーテレビや鉄筋の家や、いつでも灯る電気のために、変えられずにはいないだろうと思った。それに、会いに行ったところで、今のおれでは、ただ彼を失望させるだけのような気がした。

次の定期便は、正月の五日に前籠へ着くという。その船で帰ろうと思った。これからどうしようという当てもなかった。とにかく残りの日々、何もかもしっかりと見ておこうと思った。今度この島を離れたら、もう見ることもないような気がした。

9

二日目も雨で始まった。それでも南の島特有の、雨雲が切れたと思うと空が嘘のように晴れ上がり、突然強い陽差しを浴びたりした。十八年ぶりに、水平線へかかる虹を目にした。雨のなかを海に向かい、海岸線を形造っているリーフ(サンゴ礁)を歩いた。灰色のリーフと明るい緑の海をひとわたり見た。道を『砂漠』に向かって取り、アダンの群生が切れたあたりで思わず足を止めた。いつの間にか松の防風林が育っていて、かつての砂漠はその広さと明るさをなくし、ゴミのような雑草がはびこっていた。仕方なく海の方へ道を戻った。

やがて前方に見えてきたのは、内地の公衆トイレのようなシャワールームだった。そして目の前の小さな入江は、サンゴ礁をコンクリートで覆った海水浴場らしかった。潮が引きにくいのかその惨《みじ》めなプールは、あの内地の海の、ドブの臭いをさせていた。それからスクラップ工場の裏地のような、赤錆びて山積みされた廃車の群れに出会った。積み上げられた古タイヤ、コーラの空缶、割れたスタミナドリンクのビン、生ゴミから立ちのぼる腐臭、……そのゴミ捨て場には、おびただしいカラスと、野良猫がうろついていた。もうこれ以上歩いたところで無駄だろうと思った。宿へ引き返そうとしていた時、古い小型トラックがおれを追い抜き、目の前で停まった。

車から顔を出したのは四十を過ぎた位の、赤っぽい髪の男だった。高い鼻と彫りの深い顔立ちをしていた。こういうバタ臭い顔も、この島には以前からある顔だということも知っていた。

『これから、どこまで?』

「いや別に、ただ歩いてるだけです」

『たいした雨じゃないけど、よかったら乗らないか』

ひょっとしたら見知っている人間かも知れないとも思ったが、どうも思い当たらなかった。促されるまま助手席に乗った。

アルコールの匂いがした。おれが笑うと、その理由に気付いたのか『少し入ったほうが調子いい』そう言って赤毛の男も笑った。

『……おとといの船で?』

「はい」

『……こんな真冬に渡って来るなんてのは珍しい。どっから?』

「東京です」

『正月休み?』

「ええ、まあそんなもんです」

『せっかく来たのに、こんな天気じゃな。……よかったら、どっか行ってみるか』

車は前籠まで引き返し、イギリス坂を登り、『島内一周道路』とかいう広い舗装路を北に向かって走り始めた。車がどこへ向かっているのかおおよその見当はついた。

「すごい道が出来たんですね」

『なんとかな……トーキョーのどこ?』

「千駄木のほうです」

『……わからんな。……おれも、昔、イタバシにいた』

「どうりで、島の訛《なま》りがありませんね」

『なぁに、そっちへ合わせてるだけよ』

「……むこうへは、島を出てからすぐ？」

『ああ、七年間。印刷所に。

……陰口だの、他人の目ばかり気にして、そのくせ表向きだけは皆仲良し。おれも酒は好きだけど印刷所の連中とは一度っきりで、二度と行かなかった。仕事終わって酒飲むのも、職場でうまくやるための仕事の一部だってことに気付いてから。……休日すら会社に出て、他人にものを言うためには、それだけ他人より働かなきゃならない。いかにただ働きするかに自分をかけてる。老後だの、病気だの、ローンだの、しじゅう心配ばかりして、ビクビクしてる。……あんなことは、人間のやることじゃない』

「……それで戻って？」

『ああ、イタバシにいた頃は、休みの日ごと山へ行った。イケブクロだのシンジュクだのシブヤだの、ただうるさくて臭くて、疲れるだけだった。……こんな所で育ったせいだろう。人混みや車の音やネオンや、なにもかもたまらんかった。休みごと丹沢に登った。この島に一番近いのは山だったな。ここの星、……あ、まだ見てないか？……山で本物の星見て、とにかく金が貯まったら島へ帰ろう、それだけで生きてた……』

トラックはやはり荒木崎に向かっているようだった。島の中央にあるイマキラ山の裏手へ出た時、ビロウの巨木が列をなして中腹を埋めているのに出くわした。熊手の形の長い葉が、下枝を黄色に枯らし群生していた。内地では全く見られない、ジャングルと呼んだほうがそれらしい色だった。

空を覆っていた樹木が途切れ、車は岩場の中を走り始めた。岬に通じる斜面は古い木柵が設けられ、昔から牛の放牧場になっていた。道を狭めて岩が両脇に積み上げられ、塀のようなものを作っていた。それが平家落人《おちゅうど》の砦跡だと子供の頃に教えられたことがあった。車はその手前で停まった。

車から降りるなり、おれは岬の先端にあるはずの灯台へ真っすぐ向かった。その辺りの岩場は昔のままだった。灯台だけは白ペンキも新しく、自分の知らない何かの記念碑のように立っていた。展望台を兼ねている灯台からは、すぐ目の下に海が迫っていた。右手の崖を少し登ると、波打ち際まで岩づたいに降りていくルートがある。そこがおれの一番の釣り場だった。いかにも深い淵の色をたたえた海は、岩に打ち寄せるごと白い泡を沸きたたせて昔のままにうねっていた。隣に立った男が作業ジャンパーのポケットから、しわくちゃになった『ハイライト』のパッケージを取り出し、おれに勧めた。吸わないとおれが断ると、彼は一本くわえ火を点《つ》けた。

「……この辺りですか。内地の企業が目をつけたのは」

『うん』

「ここは島で一番いい所でしょう?」

『だから、ゼニカネずくで買い取ろうとしたんだ。うまい話並べて、ホテル建てて観光客さえ送りこんでくれば島が潤うとか、バカな話を真顔で言ってた。ところがそうなったら、この辺りは連中の土地だ。島の者が自由に出入りするわけにはいかなくなる。自分の島を歩くのに入場料払うハメになる。

飛行場造るとか、ホテルの仕事まわすとか、しゃべる調子が、あれよ、よくトーキョーで、キャッチセールスって言ったか? そら街角とか「ちょっとちょっと」なんて人呼び留めて勝手にベラベラしゃべりまくる、あの調子だよ。尻上がりの、へんな機械がしゃべってるみたいな。だがな、ホテルが建てば、観光客は当然そっちに泊まる。野菜や魚だって、ホテルが買い取るんだから高級魚と、端境期《はざかい》のもんだけ。島が潤うわけがない。連中は連中のゼニ儲けだけよ。まあ、この島は貧乏でも、ずっと自分らのことはちゃんとやって来たんだから、そんな馬鹿話にホイホイ乗らんかった。……土地売った諏訪之瀬なんかはひどいもんだ。Yのホテルもずっと昔、休業したまま、鳴り物入りでこさえた滑走路も草が生えとる。土地を買い上げる時だけチヤホヤして、ゼニにならんと思ったらポイよ。島に残ったのは、急に金がかかるようになった生活だけだ。一度そうなったら、なかなか元には戻れん。上水道が出来たり、いいこともあったろうが、なくしたもののほうがずっと大きい。

この島で、この岬取られてみろ、島の半分もってかれたようなもんだ。土地や景色ばかりじゃない。誰がこの島の主なのか、自分たちがなんなのか、それを売るようなもんだ。そしてそれの代わりに、俺がトーキョーで見ていた連中みたいに、家だの、車だの、金儲けだの、バカげたことに血道あげるハメになる』

「……でも、おれもこの島に来るまで、なんとなく、ここだけは別だろうと思ってたんですよ。どこか、内地とは違うものがあるんじゃないかって。うまく言えないんですが。でも来てみたら、鉄筋のアルミサッシの家が多くなってるし、電気は一晩じゅうつくし、おれが泊まってるとこなんかカラーテレビはデカいのがあるし、トイレも水洗だし、車もあるわけでしょう？　それだけ以前とは比べものにならないほど、金のかかる生活をしてるわけだから……」

『お前、案外バカじゃないな』男がおれのほうを見て笑った。

「昔みたいに、あまり現金なんかいらない暮らしをするわけにはいかないでしょう？　それだけ現金が入る仕事をやらなきゃならないとしたら、どこでみんな働いてるわけですか」

『お前がおととい着いた港は、五百トンもの船が接岸できるような港じゃなかった。今走って来た道路も、総出で道を切ってアスファルトの舗装した。ああいうことでやって来たわけだ』

「公共事業？」

『ああ、そういうことだ』

「でも、それだって、こんな狭い島じゃ限りがあるでしょう。それが終わったら、やはり、ただ金のかかる暮らしが残るわけでしょう。それ維持しようとしたら、出稼ぎなんかするハメになるんじゃ？……無責任かもしれないけど、こんな島で車なんかなくたって全く困らない。前籠からここまで、歩いても一時間かかんない」

『……そこが問題なわけよ。車とか家だとか、そんなものはどうでもいいとして、子供らの学校とか、昔の俺たちのように中学出たら終わりって時代じゃないからな、今は。ここには高校ないから、みんな鹿児島へ出さなけりゃならない。そうなれば生活費から学費まで、どうしたってそれだけかかる……』

男が海のほうを見つめた。もうそこからは話せない気がした。

「……今も春にはフカ捕りやるんですか」

『いや、俺はここんとこやってない。……名人の、相棒が死んだんでね』

「名人、って……誰のことですか。……誰が死んだんですか」

男がおれの顔を見つめた。

『ヒコって、やつだ』

「……ヒコ？……まさか、前田っていう名字じゃないでしょう」

『……いや、その前田だよ。前田彦次』

「……彦兄《ニ》ィ？……馬鹿な冗談やめてくださいよ」

『お前だれだ？　何でお前、彦のこと知ってる？　どうもおかしいとは思ってたんだ。こんな真冬に渡って来る観光客なんて、聞いたことがない』

「本当に、前田彦次？……彦兄ィが死んだ？」

『……ああ、四年前。海が濁ってた。真っ白に。サンゴのかけらで。なにも見えなかった。彦は一人で潜ってた、前籠で……』

「彦兄ィが海で死ぬわけがない。おれは信じない。おれが何も知らんと思って、みんなで寄ってたかってバカ言ってる。……おれは彦兄ィに会いに帰って来たんだ」

『お前、ほんとに誰なんだ？……今、車停めた場所からは、岩山がじゃまになってこの灯台は見えない。それなのに、お前は真っすぐここへ歩いて来た。俺が何も言わんうちに。ずっと前からここを知ってたみたいに』

「……おれは、ここで生まれた。新田……」

『ニッタ？……お前、シュンか？　あの九州電力の、発電所造った時の、新田さんの息子か？　この島で生まれた。……しかし、ずいぶん顔が違うな。前にボクシング雑誌で見たのと』

「ボクシング雑誌？」

『ああ、彦が毎月取り寄せとった。そんでセイネン（青年団）の集まりに持って来よった。「見い。これ駿ぞ。こん島の者《モン》が世界一になるぞ」ちゅうて』

「彦兄ィが？……おれがリングに上がってること知ってた？」

『ああ、知ってたどころの騒ぎじゃない。毎月ボクシングの雑誌届くと人集めては酒盛りだ。……お前、太ったな。だからわからんかった』

「ええ。もう辞めて一年半になります。あの頃から見れば十キロは増えてる」

『お父さんもお母さんも、元気か。皆さんいい人やった。この島も、おかげで電気がつくようになった。ずいぶんお世話になった。新田さん、いつもこの下で釣りよったな』

「……親とは、ここ何年も会ってないんですよ。小倉で元気でいるみたいですが」

『……まあ、いろいろあるわな。

　でも、デカくなったな、お前。俺が島出る時、まだ四つかそこらだった』

「おれのことを?」

『ああ、三つぐらいのガキが、ガジュマルにブラ下がって一人で遊んでた。あのイギリス坂の脇の、ガジュマルだ。いつも何かブツブツ独り言いう妙な子供やった。手と足がやたら大きくて……。ボクシング辞めたんなら、どうだシュン? またここで暮らさんか。オイ(俺)とフカ捕りやらんか』

　彼がおれの背中をたたいて笑った。

10

　四日目の朝の汁椀には丸餅が入っていた。それで、年が明けたことを知った。午後になって雨があがった。樹木からサンゴ礁まで、新鮮な色を吹き返した島のあちこちを、短い午後いっぱいかけて歩きまわった。

　彦兄《ニ》ィが死んだということを、おれは四年もの間全く知らずにいた。父の転勤によってこの島を離れてから、ほとんど島の人たちとも疎遠になったが、あれからどこへ住もうと、いつもおれは、彦兄ィが島のどこかで誰かと笑ったり話したりしているのをよく感じた。年賀状一つ出したことも、届いたこともなかったが、不思議におれはこの島と彦兄ィのことを感じながら暮らしていた。確かに今、自分がこの島に戻って、ここにいるはずなのだが、それでもどこか覚めない夢の中にまだいるような、現実離れした感覚が強かった。彦兄ィの家も、樹木に覆われ湿った島の墓地も、わざと避けるようにして歩いた。おれは帰って来たが、彦兄ィはすれ違いに内地のどこかへ出稼ぎにでも行っているようだった。そのほうがずっと現実味のあるものとして感じられた。

　夕暮れの坂を下りてきた時、宿の前に男の子が立っているのが見えた。おれと目が合うと急に視線をそらし、その子は港のほうへ顔をむけた。そのまま玄関に入ろうとして、背後からおれの名を呼ぶのを聞いた。

　いかり肩の、痩せた坊主頭は、負けん気の強そうな細い目をしていた。いきなり『前田昌彦』そう、怒鳴るように名のった。彦兄ィに、中学生になる男の子が一人いることは、二日前岬まで連れて行ってくれた男から聞いていた。

「彦兄ィの？」

　彼がおれの顔を睨みつけたまま小さく頷いた。

　二階のおれの部屋へ入ってからも、少年はじっとおれを見据えたまま、少しもうち解けようとはしなかった。おれは窓に面したテーブルの椅子に腰を下ろし、彼にも座るよう言った。少年は腰を下ろす気配も見せず、いきなり抱えていたスクラップブックを目の前のテーブルへ投げつけた。

　おそらくクリーム色をしていたのだろう、汚れたスクラップブックの表紙はすでに茶に近い色を示していた。表紙をめくって最初の扉に、一枚の写真が貼られていた。モノクロームで撮られた、木枠の水中眼鏡を額に上げた裸の男と、その横で巨大なイセエビを胸のところに抱えている男の子だった。サンゴ礁の海を背に二人とも笑って立っていた。間違いなく二十年近い昔の、おれと彦兄ィだった。

　スクラップは、高校二年の初めての公式戦、インターハイ福岡地区予選の切り抜きから始まっていた。切り抜きのほうは、おれの名前と学校名と試合結果だけの、ベタ記事一行でしかなかったが、それより遥かに大きな手書きの見出しがマジックインキで添えられていた。

『新田駿一（宝島出身）緒戦快勝！』

　頁をめくるごと、彦兄ィの殴り書きしたような荒いマジックインキの筆跡が目に飛び込んできた。

『がんばれ駿！』

『新田連勝。三連続ＲＳＣ（ＫＯ）』

『新田駿一　（ライト・ミドル級）優勝！　九州制覇。全国大会進出』

『新田駿一　全国インターハイ三位　準決勝惜敗、小差の判定』

　古いそれらの切り抜きも、すっかり黄ばんで変色していた。そして頁のところどころに汚れた指の、大きな指紋が残されていた。

　それから大学時代の試合結果が載った切り抜きが続いて出てきた。それは少しおれを戸惑わせた。高校時代のものは、定期的に船が運んでくる鹿児島の地方紙からスクラップすればよいが、関東大学三部リーグの試合結果などは、せいぜい東京の地方版に載った程度だろう。おそらく、この島出身で東京に住んでいる誰かに、ことづけたものに違いなかった。

そして、紙の質から雑誌の切り抜きだとわかる、プロ入りしてからの記事が現れた。デビュー戦から、四回戦、六回戦、東日本と全日本の新人王戦、有望新人紹介の欄まで、おれに関するものはすべて貼り付けてあった。それに毎月のランキング表。どの記事もおれの名前には赤鉛筆で線が引かれ、彼が付けた太いマジックの見出しが躍っていた。

『がんばれ駿！』

マジックインキの見出しが四年前の六月付けランキング表を最後に、ぷっつりと頁から消えても、まだスクラップは続いていた。一年半前の、おれの最後の試合結果とその月のランキング表も貼り付けてあった。

「これは？……君が」

少年は突っ立ったまま、そっぽを向いて頷きもしなかった。腹を立てた時、奥歯を噛みしめ頰骨《ほおぼね》を皮膚の下から浮き立たせるしぐさは彦兄ィに似ていた。

『父ちゃん、あんたがチャンピオンになるっていつも言ってた。悪くいっても日本一にはなる、いつかオイ（俺）を東京へ試合見に連れて行く、そういつも……。そんなもん、家にあってもしようがない』

テーブルの上のスクラップブックとおれの顔を睨みつけ、ツバでも吐きつけるように言い捨てた。

『前の便で来た雑誌に、こんなもんが載っとった』

坊主頭が胸ポケットから取り出したのは、折りたたまれたグラフィック誌の切り抜きらしかった。捨てるようにおれの方へ放られたそれは、テーブルの脇に落ちた。拾い上げようとして、その紙片に印刷されていた写真が目に入り、思わず指が止まった。

上体を深く倒したクラウチング・スタイルのそのボクサーは、古い時代の太腿にぴったりくっついた長めのトランクスと短いソックス、つま先の尖《とが》った甲皮の浅いリングシューズを履いていた。黒々とした豊かな髪を七三に分け、なで肩に見えるが肩の筋肉も腕の筋肉もよく発達したパンチャー特有の体つきをしていた。小さく締まったアゴと狭い額、一本につながったような濃いマユとその下の鋭い視線、意志の強そうな浮き上がった頰骨が写っていた。それでいて全体から受ける印象は少年のように見えた。

ジムの会長室とは名ばかりの、物置のような六畳間に、金色のフレームで机の上に飾られていたあの写真と同じものだった。

『選手育成一筋　苦難の四十年　〝あるボクシングジ

ム会長の死〟』

そう、見出しと小見出しが続けられていた。破りとられたそのページを拾い上げたおれの指先が震えていた。写真の男は、間違いなくおれが出会うずっと以前の、半世紀昔の下村会長だった。

〔十月の終わり、今も古い江戸の名残りをとどめる東京は千駄木、下町恒例の秋祭りの夜に一人の老人が、ひっそりと祭りテントの中で息をひきとった。支柱に背を預け、眠るように死んでいる『シモムラ先生』を、町の人々が見つけたのは、祭りもたけなわの午後九時頃だった。

下村秀次郎。明治四十四年、東京は谷中《やなか》に染物職人の次男として生まれた。大正十五年、十五歳の時、知人に連れられて入った浅草の映画館で、偶然流れたニュース映画が彼の人生を変えた。当時の世界ヘビー級王者ジャック・デンプシーとジーン・タニーのボクシング史に残るタイトルマッチだった。翌年、二歳年齢を偽って、十六歳で日本拳闘倶楽部に入門。二年後の昭和四年、日本フェザー級チャンピオンに認定された。試合においては勇猛果敢、後退することを知らない戦前を代表するブル・ファイターだった。

翌、昭和五年には単身渡米。植木職人の下働きや皿洗いなどをしながら、アメリカ各地を転戦した。帰国後も昭和十年まで選手生活を続け、その激しいファイトで観客を沸かせた。

戦後、出生地に近い東京・千駄木に『シモムラ・ジム』を開き、以来四十年、これといった趣味も持たず選手育成に明け暮れた半生だった。それだけに、選手に対する要求はことのほか厳しく、プロとしての体力、技術、精神を兼ね備えていると、会長が判断しない限り、けしてプロ・ライセンスの申請を許さなかった。選手のライセンスをA級へ上げる際にも、公的な基準（六回戦で二勝すればよい）は、いっさい無視し、会長自身が納得するまで何試合でも試した。

現役当時の勇猛なファイトの後遺症から、晩年左目の視力はほとんどなかった。そのせいか、養成するボクサーは自分と正反対の、防御技術のしっかりした技巧派が多かった。

いつも選手のことを気づかい、マネージャーとしての自分の取り分まで、選手に渡してしまうことでも有名だった。自分が経営していた小さなガソリンスタンドからの収入も、ほとんどをジムの設備や選手につぎこみ、夫人が洋装店を営んで生活を支えた。その正枝夫人を昭和五十一年に亡くしてからは、マネージャー室と呼んでいたジムの六畳間で寝起きする毎日だった。

しかし、選手には恵まれなかった。昭和三十二年、初めてメインエベンターに育てた島野勤が、日本フェザー級タイトルに挑戦、六回KO負け。次いで三十八年には、高田修三がバンタム級タイトルに挑んだが、これも四回TKOで敗れた。下村会長がベルトに挑んだチャンスはこの二度だけだった。

晩年はランキング・ボクサーを輩出することも少なく、昨年五月までミドル級にランクされていた新田駿一が目立つ程度だった。会長自ら『最後の夢』と呼んだ、アマチュア出身、長身巧打の新田も、全日本ミドル級新人王から同級二位までランクを上げた後、凡戦をくり返し、いつの間にかリングから姿を消した。それ以後、全日本ランキング表から『シモムラ』の文字はすべて消えた。

昨年七月いっぱいで、高齢を理由にジムを閉鎖。茨城県水戸市に住む長女夫婦のもとに身を寄せ、穏やかな日々を送っていると伝えられていた。しかし、折にふれアメリカ遠征当時の写真を取り出しては、よく見つめていたという。

彼の高潔な人柄と、そのボクシングに捧げたひたむきな姿勢を愛し、『下村先生』と呼び続けた下町の人々に招かれ、久しぶりに出生の地へ帰った最後の夜、下村秀次郎は本当に嬉しそうだったという。享年七十五歳。心臓マヒだった。

軽佻浮薄がもてはやされる時代に、そのひたむきさの故か、わが国のボクシング界が『冬の時代』を迎えて久しい。加えて、ここ十年来、『薬物投入疑惑』、あいついだ『リング禍』と、暗いニュースが度重なった。『財テク』とやらに老若男女がこぞって狂奔したこの一年。『ボクシングの良心』が、名もなく寂しい死を迎えたことが、ひときわ悲しい」

彦兄ィの息子が何かゴチャゴチャしゃべっていた。向けられている冷たい視線と、耳に刺さる言葉がカンにさわった。

「うるせえよ。ガキは帰って寝てろ」

おれの押し殺した勢いに、顔をこわばらせた坊主頭は、ドアを思い切り打ちつけて出て行った。

陽が陰り、すっかり薄暗くなった部屋で、ひとりになったおれは、もう一度切り抜きを手にとった。

そして、何をするつもりだったのか、気がつくとしきりに自分のトラベル・バッグの中を漁《あさ》っていた。途中で何をしようとしていたのか思い出せないまま、汚れたシャツの出したり入れたりを二度ばかり繰り返した。立ち上がって窓際のテーブルへ戻ろうとした。通帳だの現金だのを入れておいた書類封筒を探していたことに気づいた。押し入れのふすまを開け、重ねた布団の下からそれを引き出した。少しためらった後、封筒の中からあの写真を取り出した。右手を上げられたおれと、その横で立っている会長の笑顔とがやはり写っていた。『共に闘えて光栄でした』という筆跡も、裏返したそこにそのまま書いてあった。

陽が沈もうとしていた。暮れかかった海が深い闇の色に染まり、波頭だけが白く毛羽だつのが見てとれた。冬の陽はやがてすっかり落ちて、それから少しの間、おれはその闇のなかにいた。

夕食は後にするとだけ言い、ジャケットをつかむと外へ出た。風が強かった。港に近い運送会社の窓明かりや、埠頭の点滅する赤い標灯が蒼《あお》い闇のなかに浮き上がって見えた。港まで下りて、湾に停泊している小さな漁船の灯《ひ》を左手に、やがてアダンの深い林へ続く、サンゴのかけらで出来た白い道をたどった。明かりひとつなかったが、道を見ずに周りの林を見るようにすれば闇の中でも目が道をとらえることは感覚が覚えていた。

どこへ行こうとしているのか自分にもわからなかった。ただ、じっとしていることが耐えがたかった。少しでも遠くへ、一時も早く思い出したくない場所から離れるためには、歩を進めている以外方法がなかった。冷たい海風が肺を満たし、鼻孔も喉のあたりも感覚がなくなっていた。歩をゆるめるのが怖かった。たちまちあのジムや会長の思い出がよぎり、それに捉まったら歩くことができなくなるのはわかっていた。

頭上に星空が迫っていた。深い夜空が一面の星で沸き立っていた。天の川が乳白色の霧を吐いて、夜空の中央を横切っていた。島のあちこちは、断片的に記憶のなかのそれと一致するのだが、全く変わらないものがそこにあった。見ていると鳥肌が立つような神々しい星夜だった。月が沈めばそれらはもっと勢いを増し、夜空をほの白く燃やし続けるだろう。

「ハイデジャロウ」おれの喉のあたりからそんな声が飛び出した。

ジムの会長室だった。光の帯が左側からさしこんでいた。厚板の木製デスクに会長がついていて、破ったばかりのカレンダーの裏に『ＨＩＤＥＪＩＲＯ』とマジックインキで書いた。机の上に両肘をつき、書いたばかりの文字をおれに示して言った。

『駿一。何て読む?』メガネの奥の目が笑っていた。

「……ヒデジロウ。会長の名前でしょう?」

『いや、「ハイデジャロウ」と読むんだ。俺も向こうで最初呼ばれた時は、何のことかわからなかった。ところがサクラメントではみんなそうおれを呼ぶ。おれの名前をローマ字でこう書くと「ハイデジャロウ」って読むらしいことに気付いたのはサクラメントに着いて三日もたってからだった……』

アダンの林が途切れ、白い道は松の防風林に入った。おれはとうとうそこで立ち止まった。しゃがみこんで、深いワークブーツの紐を解き、最初から通し直した。足首をすっかり覆う一番上の穴まで靴紐を通し、きつく締めて足首を固定しようとしていた。もう歩くだけではどうにもならなかった。靴紐を結びながら、不意に耳元まで「戦いたい」という思いがこみあげ、紐を握った指が震えた。歩は次第に早まり、革ジャケットのファスナーも喉元まで上げた。久しぶりに顔の筋肉がこわばっていく緊張を覚え、首の付け根のあたりから鳥肌が沸き立つのを感じた。おれの足が走り出そうとしていた。

「走るな」そう声にして自分へ言った。一度走り出してしまえば、どこへその道が通じているのかはわかりきっていた。ただつらいばかりで、報われることの少ないあの道へ、また戻るハメになる。古い血のシミが斑点の模様を作ったキャンバスと、逃げ場をさえぎるロープと、それ以外に何もない、ただ殺風景なあの場所へ戻ることになる。

とうとう足は地面を蹴りはじめた。すぐ息が上がった。水ぶくれのおれの体から汗が噴き出した。額から頬をつたってアゴの下へ汗がたまった。肺は氷が詰まったように重かった。ただ走ることだけが、おれの唯一の避難所へ通じる道のようだった。激しく体を消耗させることだけが、この信じられないことだらけの、ひどい夢のような現在《いま》を消すたった一つの方法のようだった。走れば走るほど時間が逆に流れ、四年位昔の、会長も彦兄ィも元気でいた頃へ、おれのなかの映画のスクリーンのようなピンとこない風景が、まだ生き生きとした輪郭や輝きを備えていた頃へ、突然戻ってくれるような気さえした。長すぎる悪い夢が覚めるとしたらこの道を行くしかないようだった。

視界が急に開け、防風林が終わった。海からの風が、まともに頬へ当たった。何の光だろう、ほのかな光に縁どられて、小宝の島影がうっすらと左手の海上に浮かんでいるのが見えた。積み上げられた廃車の影と臭気がゴミ焼き場を示していた。そこを過ぎると、海のほうへ行く細い道が分かれていた。小宝の影を正面に見ながら、アスファルトのように固まった白い道を外れ、軟らかな感触の芝生の原へ入った。シャワールームらしい建物の影が見えて来たあたりで、足裏の感触がより深いものに変わり、歩をおくるごとパチパチと小枝の弾けるような音がした。野生の蔓バラだった。

前方の野原にそこだけ奇妙に張りつめている、平らな部分があるのに気づいた。草原の真ん中に、一箇所だけ月の光に反応する鏡のような部分があるのだ。草原を突っ切り、そのほうへひとりでに足は向かっていた。地面から一段高く土を盛り上げたそこは、コンクリートで固められた直径二十メートルばかりの円が出来ていた。夜光塗料が中央に大きなHの文字を描いていた。民間のヘリポートが出来たと、宿の主人が話していたのを思い出した。

おれはためらうことなく、そのコンクリートのステージへ上っていった。Hの文字の中央へ立った。地面から五、六十センチばかり高く、測ったような平面に立つと、久しぶりに窮屈な場所から解き放たれた自由を感じた。リングに上がった時の誇りに近い感情だった。右足を後方へ引き、両手を目の下まで、ガードを高く上げて構えた。両のかかとを上げ、前前、後後、左左、右右、小さなステップで移動した。頭を揺すり、足からのリズムに合わせて軽く左を二つ出した。左から右へのワン・トゥ、返しの左フック、右のショート・ストレート。ジャブ、ジャブ、右アッパー、左フック。ボディから顔面へのダブルフック、右のオーバーハンドで打ち降ろし。バックステップで下がりながら左右左のショートフック、右ストレートから左左。まだ体のどこかで覚えている幾つかのパンチを出してみた。ほんの少し動いただけでセキ込み、吐き気がした。四つん這いになってツバを吐き、呼吸を整えようとした。汗が、乾いたコンクリートの上にシミを作っていくのがわかった。月の影が、人工の明かりよりずっと質感を持ったおれの影が、コンクリートの床の上にはっきりと刻まれていた。四つん這いの打ちのめされた影だった。

へたりこんだまま、おれは無意識にあたりを見回していた。自分の視線が探しているあの短く刈り込んだ白髪頭の、ぶ厚い丸メガネをかけた小さな男はどこにもいなかった。どんなに打たれても、ぶざまに下がり続けるしかなかった惨めなラウンドでも、ラウンド終了のゴングが鳴って辺りを見回すと、彼は必ず立っていてくれた。彼はいつだっておれのコーナーにいた。赤でも青でも、彼が立っているところがおれのコーナーだった。彼のところへ戻りさえすれば、一分間の休息があり、火のような言葉が失いかけている自分を取り戻してくれるはずだった。そして次のラウンドのホイッスルが鳴れば、おれはもう一度立ち上がり、相手に向かって行けるはずだった。

風の音と波が打ち寄せる音、全天の瞬く星と白い砂丘、揺れている植物とがわかるだけで、コンクリートの円いキャンバスには誰もいなかった。周りを占める闇の深さに、初めておれは彼の不在を感じた。

11

午前四時きっかりに目を覚ました。腕時計を確かめたとき、おれの体内時計がまた時を刻みだしたのだと、そう思いこむことにした。

外は暗かった。吐く息が白かった。一面の星々が、太古からの霊気をそのまま抱いて瞬いていた。風が強かった。打ち寄せる波の音が間近に聴こえた。

Tシャツを三枚重ね、その上に綿のワークシャツと厚手のセーター、その上から革のジャケットをはおっていた。スラックスの裾をワークブーツの中に押し込み、その上へ膝から下を切り落としたジーンズを着けていた。そんな、出来損ないのカカシのような格好で、おれは坂を下り、歩いて前籠の港まで出た。屈伸やジャンプや、丹念にウォームアップした後、ヘリポートのある方へ海岸づたいに走り出した。

身体が重かった。ものの三分とたたぬうちに息が上がった。汗はひっきりなしに額から流れ落ち、この十六か月のブランクをつくづく思い知らされた。サンゴの死骸の石灰からなる白い道は、長い間にすっかり踏み固められ、アスファルト並みの硬度を持っていた。編み上げのワークブーツは足首をひねる心配はなかったが、振動を和《やわ》らげるクッションがないだけ膝に負担がかかりやすかった。できるだけ草むらを選んで遠回りしながら、おおよそ四キロ余りの道をセンゴ港までとった。それから引き返して砂丘へ向かい、象牙色の砂のアップダウンを、繰り返し走った。昔、『砂漠』と呼んでいたそこは、防風林が育ったせいもあったろうが、驚くほど狭く感じられ、まるで別の場所のような気さえした。

とにかく、少しずつ身体を作り直そうと思った。次の船まではあと四日ばかりあった。もう一、二週間、ある程度自分の身体にメドをつけてから戻ろうと思った。何より、この世でおれが最初に出会った、昔なじみの潮風と太陽と深い夜の闇が、おれを回復させてくれる気がした。

わかってはいたつもりだったが、おれの筋力は全く惨《みじ》めなものになっていた。最後のダッシュのあと野生の芝生に倒れ込み、呼吸が治まるまで、まだ明けきらない海と空とを眺めた。もういくらやっても無駄のような気もした。その度、おれはあの雑誌記事を思い起こした。

いつもおれは心の中で、彼を老いぼれ犬呼ばわりしていた。彼の何もかもが腹立たしかった。なぜならおれは、あのジムにいたことのあるすべてのボクサーがそうだったように、彼の息子だったのだから。父親を呪わぬ息子がこの世にいないように、おれは彼の存在すら許せなかった。

確かに例の記事は、他人が読めば彼の人生をたたえこそすれ、侮辱してなどいないように見えるかもしれない。が、彼の息子の一人であるおれには、その裏に、あの手の連中特有の、神にでもなったかのような高慢さと臭気を感じた。連中が、新聞社や雑誌社やテレビ局のネームが入った名刺や、腕章や、そんなものをチラつかせながら、他人にどんなことをするのかをおれはよく知っていた。彼らの手のつけようもない無神経さをその記事の裏に感じた。会長の人生は閉じられたのだ。そっとしておけばよいのだ。ひとりの人間の死さえも、彼らはテレビカメラで写してやることで初めて死として認められるかのような錯覚をもっている。明るすぎる照明ライトを死の床にまで持ち込み、横たわった人間の死に顔を照らすことさえ、名誉なこととして受け入れろとでも言うのだろうか。会長の人生に本当に打たれたのなら、あるのはただ重い沈黙だけのはずだった。ただ黙っていればいいのだ。死さえも自分が与えてやったような高慢さが許せなかった。あの記事を読んだやつらも、トイレの便器に腰掛けたり、喫茶店や居間のソファに足を組んだり、食後のゲップなどしながら、芸能人が子を産んだとかいう馬鹿げた記事のついでに読んだに違いなかった。誰もかれも許せなかった。あれを書いたやつも読んだやつも、一人残らず消してしまいたかった。そして、それを消す方法が一つあることも、おれはわかっていた。あの記事が完結しているのは、会長の献身にもかかわらず選手はどれもこれもクズばかりで、無念のままの死だったからだろう。あれを書いた記者は、会長が死んだ時、かつてもくろんだ筋書きどおり事が運んだことを心のどこかでほくそ笑んだような気がした。一人のチャンピオンも結局作れなかったことで彼の人生は絵にかいたようになったのだから。

それなら、まだ終わっていない。彼は死んだかもしれないが、おれが死んでいない限り、まだ彼の人生のジャッジペーパーを集計するには早すぎる。

「カマン　ボーイ。カマーン！」そう、おれは口に出して言った。会長の口ぶりをそっくりまねて。

両手にミットを構えながら、おれの出すパンチが彼の要求どおりきれいに決まると、彼はステップを踏んでリズムをつけ、続けておれのパンチを引き出そうとしながら決まってそう叫んだ。

「カマーン。ハイデジャロウ！」耐え切れない時はそう叫んだ。ミドル級のおれのパンチを受け続けたために、試合間近には決まって、会長の両手が腱鞘炎《けんしょうえん》に悩まされた。そんな時、彼は洗面台に氷を満たし、それに両手を突っ込みながらそう彼自身へ怒鳴りつけていたのを、おれは知っていた。

どちらの言葉も、たぶん単身アメリカに渡り、サクラメントという街の、たしかエル街《ストリート》とかいった場所でトレーニングを受けた際、そこのエドという名前のアフロ・アメリカン（会長は決して黒人という呼称は使わなかった）のトレーナーが、若かった彼を励ます時に言ったものだと思う。

芝生の原でダッシュのあと、もう一度身体を起こすのが難しく思われた時に、あるいは、足を吸い込もうとするしつこい砂丘で砂にまみれ、もうやめようと思う度におれは会長の口ぶりそのままに、それらの言葉を自分自身へ吐きつけた。

*

ロードワークを始めて何日目かの帰り道だった。イギリス坂を登り始めた辺りで、朝もやの中をおれの方へ向かってくるヘッドライトが見えた。見覚えのある小型トラックは、おれのすぐ前で停まった。やはり、鬼塚といった、あの赤っぽい髪の男が窓から顔を出した。

『駿。乗らんか』

車の中は暖かかった。彼がよく乾いたバスタオルを手渡してくれた。バスタオルはほのかに洗剤の香りがした。彼が次に、きちんとたたまれたシャツや肌着をさし出してくれた時、おれをどこかへ連れていくつもりらしいことがわかった。服を脱ぎ捨て、汗のひけるのを待って体をふいた。彼が用意してくれた乾いたシャツを頭からかぶってみたが、おれには小さすぎた。それを見て彼は笑いながら『ないよりマシだろう』と言った。

車はUターンして坂を登り、一周道路を少し走った高台で停まった。ドアを開けた時に動物園の獣舎のような臭いがした。牛の声が聞こえた。彼の後をついて行くと、竹藪《たけやぶ》の奥からトタン葺《ぶ》きの牛舎が現れた。牛たちは彼がわかるのか、次々と駆け寄ってきては白い鼻息を吹き上げ、彼を出迎えた。その牛舎には黒い牛が八頭ばかりいた。体は大きかったがまだ子牛らしく、ツノも丸く人なつこかった。彼が配合飼料とエンバクと、刻んだワラ束を混ぜて与えた。それから、県から借りているという種牛のいる牛舎に向かった。鉄筋の牛舎に一頭だけつながれた種牛は、巨大な頭部に太いツノを飾り、心を許さない血走った目で激しい気性を示した。何度か後ろ脚で牛舎の壁を蹴りとばした。

引き返した彼の牛舎の隅に、一頭だけ黒白まだらのホルスタインがいるのを見つけた。

「乳牛も飼ってるんですか」

『いや、子牛が生まれたらすぐ親から離し、あれに親代わりをさせて育てる。子がそばにいると発情周期が遅れる。それだけ子がとれん。本で読んだやつを試してみたんだ。アメリカではうまくいった例が幾つもあるそうなんだが、なかなか思うようにはいかん』

無心にエサを食べている子牛たちを見ながら、彼はタバコに火をつけゆっくりと煙を吐いた。

『……まあ、これがおれの未来ってわけだ。赤字続きのバカな未来かもしれんが……。

公共事業と漁とで、今は何とかなっとる。じゃっど、お前がこの間言ってたように、その後が問題よ。おれたちの代はなんとかそれで乗りきれるかもしれんが、子や孫の代になったらこんなわけにはいかん。それが目に見えとる。みんながこん島から出んでもやってけるように、いつでも帰ってこれるように、打てる手は打っとかなあ』

「肉牛は採算取れてるんですか」

『いや、赤字もいいとこよ。配合飼料だけでも月四万はかかる。牛はまあ三百キロで十五万前後の値だから……。それに今は鹿児島の牛にはたちうちできん。島から鹿児島まで船で送っとると、二十キロ近く痩せてしまう。腹一杯食わせた鹿児島の牛とセリで並べられたら勝負にならん。安く買いたたかれても何も言えん。どこか、中之島あたりに牧畜センターでも作って、一手にトカラの牛を集め太らせて、直接神戸や大阪へ送るようにでもなれば、また違うんだろうが……。

こんなこと、いくらやってもしようがないと思う時もある。じゃっど、やられっぱなしでただ見てるんじゃ、もっとしようがない。おれの代はバカ呼ばわりされても、次の代、その次の代のこと考えておかんと……』

彼は煙をゆっくり吐きながら、ずっと遠くを見るような目をした。そしてタバコを投げ捨て、急に明るい顔でファイティングポーズをとった。

『お前、またやるんか』

「それしか能がないみたいですよ」

『やったらええ。気の済むまで。お前の仕事も大変だが、お前が頑張っておれば、この島出て様々な所で暮らしてる者の励みにもなる。……お前、顔が変わった。ほんの三、四日なのに。ボクシング雑誌で見た顔に近いな。なんか、おっかないところがある。彦が生きとったらなあ。……まあ、今度はオイ（俺）が毎月、彦の代わりに雑誌取り寄せて、それにかこつけて宴会開いてやる』彼が笑った。

「……もう、馬はいないんですか。たしか昔、一頭だけ島のどこかに繋がれているのに、草を食わせた記憶があるんです」

『トカラ馬か？　ああ、こん島にはもうおらん。中之島の動物園に二頭ばかしおるそうだ。

お前の名前も、こん島で生まれたから〝駿〟てつけたんだったな。

お前は知らんだろうが、大昔から島の人間かどうかを決めるのは、こん島で生まれたかどうか、ってことが基準になってたそうだ。父親や母親はどこの誰だろうとそれはどうでもいい。もちろん今どき、そんな馬鹿なことは何の問題にもならんがな。でも忘れるな。ここはワイ（お前）の島や。それだけは間違いない。お前はこん島の人間や。それは誰でも知っとる。

貧乏な島かも知れんが、内地の大会社の銭なんかに、こん島は負けんかった。これからも負けん。駿、宝島の人間がどんなもんか、あの都会の、幽霊みたいな顔した連中に見せてやれ。

……じゃっど、殴られて頭バカならんうちに、また帰って来いや』

12

年が明けて最初の船がやって来たのは、六日の夕方だった。夕暮れの海を、オレンジ色の船体が小宝島から斜めに横切って、前籠へ入って来るのを窓辺で眺めた。この船が次の次に来たとき、それがこの島を出る時だと思った。ただ、三十分ばかりして船が奄美の名《な》瀬《ぜ》を目指し、再び港を出て行くのを見ながら、この島にいた子供の頃を思い出した。こうして船を見送りながら、確かに『希望』に似たものを感じていた時のことを。この海の向こうには何かがあり、いつかおれがこの海を渡って行くだろうと信じていた日のことを。そして、海の向こうにあったものが結局どんなものだったのかを。それでも、また出て行こうとしている自分がおかしかった。

＊

トレーニングを始めて一週間が過ぎ、ようやく体もロードワークに慣れはじめた。そこで、かつてジムへ通った夕方の四時半には、鬼塚正平が届けてくれた子供用の縄跳びロープとバスタオルを抱え、芝生の野原へ出かけた。夕方には風が出て寒かったが、やはり正兄《ニ》ィにもらったゴム引き上下の雨ガッパが風を防いだ。腹筋や背筋を伸ばすストレッチ運動をまぜて、シャドー・ボクシングを二ラウンド（六分）、ロープスキッピング（縄飛び）を二ラウンドやり始めた。

芝生の原でロープスキップをこなし、一分の休みをとっている時だった。ふとそらした視線の、ちょうどシャワールームの裏で影が動いたのを感じた。一分が過ぎて腹筋の補強運動に入り、神経をそちらの方へ向けていると、確かに砂地を踏む音がカサコソ聞こえた。腹筋を終え、呼吸が治まるのをまってシャワールームへ近づいて行った。

「なんか用か。出てこい」

しばらくは波の音ばかりだったが、やがてシャワールームの陰から男の子が現れた。彦兄ィ《ニ》の息子だった。

「なんだお前か。暇なら、ちょっと手伝え」

彼はふて腐れた顔をしたままそれでも付いてきた。平らな芝生の原に戻ると、おれは腕時計をはずし彼に渡した。

「いいか。おれがシャドーを始めて二分過ぎたら『ラスト六十』、二分三十秒になったら『ラスト三十』、おれに聞こえるように怒鳴れ。一ラウンドは三分間だ。終わったら『カーン』。そして一分休む。次のラウンドの五秒前になったら『ピー』で知らせろ。そしてまたラウンド開始の『カーン』だ。あとは前のラウンドと同じようにラスト六十秒と三十秒を知らせろ。わかったか」

男の子は頷《うなず》いた。が、ただ時計をじっと見つめている。

「バカヤロ。『カーン』でラウンドが始まるんだ。まずゴング鳴らしてからだ」

坊主頭が初めて笑った。

『カーン』

おれはシャドーを始めた。とにかく身体全体のバランスとリズムを取り戻すことだけを頭に置いた。以前のまま上体を真っすぐに起こしたアップライト・スタイルで構え、アゴを深く引いて両手のガードを高く上げた。あくまで擦り足で小さく小さく足を運び、時折軽いジャブとストレートだけを出してみた。

『ラスト六十。ラスト六十』

両手でパンチを払うパリーや、肘でのブロック、ダッキングなどの防御をまじえてステップを刻んだ。

『ラスト三十。ラスト三十』

ジャブを出し、架空の相手が入って来るところを右アッパーで防いだ。ワン・トゥから左フックの返し、右ショート、ボディから顔面への左ダブル、右ストレート。初めてパンチをつないでコンビネーションを繰り出した。手先だけの軽いパンチを出している分には問題なかったが、踏み込んで体重を乗せたストレートを放つたびにバランスが崩れ、上体はパンチに引っ張られて横へ流れた。まだまだ長くかかりそうだった。

　坊主頭は最後の整理運動までずっと付き合って、背中を押したり、足首を押さえたり、おれと一緒に汗まみれになった。トレーニングを終えた後で、夏場しか使わないというシャワールームへ行き、着ていたものを脱いで汗を出した。コンクリート・ブロックの壁が風を防いだそこで、坊主頭はしゃがみこんだおれにバスタオルで風を送りながら、それまでとは違った顔で話しかけてきた。

『駿兄《ニ》ィ、またやるんだ？』

「ああ。見てろよ」

『……この前、アタイ（私）が悪かった』

「気にするな」

　坊主が島の目上と話す際に使う『ニィ』と呼ぶ敬称と、『アタイ』という謙譲の人称を使った。

『駿兄ィ、……ブル・ファイターってなに？』

「ブル・ファイター？」

『うん。この前の雑誌に出てた、駿兄ィの死んだ先生。ブル・ファイターだって』

「ああ、ブルってのは雄牛だ。スペインの闘牛の牛みたいに、ガンガン前へ打って出るのがファイターだ」

『駿兄ィもガンガンやるんか？』

「おれはボクサーって呼ぶ方だ。そうだな、闘牛士みたいなもんだと思えばいい。牛がガンガン出て来るのを、足使ってかわしながらバチバチ刺して弱らせる。それでトドメのグサッ、だ」

　おれの右ストレートが風を切った。

『グサッ、か？』坊主も右を打つまねをした。

「まあ見てろ。これからおれと当たるやつは運がない。全部ぶっ倒す。もう遊びはやめだ。皆殺しだ」

『皆殺しか？　駿兄ィ』

「ああ。……お前、明日も来れるか。一人手伝いがいてくれると助かる」

『必ず来る。これから毎日来る』

　降り始めた闇のなかで坊主頭が、笑ったのが見えた。たしかに彦兄ィと似ていた。

＊

島には、商店らしきものはやはりなかった。現金を使えるのは今も農協の売店だけで、他には民宿の前に立っているコーラの自動販売機が一つあるだけだった。おれの腰のあたりに付いたタイヤのような脂肪を落とすために、食品を包むラップ・フィルムを幾重にも巻き付け、それでランニングをしようと思いついた。他にもトレーニングに使えそうなものがあれば買ってくるつもりだった。

農協への道すがら、荒れた畑の隅にうち捨てられた自動車を見つけた。ボディはすっかり錆びつきタイヤも付いていなかったが、閉めきったままの窓ガラスだけは割れもせず完全なままだった。その窓ガラスをなにげなく見やったとき、一瞬足が止まった。外側は確かに車の形をしているのだったが、内部はおびただしい雑草で隙間なく埋め尽くされていた。窓ガラスに額を当て覗《のぞ》きこんでも、車の床を食い破りシートの形らしきものも見あたらないほど、植物がはびこっていた。ここではいまだ、人間が造り出したものなどたかがしれているということを雑草でさえ教えていた。

途中何人かの島びととすれちがった。むこうからかけて来る言葉こそ、『コンニチワ』だのの挨拶《あいさつ》程度だったが、その声も笑顔も初めから親しげで構えるところがなかった。この真冬に外部からやって来た人間はおれ一人らしかった。そして、その見慣れぬ人間が誰なのか、島の人々はとうに知っているようだった。やはりここがおれの故郷らしいと思ったのは、それらの人々の全く無防備な視線だった。なかには帰りに立ち寄るようにと、家の屋根を指さして教えてくれる老人もいた。誰もが『駿《シュン》』とおれを呼んだ。ずっと昔ここで呼ばれていたのと同じ響きだった。

農協の売店は都会のコンビニエンス・ストアと変わりがないほど様々な商品が並んでいた。どこか薄暗い記憶があったのだが、店内は様々な食品のパッケージでうるさいほどだった。半ダース一束の軍足、下着、やや小さいが裾をちょん切れば履けそうなスエットウエア、役に立ちそうなものを手に抱え、しゃがみ込んでいた時だった。背後で『シュン』と誰かが呼ぶ声がした。おれは首だけ振り返った。小柄な浅黒い顔の老婆が野良着姿で立っていた。彼女が被っていた手拭を、頭をかしげるようにして取った。真っ黒な、パーマをかけたような艶《つや》のある髪だった。黒目がちの瞳《ひとみ》がおれを映していた。

「……タミおば」突然おれの喉元から反射的に声が飛

び出した。

『駿。……元気やったか。ワイ（お前）は島を忘れたかと思ったが。……涙出るごつやっと』

なぜ彼女の名前を覚えていたのか今もわからない。むしろ名前が勝手におれの口から飛び出しただけで、彼女が自分と実際どんなかかわりを持っていたのか印象すら不確かだった。しかし彼女が「タミおば」であることは間違いなさそうだった。二十年近く思い出したこともなかった人間だった。

不思議なことは他にもあった。長いことおれを苦しめていた、あの映画のスクリーンのような光景が、次第に表情を取り戻し始めてきていた。どうもこの奇妙な感覚は、自分の視覚とはさほど関係がないらしいことは薄々感づいていた。むしろ目に映るピンとこない光景は、自分をとらえている時間がどこかバラバラで、一貫したストーリーのようなものが抜け落ちているところから来ているようだった。夢で見たことなのか、現実にあったことなのか、どの記憶も信憑性に欠けていた。それが自分の生まれたこの島に来て、一人になり、それまでの一切を切り離して見てみると、少しずつ脈絡がとれて来るような手ごたえを感じた。おれのすべてがこの島から始まったことは確かなことだと信じられた。またここから始めればよいだけだった。

毎日毎日、よく走った。民宿のヘルスメーターは、乗ってみるたび面白いほど目盛りを下げていった。食事も米を口にすることはなくなった。新鮮な魚や野菜を少しずつ取るようにした。空腹には違いなかったが、そうしていれば会長や彦兄ィのことがふいによぎることがあっても、さほど苦しまずに済んだ。いっとき深い谷を過ぎると、時間がバランスを取り戻し、会長も彦兄ィもどこかでそのまま生きているような、以前の感覚のなかで暮らしている自分に気づいた。

＊

島を去る船が来るまで二日を残して、夕方のトレーニングコースを変えた。芝生の原へは向かわず、逆にイギリス坂を駆け登った。彦兄ィの息子の昌彦は、ハンドルもスポークも潮風に赤錆びた自転車に乗ったまま、すぐ横で叫んだ。

『駿兄ィ。どこへ行くん？』

「大原《オオバル》」強い風の中でおれは怒鳴り返した。

なだらかな草原が波打ち際まで続く斜面に、赤茶けた大きな岩が点在するその辺りは、全く昔のままだった。ツンノキやソテツの繁みから、斑《まだら》のトカラ山羊《ヤギ》が顔を出しそうな気がした。辺り一帯は放牧場になっていて、半野生の山羊が駆けまわっていたはずだった。

「もう山羊はいない？」呼吸が落ち着くのを待って昌彦に聞いてみた。

『……少なくなった。夏に牛を放す』

波打ち際まで降りて、海中に張り出した岩山がちょうど正面へ来る位置まで移動した。波は岩山にぶつかると白い飛沫《ひまつ》を噴き上げ、長い間えぐり続けて脈を浮きだたせたその部分だけを、生々しい明るい色に輝かせた。切り立った岩山の角が正面に見える位置に来て、間違いなくこの場所だと思った。目の前に広がるサンゴ礁は一見その辺りの海を浅そうに見せているが、一歩サンゴ礁を踏み外せばすぐ下は予想外に深い。春雷の鳴るころ、決まってフカが眠りにやって来る洞窟が、その海中にあるはずだった。

「ここだろ？」と言おうとして振り向いた時、十メートルばかり離れて立っていた昌彦が、正面の岩山の方へ視線を注ぎ横顔を見せているのに出くわした。一瞬、妙な感覚にとらわれた。二十年昔、たしかこの場所で、全く同じ光景を見たという記憶がおれをとらえた。

この波打ち際で、正面に岩山がそびえ、おれが振り向いたそこに男が一人立っていた。ちょうど自分の位置から十メートルばかり横で、海の方を見ていた。おれが振り向いた一瞬に、二十年の時間がふっ飛んでしまったようだった。

『駿兄ィ、どうしたん？』

昌彦がおれの方へ顔を向けたとたん、時はまた元へ引き戻された。おれは笑った。

「……お前、彦兄ィの息子だったたな」

『何を言っとる』昌彦が笑った。

「ここだろ？　フカが眠りに来るのは」

『うん。駿兄ィ七つの時、フカを気絶させよった話、父ちゃんから何回も聞いた』

「この島出るちょっと前だった。彦兄ィとおれの親父と、幸蔵オジと四人でな。彦兄ィが潜って眠ってるフカの尻《し》っぽにロープ付けて来たのを、親父と幸蔵オジがここで引っ張り上げた。おれが野球のバットでブン殴って。……酢味噌で、みんなして食った」

『バットで？……父ちゃん、駿兄ィが手で、パンチでフカ気絶させよったって……』

「……彦兄ィ、そんなこと言ってたのか。嘘だよ」

『なんぼ駿兄ィでも無理だろうと思ってた』

　昌彦はひとしきり笑った。その後で視線をそらし、眩《まぶ》しそうな目で海を見やりながら付け加えた。

『駿兄ィ。……次の船で行くんか』

「ああ」

『勝ってや』

「見てろよ。今度は素手で、頭に毛の生えたフカ捕りだ」

　海はあの時と同じ深い色をたたえ、うねっていた。今年も三月が来て春雷を聞けば、フカたちがこの海底の洞窟へ眠りにやって来るだろう。墓なんかではなく、おれはここで、彦兄ィに別れを言いたかった。

＊

　船の来る前日の午後から、白い波頭ばかりが目立ち、空は暗く海がシケ始めた。細かい雨がひっきりなしに降り続いた。

　思ったとおり船は一日遅れてやって来た。宿代を支払った時に、民宿のおばさんは電話機ほどもある夜光貝の貝殻をくれた。くすんだ茶色の地に、白い上薬をかけたような貝の色は、この島のサンゴ礁の色だった。さし出された宿帳の職業欄には、迷わず『プロボクサー』と書いた。現住所も電話番号も、今はないという千駄木の『シモムラ・ジム』にした。渡島目的の欄には『帰省』と記した。

　船が悪石島《あくせきじま》を出たと、島内放送のスピーカーが知らせたすぐあとに、昌彦が来た。おれの部屋へ上がりこんで一緒に荷造りを手伝った。自分が島を出るみたいに一人で興奮し、『駿兄ィ忘れものしちゃいかん』と何度も言うのがおかしかった。最後に昌彦はテーブルの上に置いたままになっていたスクラップブックを手渡そうとした。

「お前持っててくれ。これから貼ってもらわなきゃならないことが山ほどある」

　昌彦は頷いて大切な物を手にするように両手でかかえた。

　ずっと窓際で小宝島の方を見ていた昌彦が、もうじき来ると振り向いて言った。切符も船の中で買うよりは安いと、農協まで彼が買いに走ってくれた。やがてオレンジ色の船体が海を横切って来るのが見えた。空を覆った紫の雲の切れ目から、プリズムで漉《す》いたような夕陽の帯が差し込んできた。

「行こうか」と言うと、昌彦がおれのバッグを持った。

埠頭には、赤錆の目立つ車がすでに並んでいた。警察もなければ、車検もいらないため、ここではどの車もナンバープレートを付けていなかった。なかでも、船に積み込む空のドラム缶や一升ビンを山積みにした青年団のトラックが目についた。子供たちはもちろん、集まってきた老人たちの顔も輝いて見えた。何人か昔からおれを知っている人々が声をかけて来た。

『駿。元気でな。また早よう帰ってけえよ』

内地で正月を過ごしたのか、いかにも他所《よそ》行きらしい背広やコートを着た男や女が、何人か船から下りてきた。この島から船に乗り込むのはおれを含めて五人しかいなかった。

おれのバッグを持ったまま一時姿が見えなかった昌彦が、息を切らして戻って来た。バッグのほかに、クリーニング屋へ行った帰りのようなビニール袋の衣類らしきものを抱えていた。昌彦からバッグを受け取った。

『これ正兄ィたちが駿兄ィに、って』そう言いながら、彼は真新しいカーキ色の作業ジャンパーを手渡した。たぶんわざわざあつらえてくれたのだろう、LLサイズのジャンパーの胸ポケットには、『宝島青年団』の文字が山吹色の糸で刺繍されていた。おれはジャンパーを受け取った代わりに、腕時計を外し「御守りがわりに持ってろ」と昌彦へ渡した。かつて新人王になった折、会長から贈られたロレックスの時計だった。裏蓋にはあの日の日付と、贈り主の名が刻んである。

「じゃあな。デカい試合が決まったら知らせるから、そん時はお前、必ず来いよ」

それだけ言うとおれは船のタラップを昇った。船室に荷を置き、デッキへ出た。

船からの荷下ろし作業が始まった。青年団のそろいのジャンパーを着た男たちが、船のクレーンが下ろす日用品から焼酎の一升ビン、灯油とガソリンのドラム缶などを受け取り、手際よくトラックへ積んでいった。船時間と直接かかわる、一刻を争う仕事らしく、彼らは船から下りる人間や去って行く者には目もくれず、作業へ没頭していた。

鬼塚正平の顔もあった。しかし、おれが遊んだことのある二十代の人間は誰もいなかった。ほとんどが三十を過ぎ、四十を越えてもこの島では『青年団』だった。デッキに立っているおれは、ただ彼らの作業を見ているしかなかった。四トン積みのトラックはあらかた荷を積み終え、代わりに空のドラム缶を何本かひとまとめにしてロープにくくり、船のクレーンがそれを引き揚げた。

埠頭の上に並んでいた車は、人を乗せ次々と走り去って行った。青年団のトラックが出て行く時、埠頭の上を少し走り、ちょうどおれの正面まで来て停まった。勢いよくクラクションが鳴らされた。運転席から正兄ィが顔を出し、コブシを高く上げて何かおれへ怒鳴った。荷台に取り付いていた何人かもおれの方へ顔を向け、Vサインを示したりナックルを振り上げて声を掛けてきた。おれも右のコブシを空に突き上げ「わかってる」と頷いた。彼らの笑顔を乗せたまま再びトラックは走り出した。やがて、イギリス坂の辺りで見えなくなったが、トラックの甲高いクラクションだけは繰り返し鳴らされているのを聴いた。

とうとう埠頭には昌彦ひとりだけになった。ただじっとおれを見て、目が合うと時折笑った。船のタラップが引き揚げられ、汽笛が響いた。昌彦は突然ファイティングポーズをとり、見よう見まねのステップで左ジャブを二つ、それからワン・トゥ、左フックのフォローを打っておれを見上げた。おれはデッキの上へドタッと倒れ込んでみせた。そしてパンチが効いているように首を振りながら手すりにもたれて立ち上がった。昌彦が笑った。

船が動き出した。昌彦が手を振った。おれは手すりから乗り出して、右の人差し指を一本立て、天を指して彼に示した。

13

思い切って鹿児島からは飛行機に乗り込んだ。一刻も早くジムワークがしたかった。羽田でタラップを降りた時、灰色の空を一瞬見上げた。結局おれには、ここしかないのかもしれないと思った。

＊

待ち合わせた喫茶店に白鳥さんが入って来たのは、夕方の六時を回った頃だった。店の中をひとわたり見渡したあと、おれを見つけ笑顔を見せた。たぶん街ですれ違っても気づかないのではないかと思うほど、ひと頃の鋭い光のようなものが、彼から消えていた。

『ヨオ。元気でよかった』

「いろいろ、ご迷惑ばかり……」

『お互いさまだ。それより、どうだった宝島?』

「はい。ずんぶん変わってました」

『でも、元気になったみたいじゃないか』

「ええ、自分の生まれた土地ですから」

『うん。よかった。人間の顔に戻ってるよ』

　紅茶が運ばれてきて一口すすったあと、島の話をした。白鳥さんは、下村会長の葬儀のことや、いつもおれのセコンドに付いてくれた長内が、フィリピンまで蝶採りに出かけた話など、珍しくよくしゃべった。ひとしきり話が途切れ、白鳥さんが一瞬、眼を据えておれを見た。グローブをつけて向き合っていた頃の、相手の考えている事を探ろうとする懐かしい視線だった。

『それで、……話ってなんだ』

「はい、……」

『仕事か?』

「いえ。……先輩のいたジムへ、あの会長さんへ、おれを紹介していただきたいんですが」

『……トレーナーでもやる気か?』

「いいえ」

『やめとけ、新田。もういいだろう?　また同じことの繰り返しだ』

「紹介していただけませんか」

『あのジムも、去年閉めた。俺の会長もトシだ』

　初めておれは気落ちした。おれがスパーリング・パートナーとして長いこと通った白鳥さんのジムなら、会長のきれいな人柄もおれは解っていたし、あの人ならおれのボクシングも、おれという人間も解っていてくれるはずだった。飛行機のなかでも、明日からジムワークに入れるものと思い込んで来た。これから新しいジムを探し、また人間関係から始めなくてはならないと思うと、何もかもひどく遠いものに思え、体から力がうせていくようだった。

『……本気なのか?』

「気が狂いそうだ。じっとしてると。会長も、……島で子供の頃、いつも遊んでもらった彦兄《ニ》ィも、おれの知らない間に死んじまった……。おれがバカみたいにしてる間に。ダラダラこんなして、何もしないでいるのは耐えられない……。

どこでもいいんです。いいトレーナーがいて、ちゃんとした人がやってるところなら。先輩の知ってるジムで、話していただけるところありませんか」

『お前、今年二十六か?……ミドルなら歳だとも言えんしな。それにお前は打たれてない。……お前から電話もらった時、たぶんこんな話だろうと思ったよ。まったく、おれは、何としてもやめさせようと思ってここへ来たんだがな。

ひとつあるよ。お前向きなのが。お前、〝ワカダンナ〟って呼ばれてる人、知ってるか』

「誰のことですか」

『知らないか? むこうはお前の試合ほとんど見てるみたいだ。下村先生の御葬儀の時も、お前のこと気にしてた』

「ジム持ってるんですか」

『うん。でも、今はプロの選手置いてない。自分の貸しビルのてっぺんにジム作って、近所の小学生集めてボクシング教えてる。ちょっと、変わった人だけどな』

「どんなふうに……?」

『冷めてるっていうか。こう、表情があまり変わらない。なんか、一緒にいると場がもたないっていうか。自分のことあまりしゃべらんから、よくおれも知らんが。なんでも、昔、家が日本橋近くの、大きな履物問屋だったそうだ。戦後、一家して練馬《ねりま》の方に引っ込んで、今は、貸しビルとかマンションとか、テニスコートなんかで、心配ない暮らししてるんだが、住んでる家は木造の古い家で、車も持ってない。いつ会っても同じ服着てる。いつだったかも、頼みもしないマンションの貯水タンク掃除してる変な男がいるんで、管理人が警察呼んで捕まえてみたら、そのマンションのオーナーだったって妙な話がある』

「……でも、プロは置かないっていうんでしたら、おれが行っても無駄なんじゃ?」

『お前は、なんとかしてくれるかもしれない。会うたびにお前のこと、どうしてるって聞く。日本人のミドル級で、あれだけ垢抜けした選手は見たことがないって、何度も言う。

それに、下村先生に、昔借りがあるとか言ってた。先生の御葬儀の時も、一人で何もかも手配して、ずいぶん動いてくださった』

「ボクシングのキャリアも?」

『それは心配ない。アマのライト・ウエルターのチャンピオンだったって聞いたことがある。ローマのオリンピックの頃だそうだ。プロのリングにも上がったらしいよ』

「なんておっしゃる方なんですか」

『小森さん。小森恵一』

「どこかで聞いたような気はするんですが」

『人間は信頼できる。全く問題ないよ。トレーナーとしての腕もいい。おれも昔、教えてもらったことがある。プロの選手作ってた頃、たった三年で日本タイトルを取らせてる。

どうしてもお前がやると言うんなら、彼の所がいいと、おれは思う』

「おれは先輩がいいと言ってくださる所なら」

『とりあえず行ってみるか。じゃ、明日の三時にまた会社へ電話よこせ。小森さんにはおれから今日中に話しておく』

それから、白鳥さんはおれの宿のことを心配してくれた。ジムが決まるまでビジネスホテルへいるつもりだと言うと、自分の家へ来いとしきりに申し出てくれた。有り難かったが、これ以上、彼にも奥さんにも迷惑をかける気はなかった。別れ際に、彼はお金の入った銀行の封筒をおれのブルゾンの胸ポケットに押し込み、なにかあったら必ず連絡よこせと何度も繰り返して言った。

14

私鉄の駅で降りた。指定された午後の四時までまだ十分ばかりあった。白鳥さんに言われた大通りに出て、ジムのあるビルを探した。先日降ったという大雪の名残りが、まだ車道の隅に寄せられていた。真っ黒に塵埃を吸い横たわったそれは路面を濡らし、巨大動物の死骸のようだった。

駅前通りの、立ち並ぶビルの中に、目印に聞いた生命保険会社の広告塔を見つけた。そのビルには他に旅行会社と、歯科医院の看板が張り出しているだけで、ジムの存在を示すものは何も見当たらなかった。ジムがあるという六階の窓を見上げたが、窓にも何も書かれていなかった。思ったより大きく、きれいなビルだった。入り口の自動ドアのガラスもよく磨かれていた。フロアはマーブル模様の研ぎ出しセメントの床と壁に囲まれ、エレベーターも階段もゆったりととられて、最上階に汗くさいジムがありそうには見えなかった。階段の上り口に、各階を占めた会社やオフィスのプレートがあった。一番上に入った『小森ボクシング教室』というステンレス・プレートだけが、ジムらしきものがあることを示していた。

階段を上がる前に、横の旅行会社のガラスに映っている自分の顔を見た。東京に戻ってからも、朝七キロのロードワークを続け、午後はアスレチック設備がある区立の体育館へ出かけて筋力トレーニングをこなしてきた。頰《ほお》の肉も落ちて、以前とさほど変わらないように、自分には見えた。

「カマン　ボーイ。カマン」

ガラスの中の、少し緊張しているおれの顔へそうつぶやいた。

六階まで階段をゆっくりと昇って行った。各階ごと透明ガラス越しに、立ち働くＯＬや電話をかけているサラリーマンの姿が見えた。五階から六階に通じる最後の踊り場まで来て、目を上げた。サンドバッグを吊るす鉄骨がガラスのドア越しに見えた。ドアには『小森ボクシング教室』の白い文字が入っていた。天井の鉄骨から下げられた小さめのサンドバッグ、ダブルとシングルのパンチングボール、コバルトブルーのキャンバスを張った練習用の小さいリングが見えた。シャドー・ボクシングのための大きな鏡、バーベルやダンベルの並んだラック、腹筋台、グローブとヘッドギアがぶら下がった棚。そしてソウルミュージックが、かすかにドアガラスを震わせていた。どれもこれもサイズがやや小さめであるだけで、どのジムとも設備は変わりなかった。が、今まで見てきたジムの風景とは、何か違っている印象を受けた。どこか重苦しさに欠けていた。やがてそれに気づいた。八人ほどトレーニングしている練習生が、明らかに小学生とわかる子供ばかりだった。四時きっかりだった。

ドアを開けたとたん、ソウルミュージックと一緒に、グローブやヘッドギアや皮革の用具と汗の入り混じった臭いが鼻を刺した。

ドアのすぐ脇でロープスキップをしていた少年が一瞬おれの方を見、そのまま視線を正面に戻してロープのリズムに集中した。

リングでは、灰色のスエットスーツを着た男が中腰でミットを構え、小さな子にワン・トゥを繰り返し出させていた。紺のベストとトランクスを着けたその少年は、ヘッドギアとグローブばかりがやけに目立った。その子がパンチを出すたびに、ミットを構えた男は『ヨーシ、ヨーシ』と声を上げ、しきりに頷いて、励ましているのがわかった。

三分刻みのタイマーがラウンド終了のベルを響かせた。ロープスキップの少年が跳ぶのをやめ、呼吸を整えていきなりリングの方へ叫んだ。『小森先生、お客さまです』

リングの中でスツールに小さなボクサーを座らせ、グローブを外してやろうとしていたスエットスーツは、一瞬おれの方を向いただけで、そのまま男の子のグローブとヘッドギアを脱がせた。それから、コーナーロープにかけてあったバスタオルですっぽりその子の体を包み、顔の汗をぬぐってやりながら何か話しかけた。肩で息をしていたその男の子がパッと笑った。おれがそのジムに身を置くことを決めたのはその時だったと思う。

ロープをくぐりエプロンから降りて、男はおれの方へ歩いてきた。痩せて浅黒い皮膚と、よく光る大きな眼をしていた。思ったより背が高かった。顔の皮膚にも張りがあり、横に寝かせた短い髪も黒々としていた。四十五歳は過ぎているはずだったが、三十代に見えた。昔の大学生がそのまま年をとったような、ボタンダウンのシャツや黒シルクのニット・タイがまだ似合いそうだった。細い鼻梁の尖《とが》った鼻と、そげ落ちた頬、まだリングに上がってたころのウエイトを保っているのではないかと思った。左の額と右の眉に小さな傷痕がよみとれる程度できれいな顔をしていた。形の崩れていない鼻といい、きっとディフェンスのいい選手だったのだろうと思った。よく光る眼で真っすぐおれを見つめた。

『新田君。……元気で良かった』

どこかボーッとした表情を全く変えず、締まった唇もほとんど動かさずに、しかもよく響く深い声がどこからか出てきた。〝ワカダンナ〟というより、まるで腹話術師だと思った。

ジムの奥に仕切られた狭い部屋は、傷のあるステンレスの事務机と三つばかりのパイプ椅子が置いてあるだけだった。彼は椅子に腰を下ろすと、デスクの上に肘をついて顔の前で両手を組んだ。言われるままにおれは机をへだてたパイプ椅子に腰をかけた。組まれた手に隠されて、瞬きしない大きな眼ばかりが、じっとおれを見つめた。

『少し走ったんだ？』

「はい」

『今、ウエイトは？』

「今朝、ホテルのサウナの体重計で、七十七キロをちょっと割ったところでした。正確じゃないとは思うんですが……」

『ミドル・リミットまで約十ポンドか。

　話は白鳥君から聞いた。ここでやってみる気があるか』

「はい。是非やらしていただけたらと思います」

『おれの方の条件はひとつだ。おれがグローブを脱げと言ったら、シのゴの言わずに脱いでくれるか』

「ええ。……もちろん」

『たとえ試合の前日でも、リングへ上げることができないと判断したら、おれが一方的に引退届けを出す。それでいい？』

　抑揚のない、まるで夕食に何を食べるか聞いているような口調で、彼は言った。

「はい、それで結構です」

『……わかった。じゃ、ライセンスや何やらコミッションへの手続きは、こっちで申請しておく。で、住むところは？』

「これから探します。まず、ジム決めてからと思いまして」

『ここから、十五分位歩かなきゃならないが、使ってないボロ家が一軒ある。ガスはすぐ使える。風呂はないが銭湯が近い。ここにシャワーもある。家財道具なんかも、マンションの住人が引っ越しの時、置いてったのが山ほどとってある。明日運ばせる。ほかには誰も住んでいないし住む予定もない。が、おれの家からも自転車で五、六分だから、少しうるさい思いもしてもらうかもしれない。それで良ければ……』

　ワカダンナは唇の左端を上へ引っ張るだけの不思議な笑顔を作った。それに話していて、どうも場がもてない気がするのは、彼が頷いて相槌《あいづち》を打つということを、ほとんどしないからだと気づいた。

「そうしていただければ助かります。いろいろすいません」

『家賃はいいが、その代わり、おれがいない時、ここの子供ら見てくれないか。今までおれが用事のあるときは休みにしてた。大人がついていないと、やらせるわけにはいかない。体力作りと基本だけ教えてくれればいい。小学生全部あわせて二十二人ばかりいる。そのうち子供らには紹介する』

「わかりました」

『仕事もおれのほうで見つけておく。なるたけ近くで、当面あまり負担にならないやつがいいだろう。ああ、子供らのトレーニングは五時で終わる。後片付けを含めて五時半。いつもは、その時刻にジムへ入ってくれ』

それから彼は、おれの足のサイズを聞いた。そしておれが住む家の鍵と地図、それに近くの総合病院の道順が書かれたメモ用紙を手渡し、予約をとってあるから、このあとすぐ検診を受けに行くよう言った。

頭を下げドアを開けて出ようとした時だった。

『新田』いきなり彼が背後から呼んだ。

「はい。なにか……」

『……よく来た』

まだおれに伝えることがあったようだったが、急に言うのをやめたらしかった。表情を全く変えず、冷めた調子で付け加えたのがおかしくて、思わずおれは笑った。ワカダンナも、場がもたなくなったのか、初めて視線を落とし表情を崩して笑った。なんとなく彼とやっていけそうな気がした。

15

新しく住むことになった家は、古い木造の二階だった。小さな庭に水のない池がついていた。鍵のかかっている階下は誰も住んでいないらしかった。小さな台所とトイレとがある古畳の六畳が、おれの今度の住処《すみか》だった。

移ったばかりの午後に、運送屋が布団から冷蔵庫、ガスストーブ、洗濯機、木製のロッカーなどを山積みしたトラックでやって来た。ワカダンナが言っていたとおり、引っ越しの際に出たものらしく、どれも見事に中古品だった。物干し竿から不揃いの皿やコーヒーカップ、フォークやスプーンまで入っていた。ガラスのコップや陶器の皿は、新聞紙で丁寧にくるまれていた。セロハンテープの止め方がぎこちなく、一つ一つワカダンナが自分でやったものらしかった。

*

その家で迎えた最初の朝、おれはいつものように四時に目を覚ました。皮膚が強くなると下村会長に言われていたとおり濃い塩水で顔を洗った。まだ暗い庭でウォームアップを始めた時だった。表で自転車のブレーキ音が聞こえ、続いてくぐり戸を開ける音がした。『新田。新田』ワカダンナの声だった。少し驚いた。腕時計を見たら四時半になったところだった。表へ回ってみると、真っ白いヨットパーカーのフードをかぶったワカダンナが、鼻の頭を真っ赤にして立っていた。『オウ。起きてたか』唇の形だけを崩す、不思議な笑顔を見せた。彼はおれが履いていた鉄板入りの作業靴をちょっと見て、それを脱ぐように言った。ヨットパーカーのポケットからテープを出し、その場におれを座らせて足首にテープを手際よく巻き付け固定した。『ロードに出るときは必ずテーピングしろ。くだらぬ捻挫《ねんざ》などせずに済む。やり方は簡単だ。すぐ覚える』それから革製の底の厚いシューズを運んできた。サイズもぴったりだった。

『作業靴は膝に負担がかかり過ぎる。靴が軽い分よけいに走ればいい』

彼はそれから付きっきりで準備運動をやらせ、通りへ出た。

『じゃ、行くか』

その朝おれは、スエットスーツの上にスキーセーターと毛糸のタイツ、その上からフード付きのウインド・ブレーカー上下をはおっていた。体の脂肪の付き過ぎている部分には減量用のオイルを擦り込んで、彼の自転車の横を歩き始めた。両方の革手袋の中には握力をつけるためにグリップマシーンを握った。おおよそ二キロばかり歩いた後、ジョッグに入った。汗が出始め呼吸が苦しくなる度に、彼が話しかけてきた。

『ピシッと走れ、新田。ダラダラするな』

言葉ははっきりしていたが、トレーナーが選手に命じているという響きがなかった。かなりのスピードで自転車を走らせているにもかかわらず、彼の声には乱れがなかった。おおよそ三キロ走ったあと、樹木の繁った公園が見えた。公園の中の道はすべて土で出来ていた。大きな池を囲んだ桜並木の坂を登った。

『次の街灯から、向こうの曲がり角まで、ダッシュしてみろ』

おれは手にしていたグリップマシーンを自転車のカゴに投げ入れ、ジョッグしながらウインド・ブレーカーを脱いだ。彼の手にそれを渡し、いっきにスパートした。約二百メートルあった。角まで来たときに背後で『ジョッグ』の声がした。次の角まで緩走。次の角で『歩け』という声を聞いた。

『手をピシッと振れ、リズムだよ』

怒鳴るわけでなく、全く同じトーンで声をかけて来た。それから、ジョッグ、ダッシュ、歩き、を三度繰り返した。少しも息が抜けなかった。

やがて一抱えもあるプラタナスが一直線に並んでいる場所に出た。

『ジョッグで、ジグザグに行って戻って来い』

灰色の裸木が五メートル位の間隔で十本前後あった。おれは一本ずつ縫うように走った。

『鋭く入れ。アゴ引いて』

戻ってすぐ呼吸が整うまで歩き、最後に一キロばかりの池の周りをジョッグで二周流した。それから芝生の上で柔軟とストレッチを二人でやり、帰りはずっと歩いて戻った。

家の前で、彼は簡単にマッサージをしてくれ、自転車カゴから小さなプラスチックのボトルを放ってよこした。

『あんなもんでいい。今の調子なら体はすぐ出来あがる。あまり飛ばすな。それ、グレープフルーツ絞っといた』

それだけ言うと、彼は自転車をこぎ出した。これから毎朝やって来るつもりなのだろう。早い話がキャンプへ入れられたようなものだった。買い物に使うような自転車で、足を持て余しガニ股で遠ざかって行くワカダンナの後ろ姿を見ながら、なんだかおかしくなって笑った。

16

ジムワークの最初の日に、トレーニング計画が細かく書きこまれたレポート用紙を四枚手渡された。

『一応たててみたが、ゆっくりいつか暇な時にでも目を通してみてくれ。疑問とか変更したほうがいいと思うことはどんな細かいことでもかまわない、必ず出してくれ。ファイトするのはお前だ。お前がボスだ』

トレーニング・メニューは八週間に渡っていた。確実にこなしていけば八週間後にはリングに戻れることを、ワカダンナは四枚のレポート用紙でおれに伝えた。

『シャドー・ボクシング（二ラウンド）、ダミー（サンドバッグ）打ち（一ラウンド）、パンチングボール

（一ラウンド）、ロープスキッピング（二ラウンド）、プラス補強運動』それがジムでの当面一週間の日課だった。シャドーを多く取り、おれのスピードとバランスを取り戻させようという、彼の意図が読み取れた。

汗取りのシャツとナイロンの減量着上下、その上から袖を切り取ったトレーナーとトランクスを履いて、ジムワークに入った。

おれがジムワークを終える八時過ぎには、同じビルにあるオフィスの人影も絶え、子供たちはすでに帰って、ビルの中は静かだった。ワカダンナは、おれをマッサージ台に寝かせ、丹念に時間をかけてアルコール・マッサージをしてくれた。ラブダウンオイルの冷たい匂いも久しぶりだった。

＊

これほど集中してトレーニングを続けたことはなかったと思う。朝のロードも夜のジムワークも、ひどく時間を短く感じた。ワカダンナは、ともすれば過度にやり過ぎるおれを抑えるために来ているようだった。別に焦っていたわけではなく、ただトレーニングに打ち込んでいるほうが、その後で心がやすまるのを感じたからだ。シャワーを浴びジムから戻ると、何を考える余裕もないほど疲れきっていた。夜もよく眠れた。夢を見ることもなかった。

一週間後にはミット打ちを入れ、二週目の後半から一日十ラウンドのジムワークをこなした。おれは順調にトレーニング・メニューを消化しつつあった。朝夕の二食ではあったがきちんと取り、間食や水分をほかに取らない程度で、体重も一週間に七百グラムずつ落ちていた。ただ三週目に入ったあたりから、ロードにしろジムワークにしろ始めてしまえば集中できるのだが、朝起き出したりジムへ出かけようと着替えたりする時に、つい時間がかかるようになってきた。本番が近付いたりして本格的なトレーニングに取り組み始めると、しばらくして疲労が一気に現れ、こんな状態になることは何度も経験していた。頭のなかではオーバーワークが原因だと解っていたが、実際にはどうにも手のつけようがなかった。日に何度も「カマン　ボーイ」を叫ぶことが多くなった。部屋には、下村会長と一緒に写っている例の写真を小さな金色のフレームに入れて飾った。『宝島青年団』のネームが入った作業ジャンパーもハンガーに掛け、いつも見えるように窓の脇の壁に下げておいた。

＊

四週目に入った月曜、ジムのドアをなにげなく開けて目を疑った。フロアのかなりの部分を占めて、それまでの倍ほどもある試合用のリングが張られていた。キャンバスには汗や血が無数にシミを作り、中古品であることは間違いなかったが、それでも車の一台は軽く買えるだけの値段はするはずだった。足を使って相手の攻撃を空回りさせ、その隙を突いて攻撃するおれのようなボクサーにとって、これ以上のプレゼントはなかった。ワカダンナは恩着せがましいところもなく、まるでなにもなかったような顔で『今日からスパーリングやってみる。相手はじきに来る』そう言った。

大館《オオダテ》という名前は知っていた。大学に入ったばかりのおれが、三部リーグの対抗戦でライト・ミドル級の正選手としてデビューしたとき、すでに彼は名門大学の四年生で学生チャンピオンだった。同じ会場で行われた一部リーグの団体決勝にライト・ミドル級で出て来たのは、無精ヒゲを生やしたオッサンのような男だった。しじゅう落ち着き払い、左一本で相手を子供扱いにしていたのをおれは覚えていた。まさか彼がおれのスパーリングのパートナーとして、やって来るとは思ってもみなかった。そして、あれから六年たった今も、彼は勝ち続け、アマのライト・ヘビーの社会人チャンピオンであることを聞いた。

昼間は、水道局に勤めているという大館さんは、軽く目で挨拶しただけで、顔色ひとつ変えずリングに上がって来た。生え際が少し後退したくらいで、あれから全く歳をとっていないように見えた。

彼が放った最初のジャブから、おれは押しまくられた。速かった。彼が常に主導権を握り、彼を中心にして、終始おれはその周りを動かされるハメになった。彼にプレッシャーをかけられ押されるほど、余裕のなくなったおれのバランスは崩れ、彼は小さい動きでおれのジャブをかわしながら、楽々と内懐《うちぶところ》に入っては、ボディから顔面へ重いパンチを送って来た。肩幅も広く、体こそ大きいが、スタンスは狭く追う足が速かった。加えて、打った後グローブの返りが早く、すぐディフェンスに切り替えておれのジャブを軽々とさばいた。何よりも彼の集中力は素晴らしかった。少しも気がぬけないまま、押しまくられて一ラウンドが終わった。たった三分でおれの息は上がってしまった。コーナーロープにもたれかかり、荒い呼吸を繰り返した。ワカダンナがおれの口からマウスピースをはずしてくれた。おれの身体から汗がひっきりなしに流れ落ちた。しかし、辺りは輝いていた。ジムの中が、ワカダンナの顔が、天井から下げられたダミーや、子供らのヘッドギアやグローブが、なにもかも光を放って見えた。

『今日は、このくらいにしておくか？』

ワカダンナがマウスピースを水で洗いながら言った。

「やらしてください。こんなサッパリした気分は久しぶりだ」

ワカダンナが鼻で嗤《わら》うようないつもの笑顔を作った。

＊

翌日からおれは左を鍛え直した。グリップマシーンもそれまでよりバネの強いものに替え、ダンベルで手首の強化を続けた。大館さんの入ってくるタイミングとスピードは、プロでも匹敵する選手は少ないと思う。彼が入って来るチャンスを与えないためには、ジャブしかなかった。


日を重ねるごと、おれは大館さんのリズムを吸い取り、逆におれの身体が自分のリズムを思い出し始めた。自然におれはガードを高く上げ、上体をほぼ真っすぐに立てたアップライト・スタイルで構えるようになっていた。このスタイルさえ固まれば前後左右の動きからバランスが体の中心に戻りやすく、攻撃も防御も、どちらにでもすぐ切り替えることができた。そして、彼のスキのないボクシングに対抗するためには、上下動のブレも少なくする必要があった。ステップを徹底して擦り足で運び上下の動きを小さくして、どこからでも行ける状態にバランスを保つようになった。彼に合わせておれのパンチも小さく鋭く出るようになり、一週間を過ぎたあたりから彼のほうがおれに動かされる場面も出てきた。

鍛え直した左で彼の出足を止め、あせりを誘い、強引に彼が入って来るところをカウンターで当てられるまでおれは復調しつつあった。初めて、相手の左に合わせ上からクロスでかぶせるおれの長い右が、彼のアゴをとらえた時、人の骨を嚙む微妙な感触がおれの右のナックルに伝わり、やっとここまでおれは戻って来たのだという気がした。

その日の帰り際に、『いろいろプロともやったことがあるが、クロスなんかまともに嚙まされたのは初めてだ』大館さんはアゴをさすりながら、そんなふうに言ってくれた。

＊

ワカダンナが見つけてくれたアルバイトは、区立図書館の地下にある喫茶室のカウンターだった。以前洋菓子屋の喫茶部で働いたことがあったから、仕事もすぐ覚えられた。めったに客は来なかったし、何より一人きりなのが有り難かった。時間も午前十時に入ればよかった。ロードワークの後一休みして、ゆっくり朝食を取り、それから出かけて充分間に合った。

カウンターの中では、常に右足を後ろに引き、ボクシングのスタンスを保った。しじゅう踵《かかと》を上げ下げして、スムーズな体重移動を体に覚えさせた。足を運ぶときは踵を上げた擦り足で、動く方向の足を先に移動し、もう一方をすぐに引きつけるボクシングのステップで動いた。コーヒーカップを取ったり、皿を洗ったりする時も、動作の後で身体の中心に一度必ず重心を戻すことを心がけた。客がいない時は、カウンターの下に隠したグリップマシーンをたえず握っていた。

＊

四週目が終わろうとするころ、いよいよワカダンナの存在をうっとうしく感じ始めた。いつものことだった。おれの病気がまた始まった。頭では、彼に感謝こそすれ、不快に思うことなど何もないとわかっていても、トレーニングや食事制限やそんなもののストレスが他に当たる所がないために、つい身近な人間に向かってしまうという、手のつけようのない病気をおれは持っていた。以前は下村会長に、そして今度はワカダンナだった。ただ下村会長と違って、今度の相手は付け込むような欠点がなく、かなりやりにくかった。七十を過ぎた下村会長はミット打ちの時も、おれがミドル級のパンチを体重を全部乗せて打つわけにはいかなくなっていた。長年の疲労が彼の手首をボロボロにしていた。ダミー打ちでもサンドバッグを彼が支えているときに、本気でおれが右をたたきつけることは出来なかった。堅くて重いサンドバッグの衝撃が彼を苦しめるのは分かっていた。そして、おれが力をセーブして打っていることを下村会長自身が気にしていた。おれはそれに付け込んでトレーニングを途中で切り上げたり、わざと軽くパンチを打って見せたりして彼を苦しめた。ワカダンナに不快感を覚える度に、そんなことさえも思い出して惨めな気になった。

すべては、毎日の同じことの繰り返しから来るストレスだということは、いつの間にかおれにもわかるようになっていた。が、ワカダンナの顔を見るだけでイラつき始める自分を、どうすることもできなかった。彼が出す指示にも頷くのがせいぜいで、黙りこくったままジムワークも続けた。


ワカダンナが突然バイト先にやって来たのは、ちょうど客のいない二時頃だった。真冬にもかかわらず極端な薄着で、いつものキャメル色の薄いブルゾンが見えた時、おれは視線をそらし、流しの中のカップやグラスを洗いにかかった。彼が目の前のカウンターに座ってはじめて円いグラスに水を入れ、視線は合わせずに彼の前へ置いた。

「何にしますか」

『ウン。コーヒーくれ』

おれはペーパーフィルターを折り、プラスチックのロートへセットした。

『一杯ずつ、いちいちやってんのか』

「そうしろと言われてますから」

『……最近疲れが出たか』

「……別に」

『ここ二、三日顔つきが変だ。トルコでも行くか?』

おれは噴き出してしまった。

「まったく、何言い出すのかと思ったら、そんなこと言いに、わざわざ来たんですか。そういう話をする時は、その手の顔して言ってくださいよ。何で、おれにミット打ちやらせてる時と同じ顔でしゃべれるんですか。いったい、どういう人なんですか。だから、おれは疲れるんですよ。だいたい、今どきトルコなんて言うやつはいませんよ」

『……何て言うんだ?』

「ほんとに、知らないんですか。何年か前にトルコの留学生からクレームがついて。ソープランドって」

『ああ、ソープってのはそれか。よく見かける?……しかし、凄まじいネーミングやるもんだな。いくらなんでも』

「くだらないことに真顔で感心せんでくださいよ」

『……金なら前貸しする。あとで返してくれりゃいい』

「せっかくですが、今はやめときますよ」おれは笑って答えた。

『まさか、お前、アレは骨がやわくなるなんていう迷信、信じてるんじゃないだろうな。

　坊主の修行じゃあるまいし、何食おうと飲もうと構わない。少しぐらいなら、酒飲んだって、タバコ吸ったっていいんだ。ちゃんとトレーニング積めて、体力が落ちなくて、目方さえ減ってりゃ。くだらないことに気を遣って、神経擦り減らしてるのは日本人だけだ。それでやらなきゃいかんことに身が入らないなんてのは、馬鹿がやることだ』

「そうじゃないんですよ。このグラス一杯の水と一緒で、一度飲んじまったら歯止めがきかんのですよ、おれは。とにかく逃げるものはなんでもいいわけですから。実際にはノドがそれほど渇いているわけじゃないのに、一杯で充分なのに、ひっきりなしになるんです。後ろめたさみたいなものがバンバン水飲むハメになる。そしてますます惨めになる。惨めになるからまた飲む。アレも同じで、有り金全部つぎ込むことになる。おれには、そういう情けないところがあるんですよ」

『それはお前だけじゃないよ。まあ、お前の気の済むようにすればいい』

　それから彼は黙ったままコーヒーカップを口に運び、時おり鼻をすすりあげる音をたてた。雪が上がったとはいえ、さきほど拭いたばかりの窓はまた曇ったままで、外は普通の寒さじゃなかった。彼はいつものようにプレスしていない白い綿のシャツと明るい茶色の薄いブルゾンだけだった。セーターも着ていなかった。考えてみれば、どんな冷え込みの厳しい朝も、彼が厚手のセーターやダウン・パーカーなどを、はおっているのを見たことがなかった。

『……これ有線か？』

「え？　この音楽ですか。カセットですよ」

『このシーンとする音はシンセサイザーってやつか』

「ええ、確か〝ニライカナイ〟とかいう、沖縄で昔信じられてた海の向こうにある幸福の国のことらしいですよ」

『お前の生まれた島にも、そんな理想郷の伝説があるのか』

「……さぁ、おれは知らないですね」

『そういう伝説は、たぶん、ないほうがいい。それだけ、現実の生活が厳しかったんだろう。そういう楽土を心のなかで持たなきゃ生きていけなかったんだろうからな』

「……おれも、七つの時に島出ましてね。だから、いい思い出しかないいんですよ。島には。そのせいか、いつもそれからは居心地が悪いんですよ。どこで暮らしても。何か、ここじゃないって感じてしまう。ずうっと、そうだったんですよ。先日、この正月に帰ったんですよ。十七年ぶりに。ところが、もちろん現実の島は違うわけです。それで当たり前だし、いいんですが、おれなりにそれは納得して戻って来た。それで、おれは落ち着けるはずなんですが、ところがこっちへ戻ってきて、またフッとした時に、こう、なんか落ち着かないんですよ。トレーニングしてる時は問題ないんですが。でも、こう、一人で暇な時ありますよね、そんな時、ひどく遠くへ来てしまったみたいな、たまんない感じがすることあるんですよ。

……いい歳して馬鹿なこと言ってるのは、自分でもわかるんですが」

『いや、多かれ少なかれ誰でもそうだろう。……お前、ボクシング好きか？』

「ええ、もちろん。何も考えてないですから。他に。……こんな感じでトレーニングするの、でも初めてなんですよ。バカんなってやってる。後先、考えてない。ガーッと行くんですよ」

『みたいだな。もうへばり切ってるのに、ベルが鳴るとまた出て行く。だから、疲労もひどいんだよ。……でも終わったあと、サバサバするんだろ？』

「ええ。なんでもやれるような気になるんです。クサクサした一切、みんな粉々に出来るような。時間でさえも元に戻せるような」

『……白鳥君から聞いてるかもしれんが、おれの生まれた家は、昔から京橋近くの履物扱ってる問屋だった。下駄とか、草履とか。おれがもの心ついたときは、もうこっちへ引っ込んでたんだがな。ところが、父親はいつまでもプライドだけ高くて、毎日毎日、自分の人生呪ってた。近所の子供とおれが遊ぶことも許さなかった。幼稚園も車で遠くへ行かされた。趣味の悪いレストランのコースみたいに、一度幼稚園に入ってしまえば、よほどのバカでないかぎり大学まで行けるようになってる。ところが、その手の連中が集まって来るような学校は、あいつの家は元華族だとか、やれ明治のナントカいう宰相の子孫だとか、そんなことがまかり通る。そんな連中から見れば、おれは下々の落ちぶれた小商人のガキに過ぎない。いつも、おれ自身からは無関係なところで、ひとが勝手におれを決め付ける。

高校へ上がってすぐ、体育の時間にボクシングのまねごとやらされた。ジャブとワン・トゥだけ習って、ヘッドギアと座布団みたいなグローブつけて、スパーリングのまねごとを。ロープで囲われた中に、レフェリー役の先生と、おれと相手しかいない。打つのも怖いし、打たれるのはもっと怖い、何をやったか全く覚えていない。ただ三分てのがえらく長かったのを覚えてる。リングから出て、マウスピース吐き出し、ヘッドガードもグローブもはずして、まだ膝が震えてた。腕には鳥肌が立ってた。でも、その時だ。それまで感じたことがなかった晴れ晴れとした気持ちになったのは。……あんな気持ちになれたのは、その後一度もないよ』

「なんとなく、わかりますよ。

ひとつお聞きしてもいいですか。前から聞こうと思ってたんですが、下村会長とは、どんなご関係だったんですか」

『大学あたりで選手権とったり、やれ国体だ、インカレだ、アジア大会だ、言ってるうちは、親父も喜んだりするわけだな。新聞に載ったり、馬術やったりするのと同じ、神聖なスポーツってわけだ、そこまでは。でも、こっちは面白くない。親父の馬鹿げた名誉癖の一部になったみたいで。で、おれはおれだと、本気なんだと、プロに転向した。親戚やら何やら大騒ぎさ。プロっていえば、闘犬場みたいに思ってるわけだから。トランクスひとつで、スッポンポンで、酔っ払いのヤジ浴びて……でもおれは、それが好きだった。

マニラで、東洋のタイトル賭けてリングに上がった時、ジムが付けてくれたトレーナーが下村さんだった。リングはキャンバスが緩くブヨブヨに張ってあって、田んぼの中で試合やってるようなもんだった。えらく暑いしな。こりゃ早く決めなきゃと思ってるとこに、相手のフィリピン人はガードが甘くて、ポンポン当たるわけよ。つい打ち合ってしまった。三ラウンドの終わりに相手の左フックかわして、カウンターでおれの右が当たった。相手がコーナーに下がって、おれはそのまま追って行って、もう一つ右ストレートをアゴに打とうとした。そこまでしか覚えてない。気づいたら控室で寝かされてた。終わったのは八ラウンドだったそうだ。残りのラウンドは全く覚えてない。耳の中から血が出てた。おれが寝てるそばで、ジムの会長と下村さんが、怒鳴りあってた。おれが一度しかダウンとられてないのにタオル入れたって、おれはまだやれたって会長は言うわけだ。怒鳴りあいながらも下村さん、氷でおれの頭冷やしてくれてた。その夜も一晩中、氷の入ったビニール袋で頭を包むようにして、冷やし続けて。会長はすぐその夜日本に帰っちまって、おれと下村さんだけマニラのホテルに残った。それから三日間、おれの顔がもとのように、見れるようになるまで、湿布したり薬飲ませたりしてくれた。

帰る途中、香港で乗り継ぎ時間に、何ていったかな、向こうじゃかなりの店で、麻のスーツ新調してくれて、お前はよく戦ったと、なにも恥じることなんかないと、これ着て、胸張って羽田のタラップ降りろって。おれはお前のトレーナーだったこと誇りに思う、なんて言ってくれて。冗談じゃない、もしチーフ・セコンドが下村さんじゃなかったら、うまくいっても自分で歩けない体になってたろうよ。

……マニラで療養してた間のホテル代も、氷や薬代も、帰りの飛行機代まで、全部下村さんが自腹切って出してくれてたこと知ったのは、ずいぶんたってからだ。それも人伝えに。こっちへ戻ってすぐ、下村さんに引退しろと言われた。おれ自身、もういいと見切りつけたよ。それがラストファイトだ。

ただ、おれはその時から嗅覚がない。何を食べても、飲んでも同じなんだな。このことは、女房も子供も知らない。鼻は打たれなかったはずなんだが、どっかイカれちまったんだろう。

あ、ライセンスが降りた。お前のも、おれのも。いつでもリングへ上がれる。それ言いに来たんだ。今思い出した』

「……いろいろ、すいません」

『ウエイト・コントロールも、ここ二週間がヤマだな。一番きついところだ。でも、よく落としたよ。もう少しだ。ミドル・リミットまで、手がとどくところへ作っておけば、チャンスがあった時、すぐ行ける。

ここはお前のおごりだろ？』

それだけ言うと彼は笑って出ていった。

17

バイト先の図書館は月曜が休館日だった。それまで月曜の日中は、ただ眠るだけだったが、体もトレーニングに慣れてきたせいか、久しぶりに千駄木へ行ってみようと思いたった。再びトレーニングを始めた自分に、あの街を歩く資格ぐらいは出来たような気もした。

それでも、地下鉄が西日暮里《にしにっぽり》を出て千駄木の駅に着く前、サングラスを取り出したのは、どこかに後ろめたい気持ちが残っていたからだろう。

地下鉄の階段を昇りきって、いつも通っていた表通りは避け、団子坂を登る道を選んだ。なるべく人通りの少ない裏路地からジムへ行こうとしていた。ひょっとしたら、あの古モルタルの二階建ては、そのまま取り壊されずに残っているかもしれないと思った。かつて試合前によくロードワークした藪下《やぶした》通りを歩きながら、たった二年ばかりの間に、辺りがずいぶん変わっていることに気づいた。ジムと同じように古いモルタルで建てられていた小学校が取り壊され、ジュラルミンのフェンスが視界を遮っていた。広い庭と大きな樹木に囲まれた、古い洋館があったはずの場所も、幾何模型を組み合わせたような白いマンションに変えられていた。

細く曲がりくねった坂を下り、裏手からジムへ出る最後の角を曲がった。そこからは長いこと雨風にさらされ、色が黒ずんで表面のザラついたモルタルの、あのジムのてっぺんが見えるはずだった。見慣れた風景の中で、それだけが欠けていた。サングラスを外した。

走るようにして路地を急いだ。そこにあったのは、ずいぶん小さい長方形の地面だけだった。赤土で平らにならされ、地下にあったジムはすっかり埋められて、想像することもできなかった。しかし、あまりにも狭すぎた。やや小さめではあったが練習用のリングがあり、サンドバッグを打つ横でロープスキップもやれたはずだった。囲むように立てられた木の柵を、おれは乗り越えた。地面はすっかり整地されて礎石の跡さえ見えなかった。それでもおれは、ブロック塀と民家の壁にはさまれたその四角な赤土の地面に立ち、「ここにリングがあって、シャワールームがそこ、トイレはここ、サンドバッグがここに二つぶら下がってて……」子供のように靴の先で地面に線を描き、この地下に埋められてしまったものの一つ一つを、思い起こそうとしていた。

やがて、裏口があったあたりに、見覚えのある敷石がひとつ残されているのを見つけ、それに腰を下ろした。暖かい日で、少し熱せられた地面は土の匂いを立ち昇らせた。こんな夢を、確かに見たような気がした。ジムワークに出かけて行ったら、すっかりジムが消えてしまっている夢を。

それからしばらく、ただ四角な狭い土地を眺めていたが、思い切って立ち上がると木の柵を越えた。

*

どこをどう歩いたのか、気がつくと谷中の墓地に通じる、人通りのない坂道を歩いていた。寺と墓地と花の咲く樹木……、東京もこのあたりは空気が違った。何より静かだった。長いこと人々が住み暮らした街だけが持つ、人と町並みとがよく和《なご》んだ温かさがあった。かつて、試合が近づき身体も神経も擦り減った頃に、よくおれは一人でこのあたりを歩いた。澄んだ闇がささくれ立った神経を鎮め、家々の窓明かりすら親しいものに感じられた。まだ野生のリスがいる林や、冬には坂の上から、夕焼けのなかに浮かんだ遠い山並みを見ることができた。小一時間ほど歩きまわると、驚くほど素直になっている自分に気づかされたものだった。

蛍坂に通じる路地を、寺の壁沿いにたどって行くと、突然視界が開け、石段を上りつめた坂の高みに出た。かつてその坂下には川が流れ、あたり一帯は蛍の名所だったと下村会長に聞いたことがあった。空が近く、下に広がる低い家並みが、かつての谷の地形をとどめていた。

昔よくそうしたように、石段のてっぺんに腰を下ろし、雲の切れ目から漏れてくる光と、真っすぐ吹き渡ってくる風にあたった。風に乗って、遠くの路地で遊んでいる子供の声が時おり聞こえた。谷を越えて向こうの団子坂や白山《はくさん》の街のあたりを見渡した。裸の木々もすでに芽吹きの季節を迎え、どれも柔らかい色を帯び始めていた。しかし、二年とたたぬうちに様々なビルの直線が視界を狭め、団子坂はほとんど見えなくなっていた。ビルの上に掲げられた原色の広告塔やネオンが、視界の色を濁らせていた。

坂を下りて来る自転車のブレーキ音が、急に背後で止まった。

『すいません……』そう呼びかける声に、ふり返った。五十がらみのジャンパーを着た男が自転車から降り、おれの方を見ていた。色あせた、清酒のトレードマーク入りの厚い前掛けと、いかにも重そうな自転車の荷台にはプラスチックのビール箱がくくり付けられていた。

『大変失礼でございますが、もし人違いでしたらご勘弁ください。下村先生のとこの、新田選手じゃございませんか……』

一瞬、人違いだと言おうとしたが、自分に向けられている嘘のない視線が、おれを素直にした。おれは立ち上がり、サングラスを外した。

「お久しぶりです……」

『……いやぁ、そうじゃないかと思ったんですよ。先程、瑞輪寺《ずいりんじ》のとこを上ってこられたでしょう？　あれっ、と思いましてね』

「またトレーニング始めたんですが、今日は時間が出来て、ちょっと、懐かしかったものですから……」思わず、悪い事をしているのを、見つけられたような調子になってしまった。

『カムバックされるんですか。それ聞いたらみんな喜びますよ。そりゃ良かった。集まっては、よく下村先生の思い出話なんかやりましてね。新田さんどうしたかなあ、なんて。しかし、よく忘れずに戻って来てくださった。本当にみんな喜びますよ。「シモムラ」の、最後の看板が帰ってきたこと知ったら』

酒屋さんに促されるまま、おれは彼と一緒に商店街の方へ向かった。おれは、もともとジムの後援会だとか、ボクシング狂とか、そういう連中が嫌いだった。彼らはなにも失うこともなく、ビール膨れした顔で、あの選手はこうだの、ああだの、勝手なことをしゃべっているだけだと思っていた。むしろ悪意に近いものさえおれは感じていた。下村会長は選手にチケットをさばかせたり、ファイトマネーをチケットで支払うようなことは一度もなかった。その分、ジムの後援会にさばいてもらわなければならないことぐらい、おれにもわかってはいた。が、彼らと親しく話したことなどはこれまでなかった。それでも、今日は行かざるを得まいと思った。おれがリングから去ったことが、事実上あのジムを終わらせたようなものだった。むしろ彼らに言いたいことを言ってもらったほうが、おれもサッパリできるような気がした。

連れていかれたのは、坂を下りた商店街の小さな寿司屋だった。前に一、二度、会長と来たことがあった。酒屋は、のれんをくぐって引き戸を開けるなり、勢いよく中へ声を掛けた。

『おい、トメ。凄い人、連れて来たぞ。誰だと思う?』

おれが入って行くなり寿司屋の親父は笑顔で応えてくれた。

『新田さん。……いやぁ、夢みたいだ』

それから、おれがカムバックすること、トレーニングの合間に訪ねてきたこと、酒屋はおれの代わりにみんな話してくれた。そして彼は勝手に店の電話を占領し、次々とプッシュ・ボタンを押した。

『……そうだよ。ああ、新田選手だよ。……そう、下村先生とこの。……今、トメんとこに来てるんだ。カムバックするんだよ。……ああ。すぐ来いよ。すぐだぞ……』

それから三十分とたたないうちに、十五人ばかり顔をそろえ、小さな店は一杯になってしまった。どの顔も見覚えはあったが、しょっちゅうジムに出入りしていた運動具店の親父を除いて、名前さえ満足におれは知らなかった。しかし、どの人も、入って来るなりおれの手を握り、口々に『よかった。よかった』と言うのだった。おれがこの街から遠ざかっていた二年の空白が、逆に彼らとの距離を縮めたみたいだった。

＊

寿司屋を出たのは午後の二時頃だった。駅には向かわずに、反対の表通りへ急いだ。寿司屋に集まってくれた人々から、妙な話を耳にした。三丁目のほうがメチャクチャになっていると言うのだ。誰それが店を閉めたとか、来月立ち退くとか、そんな話が次々とかわされた。『地上げ』とかいう言葉を聞いたのもその時が初めてだった。

不忍《しのばず》通りへ出て動坂へ向かうとすぐ、彼らが言っていたことがわかった。通りに面したあちこちが、歯が抜けたようにサラ地になっていた。そして、空き地には口のあいたゴミ袋が散乱し、なかには横倒しになった洗濯機や、タイヤのないミニバイクまでうち捨てられている所もあった。この辺りは、古いアパートや小さな商店がひしめきあって、いかにも下町の匂いのする町並みだった。かつてそこを走っていた路面電車が消えただけで、周りはそのままに残された穏やかな町だった。それが、空き地を囲んだ高いジュラルミンの塀や、隣家が取り壊され、代わりに打ち付けられたベニヤ板や、ゴミ捨て場同然のサラ地で、スラムのようになっていた。

誰かがおれの名を呼んだのは、なかでも奇妙な建物の前だった。あたり一面、聞いたこともない商事会社の名が大書きされたジュラルミンのフェンスに覆われているなかに、一箇所だけ取り残されて小さな八百屋が建っていた。しかも、明らかに二階家だと思われるその家の、屋根を含む二階半分がそっくり爆撃でも受けたように取り除かれ、下の店だけが残されていた。声のした方を振り返ると、どこか品のいい八百屋のおかみさんが、立ちつくしたままおれを見ていた。

『……新田さん、ですよね。新田選手ですよね。ボクシングの。下村先生のジムの……』

「はい。お久しぶりです」おれは頭を下げた。そして、この街の人々に繰り返してきた、トレーニングを再開したという言い訳を付け加えた。

彼女が店の奥に声を掛けた。穏やかな目をした小太りのオヤジさんが、飛び出して来た。彼は両手でおれの手を握るなり、どうやって引っ込めようか困ってしまうほど、おれの手を握っていた。そして『ほんとに、帰って来たんだ』そう言いながら何度も頷いた。

店の奥にはランプ式の古い石油ストーブが置いてあり、どこか懐かしい匂いをさせていた。オヤジさんがストーブのやかんから、お茶をいれたが、自分の湯飲みだけで、こっちには何の遠慮もせずに茶をすすった。寿司屋でもそうだった。この街では、おれに何の気兼ねもしなかった。平然と目の前で飲み食いされる方が、ずっとおれの気が楽なことを彼らは知っていた。そういう気の遣い方が、かつて自分のジムがあった地元だということを思い出させた。

「……いったい、どうなっちまったんですか。この辺り。たった一年かそこらで」

『ごらんのとおりですよ。言葉もないです』

彼は笑ってみせたが、長い吐息のように聞こえた。

「この辺に住んでらした皆さんは、どこへ……？」

『さあ、どこへ行ったんですかね。何も言わないで突然いなくなったり……。それが当たり前になってしまった。みんなで助け合って来たのに。お互い苦しい時は、米の貸し借りまでして……ずっとやって来たのに。でもみんな本当に何も言わず、こっそりいなくなってしまった。寂しいもんですよ。あいつは売り渡したとか、売り渡さないとか、誰もが疑心暗鬼になって。すっかりギスギスしちゃって。それが悔しくてね。金の力で何もかも変えられてしまうってのが。人の性格や心まで。だから私は意地でも売りたくない。金の額なんか問題じゃない。ここは親の代からの土地なんだ。自分が生まれて育った土地ですからね。代わりは他にはないんですよ。……覚えてますか。隣になにがあったか。はす向かいのサラ地がなんの商売やっていたか。……もう、祭りもできやしない。まるで、どうしようもない、ひどい夢見てるようでね。

最近思うんですよ。みんな、補償金だの、立ち退き料だの、法外なお金もらって、本当に幸福になったんだろうかってね。たとえ願ってもないようなお金をもらって、ここで暮らしてたボロ長屋よりずっと良いマンションに移ったとしても、それで本当に幸福になれたんだろうかって。皮肉とか、そんなんじゃなくて、ほんとに幸福で暮らしてたらそれでいいんですよ。初めの頃は、私もいろいろ思いましたがね、今は本当に幸せで暮らしてくれたらいいな、って。でも、出て行く時、こっそりね。何も言わず、出て行かなくちゃならなかった、それはきっと心に傷を持ってしまったからだろうって、苦しんでるんじゃないかってね。初めのうちはいいかもしれないけど、長い間には……。何十年と、ここで貧乏暮らししながらでも、人に後ろめたいことなど、全くなくて暮らして来たんですからね。まして隣近所では。考えてみれば、自分の土地や住む権利や、それを売るのはそれぞれの勝手なのに、まるで夜逃げ同然にいなくなってしまう。そうさせてしまう、あの連中のやり方がね、私に意地を張らせてるんですよ。戸別に、陰でこそこそ交渉して、他には言うなとか、あんたの所だけ倍出すとか、みんなをバラバラにしておいて、みんなの心を何十年とやって来た人間を、お互い疑わざるをえない所へ追い込んどいて、誠心誠意の交渉やって来たなんて、冗談じゃないですよ。だから、いつか、ふっと思う日が来るんじゃないかって、みんながね。ここで暮らしてた頃を。まだ都電が走ってた頃、夏は縁台だしてヘボ将棋さしたり、花電車とか香水電車とか、いろいろ走ったんですよ。……祭りとか。

本当は、貧乏でもここで暮らしてた方が良かった、なんて思う日が来るんじゃないかってね、そう思うとたまらなくなるんですよ。私はごらんのとおり、ひどい目に遭いました。が、少しも後悔とか、後ろめたい気持ちがないんですよ。最初は、ひどく怖かった。気の小さい、ただ細々と生きてきた小商人ですから。地上げの連中が訪ねて来ることだけでノイローゼになりそうだった。毎日毎日ね。それでも首を縦に振らないと、あそこはゴネ得狙ってるとかデマを流して。その他にもいやがらせの連続ですよ。自分が訴訟を起こしたり、見たことのない連中がやって来て夜通しすぐそばで焚火してワイワイ騒いで、家族は避難させても自分はここに残ってる。けして負けないぞなんて、思ったりして。いつの間にか。開き直りいうんですか。

祭りっていえば、あの日、下村先生が亡くなった日、来られたんですよ。ここへ。わざわざ寄ってくだすってね。もうずいぶん地上げが進んで、この辺りはごらんのとおりで。こっちは祭りどころじゃなくて、立ち退きに応じない家が放火されたの、ダンプが突っ込んだの、よく聞くようになった時で。その時もここの二階を壊されたばかりで、訴えた頃でね、今は少し格好がついてますが、先生が来られた時には見られたもんじゃなかった。隣は棟続きで、それが買収に応じたために、この階下の店の部分だけ借りてましたから、二階は取り壊すってことで二階だけそっくり持ってかれた後で。屋根替わりにビニールかぶせてた、そんな時でしたから。

先生、ジム閉めてからは、すっかりいいお爺さんになられて、顔がもう優しくなっておられた。それが、久しぶりに先生とお会いして、私がホッとしたこともあって、誰も話す相手もいなかったですから。私の話、ずっと聞いてくだすって、最後に、私の顔をじっと見た。その時の顔、新田さんに稽古つけてた頃の顔に戻って、こう、この頰骨のあたりがグッと浮かんで、

「おい。……大事なのは勇気だぞ」そう。

その晩、先生が亡くなったってお聞きして、ああ、お見せするんじゃなかったって。先生の故郷ですからね、ここが。こんなザマになってしまったの』

「いや、きっと会長、オヤジさんが頑張っておられんのを見て、嬉しかったはずですよ。あの人はそういう人ですよ」

『でも、こんなに元気になったの久しぶりですよ。新

田さん。どうか頑張ってください。ここ去って行ったみんなも、どっかで新田さんの名前聞いて、今の私みたいに元気が沸くかもしれない。ここで暮らしてた頃思い出して、頑張るかもしれない。試合決まったらぜひ知らせてくださいよ。新田さんの試合が見たい。ガードマン雇ってでも、見に行きますよ。そして昔みたいに「ニッ・タ、ニッ・タ」って騒ぎますよ。そうすれば、こんなのはやはり悪い夢で、本当は、ここに今もシモムラ・ジムがあって、下村先生も元気で、みんなあのままで……。そんな頃に、一時でも帰れるような気がする』

それから彼は、別れ際に一枚の古い写真をくれた。ジムが写っていた。戦後まもなくで鉄筋モルタルの二階建てがまだ珍しかった頃の写真だそうだ。ボクシングジムというより、郵便局か、銀行の小さな支店のようだったと彼は言った。四つ並んだ縦長の窓を囲むモルタルが、波形のアーチを刻み、ガラスの入った木製のドアも、その上にアーチ形でかかった〝SHIMOMURA　BOXING　CLUB〟のネオンサインも、こうして手にとって見てみると、まるでどこかのカフェバーみたいに写っていた。

18

朝からの雨が、午後雪に変わった。ジムへ着くとすぐ、ワカダンナの部屋に呼ばれた。いつの間にかテレビとビデオデッキが持ち込まれていた。彼はブラウン管の前のイスに腰掛け、例によって表情のない大きな目をしたまま、パイプ椅子を持ってくるように言った。彼はカセットをデッキへ押し込むと、慣れた手つきでワイヤレスリモコンのプッシュ・ボタンを押した。

『赤に白ラインのトランクス、赤シューズ。その選手よく見てろ』

音声のない画面で、その赤いトランクスの肩幅が広い選手は、コーナーを蹴って飛び出した。トップロープの高さから見て、一八〇センチそこその身長に見えた。右構えの上体を深く倒したクラウチング・スタイルで、相手を押し始めた。肩と上腕がよく発達した、いかにもパンチのありそうなファイターだった。赤トランクスは、パンチを出す前は一応ガードを上げ、顔面をカバーして、上体も動かすのだが、一旦距離を詰め相手の内懐《うちぶところ》に入りこんで打ちに出ると、極端にガードが甘くなる癖を持っていた。しかも攻め始めるとウィービングなどの上体の動きが止まった。パンチを打ったあと、戻したグローブの位置がかなり低く下がり、ほとんど顔面ガラ空きの状態で攻撃した。ただスタンスは狭く、追う足は速かった。下半身の力も強く、パンチにもスピードがありそうだった。左を出しながらロープに追い詰め、左右のフックを思いきり振るった。ビデオには二試合収められていた。最初の試合が三ラウンド、後のほうは五ラウンドに赤トランクスがＫＯで決めた。ウイニング・ブロウは二試合とも、強烈な右のフックから、返しの左フックだった。倒しにかかった時のパンチは、左も右も顔面へのフックだった。右はストレートもフックぎみに出る癖がついているように見えた。

『この選手、どう思う』画面が消えるとすぐに、ワカダンナが聞いた。

「馬力ありそうですね」

『まあな。……でも、お前のタイプだろ?』

「ええ。これで見る限りは、そんな感じですね。ガード開いて、動きが少なくて……。でも、ビデオじゃ何もわからないですよ。直接向きあってみないと何とも言えない。相手によりますから」

『ヤツが今、ミドルのトップ（第一位）だ。木戸隆志。二十二歳。身長一七八センチ、リーチも同じ。八戦八勝。四回戦の時、判定が二つある。ここ四試合、連続ノックアウト。三月の二十五日に試合組んでたんだが、相手の四国の選手が練習で肩を痛めて来れなくなったとかで、代わりを探して……』

「おれ、行かしてください。おれがやりますよ。強いヤツとやりたい。お願いします」

『お前、嬉しそうだな』彼が鼻で嗤《わら》う、いつもの顔をした。

『済ませたよ。契約』

「また、冗談ですか?……ホントに。本当に、決めてくださったんですか……」

『ちょっと早い気もするが、試合で作った方がいいだろう。目的あってのトレーニングだからな』

「……ホントなんだ。……で、契約リミットは?」

『ミドル・リミットより二ポンドオーバー、七三・五キロでいいそうだ』

「もう、そのリミット切ってますよ。おれは……」明日でもリングに上がれると、続けようとして、彼がちょっと右のマユを上げ、上目づかいにおれを見ている顔に出くわした。おれが馬鹿みたいなミスパンチを打ったりした時に、よく見せる顔だった。

『……ウエイト条件はこっちが出した。むこうさん、二つ返事でオーケーしたそうだ。ファイトマネーは四十万。タイトルマッチ並みだな。しかも全額キャッシュで払ってくれるんだそうだ。破格の待遇だな』

「要するに、……おれは、カモだと？」

『次は、やっこさんタイトルマッチだそうだ。全くチューンアップ（調整試合）ってつもりだろう。元全日本新人王で元ランキング二位の実績なら、代役にプログラムへ載せても格好がつくし、二年近いブランクなら願ったり適《かな》ったりだ、と……』

「上等じゃないですか。おれがどんなもんか、グローブ合わせてみりゃわかりますよ」

『そういうことだ。そういうことだよ、新田。相手が逃げて困ってるとか、むこうのジムは吹いて回ってるらしいが、連勝というのは危険なものだ。時には連敗と同じように選手をダメにする。それが今のビデオに出てる。オープンガードで、打つことしか頭にない。しかも大振りの癖は一度ついたら、なかなか直らない。しかもキャリアが十戦未満の選手は一度自信を崩したら、もろいもんだ。ミドルなんてのは日本人で最も層の薄いクラスだ。今だって、チャンプとこの木戸を含めてもランキング表に五人しか載っていない。チャンプは別格だとしても、それ以外のランキングなんてのは、このクラスに関しては全くあてにならない。木戸のこれまでの相手、一応洗ってみたが、どの相手もたいしたことはない。今見たとおり、ジャブが弱い、横への足もない。簡単に中へ入って押せる選手ばかりを相手にしている。

問題はボクシング・スタイルだ。もし相手が、ガードが堅くて、上体の動きがあって、下から下からウィーブかけて、しつこくもぐりこんではボディで来るようなヤツなら、お前の長いブランクの後の、最初の相手にはもって来れない。そういうスタイルの選手なら、たとえ相手が六回戦の選手でも、今のお前にはやらせない。

お前は、もちろんミドル・リミット以内に絞れ。お前も知っているとおり、それがお前のベストウエイトだ。水分コントロールさえすれば、きちんと二度食べて落とせる。こっちは万全の態勢で臨もう。キレもスピードも倍加する。二ポンドオーバーってのは、こっちの三味線よ。計量の日、やっこさんどんなウエイトで現れるか。まあ、楽しみにしてようぜ」

ワカダンナはいつもの唇を曲げるだけの笑顔でおれに笑いかけた。おれが笑ったのは、ワカダンナがプロモーターと交渉している顔を思い浮かべたからだった。どこかボーッとした顔つきで、全く自分の手の内を相手に気取《けど》らせず、感情を顔にも声にも出さないまま、いつのまにか自分のペースに巻き込んでしまう。虫も殺さないような顔をしているが、たいした役者だと思った。同時にこのファイトがすでに始まっていることを、おれは悟った。

＊

ワカダンナは何の器具も使わないシャドー・ボクシングに、ジムワークの三分の一を必ず割いた。そうして、想像した相手と自由にパンチを交換し、スピードとリズムを主眼においたトレーニングをさせた。新しいパンチや打ち方など教え込もうとはしなかった。おれの持っている、しかも試合でよく生きるパンチを、徹底して鍛え上げた。

彼がおれのボクシングをよく知っていると感じたのは、ミット打ちでボディ・ブロウの練習をしようとした時だった。彼はあっさり、『お前はボディ打ちなどいらない』と言った。

『ただ、相手がカウンターを打てないとわかったら、右ストレートを当てた後の左の返しを、顔面じゃなく、レバー（肝臓）へ叩き込む練習だけはしておきたい。お前の、スピード主体の、ほとんど顔面ばかり狙うパンチは、お前のスタイルに合っている、とおれは思う。が、試合が進んで、三ラウンドが過ぎたあたりには、相手はお前が上しか打って来ないと思いこむ。今までだってそうだったろう？　当然、相手はガードを上げて来る。その時だ。上を打つように見せかけて、レバーをえぐる。それでお前の攻撃は、ぐんと幅ができる。それをお前は、相手がガードを上げ、顔面へのパンチをブロックすることに集中し始めると、持て余して、右でボディ・ストレートなど打ったりする。お前のあんな馬鹿みたいなボディの一発打ちなど危なっかしくて、見ていられない。自分でもわかってるだろ？　何のために打つんだ？　パンチにはすべて意味がなくちゃならない。下村さんもお前も、ただボディ打ちにこだわってただけだ。まるで神経症だ。たしかに、相手を後半倒すか、少なくとも生き返らせないためには、早い回にボディを打ってエンジンを壊すというのは常識だ。でも、それで自分のリズムを崩したり、危機におちいるなんてのは馬鹿げてる。相手がカンのいい選手なら、逆にそこを狙われる。ただ、お前が時折、コンビネーションの中で右ストレートの後、レバーを左アッパーで打つ時は、体のバランスが崩れない。お前はそれを捨ててパンチにしてきたが、あれをもっと相手に体をくっつけて、アッパーより小さい角度で、フックと中間ぐらい、心もち四十五度程度で強く打ち込むんだ。アゴを引いて、踏み込んで体をくっつければ、相手の右はお前の頭の上を通って行くだけだ。心配ない。おれは、お前のボディ・ブロウはこれだけでいいと思う。速い右ストレートを当てた後、左左のダブルの一発目だ。いいか、顔面へ右、返しの左をレバー、同じ左で顔面へ返す。おれの言ってることが解るか。……で、お前はどう思う?』

彼が、リングの中でミットを両手に着けたまま、そう言ってくれた時、おれは彼とやって行く限り、何の心配もいらないという気がした。彼はいつもは、あまりしゃべったりする人間ではなかったが、ことという時にはその場で、トレーニングを中断してもおれが納得するまで話し合うという姿勢を持ち続けてくれた。

彼のトレーニングで面白かったのは、ダミー打ちだった。ラウンドの二分五十秒までは、ダッキングなどの防御動作を入れ、普通のダミー打ちをやるのと同じようにサンドバッグを見て打たせるのだが、ラストの十秒間は全くダミーを見ずに、ただ立て続けにパンチを出させた。

『見るな。持ってるパンチ全部吐き出せ。百メートルを全力ダッシュする要領だ』

出る時には、一気に行かなくてはならない、と彼は言った。しかも、その打ちっぱなしの時間を少しずつ延ばし、最後は三十秒ぶっ続けてパンチを叩きこめるまでにおれを導いた。やがて、頭のなかがカラッポになる、その打ちっぱなしの数十秒を、おれは心のなかで楽しむようになった。

『ラスト六十、…五十、…四十、…行け!』

一気にスパートする時、体じゅうが熱く、血液は沸騰するようで、自分の魂は肉体から離れ、ずっと遠いところで自由に駆け回るような感じがした。サンドバッグが宙で躍り出し、それを天井から吊るしたチェーンは激しく鳴った。打ちまくりながら、おれが大声で吠え始めると、ワカダンナまでが吠え声を上げ、静まり返ったビルの中は、犬の喧嘩の、動物病院になってしまった。彼が子供のようにハシャグのを見たのも初めてだった。

*

試合の決まった翌日から、図書館のアルバイトは休んだ。代わりに子供の頃ワカダンナのジムで練習していたという学生が行ってくれることになった。下村会長がおれのために残してくれた貯金も必要ならば全額おろして使う気だった。試合が終わってしまった後では、何もかもすべて遅すぎる。勝っていれば、おれの人生も続いて行くが、逆ならば一切がなんの意味も持たなくなると、おれは感じていた。金も生活も、すべては試合の前までしか、価値を持たなかった。

三月に入って契約ウエイトの七三・五キロを切ったあたりから、いつもの微熱が始まった。余分な脂肪や汗がほとんど出切ってしまうと体内の熱は逃げにくく、しじゅう身体が熱っぽかった。ロードワークでも、ジムへの道筋でも、コーラの自動販売機や、駐車場の水道の蛇口やそんなものばかりがやたら目につくようになって来た。街じゅうの清涼飲料の販売機が置いてある位置や公園の水飲み場は、それだけで地図が書けた。そこからは、百グラム単位で目盛りを睨む日が続いた。

試合が決まった時、ワカダンナが『ウエイト・コントロールはどうする？　お前がやるか。おれにやらせるか』そう聞いた。そして、正直に遠慮なしに言え、と言った。こんな生活を続けていれば、何をどれだけ食べれば自分の体重がどれだけ増えるか、本人が一番解っている。おれは他人にグラフで計画を立てられ、いちいちうるさく言われたりするのが、たまらなく嫌だった。下村会長とは、よくそれでぶつかった。

「おれにやらせてください」と答えた。彼は『わかった』と言っただけでなにも言わなかった。それ以来、おれがジムへ来て体重計に乗った時に、彼は目盛りを一緒に確かめるだけで、なんの指示もしない。ただ、五十グラムでも体重が減っていれば、彼は『オーケーだ、新田。ちゃんと落としてる』そう大声で言ってくれた。『落ちてる』などという無神経な言葉を使わなかった。

おれの体の動きが最も良いのは七十二キロを割るか

割らないかだということは、経験でよく知っていた。そのあたりまで絞りこめば、足も軽く、体が切れる。しかし、体力を維持し、しかも運動量も限界を過ぎて、なお落とさなければならないという条件を満たすのはかなりの苦行だった。

ワカダンナのジムに身を置くようになってから、朝にはパイナップル一切れかグレープフルーツを半分。それにバナナを一本。それから魚を土佐造りのようにしたものを食べた。魚は表面をガスレンジであぶり、氷水にくぐらせて薄く切ったものに、青ジソと万能ネギ、ミョウガと揉み海苔を山ほどかけ、それをすり下ろしたニンニクとショウガ、醤油とレモン汁で食べた。魚もマグロの赤身や鰹《かつお》、ヒラメ、時には鯛《たい》までそうして食べた。いい魚のないときには、刺身にできる輸入のサーモンで造った。魚に飽きたら、牛のヒレ肉を同じようにして食べた。それに海草を親しくなった魚屋に頼んで仕入れてもらい、レモンをかけて食べた。牛乳をコップ一杯。どれも量は限られていた。だからその分、金をかけるという子供じみたマネをした。パインは一番味の深い実の下の三分の一だけで、葉のついた残りのほとんどは捨てた。牛乳も紙パックの安物など飲まなかった。ビン入りのジャージィ種のミルクを買いこんできた。牛乳の成分など紙パックであれ、ホルスタインであれ、似たようなものだろう。それでも三倍の値段のビンを買い込んでこないと気が済まなかった。一日に液体を直接口に出来たのは、そのコップ一つだけだった。馬鹿げていることはわかっていたが、何もかも抑えなければならなかったから、そんなところに吐け口を求めた。フルーツもパパイヤやマンゴー、バカ高い冬のスイカまで気まぐれで買ったりした。朝は、その魚と海草のサラダと牛乳、バナナとフルーツだけ、夜は蒸しガレイなどの、焼いた魚を一匹とフルーツ、茹でたホウレンソウを一皿、あとはクレソンやラディシュや小さなニンジンに塩をふってかじる程度だった。次第に、その量も減らして行った。糖分はせいぜい蜂蜜をティースプーンに一つ、油ものや、米やパンや麺類は一切取らなかった。

＊

鉛の入ったメジシンボールに加えて、ワカダンナがおれの腹の上に素足で上がり腹筋を鍛える、ボディ踏みが始まった。

そして試合を二週間後に控え、ワカダンナが現役の頃グローブを合わせた仲だというジムの会長が、清水という若いウエルター級のランカーを連れて来てくれた。ランキング入りしたばかりのそのファイターは、技術的にはそれまでの大館さんよりずっと粗かったが、アマのベテランチャンピオンにはない活きの良さがあった。なにより若く、おれの思考を許さない激しさを持っていた。最初から彼は本気だった。少しでもおれが隙を見せると、目をむいて頭から突っ込んできた。しばしばおれも、スパーであることを忘れ、彼の突進を止めるためにムキにならざるを得ない場面を作らされた。彼は少し本番のリングの匂いを思い出させた。

その清水を相手に、徹底して彼の左フックをスウェイバックで外し、逆に右を打ち降ろしてカウンターを狙う、あるいは内懐に入れてボディを打たせ、ブロックだけに集中する、日ごと課題を変えてスパーを積んだ。ラウンドごとの一分間のインターバルも立ったまま休んだ。

＊

二週間後に試合が迫って、疲労もピークにさしかかったのか、いつもの試合前にやってくる不安が時折おれを襲い始めた。何といっても本番のリングから二年近くも離れているのだ。ガードが甘く、動きの少ない、しかも前に出て来てくれる相手だといっても、向こうには勝ち続けている勢いというものがある。おれが負けるとすれば、たぶんわけのわからないまま、早いラウンドにやられてしまう場合だろう。あるいは、長いブランクが、目に見えないところでおれの精神や肉体のスタミナを蝕んでいるかもしれなかった。かつての名選手がカムバックして、無名の若い選手からまるで別人のように打ちのめされてしまうのは、本人の気づかぬ目に見えないスタミナが切れてしまっている場合が多いからだということも、おれは知っていた。いくらスパーリングで自由に動けるといっても、ジムワークと本番の試合のリングは、全く別物だということも、おれにはわかりきった事実だった。大ケガをするとか死ぬかもしれないなどということよりも、負けることが怖かった。今度負けたら、すべて終わるような気がした。

早めにジムへ出て行っては、木戸の試合ビデオを何回も繰り返して見る日が続いた。何度見ても、問題はおれのジャブがヤツの前進を止められるかというところにあるのは、確かなことのように思われた。もし、おれの左がヤツを止められないまま、相手のプレッシャーに押され、おれが真後ろへ引いた場合には、そこで試合が終わることも確かなようだった。

ビデオで見るかぎりヤツの左はさほど芸がなさそうだった。が、相手によっては左のアッパーでボディをしつこく突いて来るのではないか、ワカダンナが集めてくれたデータによれば過去に二度ダウンしているらしかったが、ガードがこれだけ甘いのは想像以上にタフなせいなのではないか、いい右のクロスを持っているのではないか。ビデオでは読み取れない事態ばかりを想像しては不安をつのらせた。そして、突然試合が延期されたり、流れてしまうあらゆる条件を思い浮かべてみないことには気が済まなかった。

ロードもジムワークも、入ってしまえば相変わらず集中できた。そして終わった後は、おれが負けることはないと正直思え、その時だけ不安は影をひそめた。

体重も試合を十二日前にして、とうとうミドル級のリミット七二・五キロを割った。かがんで体重計の目盛りを合わせていたワカダンナが、静止した分銅の位置を確かめ、おれの顔を見上げた。ほんの一時だったが真っすぐにおれの目を見て、二度ばかり珍しく頷《うなず》いた。それでおれは充分だった。彼との約束を果たせておれも嬉しかった。試合のこれほど前に、利尿剤などの薬物も使わず、量は少なくとも二度食べてスタミナも落とさず、ミドル・リミットを切ったなどというのは、いつ以来だったろう。

左足に触れられると飛び上がるほど痛い腱《けん》が一本あったり、右の肘が重かったりはしたが、リングに上がるのにとりたてて気にしなくてはならない故障などもなかった。

それでも、得体の知れない不安が、時折襲ってはおれを苦しめた。

『結果は結果だよ、新田。それだけが問題なら、ジャンケンでもやったほうがよほど合理的だ。お前はよくやってる。何の問題もないよ』

おれの不安を感じとってか、ワカダンナがいつもの、どこか鼻で嗤うような口調で言ってくれても、こればかりはどうにもならなかった。おれにとっては、やはり結果がすべてだった。

自分のコーナーにも、一つだけひっかかるものがあった。ワカダンナは、その冷静さといい、読みの深さといい、指示の的確さといい、精神的な部分では全面的に信頼できた。技術的にも、ワセリンをまるで薄い皮膜のように、顔全体へムラなく覆う完璧な腕を持っていた。だが、ことカット（切り傷）処置に関しては、全く彼の技術をおれは知らなかった。バッティングなどのつまらぬ傷でも、もし深かったりすれば、それで試合は終わってしまう。彼がそうとうやれることは確かだろうが、プロのリングのカット処置は、ここ十何年も遠ざかっていることも事実だった。

清水とのスパーを終え、立ったままコーナーにもたれて、次のシャドーまでの一分を休んでいた時だった。ポンと、タオルがおれの首にかかった。ワセリンと汗をぬぐい、タオルを返そうとしてコーナーポストの脇へ目をやった。小柄な、歳のわりに真っ黒な髪をした男が立っていた。浅黒い皮膚ときれいな歯並びの、懐かしい笑顔がそこにあった。

「長内さん。……どうしたんですか」

『ああ、またカットマンの仕事入ったんでな。その野郎の動きぐらい見ておかんと、止血の綿棒、どんだけ用意すればいいか見当もつかんからな』

「じゃ、またおれのコーナーに？」

『このジム、他にプロの選手、いるのか？』

彼が辺りを見回し笑いだした。

『まかせとけ。新田。お前のカットはデビューの時から俺が止めてきた。どこを切ったらどれだけの深さで裂けるか、お前の顔は筋肉の付き方まで俺は知ってる。三十秒くれ。どれだけ切られようと必ず俺が埋めてやる。

その代わり、ヤロウの馬鹿ヅラ、お前のナイフのジャブでズタズタに切り裂け。フランケンにしてやれ』

いつもの陽気さで表情を崩しながらも、真っすぐおれを見つめた長内の浅黒い顔を、これほど心強く感じたことはなかった。

*

最後の週はロードもジムワークも少しずつ減らし、疲労を取り除くことに専念した。本格的なトレーニングの最後の日、ワカダンナは大館さんと清水を含めて四人のパートナーを用意した。残りの二人も清水と同門の、ウエルターとジュニア・ミドルの若い選手だった。大館さんと清水は各三ラウンド、残りの二人はそれぞれ二ラウンド、計十ラウンドのスパーリングを今度の試合と同じラウンド数でやってみることになった。ワカダンナも長いブランクの後、一番の敵はおれ自身の戦うスタミナにあると考えているようだった。ヘッドギアや、重いグローブを着けることは、いつものスパーと変わりなかったが、各ラウンドのパンチや攻めの組み立ては本番の試合のように、ワカダンナがおれへ付きっきりで指示した。十ラウンドの間、おれの左のジャブは出続け、足も止まらなかった。

*

ずっとスパーリング・パートナーとして、練習に付き合ってくれた清水と、最後にグローブを合わせたのは、試合を三日後に控えた水曜の夜だった。二ラウンドのスパーが終わった後も彼は帰ろうとせず、着替えたままおれのシャドーや補強運動を見ていた。

おれはトレーニングの後、いつものように暖房を効かせた隣の部屋へ移った。ストーブを前にして毛布をかぶり、出る限りの汗を出し切った。マッサージとシャワーを浴びて出て来た時、清水はまだそこにいた。おれを見るなり、何を思ったか立ち上がって『お疲れさまでした』と頭を下げた。いつも無愛想で礼ひとつせず、いつまでもうち解けないところはスパーリング・パートナーとして理想的ではあった。が、一方的におれに打ちまくられた日など、口を尖《とが》らせて『もう一ラウンドやりましょう』を繰り返し、これはおれのスパーなのだと言い聞かせるのに苦労させられた。そんないつもの彼からは考えられないことだった。一瞬、こっちのほうが照れてしまった。考えてみれば、延べ三十ラウンド近く、彼とはグローブを交わしていた。

清水は断ったが、おれは駅まで送ることにした。

清水もプロのリングで、まだ負けを知らないファイターだった。最初、彼を連れて来たジムの会長によれば、手のつけられない問題児らしかった。ハイ、ハイ、口では言うが、いざ試合のゴングを聞くと、会長やトレーナーの話を、全く無視してかかるのだそうだ。確かに日本人にしては珍しく、どっちが先にギブアップするか、意志を試すような打ち合いを挑んで来た。タフでスピードも有り、パンチの重い、いい選手だった。おれが一発当てると、ますます闘志をかきたて、口を尖らせて向かって来た。

『……おれ、世界へ行けると思いますか』

ずっと押し黙って歩いていた清水が、歩道に立ち止まるなり、そんなことを言った。突然、突拍子もないことを言い出したので、おれは思わず笑ってしまった。彼がムッとしたのがわかった。

「……世界か。すごいな」場がもたなくてそう答えた。

『センパイは、狙ってないんですか?……だからダメなんですよ。なぜいつまでもこんな所でダラダラ満足してられるんですか。センパイ、速いですよ。おれ、見たことないですよ。日本人の重いクラスで、センパイみたいなスピードとバランス持ってる選手。あのジャブ、どうしようもないですよ。強引に入ろうと思うと右のアッパー合わされる。アッパー来ないと思うと、上から振り降ろされる。生まれて初めてですよ。おれが入れない、どうしたらいいかわからないなんてのは』

彼がいつものように口を尖らせて話し出した。

「それでお前、誉めてるつもりか?」おれは笑いながら言った。

『いや、負けてもらっちゃ困るんですよ。あんなのに。木戸なんて、おれなら三ラウンドでケリつけますよ。試合見たことあるんです。……おれ、今までいろんな選手見てきたけど、センパイだけですよ。試合に行って、俺がどうなるかわからないな、なんて思ったの。センパイがあんなのにやられたら、おれも終わりですから。……おれはあるとこまでやったら、ヨーロッパでもアメリカでも、外国行こうと思うんですよ。スーパーファイトなら億単位ですからね。日本なんかに居たんじゃしようがない。ビンボー臭くて、やってらんないですよ。ゴルフなんて、あんなもの、ゲートボールと同《おな》んなじでしょ、あんなもののほうが金になるとこなんだから。おれは世界狙いですよ』

不意に、おれはかつてアルバイトの帰り道に、一人で気が奮《たか》ぶった夜のことを思い出した。「そう言えばレストランの皿洗いをしていたことがあった」とか、「あのころ、一緒にグチを言いながら、夜、人気のないビルの掃除をやっていた連中はどうしたろう」とか、いつか、おれが世界のリングに進出した日に、過去を思い出している自分を、皿洗いやビル掃除の帰りに空想しながら、通りを歩いたものだった。清水は今年二十歳になるという。彼も、自分のなかのプライドとか呼ぶやつに、手を焼いているのを感じた。

『……どうでもいいスけど、負けんでくださいよ。ホントに』

「ああ、お前見に来いよ。おれがどれだけスパーで手を抜いてたか、その時、わかるだろうよ」

『もちろん、行きますよ』

いつも、おれはそうだったなと思う。メシを食うための仕事は、ただ人間をダメにする無駄な時間に思われてしかたなかった。わずかな地位を得るために、自分の家でもない会社のトイレの電気をしじゅう消して歩いたり、休日もたいした仕事もないのに出勤したり、それを歴史的な仕事でもしているように大袈裟に語る連中に、しじゅうイラついていた。

今まで、何故《なぜ》こんなことをやっているのか、考えたことなどなかった。いったい何だろうと思った。金や地位や名誉や、名前なんかでもない。なんかのためでもない。ボクシングから本当に離れ、結婚式場の地下の洗い場に立っていた頃。朝出かけ、夕方アパートに戻り、なにもせずにいた夜、テレビなんか意味もなくただつけっぱなしにして、突然バカみたいに何キロも走ってみたり、サウナで意味もなく減量してみたり、同じ映画を何回も見たり、いつか、こんな生活にも慣れるのかもしれないと思いながら、ただ時間を見送っていただけの頃。島へ帰るための金を作ることだけで生きていたあの日々。生きているのか、死んでいるのか、わからないような毎日だった。ただ一つだけ、はっきりしているのは、もう、あんな何もしないでメシばかり食っているような日々だけはごめんだと思っていることだった。とにかく今、強いヤツとやりたいと思っていることだけは確かだった。逃げ出したいぐらい、強いヤツと、グローブを交わし、その時おれは本当に生きているのかどうか自分自身でわかるような気がした。願ってることはそれだけだった。

改札で別れた時も、清水は繰り返し『センパイが勝ちますよ』と言った。おれの試合ではなく、自分の将来の占いが気になるらしかった。なんだか、何年か前の自分を見ているようだった。

＊

試合運びについてワカダンナとは何度となく話し合って来たが、本番をあさってに控えた夜、最終の打ち合わせをジムでもった。おれは第一ラウンドが勝敗のほとんどを握るだろうと思っていた。最初のラウンドはどうしても取りたかった。ワカダンナも同じ考えだった。そのためには別に目新しいことをやるよりは、とにかくジャブを徹底して突き、左へ左へ回り込む、いつものおれによくなじんだ戦法が、もっとも効果的だと彼は考えていた。そして、十ラウンドのうち奇数ラウンド、つまり一、三、五、七、九のラウンドにヤマを持っていく、積極的に仕掛けることで彼との意見も一致した。

ワカダンナがロッカーから取り出したのは、コバルトブルーのローブだった。しかも、その明るい青は全体がスパンコールで輝いていた。まるで青いミラーボールをローブに仕立てたようなものだった。彼が背中を向けて壁に吊るした。今風に、裾丈は短く、太腿のあたりまで届く程度だったが、大きなフードが付いていた。『Shimomura Boxing Club』の白い文字がアーチを描いて書かれ、その下に"GRANDPA'S DREAM"と金色の文字が入っていた。一番下はNITTA SHUNICHIの名前が二段に並べられていた。

「……これ、何の冗談ですか。まさかこんなキンキラ着てリングへ上がれって言うんじゃないでしょうね」

『いや、そのつもりだろ。お昼ごろ、千駄木の皆さんが届けてくださった』

「ちょっと待ってくださいよ。なんぼなんでもハデ過ぎですよ。今時、プロレスだってこんな格好しませんよ。まるでストリップかタカラヅカの花組じゃないですか」

『目立つほうがいい。あいつは何だと思わせろ』

「……この〝グ・ラ・ン・ド・パ・ス〟って何ですか」

『馬鹿みたいな顔して簡単に聞くな。お前、少しは大学行ってたことあるんだろ?』

「ダイガクって言ったって、おれはボクシングで入ったんですよ。名前と受験番号だけちゃんと書いてくれって言われて」

『そんなことは自慢にならんよ。グランパパの略だ。……グランドファーザーって言えばわかるか』

「ああ〝おじいさんの夢〟……。ジムの名前、……かまわないんですか?」

『ローブに何書いちゃいけないって規則はないよ』

「……しかし、ハデですね。目がチカチカしますよ」

『いや、いいローブだ』

投げ出した足を組み、どこか気怠《けだる》そうにイスへ身を預けて、ワカダンナはじっとローブを見やった。

別れ際にワカダンナが、クラフト紙の小包らしいものを手渡した。

『お前がまたリングへ上がること、茨城の下村さんの娘さんに知らせてやったら、〃宝島の生まれの人〃とか、お前のこと下村さんに聞いていたのを覚えていてな。まあ、お前の故郷は、一度聞いたら忘れんから。これ、お前に渡してくれって、今日届いた。下村さん、娘さんの所へ移ってから、この写真、いつも飾ってたんだそうだ』

おれはまだ開けられていない小包の封を切った。中から木製のフレームに入った小さな写真が出てきた。おれの見たことのない写真だった。てっきり、あの新聞に載っていたのと同じ、以前ジムの会長の机に飾られていた、あのファイティングポーズだとばかり思っていた。そのすっかりセピア色に焼けた写真には、若き日の会長だと分かる男と、見たことのない痩せた白髪頭の黒人が写っていた。会長はタオルを首に引っかけ、丸首のシャツと当時のトレーニングウエアなのだろう股引《ももひ》きのようなものを履いていた。黒人のほうはYシャツの袖をまくって綿パンのようなものを身に着けていた。二人とも、ドアの前のステップに腰を下ろし、会長より一回り大きなその黒人が会長の肩に手を回して、ほほ笑んでいた。二人の背後に写っているドアも、その上のほんの少しのぞいているアーチ形の庇《ひさし》も、一瞬『シモムラ・ジム』ではないかと思った。そこがあのジムの前ではないとわかったのは、入り口のドアの前には、写真にあるようなコンクリートのステップはなかったからだ。しかし、それで、おれはその黒人が誰なのか、その場所がどこなのかがわかった。

「これ、誰かわかりますか?」

『この黒人か?……さあな』

「エドですよ。……この人がエドですよ。この人がそうなんだ。間違いないですよ。この人がエドですよ。サクラメントの。ここエル街《ストリート》の、会長が練習してたジムの前ですよ。昔おれに言ったことがあるんです。サクラメントの話して、エドの話になった時に〃お前に見せたろう? まだ見せてなかったか〃って、この写真のことですよ。エドとジムの前で撮った写真て。

会長、一人で海渡って、何のツテもなくて、白人のジムでトレーニング出来るわけがなかった、カラード

（有色人種）ですから、それで、このジムへ行った。アフロ・アメリカンとかメキシコ人とか、キューバ人とか、日本人と同じ有色人は、白人のジムからは締め出されて、この地下にジムがあって。だから、シモムラのジムも地下だったでしょう？　このドアもガラスの入れ方まで、ほら、よく見てください、ドアの上の庇も、アーチ形してるでしょう？……ここがモデルだったんだ。このエドって人が、〝お前の故郷はジャパンの何て所だ〟ってある時、聞いたらしいんですよ。それで会長、あんたの名前の町だって、『江戸』って言うんだ、そう答えたら、とても喜んで〝じゃハイデジャロウ、お前は、おれの息子だ〟って、かわいがってくれたらしいんですよ。……ホントに親子みたいだ。

……おれのスナップで打つジャブも、レバー・ブロウも、戦前の日本人で打つヤツは誰もいなかったわけでしょう。会長も向こうに渡って初めて、スナップ効かせて打つジャブもらって、これは何だって、えらく速くてしかも切れる。それでこのエドから教わって、帰って来た。今じゃ、ここに来てるチビっ子も、スナップ・ブロウの練習してる時代だけど」

『お前のジャブは、この人から下村さんへ伝えられて、そして下村さんがお前に伝えたってわけだ。下村さんの身体に刻まれて太平洋を渡り、目に見えない教科書で、ずっと昔、サクラメントの地下室のジムから、あの千駄木の地下室へ。

……おれも彼から教わったよ、スナップ打ち。アマチュアの癖抜けなくて、ジャブ打つ時、グローブを縦にして出す癖があった。下村さん、何とかそれを矯正しようとして、その時スナップ効かせて打てって、〝飛んでる蠅をつかむように、パッと当たる瞬間ナックルを固めろ。そしてすぐ引きもどせ〟何度も何度も下村さんの手の平、打たせられた』

「ええ、おれもそれ言われました。〝飛んでる蠅をつかむ時どうする？〟って。うまくスナップが効くと、おれのパンチで会長の手の平、パチンと弾けるように後ろへ飛んで行く。そうなるまで……」

おれがその写真で知ったことはエドのことだけではなかった。会長がジムを閉めてから、まるで過去の栄光にすがる哀れな老人になり下がって、アメリカ遠征当時の写真を見ていたようにあの記事には書かれていた。おれもそう受けとったのは、あのジムに飾ってあったファイティングポーズの写真が載っていたせいだった。しかし、やはり違っていた。会長がいつも見ていたのは、全盛時代の自分のファイティングポーズなどではなかった。サクラメントのエドの写真だった。たぶんトレーニングの合間に、エドと二人でサクラメントのエル街《ストリート》の表通りを眺め、くつろいでいた時のだろう。柔らかな光が彼とエドを包み、エドの大きな目は穏やかな光をたたえていた。会長は普通の年寄りになって、栄光だとかそんな生臭いものではなく、ただ過去を、それが本当にあったことなのか、あるいは夢の中の出来事なのか、不思議な幻想のように感じながら、この写真を見てほほ笑んだに違いなかった。

＊

前の日は、軽く汗をかく程度のロードワークと、ジムでも午前中、二ラウンドのシャドー・ボクシングをしただけで、もっぱら休養にあてた。

午後、バイトをやっていた図書館に出掛けた。館内閲覧のラベルが貼られた百科事典の並びから、『世界大地図』というのを引っ張り出した。昔は船で太平洋を渡ったのだから、サンフランシスコの近くらしいということ位で、あとはなにも知らなかった。巻末の地名索引に『サクラメント』を見つけた。すぐ下に『サクラメント川』、『サクラメント山脈』の名前が並んでいた。山に囲まれた、大きな川の流れている街らしかった。指示されている四十六ページを開けた。サンフランシスコはすぐに見つかった。すぐ東側に山脈を示す茶色のシワで囲まれた、細い緑の平野が縦に長く伸びていた。その中に『サクラメント』の文字があった。もっと詳しくサクラメントの街が載っているページはないかと捜してみたが、エル街《ストリート》のようなものまで表示した細かい街路図は、それにはなかった。

＊

明日の計量に備え、いつもより早く午後の四時半に夕食をとった。明日の試合はおれのベストの、七十二キロきっかりで迎えられそうだった。

窓を開けると、夕陽が差し込んで来て、部屋のなかを照らした。このわずか三か月ばかりを過ごした小さな部屋は、隅々にホコリがたまり、汚れたままのシャツや新聞紙などで散らかっていた。いままで試合前に部屋の掃除などしたことはなかった。その時なぜか、部屋をこのままにしてはおけないような気がした。ワカダンナにもらったまま一度も使ったことのない掃除機を持ち出した。使い古したシャツやトレーニングウエアはすべてゴミ袋に詰め、映画雑誌やスポーツ雑誌のたぐいも、一まとめに紐で縛っていつでも出せるように整理した。畳や窓のさんも丁寧に雑巾で水拭きした。トイレも廊下も階段の隅まで、ここへ来た時のように磨き上げた。掃除を一通り終えると部屋の中はすでに暗かった。開け放った窓を閉めた時、庭の沈丁《じんちょう》花《げ》の香りがした。明かりをつけた。明日の朝ここを出たら、もうこの部屋には戻って来れないかも知れないと、ふと思った。

19

前の夜はよく眠れた。当日の朝、ワカダンナと電車で浦和へ向かった。計量は予定どおり七十二キロ丁度で、楽にパスした。検量が行われた市の体育館で、初めて木戸と顔を合わせた。ヤツはおれを睨みつけて来た。以前はこういうバカはいなかった。今はこんなのが流行りなのだろう。おれは全く相手にしなかった。興奮もしなかったし、何の恐れも感じなかった。おれはヤツのまぶたや眉や額の傷痕を確かめた。どこか新しい傷があれば、そこを狙うつもりだった。すぐ破れそうな傷は見つからなかったが、眉にもまぶたにも細かい傷痕をいくつか見つけた。鼻梁も少し押し潰したような歪みがあり、やはりガードの甘い選手だということだけはわかった。先におれがハカリへ乗ったが、木戸も、ヤツに付き添って来たトレーナーも、全く関心を示さなかった。やはり、この試合を単なるチューンアップ（調整試合）としてしか考えていないようだった。おれはハカリから降りて後ろを向き、シャツを着るふりをしながら耳を澄ませていた。検量員の『七十三・五、オーケー』と言う声を聞いた。一瞬、ワカダンナがおれを見た。ヤツがハカリから降りた時に、腰の周りに脂肪が付いているのも見逃さなかった。

計量を終えて街に出た。レストランで百五十グラムのステーキとサラダ、メロンを一切れ食べた。それからワカダンナと少し街を歩いた。取ってあった駅近くのホテルに着いたのは正午過ぎだった。

五階にあるその部屋から遠くの山が見えた。静かだった。二時間ばかり眠った。

ワカダンナからのコールで目を覚ましたのは三時だ

った。軽く体を動かしシャワーを浴びて、ロビーへ降りて行った。長内が着いていた。彼はおれを見て何度か頷き、明るい顔で迎えた。少し若やいで見えた。

近くの蕎麦屋へ三人で出かけ、餅の入ったウドンを食べた。ワカダンナはいつもと変わらず全く無表情のまま、例の半開きの大きな目で、時折遠くを見るような目つきをした。

ホテルに戻り用具を確かめたあと、呼んでもらったタクシーを待った。今日試合を控えたボクサーだと知っていたのか、若いフロント係が、ドアを出ようとしたおれに『頑張ってください』と声をかけて来た。

「ありがとう」とおれは答えた。

＊

体育館のあたりはまだ人の出も少なかった。裏の通用口から中へ入った。スチール・ドアの上にポスターが貼られていた。いかにもボクシングのポスターらしく、黄と赤と青の安っぽい三色刷りの上に、自分の名前を久しぶりに見つけた。

『全日本ミドル級新人王・前同級二位
新田駿一（シモムラ）』

ワカダンナは、以前のままの名称でジム登録をしてくれたらしかった。おれの名前の横に添えられていた顔写真は、ずいぶん若く、デビュー当時のものだった。相手のほうはファイティングポーズの大きな写真だった。

ドレッシングルーム（控室）は、おれのすぐ後のファイナルマッチに出るライト級の選手と一緒だった。控室に着くとすぐトレーニングウエアに着替え、二畳だけ敷かれた畳の上へバスタオルを敷いて横になった。目を閉じて、手足を開いたままゆっくりと吐息を長く鼻から出していった。頭から足に向かって全身の力を少しずつ抜いて行くと、足の方から血液が逆流してくるのがわかった。

ワカダンナに起こされ、トレーニングウエアを脱いでマッサージ台に上がった。アルコールマッサージをしてもらいながら、気が奮《たか》ぶってくるのがわかった。腰掛けていた長内と目が合うたび、彼は『心配ないよ』と笑った。

柔軟体操を始めた頃に、白鳥さんが飛び込んで来た。『遅くなってスマン』彼は息を弾ませていた。

『今日コーナーに付くぞ』白鳥さんがおれに言った。

「セコンド・ライセンス持ってるんでしょうね?」

『バカ野郎。……なんだその顔。人が仕事ほっぽり投げて、すっ飛んで来ると、これだからな。だから、こいつかわいくないんだよおれは』

おれのまわりには、デビュー戦からいつもカットマンで付いていてくれた長内がいて、白鳥さんがいて、ワカダンナがいた。初めての試合会場にもかかわらず、長い遠征の後、ホームグラウンドのロッカールームに戻った野球選手の気分だった。

時刻が迫って来るにつれ、前座の四回戦の選手をしかりつけるトレーナーの声や、廊下を行き交う足音がひどく耳に響いて来た。そして、いつもの恐れと緊張がおれの中でいっぱいになり、音をたてて荒い息を吐き出させるハメになった。吐いても吐いても息苦しかった。考えてみれば、この試合がプロに入って二十戦目だった。それでもデビュー戦の時のように、逃げ出したい思いがおれを責めたてた。

そろそろ準備しろとワカダンナに言われ、下腹部を保護するノーファウルカップを着ける前に、トイレへ行った。すぐに尿は出てこなかった。

手に水を受けながら、鏡に映った自分の顔に気がつき、こわばって青ざめたその顔へ「カマン　ボーイ、カマーン!」と呼びかけた。

トイレのドアを出ていくのが億劫に感じられ、おれは思わず床にしゃがみ込んだ。冷たいタイルの上に跪《ひざまず》いて、両手を組み、下村会長と彦兄ィ《ニ》へ「おれを守ってくれ」と言った。これまで神や仏を信じたことは一度もなかったが、彼らならおれを守ってくれそうな気がした。そして島の昌彦と正兄ィを、それからタミおばや、思い出せるだけ宝島の人々の顔を思い起こした。『宝《タカラ》ン衆《シュ》は負けん』そう正兄ィは言った。おれは宝島のみんなを身近に感じた。すぐそばに彼らがいるような気がした。

千駄木の、あの電車通りの三丁目、今は地上げ屋どもに穴だらけにされた町並みをふいに思い起こした。先日あそこに行った時には、そこに何があったのか思い出せなかったが、あの八百屋の隣に床屋があって、その隣が洋服屋、その次が焼き肉屋、その先に電気屋があって……。おれは、試合が迫るとよくあの通りも走った。夕暮れ、出来損ないの縫いぐるみのように着るものを重ねたおれが走っているのを見つけると、店の中から出て来て『新田、見にいくぞ』『新田ガンバレよ』そう、かけてくれた声まで思い出した。

ドレッシングルームに戻った時、いくぶん気持ちが落ち着いているのに気づいた。白鳥さんと長内が、スパンコールこそ付いていないなかったが、おれのローブと同じコバルトブルーのトレーナーに着替えていた。二人の背中にも、『Shimomura』の文字と、たぶん、あの街の人々が必死で考えてくれたのだろう"GRANDPA'S DREAM"のニックネーム、そしておれの名前が描かれていた。ワカダンナは、七分袖のネイビーブルーのTシャツの上に、サテンの白い半袖ジャケットをはおっていた。彼の背中にも『Shimomura Boxing Club』が読みとれた。白鳥さんは両手に持った二つのストップウオッチを、何度も押したり止めたりしながら確かめていた。長内は彼がいつも『マジック・リキッド』と呼んでいる、止血用のアドレナリン溶液のビンをアイスボックスから取り出した。

おれは黒のラインが二本入った白いソックスを履き、純白のカンガルー革で出来たボクシングシューズの紐を一つ一つ丹念に編み上げていった。


コミッションからの係員がやって来た。その男が見ている前で、ワカダンナはおれの手を取り、なにか壊れやすい大切なものを扱うように親指の腹でおれの両手の甲をなぞると、やおらテープでナックルパートを固定し、慣れた手つきでバンデージを巻きつけ始めた。

『握ってみろ。きつくないか？』

「……大丈夫です」

どこか冷めた、いつもの表情で、淡々と処理していくワカダンナが心強かった。バンデージで固められたおれのコブシは、急に力がこもったように感じられた。

立ち上がって軽くシャドーを切った。馬革のノーファウルカップを腰に着けた。トランクスは輝く白のサテン地に、黒でベルトとサイドへラインが入ったシックなやつにした。黒のラインは、下村会長と彦兄ィへの喪章のつもりだった。谷中の運動具屋が気を利かせたのだろう、左腿に"GRANDPA'S DREAM"の刺繍が金糸で入っていた。白鳥さんと長内が中を広げてくれた八オンスの真新しいグローブへ、両手を入れた。グローブの紐をワカダンナが結び、テープで留めた。

ウォームアップを始めた。ワカダンナが広げた両手の位置へ、ジャブとストレート、アッパーを放った。ひととおりのコンビネーション、足と肩でリズムを作りシャドー・ボクシングを繰り返した。相部屋の相手には悪かったが、ぶっ続けにパンチをくり出した。不安をふり払うようにステップを踏み続けた。

長内が、いつもリングに持って行く黒革の薬品バッグに『マジック・リキッド』や、アドレナリンを溶かしたワセリンの缶、血液凝固剤のトロンビンが入った容器、カット綿を詰め始めた。

おれの身体がすっかり温まったのを見て汗を拭きとり、ワカダンナはワセリンでおれの顔と体に薄い膜を張った。バスタオルで首と肩を覆い、コバルトブルーの輝くローブをまとった。

『新田選手、会場通路で待機してください』係員の連絡が入った。長内がバッグを肩にかけ立ち上がった。

彼が綿棒を右の耳に三本挟んだ。

おれは両手に深くグローブを嚙ませると、グローブを打ち合わせ「ヨシ」と声を出して頷いた。

20

長い廊下を通り、リングに続く通路の奥にたどりついた。正面に、そこだけ強いライトを浴びてリングが見えた。逃げ場をなくしたコーナーロープが影になって浮き出ていた。青いタバコの煙と、列を乱したパイプ椅子の黒い人影。ザワついた会場の奥まったそこで、おれは小さくステップを踏み、上体を揺すってシャドーを繰り返した。

赤いタキシードのリングアナウンサーが、リングの中央に立ったのが見えた。『両選手の入場です』の割れた声と同時に、スピーカーからロックミュージックが流れ出した。

おれはフードをかぶり、前に立ったワカダンナの両肩へグローブを乗せ、身体の動きをスピーカーからのサウンドに合わせた。ワカダンナがゆっくりとリングへ向かって歩き始めた。歓声が聴こえた。おれは頭を小さく揺すりながら、時折空へパンチを突き上げ進んで行った。

リングへ上がるステップの手前で、滑りを止めるロージンの箱へシューズの底をこすりつけた。おれの首の後ろをマッサージしながら、ワカダンナが最後の指示を与えた。

『とにかく左だ。左を突け。足を使ってボックスしろ。

左へ左へ回り込め。けして打ち合うな。距離さえとっておけば怖い相手じゃない。

左を突け。足を使え。ボックスだ。いいな』

「わかってる」とおれは頷いて答えた。ボトルの水を、ワカダンナからもらった。白鳥さんがエプロンに上がり、ロープを肩で押し上げた。口に含んだ水を吐き出した。一気に階段を駆け昇った。ロープをくぐって、まばゆい光に真上から照らされたリングの中へ入った。おれの影が消えた。急にそれまでおれを苦しめていた一切がかき消え、逆に晴れ晴れとしたものを感じた。言葉で言うなら『自由』というのに一番近いだろう。おれはフードをかぶったまま、リング内を軽いステップで移動し、派手にシャドー・ボクシングを繰り返した。

リングに上がって来た赤いローブの木戸と目が合った。おれはグローブの親指で、明るいライトブルーのキャンバスを指し「転がしてやる」と示した。

コーナーの辺りは、黒くなった古い血のシミと、先に上がった選手たちの唾液やインターバルに使われた水、それに灰色のロージンで汚れていた。おれはコーナーを背にし深くフードをかぶったまま、じっと木戸のほうを見続けた。対角の赤コーナーに立っている木戸が、ひどく間近に感じられた。ヤツがローブを脱ぎシャドーを始めた。やはり、脇腹から背中にかけてだるそうな脂肪がついていた。白い肌の広い背中もあまり汗をかいていなかった。ウォームアップもろくにしていないようだった。ヤツのクルーも、あくまで調整試合の楽な相手だと、おれを踏んでくれたらしかった。

『メインエベント第一試合。ミドル級十回戦を行います。赤コーナー、百六十一ポンド四分の一……』リングアナウンサーがいつもの大袈裟な抑揚で木戸の紹介を始め出すと、途中から聞き取れないほどの歓声が上がった。ヤツのジム主催の、ヤツの地元での試合だということを改めて思い知らされた。微妙な判定になったら、おれの手が上がることはないだろうと思った。

『青コーナー、百五十九パァウンド。

シィモムラァ所属ゥ。

ニッ・タァ、シュ・ン・イ・チィ』

おれはローブをそこで初めて脱ぎすて、両手のグローブを高く挙げて答えた。リングの中央近くまで進み、両足を素早く交差させるシャフルを切って見せた。

久しぶりにおれの名前と、『シモムラ』の名前がリングコールされ、会場の四分の一を割っていただろうが、あの街の人々が一斉に『ニッ・タ、ニッ・タ』のコールを始めた。おれの名前を呼んでくれている千駄木や谷中の人たちの顔が、一人一人はっきりと分かった。あの三丁目の八百屋さんはご夫婦で来ていた。

リングサイドに陣取った、明らかにその筋の人間だとわかる、サングラスと派手なストライプ・スーツの男たちや、その連れの髪を染めた女。艶《つや》のある皮膚の、太った元ボクサー、カメラマン、サンドイッチを売る黄色いユニホームの若い男……。何もかもが、これまで忘れていた鮮やかさでそこにあった。一瞬、息を呑んだ。

高い山から車で急に降りて来ると、耳の奥が詰まったようになり、それを忘れた頃、アクビ一つで突然まわりの物音を再び耳が捕らえ出す瞬間のように、何もかもが急に新鮮な重みを取り戻してそこにあった。

『……どうしたんだ?』

おれの正面にワカダンナが立っていた。いつもの表情を崩しはしなかったが、どこかこわばった顔つきをしていた。

「見えるんですよ」

『何が見える?』

「何もかも。……きれいだ」

『……それはそれは』ワカダンナが唇を曲げ、鼻で笑った。

マウスピースを口に含み、ワカダンナとレフェリーの待つリングの中央へ出て行った。レフェリーがバッティングやロウ・ブロウの注意を始めると、木戸がおれを睨みつけてきた。向き合ってみると、おれはヤツより七センチ余り上背があったから、瞬き一つせずに上から見下ろして応えた。グローブを合わせた時もおれはヤツを見下ろし続けた。ヤツの方が先に目をそらした。コーナーに戻ってロープをつかみ、屈伸をしてゴングを待った。

『新田。この試合はおれのもんだとヤツに言え。リーチとスピードの違いを思い知らせろ』

コーナーポストの下から長内の声が聞こえた。

ゴングが鳴った。空気が凍った。強いライトに照らされてキャンバスの平面だけが、まわりから切り離され浮き上がった。ヤツの色白の皮膚をワセリンが光らせていた。試合前の意味のわからぬ恐怖心はすっかり影をひそめ、相手に打たれる恐怖と相手を打つ畏怖とに姿を変えた。

おれはアゴを深く引き、右のグローブをアゴの横に、左を肩の辺りまで高く上げてガードを固め、リングの中央へ進んだ。ヤツは何を思ったか、両方のグローブをバンザイでもするように高々と挙げ、おれにもう一度グローブを合わせようと頷きかけてきた。おれの中の恐怖心が、ほとんど無意識に予想もしなかった動きをさせた。おれはガードを下ろし、足を交互に運ぶ普通の歩き方でヤツに近づくなり、突然左ジャブを顔面に持っていった。距離があり過ぎ、ほんの少しグローブが顔に当たっただけだったが、ヤツの顔色が変わった。

『汚えぞバカヤロウ』そんなヤジが飛んで来た。

『コノヤロウ』とヤツの口が動いた。そしてセオリーを忘れ、距離を詰めるといきなり右のフックを振るって来た。おれの首から上を吹っ飛ばす勢いだった。おれは右へダッキングしてヤツのパンチに空を切らせ、ヤツの体がバランスを崩したところへ左フックでレバーを、続いて顔面を同じ左のダブルでたたいた。そしてアクセントを置いた右のショート・ストレートをアゴに打ち込んだ。ヤツの顔面にヒットして、顔をのけぞらせはしたが、アゴよりもやや上に当たった。そのまま踏み込んで左フックをテンプル（こめかみ）に送ろうとした。

『新田。ボックスだ。ボックスしろ』

瞬間ワカダンナの落ち着き払った声が聞こえた。左を伸ばして距離をとった。ヤツが体勢を立て直したところへジャブを二つ。足を使って左へ、ヤツの体の右側へ回り込んだ。ヤツが追って来たところをまたジャブ。そしてまた左へサイドステップ。ヤツの右が飛んで来る射程の外側へ出た。ますますヤツがカッカしてくるのがわかった。

『タカシ。落ち着けよ。頭振って。頭振って』ヤツのコーナーから声が飛んだ。ヤツは肩を揺すって混乱している自分のリズムを立て直そうとしていた。ヤツも左ジャブで追うことを思い出したようだった。一つ目のジャブはバックステップで後ろへ下がり、二つ目のジャブの時踏みとどまって左へダッキングしながら右のロングフックをクロスで合わせた。ヤツのバランスが崩れたところへ左フックをテンプルにうちこんだ。そのまま追えないことはなかったが、右を伸ばして距離をとった。ヤツがまた頭に血が上り、左フックを振るってきた。次に大きな右を持って来るのは目に見えていた。わざとバックステップで下がり左をかわして、ヤツの右肩が一瞬下がるのに合わせ、左ストレートを真っすぐ突き出した。同時に打ってもフックよりストレートの方が速く当たる。カウンターでヤツの顔面を捕らえた。また深追いせず、そのまま距離をとって、顔面へ速いジャブをおれは送り、足を使って左へ移動し続けた。

観客からは、ヤツを中心にしておれが左へ逃げ回っているように見えたろうが、逆におれのスピードにヤツが引きずり回されていた。動きながらもおれの重心はブレることがなかった。ヤツの動きも、打つべきポイント（急所）も、手にとるようにわかった。おれは深くアゴを引き、ヤツの鎖骨の辺りを瞬きせずにじっと見詰めて、次に打ってくるパンチを読みとろうとした。ジャブを突いて左へ、ジャブを突いて左へ、ヤツを引きずり回し、あくまでおれの距離を保ちながら、ヤツにパンチの出しやすいポジションを取らせなかった。追い切れず、ヤツがためらうと、いきなり踏み込んで右ストレートを顔面に決めた。イラだったヤツは左右をブン回すだけだった。しかし、常に自分の距離をジャブで保っているおれには、横から出てくるフックはよく見えた。少しは当たりはしてもダメージはなく全部外したと言ってよかった。

『タカシ。タカシ。落ち着け。頭振って、頭。リズムだよ。リズム』ヤツのコーナーから、かなり張り詰めたそんな声が聞こえた。おれが万全の体調であり、自分たちがミスを犯したかもしれないことに、やっと気づいた風だった。それでも、ヤツのイラだちは止まらなかった。試合前の気の緩みが、『こんな相手に負けるわけがない』という思い上がりが、ヤツの思考を乱し、逆に大振りの右フックを振り回させていた。おれの目は右を出す時のヤツの癖を、瞬間右肩が下がるタイミングをすでにつかみかけていた。一、二度、右のストレートを出させようとヤツの正面に立ってみたが、やはりフックぎみに出てくる癖を持っていた。そして、これだけ大きく振って来るならばいざという時はバックステップで後ろへ下がるよりも、むしろインサイドへ、相手のパンチが飛んでくるもっと内側へダッキングして入りこむ方がずっと危険性も少ないことに気づいた。そして、そこから左のフックかショート・ストレートでカウンターを狙おうと思った。危険なのは何かの拍子に真後ろへ下がり、余裕がないままスウェイバックで上体をそらしたりすることだった。ヤツは左右のフックを何発も連打で持って来れることはビデオで知っていた。一つや二つはかわせても、続けざまに打たれ、後ろへ引けば三つ目か四つ目には、たいてい当たるものだ。ヤツの踏んばって打って来るパワーは、かなりのものだった。一発いいのが当たれば立場は逆転することは明らかだった。

ジャブで距離を保てたことは、おれに心理的な余裕を与え、そうしてヤツの細かなデータを実地に集めさせた。おれのジャブが当たると、ガードが開く癖も、おれのワン・トゥが当たりやすいことを教えていた。

ラウンドの後半に入って、さすがにヤツもリーチの差を認め始めた。ヤツの射程の外側に立っているおれから、左が飛んで来ているという事実にやっと気づいたようだった。ヤツは強引に追うのをやめ、アゴを引き、初めて両方のグローブをアゴの脇まで上げた。おれは握りを緩くした左で、ポンポンとガードの上からたたき、探りを入れてみた。目線はおれの顔面を見つづけ、上狙いで来ているようだったが、ジャブをブロックしながらやつの頭は左側にアクセントをつけた動きを示した。おれのジャブを左にダックしてかわし、内へ入って来て右をボディへ持って来るだろうと予測した。とにかくボディを打ち、おれの足を止めようという魂胆に思われた。

何も気づかぬふりをして、体重を後ろの右足に残したまま、おれはまたジャブをそれまでと全く同じリズムで二つ出した。二度突きのジャブは、二つ目にアクセントを置いているおれのパターンをやはりヤツは読んでいて、予想どおりそれを左へダックで外し、一気にステップインしておれのボディを狙って来た。おれはすかさず右のアッパーを突き上げた。パンチを出すタイミングが早すぎ、ヤツの額を打っただけだったが、ヤツがのけぞってガードを忘れた瞬間、おれは左フックを顔面にたたきつけ、次に右を伸ばして距離をとった。

また長いおれの距離からジャブを顔面へ二つ、ヤツは強引に入って来ることをやめ、おれの距離に妥協し始めた。このラウンドは取られても、まだ時間はあると踏んでいるようだった。意志の強い選手だということはわかった。斜めになったヤツの体の角度と、強いライトがワセリンに反射しそれが浮きださせている全体の輪郭を、おれはしっかりと網膜に刻み付けた。その位置間隔と角度を相手に保たせる限り、少なくともおれに負けはないはずだった。ヤツが動こうとする度に、ジャブでもとの間隔に押し戻した。

白鳥さんの『ラスト三十』が聞こえた。とにかくジャブを出し、足を使い、あとは相手の出方に合わせるだけだった。それにしても、ヤツはかなりの自信を持っているようだった。ヤツのパンチはろくに当たらず、逆におれのジャブとカウンターをかなり食っているはずだったが、強い視線を保ち続けていた。

そのままファースト・ラウンド終了のゴングを聞いた。コーナーへ別れる時に「それでトップかよ」鼻で嗤い、聞こえるように言った。

引き揚げたコーナーには、白鳥さんと長内がエプロンに立っていた。「止めたぜ」と言うと『ああ、取った。取った』そう笑顔で長内が返した。口を開けてワカダンナにマウスピースを外してもらい、立ったまま呼吸を整えた。白鳥さんがスツールを出してくれたが、最後まですべてのインターバルを立ったまま送ろうと思った。おれにはいくらでもスタミナがあるとヤツと相手のコーナーに示すつもりだった。

『あれでいいよ』ワカダンナが深呼吸をしやすいように、おれのトランクスとノーファウルカップを腹部から引き離しながら、表情を変えずそう言った。呼吸が治まって水を含み吐き出した。張り詰めていた肩の力が抜け、初めてホッとした。

＊

二ラウンド開始のゴングが鳴って、おれはワカダンナの指示どおり左ジャブをくり出した。いいパンチが当たってもヤツの正面には立たず、左か右へ、必ず横へ足を運べと彼は言った。ヤツが出て来た出端《でばな》にジャブを当て、左へ足を使って回り込んだ。その時、前のラウンドとは何か違うということに気づいた。目が相手をはっきりととらえられなくなっていた。久しぶりの本番のリングが与えてきた緊張が解かれ、逆に余裕が生まれた分だけ、意識が疲労を感じ始めていた。「あせるな」そう自分に言い聞かせた。どんな場合でも絶対に手の内を悟られてはならないという鉄則だけはわかっていた。そして、不安になった時、何をしなければならないかも。

『リングで、迷ったり、わからなくなった時、道を開く方法は一つある。ジャブだ。とにかくリードパンチを出すことだ』下村会長は繰り返しそれをおれに教えた。

　ヤツは左右を振るいながら、おれを追って来た。ほかのパンチではなくて、ブンブン唸りをあげる回転ノコギリみたいな左右のフックで倒す以外は、どんな勝利も価値を持たないと決めてかかっているようにさえ感じられた。一番恐れていた思い切り打って来るヤツの右フックは、その射程も、出して来る時のタイミングもかなりつかめていた。そこで、おれは左のガードをやや低くし、脇もゆったりと構えて、下から上へスナップを効かせて突き上げるフリッカー・ジャブに切り替えた。ヤツのなかの、おれを甘く見ていた一切が冷静さを奪い、力まかせの左右フックは逆にアゴが上がって、顔面をおれの正面に突き出すかたちになった。左のガードを下げた分だけ、足が自由に使えた。横へ横へ動きながら、バネを使って下から突き上げるジャブをその顔面に集中した。

　それでもヤツは少しもめげなかった。逆に闘志をかきたて前へ前へ出てこようとした。ここで下がったらやられるということはわかっていた。おれの意志もジャブを出させた。徹底した走り込みがおれのジャブを切れさせ、グローブの戻りも早かった。握りの軽いリズムをとるだけの、手首のスナップだけで打つジャブをややゆっくりと出しておいて、間を置かず握りを堅くした倍のスピードのジャブを突き刺した。素人目には全く同じように見えるジャブも、わずかな時間差で相手のガードを突き破ることが出来る。『シモムラのジャブだった。

　あの薄暗い地下のジムで、入門してすぐに会長は一日二百発、ジャブだけをおれに打たせた。バランスが崩れれば最初から打ち直さなくてはならなかった。百八十三まで数えて『シュンイチ。最初からやり直せ』そうあっさり言われたこともあった。彼が頷くまで、とにかく二百発必ず打たせられた。重心が下に降りた完璧なバランスで二百発つづくまで。何のことはない、リズムで打てばいいのだと、おれがわかるまで。

　ジャブで相手をくい止めながら、頭の上に広がる奇妙な模様をおれは見ていた。雲形の、どこか海に突き出た半島の地図のようにそれは広がっていた。左へサイドステップしながら、瞬間それが何であるかわかった。地下室の低い天井の、何本も配管が並んでいる、かつては象牙の色をしていたはずの漆喰《しっくい》に染み出た模様。おれがプロでデビューする前に、二百発のジャブを強いられていた時に、頭の上へいつも広がっていた模様。古い地下室のこもった空気、汗とワセリンとラブダウンオイル、腐った皮革の臭い。おれは高い天井と、手術台の無影灯のような明る過ぎるライトの下で、見知らぬ相手と向き合いながら、あの千駄木の、今はないジムのなかにいた。

瞬間、ヤツが消えた。リズムを変えようと、肩口から真っすぐ突き出すストレートぎみのジャブを打った時だった。つづいてハート（心臓）に衝撃、おれの懐にもぐりこんだヤツの顔が低い角度でそのまま左外側へ移動していくのが見えた。同時に鉛玉の重いブロウがおれのボディをえぐった。ヤツはおれのすぐ左に立っていた。次に右がくるのがわかった。反射的に体重を右足へ移し、左肩を突き出してヤツの右をブロックした。おれの身体がロープ際まで弾き飛ばされ、バランスを崩した。ヤツがそのまま追って来て左を持ってきた。右に、ヤツの射程の外側へ低くダックしてそれをかわし、小さな左でアッパーを突き上げた。つづいて今度はそのまま左でフックをボディへ打った。ヤツのガードが下がり、ガラ空きになったアゴに右のショートを打ち込んだ、続いて左フックをテンプルにたたきこんだ。ヤツの膝が制御を失い、腰がカクンと落ちた。出ようとした時に、またワカダンナの声が聞こえた。

『新田。打ち合うな。ボックスだ』ひどく落ち着いた声だった。普段ジムで指示するのと、全く変わらなかった。彼は戦っている選手というものをよく知っていた。自分の最も信頼するトレーナーの声というのは、ちゃんと聞こえているということを。しかも興奮にまかせて怒鳴ったり叫んだりされるよりも、冷静に声を抑えて指示されたほうが、逆に周りの騒然としたトーンの中では聞き分けやすかった。

おれは指示どおり右を伸ばして距離をとった。ヤツの三段打ちの、一番アクセントをおいた三打目は防いだが、二つ目の左でえぐられたボディはかなり効いた。それでも全く感じていないように、おれはまたジャブを繰り出し、早いステップを踏んでみせた。

ヤツがグローブを上げガードを固めた。ヤツの得意とするコンビネーションを封じ、逆におれのコンビネーションをたたきこんだ。その心理的な優劣が、おれとヤツとのダメージの差になった。

ゴングが鳴った時、おれは笑いを浮かべてヤツを見た。ヤツは目をそらした。

＊

コーナーに戻り、マウスピースを出した。このインターバルも立ったまま、ヤツのコーナーを見下ろし続けた。ワカダンナはどこかボーッとしたいつもの顔で目の前にいた。

『次は、向こうさん出てくるぞ。あくまでボックスだ。くい止めようとするな。ジャブを当てといて、かわせ。はずすんだ』

「わかってる」とおれは頷いた。

『スキを見てワン・トゥで押してみろ。返しの左でレバーを狙え。深追いするな。当てたら左か右へ動け。お前はアナログ時計、やっこさんはデジタルだ。お前の動きに混乱して、その時、その時、点滅反応しているだけだ。流れがない。

いいかボックスだ。ワン・トゥで押せ、返しはレバー。いいな』

ホイッスルが鳴り、ワカダンナがワセリンを額とまぶた、肩のあたりに延ばした。

『強く噛んで』さし出されたマウスピースを噛みしめ、ゴングと同時にコーナーを出た。

おれはフリッカー・ジャブを突いて左へ左へステップを運んだ。ヤツの顔が腫れ始めていた。おれのスナップを効かせたジャブが腫れ出した右目をとらえた時、ヤツはガードを上げた。そして頭を揺すり、左でフェイントをかけて、おれに探りを入れてきた。ヤツもこれが単なるチューンアップでなくなったことを悟ったらしかった。

ヤツの右アゴのガードが邪魔だった。左のグローブをまた高く構え、肩口からのジャブをガードの上から突いた。二つ目の、体重を乗せたジャブでガードが開いた。真っすぐ左のグローブへかぶせるように、右ストレートを、トゥで放った。そして、のけぞったところへ返しの左フックを顔面に当てた。すぐ右を伸ばし左へ回った。ヤツの大きな右が空を切った。ヤツがまた出て来るところをジャブを出して今度は右へ回った。

ヤツが頭を揺すり、ウィービングしながら距離をつめて来た。おれはミス・ブロウを誘いバランスを崩させようと、ヤツの右が届く射程のなかに身体ひとつ入った。ヤツが右を振った。小さくステップバックし、パンチをかわしておいて左フックをカウンター、ヤツが上体を起こしたところへ、またワン・トゥ。そして顔面へ左フックを返した。

いくらヤツの馬力でも、十センチを超えるリーチの差はどうにもならなかった。しかも、そのおれの長い腕がよく切れたのに対して、ヤツはいつもより重い体重で追うスピードがなかった。しかし、このまま行けばおれにポイントを稼がれ、試合を持っていかれることぐらいヤツのコーナーも、ヤツ自身もわかっているはずだった。

おれは手先だけの軽いジャブを突いて距離を保ちながら出方を探った。ヤツがダックでジャブを外し、踏み込んで来た瞬間、右アッパーを放った。今度はアゴをとらえた。ヤツの体が棒立ちになったところへ踏みこんで左フックを顔面に、右を軽く伸ばして、左へ回り込んだ。ヤツが左で追って来るところをジャブ二つ、ワン・トゥ、そして左フックを顔面へ。返しの左フックは全く同じパターンで顔面を攻めた。しかし、ヤツはしつこかった。何としてもおれのジャブをかいくぐり、懐へもぐり込んでボディをたたき、そうしておれの足をとめるしかないと度胸を決めたようだった。ヤツの顔面の右半分は腫れ上がり、色白の皮膚がそこだけ青黒く隆起していた。それでも両方の目は力を失ってはいなかった。どんな選手でも、捨てて向かってきたら怖いことはよく知っていた。予測できないパンチを打って来ることがある。手数もヒット数も圧倒しているが、ヤツが試合を投げてしまうような、決定的なパンチは当てていなかった。

ジャブからワン・トゥ、二つ目の右ストレートをやや軽く打って、目線はそれまでのワン・トゥ攻撃の後と変わりなく、次の返しは顔面を狙っているように上を見つづけた。そして、右を打った時の体重を左足にそのまま残し、思い切り体を倒して返しの左フックを右肋骨の下、レバーへ打ち込んだ。『クッ』という音がヤツの口から漏れた。ヤツの体が丸くなった。アゴを狙ったおれの右ショートは空を切った。下を向いたまま、ヤツが左フックを盲打ちで出した。反射的にスウェイで上体をそらし、パンチをかわすなり右のストレートをテンプルに打ち降ろした。かするような手ごたえでテンプルを打ち抜いた。

ヤツの膝がカクンと落ちた。今度は右足が極端に曲がり、そのまま横に倒れ込んで手をついた。

『ダウン』のコールを聞いた。タイムキーパーのカウントが始まった。レフェリーに指示されたニュートラル・コーナーへ下がった。レフェリーがカウントを引き取り続行した。

おれはまず電光掲示の残り一分三十秒余りを確かめた。次におれのコーナーのワカダンナを見た。彼は小さく横に首を振り、手のひらを見せて『待て』を示した。それまで何も言わなかった白鳥さんがエプロンの上まで身を乗り出し、『行くな。ボックスしろ』とかなり張りつめた表情でそう言った。白鳥さんも何かを感じたらしかった。おれは頷き返した。

立ち上がったヤツは大きな息を吐き、右肩を二度回した。レバー・ブロウが効いているようだった。ただそれが本当に効いたのか、打ち合いに誘いこむための三味線なのか、まだわからなかった。そしてヤツはグローブを上げ、ファイティングポーズをとった。エイト・カウントで大丈夫だとレフェリーに大きく頷いた。レフェリーがおれを見て『ファイト』を命じた。おれがニュートラル・コーナーを出て行く時、『シモムラ』の後援会の人たちが『ニッ・タ、ニッ・タ』のコールを送っているのが聞こえた。

おれはまた左を下げ、足を使いやすいフリッカー・ジャブで入った。ジャブが当たった時、ややヤツの足がもつれ、まだパンチが効いているように思えた。ヤツは、日本人があまりやらない両腕を顔面の前で交差させるクロスガードで、完全に顔面をカバーした。恥も外聞もなくプライドを捨てて、上体を振り、おれに向かってきた。おれはガードの上へジャブを当て、牽制しながら、左へステップを踏んだ。ヤツは前へそれでも進んで来た。一度ステップバックし、今度は思い切り右へ変化して体を入れ替えた。同時に右のグローブでヤツの肩を押しバランスを崩させた。ヤツの足がもつれ顔が上がったところにワン・トゥを放った。それでもヤツは前へ出て来た。今度は何がなんでもロープへ追い込もうとしているのがわかった。おれはジャブを出しながら、左へ左へと足を使った。おれの足はヤツの前進より速かった。

どうしても追い切れないとわかったらしく、ヤツは急に追うのをやめ、おれの動きを見始めた。ヤツはガードを八の字に戻し、小刻みに頭を揺すった。おれがジャブを突き、左にサイドステップで移動した時だった。急にヤツはそれまでのように前へ追って来ようとはせず、おれの動きに合わせて正面に立ったまま同じように左へ移動した。それまでとは全く異なる動きに、おれはジャブを出しながら一瞬戸惑った。ともかくジャブを放ち、また左へ動いた。ヤツもまたおれの正面に位置したまま、同時に横へ足を使って動いた。それまでのどこか焦って自分を見失っていたステップとは違い、何かを仕掛ける時の確信めいたものをヤツが持っていることを、おれは感じた。思わず、おれは後ろへ下がった。ヤツがそこを左ジャブで追って来た。おれはまた左へ、ヤツの右フックの射程の外へ出ようとした。押されながら右へ行けば、ちょうどヤツの右の射程の真正面に立つことになる。おれは左のガードを上げ、そのまま左へサイドステップ、ヤツも正面に立ったまま横へ。何とか距離を保とうとしておれはバックステップ、ヤツがそのまま前へ追って来た。また、ジャブを出しながら左へ行こうとして、ヤツが何をやろうとしているかがわかった。わかったが、すぐ後ろがロープだった。この試合で初めて慌《あわ》てた。ヤツが右フックを打って来た。それは予想どおりだった。おれは左腕でブロックすることに集中した。ところが、それがただ当てるだけの捨てパンチだった。おれの裏をかいて体重を乗せた左フックが、おれの顔面を襲った。写真のネガのように光と影が逆転した。花火の匂いが鼻の奥でした。へたに動けば命取りになる。ここはガードを固めろ、と過去の経験がおれに命じた。

おれはアゴを引き、首を固め、肘でボディを、両方のグローブで顔面をカバーした。マウスピースを強く噛んで目を見開き、ヤツの足の動きから左右どちらのパンチが来るかを判断した。パンチに逆らわずに上体をローリングさせ、パンチの芯を外すことに集中した。ガードの上からでもヤツのパンチはよく響いた。キドニィ(腎臓)にも二つばかりもらった。今まで封じられていたヤツの右は、一気にウサを晴らすように、ガードしているおれの左腕へ、思い切りたたきつけられた。耐えるしかなかった。ヤツが打ち疲れるか、パンチのリズムが乱れるまで待つしかなかった。ただ、これまでのイラだったヤツの気持ちが、どれも力まかせの大きなパンチを出させていた。小さいのを混ぜて強弱をつけられれば、出て来るパンチを予測することが難しく、逃げ切れなかった。ガードは固めたまま、ヤツが打ち疲れた隙をついて、形だけのアッパーを突き上げた。

白鳥さんの『ラスト三十』が聞こえた。打ち疲れたのか、ヤツが頭をおれのグローブに押しつけ、体重をもたせて来た。ヤツのパンチも踏ん張りが効かず、表面をたたくように流れ始めた。おれはヤツの疲労度と、パンチのリズムだけを計った。そのままロープを背にして終了ゴングを聞いた。

＊

コーナーへ戻ったおれへ長内はスポンジの水を投げつけてくれた。マウスピースをワカダンナに外してもらい、おれはやはり立ったまま呼吸を整えた。パンチをブロックした両腕が、特にヤツの右を受けた左腕がしびれたように感覚がなかった。それでも、両腕を最上段のロープに掛けたまま少しもこたえていないように振る舞った。長内が首の後ろをアイスパッドで冷やしてくれた。おれは首を起こし、瞬きせずにヤツのコーナーを見下ろした。椅子に腰を下ろしたヤツの目が時折おれの方を見上げるのがわかった。

ヤツのコーナーの上に、ちょうどおれの真正面に横断幕が見えた。


『〝最後の夢〟新田駿一復活！

シモムラ・ジム千駄木後援会』

呼吸が落ち着いておれは水を口に含んだ。ワカダンナがおれを見つめ、『やっこさん、何しようとしてるか、わかるか』と聞いた。

「対角線のコーナーに、ジグザグで追いつめて来てる」おれは左のグローブで口元を隠し、そう答えた。

『そのとおりだ。引きつけといて、思い切りサウスポーにスイッチしてみろ。前のラウンドから、打ちに来る時はやっこさん右をフェイントに使って、左で来てる。左足を後ろに引いてスイッチする時、体を開いた勢いで右フックを打ち込め』

ワカダンナは両手をズボンのポケットに突っ込んだまま、動作を全くまじえずに唇の動きだけで指示を与えた。抑揚のない口調と冷めた表情は、左手首の上にワセリンの塊がべっとりと付いていなかったら、近所の人と立ち話でもしているような感じだった。

『くれぐれもロープの位置と、ジャブ忘れるな。攻めるときは下を打っておいて、上へかませろ。下から上だ。いいな』

ホイッスルが鳴り、マウスピースをおれに嚙ませる時に『あれが、やっこさんの最後の頑張りだ。あれ潰したら、この試合は終わりだ』唇をひん曲げて彼は笑った。

ゴングと同時にヤツは勢いよくダッシュして来た。ダウンを奪われたとはいえ、おれへの攻め口を見つけた確信が、ヤツの息を吹き返させたようだった。これまでのラウンドより、上体がよく動きウィービングもリズミカルだった。

おれはガードを高くし、肩口から真っすぐに出すジャブで入った。ヤツはダッキングでジャブを外し内へ入って来ようとした。おれはジャブから右アッパーを突き上げた。今度はヤツもひるまず、アゴを引き左フックをアッパーに合わせて来た。おれの顔面が弾かれ、次の右をグローブでブロックしてバックステップで逃げるのがやっとだった。ジャブを伸ばし、左へ動いた。やはりヤツはそこで前へおれを追っては来ずに、おれの動きに合わせて左へ移動した。おれの横への逃げ道をふさぎ、おれが後ろへ下がるのに合わせ前へ出て来た。またおれはジャブを突いて左へ。ヤツもそれに合わせておれの左へ。前のラウンドと全く同じつめ方だった。しかし、ヤツの仕掛けはあまりに早すぎた。それだけヤツがバテていることをおれに教えた。

左へ行けるだけ行って下がると見せ、ヤツが前へ追って来る瞬間、ワン・トゥを放った。八の字のガードが最初のジャブで開いたところへ、かぶせるように放った右ストレートがヤツのアゴを捕らえた。左の返しをレバーに打った。思い切り右を伸ばし、そのまま右に逃げた。追いつめられながら、少しでもヤツのスタミナを奪って行くしか手はなさそうだった。距離を取った時、ヤツが小さく右肩を回した。レバーを打たれた後の、麻痺したような感覚が残っているようだった。

またヤツが距離をつめて来た。自分の位置がつかみやすいリングのほぼ中央で、左へ回りながら下から突き上げるジャブを立て続けに放った。真横へヤツが移動し、左右を振るって突進して来た。おれはバックステップでかわした。またおれが左へ、ヤツも合わせた。ロープが近かった。サウスポーにスイッチするタイミングを見計らった。タイミングをひとつ間違えれば、ひっくり返るのはおれの方だった。おれが後ろへバックステップした時、追ってきたヤツの、後ろにした右足がほんの少し遅れて引かれるのに気づいた。かなりレバーが効いているように見えた。瞬間、おれはそのままコーナーに下がった。背中がロープに着いた。ガードを固めた。ヤツが飛びこんできて右から入ってきた。ガードの上からでも全力でたたきつけられたパンチはよく響いた。上体を回しながら、パンチが出て来るのに合わせ、かかとを片方ずつ上げ下げして体重を移動した。そうやってパンチの芯は少しずつ外しているつもりだったが、連続しているヤツの動きのなかで、フラッシュでもたかれたように全体が光で見えなくなる瞬間があり、そしてフィルムのコマ飛びのようにまたヤツの動きが連続して続いた。ロープにつまったたま、防戦一方になれば、レフェリーにいつロープダウンを宣告されるかわからなかった。

「強く打て。もっと強く。バッティング気をつけろ」

おれの状態を見ているレフェリーへ聞こえるように、口でヤツを挑発した。ヤツはありったけのパンチをたたきつけた。ヤツがおれの顔面のガードを持て余し、また頭で押しのけようとして来た。ヤツの息遣いも荒かった。ヤツの口からマウスピースがのぞいた。ヤツのアゴが次第に上がり、素人が打つようにバックスイングをつけて打ち始めた。マウスピースがほとんど見えるようになった。ヤツがとうとう体重をおれに預けて来た。

瞬間、おれは思い切り体を右にひねり、右肘をヤツの胸にたたきつけて体を入れ替えた。ヤツは頭からロープに突っ込み、おれの方へ向き直った。その顔面にワン・トゥ、返しの左フックをテンプルに、そして右ショートをアゴに打った。おれの最も攻撃本能に強く結び付いたコンビネーションだった。すべてポイントをとらえたように思えた。が、おれの腕も打たれ過ぎて麻痺したようにしびれ、手首の裏でたたいているような有り様だった。それでも、ヤツの膝が震えまた腰が落ちた。そして、おれの腰のあたりへタックルでもするように抱き付いて来た。おれもヤツの両腕を上から抱えた。

クリンチが解かれ、ジャブで距離をとった。足を使ってリングの中央へ戻りながら、速いステップを踏んでみせた。おれは少しもバテていないとヤツに示した。本当は両腕が邪魔なほど重かった。肘から上はほとんど感覚がなかった。左を下げステップに合わせ、下半身のバネでジャブを突き上げることは、どれほどバテていても体がリズムを覚えていた。距離を取ってジャブを出しながら、腕に感覚が戻るのを待った。

ヤツが追って来た時、左足に続いた右足の引きが、タンゴのステップでも踏むように遅れるのが目についた。またジャブをポンポンと出して時間を稼いだ。パンチを出させようとヤツの射程にわざと入った。ヤツが左フックを振るって来た。それをバックステップでかわした時、ヤツの打った後のグローブが下へ放物線のままに落ちて、上体が右に流れたのを認めた。ヤツの右は、おれのレバー・ブロウを恐れたのか、肋骨の上へ肘を置いたままだった。それでもヤツは前へ出て来ようとした。

おれが押されているようにジャブを出し、首を振りながら左へサイドステップを始めると、急にヤツは元気づいた。すぐにヤツも左へ移動し、また突っ込んで来た。おれが下がり、そして左へ。ヤツも横へ、おれと平行に移動した。

ロープがまた近づいてきた。手は二つあった。ワカダンナの言うようにヤツが出て来る瞬間、前後の足の位置をサウスポーにスイッチし体を開いて相手の左をかわし、右フックをたたきつけるか、それともヤツの左フックをスウェイバックで上体をそらしてかわし、カウンターで右ストレートを上から打ち込むか。距離が詰まってきていた。しかも、ヤツはことという時にはフックで横から来ることはわかっていた。ヤツが左をジャブかストレートで真っすぐに打って出て来るならば、サウスポーにスイッチする方がずっとやりやすかった。が、恐らくヤツがことという時にはフックで来るだろうことは間違いないと思われた。危険度は高いが、スウェイでかわし、カウンターを狙う方が成功する確率は高いとおれは踏んだ。もし、ヤツがおれの裏をかいて、左を真っすぐ、ストレートで打って来た時にはおれの負けだということが脳裏をよぎった。賭けよう、と度胸を決めた。おれはバックステップの歩幅を今までより小さく、ヤツの右がぎりぎり届く位置に入った。ロングフックぎみの右ストレートが飛んで来た。小さくバックステップしてそれをかわし、顔面のガードを開けてそのまま後ろへ、今度は大きく下がった。コーナーがすぐ後ろにあった。やはりヤツも次の左へ賭けていたようだった。ヤツの顔が紅潮し、目がこれまでにないほど充血して力を帯びた。おれはヤツが前にした左足だけに神経を集中した。ヤツが踏み込んで来た瞬間、左のつま先が回転し出すのをとらえた。ヤツは予想どおり体重を全部乗せた左フックを、おれの顔面に振り出して来た。それに合わせて、おれは後ろ足の右かかとを上げ、上体を大きく後ろにそらせ、ヤツのフックに空を切らせた。そして、そらせた体が元に戻る反動を使って両足をキャンバスに食い込ませ、体重を全部乗せた右ストレートを真上から振り降ろした。バランスを崩してガラ空きになったヤツのテンプルへそれが吸い込まれ、おれの右のナックルにベニヤ板を割るような、骨を噛んだ感触が残った。ヤツが、すぐ横のロープへ座りこむように腰を落とした。その顔面へ、左アッパーを突き上げ、右ストレートをフォローした。レフェリーの青いシャツが目の前をよぎった。

指示されたニュートラル・コーナーで、見上げた電光掲示板は、まだ二分余り残っていることを示していた。最後の右は力が入り過ぎ、額を押した程度だったが、その前の二つは手ごたえを感じた。おれのコーナーのワカダンナを見た。おれは「出るよ」と目で知らせた。彼が小さく頷いたのが見えた。

ヤツが立ち上がった。が、視線が定まらず、かなりパンチが効いているのはわかった。それでもグローブを上げファイティングポーズをとった。レフェリーが何かヤツに語りかけ、ヤツは頷いて大丈夫だと答えているのが見えた。レフェリーがヤツのグローブを拭き、両手を広げておれを見た。おれはニュートラル・コーナーで小さくステップを踏み始めた。ファイトがかかった。おれはコーナーを出た。観客席から、繰り返しおれの名をコールする声が聞こえた。

ヤツに近付くなりワン・トゥを打ち込んだ。左でレバーへ返し、右ショートをアゴへ、そして左フックでテンプルを。初めておれは真っすぐ前に出た。コンビネーションを繰り出した。ヤツも右を返して来たが、バランスを崩し、ポイントを逆にさらすハメになった。ヤツの頭が下がったところを左アッパーで突き上げ、右ストレートを打ち込んだ。ヤツの膝が落ち、両手のガードが下がった。打たれながらヤツの顔が、赤ん坊の寝顔のように優しくなるのがわかった。それでも、おれのパンチは止まらなかった。その穏やかな顔にショートの右ストレート、左フックをたてつづけに打ち込んだ。ヤツのガードが完全に下がった。ヤツがロープにもたれかかったところで、レフェリーが割って入って来た。

おれはニュートラル・コーナーへ下がった。カウントが始まった。カウント・エイトで、ヤツは両手のグローブを胸のあたりまで上げた。レフェリーはそのグローブを押さえ、ヤツの目を覗《のぞ》きこむ仕草をした。レフェリーが首を振り、両手を上げ、宙で大きく二度交差させた。

長内がリングの中へ飛び込んで来た。おれに抱き付くなり『シュンイチ、シュンイチ』と昔のように呼んだ。

「勝ったよ」とおれは言った。

コーナーにヤツを抱きかかえて行ったレフェリーが戻って来て、おれの右手を上げた。立ち上がって手をたたいている千駄木の人たちが見えた。

ワカダンナも白鳥さんも、エプロンに立ったまま、リングへ入って来ようとはしなかった。白鳥さんは目が合うと頷いて笑ってみせた。彼がロープ越しに出した両手の平に、おれはグローブでポンと上から打ち降ろした。ちょっと彼の目が充血しているのがわかった。

ワカダンナは全く変わらなかった。まずロープ越しに手を伸ばして、おれの口からマウスピースを取り出した。それからハサミを持ち上げ、グローブの紐を切った。グローブを引っ張る前に、おれの顔を見、いつものどこか鼻で嗤うような口調で『これから長いぜ』と言った。「わかってる」とおれは頷いた。

木戸のコーナーに向かい、スツールの上でまだトロンとした目をしている彼へ、「大丈夫か？　またやろうな」そう話しかけた。

『……勉強になりました。またお願いします』わりにはっきりとした口調で彼は答えた。

『気合入ってたな。おめでとう』彼のチーフセコンドが声をかけて来た。言葉とは逆に、顔はこわばったままで、まだ自分の選手が負けたことが信じられないようだった。悪い夢でも見ているような目をしていた。

リングの中央まで戻り、四方の観客へ頭を下げた。最後に千駄木の人たちへ、横断幕を指さし「ちゃんと見えてたよ」と示した。考えてみれば、観客に心から頭を下げたというのも初めてのことだった。

ロープをくぐり、ステップを降りようとして、リングサイド席に大館さんの笑顔を見つけた。おれが会釈すると、彼は右のナックルを示し、頷いてくれた。ステップの下には清水が立っていた。彼は首を振りながら手を伸ばして来た。

ジムに通っている小学生がいっせいに通路へ駆け寄って来た。おれの背中をポンポンたたき、『新田センパイ、新田センパイ』と呼ぶのがおかしかった。なかに一人、青ざめて、まだ頬《ほお》のあたりへ鳥肌を立てている子がいた。ずっとおれと一緒に相手のパンチを受けていてくれたのだろう。おれはしゃがみ込んで、その子の目の位置まで降り、頭に手を置いて「おかげで勝てたよ」と言った。その子の肩の力が抜け、笑った時に、おれは島の昌彦を思い出した。

おれの勝利が島へ伝えられるのはいつになるだろうと思った。これでおれはまたランキングに入り、明日からまた長いロードを走らなくてはならない。それでも、新しいランキングが発表されたら、今日のプログラムやグローブと一緒に昌彦へ送ってやろうと思った。

会場を出て、長い廊下を歩きながら、長内にローブを掛けてもらった。その時、遠くでかすかな物音が聴こえた。立ち止まっておれは耳を澄ませた。

『どうしたんだ？』長内がおれを見上げた。

「聴こえませんか」

『ん？……ああ、雷か。雷がどうかしたか』

「……今頃、これが鳴ると、島の海にフカが眠りにやって来るんです。

島を出て、なんだか初めて聴くような気がする」

檻

北方謙三

長編2

第一章

一

　そいつは助手席にふんぞりかえり、煙草に火をつけて、勢いよく煙を吹きあげた。マッチを無造作にフロアに捨てる。

「その酒場《みせ》ってのは、どのへんなんだ?」

　遠いとも近いとも言わず、ちょっと頷《うなず》いてみせただけで、滝野和也は静かに車を出した。

　霧のような雨が降っていた。まだ宵の口だが、住宅街にはほとんど人影はなかった。

「酒で騙さりゃしねえからな」

　落ち着きのない男だった。爪を噛み、ウィンドグラスに額を押しつけて外を眺め、煙草の煙を吐き出してはせわしなく灰を落とす。右膝は貧乏ゆすりをしていた。

　派手なジャケットに季節はずれのアロハの襟を出し、はだけた胸にはコインのペンダントをぶらさげている。二十四、五。そういう恰好《かっこう》のおかしさ加減が、そろそろわかってもいい歳頃のはずだ。

「さっきのは、かみさんかよ?」

　滝野はかすかにほほえんだ。こいつは、幸江が女房であることを知っている。それに、滝野のことを社長と呼んだ。喫茶店の主人を、普通社長などと呼んだりはしないものだ。ただの小遣い銭欲しさで騒ぎを起こしたわけではなさそうだった。

「いかす女じゃねえか、この野郎」

男がフロアに煙草を捨て、踏みにじった。まったく、新車を気前よく汚してくれるものだ。ちょっとスピードをあげる。愚図愚図していると、唾でも吐きかねない。

「だけど気の強《つえ》え女だな。俺《おり》ゃ、あんなのに弱くてよ。睨みつけられた時にゃ、背中がゾクッとしやがったぜ。ほんとのところ、あんたが飲みに誘ってくれたんでほっとした。あのまんまじゃ、俺ゃ暴れていたかもしれねえ」

見慣れた街並を五分ほど走った。

小学校、青果市場、教会、そして小さな公園。停めた。濡れたベンチに、アベックの姿はないようだ。

男はきょとんとしていた。ウィンドに顔を押しつけ、それからふり返った。

「なんだあ、ここは?」

滝野は車を降りた。ためらいはなかった。自分の中で、すでになにかが切れている。認めたくはない。五年間で身についた、習慣というやつもある。それでも、切れていた。

公園に入り、水銀灯を背にして男が降りてくるのを待った。助手席のドアが開く。躰《からだ》の力を抜いた。深く、ゆっくりと息を吸い、吐いた。

「てめえ、どういう気だ。酒場《みせ》なんかねえじゃねえか」

男の眼を見つめたまま、滝野は無意識にズボンのポケットに両手を突っこんでいた。暗い公園を見回しながら、男が近づいてくる。動かなかった。男の足が停まった。滝野は一歩踏み出した。水銀灯に照らされた男の顔に、かすかな狼狽と怯《おび》えの翳《かげ》が走ったように見えた。さらに、一歩、二歩、男に近づいていく。男が、肩でも押されたように一歩退がった。不意に、奇妙な、快感に似たものが滝野の躰を走り抜けた。呼吸《いき》。それが完全に蘇っている。昔、躰で覚えこんだ呼吸《いき》だ。

「まさか俺とやろうってんじゃあるめえな?」

足もとの小石を、滝野は蹴った。男が首を竦《すく》める。石は闇の中に消えた。

「死にてえのかっ、てめえ」

男の眼が落ち着きなく動く。さらに歩み寄った。手はまだポケットの中だ。

「素人《トウシロ》だからって、遠慮はしねえぞ」

吠えながら男が退がった。三歩。そこで踏みとどまった。身構えている。慣れた構えだが、覇気は感じられない。早い息遣いが聞えた。間合に入った。男が一歩退がる。滝野は二歩踏みこんでいた。両手もポケットから抜いていた。男の上体が、ガクリと前に崩れそうになった。それから吹っ飛んだ。臑《すね》を蹴りつけ、腰を捻《ひね》りざまに肘で顔を弾いたのだ。

仰むけに倒れた男は、首だけ持ちあげて、ぼんやりした眼で滝野を見あげていた。

「ちゃんと立ってみろ」

肘をつき、のろのろと男が身を起こそうとする。踏みこみ、下腹を蹴りあげた。男は転がって腹這《はらば》いになり、海老のように躰を折り曲げ、しばらくしてから呻きをあげた。

滝野は煙草をくわえた。霧雨に濡れないように掌で覆い、火をつける。

「誰に頼まれて、うちの店で嫌がらせなんかしたんだね？」

滝野は男のそばにかがみこんだ。男はまだ喘《あえ》いでいた。顔の水滴が、水銀灯の光を照り返す。雨ではない。汗の粒だ。

男の上着の胸ポケットを探った。小さな硬いものが触れた。バッジ。見覚えのあるものではなかった。ほかに、身元を示すものはなにもない。ズボンのポケットで小銭がチャラついているだけだ。

「教えて貰《もら》いたいんだがね、それを」

滝野はバッジを自分のポケットに放りこんだ。男の襟首を摑《つか》んで上体を引き起こす。細く開いた眼で、男は盗むように滝野を見た。くわえていた煙草を、襟首から男の背中に突っこむ。男の躰に電気が走った。滝野の手を振り切り、地面を転げ回る。それをもう一度引き起こした。

「名前は？」

「菊池」

口に拳《こぶし》を叩きこんだ。倒れたところを蹴りつける。顔、下腹、そこしか狙わなかった。鳩尾《みずおち》を蹴れば反吐《へど》を吐く。

「う、うそじゃねえ」

血まみれの言葉が男の口から出てきた。

「それは、わかってるよ」

顎《あご》を蹴りあげた。男は大の字に倒れて動かなくなった。それでも眼は開いていて、何度も瞬きをくり返した。

ている。

「誰に頼まれたんだ？」

新しい煙草に火をつけた。二、三服吸ってから、同じ質問をくり返した。

「知らねえ」

「おかしな話じゃないか」

「ほんとに、知らねえんだ。俺ゃただ」

男が眼を閉じる。

「ただ、なんだね？」

眼を閉じたまま、男が首を振った。煙草の火を、男のはだけた胸に押しつけた。ピクッと男の躰が動いた。それでも声はあげず、首だけ激しく振り動かしている。

喋らせるのは手間がかかりそうだった。喋ってはならないことを、簡単に口にしないくらいの根性は持ち合わせているらしい。滝野は煙草を捨てた。しばらく考え、無理に訊き出すのはやめにした。詳しいことはほんとうに知らないのかもしれない。事情もわからないまま、頼まれて荒事をやるチンピラはよくいるものだ。本格的ないやがらせなら、これだけで終るはずはない。


服が、すっかり湿っていた。車を出す時も、男はまだ仰むけに倒れたままだった。

裏口から事務所に入った。八時半。二階の喫茶室の閉店時間は九時だ。

湿った上着をハンガーにかけ、滝野は隅のデスクに腰を降ろした。事務所と倉庫が兼用になっている。広さは八畳間くらいで、積みあげられているダンボール箱は、ほとんど食料品だった。

抽出《ひきだし》から帳簿を出して開く。ボールペンのキャップを抜く前に、ドアが開いて幸江が入ってきた。コーヒーの匂いも一緒だった。

「車が戻ってくるのが見えたわ」

トレイのコーヒーをデスクに置きながら幸江が言う。滝野は煙草をくわえ、湯気をあげているコーヒーに眼をやった。キリマンジャロ。幸江の趣味だ。コーヒーなど色がついていればいい。

デスクの前の折り畳み椅子に腰を降ろし、幸江はセーラムをくわえて火をつけた。自分の方へ流れてきた煙を、滝野は掌で払った。薄荷入りはあの方が弱くなる、そんな話をなんとなく信じていた。

「穏やかにお引き取り願ったよ。目腐れ金が欲しくてあんな芝居をやったんだろう」

「嘘よ。あなた、そんなことしやしないわ」

幸江が、セーラムを灰皿の縁に置いた。

「そんな気がしたの。あの男を連れ出した時、あたし怕《こわ》かったわ。あの男じゃなく、あなたが」

「考え過ぎじゃないのか」

滝野はくわえていたセブンスターを消し、ついでにセーラムも揉み消した。コーヒーには手を出さなかった。まだ湯気をあげている。

「変ったわ、あなたは」

「どんなふうに？」

「わかんない。でも、一年前は、あなたを怕いなんて思ったことなかった」

幸江が二階で小さな喫茶室をはじめたのは一年前だった。変ったのは滝野だけではない。この一年で、幸江の化粧はかなり濃くなった。服装も派手になった。それにセーラムだ。

「いったい、俺がどうやってあの男に帰って貰ったと思ってるんだ？」

幸江が肩を竦める。

「泣いて頼んだんだよ。小さなスーパーの親父を苛《いじ》めないでくれって」

「服が濡れてるのね」

「そう、地面に這いつくばって頼んだからな」

幸江は、ちょっと笑みを浮かべた。店の方は静かだった。シャッターを降ろし、すでに明りも消してある。

不意に、デスクの電話が鳴った。受話器から酒の匂いが漂い出してくる。商店会長の吉田だった。駅前のバーにいるという。雨で客が少なく、店の女の子にでも頼まれたにちがいない。滝野は生返事をした。このところ、吉田は妙にしつこい。

受話器を置いた。新しい煙草に火をつける。

「煙草、多過ぎるんじゃなくて」

灰皿が吸殻の山になっていた。苛立《いらだ》って二箱以上空にしてしまう日が続いている。

「吉田の親父さんが『スワン』で待ってるってさ。一緒に行かないか。一杯ひっかけて、久しぶりに六本木にでも出よう」

「ほんと？」

「たまには、めしを食うのも悪かないさ」

「三十分、待ってくれる？　お店を閉めて、お掃除をしたら、すぐ来るわ」

「慌《あわ》てることたあない。俺もちょっと帳簿を見なくちゃならん」

幸江が立ちあがった。軽く頭を振り、肩の髪を背中の方へやる。サラサラした、癖のない長い髪だった。この髪だけは、結婚して以来まったく変っていない。

滝野は、開いたままの帳簿に眼を落とした。数字が並んでいる。それを見るのは好きだった。数字は、ただ数字だ。余計な意味など考えなくて済む。

帳簿のつけ方を、手取り足取り教えてくれたのは幸江だった。商業高校を出ていたし、結婚するまで小さな建設会社の経理課にいたのだ。滝野は工業高校で、しかも卒業していない。

私鉄沿線のありふれた商店街だが、滝野商店はそのほぼ真中のいい場所にある。一階が食品中心のスーパーで、二階の一角が喫茶室である。建物が四階建のビルになったのは四年前だ。それまでは木造の古びた乾物屋だった。幸江の父親が、ひとりで細々とやっていた。幸江と結婚して、店員のようなかたちで滝野が入ったのが五年前。それからすぐに父親が倒れた。いまもまだ老人病院に入院していて、滝野が誰なのかさっぱりわからない状態が続いている。

ビルになったのは、地主がそうしたがったからだ。乾物屋の奥が住居だったので、かなり広い土地だった。既得権を生かして一階のすべてのフロアをスーパーの店舗にし、住いは同じ町内のマンションに移した。多少の自己資金があった。それほど無理な借金はせずになんとかスーパーという形体に切り替えることができた。それから三年経ち、二階の雀荘《ジャンソウ》のあとを改造して幸江が喫茶室をはじめた。駅のむこう側に大手のスーパーが進出してきたが、商売は一応うまく運んできた。

デスクの端のコーヒーが冷めていた。冷めたところを、砂糖もミルクも入れずに飲み干す。それが滝野のやり方だった。

胃が妙に重苦しい。コーヒーの苦さが、いつまでも口に残った。煙草を二本喫っても、その苦さは消えなかった。

このひと月、不愉快な事件が続いていた。最初は、冷凍食品売場のケースから、鼠の屍骸が二つ出てきた。鼠は凍って、まるで作り物のようだった。それからしばらくして、一リットルパックの牛乳に、注射器で異物が混入された。それは五日ほどの間を置いて、二度続いた。混入されたのは毒物ではなくただの赤インクで、店に対するいやがらせだろう、と警察は判断した。所轄署から刑事が二人来て張り込んでいるが、犯人は挙がっていない。刑事が来た時から、一度もいやがらせは起きていなかった。

そして今夜のチンピラだ。スーパーが閉まり、張込みの刑事が帰ったあとに喫茶室で騒ぎを起こしている。しかし、一連のいやがらせと関係があると断定はできなかった。

損害の額は、かなりのものだった。冷凍食品も牛乳も、店に置いてあるものはすべて売物にならなかった。事故に備えて多少の保険は掛けてあるが、適用の対象になるかどうか微妙なところだ。いずれにしても、警察の捜査の落着を待たねばならない。

パチンコ屋が関係あるのだろうか。滝野はずっとそのことを考え続けていた。ひとつむこうの駅前でパチンコ屋をやっている大場という男が、スーパーの権利を譲らないかと持ちかけてきたのだ。二カ月ほど前のことだった。相場の三割増しという破格の条件だったが、滝野は問題にしなかった。商売というやつは、相場で割りきれないところがある。店舗面積を三割増やしてほかの場所でスーパーをやったとしても、うまくいくとはかぎらないのだ。

滝野は帳簿を閉じた。

幸江はまだ降りてこない。食欲はあまりなかった。酒も飲みたくはない。幸江と一緒に外出するのは、半年ぶりくらいだ。お互いに誘い合ったりはしなくなった。なんとなく、自然にそうなった。食事も別々にすることの方が多い。

すっぽかす口実が頭に浮かんだ。一瞬ためらい、滝野は電話に手を伸した。

二

デスクの前で女が泣いていた。御常連だ。言うだけのことを言うと、滝野はもう女の存在を気にとめなかった。

月に一度、つまり病気ってやつだろう。頭にぼうっと血が昇り、気がつくと店の品物に手を出している。女にはそうめずらしいことじゃない。亭主に連絡すれば、うんざりした顔でやってくる。差し出される封筒の中身は、品物の数倍の額の紙幣だ。だからたわけた芝居にも付き合ってやる。警察へ突き出せば、調書だ、被害届だ、と面倒が続くのはわかっていた。その上、一文にもならない。

それでも、毎月定期便のようにやってこられると、いい加減胸がむかついてくる。亭主に引き渡す前に、せいぜい凄味を利かせた脅《おど》し文句を並べてやらなければならないのだ。それが聞きたくて、盗みをしているとしか思えなかった。人間をおもちゃ代りにしている。こっちはロボットみたいなものだった。

ドアが開き、店長の本山が顔を出した。店長といっても店員は二人だけで、もうひとりは女の子だった。あとは主婦のパートでまかなっている。

「なんだ、お迎えじゃないのか」

「お客さんですよ。車のセールスマンかなにかじゃないかな。駐車場の車のところで待ってるそうですから。野田さんっておっしゃってました」

「俺に会いたい、と言ってるんだな」

名前に憶えはなかった。白のクラウン・ハードトップは五カ月前に買ったばかりの新車で、セールスマンなら見ただけで諦《あきら》めるはずだ。

「頼むよ」

女の方を眼で指して滝野は言った。仕方なさそうに本山が頷く。地肌が透けるほど頭頂が禿《は》げているので老けて見えるが、滝野よりひとつだけ年長の三十五歳だった。小さなスーパーの店長がお似合いの、平凡な男だ。

きのうからの霧雨はもうあがっているが、いつまた降り出すかわからないような雲行だった。

駐車場は、ビルの裏側の地続きにある。ちょっと見にはビルに付属した駐車場のようだが、地主は別だった。

白いクラウンのそばに、男がひとり立っていた。

グレーのストライプのスーツをきちんと着て、黒っぽいネクタイを締めている。隙のない身なりだが、頭髪が薄く、それが仕事に疲れた中年男のような印象を与えていた。だが、セールスマンではない。ただの勤め人でもない。臭い、がある。遠くからでも、滝野には嗅ぎ分けられる臭いだった。

近づいてくる滝野に気づいて、男が丁寧なお辞儀をした。二メートルほどの距離を置き、滝野は立ち止まった。

「社長さん、ですね？」

低い、落ち着いた声だ。滝野は頷いた。視線が合い、どちらもそらさなかった。

「野田って者《もん》です」

ふと、桜井を思い出した。声や仕草がどことなく似ている。歳恰好も近い。四十を出るか出ないか、というところだろう。もっとも、桜井は三十四で、六年前に死んだ。

「お呼び立てしちまって。あっしのような者《もん》が出入りすると御迷惑だろうと思いやしてね。外に出てこられた店員さんに挨拶《ろうず》を通させていただきやした」

見つめ合ったままだった。眼尻の皺《しわ》が深い。ふっと、男の口もとだけが心なしか綻んだ。

「やっぱり、堅気さんじゃねえんですね？」

言葉の使い方も、桜井と似ていた。素人《トウシロ》とかケモノとかいう言葉は決して使わなかった。堅気さん、いつもそう呼んでいたものだ。

「うちの若い者《もん》が、きのうお世話になりましたそうで」

襟にバッジをつけていた。滝野のポケットに放りこんであるのと同じものだ。

「落とし前でもつけろってのかね。ちょっとばかり筋違いじゃないかな」

「とんでもねえですよ。五分《ぶ》でやり合ってやられたんなら、つべこべ言う筋合いじゃありやせんや。ただ、バッジまで取りあげちまうってのは、どうなんですかね。野郎にしちゃ、金玉取られたみたいなもんでやんしょう」

「バッジねえ」

滝野は煙草をくわえた。ライターの火が風ですぐに消えた。顔を車の方へ寄せ、掌で風を遮る。

「コーヒー代に千円出して、釣りを受け取る時一万円札だったと言い張る。因縁をつけるにしても、馬鹿馬鹿し過ぎやしませんか」

「まったく、つまらねえ小遣い稼ぎをしようとしやがったもんで。お恥しいかぎりですよ。よく言い聞かせちゃいるんですが」

男の口調に、卑屈なところはまったくなかった。静かな声で、世間話でもする老人のようにさりげなく喋っている。眼だけが動かなかった。

「あの菊池って坊やは、なんでうちの店でつまらん真似をしたんですかね？」

「そりゃ、やっぱり」

「小遣い稼ぎじゃないな」

「いや、そうですよ」

「あの坊やは、バッジをはずしてた。胸のポケットに突っこんでましたよ。だから、こっちも頂戴しようかって気になった」

滝野は煙草を捨て、踏み潰した。

「そこんところがひっかかってね。どう見たって、バッジをはずして組の名前を伏せる分別を持った男じゃなかった。むしろ、ひけらかして喜ぶ手合でしたよ」

「つけてようがはずしてようが、バッジはバッジでしょうが」

「縄張《シマ》の外だし、組の仕事じゃなかった。そうなると、うちの店でゴネた理由も、ただの小遣い稼ぎじゃないってことになる」

「縄張《シマ》の外だから、バッジをはずしたと考えちゃいただけやせんか」

「あの坊やは、誰かに頼まれたって言いましたよ。誰かの名前は口を割らなかったがね。その誰かってのが、分別臭くて、組の名前を伏せさせたんじゃないのかな」

「その分別臭い野郎が、あっしだっておっしゃりたいんで？」

男が笑った。笑顔の底に、はっとするような凄味が じわりと滲《にじ》み出してきた。これはチンピラには真似ができない。やわな男なら、見ただけで腰を抜かすかもしれない。

滝野は新しい煙草をくわえた。

「俺はほんとのわけを知りたいだけですよ。分別臭い男ってのは、また別の話だ」

「どうしても返してやっちゃいただけねえんですかい。菊池に代って、あっしが詫びを入れさせていただきやすが」

「詫びるって、どう詫びる気なんだね？」

「御存分にって言うほかありやせんね」

「あの坊やは、堅気の店で暴れようとした。ほんとなら、警察に始末をつけて貰うところだ」

「だけど、社長さんは警察《サツ》を呼ばなかったじゃねえですか。自分の手で始末をつけなさった。それも金で話《ナシ》をつけるなんて生やさしいやり方じゃなくね」

男がまた笑った。仲間内じゃないか、ちょっと暗い翳を感じさせる笑顔が、そう言っている。一瞬、滝野はかっとした。その気配を、男は敏感に感じ取ったようだ。笑顔がすっと消えた。今度は、煙を吐きながら滝野が笑った。

「馬鹿馬鹿しくて、警察を呼ぶ気にもなれなかったんですよ。あんたがどんなふうに見たか知らないけど、俺は堅気ですよ。この街で五年も商売してるんだ」

「あっしらだって、商売はやってますよ」

「たかがバッジに、なんだってそうこだわるんです？」

「こだわってるのは、おたくも同じですぜ」

「絶対に返さん、と言ったら？」

滝野は煙草を捨てた。ズボンのポケットに手を突っこむ。

「腕ずくで取り返すかね？」

男が一歩退がった。眼は動かなかった。見つめ合ったままだ。

呼吸を三つ、数えた。踏み出す。男が退がった。滝野が踏み出す分だけ、男は退がっていく。駐車場の金網の柵。背にして立った男の躰に、瞬間、言い様のない気配がよぎった。攻撃を仕掛ける時の獣、似ているがそれともどこかちがう。こちらが受けた感じは、刃物を突きつけられた時と似ていた。しかし男の手に刃物などない。滝野は一歩踏みこみ、両手をポケットから抜いた。不意に、男の躰に張りつめていたものが消える。誘い。それなら乗ってやろう。足の爪さきに力をこめた。一歩。間合だ。それでも男は、人形のように隙だらけの姿で立っていた。瞬きひとつしなかった。

「黙って殴られる気かね、あんた？」
二、三歩退がり、滝野はまたポケットに手を突っこんだ。掌が汗で湿っている。
「堅気さんでしょ、おたくは」

滝野は笑った。まったく桜井そのものだ。堅気に喧嘩を売られたら逃《ふ》ける。それができなければ、ただ殴られている。筋者《すじもの》が避けて通った男がだ。

滝野はポケットからバッジを出し、男に抛《ほう》った。右手でそれを摑み、ちょっと眼をくれ、それから男は頭を下げた。

「そのバッジをつけた連中が、またうちの店でおかしな真似をしたら、あんたどうしてくれます？」

「そん時ゃ、あっしの首を差しあげますよ。汚ねえ首で申し訳ねえですが」

滝野は頷き、踵《きびす》を返そうとした。

「この土地が誰のもんだか、社長さんは御存知ですかい?」

「この土地っていうと?」

「ここですよ。金網で囲われたこの駐車場のこってす」

「そりゃ、持主は知ってますよ。うちじゃ二台分のスペースを月極めで借りてるから」

「ちゃんと御存知ならいいんですがね。なに、ほんの噂を小耳に挟んだもんで。誰かが買ったとか、買う気だとか」

男が頭を下げ、背をむけた。

滝野は煙草をくわえた。駐車場の持主は、七十に近い未亡人だった。以前は平屋の小さな家があった。つまり、幸江の実家と隣り同士だったのだ。死んだあとは、甥が相続するのだという話も聞いた。

倉庫に、女の姿はもうなかった。代りにデスクの上に白い封筒があった。三万円。女が手をつけたのは、せいぜい五千円くらいにしかならない食品類だ。二万五千円で、女は盗みという行為を買っている。滝野はそれを売っている。馬鹿な話だ。


デスクの電話が鳴ったのは、七時過ぎだった。四時から六時ごろまでは客がたてこむので、滝野も店に出ていることが多い。

「いま報告しても、構わんですか?」

「早かったな。もっと時間がかかると思ってた」

四日前に雇った探偵からだった。電話帳を繰って、適当に目星をつけた。場所が、同じ私鉄の沿線だった。それに興信所ではなく探偵事務所と書かれているのが気に入ったのだ。だが訪ねてみると、木造の小さなアパートで、きれいに頭の禿げあがった痩せた老人がひとりいるきりだった。一応の依頼はしたが、大した期待は持っていなかった。

「大場には、おたくを買うなんて余裕はありませんね」

大場というのは、二カ月前店の権利を買いたいと申し入れてきたパチンコ屋だ。いやがらせが続いたので、調べてみようという気になった。

「買うどころか、てめえの店まで人手に渡りますよ、このまんまじゃ。わかっただけでも、八百万ばかり借金があります」

「相手は?」

「サラ金ですね。五百と三百。ほかにもあるかもしれんですが、わかったのは二つだけです。大場ってのは、女狂いらしくてね、危《やば》い女に手え出して、むしられたんですよ」

「店は開けてんのかい？」

「一応はね。客はパラパラです。場所が悪いし、機械だって古い。それに三十台ばかりしかないちゃちな店でね。大場は出てませんよ、雲隠れってとこでしょう」

滝野は煙草に火をつけた。妙な話だ。大場が滝野の店に固執していやがらせを続けている、という可能性はまずなくなった。

「ほかになにかわかったことは？」

「大場の借金を肩代りしようってのが現われてますね。というより、足もと見て安く店を買い叩こうって魂胆かな。おたくの近所の人ですよ、吉田洋品店の主人です」

「吉田洋品店？」

商店会長の吉田は、このところいやにしつこく滝野を遊びに誘っている。昨夜も誘われた。

「確かなんだね？」

「細かいことまでは、わかりゃしませんがね。大場と吉田がベッタリしてることは確かですよ。現に、いまだって大場は吉田の家にいるはずです。吉田ってのは、洋品屋畳んでパチンコ屋はじめる肚《はら》じゃないんですかい。機械扱ってる業者が時々出入りしてるそうですから」

駅のむこう側に大手のスーパーが進出してきてから、吉田洋品店の経営は苦しくなっているという噂だった。だが、それが滝野商店とどういう関係があるのか。

「大場があんまり動かんもんですからね、報告できるのはこれくらいですな」

「吉田がなにをやろうって気なのか、洗って貰えるかな？」

「そりゃ、別の仕事ってことになりますが」

「わかってる。吉田のことと、それからうちの店の裏の駐車場を買いたがっているやつがいるか、そいつをひっくるめてひと仕事ってことにしよう」

「いいでしょ。で、いつまで？」

「なるだけ早い方がいいな。金は明日の朝、振込んどくよ。いままでの経費もついでに払っとこう。いくらくらいかな？」

「六千二百円ってとこですかね」

　安い探偵だった。経費別でひと仕事が五万。しかも、派手に経費を使うタイプでもないらしい。

「明日は、定休日なんだがね」

「ま、あさってのこの時間にゃ、なんとか報告を入れられるようにしときましょ」

　受話器を置いても、滝野はしばらく考え続けていた。吉田が、洋品店をやめてパチンコ屋をはじめるというのは、ありそうなことだ。吉田が、隣り町の大場と親しいというのも、別に不思議ではない。だが、借金に追われている大場が、なぜ滝野商店を買い取りたいなどと申し入れてきたのか。吉田は最近、なぜ滝野をしつこく誘うのか。それと店へのいやがらせはなにか関係があるのか。

　七時半になった。レジを締める時間だ。作りかけのチラシ広告の原稿をデスクに残したまま、滝野は店に出ていった。本山と女の子は、もう棚の整理をはじめている。

「休み明けの目玉商品、もう決まりました？」

「肉さ、またな」

　駅のむこう側に大手のスーパーがオープンしてから、対抗上目玉商品を増やさざるをえなくなった。五円、七円、それくらいの値引きで勝負していく。大きなあおりは受けなかった。場所はこちらがずっといいのだ。

　鼠の屍骸、赤インク入りの牛乳、それで冷凍食品と牛乳がまったく売れないという日が何日か続いた。客足もかなり落ちこんだ。だが、それも徐々に戻りつつある。

「事件のあおりはどれくらいありましたか？」

「前月比で五割減だな」

「そいつはひどいや。ボーナスに響くでしょうね」

「かなり盛り返してるよ。ところで、牛乳を目玉にするのは、まだ早いと思うか？」

「刑事がいますしね、お客さんはまだ忘れちゃいないでしょう」

「あの刑事たちには引き取って貰うよ。万引も挙げられないんじゃ、商売の邪魔になるだけだ」

「あの奥さんには、すぐ気がつきましたよ。私が止めたんです、お遊びだからってね」

「お遊びか」

　呟いて、滝野は缶詰をひとつ手にとった。女の子が、倉庫からダンボールを抱えてきて、品物を補充している。きれいに積みあげられた缶詰、籠棚に盛りあがった即席食品、値引きのように見せかける訂正のある定価札。

スーパーをはじめたころは、夢中だった。東京じゅうのスーパーを歩き回り、どんな商売のやり方をしているのか探ったものだ。

結局、人を沢山使わないことが、一番効果的なのだと、滝野は悟った。客も集まる。その分、原価が安くなる。安い品物を売れば、客も集まる。人手が足りない時は、パートを雇えばいいのだ。

「社長が参ってないんで、助かりますよ」

本山の口調が狎々《なれなれ》しい。そんなことにも、滝野はかっとした。参ってはいない。だが腹は立てている。

重いのよ、女には無理よお。倉庫へ行った女の子が、暢気《のんき》な声で本山を呼んだ。

滝野はレジスターの売上金を数えはじめた。

三

キッチンで音がしていた。パジャマにガウンをひっかけた恰好で、滝野はリビングのソファに腰を降ろし、新聞を拡げた。大したニュースはない。

窓の外は晴れていた。九階にある部屋からは、かなり遠くまで見渡せる。バルコニーには、陽を当てるために鉢植がいくつか出してあった。名前は知らない。みんな幸江が育てているものだ。鳥籠も外に出してあり、番《つがい》のセキセイインコが陽を浴びて囀《さえず》っている。二年前、滝野がペット・ショップで買ってきた。いくらかでも幸江の気持が紛れれば、と思ったのだ。おもちゃでも買うような気分だった。それが二年生き、何羽も雛《ひな》をかえした。妙な皮肉を感じた。だから、滝野はほとんど世話をしたことがない。それでも、時折籠に顔を近づけ、名前を呼んでみる。ピー助とピー子。呼ばれることに慣れているのか、二羽とも反応を示す。それだけだ。雌雄の区別さえ、滝野にはつかなかった。

トーストとベーコンエッグとサラダ、それにミルクティの朝食。

幸江はブルージーンにベージュの手編みのセーターを着ていた。マニキュアも落としている。娘らしい恰好がよく似合った。二十九には見えない。肩をふわりと包んでいる、癖のない髪のせいもあるのだろう。週に一度、美容室で毛さきをカットしているので、枝毛などもない。

　幸江と知り合ったばかりのころ、滝野はよくその髪に触れたり、鼻を押しつけてみたりしたものだ。いつも日向の匂いがした。いまは、オー・デ・コロンのいい匂いがする。

「午後から、病院に行ってくるわ」

　ティカップを両手で持ち、ポツリと幸江が言う。義父は、滝野の顔を見ても喜ばなかった。というより、滝野についての記憶が欠落してしまっている。娘時代の幸江のことしか、憶えていないらしいのだ。

「車、使っていいぜ」

　幸江が頷き、顔にかかってきた髪を指さきで掻きあげた。

　たとえつまらなくても、冗談を飛ばしてみる、そんなこともお互いにしなくなった。家にいる時に交わす言葉は、必要最低限のことだけだ。それでも、夫婦の間が特に冷えているという気はしない。二人の間に足りないものがあり、それがなんだかわかりきっているので、気持を引き立てることがかえって取り澄ました嘘に思えてしまうのだ。

「その前に、カットしてこようと思うの。お昼ごはん、外で済ませてくれる？」

　幸江がテーブルを片づけはじめる。滝野はソファに移った。

　カットといっても、ただ髪を切り揃えるだけではない。自然に伸した感じに整えるのだ。かなり手間がかかるらしい。幸江の髪がきれいになるのに、文句はなかった。

「俺も、たまにゃ病院に顔を出した方がいいかな？」

「無理することないのよ。どうせ思い出しゃしないわ」

「もう半年も会ってないぜ」

「元気よ、躰の方はね」

　義父の病状が好転することは、多分もうないだろう。幸江も諦めている。

　昔のことをほんのちょっと憶えているだけで、前日のことはおろか、一時間前のことすら忘れてしまっている。考えてみれば、気楽な晩年だった。

　途中まで、幸江の運転する車に乗ってきた。それから、商店街を駅の方へ歩いた。五年親しんだ街だ。何人もの顔見知りに出会《でくわ》す。地もとの商売人らしい笑顔を浮かべて、滝野は挨拶《あいさつ》する。それでも、ここが自分の街だという気に、滝野はいまだになれずにいた。顔の筋肉がくたびれる。

外出すると言うと、幸江はちょっと怪訝《けげん》な表情をした。ブロックを集めとくのさ。ブロックというのは、パイプの原木のブライヤを適当な大きさに切ったもののことだ。そいつを削り、磨きあげてパイプを作る。ブライヤの根は、砂地で百年も二百年もかけて大きくなるので、ひどく堅い。普通のかたちのパイプに削りあげるだけでも、ひと仕事だった。まして細工を施そうと考えると、休日をいくつ潰しても間に合わない。

この二年間で、四十本以上のパイプを作っていた。だから、休日に外出したことなどほとんどない。

作ったパイプで、喫煙を愉しむという趣味はなかった。せいぜい、一度か二度使ってみるくらいだ。あとは布に包んでしまっておく。気が向いた時に出して、磨くだけだ。

駅前で、滝野は銀行に入った。それから駅へ行き、切符を買って都心へむかう電車に乗った。

電話をしたのは正午近くだった。

「めしを食うだけさ。真昼間から口説いたりはせんよ」

暁美《あけみ》の受け答えは、曖昧でどこか警戒しているような気配があった。新宿二丁目の小さなクラブのホステス。四度通って、ようやく自宅の電話番号を訊き出した。口説くのに手間のかかるタイプの女だ。だが、滝野は苛立ちはしなかった。手間を愉しむ、そんな歳頃になったのかもしれない。

「だって、ホテルでしょ」

「そういう科白《せりふ》は、ホテルは寝るところだと考えてるやつの言い草だな。とにかく付き合えよ。ひとりで昼めしを食いたくないんだ」

含み笑い。それから承諾の返事。別に喜ぶ気にもなれない。だが、一応ありがとうと言っておく。

街を歩いた。待ち合わせは三十分後、Kホテルの喫茶室だ。タクシーを拾えば五分で行ける。人とぶつかりそうになった。昔はこんなことはなかった。ぶつかる前に、相手の方が避けてくれた。でけえ顔《つら》で歩くんじゃねえ、桜井によくそうどやされたものだ。それでも、桜井が一緒でない時は、ぶつかりそうな相手をこちらから避けるような真似は決してしなかった。

平日でも、人の多い街だ。その中の、なんでもない人間のひとりとして歩いている自分が、滝野には不思議でもあった。市井のスーパーの親父、商売はほどほどにうまく運び、趣味といえばパイプを作ることくらいだが、時には浮気のひとつもしてみる。ありふれた人生だが、そういう生活の喜びを自分は嚙みしめるべきなのだとも思う。しかし、ほんとうにこうやって歩いていていいのか。俺はただ羊の仮面をつけ、それこそが自分の顔なのだと思いこもうとしているのではないか。

花屋があった。生花の匂いに吸い寄せられるように、滝野はふらりと入った。薔薇。臙脂《えんじ》がいい。小さな花束をひとつ作らせた。

これから女に逢いにいく、というときめくような気分は起きてこなかった。病人の見舞いにでもいくような感じだ。昼間から花束を抱えて歩いている男に、関心を示す人間はいなかった。赤い花束でさえ、この街ではありふれている。

時計を見た。約束の時間を回っていた。タクシーを停める。目的のホテルまで、すぐのところまで歩いてきていた。

タクシーを降り、ロビーに足を踏み入れた時、暁美の小さな後姿に気づいた。真直ぐに喫茶室にむかって歩いていく。途中で一度立ち止まり、コンパクトを覗《のぞ》きこんで顔を確かめている。

滝野はにやりと笑い、ゆっくりとロビーを一周してから喫茶室へ入った。

「遅かったのね」

暁美の声は、かすかに棘を含んでいる。

「花を買ってたのさ」

意味もなく買ったものが、意味を持ってテーブルに置かれていた。暁美が笑う。女の自尊心を満たすのは、大抵物《たいていぶつ》だ。二十《はたち》そこそこの小娘でも、四十に近くなった女でも、多分そうだろう。

「かわいい服を着てるんだな」

ピンクの花柄のワンピース。店では、胸の開いたロングドレスなどを着ていることが多い。小柄だが、裸にすると意外に豊満な躰をしている、そんな気がした。

最初に会った時、かすかな男の気配を感じた。別に不思議はないことだが、二度三度と通ううちに、その気配が稀薄になってきた。男がいて最近別れたのか、そう考えてみたが、稀薄な気配が完全に消えてしまうことはなかった。

「お買物に出てきたの？」

滝野は、紙袋からブライヤのブロックをひとつ摑み出した。

「こいつを削ってパイプを作るんだ」

「滝野さんって」

暁美がラークに火をつける。

「ほんとにスーパーの社長さん？」

「そうは見えんかね？」

「別のお仕事してる人みたいな気がする。なんだかはっきり言えないけど」

「女房は喫茶店をやってるよ」

「奥さんの話なんか、するもんじゃないわ」

「口説く気がないからさ、今日はな」

黒い大きな瞳《ひとみ》が笑った。美人というのとはいくらかちがう。いい女、男がそう呼びたくなるようなタイプだ。二十二だと言っているが、二十五に近いか、あるいは越えているかもしれない。小柄な女は若く見えるものだ。

「なにが食べたい？」

テーブルには花束があった。余計な言葉は必要ない。

「ロブスターとコンソメスープ」

「俺はステーキだが、上のレストランで折合いがつくかな？」

「多分ね」

暁美が灰皿で煙草を消した。指の根もとの方には、ふっくらとした肉がついている。長く細い幸江の指とは正反対だ。指が、性格のちがいまではっきりと感じさせた。

「いつも昼めしは食うのか？」

滝野は立ちあがった。

「どういう意味？」

「いや、昼めしなんか抜いちまって、好きな時間に好きなものを食うんじゃないかと思った」

「いまが好きな時間よ」

立ちあがった暁美の頭は、滝野の顎の下あたりにある。ショートカット、華奢《きやしや》な骨格、白い肌。化粧はいつも薄い。マニキュアもしていない。それでいながら、幸江と較べるとずっと色濃い玄人《くろうと》の雰囲気を持っている。

「滝野さん、あたしを好きにならない方がよくってよ」

暁美がテーブルの花束に手を伸した。

「ほう、自惚《うぬぼ》れてるね」

「冗談で言ってるんじゃないの。あたしは悪い女よ」

「そんなことを言うと、惚れてくれたんじゃないかと思いたくなるぜ。まあいいさ、悪い女ってのは、男にとっちゃいい女ってことだ」

暁美の小さな肩に手をかけた。柔らかい。直《じか》に触れれば、もっと柔らかいだろう。薔薇と香水の匂いが入り混じって漂っている。


ドアには錠が下りたままだった。

滝野はブルージーンにトレーナーという恰好になった。ピー子とピー助が啼き声をあげる。

幸江が戻ってくるのは、多分夜だろう。エンドレス・テープのように同じことしかくりかえさない父親の話を、ベッドのそばで何時間も聞いてやる。病院に行った時はいつもそうだ。三歳の時から、父親と祖母の三人暮しだった。十七の時に祖母が死んでからは、二人だけの生活を続けていたのだ。

父親に対する幸江の情が、滝野には理解できないわけではなかった。ただ、どうしようもない。二人の間に割って入るわけにはいかないし、金を積めば快癒するという病気でもなかった。黙って見ている、できるのはそれだけだ。

バルコニーに出た。

弧を描いて張り出しているので、かなりの広さがある。デッキ・チェアーを置き、鉢植の植物を並べる、マンションを買う時のパンフレットには、そんな絵が描いてあった。

デッキ・チェアーはないが、鉢植を並べるための木の台が置いてある。それが、休日には滝野の作業台になった。万力でブライヤのブロックを台に固定し、鑿《のみ》や彫刻刀や鑢《やすり》を使う。

はじめは、物のかたちを彫るのに夢中になった。人の顔、動物の姿、そんなものだ。すぐに飽きた。いまは、ブライヤが持っている木目《グレイン》を出すことに熱中している。ストレート、フレーム、バーズアイ、バーズネスト、専門的には木目にもいろいろ名称がつけられている。滝野のやり方は自己流だった。ブライヤの中に隠されている木目を、ただ削りながら探していく。パイプのかたちなど、どうでもいい。ひと削りするたびに、濡れた布で拭う。すると木目がはっきり見える。

ひと削りひと削り、木目を追う。

午後三時を過ぎていた。滝野は道具箱を出し、鑿と彫刻刀を持ってバス・ルームに入った。仕上げ砥石で簡単に研ぐ。使う前には必ずそうする。二カ月に一度くらいは、荒砥から入念に研ぎあげる。切れ味の鈍った刃物ほど気分を苛立たせるものはない。

ほんとにお昼ごはんだけなの、別れ際に暁美がそう言った。ホステスを昼食に誘う、別の魂胆があると思われて当然だった。昼食から宵の口の御出勤までの数時間が、意味深長というわけだ。

昼食だけ、と滝野は言った。最初からそのつもりだった。手管を使うのは柄に合っていない。どうしても暁美の躰が欲しいわけでもない。自分のやり方でゲームを愉しんでいるだけだ。それに、部屋では作りかけのパイプが待っている。

ブライヤにとりかかった。濡らす。乾く前に、浮き出した木目を確かめる。それから刃を当てる。切れ味は上々だ。ストレート・グレイン。それを鮮やかに出すためには、パイプがかなりいびつなかたちになる。喫いにくい、と文句を並べるやつはいない。自分で作って自分で眺める。それだけだ。休日に滝野がせっせとパイプを削っているのを知っているのは、幸江だけだった。

秋の夕暮は早かった。いつの間にか、街は薄墨を流したようになっている。

電話が鳴っていた。顔をあげると、顎のさきからポタリと汗が一滴落ちた。

「平川ですが」

探偵だった。痩せて、老いた禽獣《きんじゅう》を思わせる風貌だが、声も鳥のようにカン高い。

「早い方がよかろうと思いましてね」

報告は、明日の夕方受けることになっていた。滝野は掌で顔の汗を拭った。

「聞こう」

「その前に」

平川が咳払いをする。滝野は煙草をくわえ、ライターを眼で捜した。

「銀行にゃ行かれたんでやんしょね？」

「午前中に振込まれたはずだよ」

「そいつぁ、どうも。確かめる時間がありませんでね」

ライターはソファの上の脱ぎ捨てたズボンのそばに

あった。届かない。平川が喋りはじめた。火のついていない煙草を、滝野は掌の中で弄《もてあそ》んだ。

四

午前中に注文した牛乳が、二時過ぎに着いた。

本山が、量の多さに眼を剝いた。

「明日の目玉は牛乳にする。張込みの刑事にも帰って貰ったしな。勝負だ。客をドンと集めてやる」

「しかし、派手過ぎやしませんか？」

「このまんまじゃ、ジリ貧だぜ。ボーナス欲しいんだろう？」

「そんなに、経営が危なくなってんですか？」

「こんな状態がいつまでも続きゃな。一度や二度のいやがらせにビクつくこたあないさ」

四百パック。売場も倉庫も、冷蔵ボックスは満杯になった。三十五円の値引き。駅のむこうのスーパーより、二十円は安い。儲けはないが、客は集まるはずだ。

「いい度胸ですよ」

「切羽詰ったのさ。これでうまく運びゃ、前以上の繁盛だ。売場のボックスのそばにいてくれよ。なにかあったら、今度こそ命取りだからな」

「刑事を帰したのは、まずかったんじゃないですか？」

「刑事に守られなきゃ商売できんようなら、やめた方がましだ」

牛乳は、もう売れはじめていた。卵や牛乳は、やはりスーパーの主力商品だ。

「今日じゅうに五十パックは捌《さば》いちまいたいな。明日は、新聞に派手なチラシを入れてやる。三百五十くらい、あっという間だ」

「事故が起きたら、どうする気です？」

「そん時ゃ、店を畳むだけさ」

滝野は事務所へ入った。デスクに腰を落ち着け、七時半の閉店時間まで一度も売場に出なかった。

「六十パック捌けましたよ」

本山が報告に入ってきた。

「なにも起きやしなかったじゃないか」

「まあね。明日もこうだといいんですが」

「意外に心配性だな。牛乳が終ったら冷凍食品、代りばんこに毎日やるぜ。うちの店に客が足をむけるクセをつけなくちゃならん」

ぼんやり突っ立っている本山の脇腹をどやしつけ、

滝野は売場へ出ていった。レジを締める。本山と女の子は、売場の冷蔵ボックスに牛乳を補充しはじめた。

幸江が顔を出した。

「牛乳を目玉にするんですって？」

「いつまでも、いやがらせにビクついていてたって仕方ないだろう」

「急に気を変えるのね。ひと月は牛乳を売れないなんて騒いでたくせに」

「喫茶店でコーヒーを売らんようなもんだぜ」

幸江の髪は、どこがカットされたのかまったくわからない。腕のいい美容師だ。

昨夜は、幸江が帰ってくる前にもう一度外出した。二つさきの駅のそばにある小さな赤提灯で、平川と会ったのだ。

酒にきれいな老人だった。振舞い酒を快く受けて卑屈なところはなく、乱れもしなかった。特別ボーナスを出そうと言ったが、それは受けようとしなかった。ひと仕事五万に経費、電車の切符みたいに料金は決まってるんでね。口調に洒脱なところがある。滝野は前身を測りかねた。

詳しく繰り返させた平川の報告は、完璧に職業的な冷静さで彩られていた。喋るのは、事実だけだ。推量や誇張は一片もなかった。噂に過ぎないことは噂だという断りがついていたし、わからないことはわからないと言った。

約束より一日早く報告を入れてきた、そこに平川の言外の推理を滝野は感じ取っただけだ。

「コーヒー、デスクの上に運んどいたわ」

喫茶室の方が気になるらしく、幸江はそれ以上牛乳のことに触れなかった。

売場の整理を終え、本山と女の子が帰っていった。

事務所で冷めたコーヒーを飲んだ。苦いだけの水。馴れているはずの苦さが、いつまでも舌に残っていた。口に唾が溜ってきた。

電話に手を伸す。

パチンコ屋の大場は、なかなかつかまらなかった。四度かけて、ようやく女房が出た。こちらの名前と用件を伝える。

十分も待たずに、大場自身から電話が入った。女房は亭主の居所を知っていたのだろう。

「店を売る気だって、滝野さん？」

「この間と同じ条件ならね」

「そりゃ、こっちはのどから手が出そうなんだ」

滝野は煙草をくわえ、デスクに脚を載せた。大場はどこかの酒場からかけているらしい。演歌に嬌声が入り混じっている。

「ほかにも条件があるんですよ、大場さん」

煙を吹きあげた。それが拡がっていくのを眼で追った。

「今月一杯は商売をしたい。明日までに八百万ばかり用意できませんか、現金でね。仮契約を交わしてもいいです」

「手付けに八百万は、ちょっと法外じゃないかね？」

「だから仮契約で、一部前払いという恰好にして欲しいんですよ。こっちにゃいろいろ事故がありましてね。その損を取り返してから商売を畳みたい。資金がいるんですよ」

「八百万ねえ。考えさせてくれんかね？」

「買い取る資金があるから、声をかけてきたんでしょ、おたく？」

「今日は四日だ。今月一杯ったって、丸ひと月はあるじゃないの。返事は明日まで待ってよ。場合によっちゃ、もう一度条件を話合わなくちゃね」

「待ちましょ。明日の午前中は銀行は開いてる。だけど条件は変りませんよ。呑めないなら、御破算ってことでね、大場さん」

受話器を置いた。煙草を揉み消した。

酒が飲みたくなった。神経のどこかが麻痺したがっていた。別のどこかが、興奮したがっていた。両方とも抑えこんでおくことだ。

売場へいき、角瓶を一本持ってきて、直接口をつけた。のどの奥が灼ける。もうひと口流しこみ、滝野は上着を摑んだ。


十時過ぎに、事務所へ戻ってきた。

明りはつけなかった。建物の中はしんとしていて、冷蔵ボックスのかすかな唸りが耳鳴りのように感じられる。二階の喫茶室も、もう閉まっている時間だ。ライターの火で、デスクの位置を探る。

腰を降ろし、角瓶をそばに引きつけ、眼を閉じた。時々、瓶に口をつけてウィスキーを流しこむ以外は、じっと動かなかった。朝までそうしている必要は多分ないだろう。ほんの二、三時間で済むはずだ。

闇が躰にしみこんでくる。暗いだけの闇ではなかった。けものの気配のする闇。かつて馴れ親しんだことのある闇だ。それが皮膚を通してしみこんでくる。自分の躰が闇に同化していくのを、滝野は感じる。けものの気配を探ってみた。あるのは、滝野自身の気配であり、息遣いだった。

煙草に火をつけた。雑然とダンボールが積まれた室内が一瞬浮かびあがり、消えた。揺曳する赤い点に眼をむける。暗いところで喫う煙草は、短くなるのが早かった。指さきが熱く焼ける。

時間は気にしなかった。時計の夜光針に眼をやったのは、ドアの外に足音が近づいてきた時だった。

十二時十分。二時間が経っている。

鍵を差しこむ音。ノブの回る気配。明りはつかなかった。ダンボールのむこうから現われたのは、揺れ動く小さな光だった。ペンシルライトのようなものらしい。

滝野は動かなかった。光が滝野の前を通り過ぎ、売場の方へ消えた。角瓶を一度呷《あお》り、滝野は立ちあがった。売場との境のドアのところに立ち、明りのスイッチに手を伸した。

点滅する蛍光灯の明りの中で、男が弾かれたようにふりかえった。薄い頭髪、肥り気味の腹、蒼白な顔。滝野商店の店長だった。

滝野は笑いかけた。本山の手から落ちたペンシルライトが、床で鋭い音をたてた。本山の口が動き、しばらくして言葉が出てきた。

「お、俺は」

「なにも言うなよ。わかったのさ、わかったから待ってたんだ」

本山の肩に手をかけた。ふるえている。脹《ふく》らんだ本山の上着のポケットに、滝野は手を突っこんだ。本山が躰を引こうとしたが、滝野は中のものを摑んでいた。小瓶と透明なプラスチックのケースに入った注射器。瓶の中身は染料らしい。赤インクよりも悪質になっていた。染料には毒性がある。

本山の躰を、事務所の方へ押した。デスクにむき合って腰かけても、滝野はしばらく小瓶と注射器を見つめていた。

「参ったな」

呟いた。本山がちょっと身動《みじろ》ぎをした。眼が合う。滝野の方がさきに伏せた。

「考えてみりゃ、客がうろついている店の中で注射器を使うなんて、危険すぎる。君は合鍵を持ってるからな、最初からその線を考えてみるべきだったよ」

滝野は煙草をくわえ、本山にも差し出した。伸びてきた本山の指さきは、まだふるえていた。煙草を一本喫う間、滝野は黙ってデスクを見つめていた。本山が、忙《せわ》しなく灰皿に灰を落とす。

「参ったよ、まったく」

煙草を消しながら、もう一度言った。本山の表情は、まだうつろだった。

「なぜだ、なぜなんだ？」

本山は黙っていた。滝野はもう一本煙草をくわえた。三度続けざまに煙を吐く。

「俺に恨みでもあるのかね？」

語気を強めた。本山の肩がピクリと動いた。

「店を潰して、君に得でもあるのか？」

「あんたは」

本山の声はふるえていた。それでも、滝野をじっと見据えている。

「あんたは礼儀ってやつを知らん。俺はちゃんとした大学を出てんだよ」

「俺に学がないのが、許せないのか？」

「社長はあんただ。使われることに文句はない。だけど、使い方ってやつがあるだろう。小僧みたいに使われたんじゃねえ」

小心な男は、つまらないところで自分を正当化する。そしてそれに固執する。

滝野は大きく息をついた。灰皿に置いた煙草が短くなっている。

「警察に行くかね」

本山の表情が強張《こわば》った。滝野は灰皿の煙草を消し、三本目をくわえた。腕組みをし、天井にむけて煙を吹きあげる。煙は霧のように拡散していった。

「魔がさしたんだ、そうなんだ。あんたが憎くてやったんじゃない」

「理由はどうだろうと、牛乳に色をつけたのは君だ」

滝野は角瓶に口をつけた。もうのどは灼けなかった。

「店から縄付きを出したくはないな。店長が牛乳に色をつけたなんて、とても客にゃ言えん」

本山の表情がちょっと動いた。

「実は、今月一杯で店を売っちまうんだ。それまで、なんとか無事に商売をしたい」

「魔がさしたんです、ほんとに。自分がいやになったんだ」

本山の顔からは、不安の色が消えていた。窺《うかが》うような眼で滝野を見ている。滝野はもう一度角瓶を呷った。こぼれた液体が、首筋まで流れ落ちてきた。

「大場っていうパチンコ屋が、店を買ってくれる。君はそれまで無給で働け。退職金も出さん。新しい商売のために、俺は金が要るんだ。在庫も全部捌いちまいたい」

本山が頷いた。すでに店長の顔だ。帰っていい、滝野は手で合図した。

五

その連中が入ってきたのは、正午過ぎだった。むき合って坐っていた大場の顔が、瞬間強張り、血が引いたように蒼白になった。

連中は、裏の出入口からではなく、売場の方のドアから、ノックもせずに入ってきた。四人いる。四人が四人とも、柄はよくなかった。

仮契約書はまだ作っていなかった。だが、デスクには八百万の包みが置かれている。中身を確認し、契約書の形体について話合っているところだったのだ。

「なんだね、あんたたち？」

滝野は腰をあげた。大場も立ちあがっていた。先頭に立っているのは、背の低い色黒の男だ。髪まで黒々としていて、生え際が眉のすぐ上まで迫っている。

「社長さんに用事じゃねえんですよ」

先頭の男が言った。四人とも薄笑いを浮かべている。

「しかし、ここはうちの事務所だよ」

「そいつはわかってまさあ。お客さんの方にちょっとばかり用事がありましてね」

喋っているのはひとりだけだ。大場は金縛りにあったように動かず、汗の粒をびっしりと顔に浮かべていた。

「ここで取引があるってのは、ほんとですかい？」

「取引ってほどのものじゃない」

「だけど、金が動くんでしょ？」

「話合いがまとまりゃね。仮契約書を交わして、うちが八百万受け取ることになってる」

「八百万ね。現金《ナマ》らしいな」

男たちの眼が、デスクの包みに注がれた。

「大場さん、大した買物をする金があって、どうしてうちに返す金がねえんですか？」

「そ、それは」

大場が包みに手を伸そうとする。男が遮った。

「あたしの金じゃない。だから、あんたたちに払うわけにゃいかないんだ」

「ねえ、社長さん。おたくと大場さんの取引でしょう、こりゃ？」

「うちじゃ、そのつもりだったがね」

「じゃ、机の上の金は大場さんのもんってわけですね？」

「待ってくれっ」

大場が叫ぶ。滝野は煙草に火をつけた。

「大場さん、あんたも往生際が悪いね。現金《ナマ》を眼の前にして俺たちが黙って引き退がるとでも思ってんのかい。こっちも首がかかってんだよ」

「しかし」

「待てよ」

滝野が口を挟んだ。

「社長さんにゃ関係ねえことですよ」

「だからさ。ここはうちの事務所だ。そっちの話は外でやって貰えないかね。あとでゴタゴタするのは願い下げにしたい。まだ、契約もなにも交わしちゃいないから、別に問題はないんだ」

「滝野さん」

「よしましょうや、大場さん。借金抱えてうちの店買おうなんて、あんたどうかしてるよ。そっちを清算する方がさきでしょうが」

連中は手馴れていた。ひとりが大場の両腕に金の包みを抱かせ、二人が両脇を支えた。

「裏から出てくれよ。売場を通られたんじゃ、目立っていかん」

大場はなにか言いたそうだった。だがその前に、まるで酔っ払いでも扱うように、出口のドアのところまで運ばれていた。

デスクに置かれたままのコーヒーが冷えていた。二階の喫茶室から運ばせたものだ。

幸江は、今日のことをなにも知らない。大場をただの客だと思ってコーヒーを運んできただけだ。知らせるつもりもなかった。

二軒のサラ金業者に匿名の電話を入れて取立人を呼んだのは、滝野だった。五百万と三百万、連中にすればたとえ嘘《ガセ》でも一応は食いついてみる価値はあるというものだ。滝野が知らせた時間に、連中は正確にやってきた。

大場、吉田、本山の繋がりを報告してきたのは、平川だった。それだけだったら、滝野には状況の判断がつかなかっただろう。もうひとつ重要なことを、平川は報告してきた。裏の駐車場がすでに大手のSストアに買いあげられ、滝野商店の地主とも担当者が頻繁に交渉している、という事実だった。

Sストアは、駅のむこう側のDストアと全国的に競合している。滝野商店がある私鉄沿線では圧倒的にSストアが強いが、一年前に、駅のむこうに、Dストアが強引に割りこんできた。それは、Dストアのチェーン店がひとつ増えたというだけではなかった。両隣りの駅前には、Sストアがある。そこに楔《くさび》を打ちこむ恰好になっている。楔を無力化するには、Sストアも新しく一店舗増やすことだ。だが場所がない。あるとしても、Dストアよりもはるかに劣悪な条件になる。

そこで浮かびあがるのが、滝野商店だった。駐車場の土地を加えれば、Dストアと同規模の店舗が開ける。しかも、地の利はずっといい。Sストアとしては、一店舗増やすと同時に、Dストアの店舗をひとつ潰すという二重のメリットがある。

地主は金で動くだろう。面倒なのは、既得権を持って営業している滝野商店という小さなスーパーだ。

店長の本山まで巻きこんだ営業妨害と買収工作が、同時にはじまった。吉田は、どうせ金で動いているにちがいない。一年前Dストアが進出してきた時、反対の旗頭に立ったのは商店会長の吉田だった。それは地元商店のためというより、洋品店という自分の商売を守るためだったのだろう。もう洋品店という商売に先の見通しはない。だから、今度はSストア進出のお先棒を担いだというわけか。

すべては、平川の報告に基づく滝野の推理でしかなかった。しかし、それほど見当はちがっていないだろう。

本山は夜中に注射器を持ってやってきた。金のないはずの大場が、八百万という現金を揃えてきた。

まるでやくざの縄張《シマ》破りだ。いやもっと陰湿で汚ない。躰を張る男などひとりもいなくて、裏でコソコソと動き回っている。それも、堅気と呼ばれる人間どもがだ。胸が悪くなりそうだった。

だが、すぐに終る。滝野の考えている通りなら、今日一日で簡単にケリがつくはずだ。

コーヒーに伸しかけた手を、滝野は途中で止めた。苦いだけの水などもうごめんだ。酒の方がいい。

吉田が血相を変えて飛びこんできた。大場が連れ出されてから、まだ二時間ほどしか経っていない。

「滝野さん、あんたどこまで知ってんだ？」

醜悪な男だった。多血質で赤ら顔をしている以外、どこといって特徴のない男だが、吐く息がくさい。口のくささではなく、はらわたのくささだ。

「大場が持ってきた八百万は、俺の金だったんだ」

「なるほどね」

「知ってたんだな、やっぱり。サラ金の取立屋を呼んだのも、あんたか？」

「借金抱えた男をダミーにしたのが間違いでしたね、会長」

吉田の顔が赤黒くなった。しばらくして亀裂が走り、不自然に白い義歯が覗いた。笑っている。

「俺の負けだね」

吉田は椅子に腰を降ろし、煙草をくわえた。悪びれたふうがない。意外だった。

「大場とは、新制中学に一緒に通った仲でね。新制中学と言っても、あんたにはわからんだろうけど。俺はパチンコ屋を開くつもりで、そん時大場を責任者に雇おうと思ってた。やつは専門家だからね」

「成功するといいですね。この街にゃいい店がない」

「もうできんよ」

「土地建物があるじゃないですか。いくらでも資金はできるでしょう」

「もう借りたんだよ。俺の借金をきれいにして、残った分でなんとかならんこともなかった。ところが、あの八百万が消えちまった。お手あげだよ」

「そいつは、悪いことをしちまったな」

「まったくだ」

声をあげて吉田が笑う。視線が合った。眼は笑っていない。

「丸和会の野田に、いくら握らせたんだ？」

「別に。金は使っちゃいませんよ」

「そんなはずはないだろう」

「金で動く男ですか、あれは？」

「いや、だから変に思ってた」

「男同士の話ってやつがあるでしょう」

「滝野さん、あんた見かけとはちがう人だね。五年付き合っても、俺にゃそれがわからなかった。あんたにしてやられて当たり前だな」

吉田が煙草を消した。吉田も、見かけとはちがう男だ。滝野も、いまそれがわかった。

「今日のところは、このまま引き退がるしかないか」

「もっと面倒になると思ってましたよ」

「ガキじゃない。引き際くらい心得てるさ」

吉田が立ちあがった。一瞬、滝野を見る視線が強くなった。

「金に眼がくらむと、見えるものも見えなくなっちまうもんだね」

また義歯が覗いた。滝野は、口もとだけで笑い返した。

「会長さん、あまり口惜しそうじゃないね」

「商売をやめる。土地も建物も手放しちまう。それが怖くて俺は狂ってたんだがね。不思議なもんだよ、ほわっとしちまった。暗いところから外に出たみたいな気分だ」

吉田の眼は笑っていない。洋品店の親父の顔ではなかった。隙のない顔、人間はそういう顔をする時があるものだ。いまの吉田がそうだった。

「俺をこのままで済まそうって気はないんでしょう？」

「いまの俺が、あんたに勝てるんかね。ま、借りだけは忘れないようにしとこう」

「そっちで蒔いた種ですよ」

笑顔のまま、吉田が片手を挙げた。

「本山は置いてやってくれんかね、滝野さん？」

「鼠を飼う趣味はないんでね」

「そうか、ま、そうだろうな」

吉田が裏口から出ていった。

滝野は、売場に顔を出して本山を呼んだ。

「君は明日から来なくていいぜ」

本山の表情がちょっと動いた。

「ひと月、ただ働きしなくて済むんだ。その方が得だろう」

「すぐに店を売ることにしたんですか？」

滝野は煙草に火をつけ、にやりと笑って本山を見た。

「あの話は御破算だ」

「御破算？」

「はじめから売る気なんてなかった」

本山の顔から血の色が引いた。唇がかすかにふるえはじめる。

「結局、君は人に利用されるだけの男だな。その汚ない顔《つら》を二度と俺に見せるな。注射器のことを表沙汰にしないのは、君があんまり憐れだからだぜ」

握りしめた本山の拳がふるえている。滝野はデスクの端に尻を載せた。殴りかかってくる気があるなら、隙だらけだ。鼠にも、それくらいのチャンスはやるべきだろう。

ほんの数秒、本山は滝野を睨みつけただけで、踵をかえした。背中もふるえていた。

六

思ったより、ずっと若造だった。

多分、まだ三十にもなっていないだろう。ダーク・スーツ、地味なネクタイ、きちんと分けた髪、ただでさえうんざりしたくなるような手合だ。

「なんで、はじめっから私んとこへ話を持ってこなかったんだね、石川さん？」

Sストアの開発課員。それも、ごく限られた地域を担当している下っ端らしい。

「Dストアは、私の動きをマークしていますからね。直接動けば、妨害工作が入るのは眼に見えていました。なにしろ、この沿線にはじめて築いた橋頭堡が潰されることになるんだから」

石川のことは調べがついていた。大場や吉田の背後にいる男だということは、容易に想像がついた。若いから切れ者かと思ったが、眼の前にいる男はそうも見えない。

直接取引を申し入れると、即座に乗ってきた。すぐにでも飛んできそうな様子だったので、仕事を理由に待ったをかけた。午後十時。すでに幸江も帰っていて、事務所に誰か入ってくる懸念はない。

「価格の交渉をまず済ませてしまいたいんですが」

「大場から、いくらで買い取る予定だったんだね？」

「相場に四割上積み」

一割の利鞘《りざや》。それに多分成功報酬。大場の借金をきれいにしても、充分にお釣りがくる。

「どれくらい増やして貰えるのかな？」

「四割を五割の上積みということで、どうでしょうか？」

ふっかけられる覚悟はしてきたらしい。だが、覚悟してきたのは、それだけだろう。大きな資本を背負っているといっても、若造は若造だ。金さえ払えばまだ取引が成立すると考えているらしい。

「手付けは？」

「五百万の現金《キャッシュ》は無理ですよ。土曜ですからね。それでも、部内に備えてある緊急用の現金を掻き集めてきました。満足いただける額だと思うんですが」

「いくら？」

内ポケットから、石川が封筒を出した。滝野は手を伸して封筒を摑み、厚さを測った。三百万。

滝野は煙草をくわえた。石川の顔が綻ぶ。子供の顔になった。子供でも、牛乳に血の色をつける。鼠の屍骸を冷凍ボックスに放りこむ。そうやって大人を潰すこともできるのだ。そして、きれいな顔で出世していく。

「権利証の受け渡しは本契約が完了した時点として」

石川が身を乗り出してくる。滝野はそれを手で制し、煙を吐いた。

「商品に傷をつける。チンピラにいやがらせをさせる。つまらんやり方だが効くんだよな、これが」

「うちとしては、正式の譲渡価格のほかに、多少の礼金の用意がありますが」

石川の頭の中には、数字があるだけらしい。数字が人を動かす、大抵の場合それは真実だ。だが、ちがうこともある。

「俺にゃ、全然効かなかったぜ。もっとも、腹を立てはしたがね」

滝野は笑った。その意味が理解できないのか、石川も曖昧な薄笑いを浮かべる。

「帰ってくれ」

石川の顔には、薄笑いが貼りついたままだった。

「帰れって言ってるのさ。もう用は済んだ」

「どういう意味です？」

「俺は、商売の損金を払って貰った。それだけのことだよ」

滝野は立ちあがり、デスクの封筒を自分の服のポケットに放りこんだ。

「まさか？」

「その、まさかさ」

立ちあがりかけた石川の顔に、滝野はいきなり灰皿を叩きつけた。ジュラルミンの、軽い灰皿だ。しかし吸殻で一杯だった。声をあげ、眼を押さえて石川がうずくまる。

立ちあがる暇は与えなかった。脇腹を蹴りつける。一瞬、石川は眼を剝いた。それから低く呻く。

「警察に、訴えるぞ」

仰むけになった石川の顔は紅潮し、こめかみに青筋が這っていた。

「貴様を刑務所に送ってやる」

「好きにするさ」

滝野は、もう一度脇腹を蹴りつけた。腰骨の少し上、背中寄りのところだ。容赦はしなかった。紅潮した石川の顔がスッと色褪せ、汗の粒で覆われた。

しばらく間を置いた。それから同じところを蹴りつけた。腎臓《キドニー》の急所。ここはそれほど痛くはない。苦しくもない。そのくせ、内臓が搔き回されるような気味の悪さが、全身を駈け回る。いや、実際に搔き回されるのだ。十五発、二十発、それくらいで、赤い尿にまみれながら大抵死んでいく。

「脅し、じゃない。ほんとに訴えるぞ」

喘ぐようなもの言いになっていた。もう一度蹴りつける。石川は背中を反らせた。眼を閉じ、再び開いた時は、弱々しい光しか残っていなかった。

「警察になんと説明するのかね？　酔っ払って喧嘩でもしたってことにするか。自分がやったことを喋ればどうなるかくらい、見当がつくだろう。それに金は裏金ときてる。こいつの説明もつかんな」

滝野は煙草に火をつけた。石川はただ仰むけに横たわり、天井にぼんやりした眼をむけているだけだった。立ちあがる気力もないらしい。また蹴った。石川が手で腰の上を庇《かば》った。石川の躰が一瞬床から浮きあがったように見えた。庇った手がずれる。そこをはずさなかった。腎臓《キドニー》への直撃。喘ぎ。

昔、同じことをした。十年も昔だ。

女の奪い合いだった。そいつはつまらないチンピラで、女もつまらない娼婦だった。横から手を出そうとした、半殺しにする理由はそれで充分だった。

石川の顔が歪んで見えた。顔を濡らしているのは、汗ではなく涙だ。殺してやる、そう思っただけで、気配は相手に伝わる。同じ急所への、執拗な攻撃が与える不気味さが、やがて恐怖に変っていく。一発一発の間《ま》が、さらにその恐怖を増幅する。

「待ってくれ」

言葉が、滝野の蹴りで途切れた。痙攣《けいれん》でも起こしたように、石川の下肢がふるえている。床の灰皿を拾って煙草を消し、滝野はまた蹴りつけた。

「助けてくれ。金は、やるよ」

しぼり出したような、低い、嗄《しわ》がれた声だった。石川の躰を、滝野はしばらく見降ろしていた。ズボンにしみが拡がっている。血は混じっていないようだ。

「金は、やるよ」

もう一度蹴る。石川の躰は人形のように転がり、俯せになった。それきり動かない。

腕を摑んで床を引き摺り、裏口から外に放り出した。低い呻き。完全に失神してはいないようだ。躰の傷も大したことはないだろう。せいぜい、腰骨の上に痣《あざ》があるくらいだ。中の方がどう毀《こわ》れているかは、石川の運次第ということになる。

ポケットが封筒ではちきれそうになっていた。摑み出し、デスクに放り投げる。それから角瓶を抱えてきて口をつけた。のどがヒリつく。それが快かった。内側から自分を灼いているような気分だ。

簡単に終った。物足りないくらいだった。封筒には、銀行の帯封がついたままのきれいな札束が、三つ入っていた。それを服の両ポケットと内ポケットに分けて入れた。

すぐには立ちあがらなかった。何度か角瓶を呷り、酔いが回ってくるのを待った。いつまでも、酔わなかった。躰の中が熱く灼けてくるだけだ。

幸江はもうベッドで眠っているだろう。パイプを磨くにも遅過ぎる時間だ。滝野は立ちあがった。それからちょっと考え、軽く舌打ちをして裏口から駐車場に出た。

石川の姿はもうなかった。車に乗り、イグニッションに手を伸す。その時、はじめていくらか酔っていることに気づいた。差しこもうとした鍵《キー》は、マンションのものだった。


店へ入って三十分以上も、暁美は席へ現われなかった。土曜日で混み合ってはいないが、奥の席に十人ばかりの団体がいる。『未来樹』。クラブとは名ばかりの、キャバレーに近い猥雑な店だ。

はじめて来た時に、そばに坐ったのが暁美だった。みらあじゅ、暁美は滝野の掌にフランス語の綴りを指で書き、ちょっとものうさを感じさせる声で説明した。蜃気楼《しんきろう》、むなしい望み、つかの間の希望、そんな意味なのよ。滝野はえらく感心したものだ。フランス語ができる女にお目にかかったことなどなかった。むなしい望み、それがピタッときた。

大きな瞳と小柄な躰が少女のような印象を与える女が知っているフランス語が、それひとつだということは、二度目に来た時にすぐにわかった。

奥の団体が立ちあがった。

見送りに出ていた暁美が戻ってきて、ようやく滝野の席についた。そばの女が、気を利かして立ちあがる。黙って飲むだけの滝野を、持て余していたのかもしれない。

「お店の大事なお客さんだったの。大きな会社の営業部の人たちよ」

暁美は、踝《くるぶし》まである黒いロングドレスに、銀色のヒールの高い靴を履いていた。背が高く見える。

「何時に出られる?」

大きな眼が滝野にむいた。

「店が終るのは何時なんだ?」

「口説いてるの?」

「訊いてるだけさ」

滝野がくわえた煙草に、暁美がマッチの火を差し出す。

「一時を過ぎれば、帰っていいことになってるわ」

もう一時は回っていた。火をつけたばかりの煙草を、滝野は揉み消した。

「じゃ、出ようか」

「やっぱり口説いてるんだわ」

「甘ったるい文句を並べる柄じゃない」

「この間は、花束だけ渡してスマートに帰ってみせたくせに」

別に気取ったわけじゃない。早く帰ってパイプを作りたかっただけだ。滝野は立ちあがった。

「行くぜ、外で待ってる」

「強引なのね」

薄暗い店には、まだ数組の客が残っていた。酔って踊っているカップルもいる。顔見知りになったばかりのマネージャーが、滝野を見てにやりと笑い、ドアを開けて送り出した。

黒いドレスの上に銀ラメのカーディガンを羽織っただけの恰好で、暁美はすぐに出てきた。赤いハンドバッグ、そいつが服装と妙にちぐはぐだった。

「どこへ行くの?」

「君の部屋にしようか」

暁美の足が止まりかけた。一瞬だった。それを隠すように、暁美の手が滝野の腕に伸びてくる。

ホテルはいくらでもあった。なぜ暁美の部屋に行こうとするのか、滝野は自分でもよくわからなかった。女の部屋で情事を愉しむという趣味はない。むしろ、いままでは避けてきた。

「滝野さんって、やっぱりほかの人とちょっとちがうわ」

「芝居が下手だってだけのことさ」

くすりと暁美が笑う。腕にかかった手に、かすかな力が籠められるのを滝野は感じた。なんのためらいも見せず、暁美は助手席に乗りこんだ。煙草をくわえ、馴れた口調で道順を指示する。

「意外に安全運転なのね」

ここ四、五年の間、駐車違反以外で反則切符を切られたことはない。滝野はアクセルを踏みこんだ。タクシーの間を無謀に縫って、新宿の混雑した道路を抜ける。

「わざわざ無茶してみせなくてもいいのよ」

暁美がまたくすりと笑う。

初台の、甲州街道に面したビルだった。一階は葬儀屋で、二階から上が貸部屋になっているらしい。

「一番上よ、四階なの。エレベーターはないわ」

ドレスの裾をちょっと持ちあげ、暁美がさきに昇った。細い足首が、滝野の眼の前でチラチラした。

「酔ってると、昇るのがつらくって」

四階で、暁美は大きく息を弾ませた。

ドアにはプレートも出ていなかった。鍵を回す音。闇。かすかな臭気。ワン・ルームの小さな部屋だった。キッチンと部屋の境にかかっている暖簾《のれん》には、果実のアップリケが施してあった。

「女子大生の部屋だな、こりゃ」

滝野は視線を回した。女の部屋を訪れた男が最初にやることを、やっていた。ほかの男の気配。気になるものはなにもなかった。

「お酒、飲む？」

「いや」

「コーヒーかお茶は？」

「いらんよ」

滝野は上着を脱ぎ、ネクタイを解いた。部屋の三分の一を、赤いカバーのかかったベッドが占領している。白い鏡台、テレビ、小さなソファとテーブル、洋服簞《だん》笥《す》、家具といえばそれくらいのものだった。

「ここで、何年暮してる？」

「一年とちょっとね」

銀ラメのカーディガンをソファに抛り、カーペットに直《じか》に腰を降ろして、暁美は足を揉みはじめた。滝野もそばに腰を降ろし、煙草をくわえた。差し出された灰皿に、吸殻は一本もない。

「恋人はいないらしいな」

「さあ、どうかしら」

暁美が笑い、背中のファスナーに手を伸した。滝野は手を貸さず、じっと見ていた。女が、自分で裸になるのを見るのが好きだ。特にはじめての女の場合はそうだった。

下着も黒だった。思った通り、胸は豊かでブラジャーが食いこんでいる。黒いガーターベルトとセパレーツのストッキングを買ってやろう。パンティ・ストッキングはあまりに無様過ぎる。

下着の上にガウンを羽織り、暁美は立ちあがった。

「お風呂の用意をするわ」

湯を出す音がした。小さな浴室だ。

「早く全部脱いじまえよ」

ソファに腰を移し、滝野は暁美が持ってきた缶ビールに手を伸した。

「男がなんとかするものよ」

「俺は見ているのが好きでね」

「いやよ、はずかしいわ」

滝野のそばに、暁美が腰を降ろす。膝が触れ合った。かすかに、押し合うような力が働く。

「ビール、飲まないの？」

隣室でもの音がした。壁が薄過ぎるのか、それとも建物が古過ぎるのか。これでは、声も聞えているかもしれない。

ビールの栓を抜いた。溢《あふ》れ出した泡に慌てて口をつける。暁美が声をあげて笑った。

いきなり、ドアが開いた。暖簾の下から覗いているグレーのズボンで、入ってきたのが男だということがわかった。

なにも言わず、男は暖簾から首だけ部屋の中に突き出した。暁美が立ちあがった。かすかな、意味のとらえようのない笑みを、顔に浮かべていた。

「なるほどな」

滝野はビールを呷った。

「古い手だって笑いたいのかね？」

「古い手ってやつは、つまり昔からずっと続いてる手ってことだろう」

もう一度ビールを呼る。男が部屋の中に入ってきた。

滝野は暁美に眼をくれた。

「ちょっと意外だったな。いるとしても恋人だろうと思ってた。ヒモとはね」

「あたしがどこへ行っても、この人は必ず付いてくるのよ。隠れたって見つけられちゃうの」

暁美はまだ笑っていた。

「骨までしゃぶられるぜ」

「切っても切れねえ縁ってやつがあんのさ」

「誰でもここへ連れてくるってわけじゃないんだろう？」

「虫の好かない男だけね」

「ふうん」

「滝野さん、あんたは強引にここへきたのよ。あたしはホテルへ誘われると思ってたわ」

ビールを呼った。ひと口で空になった。滝野はアルミ缶を握り潰した。

「若いの、無駄話はそれくらいにしときな」

男から見れば、滝野は確かに、若いの、だった。短く刈った頭は胡麻塩で、顔の皺は深く、眼の下にはドス黒い隈《くま》があった。五十から五十五、それくらいの歳だろう。瘦せていて、背も低い。

「消えちまえ」

「なんだとっ」

「俺は、あんたみたいなダニを見てると胸がムカつくんでね」

「若造、舐めてんのか、俺を」

黄色っぽい、派手な上着の内側から、男が匕首《あいくち》を出した。にやりと滝野は笑ってみせた。男の顔が紅潮した。鞘を払う。なかなかの迫力だった。しかし、脅しているだけだ。殺気はない。

滝野は立ちあがり、カーペットの上に放り出していた上着を拾いあげた。ポケットに手を突っこみ、札束を摑み出して男の方へ抛った。男が眼を剝いた。もうひとつ投げる。三つ目の札束を摑んで男に近づいた。男が一歩退がる。滝野は、札束を投げると同時に、匕首を握った男の手首を摑んでいた。

男が呻く。腕を捩《ねじ》りあげて匕首を取りあげるのに、なんの造作もなかった。非力な男だ。

「野郎っ」

男が叫ぶ。滝野は、男を押し倒し、摑んでいた腕を足で踏みつけた。匕首を男の掌に突き立てる。切先が突き抜け、男の手が床に串刺しになった。男と暁美が、ほとんど同時に悲鳴をあげた。

「金に眼がくらむと、こんなもんさ」

滝野は札束を拾い集め、上着を着こんだ。男は動けずにいた。匕首を抜こうとさえしない。血のしみが、ゆっくりとカーペットに拡がりはじめている。

「荷物をまとめな。大事なものだけでいい。エレベーターのあるマンションに住ませてやるぜ」

暁美はぼんやりしていた。なにを言われているのか、わかっていないらしい。

男が呻きをあげはじめた。汗にまみれた顔を歪ませ、足をゆっくりとのたうたせる。串刺しにされた手だけが、ピンで止められた昆虫のように動かなかった。

洋服簞笥の上に、ブルーのスーツケースが載っていた。滝野はそれを引き降ろし、暁美の足もとに放り出した。

「早く荷物をまとめちまえ」

「なぜ？」

「新しいマンションを借りてやる、と言ったろうが」

「だから、なぜ？」

滝野は暁美の短い髪を摑んだ。暁美の顔が歪む。怯えた眼が滝野を見た。

「こんな男と切れたい、とは思わんのか？」

「血が出てる」

暁美が首を振った。

「早く抜いてやってよ」

「こいつが性根の据った男だったら、とっくに自分で引っこ抜いてるさ」

「死んじゃったら、どうすんのよお？」

「荷物をまとめな。俺と一緒に来るんだ」

あけみ、と男が弱々しく呼んだ。暁美が男の方に眼をやった。しばらく、じっと男を見つめていた。それから不意に、髪を摑んだ滝野の手を振り払った。

暁美は、荒々しく洋服簞笥を開け放ち、ぶらさがった服を次々にスーツケースに投げこみはじめた。あけみ、また男が呼ぶ。その声が、暁美の動作をいっそう性急で衝動的なものにした。化粧品を放りこみ、押入れの靴まで放りこんだ。

「それくらいにしとけよ」

いささか呆《あき》れて滝野は言った。スーツケースの蓋が閉らない。滝野は、片足をかけ体重を乗せた。

あけみっ、男の声が悲鳴に近くなった。いや、もういやっ、暁美は首を振り続けている。ワンピースを着、その上にブラウスを二枚重ね、さらにコートを羽織った。洋服簞笥のものは全部持ち出すつもりらしい。

滝野は男の手首に足をかけ、匕首を無造作に引き抜いた。新しい血が噴き出し、カーペットを汚した。傷を押さえて男は俯せになり、背中を丸めた。低い呻きが続く。

「行こうか」

滝野はスーツケースを持ちあげた。

第二章

一

カーテンの奥から出てきた男に、滝野は眼をやった。店の中は薄暗いが、男が客でも従業員でもないことはよくわかった。なんとなく気になる、そんな男が時たまいて、ただ擦れ違っただけでもその日一日くらいは憶えていることがある。そんなタイプの男だった。

マネージャーがそばへ来て耳打ちした。

滝野は立ちあがり、男が出てきたカーテンの中に入った。女の子の更衣室らしい部屋の脇を通り、突き当たりのドアまで真直ぐ歩く。ノック。おっ、という声がすぐに返ってくる。

部屋の中は明るかった。滝野はちょっと眼を細めた。

「やっぱり、おまえか」

高安雄次は、椅子に坐ったまま滝野の顔にじっと眼を注いだ。やさしい光、いや懐しさが滲《にじ》み出していると言うべきか。自分の眼にあるのと同じものを高安の眼の中に見ているのだ、と滝野は思った。

「三年ぶり、だな」

「変らねえな。いや変ったのかな。三年前のおまえがどうだったか、よく思い出せねえんだ。昔のおまえばっかりチラつきやがる」

高安は、応接用のソファを滝野に勧めた。灰皿に折れ曲がったラークの吸殻が二つ転がっていた。

「お嬢はどうした。かわいくなったろう。幼稚園に入るころじゃねえのか、もう？」

高安が、ジャック・ダニエルとグラスを二つテーブルに置いた。

滝野は煙草に火をつけ、深くゆっくりと吸って吐いた。

「いないんだ、もう」

「いない？」

「死んだよ、二年前だった」

ウィスキーを注ぎかけた高安の手が、一瞬宙で止まった。滝野はもう一度煙を吸った。なぜ、と言いかけた口を閉じ、高安は二つのグラスにウィスキーを満たした。

「つまらん事故だった」

滝野は煙草を消し、ウィスキーに手を伸した。


「次が、あるさ」

繕うように言い、高安がウィスキーを呷《あお》った。すぐにまた注ぎ足す。

次は、もうなかった。ひどい難産だった。帝王切開をし、さらに子宮まで摘出してしまったのだ。それでも滝野は、医者を恨む気にはなれなかった。幸江は命をとりとめたし、瑞江と名付けた娘も順調に発育していた。

あの医者の野郎が、そう思ったのは瑞江が死んでしばらくしてからだった。

二歳の誕生日のひと月前、かわいい盛りだった。よちよち歩きの子供にパパと呼ばれた時期が、滝野にも確かにあったのだ。夢を見ていたような気がするが、間違いなくあった。

「奥さんは？」

「元気だ。店の二階で喫茶室をやってる」

「俺と較べりゃ、ましだな。いまだにひとり者《もん》だぜ」

高安には惚れた女がいた。惚れていたのは高安だけで、女の方はどうだったのか。高安は、胸のうちをひと言も女にうち明けなかった。女は平凡な男と結婚した。滝野が知っているのはそこまでだ。

「俺に用事なんだろう？」

「女を、店で預かって貰《もら》いたい」

滝野はウィスキーを呷った。

高安が、かすかにためらう気配を示した。

「ほかを当たってみるか」

滝野は新しい煙草に火をつけた。女を預ける、それだけの事情があるから、三年も会っていない高安に頼みにきた。高安はただ頷《うなず》く。そういう男だ。同じ釜の飯、ひと口にそう言っても、一年や二年ではない。十年以上も食ってきた仲だ。自分と同じくらいに知り抜いている。

その高安が、かすかでもためらう気配を示した。預かりにくい事情がある、そう考えるべきだろう。

「店はマネージャーに任せきってる。そいつでいいってんなら、預かろうじゃねえか」

「おまえの眼は届かんというわけだな」

「胸を叩けるほどにゃな。だけど、知らねえ店よりゃましだろう」

「五十年配で、痩せた小さな男だ。右手にドスでぶち抜かれた傷がある」

「なら、うちのマネージャーで充分だ。抜けたところはねえ野郎だ。しかも大学まで出てやがる」

「頼もう」

「で、いつからだ？」

「連れてきてる」

高安が頷き、インターホーンでマネージャーを呼んだ。

ノックして入ってきたタキシードに、高安は手短な指示を与えた。マネージャーが軽く一礼する。目立たないが、もの静かな態度にどことなく重厚な印象がある。高級な酒場のマネージャーにはうってつけの男なのかもしれない。三十を越えるか越えないかといったところだろう。

ひと言も質問はしなかった。高安はこういうタイプの男が好きだ。

「任されたことは、やり通す男さ」

マネージャーが出ていくと、高安はただそう言った。

滝野はグラスを空け、自分でジャック・ダニエルを注いだ。事務所といっても、滝野商店とはえらい違いだ。木製の大きなデスク、応接セット、酒瓶の並んだキャビネット、絨毯《じゅうたん》、壁の絵。

紺のスリー・ピースを着こなした高安は、どこから見ても青年実業家だった。昔は、右の頰《ほお》から首筋にかけて、かなり深い傷痕があった。刃傷だが、いまはそれがよく見ないとわからないくらいになっている。整形手術を受けたのだ。皮膚を引っ張って縫い合わせる手術だったのだろう。そのあたりだけたるみや皺《しわ》が少なく、顔全体も昔とちょっと印象が変っている。

高安が手術の話をしたことはない。滝野も訊かなかった。

テーブルのジャック・ダニエルだけが、少しずつ減ってきた。

三年ぶりに会っても、格別話さなければならないことがあるわけではなかった。女や子供とはちがうのだ。顔を見、思いつくかぎりのことを喋ってみたとしても、お互いにどんなふうに生きてきたのか、わかりはしないだろう。

昔、一緒に生きた。同じものに賭け、同じ夢を見て生きた、その想いが蘇ってくるだけだ。

「葉巻、やるか?」

高安がポツリと言った。

「いや、パイプなら、時々やるがね」

「貰いものがひと箱あるんだがな。コルクの箱に入ってるやつさ」

「やめとこう。息がきれる」

にやり、と高安が笑った。高安は煙草をやらない。喧嘩《でいり》で息がきれてドジ踏みたかねえからな、それが口癖だった。

ノック。黒い鞄をぶらさげた若い男が入ってきた。スーツの襟に銀行のバッジが輝いている。滝野は立ちあがった。

「済まんな。店で飲《や》ってってくれ」

「今夜は帰る。これからは時々顔を出すさ」

高安が頷く。

店ではショーがはじまっていた。暁美の姿を捜す。自分に注がれている視線に滝野は気づいた。隅の席の客。知った顔ではない。照明が落ちた店内で、闇に潜んだ獣のように眼を光らせている。

暁美がそばへ来た。いつの間にか、ピンクのチャイナ・ドレスに着替えている。

「お店の衣装を借りたの」

白い歯が光った。暁美を預かることを、高安はなぜためらったのか、滝野はまたそれを考えはじめていた。わずかだが、ためらう気配は確かにあった。あの男らしくないことだ。

「飲んでいかないの?」

「今夜は帰る。ま、うまくやるんだな」

「ここはいい職場だ。見たところ、客筋も悪かなさそうだ」

隅の席の客は、もうショーの方に眼をやっていた。刑事《でか》。多分間違いないだろう。しかし、なぜだ。

わだかまりを抱いたまま、店を出た。

タクシーを待つ。赤坂の中心街で空車はいくらでもいるが、それよりさきに、黒いセドリックが擦り寄ってきた。まだ白タクが出没する時間ではない。それに、車には四人乗っていた。

「顔貸してくんなよ」

後部座席から降りてきた二人が、滝野を挟みこんだ。咄嗟《とっさ》に、滝野は足場を測った。二人が三人でも、逃げるだけなら難しいことじゃない。

しかしすぐに、躰《からだ》の力を抜いた。面白い場面じゃないか、なにかがそう囁いている。タイミングからいって、高安と無関係ではなさそうだ。

二人に挟まれたまま、後部座席に乗った。車は五十メートルほど徐行し、路地に入って停まった。人通りはある。人の絶える場所など、この近辺にはないだろう。

「高安と会ったね、あんた」

助手席の男がふりむいた。いくらか歳嵩《としかさ》で、頭株らしい。

「どんな用事だったんだ?」

「あんたたちは?」

「訊いてんのは、こっちだぜ」

右側の男が、滝野の内ポケットを探った。

「スーパーの社長か、おまえ?」

名刺が、助手席の男に差し出された。

「見当違いをしちまったのかな。素人さんか。高安とはどういう知り合いなんだね?」

「ゴルフ仲間ですよ」

キャビネットの上にトロフィが並んでいたのを思いだして、滝野は言った。

「用事は?」

「女を雇って貰いに。ただ囲っておく甲斐性がないもんですから」

「なるほど。眼のクリッとした、髪の短い姐《ねえ》ちゃんだな」

　助手席の男は、店の中にいたらしい。

「降ろしてやんな」

　左側の男が車から出た。ルーム・ランプが点《とも》った。

「なんで高安さんのことを気にしてるんです？」

「あんたには関係ないことさ」

「事務所の客が気になるんですね。いまもひとり来てますよ」

「降りる気はあんのかい？」

　助手席の男は四十歳くらいだった。

「客といや、私が来る前にもひとりいた」

「素人さんにしちゃ、いい度胸だね。だから間違えられんだ。降りていいって言ってんだぜ」

　滝野は車を降りた。黒いセドリックは、ゆっくりと路地の奥へ消えていった。

　煙草に火をつけ、滝野は通りへ出た。もの馴れた連中だった。それに眼も悪くない。名刺と運転免許証、この二つに騙されただけだ。

　幸江はまだ起きていた。

　ガウンを着て居間のソファにペッタリと坐り、レース編みの針を動かしている。

「さきに休んでてくれ。ひと風呂浴びてくる」

　幸江の膝のレースから眼をそらした。滝野はそれが嫌いだった。あなたのパイプと同じよ、幸江はそう言う。だがちがうだろう。レースには、いろんなものが編みこまれている。幸江の心の中の模様がだ。

「冷えたビール、あるか？」

「用意しとくわ」

　明日は木曜の定休日だった。週一度の夫婦生活。幸江にとってそれで充分なのか不足なのか、滝野にはわからない。ただ、そう決めただけのことだ。

　熱いシャワーを頭から浴びた。しばらく、そのままじっとしていた。

　暁美に、渋谷神泉町の小さなマンションを借りてやったのは、日曜日だった。六階の二ＤＫで、エレベーターは付いている。

　三百万を、丸ごと渡した。部屋を借り、必要なものを調え、いまいくら残っているのか滝野は知らない。これからさき、まとまった金を渡すつもりもなかった。それで暁美が離れていくのなら、それでも構わない。三百万を返せという気もなかった。あの金は、そんなことに使うべき金だった。

　吉田洋品店には、シャッターが降りたままだった。すでに人手に渡ったという噂だ。吉田の噂も乱れ飛んでいた。なにしろ、商店会長だった男だ。家族は女房だけで、ひとり娘は嫁に行っている。

　Sストアの石川や、大場がどうなったのかはわからなかった。知ろうという気もない。警察はこなかった。結局、あれで終ってしまったのだ。

　滝野商店には、火曜から新しい店長が入っていた。デパートを定年でやめた初老の男だ。仕事はできるらしい。街の小さなスーパーを軽蔑していたとしても、仕事さえしてくれればこちらに不服はない。

　本山をやめさせたと言った時、幸江はめずらしく滝野を難詰した。滝野が社長だといっても、店は父親のもの、つまりは幸江のものだ。

　躰が火照《ほて》ってきた。滝野は躰に石鹸をなすりつけた。わずかに腹が出はじめている。だが、まだ醜いというほどじゃない。同じ年齢の男たちと較べたら、引き緊っている方だろう。

　このままブタみたいになっちまうのか。一年ばかり前も、確かそう思った。その時より、腹は出ている。何度もそう思いながら、いつまで経っても、自分がブタだと思う日など決してこないのだろう。多分そういうものだ。

　たちこめた湯気の中に泡が飛んだ。滝野は眼を閉じ、顔に石鹸をなすりつけた。

二

　売場の方のドアをノックして、平川が事務所に入ってきた。金曜の午後二時。客がたてこむ時間ではないが、定休日の翌日で事務所の中は仕入れたばかりの品物が山積みになっている。

「二階へ行きましょうか」

　滝野は立ちあがった。

「二階とおっしゃいますと？」

「女房が喫茶室をやってる」

ははあと、平川が妙に感心したような声をあげる。

幸江はカウンターに入っていた。ほかにウェイトレスがひとり。

　窓際の席にむき合って腰を降ろした。平川が、カウンターにチラリとやった視線を滝野に戻す。探偵らしい、巧妙な眼配りだった。滝野はちょっと頷いてみせた。

　奥の席で顔を寄せ合って喋っている女の子が二人、入口に近い席に中年の男がひとり、客はそれだけだった。音楽も静かだ。

「あの『マンチェスター』ってクラブの経営者は、滝野さんのお知り合いなんで？」

「そりゃ、余計なことだろう、平川さん」

「だけど、結局のとこは、あの高安っていう経営者のことになっちまうもんでね」

　砂糖を入れたコーヒーを、平川が掻き回した。スプーンをつまんだ指が、痩せた躰に似合わずがっしりと太い。

「俺が頼んだ調査は」

「出過ぎた真似はしちゃおりませんよ」

「ふうん、どういうことかな？」

　平川がコーヒーを啜った。

「あの経営者が、なにかやろうとしてるってこってすよ。そして、あの店で張ってる連中は、それをやらせまいとしてんですな」

「俺はその連中のことが知りたいだけさ」

「丸和会と桜田門」

　咄嗟に、野田の顔が浮かんだ。

「丸和会というのは、あのあたりを縄張《シマ》にしてんのかね？」

「いや、埼玉が本拠地ですよ。あの辺に縄張《シマ》を持ってる組はありませんね。だからって、きれいな街かどうかってのは、別の話でやんしてね。どうってことない店を手繰っていって、組織関係者にぶつかることはよくありますわさ」

　チンピラのバッジを取り返しにきた野田が丸和会の人間だった、というのは偶然に過ぎないのだろう。あの男は組のために来たのではなく、弟分の恥を繕いに来たのだ。

「どういう組織なのかな？」

「テキ屋ですよ、もともとはね」

「いまじゃ、違うのかね？」

「いまだって、そっちの仕事もやるにゃやっちゃいますがね、いまの会長の代になってから、危《やば》いことにも手え出してるようですな。正業の覆面でね」

「詳しいな」

「商売柄ね」

「それにしたって、『マンチェスター』にはきのう行ったきりじゃないの？」

「蛇の道はへビって言うでしょうが」

平川がコーヒーを飲み干した。滝野は冷えるのを待っていた。まだ、カップにかすかな温もりがある。

平川が、昔、テキ屋だったとは思えなかった。刑事《でか》。そんな気もした。

「丸和会で、最近なにか起きたって話は？」

「表立っちゃ、なにも。裏でなにかあるってのは、あの世界じゃ当たり前のことでね」

滝野は煙草に火をつけた。窓の外は晴れている。商店街の人通りも、ようやく増えはじめていた。煙を吐きながら、滝野はしばらく下の通りに眼をやっていた。

「野田ってのがいるでしょう、丸和会に？」

「大幹部ですな。ただし、いまの会長になってからは、冷や飯でしょう。正業の覆面して、金貸ししたり、覚醒剤《シャブ》捌《さば》いたりするのにゃむかん男でしてね」

「平川さん、あんたただ者《もん》じゃないね」

「探偵の身もとを洗うってのは、洒落にもなりませんぜ」

冷えたコーヒーを、滝野はひと息で飲み干した。立ちあがる。

「金は、いつものように振込んどいた。経費はいま払いましょうか」

平川が、くたびれた茶色の背広の内ポケットから、『マンチェスター』の領収証を出した。

「高安がなにやろうとしてんのか、探らせちゃくれませんか？」

「危険だね、そりゃ」

「腑に落ちないことがひとつあって、どうも落ち着けなくてね」

一万円札を三枚、滝野はテーブルに置いた。

「桜田門は、一課が出張《でば》っててんですぜ」

「一課？」

「妙な話じゃないですか」

滝野は一瞬考えこんだ。

「仕事をした分だけ金を貰う。あんたはそれで落ち着けるはずだろう」

「仕事が少ないと、人間、さもしくなるもんでしてね」

「仕事を愉しんでる、俺にゃそう見えますがね」

平川も立ちあがった。背丈は滝野とほとんど変らない。姿勢のしゃんとした老人だった。

「きのう、店で高安を見かけましてね」

「だから？」

「それだけのこってすよ」

千円札を四枚テーブルに置き、平川は一万円札をつまみあげた。

「一課が出張ってる理由は、調べりゃすぐわかりますよ」

「いや、もういいんだ」

新しい客が二組入ってきていた。幸江には声をかけず、店を出た。

「放っといていいんですかい、滝野さん？　高安はなんかやる気ですぜ」

別れ際に平川が言った。

「どういう意味だい？」

平川の眼は、穏やかに滝野を見つめているだけだった。

パターを一本買った。それにボールを四個。ボールは二個ずつ箱に入っていた。

女の子が出勤してくる時間だった。『マンチェスター』の中には、まだほとんど客の姿はなかった。ただ、連中はいた。二カ所から、入ってきた滝野に視線が注がれる。

パターをぶらさげたまま客席を素通りし、奥のカーテンの中に入った。更衣室から、女の子が罵り合う声が聞えた。

高安は、デスクに書類を拡げていた。

「どうした、パターなんか持って？」

黒いスーツにシルバーグレーのネクタイ。昔から、着るものには金をかける男だった。滝野は、キャビネットから勝手にジャック・ダニエルとグラスを出した。

「俺はゴルフってやつをやったことがない。掌にタコはないし、手袋で左手だけが陽焼けしてないってこともない。見るやつが見りゃわかっちまう」

「それがどうしたってんだ？」

高安が書類を閉じた。滝野は、ポケットのボールを絨毯の上に放り出した。

「おまえのゴルフ仲間だと、言っちまったんだな」

ボールをひとつパターで打ってみる。勢いよく転がり、壁に当たった。クラブの握り方も知らない。

「おまえに手解《てほど》きを受けて、これからコースに出るんだってことにしようと思う」

「なに考えてやがる?」

高安が立ちあがった。滝野はもうひとつボールを打った。

「俺が女を預けようとした時、おまえ、ちょっと困ったような顔をしたぜ」

「だから?」

「とぼけんなよ。なにもなきゃ、黙って頷く男さ、おまえは」

高安がソファに腰を降ろした。グラスにジャック・ダニエルを注ぐ。だが口はつけなかった。滝野はまたボールを打った。

「なあ、和」

昔呼《おり》んでいたように、高安は滝野を呼んだ。

「俺ゃ、おまえと違って、素っ堅気ってわけじゃねえ。時にゃ、危《やば》い橋を渡ることだってある。そのたんびに、おまえに妙な嫌味を言われたかねえな」

「大抵のこたあ、ひとりでやってのける男だよ、おまえは」

滝野は最後のボールを打った。壁のすぐ手前でボールを止めようとしたのだが、思ったようには転がらない。なんだって、本気でうまくなろうと思えば、それなりの稽古ってやつが必要だ。

高安とむき合って腰を降ろした。

「だけど、誰かの手を借りたい、そう思うことだってないわけじゃあるまい」

「どういう気で言ってんだ、和?」

滝野は、ジャック・ダニエルを呷った。それから煙草に火をつける。

「持ちかけてんのさ」

「なにを?」

「おまえがなにか仕事《ヤマ》を踏む気があるんなら、俺にも一枚嚙ませろ」

高安が笑った。声をあげ、頭をそらせた。右の頰から首筋のあたりの皮膚がつっ張って、つるりとした感じに見えた。

「スーパーの親父でぬくぬく暮してるおまえがか。素っ堅気のおまえが、俺を助《す》けようってのか?」

まだ笑っている高安の顔に、滝野は逆様に握ったパターを突きつけた。高安の顔から笑みが消える。

「とにかく飲もうじゃねえか、和。冗談もほどほどにしとけよ」

高安がパターのグリップを手で払った。

「俺は助《す》けようなんて言っちゃいない。一枚噛ませろ、そう持ちかけただけだ」

「この間の晩、いやな目に遭わされたんか、その辺でコソコソしてる鼠どもに？」

「やつらは関係ないさ」

滝野はパターをテーブルにたてかけ、ジャック・ダニエルのボトルに手を伸した。ふう、と高安が息を吐いた。滝野は煙草を消し、また新しく火をつけた。

「うちの店にチンピラがいやがらせにきてな」

高安の顔は見なかった。指さきからたち昇る煙に眼をやっていた。

「俺はそいつを、近くの公園へ連れ出した。むき合った時な、両手をポケットに突っこんじまってたんだよ。自然にそうしてたんだ。それから、チンピラに一歩ずつ近づいていった」

それは、桜井の喧嘩のやり方だった。ポケットに手を突っこみ、無造作に近づいていく。ポケットから手が出た時、相手はいつも血を吐いてぶっ倒れていた。桜井がポケットに手を入れた、それだけで、知っている人間なら逃げ出したものだ。

「堅気になって、堅気の女と暮す。十年前はそいつが夢みたいな話だった。俺ゃ結局できなかったが、和、おまえはそれをやってんだぜ」

「はたから見りゃな」

「女房とうまくいってねえのか？」

「そんなこたあ、関係ない」

「桜井の兄貴が言ったことを、忘れちゃいねえんだろう、おまえ。結局兄貴は、俺たちに堅気になれとだけ言い遺したんだ」

「俺たち三人で、一番堅気になりたかったのが、桜井の兄貴だった。だけど、自分にゃなれないんだってことも、一番よく知ってた。だから、あんなことをしたんだろう」

組はなくなった。おまえらの躰を縛るものは、もうねえんだ。おまえらにゃ、前科《まえ》もねえ。その気になって踏ん張りゃ、明日からだって堅気になれんだ。

そう言った翌日、桜井は死にに行った。

「雄次、おまえわかるだろう。俺たちにゃ、なにかしみついてんだよ。心にな。そして、それを嫌っちゃいない。むしろ大事にしてる。俺ゃそうだったぜ」

高安が、またふうと息を吐いた。滝野は煙草を消した。

「なあ、和」

言おうとした高安を、滝野は手で遮った。

「俺が聞きたいのは返事だけだ」

どこかの盃を受ける、そんなことはもう真平だった。自分が自分でなくなる。桜井のような男は、どこを捜してもいるわけがない。

しかし、躰はなにかを求めている。心もだ。

「いまじゃなくていい。その気になった時、ゴルフに誘ってくれ」

本気だぜ、眼でそう言う。

「ボールは預けとこう」

パターを摑《つか》んで、滝野は立ちあがった。高安はなにも言わない。立ちあがりさえしなかった。

ドアを出、店へ入って、ボックス・シートに腰を降ろした。暁美を指名する。

連中の視線が突き刺さってきた。パラパラと客が入っている。それでもまだ宵の口だ。その気になって見れば、連中は目立つ。

暁美はすぐにきた。

「もう、指名をつけてくれるお客様ができたのかと思ったのに」

「俺で悪かったな」

「どうしたの、ゴルフでもする気？」

滝野は、パターのさきで床の絨毯を軽く叩いた。厚い絨毯だ。大した音はしない。

女の子の数は三十人といったところか。ボーイが三人とマネージャー、コックも多分いるだろう。

「新しい服を作った方がいいな」

「いま作らせてるわ、いただいたお金で」

金をやったという気はなかった。自分の手で稼いだ金じゃない。

「お部屋へちっとも来てくれないのね」

「女房気取りになってんじゃあるまいな？」

「まさか」

滝野がくわえた煙草に火を差し出しながら、暁美はほほえんでいる。

滝野の裸を見た時から、暁美の態度は微妙に従順になってきた。入墨などがあるわけではない。十年早《はえ》え、桜井にそうきつく言い渡されていた。そのくせ、桜井の背中には、二十《はた》歳《ち》の時に彫ったという、見事な般若《はんにゃ》の絵柄があった。

滝野の躰にあるのは、傷痕だけだ。右の胸から腹にかけて斬り降ろされた傷。傷口を絹糸で縫い合わせたのは、桜井だ。麻酔は勿論《もちろん》、輸血もしなかった。死にかかっていた、と桜井や高安はあとで言った。しかし、滝野にはその時の記憶がはっきり残っている。夜も昼も、桜井か高安が枕のそばで見守っていた。大袈裟な、そう思ったものだ。

もうひとつの傷は、左胸の鎖骨の下にある。エクボのような傷痕だ。二二口径のヒョロヒョロ弾を撃ちこまれた。弾は肺の中に残っていた。手術をしてくれる医者を見つけてきたのは、高安だった。その時、桜井はもう死んでいたのだ。もっとも、桜井でも弾を抜き出す芸当はできはしなかったろう。

暁美は、滝野の躰の傷が、刃傷と銃創であることをすぐ見抜いた。幸江はちがった。事故だ、そう言った滝野の言葉を信じた。幸江にとっては、それが当たり前だった。

小一時間、飲んでいた。

高安が事務所から出てきた。頭を下げて客席の間を縫い、出口の方へ真直ぐに歩いていく。視線が合った。高安が笑って頭を下げた。滝野も笑い返した。

「鍵をあげとくのを忘れたわ、お部屋の鍵」

「いらんよ」

「駄目。あそこはあなたの部屋よ」

高安がドアから出ていった。連中が立ちあがるのを、滝野は眼の端で捉えていた。

三

三日待った。

「忙しいのか？」

公衆電話かららしい。街の喧噪がはっきり聞えてきた。

「何度もかけたのか？」

滝野は、渋谷神泉町の暁美のマンションから戻ってきたところだった。午後六時。店は夕餉《ゆうげ》の買物の主婦で混み合っている。

「ゴルフを教えてやろうと思ってな。いま出られるのか？」

「夜、ゴルフってわけにはいかんだろう。泊りがけか？」

「ナイター設備のある練習場だ。はじめっからコースに出る気でいやがんのか」

「わかった。場所は？」

東京タワーの近くだった。一時間で行く、と滝野は言った。

ふだんは掃除道具を入れてあるロッカーから、ゴルフバッグを取り出す。ハーフセット、靴、手袋。全部安物だが、これだけ揃っていればなんとかなるだろう。

幸江がコーヒーを運んできた。

「使ってもいない道具のお手入れ？」

ゴルフをはじめることは、言ってあった。新しい趣味を見つけたわけね、幸江はそう言って笑った。

「練習に行ってくる」

「こんな時間に」

「コーチの都合に合わせてんのさ」

「高安さんって方ね」

「知ってるのか？」

「昼間、事務所を覗《のぞ》いた時に、ちょうど電話があったの。ゴルフだとはおっしゃってなかったけど」

滝野は、靴と手袋をバッグのサイドポケットに突っこんだ。

「高安さんって」

幸江がセーラムに火をつける。滝野は煙を払った。

「瑞江が生まれた時に、大きな揺籠を贈ってくだすった方ね」

あの時、滝野は自分が父親になったことを、無性に誰かに知らせたかった。それで高安に電話した。四年前のことだ。

幸江とのささやかな結婚式に、滝野はただひとりの友人として、高安を招待した。高安は出てこなかった。だから、幸江は高安と一度も会ったことがない。

瑞江が一歳になったばかりのころ、滝野は一度『マンチェスター』に行った。他愛なく酔っ払い、瑞江の話ばかりした。偶然店の前を通りかかったのだと高安には言ったが、その時も、歩きはじめたばかりの瑞江の話をしたかった。

「お帰りは、何時？」

「わからん。レジは帰ってから締めることにするよ」

「あたしがやっといてもいいわ」

「俺の仕事だ」

レジを締める時間に店を放り出したことなど、一度もなかった。実のところ、店を開けている間に外出したことも、ほとんどないのだ。

「あたしは無理ね。運動神経が鈍いから」

「ゴルフか。俺がうまくなったら、教えてやってもいい」

幸江がセーラムを揉み消した。それから、デスクのコーヒーに砂糖とミルクを入れ、スプーンで掻き回した。トレイに、コーヒーシュガーの入った砂糖壺とミルクが載っている。そのことに、滝野ははじめて気づいた。

細い指の動きをしばらく見つめていた。温くなったコーヒーの中で、シュガーはなかなか溶けない。

「おい」

弾かれたように、幸江が手を引いた。

「ごめんなさい。あたし、ぼんやりしてしまって」

滝野は、無意識に上着のポケットの鍵を探った。車や事務所や自宅の鍵と一緒に、暁美のマンションの鍵も入っている。それだけが、奇妙に重たかった。最初は、手帳の表紙の裏側に、セロテープで貼りつけておいた。それを名刺入れの中に移し、それでも落ち着かなくて、ほかの鍵と一緒にポケットに放りこんだのだ。

「出前を頼まれたつもりになっちゃって」

「いいんだ。下げといてくれ」

ひっかかってくるものを、滝野は無理に振り払った。

ボールを打つ音。練習場は、勤め帰りの男たちで結構混み合っている。

端から四番目の打席に、高安はいた。クラブを振るたびに、スチール・シャフトがキラリとライトを照り返した。

「変らねえな。時間にゃ正確な男だ」

背後に立った滝野に気づいて、高安が言った。額で汗の粒が光っている。

「昼も夜も、尾行《つけ》回されてんのか？」

駐車場に、丸和会の連中の黒いセドリックがうずくまっていた。刑事も、どこかにいるにちがいない。

「動きがとれねえってわけよ」

クラブを置き、スポーツタオルで高安は丁寧に汗を拭った。滝野は上着を脱ぎ、靴を履き替えた。

「打ってみな」

「どうってことないだろう。じっとしてる球じゃないか」

滝野はドライバーを抜き、ティに乗せたボールを打った。鈍い音だった。ボールは地を這《は》うように飛んでいった。躰の力を抜いた。二発目は、いい手応えがあった。勢いよく飛んだボールが、途中で急に右に曲がる。

「タイミングは心得てやがるな。力まかせに打たねえところがいい。なにかやらかす時ゃ、力まかせってのが一番危《やば》いんだ。だけど、おまえのは野球だぜ」

グリップ、スタンス、アドレス。高安が手を取って教えはじめた。なかなかうまく振れなかった。特にグリップの具合が悪い。野球のバットを握るようにした方が、ずっとうまくいきそうな気がする。それでも、滝野は高安に言われたことを忠実に守ってクラブを振った。野球じゃない。ゴルフにはゴルフのやり方ってやつがあるはずだ。

三十分ほど振って、ようやくいい音がするようになった。それでもボールは、途中から引っ張られるように右に曲がる。

顎《あご》の先端から汗が滴ってきた。

「ひと息入れようじゃねえか」

ジンジャエールの瓶を差し出しながら、高安が言う。滝野は打席の後ろの椅子に腰を降ろし、煙草をくわえた。

「野郎をひとり、海外《そと》へ飛ばしてやりてえんだ」

「誰を殺《や》った野郎だ?」

「なんでそう思うんだ?」

「うろついている刑事《でか》は、一課の連中のように見えたがな」

高安が滝野を見た。ジンジャエールがのどに心地よかった。

「いい鼻してやがるぜ」

暗い空の中に白球がいくつも吸いこまれていくのに、滝野は眼をやった。

「誰かを殺《や》ったってわけじゃねえ。警察《サツ》は、そいつから証言を取りてえのさ。取らせたくねえやつらもうろついてる。丸和会。知ってるか?」

「聞いたことはあるな」

「上げ潮に乗ってるからな。だけど、野郎の証言ですべてパーになっちまう」

「証言する気があんのか、そいつは?」

「ねえよ。だけど信じられねえのさ、あいつらは」

「弱味を握られてりゃ、そうだろうな」

男が二人、近づいてきた。アイアンとウッドを一本ずつぶらさげているが、スパイク・シューズは履いていない。

高安がクラブを握り、グリップの説明をはじめた。

男たちは、背後をゆっくりと通り過ぎていった。

「何日も前から、飛ばすことばっかり考えてた。だけど方法《て》がねえんだ」

「難しいことじゃあない、って気がするがね」

「野郎だけならな」

「女《スケ》か？」

「丸和会の会長の娘ときてやがんだ」

「なるほど。そしてその娘は、屋敷の奥深くに幽閉されてるってわけか」

「それほどじゃねえ。だけど、若い者《もん》が二、三人いつも付いてやがる」

「かなわぬ恋ってやつか。泣かせるじゃないか」

「野郎は本気さ。娘もな。海外《そと》で堅気の暮しをはじめようとしてんだ」

滝野は煙草を消し、ジンジャエールを飲み干した。秋の夜気は肌寒く、汗はとうにひいている。

やくざの親分の娘に惚れての逃避行。しかも堅気になりたがっているという。よくできた話だ。

「細かい事情はどうでもいい。ひとつだけ訊いときたい。その野郎ってのは、おまえにとっちゃ、それだけのことをやってやらなきゃならん男ってことか？」

「俺が赤坂に店持てたんも、いま刑務所《ムショ》暮ししてねえのも、言ってみりゃそいつがいたおかげだ」

「わかった」

滝野はクラブを握って立ちあがった。軽く打った。高安がそばへ立ってフォームを直しはじめる。

「そいつは、現金《ナマ》を六百用意してる。それがギリギリってとこだったらしい」

「きれいに割って、三百ずつか」

「いや、俺ゃビタ一文いらねえ。俺の役目は、その六百を払う相手を捜すってことだったんだ」

滝野はクラブを振った。手応えもなく振り抜いた。音だけが快く耳に残っている。ボールは地を這うように出ていったが、途中で虚空に舞いあがり、真直ぐに飛んでいった。

「俺ゃ切羽詰ったんだよ。どこへいくにも、連中がへばり着いてやがる。俺の部屋までだぞ。だから、てめえで片をつけるってわけにゃいかなかった。その方の仕事《ゴト》を専門にやってる連中もいる。二、三人当たっちゃみたが、いまひとつ預けきれねえんだ。そこへおまえが飛びこんできたってわけさ」

もう一度クラブを振った。バランスが崩れた。見当違いの方角へ、球は転がっていった。

「結構難しいもんだな。一度うまく打てたからって、続けてうまく打てるとはかぎらん」

「切羽詰ってた。一か八か、てめえで仕事踏《ヤマ》んで、命なんか駄目でもともとじゃねえか、と思いはじめてたんだ」

続けて六、七個のボールを打った。全部途中から右へ曲がっていく。

「おまえ、打って見せろよ。なんで俺の球は右へ行っちまうんだ？」

高安が、にやりと笑い、クラブを握った。一発、二発、全部真直ぐ飛んでいく。

「うまく打てた時のことを、忘れねえようにすんのさ。おまえ、筋は悪かないぜ。こんなこたあ、昔からおまえがいつも一番だった。憶えてるか、野球の試合？」

組の人間で、桜井が草野球のチームを作った。やくざ者のチーム。奇妙なことをやったものだ。

あまり人に感情を見せなかった桜井が、野球のこととなると、まるで違う人間のように感情に踊らされていた。三振すればビンタを食らったし、適時打でも打とうものなら、とびあがって抱きついてきた。

桜井は、高校で野球の選手になりたかったのだ。一度だけ、ポツリとそう言ったのを聞いたことがある。野球部に入れなかったのではなく、高校に行くことができなかったのだ。

チームは、一年くらいでなんとなく消滅してしまった。どんなに真面目な顔をしてやっても、地は隠せない。噂が拡がり、試合をしようというチームはなくなってしまった。

「そろそろ俺ゃ帰るぜ。店が混んでくる時間なんでな」

高安がクラブをバッグに収った。

「今夜から、どんどん人に会え。思わせぶりなやつを何人か混ぜてな。関係ない仕事をやらせてみるって手もある」

「ド素人じゃねえんだぞ。余計なお節介ってもんだ」

二度、『マンチェスター』へ行き、事務所で高安と話しこんだ。そしてこのゴルフ練習場だ。連中が滝野をマークしたとしても不思議はない。しかし、今夜から高安は人に会いはじめる。それも、滝野よりもずっとマークしたくなるような男たちにだ。

午後になったらすぐにゴルフ練習場へ行き、帰りに暁美の部屋でシャワーを使い、夕方には店に戻る、明日からそういう生活をするつもりだった。連中はすぐにうんざりするだろう。

「まず、三日かな」

無言で、高安が頷いた。

滝野は打席に立った。グリップを確かめ、慎重にクラブを振りあげ、打ち降ろした。ボールはやはり右に曲がっていく。掌が濡れていた。汗ではない。豆がひとつ潰れている。

「昼間、電話した時にな」

背後から高安が言った。

「奥さんとちょっと喋ったぜ。声の感じじゃ、上品そうな人だな」

黙って、滝野はクラブを振り続けた。

四

全身を舐め回してくる視線に、滝野は数秒間耐えた。それから男の肩を押し、部屋の中に踏みこむ。男は、壁に背をつけて滝野をやり過ごした。

「飲んでるな。まだ朝だぜ」

「飲まずにいられれっか。このホテルへ来て六日目だぞ。その前は、大船のホテルに十日。いい加減、頭がおかしくなってくらあな」

六階のシングル・ルーム。窓からは横浜港が一望できた。ベッドは寝乱れ、テーブルにはビール瓶が転がっている。それでも、男は小ざっぱりとしたなりをしていた。髭はきれいに当たり、髪も鋏《はさみ》を入れたばかりのように見える。

滝野は煙草をくわえ、椅子に腰を降ろした。灰皿の吸殻。自然に眼がいく。噛み跡のついたハイライトに混じって、色紙巻のコックテイルが数本。吸口にはピンクのルージュがべっとりとついていた。

「一緒に逃げたい女がいるんだろう」

「それとこりゃ、別だろうが。身を持て余してんのよ。なんにもねえ、食って寝るほかにゃな」

「酒も飲んでるじゃないか」

「おめえ、なにしにここへ来た？」

男が冷蔵庫からビールを出した。まだ五十にはなっていない、それくらいの歳恰好《としかっこう》だ。小柄な躰、生え際の後退した短い髪、眼尻の深い皺。そして消しようのない臭いがある。筋者の臭い。

「六百万、いま払って貰えないか？」

ビールを注ぐ男の手が止まった。

「冗談ぬかすなよ。おまえがどこの何者《なにもん》か、詳しく喋って貰おうか」

「それで信用できるのか。俺がどこの誰だかわかりゃ、命を預けんのかね？」

「聞いてみてからのこった」

「なにがわかるんだ、それで？　戸籍抄本を取り寄せたところで、せいぜい本籍地がわかるくらいだぜ」

「知りてえんだ。当たり前のこったろうが」

滝野は笑った。煙草を消し、ビールのグラスに手を伸した。グラスはひとつだった。

「頭があるんなら、よく聞いてくれよ」

「てめえっ、俺を虚仮《こけ》にしてやがんのか」

飲み干したグラスに、滝野はビールを注いだ。男と睨み合う。一瞬だった。虚勢は音もなく崩れた。

「あんたがほんとに飛びたいと思ってんのなら、郵便小包にでもなったつもりにならなくっちゃな。俺が郵便配達ってわけさ。要は、あんたが小包になる度胸が決められるかどうか。それだけだろう？」

「しかし、なあ」

「俺をよく知らん。そりゃわかってる。俺もあんたを知らんよ。だから小包になって貰うんだ。お互いに肚《はら》の底まで信用し合うのに、何日、いや何年かかると思う」

「命を預けられる方は、それでいいだろうさ」

「あんたも信用すりゃいいのさ。郵便配達に俺を選んだ高安をな。高安も信用できんというなら、俺ゃ降りるしかないね」

「いや、やつあ信用できる」

滝野は、立ちあがってもうひとつグラスを持ってきた。ビールを注ぐ。

「乾杯、といくかね？」

「いいだろう」

男がグラスを取った。小さな音。命をひとつ、滝野は背負った。

「なんて呼びゃいいんだ、あんたを？」

上唇の泡を手の甲で拭いながら、男が言う。

「桜、とでもしとくか」

「サクラね、女みてえな感じだ」

「どうだっていいさ、記号だからな」

「じゃ、俺ゃ杉とでも呼んでくれや」

男が煙草に火をつけた。前歯に金を入れている。喋っている時は見えないが、フィルターを嚙むとむき出しになった。

「小包は二つだぜ。二つで六百万だ」

「わかってる」

「どうやって、手に入れんだ？」

「そいつも、任しといて貰おう」

「よく箱なんかに書いてあんだろう。天地無用ってよ」

「危《やば》い目には遭わせんつもりだ」

「生きてりゃいいんだ。生きてさえいりゃな」

それが男の愛情から出た言葉なのかどうか、滝野には判断できなかった。

「桜さん、あんた、こういう仕事《ゴト》にゃ馴れてんのか？」

「はじめてってわけじゃないがね」

一度だけ、桜井に命じられて、高崎で会った男を新潟まで連れていった。まだ二十歳《はたち》そこそこのころのことだ。

絶対にそばから離れんじゃねえ。弾が飛んできたら、おまえが当たれ。桜井はそう言い、新潟でなにをやればいいのか教えてくれただけだった。

男は三十歳くらいだった。痩せて頰骨の目立つ、背の高い男だった。いまの滝野よりも若いということになるが、記憶の中にある男はやはり年長で、静かな物腰の中に修羅場をくぐった人間の凄味を漂わせている。

兄ちゃん、のんびりいこうじゃねえか。死ぬ時ゃ、死ぬんだ。列車の中でも緊張を緩めない滝野に、男はそう言って笑いかけた。夜行列車だった。滝野は一睡もしなかった。男は眼を閉じていたが、眠っているのかどうかよくわからなかった。

新潟へ着いたのは、まだ明け方の暗い時間だった。教えられたところへ電話を入れ、港の近くの小さな旅館でひとりの老人と会った。滝野の仕事はそこまでだった。

これからは、しんどい旅だ。俺ゃ船に弱くてな。旅館を出、別れる時に男が言った。吐く息が白かった。雪の中をひとりで駅まで歩き、早朝発の列車に乗った。頭の中では、ずっと男がどこへいくのか考えていた。桜井の兄貴の大事な友達《ダチ》。危《やば》い仕事《ヤマ》を踏み、海外《そと》へ飛ぼうとしている。そう考えただけで、なにか大きなものに圧倒されるような気分になった。帰りの列車の中でも、眠れはしなかった。

その後、桜井が男のことを口にしたことは一度もなかった。だから滝野は、あの男が誰で、なにをし、どうなったか知らない。

「ここは場所がよくないな。船はいっぱいいても、乗せてくれるやつを見つけんのは大変だって話だ」

「船に乗ろうってつもりでここにいるんじゃねえよ。埼玉や千葉からは離れてた方がいいって、高安が言うんでな」

「ま、せっかくいるんだ。ちっとは役に立てたい。いまから、二人ばかりと会ってみちゃくれないか。横浜《ハマ》にいる、警察《サツ》や丸和会にはしばらくそう思って貰おうじゃないか」

「それで、どこへ行くんだ？」

「今夜は、東京だな」

「明日は？」

「そいつは明日知らせる」

男は、何本目かのハイライトを灰皿でひねり潰した。

「桜さんよ、小包の宛先はわかってんだろうな？」

フィリピンか台湾、と高安は言った。どちらも、入るのに難しい国じゃない。

「二つ聞いてるが、どっちがいいんだね？」

「台湾。台北にゃダチ公がいる。高安と同じくらい信用できる野郎さ」

「フィリピンは？」

「仕事絡《ゴト》みでね、組の手が回ってるかもしんねえ。台北のダチ公は誰も知りゃしねえからな」

そこにいる友達《ダチ》が、ほんとに信用できる相手なら、この男にはツキってやつがある。信用できるかできないか、その場になるまでわかりはしないのだ。だがそれは、滝野には関係ない。台北というなら、台北へ送ってやろう。

滝野は立ちあがり、ベッドのそばへいった。枕をひっくりかえす。黒い鋼鉄の塊り。スナブ・ノーズのリボルバーだ。馬の刻印がある。

「コルトだな、こいつ」

「エージェント・38スペシャル。まだ一回しか使ってねえ新品だ」

「しばらく、俺が預かっとこう」

「よせよ、俺ゃこいつと一緒じゃなきゃ眠れねえんだ」

「小包に拳銃《ハジキ》なんて必要ない。かえって邪魔さ。ぶっ放されたりしたら、それこそ全部パーだ」

滝野は弾倉から弾を抜き、拳銃とは別々のポケットに入れた。男は不服そうな顔をしたが、それ以上なにも言わなかった。

　窓を開けた。港の方から、女の悲鳴のようなカン高い汽笛が聞えてきた。

「こいつら二人と会ってくれ。電話すりゃ、すぐ来るはずだ。場所はホテルの前の公園がいいだろう。勿体《もったい》をつけんだ。名前も宿《ヤサ》も教えずにな、また後で連絡するってことにすりゃいい。六百万の話はチラつかせて、場合によっちゃひと束くらい見せて」

「素人《トウシロ》じゃねえんだぞ。ひと言いわれりゃ、そいでなにをどうやりゃいいのか、ピシッとわかんだ。あんまり余計な指図は、され馴れちゃいねえんだからな」

「そいつは悪かったな、杉の親分」

「まあ、あんたが郵便配達なんだ。やっぱし、横浜《ハマ》の仕事師《ゴト》にゃうちの組の手が回ってると思うか？」

「目腐れ金くらい握らされてるだろう。あとは、あんたにいくらの価値があるかってことになる」

「いつ、ここを引き払う？」

「あんたが二人に会ったらすぐに」

　男が、滝野からメモを受け取り二カ所に電話をした。それから荷物をまとめはじめる。なかなかの衣装持ちだ。

「いつごろまでに、メドつけてくれるね、桜さん？」

「今日は木曜か。ま、日曜までだな」

「仕事は早えやつが好きさ」

　男が、はじめて笑った。唇の間から金が覗く。

　平川はさきに来ていた。滝野の身なりを見て、ほうという顔をする。

　白っぽい派手なジャケット、原色のシャツ、レイバンのミラーサングラス。まともな稼業の人間には見えない。そんな恰好をする必要は、どこにもなかった。自分で服から靴まで買い、暁美の部屋で着替えて横浜にいったのは、なんとなく、としか言い様がない。

　二十歳《はたち》そこそこで卒業したはずの恰好だ。

「お出かけだったんで？」

「なんで？」

「午前中におたくに電話しましたらね、奥さんが出られましたよ」

「やって貰いたくないことだね。ここで会う約束になってたじゃないか」

　新宿のホテル。暁美に花束を贈った喫茶室のあるホテルだ。平日の午後でも、ロビーに人は多かった。

「銀行から電話がありましてね。五十万振込まれてんで、てっきりゼロをひとつ間違えてんじゃないかと思いました」

「しばらく、あんたを買い切りにしたくってね。足りなきゃ、また振込もう」

「ひと仕事、五万。何度も申しあげたはずですぜ」

「その都度、払った分の働きはして貰うさ」

「手間を省きたい。払っちゃいただけませんか」

「それともあんた、俺を警戒してんですか？」

「滝野さんの、なにをです？」

平川が笑った。それ以上、五十万のことについて言う気配はない。滝野は煙草をくわえた。式服を着、引出物らしい風呂敷包みを膝に載せた男が、隣りに腰を降ろしていた。

「調べは？」

平川の方に顔を寄せ、小声で言った。平川が、内ポケットから小さなメモ用紙を取り出す。

「土曜日の、ビューティ・クリニックってのは？」

「全身美容ですよ。流行ってるでしょうが。躰になにか塗りたくったり、マッサージしたり」

「外出は、火曜と土曜だけか」

「定期的なやつは、ですな。火曜は新興宗教の集まりで、親父さんも一緒ですよ」

メモには、小さな写真も添えられていた。小肥りの中年女。とても全身美容で磨きあげているようには見えない。大和田令子。丸和会会長のひとり娘だ。

「新興宗教ってのは、いかがわしいですな。信者みたいな顔してても、裏で糸引いてんのは丸和会の会長だって、あたしは睨んでんですがね。なにしろ、教祖ってのが大和田の情婦《レコ》ですから。信者八万なんて吹いてますがね、実のところ百人そこそこでしょ。なんでも、万病に効く妙薬をくださるそうですぜ」

「覚醒剤《シャブ》だな」

滝野はメモと写真を内ポケットに収い、立ちあがった。

「歩きながら話しましょうか。すぐに次の仕事を頼みたい」

ロビーを出、中央公園にむかって歩きはじめるまで、平川は黙って付いてきた。

「今日、どこかで杉村と会ったんですか？」

囁くような口調だった。滝野は立ち止まり、煙草に火をつけた。

「杉村ってのは？」

「丸和会の大幹部ですよ。そして会長の娘の情夫《いろ》でもある。消えちまったんですよ、今月のはじめになりますがね」

「はじめて聞く名前だな、杉村ってのは」

「杉村は高安と親しかったらしいんですよ。だから丸和会も警察《サツ》も高安をマークしてる」

「なにやったんだい、その杉村は？」

「会ったんですかい？」

「杉村なんて知らんよ」

中央公園も、結構人が多かった。天気のいい日だ。

「滝野さん。一課じゃ老いぼれ犬が出張《でば》ってきましたぜ」

「老いぼれ犬？」

「高樹っていう名物警部ですよ。若いころから白髪《しらが》が多くってね。それに時々老犬なんとかっていう鼻唄をうたうんで、老いぼれ犬なんて呼ばれてます。腕っこきですよ」

「そいつが登場してきたことに、なにか意味でもあんのかい？」

「さあね。だけどやつは、滅多なことじゃ捜査中の事件に首を突っこんだりゃしません。はじめから自分でやるか、なんにもやらんか、そんな男ですよ」

「いやに詳しいな」

「知ってるやつあ、知ってる男ですんでね」

平川が、きれいに禿《は》げた頭をツルリと撫でた。噴水の手前で、滝野は足を止めた。

「八幡浜《やわたはま》へ行って貰えんかな、平川さん？」

「四国の、ですかい？」

「都内が仕事場って、決めてるわけじゃないんだろ？」

「なにを調べんですか？」

「網元ってのか船主ってのか、トロール船を二隻ばかり持ってたやつがいる。名前はわからんが、太郎丸って屋号だった」

「いまは、やめてんですな？」

「わからんよ。俺が知ってんのは、十年も前の噂なんだ」

「噂ね。しかも十年前の。どんな噂です？」

「船に人を乗せてくれるって噂さ」

「そいつを確かめろってんですね？」

「難しい仕事かな」

「やってみにゃわからんですよ。急ぐんですな？」

「松山までの飛行機に席がありゃ、夕方には八幡浜だよ」

「なるほど。こりゃ大急ぎってわけだ」

「理由は訊かんのかい？」

「やりますよ、そいでいいでしょう」

「おかしな人だ、あんた」

滝野は歩きはじめた。群れていた鳩が舞いあがり、風が顔を打った。二、三歳の少女がひとり、路上に取り残されていた。歪んだ顔で周囲を見回し、泣きはじめる。手に、餌の袋を握りしめていた。

「鳩を追っ払っちまったみたいだな」

「群れてたやつが一度に飛びあがると、大人でもびっくりしますよ」

母親らしい女が、空のバギーを押しながら駈け寄ってくる。謝ろうとしたが、その前に女は顔を伏せ、少女を抱きあげた。慌《あわ》てている。滝野は自分の風体に気づいた。

「羽田へ直行した方が早いでしょうな。席がなくても、キャンセル分に潜りこめるかもしれんし」

「調べるだけじゃ、罪にゃならんはずだよ」

「どういう意味です？」

「あんたの鼻は、とっくに臭いを嗅ぎとってんでしょうが」

平川が笑い、また頭を撫でた。滝野は煙草をくわえた。

「なんであたしに、滝野さん？　老いぼれ犬より老いぼれてんですぜ。二年前に赤いチャンチャンコを着せられたんでね」

「腕がいい。探偵ってのは、浮気の調査ばかりやってんのかと思ってた」

「実のところ、仕事のほとんどがそんなもんですよ。開業して五年てえとこですが、扱ったのは浮気と縁談、ほかにゃ思い出せんくらいですわ」

「昔とった杵柄《きねづか》ってやつだな」

公園の端へ来ていた。車の音が聞える。

「あたしを信用して、仕事をやらしてくれてんですか？」

「いや」

滝野は煙草を捨て、踏み潰した。

「俺ゃ、誰も信用せんよ。信用してんのは、あんたの腕だ」

「なるほどね」

「ある男に言われた。ほんとに信用できる人間にゃ、一生に二人か三人会えるだけだってね」

「その人、どうしました？」

「死んだ。六年前に」

桜井は男だった。男であろうとし過ぎていた。死ぬしかない、そんな時でも大抵は死ねはしないものだ。男であろうと思いつめたやつだけが、死んでいく。

公園を出た。空車を捜しながら舗道を歩いた。平川は、連絡の打ち合わせをしただけで、もうなにも訊こうとはしなかった。滝野がなにをやろうとしているのか、見当はついているはずだ。滝野が知らないことも、いろいろ知っているにちがいない。

この老人が裏切れば、それまでだった。使い方によっては、かなりの金になる材料《ネタ》を握っているだろう。裏切らないという保証はなかった。いや、保証なんて考えていちゃ、仕事《ヤマ》は踏めない。なんとなく信用できるような気がする、それで充分だった。

三分《ぶ》の見込みがありゃ跳ぶ、俺らの稼業たあそんなもんだ。桜井はよくそう言った。二分でも一分でも、滝野は跳ぶ。跳ぼうと思った時に、跳ぶ。すると繋がるのだ。九分九厘駄目なものが、最後の一厘で繋がる。襲ってくる刃物を、皮膚一枚で受け流したような快感。桜井はそいつを知らなかった。だから、生きている間から死ぬと決めてしまったのだ。

空車が来た。平川をさきに乗せた。羽田、と言っている平川の声が聞えた。

五

青山通りから西麻布へ抜ける道路の途中に、そのビルはあった。オフィス・ビルだが、歯医者や紳士服屋も入っている。

滝野は、車をビルの裏口に回して駐《と》めた。紙袋をぶらさげ、路地を通って玄関のある通りに出る。

三階がビューティ・クリニック『麻美』。内部がどうなっているかは、すでに確かめてあった。あとはお客さんを待つだけでいい。

玄関ホールを見通せる場所に立った。土曜の午後。ビルの中に人気は多くない。煙草を一本喫った。その間に、ビルに入っていったのは中年の男ひとりだけで、出てきたのは若い女が二人だった。

むかいの喫茶店に入る。どうせ、三時間近くは待たなければならない。

黒い外車が近づいてきた。スモークド・グラスで中は見えない。入口で停まった。降りてきたのは、赤いワンピースを着た大和田令子と、長身の若い男だった。二人を降ろすと、車は走り去った。

注文したコーヒーが冷えていた。それをひと息で飲み干す。車が走り去ったのを見て、滝野の考えは変った。三時間も待つのは無駄だ。

店を出、通りを横切り、真直ぐビルの中に入った。大和田令子は、ちょうど受付で金を払っているころだろう。それから待合室へ入り、出された飲物にちょっと口をつける。

きのう、暁美を連れてこのビューティ・クリニックへ来た。事がどう運ばれるか、大体はわかっている。待合室の次は、先生と呼ばれている男のところへ連れていかれ、問診を受ける。医学的なやつじゃない。肌の皺が増えたとか、化粧の乗りが悪いとか、つまりは勿体をつけるのだ。それから入浴し、全身美容にとりかかる。

急ぐなら、裸になる前の方がいいだろう。エレベーターは使わず、階段を昇った。二階は税理士の事務所と小さな会社だ。もう人気はない。

紙袋から、発煙筒を三本出した。点火し、廊下に放り出す。すぐに白煙が立ちのぼる。

滝野は、階段の踊り場にある消火器をひとつひっつかんだ。非常ベルが鳴りはじめる。なかなか優秀な煙感知器だ。

三階の廊下に出た。各所でざわめきが起きている。煙は、階段を通って三階にまで達していた。

壁に背をつけて、待った。裸の女が胸を押さえて飛び出してきた。白衣を着た男女も飛び出してくる。

長身の男が、大和田令子を庇《かば》うように、片手を肩に回して出てきた。落ち着いた足の運びだが、滝野には眼もくれない。後ろから追った。消火器で後頭部を一撃するのは、造作もないことだった。

突然昏倒した男を、令子が抱き起こそうとする。その腕を、滝野は摑んだ。

眼が合う。頷いてみせた。

「こいつは放っとけよ」

令子の全身美容が、あの男のためでないとしたら、ちょっと厄介なことだった。煙が、三階の廊下に充満しはじめている。

「煙だけさ。火は出ちゃいない」

そばを、何人かが駈け抜けていった。

倒れている男の足に躓《つまず》いて、女が転んだ。悲鳴。その女に、また誰かが躓いた。

「一緒に来てくれないか」

「杉村なの？」

令子の手が、滝野の腕を摑んだ。

「あの人に、頼まれたのね？」

軽く頷いてみせる。

「行きましょう」

令子の声は落ち着いていた。

「そっちじゃない。裏の階段だ。車が用意してある」

「あの人も来てるの？」

「いや。だが、すぐに会えるさ」

裏の階段は、上の階から降りてきた男女で溢《あふ》れていた。人気がないと思ったビルにも、結構人がいた。人波に紛れこむ。

野次馬が出はじめていた。早いものだ。煙感知器が作動してから、五分も経っていないだろう。

車に乗った。クラクションを鳴らしっ放しで、野次馬の群れを抜けた。

消防車のサイレンが近づいてきた。発煙筒はそろそろ燃え尽きるころだ。

青山通りに出た。火事騒ぎは、もうどこにもなかった。滝野は煙草に火をつけた。

「いい度胸してんのね、あんた。ひとりであたしをかっ攫《さら》ったんだから」

「時間をかけるつもりだった。まず車をどうにかしてな。ところが車は行っちまった」

「三十分で戻ってきたはずよ。洗車に行っただけだから」

「三十分ありゃ、のっぽひとり片付けるにゃ充分さ」

「ちょっと荒っぽいんじゃない」

「大人しくやったつもりだがね。なんせ、天地無用って言われてんだ」

令子に、意味は通じなかったようだ。

青山通りを真直ぐ、永田町方面にむかった。どこへ行くのか、令子は訊こうとしない。そのあたりが、やはり素人の女と違った。身の預け方、それを知っている。

交通量が少なくなった。衆議院第一議員会館の駐車場に、車を入れる。外来者専用の駐車場。もし追う者がいたとしても、盲点になりやすい場所だ。車の出入りはかなりあって、二、三時間駐めておいても誰も文句は言わない。

　二年前、大手ストア進出反対の陳情のために、この会館の議員を訪ねた。その時、この駐車場を使った。面会した議員は、愛想よく熱心に話を聞き、そしてなにもしなかった。滝野はそれほど乗気ではなかったが、商店会長の吉田が強引に引っ張ってきたのだ。

　車を降り、建物を横目に見て玄関の方へ回り、そのまま通りへ出てタクシーを停めた。


　杉村は苛立《いらだ》っていた。電話を通しても、その気配がはっきり滝野に伝わってきた。

「乗ってくれ」

　杉村の苛立ちが、スッと鎮まるのがわかった。

「あっちは、うまく運んだんだな？」

「終ったわけじゃない。これからだぜ」

「そいつはわかってら。だけど、半分済んだみてえなもんじゃねえか」

「どこが半分だか、決めるのはあんたの勝手だがね、杉の親分」

「とにかく、俺ゃ乗るよ」

　十八時三十分発、日向《ひゅうが》行のフェリー。切符は渡してあるし、杉村がいるホテルから川崎港までは、タクシーで十分といったところだろう。出航までは、かなり間がある。

　大和田令子は、羽田発十六時の日航機に乗せた。そろそろ福岡へ着くころだ。

「慌てることたあないぜ」

「船旅を愉しもうなんて、思っちゃいねえさ。ただ、ホッとした。ここんとこ、こんな気分になるなあ久しぶりでよ」

　電話が切れた。

　滝野は、テーブルのビールに手を伸した。暁美の部屋。ほんの十日ばかりの間に、見違えるようになった。カーテン、衣装箪笥《だんす》、鏡台、カーペット、ベッド、革張りの応接セット。もう、三百万はほとんど残ってはいないかもしれない。

　事務所に電話を入れた。誰も出ない。売場が忙しくなる時間だ。考え直して、喫茶室の番号を回す。

「いま、ワン・ラウンド終えたところでね」

「そう。スコアは？」

「ちょっと言えんよ」

「はじめて、ですものね」

幸江の口調の裏にあるものを感じ取ろう、という姿勢になっている。声は、ふだんと変りなかった。

「売場の方、忙しそうか？」

「高橋さん、よく働いてるみたいだわ」

高橋というのは、滝野商店の新しい店長だった。無愛想で無口だが、仕事はできる。デパートで、三十五年間倉庫管理をしてきた男だ。

「俺は、三日ばかり関西の方へ行ってみようと思ってる。ゴルフだがね、ついでにあっちのスーパーも見物してこよう」

「三日、ね」

「多分、それくらいだ」

「帰ってこないの？」

「冗談言うなよ。支度がある。出かけんのは、今夜遅くさ」

「じゃ、お店は早く閉めた方がいい？」

「それにゃ及ばんよ」

「一度うちへ帰って、旅行の支度しとくわ。スーツケースでいいの？」

「いや、肩からぶらさげられるような、ちっちゃなバッグがいい」

「急にゴルフ狂になっちゃったみたい」

「みんな、そんなもんらしいぜ」

「無趣味な人が狂いはじめるとね」

かすかに、幸江は笑ったようだった。家庭。電話のむこうにはそれがある。家庭を築くためにはじめた、仕事というやつもある。滝野は煙草をくわえた。

「悪いな、店放り出してさ。うまくなるにゃ、集中してやるのが一番だって話だからな。店の方は、レジを締めてくれるだけでいいんだ。あとは高橋に任しときゃ大丈夫だろう」

喋り過ぎだ。煙を吐いた。幸江の方から電話を切ろうとはしなかった。じゃあな、と滝野は言った。買物に出ていた暁美が、戻ってきた気配がある。

「奥さんね」

「気を回すなよ」

「平気よ、あたし。ベッドから電話したって、平気でいられてよ」

買ってきた生ハムとキャマンベールを、暁美は皿に移した。

「きのうのビューティ・クリニック、また連れてって」

「そんなにいいもんかい、あれが？」

暁美がブラウスのボタンを二つはずした。ブラジャーで持ちあげられた大きな乳房が露《あらわ》になる。

「躰がスカッとすんの。それに、女っていつも肌を一番気にしてんのよ」

滝野はちょっと眼をくれただけで、三角に切ったキャマンベールに手を伸した。きのう抱いてみた。確かに、抱くと吸い着いてきそうな潤いのある肌になっていた。こういうのに参る男ってのもいるかもしれんな、漠然と考えた。滝野にはどうでもいいことだった。

「俺の下着が買ってあったな。ありゃ全部捨てちまえ」

「同じものよ、あんたがいつも穿《は》いてんのと」

「だからだ。そこが気に食わん。どうせなら、まるで別のやつを買っときゃいいんだ」

「そしたら、穿いてくれる？」

「いいや」

男が多分使いそうもない下着を買っておく。いつか使ってくれるかもしれないという願いをこめて、簞笥の底に収っておく。女の可愛らしさとはそんなものだ。

暁美は、幸江よりずっと上等の女だった。ただし、ベッドの中だけでだ。底に抱いた悪意。それが幸江にはない。少なくとも、滝野に感じ取れるかたちでは出てこない。

「お店には、全然来てくれないのね」

七時前に、暁美は部屋を出ていく。一緒に出ればちょうどいい時間だろう。

「お友達でしょ？」

「高安さんと、あまり会いたくないんだ」

「ゴルフを教えるってうるさくてな。俺よりうま過ぎんだよ。キャリアがちがう」

ビールが空になった。暁美が立ちあがり、新しいビールを出してくる。すっかり、滝野の女になった。変り身が早いのか、順応する力があるのか。男はこうはいかない。こだわりを沢山ぶらさげて、重たくて、身動きがとれなくなってしまう。

六

かすかな揺れを感じながら、滝野は闇の中にうずくまっていた。

横浜港瑞穂埠頭《ノース・ピア》の付け根の、曳船《タグ・ボート》の溜りだ。滝野がいるのは、接岸した曳船《タグ・ボート》の船橋《ブリッジ》の蔭《かげ》だった。

待っていた。

やってくるのは、杉村が横浜のホテルから電話を入れて会った、二人の仕事師のうちのひとりだった。日ノ出町のバーの親父、それは表むきで、密輸の中継や出国の斡旋をしているという噂がある。

受話器にハンカチを被せ、声を変えて電話を入れたのが九時だった。瑞穂埠頭《ノース・ピア》の外人バー、場所は滝野の方から指定した。

土曜の横浜は、十時を過ぎても人出が多かった。しかし、瑞穂埠頭《ノース・ピア》周辺はひっそりとしている。きのうの夕方下見をした。その時考えたよりも、ずっとひっそりとしていた。時折、タクシーが外人バーに客を運んでくるだけだ。

滝野のいる場所からは、『スター・ダスト』という外人バーの内部がよく見えた。つまり窓があるのだ。それは港に面して開いていて、夜景の美しさを売物にしている。中型の曳《タグ・ボート》船の船橋《ブリッジ》と『スター・ダスト』の窓は、ほぼ同じ高さにあった。

十一時十分。約束の時間の十分過ぎ。『スター・ダスト』のドアが開いた。ひとり。入口で店内を見回した男の、隙のない表情まではっきりと見えた。

一度外に顔を出し、それから男はカウンターの端のスツールに腰を降ろした。滝野は、男と入口が同時に見えるように、ちょっと位置をずらした。

五分、待った。客の出入りはなかった。しかし、店のむこう側の道路には、いつの間にか車が集まっていた。滝野が確認しただけで四台。多分、もっといるだろう。それが、ほかに車のいない広い道路を、音もなく、ライトもつけずに集まってきた。そして闇の底に身を潜ませている。

かすかな揺れ。ダイナモ発電機の軽い唸り。岸壁を打つ波の音。滝野は船橋《ブリッジ》に入った。保安要員が泊りこんでいるようだが、多分下の船室だろう。眠っているにちがいない。

計器盤が青い光を放っていた。外からの光もある。なんとか内部の様子は見てとれた。

計器盤の上にある電話を摑んだ。通じている。受話器にハンカチを被せ、『スター・ダスト』の番号をプッシュする。繋がるのに、しばらく時間がかかった。

呼ばれた男が、スツールを降りた。受話器を耳に当て、黙っている。こちらの気配を感じ取ろうとでもしているようだ。若い男女のペアが、男のそばに立ち顔を寄せた。さきに二人潜りこんでいたのか。

「替ったぜ」

男の声。男がちょっと躰のむきを変えたので、滝野とむき合うような恰好になった。

「船の手配は?」

「大丈夫だ。それより、時間に遅れてんじゃねえか」

「二人だぞ。二人で六百万だ」

「わかってる。それであんたの連れってのは、男かい?」

「関係ないだろう。人間が二人だ」

「話はついてんだ。早えとこ金を拝ましちゃ貰えねえかな」

三人が受話器に顔を寄せ合っている。

「新港埠頭《センター・ピア》で待ってる。十分後だ」

「なんだと。どういうことだ?」

「こっちだって、要心してんのさ」

「信用できねえってんなら、降りたっていいんだぜ」

「横浜の仕事《ハマゴト》師はあんただけじゃない」

沈黙。考えている、気配だけならそう思うだろう。滝野のところからは、男が受話器を押さえて、そばの二人になにか言っているのがはっきりと見えた。二人が外へ出ていく。

「新港埠頭《センター・ピア》のどこだ?」

「こっちで捜す」

「あすこは広いぜ」

「目立つところにいりゃいいのさ。この時間ならすぐ見つかる」

「どこからかけてんだ?」

「十分後、だぜ」

「待てよ。現金《ナマ》で持ってんだろうな?」

「半分だけな」

「残りは船に乗る時ってこったな。連れは一緒なのか?」

「そんなに、連れに会いたいか?」

「いや。金を貰えりゃいい」

滝野の方から切った。男はカウンターに金を置き、外へ飛び出していった。

ライトをつけ、派手にエンジンをふかし、車が次々に飛び出していく。滝野は岸壁へ降り、『スター・ダスト』の横を回って道路に出た。六台。遠ざかっていくテールランプの数でそう見当をつけた。

新港埠頭《センター・ピア》へ入る道は三つある。あとは運河だ。

滝野は、真中の万国橋を選んだ。残りの二つは貨物線と一緒の橋で、幅が広い。連中はそっちへ人を割くだろう。

車は、橋のむこう側にいた。一台だけだ。橋に人影はない。

適当なボートを捜した。手漕ぎのボートでなくとも、ランナバウトくらいならなんとかむこう岸まで操れる。だが、運河べりに繋留されているのは、ランチの類いばかりだった。小さいといっても、手で操るのは骨だろう。

最初の勝負だ。滝野はランチへ跳び移り、躊躇《ちゅうちょ》せずに舳先《へさき》から水に入った。油が臭う。冷たさはそれほど感じない。橋の真下を泳いだ。かすかな波が躰を持ちあげる。

対岸のランチに取りついた。這いあがる。濡れた服が重たかった。ゴム底のタウンシューズ、ゴルフ用のズボン、トレーナー、ミラーサングラス、マスク。ポケットの拳銃の水を切った。新品のコルト・エージェント。杉村が枕の下でお守りにしていたやつだ。

相変らず、橋は静かなものだった。車もうずくまったまま動かない。

しばらく車を見ていた。前部に二人、後部にひとり。多少の無理がある。だが滝野は、頭数を確認した時、すでに動きはじめていた。躰がキュッと引き緊っている。気持はもっとだ。こんな時、失敗《ドジ》ることはない。

この時をはずせば、頭が動きはじめるのだ。動きはじめた頭ってやつは、仕事《ヤマ》を踏む時は厄介な代物だ。ありとあらゆる可能性を検討する。そしてブレーキをかける。躰も気持もけものになることだ。危険は肌で感じさえすればいい。いつだって、ほんとうの危険ってやつは、予測の外にある。

這いながら、車に近づいていく。かすかな波の音。風。車の後方五メートル。ドラム缶の蔭に滝野はうずくまった。後部座席にいきなり乗りこんで、一発ぶっ放す。殺す必要はない。脚でも狙えばいいだろう。それで連中の胆っ玉は破裂する。頭にある筋書。それはただ筋書だ。

待った。なにも考えずに待った。隙。必ずそいつが現われる。

躰が冷えてきた。滝野は脚を動かし、次に手、首と動かしていった。動かしてさえいれば凍えることはない。

ルーム・ランプが点った。助手席と後部座席から二人が降りてくる。低い話声が聞えた。二人は並んで運河の縁まで歩き、立小便をはじめた。

滝野は立っていた。四歩で、車のノブを摑んだ。ドアを開け、拳銃を突っこむ。ルーム・ランプに照らされた男の顔。眼を見開き、痙攣《けいれん》した唇から歯をむき出している。髪を摑んだ。眉間には銃口を押し当てていた。大した力は必要ではなかった。操り人形のように、男は車から出てきた。男の上体を、ゆっくりとボンネットの上に押し倒す。そして手を放した。同時に、膝を男の股間に突きあげる。低い呻き。それだけだった。

車を出した。駈け戻ってきた二つの影が、バックミラーの中で遠ざかった。

飛ばす。倉庫の間を縫い、岸壁へ出、また倉庫の間に突っこむ。埠頭の先端、繋船柱《ビット》のそばに立っていた男が、ライトに浮かびあがった。電話の男。片手で光を遮り、もう一方の手を振っている。スピードをあげた。男が逃げ腰になる。横に逃げる余裕は与えなかった。突っこむ。それから急ブレーキ。ハンドルを右に切る。岸壁の縁《へり》で、車はスピンして停まった。男は海の中だ。

左右からライトが交錯した。二台。三台目が倉庫の角を曲がってくるのが見えた。そのまま、一台にむかって突っ走った。ライトがぶつかり合う。距離は読めなかった。黄色い炎がフロントグラスいっぱいに拡がってくるだけだ。息をとめた。眼は開いていた。ライトがそれた。滝野の車のライトが、闇の中にスッと伸びた。度胸較べ。こいつで負けたことはない。というより、一度もハンドルを切ったことがないのだ。死んでもいい、一瞬そんな気持になる。もっとも、十年前の話だ。この六年間、滝野は無事故だった。荒っぽい連中には、必ず道を譲ってきたのだ。

後ろから追ってくるのは三台。あと二台はどこかにいる。

突っ走った。ハンドルを右に、それから左に切る。追ってくるライトが見えなくなった。両側は倉庫。引込線を走り抜ける。車体が跳ねる。黒い壁が迫ってくる。巨大な貨物船の船腹だ。右にハンドルを切る。突っこんできた車と鼻さきをぶっつけそうになる。そのまま並行して走った。左は海。正面も海。右に曲がるしかなかった。滝野の車は右側にいる。待った。海が迫ってきた。ブレーキが軋む。ハンドルを切るタイミングを、ひと呼吸遅らせた。さきにハンドルを切った左の車とぶつかり合った。その反動を利用して、右に直角に方向を変えた。岸壁の端を、かろうじて躱《かわ》した。後方で水音があがった。

車を停めた。拳銃を握る。エンジン音が近づいてきた。後ろ。ブレーキ音。曲がってくる。窓から腕を突き出し、拳銃を構えた。ヘッドライトが見えた瞬間、一発撃った。それから車を出した。

しばらくは、追ってくる車もなかった。橋へむかった。積みあげられた貨物、眠った倉庫、ドラム缶、貨車。バックミラーに黄色い光が二つ見えた。無灯火の車がいきなり前方を塞ぐ。挟まれた。滝野はアクセルを踏みこんだ。肚はとうに決まっている。ライトの中に、黒い車体が鮮やかに浮きあがる。こちらを見て口を開けている男の顔が、はっきりと見えた。ぶつかった。しかしまともではなかった。相手の車はこちらを躱そうとした。テールランプのあたりを弾き飛ばし、突き抜けていた。

そのまま、海岸通りへ出る道を突っ走った。引込線で車体が跳ねる。税関の建物が後方に飛んでいく。大桟橋《サウス・ピア》を左に見て海岸通りに入った。ライトは追ってきている。ミラーで確かめたのは二台だけだ。距離はある。

車が増えていた。タクシーが多い。どこへいっても、この時間はタクシーだらけだ。赤信号を突っ切った。クラクションが追ってくる。直進すれば本牧《ほんもく》。左はどん詰りの山下埠頭だ。右に曲がった。運河に沿って走り、それからまた右にハンドルを切る。山下町の入り組んだ道路に入った。スピードを落とす。追ってくる車の気配はもうない。どうやら撒いたようだ。

横浜公園のスタジアムのそばで車を捨て、滝野はタクシーを停めた。服はまだ濡れていた。潮がベトつきはじめている。煙草をくわえたが、それも濡れていた。舌打ちをした。煙草を買う時間はいくらでもあったのに、思いつきもしなかったのだ。

羽田のホテルの部屋に戻ったのは、二時前だった。

事は思い通りに運んでいる。順調すぎるくらいだ。チェック・インしたのが昨夜の九時半。四時間とちょっとで派手な芝居をひとつやってのけた。

濡れた服のまま、滝野は電話に手を伸した。念を入れるに越したことはない。杉村が横浜で会ったもうひとりの仕事師。こいつは明らかに組織関係者だ。丸和会とは、多分連絡を取り合っているだろう。

コール音を一度も聞き終えないうちに、相手は出た。午前二時の電話にしては、反応がやけに早い。

「あんたの手配してる船ってのは、確かなのかい？」

「杉村さんだね、丸和会の？」

「訊いてんのは、こっちだよ」

「二股かけて、馬鹿な男だ。しかも『エル・シド』の親父とはな。あいつの評判を知ってんのかね」

「こっちだって、保険ってやつがいるんでね」

「横浜《ハマ》は大騒動だぜ。丸和会から人が繰り出してる。あんた、横浜《ハマ》にいるんなら、早えとこ逃《ふ》けた方がいいな」

「あんたは降りるってことかい？」

「六百じゃな。危《やば》すぎんだよ」

「四百、上積みしたっていい」

「二千ねえ」

二千が二千でも、この男の態度は変りはしないだろう。それでも考えるそぶりはしている。なかなかの役者らしい。

「もうひと声ってわけにゃいかねえのか？」

「四百の上積みでも、こっちは身を削ってんだ。無理なら別口を当たるよ」

「いまのあんたにゃ、別口なんてねえぜ」

「横浜《ハマ》にゃな。生憎《あいにく》、日本は海に囲まれてんでね。こっちは急いでる。だから危《やば》いのを承知であんたに持ちかけてんだ」

「せめて二千と五百は貰わなきゃな」

「あばよ」

「待ちな」

「俺ゃ瀬戸際に立ってる。金《ゼニ》のことでゴタつきたかない」

「乗せられそうな船がねえこともねえ」

「二千を棒に振りたかないってわけかい？」

「急ぐぜ。あと四時間で出航の船だ」

「ごめんだね。やっぱり別口を当たろう」

「次のは丸々十五時間は遅れる」

「そいつでいい。今夜みたいな目に遭いたかないからな。納得できるまで確かめさせて貰うよ」

「で、どうすんだ？」

「朝八時、本牧鼻のコンテナ・ヤード」

「本牧鼻ったってな」

「そこで会えなけりゃ、十時にまた電話を入れる」

「そっちへ、どうやって連絡すりゃいい？」

「八時に本牧鼻だぜ」

「おい待てよ」

滝野は電話を切った。駈け引きを間違えた、とは思わなかった。朝の十時、杉村はまだ横浜にいることになっているはずだ。

ゆっくりとバスを使った。それから冷えたビールを一本飲み、拳銃をゴルフバッグの底にガムテープで留めると、ベッドに入った。

七

松山空港には、九時に着いた。

八幡浜の旅館にいる平川に電話を入れた。調査はかんばしいものではなかった。それは、きのうまでの連絡でわかっていたことだ。


「第六太郎丸は石垣島のドックで推進器《スクリユウ》を修理して、二、三日中に出航らしいです。第七太郎丸の方は、相変らず東シナ海の上ですな」

太郎丸は、やはり二隻の遠洋船を持って、南方海域で操業していた。ただし、十年前とは代替りをしている。息子の代になっているのだ。人を運ぶ、という噂はあった。それ以上に悪い噂もあった。

「あたしは、別口を当たった方がいいと思うんですがね」

「やり方次第だろう、平川さん」

石垣島にいる第六太郎丸に、滝野は眼をつけていた。台湾とは近い。悪い噂に尻ごみして放っておく手はなかった。

「半分やくざみたいなもんです。警察庁だって眼えつけてるって話ですから」

「それでも尻尾を出さんなら、それなりに仕事の手際はいい連中なんだろう」

「よすぎんのも困りもんですぜ」

「ま、最初の打ち合わせ通り調査はしといてくれないか。二時間くらいでそっちへ着けるはずだから。それから、十時の電話を忘れんようにな」

平川が横浜の仕事師に電話を入れる。ひと言も喋らず、十五秒で切る。そういう電話でいいのだ。警戒心の塊りのようになりながらも、杉村はまだ横浜に潜伏している。丸和会は多分そう思うだろう。

空港から松山駅まで、タクシーで十分というところらしい。十時過ぎの特急を捕まえるには充分過ぎるくらいの時間がある。

もう一本電話をした。福岡のTホテル。きのうの夕方、大和田令子がチェック・インしているはずだ。あの女がこちらの思い通りに行動したかどうかは、賭けみたいなものだった。躰はひとつだ。ぺったりと貼りついているわけにはいかない。

打ち合わせ通りの名前で、大和田令子はTホテルへ泊っていた。

「杉村はいつここへ来るの？」

「さあな」

「いつまで待ちゃいいのかだけでも、教えてくれない？」

「できるだけ急ぐ。それしか言えんな」

「いつ外国へ出られるかってことじゃないの。杉村にいつ会えるかって、訊いてんのよ」

「それも急ぐさ。だけど段取りってやつがあってね」

杉村は海外《そと》へ飛びたがっている。そいつは確かだ。大和田令子もそうなのかは、いまひとつはっきりしない。杉村と会いたがっていることが、必ずしも飛びたがっていることにはならないのだ。少々不便でも、もうしばらく二人は別々に動かした方がよさそうだ。杉村が乗ったフェリーが日向港に入るのは、今日の午後二時半。

「いまからすぐに、那覇行の便をつかまえてくれ」

「那覇？」

「そこが終点じゃない。那覇からまた石垣まで飛んで貰わなくちゃならん」

「そこに、杉村がいるのね？」

「俺にゃ俺のやり方ってやつがある」

「どういう意味よ？」

「いろいろ訊かれるのが好きじゃないってことさ。あんたは杉村と会える。そこは沖縄かもしれんし、飛んださきの海外《そと》かもしれん」

石垣島のホテルを指定して、滝野は電話を切った。

八幡浜には十一時半に着いた。

「この列車の次は、一時間遅れの鈍行になりますんでね」

駅のホームで待っていた平川が言った。二時間か三時間に一本の特急。見当はつくわけだ。

「車は借りてあるかね？」

「白いカローラ。目立たんやつです」

「昼めしでも食おうか」

「魚がうまいですよ、ここは」

どことといって特徴のない地方都市だ。平川が案内したのは、駅裏の路地にある小さな寿司屋だった。

「第六太郎丸にゃ、長男と次男が乗ってます。第七太郎丸の方は、寄せ集めの船員でね。いまんとこ、どっちが人を乗せるのかははっきりしちゃいません。場合によってどっちにでも乗せるのかもしれませんが、寄せ集めの船員ってのはどうもね」

「たとえば、俺が至急乗りたいとしたら？」

「窓口は、隠居してる親方でしょう。船に乗ってないってだけで、いまでも親方にゃちがいありません」

「この街の組織と繋がってんのかい？」

「いいや、むしろ広島あたりの組織でしょうね。この街にゃ、大した組織はありゃしません。もっとも、上へ手繰りゃいろんなとこと繋がってるもんですが」

「別に太郎丸の親方と対立してるってこともないわけか」

「お互い、適当にやってんでしょう。太郎丸は組織ってわけじゃありません」

「覚醒剤《シャブ》は？」

「それもないですね。太郎丸から覚醒剤《シャブ》が出るようじゃ、こりゃもう漁師なんてもんじゃない」

寿司は大してうまくはなかった。滝野は三つ四つ口にしただけで、茶が冷えるのを待っていた。一番奥の座敷。カウンターには、土地の者らしい若い男がひとりいるだけだ。まだ昼食にはちょっと早い。

「やっぱり、太郎丸を使いますか？」

「金だけじゃ無理だろうな」

「親方にゃ、眼に入れても痛くない孫娘がひとりおりますよ。長男の娘で、小学校の一年だそうです」

「きわどいことを平気で言うね、平川さん」

「この歳になって、時々考えることがあるんですよ。てめえが、てめえで考えてたよりずっと悪《わる》かもしれんてね。若い時分に気がついてりゃ、もうちっとましな男になったかもしれんですがね」

「なんだって、俺がやることにそう入れこむんだね、あんた？」

「わからんですな、自分じゃ。滝野さんだってそうざんしょ。船に乗せようって男に、義理も恩もない。それどころか、どんな男かってことも御存知ない」

「スーパーの親父ってのは、退屈な商売でね」

茶はまだ冷えていない。滝野は楊枝をくわえた。家族連れが入ってきた。滝野と同年配の父親と母親、十歳くらいの男の子が二人。店の中は急に賑《にぎ》やかになった。

「日曜だったな、今日は」

「孫娘は、親方と一緒に波止場を散歩してましたよ。父親が半年以上も留守なんでね、その分親方になついてるみたいですね。自分の命は惜しくないっててえ荒くれでも、捜しゃ弱いとこのひとつやふたつは出てくるもんです」

「太郎丸の親方ってのは、やっぱり命は惜しくないって口かね？」

「そりゃね。あたしと同じくらいの歳でしょうが、修羅場を踏んだ数はちがうみたいですな。その分枯れてもいます」

平川がガリをつまみ、茶を啜った。

「ま、親方の顔だけでも拝ませて貰おうか。それで、あんたの仕事は終りだ」

「これで東京に帰れってえのは、ちっとばかし酷じゃないですか」

「これからさきは、金で頼めるような仕事じゃない」

「あたしも、金のためにやる気はありませんや」

「火遊びをしたいって歳じゃないでしょう」

「生憎、枯れきってないもんでね。危《やば》いことは無理でしょうが、子供のお守りくらいならね。ひとりじゃ手に負えんこともあるもんですぜ」

滝野は茶に手を伸した。まだなま温い。渋い味が口に拡がった。

昼食時になり、店がたてこみはじめた。滝野は寿司屋を出、街の中を歩きまわった。平川は黙ってついてきた。大きな通りより、小さな通りを選んだ。日曜で子供の姿が多い。どこか魚の臭いがしみついている。気がついたのはそれくらいのものだった。

「平川さん、子供を三時間ばかりお守りができるかね？」

「三日じゃなく、三時間ですかい？」

「三日なんてのは、素人《トウシロ》のやり方さ。三時間で駄目な時ゃ、別の手を考えよう」

「三時間ねえ。気が抜けちまうくらいの時間ですが、お手並拝見といきますか」

平川が笑った。滝野は踵《きびす》をかえそうとした。

「もうちっと歩いてみませんか。すぐそこが港ですよ」

言われて、風にかすかな潮の香りが混じっていることに滝野は気づいた。

「ここの港は？」

「遠洋船の基地と考えてりゃ、間違いないでしょ。ほかにゃ、フェリーや小型の貨物船が入ってくるくらいでね」

平川がさきに立った。港が見えてきても、漁師町という風情はあまりなかった。巨大な燃料タンク、漁協のビル、缶詰工場、冷凍倉庫。小さな漁船はほとんど見当たらない。

「このさきに、太郎丸がありますよ。どうってことない家でしてね。二隻ばかり持ってるくらいじゃ、零細船主なんですな。しかもヒモもついちゃいない」

「ヒモ？」

「商社と契約してんですよ、大抵の船はね。それでなけりゃ、もっと悪いヒモがついてます。魚転がしをやってる連中でね。手繰っていきゃ根は暴力団です。太郎丸は、どことも繋がっちゃいません。そん時の相場で、水揚げを捌くだけでね」

「広島あたりの組織と関係ありそうなことを、さっきほのめかしてたじゃないか」

「親方の個人的な繋がりみたいですな。はっきり調べちゃいませんが」

太郎丸と、古い小さな木の看板の出た家があった。人の気配はない。総二階の普通の民家で、引戸の玄関に弁才天のお札が数枚貼ってある以外は、ほかとかわったところはどこにもなかった。

曇っていた。風も強くなり、海は荒れそうな気配だった。

午後五時十分前。日向港でフェリーを降りた杉村は、そのまま列車で宮崎へむかい、四時過ぎには打ち合わせ通りホテルへ入った。

そこに大和田令子がいると、杉村は思いこんでいたらしい。散々電話で悪態をつかれた。言いたいだけ、言わせておいた。それから、明日の夕方までに、石垣島へ行くように言った。那覇乗り継ぎで飛行機の便はある。

　最初は、八幡浜から二人を船に乗せられるかもしれない、と考えていた。だから、まず九州を選んだ。フェリーを使えば、九州から八幡浜まではそれほど遠くない。

　石垣島から船に乗せられるなら、むしろ好都合だった。台湾は眼と鼻のさきだ。

　滝野は、波止場の繋船柱《ビット》に腰を降ろしていた。煙草を二本喫った。それから時計に眼をやる。まだ五時になっていない。

　三本目の煙草に火をつけた時、老人の姿が見えた。倉庫の前を、ゆっくりとこちらへ歩いてくる。足取りはしっかりしていた。ゴム長靴を履き、黒いトックリのセーターの上に綿入れを着こんでいる。それはキルティングなどというものではなく、古い生地で作った昔ながらの腰まである綿入れだった。

　刈りあげた白い髪、潮焼けした赤い顔。

　額に刻まれた皺が見える距離になった。滝野は煙草を捨て、腰をあげた。

　老人の視線は動かない。

「太郎丸の親方だね？」

　ほんの束の間、老人は滝野に眼をくれた。転がったドラム缶でも見るような眼だ。

　滝野は並んで歩きはじめた。

　赤く錆の出た漁船の脇を通り、老人は防潮堤のはなにむかって歩き続けた。最初に見た印象よりも小さかった。白い頭は滝野の肩あたりまでしかない。

「いつも、孫と一緒に散歩すんじゃなかったのかい？」

　防潮堤の上は風が強かった。老人が綿入れの裾を押さえた。太い、皺だらけの指だ。

「おたくの孫は、あと三十分ばかりで帰ってくるはずだよ」

「誰だ、おまえ？」

　塩辛声だった。それでいながら、風の中でもよく通る。

「俺が誰なんて、どうでもいいことだよ」

「いま、なんて言いやがった？」

「あんたの孫は、あと三十分もすりゃ帰ってくる」

「どういう意味だ？」

　老人が足を止めた。滝野を見あげてくる眼に、一瞬強い光がよぎった。

「石垣島にいる第六太郎丸に、二人乗せて貰いたい。明日の夕方だ。遠くまでとは言わん。ひと晩走りゃ着いちまうとこまでだよ」

「てめえ、ナオミをどうしやがった？」

老人の声が低く押し殺したようになった。

「別に。三十分もすりゃ帰ってくるはずだ」

「脅《おど》してやがんのか？」

「頼んでんだよ、親方」

「ナオミをどうしようってんだ？」

「あんたの孫は、あと三十分もすりゃ必ず帰ってくる」

「ただじゃ済まねえぜ、若え《わけ》の」

「俺を殺したきゃ殺すさ」

「二人乗せりゃ、ナオミを帰してくれるってわけかい」

「三十分で帰ってくる」

「乗せねえって言ったら？」

「それでも帰っちゃくるよ」

「どんな姿になってだ？」

「勘違いせんでくれよ。乗せてくれようがくれまいが、あんたの孫は元気な姿で帰ってくる」

「信じろってのか？　じゃ、なんのためにナオミを連れていきやがった？」

「あんたに話を聞いて貰うためにさ」

「耳は遠かないぜ」

「聞える耳だって、貸して貰わなきゃ話にならんからな」

老人は、滝野の顔から眼をそらした。海にむけられた老人の眼は、いつまでも動かない。滝野は煙草をくわえた。風の中で、火はなかなかつかなかった。

「ここじゃ、俺ゃちょっとは顔だ。ひと声かけりゃ、若い者《もん》の五人や十人は集まってくる。てめえ、そこまで考えてやってんだろうな？」

老人は海を見たままだった。滝野は内ポケットの拳銃を出した。弾倉から弾を抜く。一発だけ残した。それから、弾倉を勢いよく回転させた。ルシアン・ルーレット。高安が好きだった。白黒をつけようという時は、いつもこれをやりたがった。あまりに気軽にやりはじめるので、冗談だと思って応じるやつが時々いた。途中で降ろしゃしねえからな、そのひと言で大抵蒼《あお》くなる。相手が土下座するか、泣き出して小便を洩らすか、そこまで絶対にやめようとはしなかった。しつこいのだ。とことん追いつめて、それでも満足しないで泣いている顔に唾をひっかけたりする。はじめたら気違いのようなものだった。

「いつ死んだっておかしくねえ年寄相手に、度胸較べは割りに合わねえぜ」

滝野が差し出した拳銃には眼もくれないで、老人が言った。

「あんたに一発かまさんことにゃな。大声出したって、俺にゃ集まってくる若い者《もん》なんていないんだ」

「三十分って言ったな、おまえ？」

「ああ、だけどもう二十分てとこかな」

「待とうじゃねえか」

「それでどうする？」

「とにかく、待つだけだ。そんな物騒なもんは収っときな」

それきり、老人はなにも言わなかった。綿入れの裾を風になびかせ、立ち尽したまま暗くなっていく海にじっと眼を注いでいた。

五、六隻の漁船が、一団となって入ってきた。波止場に、出迎えの男女の姿が見える。防潮堤の上は、その喧噪とも遠かった。

何本目かの煙草を、滝野は踏み潰した。

防潮堤の上を、少女が駈け寄ってくる。六、七歳くらいの、髪の長い少女だった。じいちゃん、少女が呼ぶ。老人の視線がやっと動いた。少女は笑っている。

「どこ行ってた、ナオミ？」

「学校」

「学校？　日曜だろうが」

「案内してくれって言われた。どっかのじいちゃんよ。そのじいちゃんの時計が遅れてたの」

老人の顔が綻んだ。皺が深くなった。

「よし、はなの灯台んとこまで走って行きな。灯台の下で百数えたら戻ってくんだ」

「どうして、百数えんの？」

「走ったらな、休んだ方がいいからだ。走ってばっかりじゃいけねえ」

少女が走り出した。

老人はまた海に眼をやった。

「どこのはぐれ者《もん》だ、おまえ？」

「ま、そいつは勘弁して貰えないか」

「二人って言ったな？」

「ひとりは女だ。台湾までだよ」

「難しいことじゃねえ」

「そいつはわかってる。俺はつまり、保証ってやつが欲しいんだ。二人が確かに台湾に着けるってね。あんたが言葉に出してそう言ってくれりゃいい」

「変な噂でも聞きこんできやがったか」

「鮫《さめ》の餌食じゃ、頼んできたやつに俺の顔が立たんのでね」

「ひでえ噂を立てやがったもんだ」

老人が愉快そうに声をあげて笑った。眼は海を見たままだ。

「途中で降ろしちまったのが三人いる。だけど鮫の餌じゃねえよ。俺はひねくれ者《もん》でな、金を積みゃなんでもできると思ってやがる連中を見ると胸がむかつく」

「途中ったら、海の上だろう?」

少女は、まだ防潮堤の上を走っていた。着ているものの色もよく見分けられない。髪が風になびいていた。

滝野は煙草をくわえた。吐き出した煙が、薄闇の中に吸いこまれていく。

「百万払う」

「安過ぎやしねえか。乗組の十七人がみんな危《やば》い橋渡ることになんだぜ」

「金を積むやつあ嫌いなんだろう。それに、孫の小遣いにゃ多いと思うぜ」

少女は防潮堤のはなの灯台のところにいた。百まで数えたのだろうか。すぐにまた走りはじめた。

「広島の方に弟がいてな。俺とは、十二も離れてる」

老人はまだ海を見ていた。

「馬鹿な野郎だった」

「死んだのかね?」

「死ぬもんかい。憶えてる人間がいるかぎり、そいつは決して死んじゃいねえんだ」

滝野は煙草を捨てた。

桜井は死んでいない。躰に十数発も弾を撃ちこまれたが、滝野や高安の胸の中では、死んでいない。

「馬鹿な野郎は好きさ。弟を思い出すからじゃねえ。俺も馬鹿野郎だからだよ」

「百万で乗せてくれ」

「馬鹿野郎になろうってのかい?」

「俺はもともと馬鹿さ。あんたに好かれたくて言ってんじゃない。これでも、ついこの間まで堅気だった。まっとうに商売して、結構うまくやってたんだ」

「なるほど。どうしようもねえ馬鹿野郎だ」

老人が滝野を見た。それから、防潮堤を駈け戻ってくる少女の方へ眼を移した。顔が綻ぶ。息を弾ませた少女が、老人の腕の中に飛びこんできた。

「行きな」

老人が荒っぽく少女の頭をゆさぶった。

「風呂に入って、晩めしだぞ」

少女がまた走りはじめた。老人がゆっくりとその後を歩いていく。

「おまえは、うまく俺に話を持ちかけてきた。ナオミに手え出さなきゃ、もっとよかったんだがな」

少女がふりかえった。笑って手を振った。老人の表情は動かない。足取りも変らない。揺れる甲板で身についた習慣なのか、一歩一歩踏みしめるような歩き方だった。

第三章

一

湯槽に身を沈め、高樹は眼を閉じた。

三日ぶりの帰宅である。犯人《ホシ》を追っていたわけではなかった。杉村敏夫という手配中の男が逮捕《あげ》られるのを、ただ待っていたのだ。網が絞られ、杉村が逮捕《あげ》られるのは時間の問題としか思えなかった。

しかし、絞った網の中に杉村はいなかった。途中から網を抜けたのではなく、最初からそこにはいなかったにちがいない。この三、四日のことを、高樹は思い返した。密出国を斡旋するという噂のある男二人と、杉村が接触した。まず丸和会が動いた。アンテナはその男たちのところにも伸びていたのだろう。丸和会に引き摺られるように、警察も動いた。

二人の男は、横浜では札つきだった。それからしておかしい。杉村がその二人を頼って国外へ出ようとしていたなら、一番危険な道を選択したということになる。素人ではないのだ。どこが危険でどこが安全か、嗅ぎ分ける鼻くらいは持っているだろう。

土曜の夜の、新港埠頭《センター・ピア》での派手なカー・レース。銃声。丸和会にも警察にも、あれが杉村だったと考えている者はまだいるようだ。しかし、国外逃亡を企てている男の行動としては、目立ち過ぎはしないか。杉村の存在をことさら印象づけた、高樹にはそう思えてならなかった。

別に誰かがいる。

そいつは丸和会を散々振り回し、警察には影さえも見せなかった。警察が新港埠頭《センター・ピア》を封鎖した時、中にいたのは一台の車と五人の男だけだった。そのうち二人は濡れ鼠だった。車ごと岸壁から海中に突っこんだようだ。

日曜日にも、丸和会は五十名近い人数を繰り出して横浜を捜し回っていた。杉村がまだいるという、よほど確かな情報でも摑《つか》んでいたのか。しかし、なにかが起きたという気配はまったくなかった。その状態は、今日もまだ続いていた。

高樹は湯槽から出て頭にシャンプーをふりかけ、勢いよく泡を立てた。風呂に入るたびに必ず頭を洗う。若いころからの癖だった。あまりに洗い過ぎて禿《は》げてしまうかもしれないと思ったが、代りに高樹の頭髪は白くなった。いまでは、黒い髪を捜す方が大変なくらいだ。

もう一度湯槽に入った。

あまり汗はかかないたちだが、さすがに額に汗が滲《にじ》み出してくる。熱い湯が好きだった。

また事件のことが頭に浮かんだ。最初から杉村を追っていたわけではなかった。高樹が追っていたのは、ひと月前に目黒で情婦とその母親を刺し殺して逃亡していた男だ。覚醒剤の幻覚症状による犯行、別れ話のもつれ、その両方が考えられた。しかし男は、二週間後に屍体で発見された。多摩川の河川敷だ。背中に三発、三八口径弾を食らっていた。

最初の事件から、もう一度洗い直した。覚醒剤ルートが浮かびあがってきた。刺殺された母娘も、射殺された男も、運び屋であったという可能性が出てきた。組織の構成員ではなかったが、丸和会との繫がりがありそうな気配だった。そして、丸和会で覚醒剤を取り仕切っていたのが、杉村敏夫である。

高樹が杉村に眼をむけた時、すでに一課の特捜班が動いていた。杉村は丸和会から逃亡していたのだ。内部でなにがあったのか、具体的にはわからなかった。下部の構成員を叩いても、なにも出なかったらしい。幹部間の勢力争いではないか、というのが特捜班の見解だった。

　特捜班が狙っていたのは、杉村自身の身柄ではなく、その証言だった。六カ月ほど前、赤坂のホテルで埼玉の県会議員が女と一緒に殺された。流しの犯行の線で捜査が進められたが、多少の遺留品があり、容疑者が絞られてきた。その時、丸和会の若い組員が凶器の匕首《あいくち》を持って自首してきたのだ。

　好きな女を取られたから、という単純な動機だった。確かに、被害者の女と犯人の間には、多少の関係が認められた。クラブのホステスと客、その程度の関係だ。殺しの手口は見事なものだった。鳩尾《みずおち》の真中を刺し、そのまま切先を心臓に達するまで突きあげている。女も同じだった。専門家《プロ》と言ってもいい腕だった。とても女のことで逆上した男のやり方とは思えなかった。

　その後の調査で、被害者の県会議員と丸和会の間に、県の公共事業の入札に絡んで利害の対立があることが判明した。だが、いくら犯人を締めあげても、怨恨という動機の供述は変えなかった。そのまま起訴され、いま裁判が進行中だ。

　丸和会会長の殺人教唆について、杉村から証言が取れれば、事件は大きく展開する。犯人が自首し、捜査本部が解散してからも、小人数で特捜班を編成して内偵を続けていた甲斐があるというものだ。組織の中枢部にいた杉村は、知っているはずだ。そして、いまならば喋るかもしれない。

　だから高樹は、特捜班のやり方に口を挟まなかった。一度だけ、特捜班や丸和会が眼をつけていた、赤坂の『マンチェスター』というクラブを覗《のぞ》いてみただけだ。高樹が担当しているのは、ひと月前の母娘刺殺事件と、その犯人とされていた男の射殺事件である。いまのところ、杉村は覚醒剤を通じて被害者と繋がりがあった男というに過ぎない。

　湯槽から出た。

　のぼせそうになっていた頭に、洗面器で三度水を浴びせた。それからバス・タオルを使う。瘦せた躰《からだ》だった。しかし衰えてはいない。若いころから体型は変っていないのだ。老いぼれと呼ばれるのは、まだ十年早い。

　パジャマの上にガウンを羽織り、ブランデーの瓶をぶらさげて書斎に入った。書斎といっても、本は数えるほどしかない。万葉集と現代詩人全集、それに定期購読をしている詩の雑誌だ。娘が生まれたら、万葉集の中から名前を選ぼうと思っていた。しかし生まれなかった。いまではもう、手にとってみることもしない。ひとり息子には、一雄という平凡な名前をつけた。高校三年で、理科系の大学を受験するために、毎晩遅くまで勉強しているようだ。

詩集は、よく読んだ。啄木《たくぼく》が好きだが、ほかの詩人のものも気のむくままに読む。三十代のころ、詩の雑誌に何度か投稿したことがあった。一度も採用されなかった。それ以来、自分で書くのはやめにした。詩を読むことも、他人に語ったことはない。

高樹は机にむかい、五、六枚のメモを拡げた。まだ九時前だ。寝るのには早い。

高樹にメモを取る習慣はなかった。ペアを組んでいる村沢という若い刑事がメモ魔で、高樹は時々それを取りあげて、自分の頭の中にあるものと照らし合わせてみる。

時間の経過から追っていった。杉村が丸和会を逃亡したのがいつなのか、はっきりしない。母娘が刺殺されたのが、先月の二十三日、男が射殺されたのが今月の六日。杉村が消えたのは、その間だ。丸和会が杉村を追っているという情報を特捜班が摑んだのは、四日だった。

ブランデーを舌の上で転がした。母娘を殺したのは、射殺された男だったのか。それによって事件の展開は大きく変ってくる。鼻唄が出た。考える時の癖だった。それから、ライターの布芯のカスを爪のさきで取った。旧式のオイル・ライターだ。息子よりも長い付き合いになる。煙草はゴロワーズ。癖とか習慣とかいうやつは、気にしはじめた時には身についてしまって、どうしようもなくなっている。

万里子がドアを開けた。入ってくるのは、用事がある時だけだ。村沢が来たらしい。十時を回っていた。

「もうあがってるんだろう」

高樹はブランデーの瓶を摑んだ。十一時までは、家に押しかけてきても文句は言わない。なにか摑んだから押しかけてくるのだ。ただ、決して書斎へは通さない。わずかばかりの蔵書が、全部詩集だなどとは誰にも知られたくなかった。

練馬《ねりま》の桜台にある、一戸建の家だった。土地は親父が遺したものだ。十年前、六部屋あるいい家を建てた。若い刑事たちは、多少の羨望をこめて、この家を『犬小屋』と呼んでいる。

「早かったな」

村沢は、居間のソファでびっしり書きこんだメモを覗きこんでいた。

「特捜班の連中、『マンチェスター』の線は諦《あきら》めたみたいですよ。丸和会も引き揚げちまって、あすこにはひとりもいません」

村沢がメモを差し出した。巨漢で、茫洋とした風貌には似合わぬ、几帳面な男だった。走り書きしたメモは、必ず整理して書き直されている。

万里子が、ビールと肴《さかな》を運んできた。高樹はブランデーを飲み続けていた。小食で、おまけに好き嫌いが激しかった。肉類はほとんど受け付けない。それに、飲んでいる時は食べ物を口にしなかった。

村沢が、万里子に一雄の受験のことなどを訊きはじめた。子供の問題について、高樹は無関心だった。というよりも、突き放すのが一番いいと思っている。万里子は訥々《とつとつ》と、それでも熱心に喋っていた。相談相手が現われることなど、滅多にないのだ。村沢は、万里子の扱い方を心得ていた。高樹と万里子は、ちょうど十歳離れていた。一雄は、万里子が二十一の時に生んだ子供である。年齢では、高樹よりも村沢の方が万里子に近い。

高樹はメモを読み続けていた。村沢のメモだけでなく、特捜班から回して貰《もら》った捜査資料のコピーも入っている。

全部に二度眼を通し、高樹はゴロワーズをくわえた。想像していたような覚醒剤ルートは、確かにあったようだ。今年に入ってだけでも、刺殺された母娘が十二回、射殺された男が四回、韓国、台湾、フィリピンに渡航している。ただ、丸和会系の運び屋ではなさそうだった。杉村個人との関係が深い。丸和会の覚醒剤を取り仕切ると同時に、杉村は個人でも覚醒剤を動かしていたのではないか。大幹部であった杉村の逃亡が、それで説明がつく。

するとと、母娘と男を消したのは丸和会か。それとも、口封じのために杉村がやったのか。

狙うなら、やはり杉村だった。しかし、手繰っていく糸は一本もない。クラブ『マンチェスター』の高安雄次という経営者の線は、特捜班も丸和会も捨てたようだ。横浜で騒ぎが起きた日も、その前後も、高安に不審な動きはまったくなかった。杉村は、高安の手を借りて逃亡しようとはしていない、ということになる。

しかし、横浜で騒ぎを起こしたのが、杉村以外の人間だったとしたら。

「なんでもひとりで決めようとするのよ。主人がそうしろっていう主義だから」

「男ならね、それでいいんですよ」

めずらしく、万里子はよく喋っていた。高樹はブランデーグラスを爪で弾いて、万里子に合図した。万里子が立ち上がる。もともと、口数の少ない女だった。そこが気に入って結婚したのだ。十人並以上の器量かもしれないと思いはじめたのは、結婚して二、三年経ってからだった。つまり、ぱっとくる印象はごく平凡な女だ。

「村沢さん。一度、一雄と会ってやってね。あなたなら、中学生のころからよく知ってるし」

富山の片田舎の娘。おふくろと縁続きだったことがきっかけで、見合いをした。痩せていて、十五、六の少女のように見えた。こんな子供と結婚してもいいのだろうか、本気でそう思ったことをいまでも憶えている。十九年前の話だ。

万里子が出ていくと、村沢の顔が引き緊った。高樹とペアを組むことが多い。高樹自身でも気づかない表情の変化まで、読みとるようだ。

「杉村かな、やはり」

「多摩川の方はそうだって気がします。杉村が三八口径を持ってたって情報もありますしね。目黒の母娘の方は、わかりません。杉村かもしれないけど、手口を見ると、丸和会ってことも考えられるし」

「丸和会ってことはない」

丸和会なら、母娘も男もまとめて処分しただろう。だが断定はできない。高樹が断定しているのではないことを、村沢も知っているはずだ。断定した時は、もう口には出さない。動くか、無視するか、それだけだ。

「高安ってえ男のことが、どうも気になる」

特捜班も丸和会も、杉村が現われる場所としてまず『マンチェスター』に眼をつけた。組織から逃亡した男が頼れる人間が、そう沢山いるとは思えない。

高安は、六年前、横浜で小さな酒場を開いている。

その酒場の共同出資者が、杉村だった。その前から関係があったと考えるのが妥当だろう。

横浜に流れてくる前、高安は群馬県桐生《きりゅう》市にあった小さな組織の構成員だった。その組織は、関西系の大組織に踏み潰されている。

横浜で酒場をやっていたのは八カ月だけで、すぐに赤坂に移り『マンチェスター』をはじめていた。村沢のメモだけでは、資金の出所ははっきりしない。

「おまえ、杉村はやっぱり横浜だと思ってるのか?」

「可能性のひとつとして、そうでしょう」

「そうだよ。沢山ある可能性の中のひとつだ。そしてその可能性は、特捜班が追ってる。丸和会もな」

「われわれは、別の可能性を追うべきだってことですか?」

「追う前に、捜さなくちゃならん。おまえ、特捜の資料でなんか気がつかなかったか?」

「このコピーですか?」

特捜が回してくれた資料は、十月四日からの『マンチェスター』の人の出入りだった。それも客ではなく、高安に会いにきた人間のリストだ。ほかに、細かい高安の行動調査のコピーもある。

「十四日から、頻繁に人に会いはじめてますね。それも、かなりいかがわしいのが混じってる」

「それだけしか見えんのか」

村沢は、しばらくリストに眼を注いでいた。それから天井を見あげ、煙草をくわえる。

「機動隊じゃ、リストの見方なんて教えてくれませんでした」

村沢は、機動隊の出身だった。柔道四段。全日本選手権に一度出場している。つまり、稽古の時間を取りやすい部署に配属されたのだ。だが、八年前に柔道をやめた。理由は知らない。

所轄署の捜査刑事になった村沢が、はじめて殺人事件の捜査に従事した時、ペアを組んだのが本庁から出向いた高樹だった。

自分では気づいていることを、試すような口調で質問する。若い刑事に嫌われている高樹の癖のひとつだった。村沢も嫌っている。機動隊出身であることを持ち出すのは、ふくれている証拠だ。

「日付けじゃない。人に注意してみろ。今月に入って、高安がゴルフをやってるのは一度だけだぜ」

「滝野和也、ですか?」

「練習場でそいつと球を打ったあとだ、人に会いはじめたのはな。滝野は、九日と十一日に『マンチェスター』へ行ってるし、練習場の五日あとにゃ横浜の騒動だ」

「しかし、スーパーの親父じゃないですか。ゴルフ仲間じゃないのかな」

「調べりゃわかるさ」

村沢が頷《うなず》く。

高樹が、村沢のメモや特捜班の資料から見つけ出したのは、それだけだった。

二

電話が鳴った。

帳簿の数字に眼をやったまま、滝野は左手を伸して受話器を取った。

「一杯、奢《おご》りてえんだがな」

火曜日。十月二十二日の午後三時だ。八幡浜から戻ったのは、きのうの夕方だった。そして杉村と大和田令子も、昨夜、石垣島の第六太郎丸に乗ったはずだ。

「気を揉んだろう?」

「まあな」

高安が低い笑い声をあげた。

無事に事が運べば、台北から高安に電話が入ることになっていた。それがいつになりそうだとは、滝野はひと言も言っていない。

「とにかく、一杯やろうじゃねえか」

「おまえとは、しばらく会わん方がいいかもしれん」

「心配するこたあねえぜ。俺の周りの鼠は消えちまった。店にだって一匹もいねえ。横浜《ハマ》でも嗅ぎ回ってやがんだろう」

「そんなことじゃない」

滝野は煙草をくわえた。実のところ、高安から電話が入るのを待っていた。誰だって、自分の仕事の結末は見届けたい。だが、ひと仕事終えたという充足した気分は、高安の声を聞いても起きてこなかった。躰の底で、まだ疼いているものがある。

「なんか、まずいことでもあんのか?」

「虫がな」

滝野は煙を吐き、デスクの上の数字に眼をやった。

「まだ眠っちゃいないんだ。おまえと会うと、またぞろなんかやり出しそうでな」

高安が笑う。いっそ俺と組んで、高安はそうは言わなかった。

「飲む気になりゃ、いつだって飲めんだ。なにも、虫が騒いでる時に俺と会うこたあねえやな」

やはり飲もう、滝野は言おうとした。そのうちな、高安がさきに言って電話を切った。

しばらく帳簿を見つめていた。ただ並んでいる数字。それが好きだった。だがいまは、数字が数字に見えてこなかった。見たことのない記号のように思える。頭が、透明な膜を被っていた。

滝野は電話に手を伸した。諳《そら》んじているはずの番号が出てこない。舌打ちして手帳を開いた。

「あら」

暁美の口調はいつもと変りなかった。それが妙に遠く感じられた。

「そっちへいく」

「いまから？」

「仕事を片付けてからだ。多分、八時過ぎってことになるだろう」

「お店を休まなくちゃなんないじゃない。いまから来てくれたら、同伴でちょうどいい時間なのに」

「つべこべ言われたら、やめちまえ」

「どうかしたの？」

「仕事を放り出せんってことさ」

「スーパーの社長さんだものね」

滝野は電話を切った。腹を立てたわけではなかった。部屋へ行くと伝えた、それだけのことだ。

また帳簿に眼をやった。商売は順調だ。新しい店長の高橋は、与えられた仕事を無難にこなしている。滝野が少々手を抜いたところで、事がうまく運ぶかたちはできあがっていた。契約通りに、商品は納入されてくる。足りなければ追加注文するし、特売日には目玉商品の量を増やす。あとは売るだけだ。滝野が、いくら帳簿を厳正にし、無駄を省いたところで、たかが知れていた。

アクシデントが起きた時に解決のために動く、滝野の仕事とはそんなものだった。

自分の店じゃないか、そう思ってみる。名儀は幸江の父親でも、スーパーにする時の資金の半分は滝野が出した。残りの半分は借金で、それも二年間で滝野が返した。自分の子供のようなものなのだ。育てる気になれば、いくらでも大きくできる。実際、幸江の喫茶室と貸事務所になっている二階の全フロアを借りきって、衣料品を扱うのも悪くない、と考えたこともある。

しかし、どこか積極的な気持に欠けていた。いるべきではない場所に紛れこんでしまった、という気持が付きまとっている。

滝野は帳簿を閉じた。立ちあがり、ネクタイを締め直し、上着を着て売場へ出た。

白いワイシャツの上にグレーのジャンパーを着た高橋は、売場を歩き回り、棚の商品に眼を配っている。女店員は、二人のパートの主婦と一緒に、レジについていた。レジは三つあり、夕方の客がたてこむ時間だけ三つとも開かれている。ふだんはひとつだけだ。

レジには、三、四人の列ができはじめていた。客は戻ったのだ。冷凍鼠や色つき牛乳の影響は、もうなくなっている。

滝野は外へ出た。階段を昇り、二階の喫茶室に入った。窓際の席がひとつあいているだけだった。

「なにか用事?」

カウンターから幸江が出てきて言った。女の子が、トレイに載せたコーヒーと紅茶を運んでいく。

「覗いてみただけさ」

「コーヒー、淹《い》れましょうか?」

「いや、あとで事務所に運んでくれ」

「どうしたの?」

「なにが?」

「だって、ひとりでお店を覗きにきたの、はじめてよ」

幸江の窺《うかが》うような視線を避けるように、滝野は顔をそむけた。社長が店を覗きにきてなにが悪い。しかし黙っていた。そのまま喫茶室を出、階段を降りて通りへ出た。

夕方の買物客で、商店街は混雑していた。路地に入る。ビルの裏側へ出た。駐車場。人影はなかった。ゆっくりと煙草を喫った。フィルターの根もとまで喫い、靴で踏み潰し、それから事務所へ戻った。

暁美は、下着の透けて見える薄いピンクのネグリジェを着ていた。

「ずっとそんな恰好《かっこう》をしてんのか?」

「まさか。あんたがくるって言ったから」

滝野が喜ぶとでもいった口調だった。滝野は紙包みをテーブルに放り出し、ネクタイを解いた。暁美がウイスキーと生ハムと野菜を運んでくる。

「ご機嫌斜めなのね」

「そんなこたあない」

「怒ってるような顔しててよ」

そんな理由はなかった。むしろ祝杯でもあげたいくらいなのだ。

「土産だ」

テーブルの紙包みを指差した。暁美が中を覗きこむ。現金《ナマ》だ。四百はある。杉村が払った六百万の残りだった。結局、仕事には二百万も使わなかった。

「お土産って、こんなに」

「この間のは使っちまったんじゃないのか。毛皮のコートでも買やいいだろう」

「あたしみたいな女に、使っちゃいたいお金なのね」

「どういう意味だ？」

滝野は濃い水割りを自分で作った。暁美は紙包みを抱えたまま、ぼんやりしていた。

「金が欲しくはないのか？」

「まるで、子供にお人形でも買ってきたみたいね。そんなふうに大金をくれるのね」

「そいつでいい服を買え。靴もだ。全身美容のクリニックにいったっていいぜ」

「あたしがお人形なのね。お金のかかるお人形で光栄だわ」

生ハムに塩をかけた。それから滝野は暁美の手首を摑んで引き寄せた。ネグリジェを脱がせる。下着を剝ぎ取って裸にする時、暁美はかすかな抵抗をした。手に力をこめる。裸になった暁美は、開き直ったようになまめかしいポーズを取って滝野のそばに腰を降ろした。

「こんなふうにしてればいいのね。お人形だから」

「人形は余計なことは言わんもんだぜ」

情欲は湧かなかった。酔いたい気分だけがある。水割りを呷《あお》った。暁美が肩に手をかけてくる。吐く息が耳をくすぐった。

「ねえ、どんな恰好をすればいいのか言ってよ。どんな恰好だってしたげるわ」

「どういう気だ？」

「生ハムなんかを肴にするより、お人形の踊りでも見てた方がよくってよ」

「うるさいぞ。ベッドで待ってろ。二、三杯飲んだらいく」

「おかしな人、裸にしといて」

さらに濃い水割りを作った。ほとんどオン・ザ・ロックに近い。暁美は立ちあがらなかった。

女は抱いてやればいい、昔はそう思っていた。もうちょっと喜ばせたければ、財布の中身と相談してなにか買ってやればいい。そう単純にはいかないとわかったのは、結婚してからだった。

濃い水割りを二杯空けても、酔いは回ってきそうもなかった。酔いたくて酒を飲む時は酔えない。そんなものだ。浴びるしかない。立ちあがった。ひとりで寝室へいき、服を脱いだ。

「怒ってるの、なにか？」

暁美が滝野の腕を掴む。乳首のさきが二の腕にかすかに触れた。

暁美のマンションから、道玄坂《どうげんざか》へ出るのはすぐだった。十時五分前。人通りはまだ多い。

飲み屋に入っても、オン・ザ・ロックを二杯ひっかけただけですぐに出た。四軒、そうやって回った。どこも空オケばやりで、下手な唄をうなっている連中で一杯だ。酔えはしなかった。


どこへいく気もない。ただ、歩いているだけだ。宵の口から帰ろうとする滝野を、暁美はひき止めはしなかった。ベッドの中で、横たわったままじっとしていた。乱暴に扱った。腹でも立てたのか。それとも、動きたくても動けなかったのか。呻き、悲鳴をあげながらも、暁美の躰が快感で満たされていくのが、滝野にははっきりとわかった。滝野が服を着はじめた時、暁美はまだその快感の中にいた。

尾行《つけ》られている、ふとそう感じた。雑踏だ。確かめる術《すべ》はなかった。誰かが尾行《つけ》ているという感じだけが、羽虫の唸りのように執拗につきまとっていた。

刑事《でか》か。とすると、十メートルばかり後ろを歩いてくる、でかい男がそうだ。

百軒店《ひやつけんだな》の方へ曲がった。そこも人が多かった。酔っ払いと肩がぶつかった。むこうからぶつかってきた、そう思った。滝野は無視した。だが、むこうは無視しなかった。

「待ちなよ、この野郎」

背の高い、若い男。連れがひとりいた。

滝野は、ズボンのポケットに両手を突っこんだ。ダーク・スーツに地味なネクタイ。ただの会社員かなにかにしか見えないだろう。それでも、睨み合った瞬間、男の眼には怯《おび》えの色が走った。歩み寄る。三歩。それで二人の男は背をむけた。

滝野は煙草に火をつけた。尾行《つけ》られている感じはまだあった。でかい男の姿は見えない。

また歩きはじめた。いつの間にか、十一時を回っていた。幸江は、まだソファに坐りこんでレース編みをやっているだろう。ピー子とピー助の籠には、黒い布の被《おお》いがかけられている。テレビは切られているはずだ。深夜番組がはじまるころになると、幸江は大抵レコードをかける。うるさいだけのクラシック。情景はひとつひとつ浮かんでくる。

「遊ばない？」

路地から女が出てきた。暗くて顔を見定めることはできないが、声の感じでは若かった。

「ねえ、遊んでよ」

お茶を碾《ひ》いている街娼。滝野の服の袖を摑んだ指さきには、妙に切実な力がこめられていた。

「おまえみたいな商売をしてる女が、まだいるんだな」

「遊んでくれんの？」

「でかいベッドとか鏡とか、そんなのがないところへ連れてけよ」

「お金、ないの？」

行手には、ラブ・ホテルのけばけばしいネオンが並んでいる。無理な注文だった。

「おまえがいつも使うところでいい」

「お金、持ってんのね？」

「心配すんなよ。前金で払ってやる」

女は滝野の袖を放さなかった。

部屋へ入ると、女はすぐに掌を差し出した。痩せて顔色が悪く、声よりもずっと老けた女だった。滝野は、札入れから摑み出した金を女の掌に載せた。女の顔が歪んだ。

「なにすんの？」

「なにって？」

泣き出しそうな女の顔を、滝野は見降ろした。背も低い女だった。ちょっと頭が鈍いのかもしれない。眼がそういう感じだ。それでも、滝野は女がなぜ怯えているか理解できた。

「朝までベッドでお寝んねするだけさ。変な趣味はない」

「だって、こんなに沢山」

「おまえみたいな女が好きなんだよ、俺は」

服を脱いでベッドに入った。女は、二度札を数え直した。

三

高樹は、ゴロワーズに火をつけてホテルの窓を見あげた。ほとんど明りは洩れていない。男と女のためのホテルだ。

「どういう気でしょう。情婦《おんな》と喧嘩でもしたのかな。それにしても、ひどい淫売を拾ったもんだ」

村沢はズボンのポケットに両手を突っこみ、背中を丸めていた。ホテル街だ。男が二人並んで立っているのは目立ちそうだった。

「俺だけ残りましょうか?」

「無駄だろう。やつはなんにもやる気はない。遊び回ってるだけさ」

「遊びにしちゃ、陰気過ぎやしませんかね」

高樹は歩きはじめた。ホテル街を抜けるまで、ひと言も喋らなかった。村沢も黙って付いてくる。

今日一日、村沢は滝野和也について洗っていた。その克明なメモを、高樹は夕方受け取った。

滝野と高安の繋がりは、はっきりした。ゴルフ仲間などではない。というより、滝野はゴルフなどやっていなかった。

二人は、六年前まで、群馬県桐生市にあった、同じ組織の構成員だった。古いが、四十名足らずの構成員しかいない、小さな組織だった。十五年ほど前、傷害で服役していた桜井重三という組員が出所し、潰れかかっていた組織は息を吹き返している。桜井は、すぐに大幹部にのしあがった。荒っぽい弟分が二人いた。滝野和也と高安雄次である。

二百名近い構成員を抱える対立組織と対等に張り合っていられたのは、この三人がいたからだった。桜井を除いて前科《まえ》はないが、表面に出なかった抗争《でいり》はかなりあったようだ。当時の群馬県警の資料にも、三名は要注意のリストにあげられている。

組織が潰れたのは、関西系の大組織が進出してきたからだった。十年ほど前から全国各地で見られた現象だが、どこにも頼らず単独で抵抗して潰されたというケースはめずらしい。組織の主導権は桜井が握っていたので、桜井という男のやり方だったのだろう。しかし、最初に狙われたのは、七十歳近くなった組長だった。鉄砲玉に殺されている。そして、その一週間ほど後に、蜂の巣になった桜井の屍体が発見された。それで組織は実体を失い、自然消滅している。

　高安は、すぐに横浜で小さな酒場をはじめた。いかがわしい連中との付き合いもあったようだ。

　だが滝野は、まともな就職をしていた。川崎の、スクラップ船を扱う業者のところだ。まともといっても、社長ひとりがいるだけの会社だった。気のいい親父らしく、川崎の飲食店街で風太郎に絡まれているところを助けられた縁で、身もとを保証する人間もいない滝野を雇ったという。

　仕事の内容は、スクラップ船を買い取り、船腹の鉄板を細く裁断して、建築用の鉄筋に再生させて捌《さば》くというものだった。安いスクラップ船を見つける。建築資材の値動きを見て、鉄の値が上がったところで鉄筋を建築会社に捌く。それで結構儲かるようだった。つまるところブローカーだが、やくざと較べれば、はるかにまともな稼業といえた。

　滝野は真面目に働いていたようだ。目と鼻のさきにいる高安の酒場にも、出入りしていた気配はない。ただ、その仕事は一年でやめていた。取引のあった建築会社の、経理課の女子事務員と結婚し、その女の実家だった乾物屋に養子のような恰好で入ったのだ。

　そこでもよく働いていた。古びた乾物屋を、現在のスーパーにまで発展させている。

　駅が近くなってきた。

　高樹は足を止めて、村沢を見た。まだ、舗道に人は多い。

「今日一日滝野を洗ってみて、おまえ、どういう印象を持った？」

「見事にやくざから足を洗った男。そんなふうに思えましたね」

「夫婦仲は？」

「悪いって噂は聞きませんでした。外に情婦《おんな》なんか作ってるから、ほんとにいいのかどうかはわかりませんが。二年前に、娘を死なせてるんですよ。ひどい事故でしてね、舗道で暴走車にはねられてんです。ほかにも大人が二人死んでますし、怪我人も出てます」

「事故を起こしたのは？」

「それが、七十近い爺さんなんですよ。卒中かなんかの発作で運転中に急死して、それから舗道に乗りあげちまったらしいです。女房の方はそれでしばらくノイローゼみたいになってたそうですよ。いまは、スーパーの二階で喫茶店をやってます」

高樹はゴロワーズをくわえた。風でうまく火がつかない。村沢がジッポの火を差し出す。歩きはじめた。今日の仕事はもう終りだった。

高樹は一日、特捜班の連中と一緒に杉村の足取りを追ってみた。横浜にいた。それは確かだった。だが、いつまでいたのかは、はっきりしていない。

「杉村は、やっぱり特捜に任せますか？」

「二度手間になりかねんからな」

「高安にはアリバイがあるし、滝野ってことになるんですかね」

高樹が滝野を見たのは、神泉町の情婦《おんな》のマンションから出てきた時だった。高安との繋がりがはっきりしたという村沢のメモを読み、帰宅時間を遅らせて尾行してみる気になったのだ。

渋谷の街を歩いている滝野は、どこにでもいるただの男だった。一度だけ高樹の心の中のなにかに触れてくる場面があった。百軒店の坂の途中で若い男とぶつかった時だ。睨み合い、それから離れた。なんでもない光景だったが、若い男の方が怯えたように、高樹には見えた。滝野はただ、ポケットに手を突っこんで立っていただけだ。

犬ころが、同じ犬ころだと思って喧嘩をしかけた。ところが、睨み合った瞬間に相手が狼だったことに気づいた。

そんなふうに見えた。

「見事に足を洗った男か」

「少なくとも、大変な成功をしたとは言えるんじゃないですか。スクラップ屋の親父なんか、自分より出世したって、息子を自慢するみたいに喋ってましたよ」

「あの二人、なんでゴルフ練習場なんかで会ったんだ」

「ひっかかるとしたら、そこですね。それからもうひとつ、最近滝野の店で妙な嫌がらせが起きてますよ。冷凍食品の中に鼠の屍体が混じってたり、牛乳に異物が混入されたり。所轄が被害届を受けて、しばらく張込みもやったみたいです」

「明日は一緒に回ってみようか。最近の滝野の動きをチェックしときたい」

駅のそばまできていた。高樹は足を止めた。

「気が進まんか？」

「やつが、完全に足を洗ってるとしたらですがね」

「私もだよ。だが、この事件《ヤマ》はどうも糸口が少な過ぎる。いろんな絡みのある殺しだと、初動の時に気づけばよかったんだが」

高樹はポケットの小銭を探った。切符販売機の前には、四、五人の列ができている。

「そっちは、なにもなかったんですか？」

「ひとつだけ、面白いことがあったぜ。丸和会のひとり娘が姿をくらましてるらしい」

「あの、杉村の情婦《レコ》っていう？」

「そうだ。それも先週の土曜の午後だ。美容クリニックに発煙筒が投げこまれ、その騒ぎに紛れて消えちまってる。土曜といいや、夜中にゃ横浜で大騒動のあった日だ」

「丸和会は隠してんですか？」

「まあな」

「どういうことでしょう？」

「わからんな。三十を過ぎた娘だ。無断で出ていったっておかしくはない」

「発煙筒を投げこんだやつはいるってことでしょう？」

「それが杉村だったら、ガキみたいな惚れようだな」

村沢がちょっと笑った。高樹は、切符販売機の列についた。


十二時過ぎの帰宅はめずらしくなかった。

一雄の部屋にはまだ明りが点《つ》いている。寝ていた万里子も、もの音で起き出してきた。

「お食事は？　一雄のお夜食のついでがありますけど」

「いらんよ、こんな時間に。風呂に入る」

「ビールを用意しときますわ」

高樹は服を居間のソファに放り出した。

ビールというのは、夫婦生活の合図だった。ブランデーだと酔っ払ってしまうというわけだ。平均すると十日に二度。多い方ではないと思う。万里子はまだ三十九だ。

湯槽に身を沈めた。

眼を閉じると、浮かんでくるのはやはり事件のことだった。捜査本部は、最初に母娘が刺殺された、目黒の所轄署に置かれている。捜査員が四名。それに本部長の刑事課長。本庁から、高樹と村沢が応援に出向いている。所轄との共同捜査が、高樹は好きではなかった。本庁からきた刑事には、所轄の連中はどうしても遠慮する。だから、本部に顔を出すのは一日に一度だけだ。あとは村沢とペアで動いている。所轄の手が届かないところを補完してやればいい。

とすると、自分の仕事は、やはり高安や滝野を洗ってみることだろう。本部では、母娘を刺殺した犯人《ホシ》が誰なのかさえ、まだ確定できずにいる。

また点数稼ぎと蔭口《かげぐち》を叩かれそうだな、そう考えて高樹は掌で掬《すく》った湯を顔に叩きつけた。

高樹の動きが、傍目《はため》には独断専行と映るらしい。それはそれでいい、と思っていた。点数を稼ぐのも悪くない。点数を稼ぐというのは、それだけ犯人《ホシ》を挙げることだ。刑事が、犯人《ホシ》よりも人の和を重視するようでは、組織力というのは逆の効果しかない。

自分がこれまでに稼いだ点数を、若い刑事たちがよく話題にしていることを、高樹は知っていた。それは高樹の虚栄心を、微妙にどこかで刺激していた。

勲章を欲しがらん兵隊なんか、いつも心の中でそう呟いている。

湯槽を出た。

いつものように頭にシャンプーをふりかけ、勢いよく泡を立てた。

四

ドアが開いた。

入ってきたのは、きちんと背広を着た白髪の男だった。滝野の方を真直ぐ見ている。

「トイレはこっちじゃないんですがね」

男の表情は動かなかった。痩せていて、眼のまわりの皺《しわ》も深いが、見かけほど歳はとっていないのかもしれない。なんとなく、そんな気がした。

「ここは、事務所ですよ」

「そいつはわかってる。あんたとちょっと話してみたくってね、滝野さん」

「ほう、私に御用でしたか」

「ま、御用ってほどのことじゃないが」

せいぜい五十。多分それくらいだろう。人間の歳というやつは、外見で判断するより、声とか眼の光とか小さな仕草とか、そんなところで見た方がよく当たる。

「仕事のお話ですか？」

「どうかな。私が仕事中だってことだけは確かだよ」

「私が仕事中だってことも、御覧になりゃわかるでしょう」

男は動かなかった。ただ滝野を見つめてくるだけだ。鋭いというより、好奇心に満ちた眼の光だった。

「そこの椅子にかけさせて貰っても、構いませんかな？」

デスクのそばの、折り畳み椅子を指さした。なんとなく、滝野は頷いていた。

「警視庁の高樹という者《もん》です。若い連中にゃ老いぼれって呼ばれててね」

すぐに思い出した。『マンチェスター』に老いぼれ犬と呼ばれる腕っこきが現われた、と平川が言っていた。とすると、一課の警部だ。しかし高樹は、犬を省いていた。自分では気に入らないニックネームなのかもしれない。

「失礼ですが、見かけよりお歳じゃないんじゃないかな」

「ほう、いくつに見えるね？」

「五十そこそこってとこかな」

「四十九。女房はまだ三十九だよ。だけど、君より若いころからもう老いぼれって呼ばれてた」

やはり、犬と呼ばれるのは好きではないらしい。高樹が煙草をくわえて、滝野にも差し出した。

「ゴルワーズですか。いつもこれを？」

「こいつは、ゴルワーズってのかね、それともゴロワーズかい？」

「さあ、ルとロの間くらいじゃないですか」

「私は、いつもロって言ってきた」

「じゃ、そいでいいんでしょ。どうせ名前なんだ」

「つまらんことが、時々気になる」

「私にお話ってのは？」

「机の上にあるのは、なんだね？　ひき肉とか卵とか牛乳とか書いてあるが」

高樹が、旧式のオイル・ライターを何度かカチカチいわせた。ようやく小さな火がついた。

「明日の木曜が定休日でしてね。休み明けにも、お客さんにはきて貰わなくちゃならない。そのための呼び物ですよ。つまり特売品ってやつです」

「安いのかね、ほんとに？」

「駅のむこうのスーパーよりはね。ひき肉百グラムで十二円とか十三円とか」

「十二円だって、君？」

「それくらいの金で、客は動くんですよ。台所をあずかってる主婦ってのはそういうもんです」

高樹が天井にむけて煙を吐いた。滝野の指の間には、火のついていないゴルワーズがあった。

「貸してくれませんか、さっきのライター？」

「君じゃ無理だな。こいつは、私の言うことしか聞かん」

高樹が掌の中でカチカチ音をたてる。布芯についた小さな火が差し出されてきた。

「年代物だな」

「ワインじゃないんだよ。こんなのを使ってたら、偏屈と思われるだけだ」

「仕事中、じゃなかったんですか、高樹さん？」

滝野は、ゴルワーズのいがらっぽい煙を吐いた。午後三時。売場はそろそろ混みはじめるころだ。

「どうして、急にゴルフをはじめたんだね？」

「急にって言われてもね。なんだって、はじめってやつはある」

どのあたりから高樹が切りこんでくるか、見当がついた。つぎは桐生でも持ち出してくるか。高安を洗ったのだ。それで組が浮かび、兄弟分だった自分の名前も浮かんだ。滝野はゴルワーズを消した。

電話が鳴った。パートの主婦からで、子供が熱を出したから休みたいという連絡だった。レジがひとつあく。そこに高橋がつけば、滝野も売場に出なければならない。

ギリギリの人数ってのも考えものだ。もうひとりパートを雇うくらいの余裕は充分にある。

「子供さんをなくしたんだそうだね、二年前に？」

不意を衝かれた。瑞江の話など、俺がやったこととなんの関係がある。滝野は横をむき、自分のセブンスターに火をつけた。

「愉快な話題じゃないか、これは」

「世間話にみえたわけじゃないんでしょう？」

「といって、なにか訊きたいことがあるわけでもないんだ」

「そりゃ、営業妨害じゃないですか。刑事さんだとおっしゃるから、こっちも時間を割いてんですよ」

高樹がゴルワーズを消した。

「私は一課の刑事《でか》でね。殺しの犯人《ホシ》を追ってた。被害者《ガイシャ》は女二人、母娘だよ。ところが犯人《ホシ》だと見当をつけてたのが消されてね。だから次には消したやつを追うことになった。丸和会の杉村敏夫」

つまらないドラマの筋でも喋っているような口調だった。皺の多い顔は、ほとんど無表情だ。

「杉村は、覚醒剤かなんかが絡んで、身内の丸和会からも追われてたね。ほんとならとうの昔に逮捕《あげ》られてるか、消されてるとこだよ。ところがこいつが見つからん」

高樹がまたゴルワーズをくわえた。ひとしきりライターの音がする。滝野は話の続きを待ったが、高樹はそれ以上喋らなかった。

沈黙の時間が過ぎた。高樹の指の間で、ゴルワーズが短くなっていく。

不意に、途切れ途切れの鼻唄が聞えてきた。指の間から、ポトリと灰が落ちた。

「失礼した」

鼻唄を詫びたのか、落ちた灰のことを詫びたのか、わからなかった。

「なんですか、それは?」

「癖だよ。『老犬トレー』って曲でね」

「どんな時に?」

「さあなあ。自分でもわからん時に出ちまう。心が索漠とした時ってことになるのかな」

「いま、索漠としておられる?」

「こいつは、二重の失礼をしちまったかな」

高樹が笑った。笑うとかえって暗い印象だった。

「コーヒーでもいかがですか?　二階で家内が喫茶室をやってましてね」

「いや、結構。またの時、客として飲まして貰うよ」

「杉村敏夫って男のことは、高安から聞いて知ってますよ」

「高安?」

「私のことを調べた。だからここにいらっしたんでしょう」

「実を言うと、そうなんだ。で、高安は君になんて言った?」

「店にいろんな連中が出入りして困ると。証言を取りたい連中と取らせたくない連中だそうです」

「なんの?」

「そいつは聞かなかった。あいつが喋りませんでしたからね」

「昔の仲間と、付き合いがあるんだね」

「高安とはね。結婚式に招待したけど、来なかった。

昔、あいつは首んとこにひどい傷がありましてね、そいで遠慮したんでしょう」

「整形かね？」

「完全に消えやしなかったけど、あれでもずいぶんと目立たなくなりましたよ。なにしろ、いまじゃ実業家だ。この間店の事務所を見たけど、ここことは較べものにならんな」

「大人の付き合いってわけか」

「お互いに大人になった。だってそうでしょう。あっちの渡世で散々揉まれて、こっちでまた苦労したんだから」

「あっちから出られん連中が多いもんだろう。出るチャンスがあったって、亀みたいに首をひっこめてるのが多い」

「遺言だったたから。可愛がってくれた兄貴がいましてね。足洗えって言って死ににいっちまった」

「桜井重三か」

「ああいう男は、死ぬんですよ。そしてわれわれみたいのが残っちまう」

　滝野は、デスクに散らかったままの、折込広告の原案をひとつにまとめた。時折写真入りの広告を出すこともあるが、大抵は商品名と値段だけの簡単な広告だ。数字で、人は集まってくる。

「君や高安に前科《まえ》がないってのは、ちょっと不思議な気がするな」

「でしょうね。ほんとなら四、五年行ってたっておかしかない。桜井の兄貴が庇《かば》ってくれたんですよ。私ら馬鹿だから、むしろ行った方がいいんじゃないかって気を起こす。そういうことをやろうとする。そんたんびに、目玉が飛び出すくらいどやされたもんです。いまじゃ、それで助かってますがね」

　高樹が立ちあがった。不意に興味を失った、そんな感じだった。ゆっくりと事務所を見回す。

「檻《おり》だね、まるで」

「動物の檻のことですか？　まあ、倉庫と兼用ですから」

「ここじゃない。君の生活がさ」

「私の生活をよく御存知みたいだ」

「知らんよ。君が檻の中だってことが、なんとなくわかるような気がするだけだ」

　高樹が笑った。好奇心の色を失った眼の光は穏やかで、老いぼれ犬という呼び名がぴったりという感じだった。薄い茶色の背広に、白髪がしっくりと合っている。焦茶とスカイブルーを基調にした連隊縞《レジメンタル》のタイがいささか派手で、若い女房を持った男の精一杯のお洒落と見えた。

高樹が軽く右手を挙げる。椅子に腰を降ろしたまま、滝野は頭だけ下げた。

幸江はベッドでレースを編んでいた。

躰が火照《ほて》っている。バス・ローブ一枚でも熱いくらいだった。

「飲むか?」

滝野は自分のベッドに腰を降ろし、グラスにビールを注いだ。幸江が首を振る。長い髪がかすかに揺れた。

「ずいぶん長いお風呂だったのね」

滝野はいつも烏《からす》の行水だった。シャワーだけで済ませる時もある。湯に浸ったまま考えごとをしていたのだ。自分のことだ。

変った、と幸江に言われた。喫茶室で暴れようとしていたチンピラを、公園でぶちのめした夜だ。なにが変ったのか、自分ではわからなかった。しかし、どこかが変ったとは思う。五年前、幸江と結婚したころの自分とは、どこかが変っている。

ビールを呷った。のどが心地よかった。考えごとをする柄じゃない。これは確かだ。

白い糸を絡みつけて絶え間なく動いている、幸江の細い指に眼をやった。

はじめて会った時も、幸江はレース編みをしていた。大井町の、建築会社の屋上だ。暖かく晴れた日だった。いまでもはっきりと憶えている。建築用の鉄筋の売り込みにきた滝野は、昼休みが終るのを待つために屋上に昇ったのだ。紺の地味な事務服を着た幸江が、ひどく眩《まぶ》しく見えた。

あれから五年と八カ月経っている。

「どうかして?」

滝野の視線に気づいて、幸江が指の動きを止めた。

「じっと見てたでしょう?」

「熱心にやるもんだと思ってな」

「あなただって、子供みたいに夢中になってパイプを削ってるじゃない」

空のグラスにビールを注いだ。ベージュのカーペット、ツインのベッド、ナイトテーブル、厚い生地の茶色のカーテン。ビールを呷る。一杯目ほどうまくはなかった。

「瑞江の部屋な、ありゃそろそろなんとかした方がいいんじゃないか」

二歳にもならない子供に、部屋をあてがってやった。転んでもいいように厚いカーペットを敷き、縫いぐるみを並べ、壁には馬や兎の絵をかけた。その部屋が、いまもそのままとってある。滝野はほとんど覗くこともしないが、幸江は毎日掃除をしているようだ。

「どうして、そんなこと言うの？」

「いつまでも、あのままってわけにゃいかんぜ」

「いやよ。瑞江がかわいそうだわ」

言い出したことを、滝野は後悔していた。幸江がどう答えるかは、わかっていた。好きにさせておけばいいのだ。このマンションは、二人で使うには広過ぎる。

三杯目のビールを呷った。苦いだけだ。

「妙な誤解はしないでくれよ、幸江」

「わかってるわ」

幸江が、膝の上のレースをナイトテーブルに置いた。

「あなた、つらいんでしょ、あの部屋を見るのが」

「別につらいってわけじゃないが」

目障りというのとも、ちょっとちがう。部屋をそのままにして、瑞江を思い出したところで仕方がないと思うだけだ。笑った顔も、泣いた顔も、眠った顔も、頭に焼き付いている。抱きあげた時の腕の感触も、鮮やかすぎるくらいに残っている。

「あなたは夢中だったわ、あのお部屋を作る時。あんまりうるさいんで、職人さんが嫌がってたじゃない。瑞江を抱っこして、ここで遊べば絶対に怪我しないぞなんて言って」

幸江が笑った。滝野は煙草をくわえた。ビールはもう空だった。幸江のベッドに腰を移した。軽くスプリングを弾ませる。幸江の髪がフワリと浮いた。その髪を指に絡ませた。

「よそう、この話は」

髪に指を絡ませたまま、滝野はベッドに躰を投げ出した。幸江が立ちあがり、滝野の口から煙草を取って灰皿で消した。それからネグリジェを脱いだ。下にはなにも着ていなかった。白い、きれいな躰だ。まだどこにも余分な肉はついていない。ただ、下腹に細い条のような傷痕がある。瑞江を生んだ時の手術の痕だった。

滝野はその傷に、軽く指を触れた。

五

村沢は、下北沢の駅のホームに突っ立っていた。足もとに吸殻が三つ四つ散らばっている。吸殻をどこにでも捨てるのが、村沢の悪い癖だった。

「歩いて七、八分ってとこです」

滝野のスーパーがあるところから、二駅しか離れていない。改札を出た。

「どうでした、滝野は?」

「十円とか十五円とかの金に、こだわって生きるタイプにゃ見えなかったな」

「なんですか、そりゃ?」

「スーパーの値引きの話さ」

「揺さぶりの効き目はありそうですか?」

駅前の商店街を抜けた。午後七時前。まだ人通りは多い。

高樹が滝野に会いにいったのを、村沢が揺さぶりだと思っても無理はなかった。捜査が膠着《こうちゃく》した時、これはと目星をつけた人間に揺さぶりをかけてみるのは、大抵の刑事が使う手だった。それでいくらかでも動きがあれば儲けものだ。ただ高樹は、一見意外だと思えるような人物に眼をつける。

村沢は、滝野がそれだと思ったのだろう。高樹のやり方はひと通り心得ている。だが、滝野を揺さぶりはしなかった。会ってひと言ふた言交わしただけで、揺さぶりが無駄な相手だとすぐにわかった。

冷静とか沈着とかいうのではない。狡猾とも程遠い。どこか冷えているのだ。自己保身の情熱に欠けているとでもいうのだろうか。

「杉村の方は、やっぱりなにも?」

「よほど意外なところに隠れたか、そうでないとすると」

「もう高飛びしちまってるってわけですね。大和田の娘も一緒かな」

「そう考えといた方がいいな。ただ、あの二人はガキみたいに惚れ合ってただけじゃなさそうだ」

「杉村は丸和会の跡目狙い。だけど大和田の娘の方は」

「よくわからん。下っ端を締めあげてみたが、親分の娘が消えちまったことも知らなかったぞ」

「覚醒剤《シャブ》はどう絡んででしょう?」

村沢が滝野の周辺を洗っている間、高樹は丸和会の関係者に当たっていた。無駄足だった。

暗い道へ入った。

「あそこです。一階の左端ですよ。まだいるみたいだな」

窓に明りがあった。木造の古いアパートらしい。

「確かなんですか、警部？」

「わからんよ。もう十年以上も昔のことだ。とにかく会ってみようじゃないか」

ドアの方へ回った。表札はなかった。六号とスチール製のドアに直接書かれている。

チャイムを鳴らした。すぐドアが開いた。

「仕事を頼みたいんだがね、平川さん」

「いきなり言われたってね。こっちにも都合ってのがありましてね」

平川の表情は変らなかった。一部屋だけのなにもない部屋だ。木製の古い机がひとつだけ。電話が一台載っていた。

「繁盛してるようにも見えんがね。とにかく立話じゃ埒《らち》があかん。あがらして貰うよ」

腰かける椅子さえなかった。高樹はゴロワーズをくわえ、ライターをカチカチ鳴らした。

「十月十九日、二十日、そのあたりのことを調べて貰いたいんだよ。相手は滝野商店の社長だ」

「仕事を受けたわけじゃありませんのでね。なにも喋る義務はないでしょう」

「じゃ、こっちに仕事をさせて貰うことになるぜ」

平川が、禿げた頭に手をやった。

「あたしのことは、お調べがついてんですかい？」

「昔のことを、あれこれ言うつもりはないんだ。私が知りたいのは滝野のことさ」

「言うわけにゃいきませんやな。商売の仁義ってやつがありますでしょ。こんなむさいとこでも、一応は正業の看板あげてんですよ」

「いつからだね？」

「五年前から。三年ばかり食らいこみましてね。出所《で》てから、きれいに足洗ったんです。なにしろ歳でござんしてね」

平川は、刑事仲間でノビ師と呼ばれる、しのびこみ専門の泥棒だった。徹底的な下見をやり、安全な家にしか入らない職人的なノビ師として、首都圏の捜査三課関係ではかなり名が売れていたらしい。

「どうして、あたしのことが？」

「この間、『マンチェスター』で会ったじゃないか。おまえさんも私のことに気づいたんじゃないのか。もっとも頭がロマンスグレーだったんで、こっちは見違えちまうとこだった」

「そうですかい。あん時あたしのことを」

十二年ほど前、高樹は一度平川を逮捕《あげ》ていた。それも窃盗の捜査ではなく、賭場《とば》に現われたという殺人犯を狙った時だった。結局、狙った犯人《ホシ》はそこにいなかった。それで、その場にいた人間をひとりずつ訊問した。

盗みで稼いだ金を博奕《ばくち》に注ぎこむ男、高樹にはそれくらいの曖昧な記憶しかなかった。『マンチェスター』で鬘《かつら》を被って変装した平川の横顔を見た時も、気になりはしたが名前は浮かばなかった。

平川光正という名前を村沢が報告してきた時、ようやく高樹の記憶は蘇ったのだ。それでも『マンチェスター』で見た男が平川だったのかどうか、こうして実際に会うまで確信は持てなかった。

村沢は、滝野商店の営業妨害事件を洗っていて、平川の存在にぶつかっている。はっきりしないが、大手ストア同士の滝野商店の買収合戦のようなものがあったらしい。滝野商店の裏の駐車場、滝野商店のビルのオーナー、そこへの買収工作を平川は嗅ぎ回っていた。ただ村沢には、禿げ頭の痩せて背の高い老人としかわからなかった。

名前が割れたのは偶然だった。滝野の被害届を受けて店で張りこんでいた所轄署の刑事のひとりが、売場で平川の姿を見ていた。村沢はその刑事と喋って、平川の名前を知った。長く、盗犯捜査に従事してきた刑事だったのだ。

「しかし、足洗って探偵とはな」

「結構面白い商売でござんすよ。男やもめだし、家にいたって娘や孫にうるさがられるだけでして」

「嗅ぎ回るにはいい商売だな。それで嗅ぎ回って、裏の稼業に使ったりはしとらんだろうね」

「御冗談を。躰がね、もう言うことを聞いちゃくれません。いま時の若い連中の仕事《ゴト》を見てると、荒っぽくて腹立つこともありますがねえ。もう自分じゃとても」

「博奕は？」

「それの方も、老いこんじまったんじゃね。勝負ってやつあ、最後はやっぱり気持の入れようでござんしてね。こう枯れちまうとツキだって回ってきやしません」

平川には、前科が五つあった。その中の二つだけが窃盗で、残りの三つは常習賭博である。八年前に、窃盗で逮捕《あげ》られて三年食らっている。もう歳だ、そう述懐している供述書を、高樹はさっき本庁の資料室で見てきた。六十に近くなってからの三年の懲役が、足を洗う決心をさせたのだろうか。

「光栄ですよ、旦那」

「なにが？」

「一課の腕っこきの旦那に、引退したあともちゃんと憶えておいていただいたんだから」

「私もさ。一流のノビ師が、畑違いの私を知ってた。ところで、さっきの話だがね」

部屋の隅の流し台のところに灰皿を見つけて、高樹はゴロワーズを消した。村沢はひと言も喋らず、入口を塞ぐようにして立っている。

「滝野さんは嫌がらせを受けてましてね。店の方がです。御存知でしょうが」

平川が背筋を伸した。老人にしては姿勢がいい。ノビ師という昔の稼業を考えると、ちょっと滑稽な感じがするほどだ。

「ある大手のスーパーが、あの店を欲しがってたんですよ。一方で札束を積み、もう一方で嫌がらせをした。あたしが頼まれたのは、その調査だけでしてね。調査書を渡したあとのことまで知りゃしません。ただ、あの人は誰にも頼まず、ひとりで話をおつけになったみたいですな」

「丸和会の杉村。知ってるな？　あそこの賭場にも出入りしてたんだろうから」

「顔くらいはね」

「杉村を追ってるんだよ、われわれは」

「じゃ、あたしにゃ関係ありませんな」

「ところが、おまえさんは『マンチェスター』にいた。あすこのマスターは杉村と繋がってて、滝野の友達《ダチ》でもある。これだけじゃ駄目かな？」

「なんで、あたしが杉村と？」

「杉村と言っちゃおらんよ。滝野さ」

「しかし、なにも言うことありませんな」

高樹はもう一本煙草をくわえた。六畳しかない部屋だが、机ひとつでは妙にガランとして見えた。

「うちの若いのがね」

高樹は煙を吐き、村沢の方をちょっと顎《あご》でしゃくった。

「おまえさんと滝野を洗った。二人とも出かけてるね。おまえさんは十七日から、滝野は十九日の夜からだ。戻ってきたのは二人とも二十一日の夕方。ちがうかな」

「なにをお訊きになりたいんで？」

「どこへ行ったんだね？」

「あたしは広島の方ですよ。浮気の調査を頼まれましてね、出張する会社員を尾行《つけ》てったんですわ」

「平川さんよ、私に警察手帳《パス》を使わせようってのかね」

「仕事して逮捕《パク》られたんじゃ、立つ瀬がないですな。昔たあ、違うんですから」

「その歳での務めはつらかろうが」

「お言葉ですがね、旦那、この五年なにもやっちゃいませんよ。犬みたいにホテルを張ったり、人を尾行《つけ》たりゃしましたが」

「滝野に義理でもあるのか？」

「ありゃ、いい男ですよ。もっとも旦那方の気にゃ入らんでしょうがね」

「娘さんにゃ、空港から電話して四国へ行くって言ったそうじゃないか？」

「そのつもりでした。依頼人の亭主の出張先が四国だったもんでね。ところが、四国は一日だけで広島の女んとこへ行ったんですよ」

「ま、筋道は通ってるな」

平川が笑った。警察を怕《こわ》がっていない。そういう歳なのか。それとも引退《あが》った犯罪者だからか。

煙草がまずかった。消さない。まずさが、舌からどの奥まで拡がっていくのを、ゆっくりと味わった。全身が苦さに浸されていく。

「孫はもう大きいのかい。おまえさんに前科《まえ》があることとなんか知らんのだろう？」

煙を、胸の奥まで吸った。

「娘の亭主は大工だそうだな。真面目にやってんのか？」

「どういう意味です？」

「人間ってやつは、叩きゃ大抵埃が出るってことさ。こっちは、どんな埃だっていいんだ。埃の出し方も心得てる」

「そりゃ感心できませんぜ。旦那ともあろうお方が」

「生憎《あいにく》、おまえさんほど私は枯れちゃおらん。博奕に溺れてた男ならわかるだろう。どんなことをしても勝ちたい勝負ってやつがあるのが。私は遊んでるんじゃない。こいつは勝負でね」

「旦那」

平川の目蓋《まぶた》が、二、三度痙攣《けいれん》するように動いた。

「本気なんですかい？」

「冗談は性に合わん。虚仮威《こけおど》しもな。はじめたら、おまえさんが音《ね》をあげるまでやめんよ」

「でしょうね」

平川が眼をそらした。高樹は短くなったゴロワーズを消した。

「滝野さんとは、四国で会いましたよ。列車ん中です。八幡浜へ行くと言ってました」

背後で、村沢が息を吐くのが聞えた。

「全部喋っちまえよ」

「これだけでさあ、知ってんのは」

「いいだろう。もうひとつだけ訊こう。滝野に連れは？」

「ひとりでした。こいつあ確かです」

「わかった。いやな思いをさせちまったな」

高樹は靴を履いた。村沢はさきにドアの外へ出た。

「旦那、家族はあるんでしょう？」

「女房と子供がひとり。まだ孫はおらんよ」

「家族なんか持つもんじゃねえ。そんなこと言ってるやつがいました。刑務所《なか》での話でやんすがね」

「だから？」

「それだけのこってす。そういうやつがいたってね」

「何年食らってたんだね？」

「七年。殺しだったんでね」

「おまえさん、どう思うんだ？」

平川は答えなかった。高樹に背をむけて立っていた。

鼻唄をやっていた。下北沢の駅が近づいてきた時、それに気づいた。村沢は黙ってそばを歩いている。立ち止まり、煙草に火をつけた。まだ苦い。

「明日、八幡浜へ飛べ」

村沢が頷く。歩きはじめた。人通りはいっそう多くなっていた。

六

真黒に染料を塗ったパイプを、滝野は細目のサンド・ペーパーで軽く擦《こす》った。

染料は、ブライヤの固い部分には浅く、軟らかな部分には深くしみこんでいる。ただ、その差はほんのわずかだった。強く擦り過ぎると、せっかく浮き出した木目が消えてしまう。

下脹《しもぶく》れの、お多福のような恰好をしたパイプだった。しかも、いびつだ。ストレート・グレインの木目を鮮やかに出すために、そんな恰好になってしまった。

ペーパーで擦っては、濡れた布で拭う。何度もその作業をくり返した。次第に、木目がはっきりしてくる。見事な木目だ。疵《きず》もほとんどない。これでかたちさえしっかりしていれば、デンマーク製のフリー・ハンド・パイプと較べても見劣りはしないはずだ。

作業は、ペーパーで終るわけではなかった。ペーパーをかけたブライヤの表面は、一見滑らかな感じだが、ほんとうは小さなガサガサがある。顕微鏡ででも見なければわからないくらいのものだろう。だから、根気よく布で擦る。ブライヤが摩擦熱で熱くなるくらい擦り続ける。やがて、底の方から艶《つや》が滲み出してくる。深い艶だ。

塗料を塗るのは、安直で好まなかった。最後の仕上げに、ワックスを薄くかけるだけだ。完成したパイプは、研磨した鉱物を思わせる硬い光を放つ。滝野は、その光を見たいのだった。理由はない。ただ見たいだけだ。

膝の上が、ペーパーとブライヤの粉で、薄く埃が積んだようになっている。細心の注意を払わなければならない部分にさしかかっていた。

電話が鳴った。

放っておいた。幸江は病院に出かけて、夕方まで戻らない。まだ二時を回ったくらいのものだろう。時計も見なかった。朝昼兼用の食事を済ませてから、ずっとパイプにかかりっきりだ。

また電話が鳴った。しつこく呼んでいる。舌打ちして、滝野は立ちあがった。

「すぐ会いてえんだ」

「なにかあったのか?」

「さっき、平川って爺さんが訪ねてきた。知ってるな?」

高安の声はふだんと変っていない。むしろいくらか沈んだ感じがする。そこに、高安の緊張を滝野は聞き取った。

喧嘩《でいり》の前の電話などで、高安はよくこんな声を出したものだ。緊張が爆発すると、もう喋らない。声も出さない。やつの手や足が動くだけだ。

「高樹って刑事《でか》が、きのう平川のとこへ来たそうだ」

「ほう。なかなかやるもんだな」

「暢気《のんき》なことを言ってんじゃねえよ」

「やつは俺んとこへも来たよ。こういう時は、じっとしてんのが一番さ」

「そりゃわかってるが、会いてえんだ。話しとくこともあるんでな」

滝野は、テーブルの上のブライヤにちょっと眼をくれた。急ぐことはない。今日だけが休日というわけじゃないのだ。

「わかった」

「この間のゴルフ練習場だ。一時間で来られるか？」

「女房が車を使ってるからな」

「タクシーで来いよ。尾行《つけ》られねえようにな。いや、尾行《つけ》てんのがいたら、妙な小細工はしねえ方がいい。どうせ、俺《おり》ゃおまえにゴルフ教えてやるだけなんだからし」

「一時間後だな」

テーブルのブライヤを布で包んだ。それから着替えをし、ゴルフバッグを担いで外へ出た。

髭が伸びているのに気づいたのは、タクシーに乗ってからだった。

高安は、ショート・アイアンで高い球を打ちあげていた。

「アイアンの打ち方を教えてやるぜ」

「そんなのはいい。俺ゃこいつでカッ飛ばすことにする」

滝野はドライバーを抜いた。平日の午後だ。客はまばらだった。
五、六度素振りをくれ、滝野はティに乗せた球を打った。曲がらずに飛んでいった。距離もかなり出ている。二発目も、三発目も同じような軌道に乗って飛んでいった。
「おまえ、稽古したのか？」

高安が前の打席からふりむいた。

「ちょっとだけな。丸和会や警察《サツ》に見せてやったのさ」

「思い切り振ってみな。たまげるくらい距離が出るぜ」

滝野は全身に力をこめた。球に擦ったただけだった。十メートルばかり転がった。高安が笑う。

「そういうもんさ。無心に、力も入れずに振った時は飛ぶ。コースに出たら、もっと余計なこと考えて、躰に力が入っちまうんだよ」

「たまにゃ失敗もある」

もう一度打った。下のゴムのマットまで一緒に叩いていた。球はフラフラと頼りなく舞い上がった。

何発打っても、最初のような当たりは出なかった。たまにいい当たりをしたと思っても、球は途中から右に曲がる。躰に汗が滲んできた。

「ひと息入れようか」

打席の後ろの椅子に並んで腰かけ、滝野は煙草をくわえた。

「あの平川って爺さんは、おまえが雇った探偵なのか？」

「たまたま知りあってな。結構いい腕をしてたぜ」

「おまえが八幡浜にいったってことを、老いぼれ犬に喋っちまった。そう伝えてくれって言われたよ。おまえに合わす顔がねえんだとよ」

「それで、おまえに言ったってわけか」

「今度は俺がおまえを助《す》ける番だと言ってやがった。老いぼれ犬ってのは、何者《なにもん》なんだ？」


「本庁の一課の警部だ。俺んとこへ来た時は、世間話なんかしていきやがった。おまえの付き合いの中から、俺を選び出した。それだけ見ても、かなりの腕っこきだな」

高安が立ちあがり、ジンジャエールを二本買って戻ってきた。躰の汗はもうひきはじめていた。

「土曜の晩、横浜《ハマ》で走り回ったのは、おまえだったんだな」

「俺が預かったんだ。俺のやり方でやらせて貰った」

「そいつはわかってる。俺ゃ、店にじっとして、いろんな野郎と会ってたよ。みんな、警察《サツ》が眼えつけそうな連中ばかしだ。なんで、よりによって老いぼれ犬の野郎はおまえに眼えつけやがったんだ」

滝野は、ジンジャエールをのどに流しこんだ。

「和、俺ゃ、なにやりゃいいんだ？」

「別におまえに助《す》けて貰うこたあない」

「しかしなあ」

「老いぼれ犬が八幡浜へ行こうがどこへ行こうが、なにもできやしないんだ。たとえ平川に手錠《ワッパ》ぶちこんで洗いざらい吐かせたって、俺にゃ手を出せん。警察《サツ》が動けるのは、証拠を掴んだ時だけさ」

「おまえに眼えつけてんだぜ」

「歯ぎしりしながらな。俺がなにやった。なにもやっちゃおらんぞ」

「だが、杉村は台北にいる」

「杉村はどうにかして台北に行ったのさ」

「ほんとに、証拠を残しちゃいねえんだな?」

「俺が八幡浜へ行ったのが罪になるってんなら別だがね」

　汗はすっかりひき、躰が冷えていた。もうすぐ十一月だ。空気は、爽《さわ》やかというより肌寒かった。

「俺ができることあ、なんでもやる。おまえが手錠《ワッパ》かけられそうになったら、代ったっていい」

「そう入れこむなよ、雄次。俺たちゃただじっとしてりゃいいのさ」

　高安が頷いた。

　滝野は九番アイアンを摑んで打席に立った。三発ばかり打ってみる。球は高くあがり、それほど大きくは曲がらなかった。

「ハーフ・スイングで打ってみな。アプローチじゃ目一杯振り回すことなんて滅多にねえ」

　軽く打った。頭をひっぱたいたらしい。球は転がっていった。

「膝だ。膝で送るんだよ。右の膝」

　高安は打席の後ろで腰かけて見ている。

　何発か打つ間に、要領が吞みこめてきた。高くあがった球は転がらない。二、三度バウンドするだけでピタリと止まる。

「右の膝を送る時、できるだけ踵《かかと》をあげねえようにな。それでなんとかサマになってる」

「俺ゃ、やっぱりドライバーがいい」

「コースに出りゃ、ほかのクラブを使うことの方が多いんだぞ」

「ま、いまんとこ出る気はないんでな」

　滝野は椅子に戻って煙草をくわえた。大して面白いスポーツだとも思えない。

「話しときゃならねえことがあんだ、和」

「あとにしろよ」

「いまだ。言いにくいことだからよ」

　高安は瓶を掌の中で弄《もてあそ》んでいた。

「杉村のことだがよ、俺ゃやつが堅気になりたがってる、なんて言っちまった。堅気のおまえに仕事《ヤマ》踏んで貰う。そうでも言わなきゃ恰好つかねえような気がしてな」

滝野が投げ捨てた煙草を、高安が足を伸して消そうとした。スパイク・シューズではうまく消えないようだ。拾いあげ、灰皿で消し直した。

「おまけに、大和田の娘と惚れ合ってるなんてことまで言った」

「あの女は、なにがなんでも飛びたがってるようにゃ、見えなかった」

「そうなんだ。杉村を連れ戻したがってるだけさ。実を言うと、あの二人は十年以上も前から夫婦みてえなもんでな。子供もいる。小学校の三年か四年になってるはずだ。杉村は、当然てめえが丸和会の跡目だと考えてた。なにしろ、会長のたったひとりの孫の親父ってことになるからな。ところが、会長の女がガキ生みやがった。六年ばかり前かな。ちょうど、俺たちが潰れるか潰れねえかって瀬戸際に立ってたころだ。そん時から、ガキの方を猫っ可愛がりなんだ」

高安は足もとに眼を落としていた。

「跡目が怪しくなったって、杉村は考えたんだろう。会長に内緒でてめえの資金を作りはじめた。跡目は駄目でも、分家くらいは許して貰えそうだったんだ。分家して、金持ってりゃ、本家を凌《しの》ぐのも夢じゃねえってわけだ」

「それで、覚醒剤《シャブ》でも動かしたか」

「ま、そんなとこだ。丸和会の覚醒剤《シャブ》は杉村が取り仕切ってたからな。ところが、運び屋が尻尾出しやがった。はじめたころと較べると、量が十倍は増えてたんだ。無理もねえ話さ。杉村は、尻尾出した運び屋を始末させた。弟分にだ。そして弟分をてめえで始末した。だけど、それでも駄目さ。結局、追われることになっちまった」

滝野はジンジャエールの残りを飲み干す。

「喋り過ぎだぜ、雄次」

「言わせろ。肚《はら》に溜めときたかねえんだ」

「好きにするさ」

「大和田の娘はよ、つまるところ子供の父親を連れ戻してえのさ。女だな。詫び入れりゃ、それで済むとまだ思ってやがる。二人は正式に結婚してるわけじゃねえんだ。丸和会ってのは、でかくなったのは最近だが、もともと老舗《しにせ》でよ。うるせえ年寄もいっぱいいる。いろいろと面倒でな。あの女が杉村の情婦《レコ》だってことは知ってても、子供までいるってことは知らねえやつの方が多いはずだ」

　滝野は黙って聞き流していた。仕事《ヤマ》を踏む時から、事情などどうでもいいと思っていたのだ。いい歳をした男と女の純愛物語を信じるほど、青臭くはない。

「こんなこたあ、どうでもいいんだよな。俺が言いてえのは、もっと別のことだ。俺ゃ杉村を海外《そと》へ飛ばしたかった。飛んで貰わなきゃならなかったんだ。六年前から、杉村の覚醒剤《シャブ》を中継《つな》いでたのは俺なんだ。それで金も儲けた。野郎が丸和会に締めあげられりゃ、俺が危《やば》くなる。それでおまえを騙したんだ。聞いたふうな話をでっちあげてよ」

「一枚噛ませろと持ちかけたのは、俺の方だぜ」

「騙したことに変りはねえよ」

「懺悔《ざんげ》してんのか、おまえ？　柄じゃないだろう」

「肚ん中のもんを吐き出したかった。いやなもんだ、友達《ダチ》を騙して助かろうとしたと考えるだけでな」

　滝野は笑った。つまらない言い草だった。喧嘩《でいり》の時は、いつも一緒だった。どこが危《やば》いか、お互いによくわかっていた。なんとなく、相手をそちらにやろうとしたものだ。自然にそうなった。それを卑怯だなどとは思わなかった。

　それでも結局危《やば》い場に立ったのは、どんな時でも、桜井が一番危《やば》いところにいたからだ。

　滝野は、もう高安の話に興味を失っていた。真中あたりの打席で打っている男の球が、正確な軌跡を描いて飛んでいくのを、眼で追っていた。距離も出ている。大して強そうな男ではなかった。同じくらいの歳恰好で、かなり腹が出ている。

「杉村はな、銭のためにてめえで失敗《ドジ》った。情婦《レコ》にこだわったんも、一緒だったら丸和会は無茶な真似ができねえ、そう踏んだからさ。そんな野郎のために、俺ゃおまえに危《やば》い仕事《ヤマ》踏ませちまった」

「もういい」

「もうちっと喋らせろ」

「よせと言ってんだ、わからんのか」

「そうかい」

　高安が口を閉じた。

　お互いにしばらく黙り合っていた。方々で球を打つ、不規則な音だけが聞えている。冴えた音が混じっていた。例の真中の男だ。

　二人とも、同じ球を眼で追っていた。

「いい球、打ちやがる」

「ああなるにゃ、何年もかかんだろうな」

「三カ月もやりゃ、あんな球を打つやつだっている。あの野郎がうめえとはかぎらねえぜ。喧嘩《でいり》と同じだ。角力《すもう》とって滅法強《つえ》え野郎が、喧嘩《でいり》じゃ小便垂らしてたってこたあ、よくあったろうが。練習場とコースじゃ、角力と喧嘩《でいり》くらいのちがいはあんだ」

高安がスパイクを踏み鳴らした。硬い音がした。滝野は手袋を取った。喧嘩《でいり》と同じなら、練習などする必要はない。掌の豆が潰れかかっていた。

高安が立ちあがり、ドライバーで打ちはじめた。球は低く出て、それから舞いあがる。いい音だった。二十発ほど続けて打ち、高安は椅子に戻ってきた。

足もとを見つめる高安の額で、かすかに滲み出た汗が光っていた。

「ツイてたよな」

ぽつりと高安が言う。

「なにが？」

「最後に、俺たちが一緒に仕事《ヤマ》踏んだ時だ」

桜井が死んだ。誰になぜ殺されたか、考えるまでもなかった。このまま足は洗えない、そう思った。組は崩壊していた。足を洗うのを止める者などいなかった。それでも滝野はこだわった。

ひとりでやるつもりだった。水臭《みずくせ》えじゃねえか。拳銃《ハジキ》を持ち出そうとした滝野を見咎めて、高安がそう言った。

二人で行った。

そこは街の中心部にあるマンションの六階で、ある男がいるはずだった。関西から乗りこんできた男。いつも四人か五人の弾避けを連れて、リンカーンでふんぞりかえっている肥った男。顔は知っていた。マンションの部屋が、臨時の事務所代りに使われていることも知っていた。だが、それ以上のことはなにもわからなかった。

夕方の七時過ぎだった。顔を隠して踏みこんだ時、部屋にいたのは三人だけだった。撃ち合ったのは一瞬だった。滝野が三発、高安が二発。滝野は胸に一発食らった。大した衝撃ではなかった。二二口径だったのだ。

テーブルに、開いたままのアタッシェケースがあった。金がむき出しで入っていた。高安がそれをひっつかんだ。それから逃げた。マンションからだけでなく、街から逃げた。狙っていた男はいなかった。金をひったくっていなかったら、街からまで逃げようとはしなかったかもしれない。

「兄貴が、俺たちみんなを連れて戦争やって、死んじまう気じゃねえかと思ってた。正直言って、たまんねえ気がしたぜ。だってそうだろうが。あのデブを殺《や》ったって、また代りが来る。何人だって来るに決まってる。つまるところ、手え挙げるか逃《ふ》けるしかなかったんだ。生きていたけりゃな。兄貴は、わかってたのさ。だけど退けなかった。そういう人だったよな。俺ゃ、あん時だけは、兄貴の後を追っていいって思ってたぜ。そういう気であすこへ行ったんだ」

「五年だったな。あと五、六年ありゃ」

「そうだ。ちょうどいまごろだ。兄貴が跡目継いで、三百か四百は人が集まってて、どんなのが縄張《シマ》に入りこんできたって、追い出してやれるような組になってたはずだ」

「言ってもはじまらんな」

「あれで終って、よかったのか悪かったのか、俺にゃわからねえ」

大宮まで逃げた。滝野の胸の傷はひどくなっていた。息をするたびに、ヒュウヒュウと音がした。


高安が病院を見つけてきた。手術が終り、麻酔が醒めた時、滝野は病院ではなく、薄汚ないアパートの蒲団の中にいた。そのまま、二週間寝ていた。高安はずっとそばにいて、毎日ガーゼを替えた。

横浜へ流れたのは、ふた月も経ってからのことだった。

そこで、滝野と高安は別れた。二千万近くあった金はきれいに半分に分けた。高安は、その金で野毛《のげ》の場末に小さな酒場を買った。滝野はそっくり銀行に預けておいた。商売をやる柄ではない、と思ったのだ。

スクラップ船のブローカーに拾われた。一年、そこで営業の仕事をした。懸命に働いた。言葉遣いから変えなければならなかった。幸江と知り合ったのは、そのころだ。

堅気の女をどう扱えばいいのか、滝野にはわからなかった。ただじっと見守っていた。結婚を申し込めとけしかけたのは、ブローカーの親父さんだった。仕事はできるくせに、こういうことは愚図だな、おまえ。親父さんはやきもきしていた。

それでもすぐに、結婚を申し込むことなどできなかった。預金通帳を幸江に見せた。働いて溜めたんだよ。

コツコツ働きゃ、結構溜るもんさ。

最初の嘘だった。

幸江が、通帳に打ちこまれた金額に心を動かされた、とは思わなかった。しかし、ひとつの誤解を幸江に与えたことは確かだろう。

「和、一杯やっていかねえか」

「昼間から、どこでだ?」

「近くにホテルがある。なんだって飲めらあ」

高安がクラブを乱暴にバッグに放りこみはじめた。

「おまえ、女にいくら渡してんだ?」

「なんでだ?」

「結構いい服を着てるって、うちのマネージャーが言ってたぜ」

「仕事《ヤマ》踏んで稼いだ金さ」

「なるほどね。だけど派手に使わねえように釘はさしとけ。うちみてえな店じゃ、女同士張り合ってやがるからな。いい服着てりゃ、やっかみでいやな思いもする」

滝野は靴を履き替えた。暁美がどんな服を作ったのかは、見ていない。しかし、所詮は服だ。あの女は裸が一番よく似合う。

「忘れてた。平川の爺さんが、おまえに五十万返してくれって言うんだ。断ったぜ」

どうでもいいことだ。面倒になってきた。

「金じゃ返せねえ借りだから、役に立つことがあったら、いつでも連絡してくれとよ。そうやって詫びるって言ってやがった」

滝野はバッグを担いだ。早く酒が飲みたかった。

「ホテルはどこだ?」

高安が笑い、先に立って歩いた。

七

課長室へ呼ばれた。

朝九時。高樹は出てきたばかりで、特捜班の連中と話合っているところだった。

きのうから、丸和会がピタリと動きを止めていた。一昨日までは、まだ未練げに横浜をうろつき回っていたのだ。すぐに考えつく理由は二つあった。杉村をすでに消してしまった。杉村が手の届かないところへ逃亡したことを確認した。どちらにしろ、特捜の連中はしてやられたのだ。

きのう一日走り回っても、結局丸和会からはなにも引き出せなかった。

　課長室のドアをノックした。返事は短い。この声を聞くと、いつも昔逮捕《あげ》たことのある放火犯を思い出して、妙な気分になる。

「ま、掛けて」

　肩幅の広い、大きな男だった。左右が後退した額、濃い眉、吊りあがった眼。キャリアにしては、いい面構えをしている。高樹より六歳若く、階級は三つ上だった。

「丸和会の大和田会長が、来年の埼玉県議会選挙に出るらしい。そんな情報が私のところへきてます。もっとも、近々会長は誰かに譲るらしいが」

　丸和会を担当しているのは、特捜班だ。高樹にくるには、ちょっと筋の違った話だった。それは承知の上なのだろう。無駄な話で時間を潰す男ではない。

「大和田の殺人教唆を、早く実証しろってことですか？」

「殺人教唆にはこだわらん。そういうことになりました。高樹さんは、杉村がもう高飛びしてると考えてますか？」

「なんとも申しあげられませんな」

「大和田の目的は、はっきりしてる。県内の土木関係の利権が狙いなんだ」

「潰すためには、逮捕しかないんですか」

「できるだけ早くね」

　高樹はかすかな、圧力の臭いを嗅いだ。不当な圧力だとは思わなかった。大和田が逮捕《あげ》られるのが悪いわけはない。だからこの男も喋っている。大和田が逮捕《あげ》られることで誰が得をするかなど、高樹には関心がなかった。

「川越あたりの市会議員が、すでにかなり抱きこまれているらしい。相当強引なやり方だそうだよ」

　見当はついた。弱味を握り、組織力を背景にして脅《おど》す。表面には出にくいだろう。

　丸和会は、すでにひと昔前のテキ屋ではなかった。土木事業に手を出し、風俗営業をはじめ、最近では金融業にまで手を拡げている。次に議員ときた。大和田会長は、金も権力も名誉も、ひとまとめにして手に入れるつもりらしい。

「しかし、埼玉県警の四課の仕事になるんじゃないですか？」

「確かにそうだが、いますぐ大和田に手を出せる状況じゃないらしい。県警では、丸和会に捜査を集中しても、大和田を逮捕《あげ》るまで一年はかかると言ってる」

「悠長な話だ」

「杉村がすでに高飛びしていると、ちょっと面倒だな。意見を聞かせてくれませんか。推測でもいい」

「飛んでるでしょう、多分」

高樹はゴロワーズをくわえた。なかなかライターがつかなかった。テーブルには卓上ライターが置いてあるが、高樹は頑なにいつまでもカチカチいわせていた。ようやく芯に小さな火が移る。

「村沢は、いま四国だね」

さすがに、二百名以上いる部下の動きをしっかり摑んでいる。

「今日の午後には戻ってきます。八幡浜の遠洋船の船主のことを嗅ぎつけてきましたよ」

「杉村の足がそれだったんですか？」

「多分。確証がありゃ、逮捕《あげ》られるんですがね。どうも人を食った野郎らしくて」

「杉村の線が駄目となると、ほかにどういう方法がありますか？」

「なにも」

「杉村の高飛びに手を貸したのは？」

「そいつも誰だかわかってます。しかし、証拠はありません」

「大和田は潰さなくちゃならんのですよ」

「それを、私にやれと？」

課長がハイライトをくわえ、火をつけようとしてやめた。また箱に戻す。禁煙宣言をしたという話を聞いたのは、二週間前だ。

「杉村を飛ばしたのが誰だかわかってても、手も出せん状況ですよ。埼玉県警と大差ありませんな」

「方法の如何《いかん》は問いません」

「別件でも駄目だった。だから特捜班を組織してコツコツやってきたんじゃないですか」

「高樹さん。俺はあんたに、やさしい要求をしたことはありませんよ」

課長が煙草をくわえ、素速く火をつけた。濃い煙を続けて二度吐く。

「一日に十本。そう決めたんですよ。完全に禁煙すると、肥っていかん」

「特捜班は、どうなります？」

「村沢と二人でやって貰いたいんですがね」

「汚ない手を使えってことですか？」

「まさか。あなたの実績を認めてるんですよ。自分の判断で動いて結構。責任は私が取ります」

眼が合った。課長は、口もとだけをかすかに綻ばせた。

俺、君、で話していたかと思うと、官僚のような喋り方をする。豪放に見えて、神経質なところもある。そして平然と、人を人とも思わないような使い方もする。出世していく男とは、そんなものなのか。

「どれくらい、時間を貰えます？」

「十日。長くて二週間」

「失敗したらどうなります？」

「あなたが失敗したら、そりゃ最初から無理なことだったってことでしょう」

高樹の弱いところをよく心得ていた。わかっていながら、高樹は頷いていた。


村沢に伝言を残して、家へ帰った。

万里子は洗濯をしていた。三十坪ほどの庭が、そのまま物干し場でもあった。出かけてすぐに戻ってきた高樹を見ても、驚いた顔はしなかった。忘れ物でも取りにきたと思ったのだろう。

高樹は、自分で湯槽に湯を張った。

「また、考えごとの仕事ですか？」

「そういうことだ」

「風邪をひきますよ、まだ午前中なのに」

「一雄は？」

「学校に決まってるじゃありませんか」

服を脱ぎ、上半身裸のまま、木刀を持って庭へ出た。万里子が慌《あわ》てて洗濯物を脇へ寄せる。

正眼に構えた。そのまま動かなかった。敵は見えない。見えてくることもない。ただ、心気が熟するのを待った。

無意識に木刀を振りあげ、振り降ろしていた。気合いは殺している。振り降ろす時、かすかに息が洩れただけだ。剣道をはじめて、三十年は経っている。極意などには縁がないが、木刀を躰の一部にする修練はできていた。ひとりだけの、木刀を振るだけの剣道だ。試合からは、十年以上も遠ざかっている。

全身に汗が流れた。呼吸《いき》があがっている。何度くらい振ったのか、自分でもわからなかった。

そのまま湯槽に飛びこんだ。眼を閉じる。課長との会話を一度反芻《はんすう》した。それから忘れた。考えごともしなかった。まだ考えごとをする段階ではない。材料もなかった。

いつものように頭を洗い、水を三杯浴びて風呂を出た。

書斎にブランデーグラスと氷が用意してあった。

「お昼ごはんは？」

「食うよ」

「じゃ、あまり飲まないでくださいね」

ある程度以上酒が入ると、食物を受け付けなくなる。それが、高樹の酔いの症状だった。潰れるまでは飲まない。

躰が火照っていた。開け放った窓のそばに立って、しばらく涼んでいた。庭では、万里子がまた洗濯物を真中に出している。ちょっとした芝生と植込み、ブロック塀、隣家のガレージの屋根。氷をひとつ口に入れた。それが溶けてなくなるまで、じっとしていた。

ライターが汚れている。ひと月もすると発火石の粉が溜ってひっかかりが出てくるのだ。机に腰を落ち着け、写真機用の小さなドライバーとピンセットを使って、慎重に分解した。脱脂綿にオイルをしみこませ、汚れた部分を丁寧に拭う。それから布芯を少し引き出し、先端の痛んだ部分を切り落とす。

いままで、数えきれないくらいやった作業だ。手が自然に覚えている。組立ても簡単に済んだ。

ゴロワーズをくわえる。一度で火がついた。

まだ十一時過ぎだった。啄木の全集を抜き出して開いた。歌や詩の頁ではなかった。文字を追っていく。

『浮世では、敗者弱者を罪人と呼ぶことになって居る』

日記だった。啄木が二十一歳のころ、妻と母を連れて渋民《しぶたみ》村に戻った時の日記だ。『林中日記』と題して、死後『スバル』に発表されている。

人生の初戦に敗れた啄木の、青い自虐性がよく出ていた。何度か読んだ記憶がある。困窮の中を渋民村の林中に退いた自分を、若く貧しい罪人と見ているのだ。ゆっくりと読んだ。日記には、歌にある抒情性はあまりなかった。生《なま》の激しさのようなものが感じられるだけだ。

万里子が呼んでいた。

電話だ。高樹は本を閉じ函《はこ》に戻した。

「早かったな」

村沢は本庁の自分のデスクから掛けていた。

「八幡浜の駅でレンタカー借りましてね。乗り捨てできるやつ。空港までぶっ飛ばして九時半の便をつかまえたんです」

「こっちへ来てくれんか」

「いいんですか、暢気に構えてて？」

「状況が、いや標的が変った。詳しい話はこっちでしよう」

受話器を置き、書斎に戻った。

ブランデーに栓をする。国産だが、安物ではない。酒は好きだった。時間に余裕があると、飲まずにはいられない。刑事でなかったら、どんなことになっていたか。ひどい時は、朝でも飲みたいと思う。趣味などなにもなかった。

ブランデーを舐めながら詩を読む、それだけが道楽だ。

「お昼ごはん、おうどんでいいですか？」

万里子は、ベージュのトレーナーにブルージーンを穿《は》いていた。十七、八の娘のような恰好だ。

「柿の実を取ろうと思ってたんですよ、梯子《はしご》をかけて。沢山生《な》って、熟れてるのもあるのに、鳥が食べてしまうんですから」

庭の隅に柿が一本ある。古い大きな樹だ。いつごろ植えられたものか、高樹には記憶がなかった。渋抜きをすれば、結構食える。

「一雄に取らせなさい」

「高いところを怕がるんですよ、あの子。お父さんが取ってくれれば一番いいのに」

「村沢が来る。やつにやらせりゃいい」

「まさか、お客さんに。あたしが取りますよ。村沢さん、お昼は？」

「あいつの分も用意しといてくれ」

高樹は、書架に手を伸した。最初に触れたものを抜き出す。あまり好きな詩人ではなかった。それでも開き、読みはじめた。

竹の詩。繊細というよりも、神経を病んだような感じがする。

声を出した。言葉のリズムが、いやな感じを多少は消すことを、高樹は経験で知っていた。言葉が音になる。眼で読むだけの言葉とは、不思議にどこかちがうものだ。

村沢は、額に汗を滲ませながら勢いよくうどんをかきこんだ。

高樹はメモを読んでいた。例によって、びっしりと書きこまれている。躰に似合わない、糸ミミズのような字だ。

滝野と平川の姿は、駅裏の寿司屋、旅館、街中の路地などで確認されていた。波止場で、太郎丸の隠居と歩いている滝野の姿を見た者も大勢いた。

「平川と滝野が八幡浜に確かにいて、太郎丸の隠居と会ってたってだけで、それ以上のことはなにも見つかりませんでしたよ」

「それでも、杉村は飛んだという結論を出さざるを得んな」

「太郎丸のこと、調べてくれたんでしょう?」

村沢が音をたてて汁を啜る。

「警察庁にファイルがあった。十年以上も前から、あそこは眼えつけられちゃいるんだ」

「客を鮫《さめ》の餌にしちまうなんて噂がありましたがね」

「もっと人を食ってんのさ。六年前、公金横領犯を台湾まで運ぶ約束で乗せて、与那国島《よなぐにじま》で降ろしてる。あそこは台湾のすぐ隣りだからな。フィリピンて約束で、波照間島《はてるまじま》で降ろされちまったのもいる」

「全部を、そんなふうにしてるってわけでもないでしょう」

「その二つは派手に表に出た。それ以来、太郎丸に乗せてくれっていう逃亡犯はいなくなっちまったって話だ。あそこの隠居の狙いは、案外そんなとこだったんじゃないか」

「しかし、やはり人は乗せてるでしょうね」

「多分な」

「組織のルートって可能性が強いんですが、滝野はどうやって杉村を乗せたんでしょうか?」

「臍《へそ》の曲がった男ってのは、意外にもろいところがあるのかもしれんぜ」

太郎丸の隠居には、十二歳下の弟がいた。十五年前に死んでいる。豊後《ぶんご》水道の高島という小島に、屍体を乗せた小舟が流れついたのだ。右大腿部《だいたいぶ》と左肺の貫通銃創。小舟の底の血溜りに顔を突っこんでいたという。

広島にある暴力組織の構成員だった。対立組織の組員ひとりを射殺し、市民ひとりに重傷を負わせ、逃亡中だった。広島ですでに撃たれていたという説と、追跡中の刑事に撃たれたという説があった。広島から大分まで追跡した刑事は確かに発砲していたが、命中は確認していない。追っていたのは警察だけではなかった。

小舟は、大分県佐賀関《さがのせき》の漁師のもので、状況からみて佐田岬半島の突端の正野《しょうの》あたりに逃げようとしていた、と推定されていた。佐田岬半島の付け根は、八幡浜である。

櫓《ろ》一本で豊後水道を渡ろうというのは、土台無理な話だった。しかも重傷を負っていたのだ。よほど追いつめられていたとしか思えない。

その時、太郎丸の隠居がどうしていたかは、判明していなかった。

太郎丸が人を乗せる、そういう噂が流れはじめたのは、それからすぐのことだ。

「石垣島ですよ」

村沢のメモには、第六太郎丸が石垣島のドック、第七太郎丸が東シナ海と書かれていた。杉村が乗ったとしたら、第六太郎丸だろう。

「石垣島へ直行の航空便はありません。那覇で南西航空に乗り替えてるはずです。搭乗者リストでも調べてみましょうか？」

「いまさらやっても仕方ないだろう」

「やらんよりましでしょう」

「特捜班に任せとけ」

「じゃ、太郎丸のことだけでも知らせときますか？」

「必要ない。連中に変なふうに掻き回されたくないしな」

「課長はつまり、どんな罪状でもいいから、大和田の逮捕を最優先させろって言ってるわけですね？」

「議員にでもなられちゃ面倒なのさ」

万里子が熟れた柿を剝いて持ってきた。鳥に食わせてやればいいのだ、と高樹は思った。昔はそうしていた。親父もおふくろも、柿は好きではなかった。高樹は、熟れて軟らかくなったものなら食べる。それも半分で沢山だった。

「庭の柿だ」

「へえ、そういや、でかい柿の木がありましたね」

「実の生る木は好かんが、鳥が集まってくるからな」

「捥《も》ぐのが面倒なものだから、そんな理由をつけてるのよ」

食器を盆に載せて、万里子が笑った。腰かけようとはしない。腰かけていい時と悪い時を、ほとんど肌で感じるようだ。

「警部は、どこから大和田を攻めるつもりなんですか？」

　万里子が出ていくのを待って、村沢が言った。高樹はゴロワーズに火をつけた。

「休暇でも貰ったつもりで、待とうじゃないか。二週間ってのは、考えようによっちゃ長い」

「ただ待つんですか？」

「大和田は尻尾を出さんよ。県会議員に立候補しようってからにゃ、それだけの要心もしてるはずだ」

「突っつくのは、かえって逆効果ってことになるのかな」

「丸和会の資金源を断つんじゃない。組織を弱体化させるために、幹部連中を逮捕《あげ》るんでもない。標的はひとりだけだ」

「しかし、じっとしてるってのはね。俺だけでも動くってわけにゃいきませんか？」

　高樹は黙っていた。吐き出した煙が、顔のまえで拡がり、部屋の空気の中に溶けこんでいくのにじっと眼をやっていた。

第四章

一

　ポケットからキー・ホルダーを出した。

　部屋、店、事務所、デスク、そういう鍵と一緒に、暁美の部屋の鍵もホルダーにぶらさげてある。ゴルフバッグのポケットとか免許証の裏とか、いろんな場所を転々として結局キー・ホルダーに落ち着いた。隠そうという気持が薄くなっている。

　錠の開く金属音がした。チェーンは掛かっていない。

「あら、鍵持ってたの。捨てちまったんじゃないかと思ってたわ、あたし」

　濃い紫のロングドレスを着ていた。部屋に来ることは電話で言ってあった。この間が薄いピンクのネグリジェ、今日はふわりとしたロングドレス。気を使って滝野を迎えているのか。暁美がなにを着ていようと、あまり関心は起きなかった。

　部屋へ入り、テーブルの灰皿を手に持って窓際に立った。外は霧雨だ。街の景色がくすんでいる。

「あまり御機嫌じゃないみたいね」

　暁美が寄り添ってくる。

　花を買うのを忘れたことに、滝野は気づいた。井の頭線の神泉で降りればここまで二分とかからないのに、わざわざ渋谷まで行ったのだ。暁美のことを考えて、花を買おうとしたのではなかった。事務所を出る時、なんとなくそんな気分になった。霧雨のせいかもしれない。

　滝野は煙草を消し、灰皿を暁美に渡した。

　濡れた服を脱いだ。下着まで湿っているような気がした。

　熱いシャワーを浴びる。そうしていると、芯の冷えた躰《からだ》が次第に暖まってきた。いい匂いの石鹸があった。躰にまぶし、盛大に泡をたてる。タイルの壁にまで泡が飛んだ。

「下着も湿ってるみたいだわ。雨の中を歩いてきたのね」

　暁美が顔を出した。下着に触れられるのはいい気分ではなかった。

「放っとけ」

「だって、新しいのがあんのよ」

「着てりゃ、自然に乾いちまうもんだ」

　頭から湯を降りかけた。暁美の小さな叫び。跳ねた湯が服にでもかかったのか。

　火照《ほて》ってきた。湯を水に切り替える。躰が一瞬引き緊った。滝野は思わず声をあげた。栓を締める。火照りはまだ躰の中に残っていて、皮膚だけが鳥肌を立てていた。

「今夜は同伴してくれるの？」

　湿った下着を着こんでいる滝野の背後で、暁美が言った。

「休んじまえ。いや、遅刻すりゃいい」

「勤めはじめたばかりの店なのよ」

「高安さんに頼んどこう、おまえを特別扱いにしてくれってな」

「そう。でも社長とかマネージャーは関係ないの。女同士でいやなこと言われんだから」

「言いたいやつにゃ言わせとくさ」

　冷蔵庫からビールを出した。暁美がグラスと栓抜きを運んでくる。

　窓際に運んだ椅子に腰を降ろして、ビールを呷《あお》った。雨が、いくらか強くなりはじめたようだ。眼をこらすと、落ちてくる水滴が見分けられるようになっている。

「あたし、あんたのなんなの？」

ある時期がくれば、女が決まって持ち出す話題だ。滝野は窓の外に眼をやったまま黙っていた。

「浮気したら、怒る？」

「自分で決めりゃいいだろう。確かなのは、おまえは女房じゃないってことだ」

「お人形だもんね」

暁美は、刷毛《はけ》を使ってマニキュアをはじめていた。服と同じ色のマニキュアだ。ひとつの爪に塗っては、軽く息を吹きかけて乾かしている。

「もう一本、ビールくれないか」

「自分で取ってきて」

マニキュアを塗ったばかりの指を、暁美はヒラヒラと振った。


チャイムが鳴った時、滝野はズボンを穿《は》こうとしていた。

裸の上にガウンをひっかけて、暁美が出ていった。雨はとうとう本降りになったようだ。カーテンを開け、窓際に立って煙草をくわえた。完全に暗くなりきってはいない。五時を回ったくらいだろう。

いきなり、男が部屋に踏みこんできた。二人。見覚えはない。咄嗟《とつさ》に、滝野は身構えていた。

「よしなよ。こっちは三人だ」

もうひとり入ってきた。三十前後。みんな同じくらいの歳恰好《としかっこう》だ。ひとりが紺の背広に赤い縞のネクタイ、残りの二人は派手な上着をラフにひっかけている。

「強盗か、おまえら？」

「人聞きが悪いね。これでもちゃんとした商売持ってんだよ」

「その商売が強盗かって訊いてんのさ」

「強盗《たたき》は割りに合わねえ。商売ってのは頭使《オツム》ってするもんだろうが」

滝野は煙草を消した。硝子《ガラス》製の灰皿を投げる隙があるかどうかを窺《うかが》った。急所にでも命中しないかぎり、ちょっと無理だ。

暁美が入ってきた。その後ろにもうひとり男がいた。胡麻塩の短く刈った頭、顔の深い皺《しわ》、右手の繃帯《ほうたい》。暁美のヒモだ。

「あたしが呼んだのよ」

暁美の口もとが、かすかに痙攣《けいれん》していた。

「あんたは甘く見過ぎたのよ、あたしを。いつまでも黙って人形なんかやってらんないわ」

「なにかしたのかね、俺が？」

「あたし、あんたを好きになったの、ちょっとだけね。あんたがそうさせたんだわ」

「どこが悪い？」

「あんたは、あたしを好きにならなかった。人形にしてただけよ」

「そんなもんかい」

「なにが？」

「女ってやつがさ。つまらん話だ」

暁美の口もとがまた痙攣した。なにか言おうとしたが、言葉が出てこないようだった。滝野はシャツに手を伸そうとした。背広の男がシャツも上着もひったくる。

「ひどい目に遭えばいいんだわ。父にひどい怪我だってさせたんだから」

「なんだって？」

「父よ、あたしの」

男は暁美のそばに寄り添うようにして立ち、じっと滝野に眼をむけていた。

「切っても切れねえ縁ってやつがある、そう言ったろうが」

「ふうん、親父が娘をしゃぶってたのか。暁美、おまえは最初《はな》からこうするつもりだったのか？」

「好きだったって言ったでしょ。あんたがあたしを好きになってくれたら、父とも別れられたんだわ」

「どうあがいたって、切れやしねえよ。親子ってのは、そういうもんだ」

顔の皺を深くして、男が笑った。滝野はベッドに腰を降ろした。

「話はそれくらいにしときな」

背広が、暁美の方を振りかえった。残りの二人が、いきなり暁美のガウンを剝ぎ取った。抵抗する間もなく、暁美は裸身を晒《さら》した。

「なにすんのよっ」

「あんたが言ってた通り、確かにいい玉だ。これなら、一年もありゃきれいに借金は返《けえ》せるぜ」

乳房を抱えてしゃがみこんだ暁美が、父親の方に顔をむけた。

「どういうことよ？」

「おめえの親父はな」

背広が暁美の髪を摑《つか》んだ。

「俺たちに借金してんだよ。ほんとなら受取人を俺たちにした保険に入って、どこかで事故かなんかでくたばってたところだったんだぜ。おめえがどういう気で親父を呼んだのか知らねえが、おめえの躰は借金の形《かた》さ。親父がそう言ってんだ」

「ほんとなの、父ちゃん？」

「一年、トルコで働きゃ済むことじゃねえか」

「いやよ、そんな」

「おまえがそうしてくれなきゃ、俺《おり》ゃ死ぬしかねえんだ。保険に入ってな」

「ねえちゃんよ、おまえの親父の借金は一千万を越えてんだぜ。下手の横好きってやつだ」

「博奕《ばくち》ね、また」

滝野は煙草をくわえ、火をつけた。背広がチラリと眼をくれてきたが、なにも言わなかった。

いまのところ、成行を見守っているしかなさそうだった。三人で来た。滝野を放っておく気はないのだろう。吐いた煙のむこう側で、暁美が裸のまま立ちあがるのが見えた。ぼんやりしているようだ。抱くようにして隠していた乳房も晒している。

「まったくよ、いいタイミングで電話くれたもんだぜ。この四、五日のうちに、ほんとに保険に入って貰《もら》おうかって思ってたとこだ」

「暁美、一年だ、一年働きゃ済むことじゃねえか」

「そうよ、おめえならもっと稼げるかもしんねえ。ちっちぇいくせに、いい躰してやがるからよ。もういい、服着せてやんな」

暁美の肩にガウンがかけられた。暁美はただ立っているだけで、ガウンの前を搔き合わせようともしなかった。背広が、滝野の方を見てにやりと笑った。

「あんたのことだけどよ、旦那」

「俺にも用があんのかい？」

「親父さんに怪我させたんだってな。なんでも札ビラ投げつけて、その隙に手えぶった切ったって話じゃねえか」

背広がまた笑った。

「いくら出せる？」

「なぜ、金を出さなきゃならんのかな？」

「落とし前よ。親父さんは右手使えねえで、不自由してたぜ」

「おまえらが言うのは、筋違いだろう」

「いい度胸してんのは認めてやろう。いまもびびっちゃいねえ。胸にゃ派手な傷持ってるしな。そいつあ、手術の痕かね？」

「虎にひっかかれてな」

「俺たちを甘く見ねえ方がいい」

「女を取られたうえに、金までふんだくられんのか？」

「運ってやつがある。それにゃ逆らわねえこったぜ」

三人が笑った。筋者かどうか、滝野には見分けられなかった。臭い、はない。ただの不良グループ、そんな感じがした。しかしわからない。金のためにはなんでもやる連中、ということは確かだろう。

「俺ゃ、これで」

暁美の父親が言った。背広がふりむいた。暁美はまだ、同じ恰好で立ったままだ。

「そりゃいけねえよ、親父さん。あんたの娘さんに気持よく働いて貰うにゃ、あんたが俺たちと一緒にいてくれなきゃな」

「形《かた》は取ったじゃねえか」

「一応はな。あんたが一緒にいてくれりゃ、それだけ確かなもんになる」

「ふざけんじゃねえや。その野郎からだってふんだくんだろうが」

「いやとは言わせねえ。つべこべ吐《ぬ》かすと、指の二、三本も頂戴するってえことになるぜ」

滝野は煙草を消した。灰皿を、ちょっと自分の方へ引き寄せた。

「一緒にいない方がいいな。この連中の肚《はら》は見え透いてる。一緒にいて、あんたをまた博奕に誘いこんで、いつまでも暁美をしゃぶろうって気なんだ」

「うるせえっ」

呶鳴《どな》った背広の顔に滝野は灰皿を投げつけた。次の瞬間、反動をつけて立ちあがり、右にいた男の首筋に肘を叩きこんだ。左の男の腹も蹴りあげた。ほとんど同時に、三人が躰を折った。そのまま跳躍し、ドアの方へ走ろうとする。暁美が吹っ飛んだ。滝野は前のめりに倒れた。

背広の男が、額から血を流しながら滝野の脚に抱きついていた。

躰を起こそうとしたところを蹴られた。また倒れた。駄目なのはわかった。惜しいところだった。ドアのところで暁美とぶつからなければ、うまく逃げることはできたはずだ。

躰を丸くした。そして待った。足が、続けざまに全身に食いこんでくる。呻いた。呻きたい時は呻くことだ。背中を丸めたまま、躰をのたうたせた。首にくる蹴りが効く。腹は両腕で庇《かば》っていた。

躰を引き起こされた。二人が両側から支えていた。背広が、ハンカチで額の血を丁寧に拭った。怒りの量でも測るように、拭ってはハンカチの血を確かめている。

「無茶やるね、たまげたぜ」

背広は笑っていた。笑顔が近づいてきた。一瞬、視界が赤くなった。膝が折れそうになっている。顔のどこかを、灰皿で一撃されたようだ。濡れたような感覚があった。眼がしみる。何度も瞬きをした。背広はまだ笑っていた。股間を狙って蹴りあげる。足は自由だ。背広が這《は》いつくばった。両腕の関節を逆に取られた。左右から交互に腹を蹴りあげてくる。大して効きはしないが、続けざまで気を抜く暇がなかった。息もできない。

背広が立ちあがった。もう笑ってはいなかった。いきなり灰皿が飛んできた。首を曲げた。耳が捥《も》ぎ取られたような気がした。灰皿は、背後の壁に当たって割れた。耳が熱い。熱いだけだ。音は聞える。

顎《あご》を拳《こぶし》で突きあげられた。二度、三度ときた。頭の芯が痺《しび》れた。もう足も動かなかった。カーペットが近づいてきた。ひどくゆっくりと近づいてくるような気がした。手を放されたらしい。

腕を突っ張った。なんとか立ちあがれそうだ、と思った。躰が飛んだ。仰むけだった。天井が揺れている。くそっ、叫んだが声になったかどうかわからない。立とうとした。蹴倒された。顔にむかって飛んでくる足が、はっきり見えた。笑い声。もう一度、立とうとした。天井が壁になり、床が少しずつ遠くなっていった。

また、両脇から押さえられた。背広の顔が近づいてくる。細い眼、薄い唇、顎の小豆《あずき》のような黒子《ほくろ》。後ろに倒れこんだ。できるかぎり、後ろに躰を反らす。両脇を抱えこんでいる二人が、腕を前に引いた。思い切り、その反動を利用した。背広の顎のあたりに、頭を叩きつける。当たった。が、背広はちょっとよろめいただけだった。十センチ、遠過ぎた。気だけが先走りをしたのだ。

背広の拳が、まず腹へきた。いくらか間を置いて顔、それから腹。吐いた。腹が楽になった。右腕がなんとかならないか。両側の男とも、ひどく馬鹿力だ。いや、こっちに力が出ないのか。

　無茶すんじゃねえ、不意に桜井の声が聞えてきた。喧嘩ってのは、どっかで切りあげんだよ。殺《や》るか殺《や》られるかまでやるってのは、度胸でもなけりゃ根性でもねえ。馬鹿ってことだぜ。

　はじめて会った時、桜井はそう言ったのだ。滝野は十九歳だった。月謝が払えなくなって工業高校を中退し、何度か職を替え、盛り場の中心にあるマンモス・パブのバーテンになって二年が経っていた。高安も、同じ店のバーテンだった。

　二人でよく暴れた。悪酔いした客を荒っぽく放り出すのは、いつの間にか二人の役目になっていた。

　その夜も、街の不良四人を相手にやり合っていたのだ。滝野も高安も、連中と同じような不良だった。つまりお互いが目障りで、いつかは決着をつけようと思っていた相手だった。

　四人と二人。それでも、四人の方が途中から逃げ腰になっていた。死んでもいい、そんな捨鉢なところがあった。自分のどこからそういうものが出てくるのか、考えたこともなかった。


割って入った桜井はひとりだった。ついでにこいつも、そんな勢いで桜井に殴りかかった。地べたに這いつくばっていた。どうなったのかよくわからなかった。跳ね起き、むかい合った。桜井は、ズボンのポケットに両手を突っこんで、ただ立っていた。不思議に圧倒された。

　なあ、坊主。桜井の声は低く穏やかだった。おまえら、そのうちほんとに人を殺《や》っちまうぞ。殺《や》ってから泣いたって遅いんだ。それだけ元気がありゃ、なにやったって働けらあな。ひねくれて暴れてねえで、てめえの足もとよく見てみんだよ。

　四日か五日経ったあと、桜井が若い女を連れて店へ現われた。女は涙ぐんでいて、桜井はただ黙ってそばで飲んでいた。桜井の女とは思えなかった。時々、女は別の男の話をしていた。涙ぐんでいるのも、その男のためらしかった。

　滝野や高安を見ても、桜井はなにも言わなかった。顔貸してくれよ、滝野が言った。桜井は女に新しい酒を注文してやり、トイレへでもいくような素ぶりで席を立った。

　俺ゃ堅気さんとはやらねえ。だけどおまえら、堅気さんとは言えねえようだな。筋者《すじもん》でもねえ。中途半端な野郎は始末におえねえな。

桜井は、店の裏の路地で、ズボンのポケットに両手を突っこんで立っていた。高安と二人でやろう、とは思わなかった。ひとりを二人でぶちのめすほど汚なくはない、そんな見栄があった。二人でかかろうが、実際はそれほどちがわなかっただろう。最初に飛びかかっていった滝野が腹に一発食らってうずくまり、立ちあがる前に高安も張り倒されていた。女が、新しい酒を一杯空ける間もなかった。

桜井が、落ちぶれかかった組に戻ってきた男だということを、しばらくして知った。どこから戻ってきたのか、訊くまでもなかった。

拳が顎を突きあげてきた。滝野は頭をのけ反らせた。背広は、充分に間《ま》を取って殴っている。決して滅茶苦茶に殴ってはこない。やり方を心得ていた。パンチとパンチの間《ま》が、心にのしかかってくるのだ。臆病な男は、次のパンチを待つまでの間に、恐怖の虜《とりこ》になる。もうこないのかもしれない、そう思いはじめた時に食らうパンチは確かにこたえた。

腹にきた。吐くものはなかった。滝野は身をよじらせ、衝撃が抜けていくのを待った。背広が息を弾ませていた。額の汗に血が混じっているのが、はっきり見えた。

眼の下に右がきた。間を置かずに左の返しがきた。一瞬、なにも見えなくなった。自分が立っているのかどうかさえ、わからなかった。しばらくして、荒い息遣いが聞えた。自分の息遣いだった。背広の姿がぼんやり見えてきた。立っているようだ。

足を動かした。徐々に左足だけを前に出す。砂袋かなにかを載せているように、重い足だった。位置が決まった。

滝野は全身の力を抜いた。

「のびちまったぜ、こいつ」

声は耳もとで聞えた。右腕を摑んでいた男が手を放した。一瞬遅れて、左の男も放した。倒れなかった。渾身《こんしん》の力を足もとにこめた。それから、右の拳を突き出した。体重の全部を乗せるつもりで突き出した。背広が仰むけに吹っ飛ぶのを、倒れながら見ていた。

腰に、背中に、首筋に、足が食いこんできた。奇妙に静かだった。痛みもない。ただ躰が揺れているような気がするだけだった。

二

土曜日も、村沢は朝から家に押しかけてきた。方々に電話をし、一度飛び出していき、午前《ひる》にまた戻ってきた。

高樹は書斎にいた。村沢が来た時ちょっと居間へいっただけで、ずっと書斎で机にむかっていた。定期購読をしている詩の雑誌で、読んでないものがだいぶあった。詩論は読まない。詩とエッセイを読むだけだ。

それでも二時間は潰れた。

村沢と昼食を摂っている時、一雄が帰ってきた。こんな日は話をするのに絶好だったが、高樹は声をかけなかった。いきなり、なにを話せばいいのかもわからない。

一雄は村沢に挨拶《あいさつ》し、ちょっと学校の話をして自分の部屋に入った。でかい図体をしている。髭も生えはじめていた。

「ガセで踊るようじゃ、特捜班にも期待できませんね」

杉村が横浜に現われたという情報で特捜班が出動し、その動きを知った村沢も飛び出していった。結局空振りだった。丸和会はまったく動いていない。

「なにもせずにじっとしてるってのは、どうも落ち着きませんでね」

「皮肉か？」

「俺は気が小さいんですよ、多分」

特捜班はガセで踊った。しかし丸和会は、ガセを見抜いたようだ。それがちょっと気になった。

「訊いていいですか？」

スパゲティをフォークに巻きつけながら、村沢が言った。

「警部はなにを待ってんですか？」

「わからんよ」

「なにか起きると思ってんでしょう？」

「それもわからん。だから休暇を貰ったつもりで待つしかないのさ」

「木曜に丸和会はなにかを摑んだ。こいつは確かですよね。眼の色変えて杉村を捜し回ってたのに、突然諦《あきら》めちまうってのはおかしい」

「海外《そと》にいる。そう決めこんだのかもしれん。日本にいなけりゃ、証言のしようもないわけだからな」

「考えてみると、課長の要求も無茶ですよね。なんでもいいから大和田を逮捕《あげ》ろっていうんですから」

「しかも、われわれだけでな」

高樹はブランデーを舐め続けていた。食欲はない。スパゲティも、まだほとんど皿に残っていた。

「おまえ、これからどうする気なんだ？」

「さあ、埼玉県警の四課で情報を集めるってのは、やっぱり無駄でしょうか？」

「無駄じゃない情報があったら、連中が動いてるさ」

「駄目でも動いてみるのが刑事《でか》の鉄則だって、警部、いつも言ってるじゃないですか」

「今度は別だ。博奕みたいなもんだからな」

「狙い目はなんですか？」

「丸和会が動きを止めたことだ」

「どうも意味がわからんな」

「私もわからんよ。だから待ってる。おまえも、部屋に帰って洗濯でもしたらどうだ」

「してますよ。掃除だって。こう見えても、結構きれい好きでしてね」

高樹は、スパゲティを食うのをやめにした。飲み過ぎたようだ。

「よかったら、俺が片付けましょうか？」

村沢が、高樹のスパゲティを自分の皿に移した。外は霧のような雨が降っている。

「そうだ。柿を捥いでいってくれんか。雨がひどくなる前に捥いじまいたい。家内がいくつか捥いだようだがね、高いところは無理みたいだ。上から落としてくれりゃ、一雄に受け取らせるよ」

「柿ですか。そりゃ構わんですが」

高樹はゴロワーズに火をつけた。

「やることがないなら、高安に当たってみろ。きのうから旅行だって話だったな」

「マネージャーがそう言ったんです。週末は大抵ゴルフだそうですよ」

「どこのゴルフ場だ？」

「そこまでは、訊きませんでした」

「調べろよ。ただし、あんまり大っぴらにはやるな。あそこのマネージャーは高安の右腕みたいなもんだろう。別のところから探った方がいい」

「わかりました。仕事ができただけでもありがたいや」

万里子が茶を持って入ってきた。皿を見て顔をしかめる。村沢が頭を掻いた。

「梯子《はしご》の用意をしとけ。柿を捥いでくれるそうだ」

「そんな。鳥にでも食べさせておけばいいんですから」

「やります。俺も少し分けて貰いたいですから」

村沢が皿を持ちあげてスパゲティを口に押しこんだ。


一雄がレコードをかけていた。

書斎にまで響いてくる音に、高樹は十分も耐えられなかった。ジャズだかロックだか知らないが、耳障りなだけの騒音だ。

「止めろ。うるさくてかなわん」

一雄の部屋のドアを開けて言った。部屋の中の音響はもっとすさまじかった。一雄はベッドに仰むけに寝て足を組んでいる。

「わからんのか。止めろと言ってるんだぞ」

「ちょっとくらい、いいじゃないかよ。もう終りなんだから」

「近所迷惑だ」

「隣りのピアノはどうなのさ?」

一雄が上体を起こした。首をかすかに振ってリズムを取っている。

「おまえのことを言ってるんだ。よそを引き合いに出すんじゃない」

「もうちょっと待ってよ。どうせ酒飲んでんじゃないか」

部屋へ入った。ベッドのそばへ立ち、いきなり一雄の胸ぐらを摑んだ。気づいた時は投げ飛ばしていた。床に這いつくばった一雄が、口を開けたまま高樹を見あげた。

書斎へ戻った。騒音は消えていた。

高樹は机にむかい、詩の雑誌を拡げた。文字は眼に入ってこない。

どうかしていた。やはり苛立《いらだ》っているのだ。いままで、一雄を殴ったことがないわけではない。ただ、親として殴ったのだ。腹立ち紛れに殴ったりはしなかった。

しかし不甲斐ない。投げられた時の一雄の眼は、ただ呆然としていた。一片の敵意も滲《にじ》み出してこなかった。その上、大人しくレコードまで止めたのだ。親父が怕《こわ》いのか。やり合っても勝てる相手ではないと、はじめから諦めているのか。

高樹自身には、父親と争ったという記憶がなかった。

いまの高樹がそうである以上に、息子に無関心な父親だった。高校の理科の教師で、死ぬ三日前まで旧式の顕微鏡を覗《のぞ》いていた。

　ブランデーをグラスに注ぎ足した。朝から、もう半分以上空けてしまっている。一日じゅう家にいることなどめずらしいのだ。外の霧雨は止む気配がない。午後四時を過ぎていた。

　詩の雑誌を閉じた。代りに村沢のメモを全部出し、はじめから読み直した。メモは十五枚ほどになっている。量が多いというだけで、新しい発見はなにもなかった。


　村沢が来たのは八時を過ぎていた。

　本降りになっていて、村沢は頭から濡れそぼっていた。日に三度もやって来られると、帰ってきたという感じになる。

「高安の居所が、どうしても摑めません」

　万里子が差し出したバス・タオルを使いながら村沢が言った。風呂を勧めたが、村沢は首を振った。

「ゴルフじゃないみたいです。高安が会員《メンバー》になってるクラブじゃプレイしてません。それにゴルフの時はいつも自分でアウディを運転していくそうですが、高輪《たかなわ》のマンションの駐車場にきのうから置きっ放しなんですよ」

「遠出をしてるって可能性は？」

「わかりませんが、ゴルフの仲間からはなにも出ませんでした。もうひとつ妙なのは『マンチェスター』はきのうが給料日なんですよ。もっとも女の子たちは週給制で、ボーイとコックとマネージャーの給料日なんですがね。毎月、高安が自分の手で渡すそうです。だから給料が一日遅れてる」

「今夜現われなきゃ、来週までお預けってことか」

　村沢は、居間のサイドボードからブランデーグラスを出して、勝手にやりはじめた。いかつい躰の割りに、酒は弱い。

「逃《ふ》けたんじゃないでしょうか？」

「誰から？」

「丸和会からか、それともわれわれから」

　高樹はゴロワーズをくわえた。無理をして夕めしを食った。腹になにか入れると、逆に酒は飲みたくなくなる。村沢がブランデーを舐めるのを、ただ眺めていた。

「飛躍し過ぎてますかね？」

「自分のアウディに乗って逃《ふ》けそうなもんじゃないか」

「いないこたあ、確かなんですよ」

「そこまでにしとくんだな」

「そうですね。確かなのは、高安がいなくなったってことだけだ」

一雄が入ってきた。風呂場や台所へ行くには、居間を通らなければならない。眼が合った。高樹は睨みつけた。一雄はすぐに眼をそらした。一雄ちゃん、万里子がなにか言っているのが聞えた。昼間のことは、なにも気づいた様子はない。

「村沢、おまえ、親父さんにぶん殴られたことはあるか？」

「あるかなんてもんじゃありません。出来が悪かったですからね、毎日でしたよ」

「どんな気がするもんだ？」

「どうってことないです。馴れっこになっちまってたから。ただ、いつか殴り返してやろうとは思ってましたよ。そう思いながら、気がついたら親父の方が弱くなっちまってた。だけど、なんでです？」

「おまえが、どんな親に育てられたのかって思っただけだ」

「なんかおかしなことしましたか、俺？」

「暇だと、妙なことが気になったりするもんさ」

村沢が曖昧な笑みを浮かべた。

高樹は立ちあがってテレビをつけた。九時のニュースまでには、まだ十五分ほど間がある。

「そうだ、ちょっと」

村沢が電話を摑んだ。高樹は、ブラウン管の中の女性歌手の顔に眼をやった。

「それで？」

村沢の声がテレビの音声より大きくなった。

「警察庁の外事課に入ったんだな、最初の情報は？」

メモ用紙を出し、ボールペンでなにか走り書きしている。高樹はちょっと覗きこんで、眼をそらした。清書していない村沢の字は、とても読めたものではない。

「台北の郊外で、中年の男女の射殺屍体が発見されたらしいです。旅券は持ってなかったそうですけど、所持品を検討した結果、日本人だとは判明してます。外事課から特捜班に連絡がありました」

受話器を握ったまま、村沢が言った。

「どうして、特捜に連絡してきたんだ?」

「確認されちゃいないんですがね、杉村と大和田令子に人相が一致してんですよ」

「いつのことだ?」

「屍体の発見が昨夜、外事課に連絡が入ったのが今日の夕方です」

日付け、鳴りをひそめた丸和会、頭の中でひとつのことが組立てられていく。

「二人の写真をすぐ電送したそうですが、確認は多分明日になるでしょう」

鼻唄が出た。すぐに気づいてやめた。村沢はメモの清書をしていた。

三

眼を開けた。

モスグリーンのカーペットの毳《けば》が見えた。カーペットは広く、遠くまで拡がり、起伏のない草原のような感じがした。

他人の躰のようだ。動かない。脈打つ痛みだけが、かろうじて自分の肉体であることを教えていた。

無理をすべきではなかった。力を抜いた腹に一発食らって、あっさり気絶してしまえばよかったのだ。躰にダメージさえなければ、反撃のチャンスはまた見つかっただろう。

手を握りしめてみた。力は入るようだ。足はよくわからなかった。頭痛がひどい。起きあがればもっとひどくなるだろう。

「逃げようなんて気起こしやがったら、今度は脚の筋ぶった切ったるからな」

背広の声のようだった。頭だけ少し動かした。ドアのところに坐りこんだ暁美の姿が見えた。相変らずガウンをひっかけているだけの恰好だ。もうちょっと首を回す。うずくまっている胡麻塩頭が見えた。低く呻いているようだ。

「大したこたあねえよ。そのへんの布でも巻いときゃ、血は止まる」

「歳を考えなよ、親父さん。娘が稼いでくれるんだ。いい身分じゃねえか」

別の男の声だった。少しずつ事態が呑みこめてきた。

「俺ゃ、逃げようとしたんじゃねえ」

弱々しい声だった。滝野に掌を突き抜かれた時、あけみ、と何度も呼んでいた声だ。

「飛び出してったんだ、靴抱えてな。余計な理屈をつけんじゃねえ。大人しくしてりゃ、一年で娘が借金返《けえ》してくれるじゃねえか」

「俺ゃ、外に空気を吸いに」

暁美の父親は、左腕を抱えていた。どれくらいの傷なのかはわからない。

「娘残して、てめえだけで逃げるたあな」

背広の顔は見えなかった。ダラリと下げた手に、短めの匕首《あいくち》を握っているのだけが見えた。ほかの二人も、腰から下しか見えない。

「ところでこの旦那だがよ」

「馬鹿な野郎だ。こうなりゃ、ちっとばかしの落とし前じゃ済まねえぜ」

「だけど、金持ってんのか。札ビラ投げつけたなんて、親父さんのホラじゃねえのか」

「女囲うくらいだ、小金くらいは持ってるはずだぜ。このマンションの権利金だってあらあな」

「この野郎、素人《トウシロ》なのかな。やけに荒っぽく逃げようとしたって思わねえか」

「だから馬鹿だってんだよ。おい、親父が逃げねえようにしとけよ。こっちへ入れとけ」

蹴りつける気配があり、胡麻塩頭がごろりと滝野のそばに転がってきた。滝野はゆっくりと頭をあげた。三人が見降ろしている。

「眼が醒めたかね、旦那」

滝野は上体を起こした。足に力は入る。立てそうだ。だが、じっとこらえていた。

ドアのところにしゃがんでいる暁美と、眼が合った。ちゃんとガウンを着なよ、視線にそういう気持をこめた。暁美が眼をそらす。そして、自分の恰好にはじめて気づいたのか、慌《あわ》ててガウンの前を掻き合わせた。

「親父さん、放っといていいのかよ」

背広が、暁美の短い髪に手を置いて笑った。暁美は、父親の方を見ようとしなかった。

「あけみ」

小さな声が呼んだ。

「手が痛《いて》えんだよ。血が止まんねえ」

暁美は表情を動かさなかった。眼をくれようともしない。

「巻いときな」

ひとりがハンカチを放り投げた。

滝野は、躰の痛み具合を確かめるように、ゆっくりと立ちあがった。片膝立ちで一度息をし、そろそろと両脚を伸した。

「おう、旦那立ったぜ」

「また荒っぽいことやる気じゃねえだろうな」

躰を見降ろした。上半身裸で、赤黒い血が点々とこびりついている。傷を負っているのは頭か顔だが、出血は止まっているようだ。

「いくら欲しいんだ、おまえら？」

「出す気になったのか。最初《はな》からそうしてりゃ、痛え目見ずに済んだんだぜ」

脇腹が痛む。肩も首筋も痛む。だが大した痛みではない。

「ま、二百万がとこで、手え打とうじゃねえか」

「出せるか。人を見て物を言え」

「百五十。ギリギリの線だぜ。ひとり五十万ずつってわけよ」

「無理だね」

滝野は深く息を吸った。痛みはない。次に首をゆっくりと回した。バリッと音がした。肩、腰、膝、肘、少しずつ動かしてみる。大丈夫だ、そう思った。こいつらのパンチや蹴りは、ただ滅茶苦茶に打ちこまれてきただけだ。急所ってやつがある。そこへ食らったのは数えるほどだ。

「いくらなら出せんだ？」

「百ってとこかな」

「ふうん。あと五十上乗せできねえのか？」

「俺は万はつけちゃいないぜ」

背広は、すぐには意味が理解できないようだった。

滝野は笑ってみせた。唇のあたりが痛かった。

「どういう意味だね、旦那？」

「おまえらみたいなゴミにゃ、百円でも多過ぎるよな」

「冗談はそれくらいにしときなよ。こんな時、冗談飛ばすもんじゃねえぜ」

背広が笑った。滝野はズボンのポケットに両手を突っこんだ。

「いくら馬鹿でも、冗談を飛ばしていい時と悪い時くらい、心得ちゃいるよ」

背広はまだ笑っていた。笑いながら、腰から鞘《さや》ごと匕首を抜いた。

「こうなりゃ、どうでも二百万は出して貰うぜ。こいつあなるだけ使いたくねえんだがよ」

　芝居がかった仕草で鞘を払った。刃がキラリと光る。滝野は一歩退がった。

　三人とひとり。しかもこっちは散々痛めつけられた後だ。絶対に有利な方が刃物を出した。つまり、必要のないものを出したのだ。本気で使う気はないだろう。

　待った。背広が踏み出してきた。三歩。まだ待った。さらに距離を詰めてくる。切先が、滝野の胸に触れそうになった。

　切先に自分の躰を突き立てるような勢いで、滝野は踏み出した。

　刺す気はない。咄嗟に避けるだろう。そっちの方に賭けた。

　滝野の膝が背広の股間を突きあげ、ポケットから抜いた手が、匕首を握った右腕をしっかり抱えこんでいた。背広の口から声が洩れた。匕首は滝野の手に移っていた。

　ひと呼吸も待たなかった。

　背広の腕を放しむき合った瞬間、滝野は素速く匕首を横に払った。叫び声。相手の腿を浅く切った。

　残りの二人が動き出す前に、滝野は背広の背後に回り、首筋に刃を押し当てた。ヒクッ、ヒクッと痙攣するのどの動きが、刃を通して手に伝わってきた。

「退がれ」

　二人に言った。背広の腿に血のしみが拡がっていた。声は出せないようだ。

「一歩でも前に出てみろ。こいつののどをぶった切るぜ」

　二人は顔を強張《こわば》らせたまま、壁に背中をつけた。はあっ、と背広が息を吐いた。

「暁美」

　ドアのところに坐りこんだままの暁美に声をかけた。

「ちゃんと服を着な。それから親父さんの怪我を見てやれ」

　背広が膝を折りそうになった。刃が皮膚を切り、少し肉に食いこんだ。呻きが洩れた。匕首に力をこめる。背広の躰がしゃんとした。のどは相変らず痙攣している。

「痛いのはわかるが、しばらく我慢して立ってるんだな。坐りこみゃ、首が胴から離れちまうぜ」

　暁美はまだ立ちあがっていなかった。滝野はもう一度呼んだ。弾かれたように暁美が立ちあがる。

「さきに服を着ろ。親父さんの怪我は、血が止まってりゃどうってこたあない」

暁美はまず下着をつけ、それからガウンを脱いだ。手早くセーターを着こみ、スラックスを穿く。

「坐らしてくれ、頼む」

背広が悲鳴をあげた。ズボンの片方が血で脚に貼りついたようになっている。

「膝が保《も》たねえんだ、もう駄目だ」

「じゃこのままくたばれ」

「頼む。なんでもあんたの言う通りにする」

「暁美の親父から、証文は取ってんのか？」

「いや。借金は忘れる。忘れるから、坐らしてくれ」

暁美は、服を着たままぼんやりと滝野を見ていた。父親の傷の手当てはしようとしない。多分、もう血は止まっているのだろう。

「暁美、靴下を忘れてるぜ。身の回りのものも集めるんだ、この間みたいにな」

放心したような顔をしたまま、暁美はスーツケースを引き出した。

「坐らしてくれ、もう駄目だ」

また刃が首筋に食いこんだ。滝野はちょっとだけ匕首を横に引いた。カン高い悲鳴があがった。血が、白いワイシャツの襟を濡らした。背広は爪さき立っていた。

「無理するこたあないぜ。自然に立ってりゃいいんだよ。疲れてへたりこみゃ、それで終りなんだ」

壁に背をつけた男のひとりが、前へ出ようとした。

「動くな」

止めたのは背広の叫びだった。

「こいつは本気だ。本気で俺の首を切っちまう気だ」

「舐めん方がいい。どこをどうすりゃ殺せるか、知ってるだけじゃない。やったこともあるんだぜ」

暁美は、スーツケースに五、六枚の服を放りこんだだけだった。またぼんやりと突っ立っている。

「大事なものは全部入れたのか？」

暁美が、かすかに頷《うなず》く。

「よし。じゃ親父さんを連れて出ていきな。こいつらの眼が届かんとこで暮すんだな」

「父ちゃんと？」

「実の親父さんだろうが。怪我もしてる」

「行っちゃって、いいの？」

「早く行かなきゃ、このお兄さんの首が胴から離れちまうぜ。行ってくれなきゃ、俺だって動けん」

「助けてくれるの、あたしたちを？」

「早く行け、できるだけ遠くへな」

暁美が、父親に手を伸した。肩に触れられた父親が、のろのろと躰を起こした。滝野の方も、男たちの方も見ようとしない。眼を伏せ、大事なものでも抱えるように、左手をしっかり右手で胸に押さえつけている。傷は甲だ。大して深くないのは、見ただけでわかった。

「どこの者《もん》だ、おまえら？」

暁美の姿が消えても、滝野は背広の首筋から匕首を離さなかった。

「どこのバッジをつけてんのか、訊いてんだよ」

「どこって？」

壁に背をつけたままの男のひとりが言った。背広の首筋がヒクついた。なにか言おうとしているようだ。匕首をちょっと下げた。

「お、俺たちゃ、そんな人間じゃねえ。ノミ屋やっちゃいるけど、ほんの小遣い稼ぎだ」

「本業は？」

「俺ゃ、赤羽でバーやってる。嘘じゃねえよ、『ロン』ってえ店だ。やくざにゃ関係ねえ。そ、そこの二人は、俺の友達《ダチ》で、運転手だ。トラックの。な、頼む、坐らせてくれ。もう立ってられねえ」

「堅気さんが、ドス呑んで筋者《すじもん》の真似か。だから怪我すんだぜ」

「坐らしてくれ、もう駄目だ」

「さっきからそう言いながら、ちゃんと立ってるじゃないか。その気になりゃ、あと一時間だって大丈夫だろう」

背広の額には、びっしりと冷や汗の粒が浮いていた。血の気も失せていて、時々眼を閉じる。

「落とし前ってのはな、筋者《すじもん》のやり方なんだ。堅気さんが言い出すことじゃないよ。俺ゃそこが気に障ってる。筋者《すじもん》の落とし前がどんなもんか、おまえら知ってんのか」

「悪かった、悪かったよ。そう言やあんたが怕がると思った。それだけなんだ」

背広がまた眼を閉じた。膝がちょっと折れそうになった。刃が皮膚に食いこむ。

滝野は匕首を首筋から離し、背広の躰を男たちの方へ突き飛ばした。俯せに倒れて背広が呻く。それを二人が抱き起こした。

「さっさと消えちまえ。早いとこ血を止めてやらなきや、そいつはくたばるぞ」

滝野は鞘を拾いあげた。カーペットには小さな血溜りがあった。

「シーツを貰えねえか。このまんまじゃ血が垂れてくる。廊下に垂れてんのを見ただけで一一〇番するやつだっているからな」

男のひとりが言った。坊主頭で小柄だったが、背広より肚は据っているらしい。

「ベッドのやつをひっぱがせ。どうせもう使やしないんだ」

男はシーツを四つに裂いた。それから背広の片脚に何重にも巻きつける。シーツにはすぐに血がしみた。だが、しばらくは垂れてくるのは防げそうだ。

三人が出ていった。部屋の中が急にがらんとなった。滝野は浴室に入り、顔を洗った。固まりかかった血が剝がれて、また出血してきた。切れているのは髪の中だ。

濡らしたタオルで上半身をそっと拭いた。力を入れると、方々が痛い。もう一度顔を洗い、きつく搾ったタオルを傷口に押し当てた。鏡に写っているのは、ひどい顔だった。下半分が脹《ふく》れあがっている。

ウィスキーの栓を抜き、瓶に口をつけて呷った。ひどくしみる。口の中も傷だらけだ。

外はすっかり暗くなっていた。午後七時。思った以上に時間が経っている。一度気絶した。それが結構長い時間だったのかもしれない。窓際に立っても、雨はよく見えなかった。音で、本降りであることがわかるだけだ。

人の気配を感じた。

居間の入口に、濡れそぼった暁美が立っていた。短い髪が頭に貼りつき、顔が子供のように小さく見えた。セーターも、ぶらさげたままのスーツケースも濡れている。

もう一度ウィスキーを呷った。傷口に当てたタオルに、血はそれほどしみていない。どうやら止まったようだ。暁美はふるえていた。紫色の唇から、白い歯が覗いていた。

「三人が出ていくのが見えたわ。通りのむこうの路地で見てたの」

滝野は、髪の中の傷を指さきで触れた。かすかな痛みが走った。指に、血は付いていなかった。

「父には、百万円持たせて、タクシーに乗せたわ」

暁美がスーツケースを滝野の方へ差し出した。

「おまえにやったもんだ」

「怒ってもくれないの？」

「あの人がおまえの親父さんとは考えてもみなかった。怪我させたのは悪かったと思ってる」

「高校に入った時から、あたし働きはじめたの。いつの間にか、学校もやめちゃってたわ。そして好きな男《ひと》ができた。その男《ひと》からお金を取ったのが最初よ」

暁美の髪から雫《しずく》が落ちた。涙がこぼれ落ちたように見えた。

滝野は煙草をくわえ、ソファに腰を降ろした。寝室と較べると、居間は荒されていない。

「父をあんなふうにしたのは、あたしよ」

暁美の眼から、本物の涙が溢《あふ》れ出してきた。

「母に情夫《おとこ》がいることを教えてやったの。逢ってる現場へ案内してやったのよ」

滝野は、もう一度髪の中の傷に指さきで触れた。瘤《こぶ》が傷のところで二つに割れたようになっている。灰皿でやられたのがここだろう。

「傷の薬は置いてなかったか？」

「待って」


暁美が、軟膏の小瓶を持ってきた。滝野の頭を抱えこむ。濡れたセーターから雫が落ちてきた。薬を塗られると、傷はかすかに疼いた。

「血は止まってるわ」

灰皿の煙草を消した。煙まで傷にしみるようだった。

「どうする気だ？」

「あんたと一緒にいたいの。毎日じゃなくていい。時々来てくれるだけでいいんだから」

滝野は窓際に立ち、暗い空を見あげた。

「好きになってなんて言わないわ。あたしがあんたを好きなだけ。そのことに気がついたの」

雨足は見えない。音が聞えるだけだ。部屋に眼を戻し、テーブルのウィスキーを呷った。最初ほどしみはしない。暁美にも瓶を差し出したが、見ていなかった。滝野の眼だけを、じっと覗きこんでいる。

「あんたがいいの。雨に濡れながら、そう思って立ってたわ」

上半身裸でいると、肌寒かった。暁美の唇もまだ紫色のままだ。

「シャワーでも浴びるか？」

「一緒に？」

「寒いだろう？」

暁美が頷く。

「俺もだ」

四

台北郊外の屍体が、杉村敏夫と大和田令子であると確認されたのは、日曜の午後だった。大和田令子は遠距離から一発で射殺、杉村は至近距離から十数発の弾丸を受けていた、という情報も入ってきた。

月曜の朝に、特捜班から二人が確認のため現地に飛んだ。

高樹は、日曜も一日じゅう家にいた。月曜になっても、出ようとしなかった。村沢が本庁と高樹の家を何往復もしただけだ。

「杉村が消されちまったんじゃな。しかも海外《そと》ときてる。これじゃ、大和田の殺人教唆は完全にお手挙げってとこですか」

月曜の夜だった。台北からの報告を待つ以外に、村沢ももう仕事が思いつかないらしい。高樹の家の居間に、すっかり腰を据えてしまった。

「最初から無理な線だったのさ。たとえ杉村が殺人教唆を証言したところで、大和田会長を有罪にできたかどうかわからんよ。ひとりだけ、それも組織を追われちまった人間の証言じゃな」

「ほかに手があったと思うんですか、警部？」

「まともに逮捕《あげ》ようとすりゃ、狙うのはそこしかなかっただろうな」

「非常手段、なにか思いつきましたか？」

「いや。正直な話、ここんとこずっとそればかり考えてた。なにも思いつかん」

「酒が過ぎるんじゃないですか」

「酒に呑まれちゃおらんさ」

杉村と大和田令子の死に方の違いを、高樹は考えていた。二人とも同じ死にざまだったら、あちらでなにか揉め事に巻きこまれたと考えられる。違い過ぎるのだ。それがなにを意味するか、漠然とだが高樹は見当をつけていた。

しかし、海外の事件だというのは、やはり捜査のネックになる。大和田が、杉村の所在を突きとめ、殺し屋を送り、そいつが誤って令子まで殺したとしても、立証には困難が多過ぎた。

待つしかない。

高樹はそう決めていた。ほんのちょっと待っただけで、杉村と令子が殺された情報が入ってきた。まだ、なにか起きるはずだ。そして、どこかで大和田と繋がる。

「警部、俺は辛抱が足りないんですかね？」

村沢は、一杯のブランデーで眼のまわりを赤くしていた。

「なんでだ？」

「じっとしてられません」

「私は老いぼれだからな。みんなそう呼んでるじゃないか」

「俺ゃ、そんな呼び方してませんよ。この何年かで警部が担当した事件の六、七割は、俺がペアだったんでしょう」

「もっと多いかもしれんぞ」

「動くときゃ、こっちが音《ね》をあげちまうくらい動く。動かん時も同じだ」

「動かんわけじゃない。動けんのさ」

「課長の命令は滅茶苦茶だ。ありゃ、典型的な官僚だからな。下の苦労なんて考えちゃいない」

「酔ったのか、おい」

「別に。酔わなきゃ課長の悪口を言えんほど、俺ゃやわじゃないですよ」

村沢は、愚痴や不平の少ない男だ。無意味と思える仕事を命じても、黙々とやってのける。頭の回転は早くないが、考えながら仕事をするという習慣も身につけていた。

ブランデーに栓をした。ゴロワーズをくわえ、ライターをカチカチと鳴らす。一回で火がつくのは稀だ。村沢の顔が引き緊っていた。その顔を見て、高樹は自分が鼻唄をやっていることに気づいた。まったくいまいましい癖だ。何度か直そうとした。煙草をやめるよりも難しかった。煙草なら、持ち歩かなければ喫わなくても済む。

「ひとつ仕事をやってみるか、村沢」

「台湾にでも行かせてくれますか」

「行ったやつを捜すのさ、丸和会の中でな。丸和会が動きを止めたのが木曜、杉村たちが消されたのが金曜の夕方から夜。丸和会から誰か行ったとしても、もう戻ってきてるんじゃないかな」

村沢が頷いた。たとえ台湾に行った人間がいたとしても、事件の立証を日本でするのは困難だった。それは村沢にもわかっているだろう。

「埼玉県警の四課じゃ、多分、丸和会の誰が行ったってとこまでは摑んでるでしょう。摑んでないとしても、見つけるのにそれほど時間はかからんと思います」

「ひとりでいいんだ。そいつが覚醒剤《シャブ》かなんかやってりゃ、もっといい」

「逮捕《あげ》ますか?」

「まず見つけてくれ。埼玉県警や特捜班とぶつかったって労力の無駄だ」

「わかりました。いつまで待てます?」

「やるとなりゃ、早いにこしたこたあない」

村沢が立ちあがった。

「おい、今夜からはじめる気か?」

「十二時までは電話に出てくださいよ。それより遅れたら、朝の六時まで電話しません」

九時になろうとしていた。丸和会に探りを入れるには、むしろ手ごろな時間だ。

「何時でも構わんぜ。このところ睡眠は取り過ぎてるくらいだ」

実のところ、かなり睡眠不足気味だった。夜更しをする。眠りが浅い。眼醒める時間はいつもと同じで、おまけに酒浸りだ。動き回っている時の方が、よく眠れた。短い時間でも、深く眠る。

村沢が出ていくと、詩集を一冊居間へ持ってきた。酒はもう飲まなかった。キッチンのテーブルで、万里子が洋裁の型紙を起こしている。内職と称しているが、趣味に毛の生えた程度のものだ。一雄は部屋にこもったきり出てこない。


電話が鳴ったのは、午前二時を過ぎたころだった。毛布を二枚かけてソファで横になっていたが、眠ってはいなかった。

「三人いましたよ。土曜の晩に帰ってきてます。東和建設の社員で、仕事のための出張ってことになってますがね」

東和建設の社長は、丸和会の大和田だった。ほかにも、不動産、金融、風俗営業などに手を伸し、会社の数は六つか七つになるらしい。大した事業家だ。目端のきくチンピラは、丸和会に入ってテキ屋の修業をするより、それらの会社に入社してしまう。

「三人が三人とも、台湾で怪我してましてね。しかも同じ場所、左手の小指ってわけです」

「なるほどな。で、どいつに眼えつけた？」

「小林って野郎です。三人の中じゃ一番下っ端ですが、多分覚醒剤《シャブ》やってるでしょう。売人の噂じゃ、そうです。ただ、東和建設じゃ新参で、なにも知らん可能性はあります」

「構わんよ、そいつが台湾に行ったんならな。いま、どこだ？」

「自分の部屋。川口の小汚ないアパートですよ。そのアパートの前の公衆電話からかけてんです」

「おまえ、車は？」

「いや、今夜仕事になるとは思ってなかったもんで」

「わかった。ちょっと回り道して行くからな。アパートの住所を言え」

高樹はメモを取り、受話器を置いた。

寝室へ入り、そっと背広を出す。お出かけですか、ベッドの中から万里子が言う。曖昧な返事をした。外出の用意は整っていた。居間で電話待ちをしていた高樹を見て、気を利かせたのだろう。

川口のアパートに着いたのは五時過ぎだった。車に乗りこんできた村沢は、寒そうにしばらく躰を揺すっていた。

「逮捕《パク》るぞ」

「しかし、令状は？　寝てるのに現行犯ってわけにゃいかんでしょう」

「たまにゃ、連中のやり方を真似てみようじゃないか。胆っ玉を潰してくれりゃ儲けものだ」

「警部がやれって言うならやりますがね。どうせ寝こみを襲うんだから、大した手間じゃないし」

高樹は車を降りた。村沢ものっそりと降りてくる。

部屋は二階だった。軽くノックする。反応はなかった。

「鍵かけてないや」

ノブを回した村沢が呟いた。

靴のまま踏みこんだ。なにもない部屋の真中に敷いた蒲団に、人がひとり横たわっている。明りを点《つ》けた。それでも眼を醒さなかった。

高樹は、男の細い手首に手錠を打った。男が身動《みじろ》ぎをし、眼を開いた。高樹と村沢を交互に見る。

「なんだっ」

男がようやく手錠に気づいた。

「どういうことだ？　てめえら、なんだ？」

「起きろ、小林。おまえに逮捕状が出た。殺人容疑さ。台湾で杉村を殺《や》ったろうが」

「令状を見せやがれ」

「緊急の場合は、あとで見せればいいことになってる。騒ぐと、ぶちのめして連れていくぞ」

「待てよ」

それ以上言わせなかった。小林の顎を殴りつける。村沢の方が、あっと声をあげた。

「立て。服を着てる暇はないぞ。コートでも羽織ってりゃいい」

小林が立ちあがった。リーゼントの髪が寝乱れている。背が高かった。痩せた男だ。

「騒ぐなよ。また一発食らうことになるぞ」

「服も着せねえってのか」

「心配するな、持っていってやる」

柱の釘にハンガーにかけた背広がぶらさがっている。村沢がそれを取った。下着の上からコートだけ羽織った小林を、高樹はドアの外へ押し出した。

運転は村沢がした。高樹は後部座席に小林と並んで坐り、道順を指示した。本庁とは反対方向だが、村沢は黙ってハンドルを操っていた。


「どこへ行く気だ？」

まだ若い。二十三か四。左手に大袈裟な繃帯を巻いていた。

「どこへ行く気だって訊いてんだよ」

「痛かったろう、坊や」

高樹は、いきなり小林の左小指を摑んだ。カン高い、女のような悲鳴をあげた。背中を丸め、左手を抱え、しばらく呻き続けていた。

「土手に突き当たりましたが」

村沢が言った。河川敷に入れろ、と高樹は言った。戸田のあたりだ。

東の空が赤くなっていた。五時半をちょっと回っている。

「てめえら、ほんとに刑事《でか》か？」

「当たり前だろう。手錠はかけてるし、手帳も持ってる。お望みなら、拳銃を見せてやってもいいぜ」

「俺をどうしようってんだよ？」

「苛《いじ》めようってわけさ。チンピラをいたぶるのが趣味でな」

高樹は、もう一度小林の左手を摑んだ。

「やめてくれ、痛えんだ、怪我してんだよ」

「やけに弱気だな、坊や。それでよく指が詰められたもんだ」

「刑事《でか》がこんなことしていいのかよ？」

「おまえらのやり方よりゃ、ましだろう。殺しはしないからな」

村沢が煙草に火をつけた。一度もふりかえろうとしない。

「台湾へ行ったな？」

「行った、だけど殺しはやってねえ」

繃帯の上から、小指を握った。小林の額に汗が浮いた。

「そりゃわかってる。むこうで人を雇ったんだろう。でなけりゃ、大和田令子まで殺《や》っちまうことはなかったはずだ。指だって詰めなくて済んだ」

手に力を入れた。悲鳴はかすれていた。

「杉村が台湾だってことが、どうしてわかったんだ？」

小林が首を振る。手を放した。手錠がぶつかって音をたてた。小林はしばらく喘《あえ》いでいた。

「知ってることを喋るんだ、坊や。こっちにはいくらでも時間がある。ほう、出血してきたな」

繃帯が赤くなっていた。さきのところだけだ。高樹はゴロワーズをくわえ、ライターを鳴らした。

「血を搾り出してやろうか。それとも、煙草の火で傷口を焼いて血を止めるか」

まず半日、小林を見て高樹はそう思った。取調室でなら、十三日であろうが二十三日であろうが、突っ張る男だろう。調べられる方も、警察というものをどこかで信用している。意地も見せる。

だが、こういうやり方を、この男は経験したことがないはずだ。不安が大きくなる。痛みも激しくなる。それでも半日。待てる時間ではなかった。

「われわれを、ただの刑事《でか》とは思わんことだ。これ以上、もうなにも喋らん。なにも訊かん。次に口を動かした時は、おまえの指がもう一本吹っ飛んでるかもしれんし、片眼が潰れているかもしれん」

高樹は、内ポケットからビニール袋に入れた小さな包みを出した。ひと包み二万で売られている覚醒剤だ。池袋で、眼をつけていた売人をうまくつかまえることができた。なにかあった時のために、遊ばせておいたけちな売人だった。そいつは、終夜営業のスナックで、勤め帰りのホステスたちに網を張っていた。高樹がつかまえた時、まだ二包みの売れ残りを持っていたのだ。

「こいつがなんだか、おまえにゃわかるはずだな」

高樹は、ビニール袋の中から包みをひとつ出し、中の粉末を小林に見せた。

「われわれは情報が欲しい。金の代りにこいつで払ってもいいんだ」

もう一度きれいに包み直し、袋に収った。村沢が運転席からこちらを見ていた。

「言うことはこれだけだ。われわれがどれだけ待てるかは、言わんことにしよう」

高樹は、ビニール袋を小林が見やすい位置に置いた。それから腕を組んだ。

それきり、ひと言も口をきかなかった。村沢も、ステアリングに手をかけ、シートに頭を凭《もた》せてじっとしている。

外が明るくなり、朝陽が枯れた色の草を照らし出した。時折、車の近くを人が通る。犬を連れた女。走っている少年。うつむいて歩く老人。灰皿の吸殻だけが増えていった。

「なんで」

沈黙に耐えかねたように、小林が口を開いた。二時間経っていた。

「なんで杉村さんが台湾にいたのか、俺ゃ知らねえ。ただ行けって言われただけさ。謝とかいう、デブのおっさんが空港で待ってた」

高樹はゴロワーズをくわえ、小林にも差し出した。

「謝ってのは、杉村さんの友達《ダチ》だろう。そいつの台北の家に、杉村さんはお嬢さんといたんだ」

「謝が丸和会に連絡してきたのか？」

「多分な。俺がそうだろうと思っただけさ。俺たちゃ、杉村の兄貴だけを殺《や》ることになってた。ところが、杉村の兄貴は逃げちまってよ、謝の車で。気がついたんだ、兄貴は」

「謝は、これまでも丸和会と繋がってたのかね？」

「いや。誰も顔を知らなかった。繋がってりゃ、誰か顔を知ってんのが行ったはずだ」

「あっさり撃ち殺したもんだな」

「俺たちじゃねえよ。謝のとこの若《わけ》えのが二人で追いかけて、ライフルでお嬢さんを撃っちまったんだ。杉村の兄貴は、ものすごい勢いで撃ち返してた。そこへ俺たちが着いたんだ。どうしようもなかったね、あっという間だった。ライフルで蜂の巣にされちまったよ」

　小林は、まずそうに煙を吐いてゴロワーズを消した。手錠の鎖が鳴る。それにちょっと眼をやり、鍵を催促するように両手を挙げた。高樹は見ないふりをした。

「つまらん失敗《ドジ》の落とし前をつけさせられたもんだな。謝が二人を殺《や》ったってことじゃないか」

「社長が怒ってる。ひでえもんさ。これで済んでよかったと思ってるくらいだ」

「大和田は、まだ済んだと思っちゃおらんだろう？」

「知らねえ、俺ゃてめえの落とし前はつけた」

「杉村は、どうやって台湾に渡った？」

「俺たちゃ、話す暇もなかったんだ」

「謝に訊いたろう？」

「知らねえよ」

「ここまで喋ったんだ。全部喋っちまうことだな」

「なんで喋っちまったのかな」

　小林がシートに頭を凭せて深い息を吐いた。眼を閉じている。

「おまえは怕がってた」

「まさか。いや、かもしんねえな。あんたら、耳もとでガンガンやったりしなかった。妙な気分になんだよ、黙ってられると」

「このままもうちょっと喋ってくれりゃ、おまえの名前はどこにも出んよ」

「俺がなにやったってんだ？」

「覚醒剤《シャブ》を持ってたな」

　高樹はビニール袋を小林の膝の上に置いた。

「そいつは、俺にくれんじゃなかったのか？」

「場合によっちゃ、最初からおまえが持ってたことになる」

「誰も、俺がいくら喚いても信用しねえだろうな」

「考えなくても、わかるだろう」

「ええい、くそっ。杉村の兄貴は、赤坂のクラブのマスターに頼んだそうだ。そのマスターは、兄貴と一緒に覚醒剤《シャブ》捌《さば》いてたのさ。手引きしたのは、マスターじゃねえぜ。マスターの友達《ダチ》で、桜とかいう野郎だと。石垣島から船に乗ったって話だ。全部ほんとかどうかは知らねえが、謝はそれだけ喋った」

「謝も死んだのか？」

「知らねえ。兄貴が死んじまえば、謝なんてデブ野郎にゃ用はねえ」

「桜、と言ったんだな」

「ああ、言った。どこの野郎だかは、兄貴も知らなかったらしい」

　高樹は手錠の鍵をはずした。小林が手首をさする。村沢は身動ぎひとつしない。

「降りろ。好きにしていいぞ。村沢、服渡してやれ」

「覚醒剤《シャブ》、貰えんじゃなかったのか？」

「こいつはウドン粉さ」

「汚ねえ旦那方だ。見りゃわかんだぜ。そいつをチラつかされた者《もん》の気分を考えてみなよ」

「こんなもんはやめることだ。とにかく、おまえの名前はどこにも出さん。こいつは約束しよう」

「約束だと。よく言うよ。ちくしょう、証人がいりゃいいんだ。俺が拷問されたって証人がよ」

「眠そうな顔してるぜ」

「わかってら。二日ばかり、痛くて眠れやしなかったんだ」

「ま、好きで入った道だ。おまえらの世界じゃ、勲章みたいなもんだろう」

「はやらねえんだよ、いま時こんなこたあ」

　小林は左手を抱えて車を降りた。

　高樹は後部座席で、腕を組んでじっとしていた。晴れた秋の朝だった。川面で羽を休めている水鳥の姿が見えた。色づいた薄《すすき》が微風にそよいでいる。

「ペラペラやりましたね、野郎。俺ゃ長丁場を覚悟してましたよ」

「喋りたいって気は誰にもある。要は、こっちのタイミングをどう合わせるかってことさ」

「そこんとこの呼吸《いき》が、俺にゃまだよく呑みこめません」

「やつは、全部喋ったわけじゃない」

「杉村を殺《や》ったのは、連中でしょう。そして、謝とかいう男も、多分消されてる」

　高樹はゴロワーズをくわえた。何度やっても、ライターは点火しなかった。軽く舌打ちをする。村沢の使い捨てのライターを借りた。

「いいんですか、じっとしてて？」

「なにをやるっていうんだ？」

「高安は金曜から姿を消してるんですよ」

「どこを捜す？」

「そりゃ」

「大和田は簡単に尻尾は出さんぜ。しばらく様子を見ようじゃないか」

「消されますよ、高安は」

構わんさ、と言おうとして、高樹は口を閉じた。口が乾いていた。酒が飲みたくなった。微風で揺れる河原の薄に眼をやり、煙草を深く喫った。

「出せ。私は家へ帰る」

村沢はイグニッションに手を伸した。エンジンがかかっても、すぐにはスタートさせなかった。

「高安を消させて、それで大和田を逮捕《あげ》るつもりなんですか？」

そんな気はなかった。それで大和田を逮捕《あげ》られるくらいなら、課長もわざわざこっちへ話を持ってきたりはしない。

所轄から本庁の捜一へ移り、二十年近く経っている。その間に、課長は六度交代した。その中の誰ひとりとして、高樹に好意を示しはしなかった。それはわかっている。ただ、実力を認めて大きな事件の担当に当てただけだ。

「高安を捜すべきだと思います、俺は」

村沢が車を急発進させた。高樹の首がガクリと揺れた。

膝に落ちた灰を、高樹は掌で払った。

五

光の具合なのか、車のそばに立っている男の姿は、黒い影だけにしか見えなかった。

滝野は、駐車場の小砂利の中に足を踏み入れた。不意に、影が色を持った。グレーのグレン・チェックの上着に黒のズボン、黒のネクタイ、白い頭。

老いぼれ犬だった。高樹という名前よりも、咄嗟に仇名《あだな》がさきに出てきた。

滝野は、高樹の数歩前で足を止めた。車のルーフに手をかけた高樹が、ゴルワーズをくわえた。小意気な仕草だ。そのくせ、なぜか老いぼれ犬という仇名がぴったりくる。

「なんの御用でしょう？」

「どうして、用事だと思うんだね？」

「あなたが押さえつけているのは、私の車だ」

高樹が、白いクラウンのルーフから手をどけた。年代物のライターを、根気よくカチカチいわせる。ようやく小さな火がついた。

「新車だね。マーキュリィとかサンダーバードとかリンカーンとか、そんな車にゃ乗らんのか」

「私はスーパーの親父ですよ」

「スーパーの社長はクラウン、クラブのマスターはアウディか」

「でかい車は性に合いませんでね」

「でかいのを乗り回したがる連中もいるぜ。昔の仲間はみんなそうだろう」

「昔の仲間は、アウディですよ」

「ひどい顔をしてるな」

高樹の言葉は、吐き出した煙と一緒に夕方の光線の中に拡散していった。滝野も煙草をくわえた。痣《あざ》などというものは、ひく間際が一番ひどく見えるものだ。いまがそれだった。

「顔で階段を降りちまいましてね」

「あっちこっち、念入りにぶっつけたもんだ」

「まさか、お見舞いに見えたわけじゃないんでしょう?」

「その顔を貸して貰いたくてね。君に見せたいものがある」

「なんです?」

「この駐車場は、売られたそうだね?」

「手付だけの仮契約で終ったって話です」

「石川とかいうSストアの開発課員が、北海道の支社に回されたそうだよ」

「私に見せたいものというのは?」

「見りゃわかる」

「警官として、同行しろとおっしゃってるんですか?」

「そんなこたあどうでもいい。警官なんてくそくらえだね。私は、あれを君に見て貰いたいんだよ」

「あれというのは?」

「見りゃわかる」

「これから忙しい時間なんですよ」

「見りゃ、私に文句をつけたりせんさ」

滝野は頷いた。高樹が煙草を消し、吸殻をポケットから出した財布のようなものの中に入れた。

「どこにでも吸殻を捨てるってのは、スモーカーのエチケットに反する」

「どこへ行って、なにを見りゃいいんです?」

「君の車でいいか? 私はタクシーできた」

滝野はポケットを探って鍵《キー》を出した。高樹は助手席に乗りこみ、一度腰をあげて、服の皺を気にするように背を伸した。それから、低い呟くような声で行先を告げた。

病院だった。

高樹は玄関から入らず、駐車場の脇の通用口のドアを開けた。薄暗く、長い廊下だった。途中の階段で、地下に降りた。その時、後ろから付いてくる滝野に一度ふりむいただけだった。

地下の廊下は、明りが全部点いていて、一階よりもかえって明るいくらいだった。

鉄の扉があった。ところどころ塗装が剝げ、アイボリーがグレーに見えるほど古びていた。滝野は煙草をくわえた。

「禁煙だ」

高樹が後ろも見ずに言う。もうひとつドアがあった。消毒液の臭いが鼻をついた。

屍体。

白い布で被《おお》われているが、見ただけでそれがわかった。滝野は屍体を載せた台のそばに立ち、高樹を見た。高樹がかすかに頷いた。

布を持ちあげた。まず髪が、そして顔が出てきた。高安だった。ひどく人相が変ってしまっていたが、高安に間違いはなかった。滝野はさらに布をまくった。躰の傷はもっとひどかった。メスを使ったような傷もある。

「さっき剖検の結果が出たとこだ。全身打撲、それも長時間にわたる打撲だ。丸二昼夜、多分それくらいだろうって話だった」

「どこで？」

「発見されたのは、高輪の自分のマンションの屋上だった。知ってるかも知れんが、あそこは出られるようになってない。管理人が時々覗いてみるだけだそうだ。一昨日見た時は、なかったようだね」

滝野は、さらに布をまくって高安の全身を晒した。素っ裸の傷だらけの躰は、実験用の人形かなにかのように見えた。高安だという感じが、いや人間の屍体だという感じがしなかった。滝野は布を腰のところまであげた。下半身が隠れた屍体は、ようやく人間のそれらしくなった。

「管理人が発見者ですか？」

「今日の午後一時。死亡推定時刻は二十七日の夜から二十八日の早朝。現場は屋上じゃないな」

高安と最後に会ったのは先週の木曜日だった。一週間が過ぎている。明日は木曜で、店が定休の日だ。

どうでもいいことにこだわり過ぎたのだ、と滝野は思った。杉村を海外《そと》へ飛ばす。そのために高安はきれいごとの理由を並べたてた。そしてそのことをひどく気にしていた。高安らしくなかった。理由など、滝野にはどうでもいいことだった。

死神に眼をつけられる、いや、自分から死神に寄り添ってしまう、そんな時があるものだ。

「まだ新聞発表をしてないんで君は知らんだろうが、杉村敏夫と大和田令子が台北で射殺された。日本から三人ばかり出かけて行ってるんだ。大和田令子まで死なせたのは、連中の手落ちだったらしいがね。二十五日のことさ」

「だから？」

「杉村が頼っていった男は、友情より金を大事にするタイプだったらしいな」

高安の顔にまで布を引きあげようとした滝野の手を、高樹が押さえた。

「こいつは違った。二日二晩痛めつけられても、なにも喋らなかったらしい」

高樹の手を、滝野はふり払った。高安の顔に、白い布を被せた。全身を布で覆われた高安の躰は、もう誰のものとも思えなかった。病院でよく見かける屍体のひとつに過ぎない。

「桜と名乗った男のことを、連中は知りたがっていた。それを喋りゃ、高安は死なずに済んだ」

滝野は高安の屍体から離れた。

「なんで、俺と高安を会わせようとした？」

「君は、自分を俺と言った方がいいな。不自然じゃない」

「なんでだ？」

「友達《ダチ》だろう」

滝野はドアにむかって歩きかけた。靴音がやけに高く響く。

「高安の身よりを知らんかね？　遺体の引き取りをする人間がおらん。このまんまじゃ無縁仏だな」

「俺が引き取ったっていいぜ」

「なぜ？」

「友達《ダチ》だからさ」

「残念だが、君に資格はない。兄弟とか親類とかでありゃ別だが」

「じゃ、無縁仏にするさ。もともと、そうなる覚悟はできてたんだ」

「そういうもんかい？」

「なにが？」

「友達《ダチ》ってのがさ」

「昔のことだ」

滝野はドアに手をかけた。軋みながら開いた。高樹は後ろから付いてきた。

「私は本庁へ帰る。暇だったら送って貰えんかな」

「いいのかね、のんびりしてて？」

「犯人《ホシ》は挙がってるんだよ、くそいまいましい話だが」

滝野は一瞬足を止めた。

「チンピラ二人さ。丸和会とは一応関係ないことになってる。大和田は来年の県会の選挙に出馬するんだ。身内を出すわけにゃいかなかったんだろう」

「どういう意味だ？」

「二十歳《はたち》そこそこのと、もうひとりは未成年だ。そんな連中にやられるほど、高安はやわな男じゃなかったと思うんだがな」

「あんた、俺になにを言おうとしている？」

「送ってくれるのかね？」

「俺ゃ店へ戻らなくちゃならん。レジを締めて、帳簿をつけるのさ」

「明日の目玉商品はなんだね？」

「休みさ。毎週木曜が定休なんだ」

外はすっかり暗くなっていた。高樹は車のそばまで付いてきて、ちょっと考える顔をした。

「近くの駅まで乗せていけよ。わざわざ知らせてやったんだ。それくらいしてもよかろう」

滝野は黙ってドアを開けた。


幸江がデスクに坐っていた。

額にかかった髪を掻きあげ、帳簿から眼をあげた。滝野は、いつも幸江が腰かける折り畳み椅子に坐った。デスクの端にコーヒーがある。すっかり冷めているようだ。手を伸し、ひと息で飲み干した。

「帰りは遅くなるのかと思ったわ」

閉店時間にはまだ間がある。店の混雑は続いているはずだ。

「そうしてると、女社長って感じだぜ」

「宿題、やっといてあげようと思ったのに。お店が暇なの。ブレンドにピラフってお客さんがひとり」

傷だらけの顔で帰った時、幸江は仰天して電話に飛びついた。救急車を呼ぼうとしたのだ。それを止め、喧嘩しただけだ、と滝野は言った。事を繕おうとする気持は、まだどこかにあった。酔っ払ってて、俺の方も悪かったのさ。幸江は薬箱をひっくり返した。

　ソファで幸江の膝に頭を載せ、されるままになっていた。喧嘩の理由を、幸江は訊かなかった。

　傷だらけで帰った土曜の晩から、滝野は一度も外出していなかった。

　幸江が帳簿を閉じた。滝野は煙草に火をつけ、帳簿をとってパラパラとめくった。好きな数字、いや好きだった数字が並んでいる。五年間、滝野が本気で取り組んできたのは、この帳面だけだった。

「パートを二人増やしたが、黒字幅はそれほど縮まらんと思う。いままで、税金を払い過ぎてたんだ」

「あたしには、よくわかんない」

「難しいことじゃない。値引き合戦も落ち着いてるし、このままやってそこそこの商売にはなる」

「あたしは、喫茶室の方で手一杯だわ」

「あっちも、人を増やしゃいいのさ。カウンターの中を誰かに任すんだ」

「時間が余っちゃうな」

　幸江がセーラムに火をつけた。煙草をくわえた恰好が堂に入っている。パール・ピンクのマニキュアも、いつもよりきれいに見える。細い指で髪を掻きあげる時、そいつはほんとに真珠のように思えた。

「一緒にめしを食いたい」

　滝野は煙草を消した。

「それも豪勢なやつだ。店を閉めたら、銀座に出ようじゃないか」

「どうしたの、急に？」

　白い歯がこぼれた。幸江は歯のきれいな女だ。髪もきれいな女だ。

　滝野は、もう一本煙草をくわえた。

六

　村沢が現われたのは八時過ぎだった。一雄の陣中見舞いにと果物を抱えていた。仕事とはいえ、毎晩のように訪ねてくるのは気詰りなのかもしれない。

「あのチンピラども、なんて供述してる？」

「発端は喧嘩だって言ってます。ガキの方がひどく殴られたんで、二人で使われてない倉庫に高安を連れこんだってね。縛りあげて殴ってるうちに、ぐったりしたそうですよ。現場は確認されてます。ほんとの現場かどうかは別としてね。ガキの方は、確かに怪我してんですよ」

「だから？」

「話の筋は一応通ってるってことです。いくら締めあげたって無駄でしょうね」

「ここで根性を見せときゃ、出所《で》た時に箔《はく》がつくってことか」

「それから、押さえといた杉村のことが新聞に洩れたみたいです」

「別に伏せとくこともなかったんだ。特捜班がなにを狙ってたか知らんが」

「娘が台湾で殺された。これが大和田には、打撃になるんでしょうか？」

「選挙の票に多少の影響が出るかもしれん、という程度だろう。それに、手を打っちゃいるさ」

村沢がビールを空けた。高樹は台所の万里子を呼んだ。万里子は、ブランデーも一緒に運んできた。

「一週間ですね」

村沢がポツリと言った。大和田を逮捕《あげ》ろと課長に言われて、今日がちょうど一週間目だ。


「おまえ、思ったほど焦ってないな」

「警部が落ち着いてんのに、俺ひとり焦ったってはじまらんでしょう」

「なにもやることがない。刑事《でか》にとってこれほどいやなことはないな」

「本気で言ってんですか？」

「やることは沢山ある、と言いたいのか。埼玉県警が逮捕《あげ》るのに一年かかるといった男を、二週間動き回っただけで逮捕《あげ》られると思うか。それもたった二人で」

「常識的に考えりゃ、無理でしょう。だけど、軽犯罪法でも交通違反でもいいんじゃないですか」

「課長はな、大和田が選挙に出られんようにしろと言ってるんだ」

「それも、わかってます」

高樹はブランデーを少し注いだ。夕食のあとだ。それほど飲みたくはなかった。

「高安を捜すべきだ、と言ってたな、おまえ」

「あの時、高安はもう死んでたじゃないですか。結果として、警部は正しかった」

「結果がどうであれ、捜すべきではあった。それが刑事《でか》の仕事というもんさ」

「今度の事件《ヤマ》は、刑事《でか》の仕事だけじゃ割りきれん、という意味ですか？」

高樹はブランデーを呷った。喋り過ぎだ。やはり、どこかで焦っている。煙草に火をつけた。

「村沢、おまえはずっと本庁にいたのか？」

コップに伸しかけた手を、村沢が止めた。

「私に内緒で動き回ってるんじゃないのか」

「どうしてです？」

「おまえが本庁から持ってくる情報は、通り一遍だぞ」

村沢の表情がちょっと動いた。知らぬ顔を決めこむほど、肚は据っていないようだ。煙草をくわえた村沢が、忙しく煙を吐く。

「実は、滝野和也を張ってました。高安がやられた。次は滝野の番ですよ。杉村を手引きした桜ってのは、滝野なんですから」

「やられるなら、高安と一緒にやられてるさ。桜が滝野だと知ってるのは、われわれだけだぞ。平川もそうか。だが、あいつは喋らん」

「しかし、気になります」

「気になっても、放っておけ。おまえの動きが、逆に丸和会にすべてを知らせることになりかねん」

「わかりました」

村沢が煙草を消した。台所から、万里子のハミングが聞えてくる。また洋裁か。型紙を起こしながらハミングする癖。高樹の鼻唄と似ていた。二十年近く連れ添っていると、癖まで似てくるものだろうか。

村沢がビールを呷った。それからポケットに手を突っこみ、メモを出した。

滝野の行動が記されていた。村沢にしては簡単なメモだ。

滝野商店は定休日で、滝野は自宅から動いていない。午前九時半ごろベランダに出てきて、なにか作っている。大工仕事とはちょっとちがうようだ。十一時に、女房の幸江が車で外出。滝野はレストランから昼食を取り寄せ、午後もまた三時過ぎまで同じ作業を続けている。それだけだった。

「百メートルばかり離れたとこにビルがありまして、そこから双眼鏡で見てました」

「なにを作ってたんだろう」

「小さなものでしたよ。コケシみたいな木に見えました」

「外出はなしか」

「夕方、女房は戻ってきました。父親が老人病院に入ってるらしいんです」

「滝野の女はどうしてるのかな」

「それなんですが」

村沢がもう一枚メモを出した。それは清書していないらしく、自分で読みあげた。

二十七日の日曜の朝、外出。スーツケースを抱えていた。旅行なのか、滝野と切れたのかは、はっきりしていない。本日午後七時まで、帰宅していない。

「俺の感じじゃ、滝野と切れたような気がするんですが。勿論《もちろん》『マンチェスター』にも出てません。『マンチェスター』はきのうから営業をやめてますが」

「部屋は、どっちの名儀で借りてる?」

「滝野です」

なにを意味するのか、高樹にはわからなかった。ひと月も保《も》たずに切れてしまう女に、滝野は部屋まで借りてやったということなのか。

「滝野のことはもういい」

高樹はブランデーグラスを掌で包み、くるくると回した。村沢がメモをポケットに戻した。

「前から一度訊こうと思ってたんだが」

村沢が顔をあげて高樹を見た。

「おまえ、なんで柔道をやめたんだ?」

「急にどうしたんですか。理由なんてないですよ」

「有望な選手だったって話じゃないか。全日本に出たこともあるんだろう?」

「昔のことです」

村沢が表情を変えた。この男が露骨にいやな顔をするのはめずらしい。

「昔の栄光は、訊かれなくても喋りたがるもんだがな」

村沢は皿に手を伸し、ポテトチップをぱりぱりやった。横をむいている。

多少、残酷な気分になっていた。村沢はかたくなに口を閉ざしている。高樹も黙っていた。

「ビール、まだあります?」

万里子が入ってきた。

書斎に入っても、高樹は詩集を開かなかった。しばらく鼻唄をうたっていた。それから、机の抽出《ひきだし》を開いた。表彰状の束が突っこんである。警官の家でよくやるように、額に入れて飾ったりはしなかった。年に一度か二度出して眺めるだけだ。若い警官が見れば、溜息をつきそうなほどの数になっている。

紙きれだった。いつもそう思う。しかし捨てきれなかった。表彰状の束の厚みを、どこかでよりどころにしていた。自分はこれだけの仕事をやってきたのだと、他人に誇示してみたいような気分もある。

高樹は表彰状を机の上にドサリと置き、一枚ずつめくりはじめた。

時々、余白にペンで名前が書きこまれたものがある。その事件で死んだ人間の名前だった。射殺した人間もいれば、自殺させてしまったのもいる。死刑になった男、獄死した殺人犯、夫の冤罪を訴えて命を絶った女。殉職した同僚の名前もある。名前を見ただけで、顔はすぐに思い浮かぶ。どういう事件だったかも思い出す。

ブランデーを舐めた。

屍体の山だ。こうやって一枚ずつめくっていると、必ずそんな気がしてくる。三十年近くをかけて築いた、屍体の山だ。それから思い直す。無駄な屍体ではなかった。この人間たちが死んだおかげで、何人かの命が救われ、魂が救われ、気持が救われた。

いつの間にか『老犬トレー』を口ずさんでいた。嬉しい時にこの唄を口ずさんだことはない。

表彰状を抽出に突っこんだ。

ブランデーを呷る。のどが灼けた。

いずれにしても、今度の事件は表彰状など関係ない。うまく事が運んだとしても、誰も認めはしないだろうし、失敗したところで咎める者もいない。

自分のどこかが傷つくだけだ。

第五章

一

朝からずっと事務所にいた。

毎日帳簿をつけていたし、必要な書類はまとめてあった。それでも、無駄なものや足りないものが、かなりあった。数字や文字にせず、頭の中にあるものだ。それを全部、数字や文字に直していく。

大学ノートの半分くらいになった。それを見れば、商売のことはすべてわかる。季節による商品の値動き、値引きの仕方、陳列の仕方、ボーナスの査定方法、必要経費の計上の仕方。滝野が、五年間の経験で学びとったすべてだった。

これほどの仕事をしてきたのかと思う半面、たったこれだけかという気もする。

夕方になっていた。

滝野は大学ノートを、帳簿や書類と一緒に金庫に入れ、売場に出た。

主婦でごったがえしていた。牛乳と卵と肉の大幅な値引きをやったのだ。値引き商品では赤字が出るくらいだった。

高橋が、蒼《あお》い顔をして飛んできた。あれからひと月経ったのだ、と滝野は思った。

「事務所へ御案内だ。売場じゃ騒がんようにしてくれよ。あの奥さんは、毎月やってきて同じことをする。少々きつい言葉を並べて、御主人に電話すりゃいいんだ。つまり病気なんだよ」

定期便の万引きだった。かなり派手にやっている。季節の変り目だった。

滝野は事務所へ戻り、女を折り畳みの椅子に坐らせた。泣きはじめる。いつものことだ。高橋が、緊張した顔で立っていた。

「見てろよ」

小声で言った。それから、紙袋の商品をデスクにぶちまけ、思い切り拳《こぶし》でデスクを叩いた。缶詰が転がって床に落ちた。

「今度は警察に突き出す、と言ったでしょう。どういうつもりなんだ、まったく。もう、御主人にだって助けられませんよ。常習だ。二、三年刑務所へ行って、頭を冷やしてくるんですな。一度あそこへ入りゃ、大抵は懲《こ》りて手が動かなくなるもんだ。覚悟はいいね、奥さん」

女が声をあげて泣きはじめた。喜んでるんだ、高橋の耳もとで言った。できるだけ刺激的に脅《おど》してやりゃいいのさ。高橋はまだ蒼い顔をしていた。

「あんた、服にも隠してんじゃないの。調べさせて貰《もら》うよ。脱いでみな、そのカーディガンからだ」

「脱ぐって?」

「素っ裸になるんだよ。この間そんなのがいたんだ。下着にいろいろと詰めこんでてね」

「あたし、そんなことは」

「誰だってそう言うんだ。いいんだよ、警官が来てから脱いで貰うことにしよう」

電話に手をかけた。待ってて っ、女が叫ぶ。主人を呼んでください。

高橋と視線を合わせた。高橋が頷《うなず》く。呑みこみはいいようだ。デパートあがりだけのことはある。

「ま、一応御主人にも来て貰おうか」

電話をかけた。心得た返事が返ってきた。差し出される封筒が眼に浮かんだ。レストランのチェーン店を持っている男だ。外に二人ばかり女を作っている、という噂だった。

女を高橋に任せて、売場に戻った。

レジには行列ができていた。流れはいい。パートを二人増やしただけのことはあった。乱れた棚を直した。冷凍ボックスを覗《のぞ》き、野菜売場に回った。肉の売場の前は主婦が群らがっている。

時々、知った顔を見かけた。頭を下げる。笑いかける。寒くなりかけた気候のことを話題にする。その間も、棚に注意を払うのを忘れなかった。乱れた棚があれば、すぐに直した。

高橋が事務所から出てきて、滝野のそばに立った。

「御主人が、いま連れていかれました」

意外に早かった。女には不満だっただろう。気を揉みながら待つ時間も、あの女には必要なのだ。

「封筒は頂戴することになってる。毎月のことで、こっちも迷惑だからね」

高橋が頷いた。子供が、お菓子売場で走り回っていた。高橋の眼は、ちゃんとそちらにむいている。

外へ出て、喫茶室の階段を昇った。

幸江はカウンターの中にいた。コーヒー、と滝野は女の子に言った。きのうの新聞に、高安のことが出ていた。幸江は読んでいない。滝野がうまく隠したのだ。読まないいまま、父親の病院に出かけていった。夕刊にも、小さな補足記事が出ていた。お茶をこぼして、それは駄目にした。テレビのニュースも、かけなかった。

窓際のボックスに、コーヒーが運ばれてきた。客は五組。ボックスは九つある。

コーヒーに砂糖を入れ、ミルクをちょっと垂らしてスプーンで掻き回した。熱いまま口に運ぶ。味はわからなかった。

「どうしたの、一体?」

カウンターから出てきた幸江が、滝野と並んで腰を降ろして笑った。

「気紛れだ」

カップを受け皿に戻した。幸江はまだ笑っている。もう一度、カップに手を伸した。香りが鼻を突いた。コーヒーとは、これほど香りの強いものだったのか。ひと口飲んだ。噛みしめるように飲み下した。手もとに視線が突き刺さってきた。

幸江はもう笑っていない。口もとに運ぼうとした滝野の手を、幸江が止めた。コーヒーに息を吹きかける。波紋が立った。ひとしきり、幸江は息を吹きかけ続けた。


ふり払うように、滝野はカップを口に運んだ。二口。躰《からだ》の中が燃えた。空のカップを皿に戻し、灰皿の煙草をとった。火は消えていた。

「大丈夫?」

「ただのコーヒーじゃないか」

客が入ってきた。幸江はカウンターの中に戻った。煙草をもう一本喫って、滝野は立ちあがった。

幸江が笑みを送って寄越す。


丸和会の事務所は、浦和の繁華街のはずれにあった。入口が見通せる場所に、滝野は車を停めた。午後九時。人通りはまだ絶えていない。

一時間と待たなかった。黒いベンツが横付けされ、五十年配の男が降りてきた。黒っぽいスリー・ピース。黒々とした頭髪。車は待っていた。十分ほどして、男は出てきた。

滝野は、イグニッションに手を伸した。滑り出したベンツの後を追う。充分に距離をとった。繁華街の方へむかっている。

ベンツが停まった。ビルの前だった。男が降りた。若い男が二人一緒だった。ビルに入っていく。クラブやバーの看板が沢山出ていた。ベンツは、十メートルほどさきの路地に入り、また停まった。そのまま待つつもりらしい。

滝野は、別の路地に車を入れた。車を降り、歩いてビルの前を一度往復した。手頃な喫茶店があった。通りにむかって窓が開いていて、ビルの入口あたりがよく見渡せそうだ。

「滝野さんじゃないの」

肩を叩かれた。商店会長の吉田だった。

「会長」

「いまはそんなんじゃないよ。ここに住んでてね、女房と二人で。あんたは？」

「スーパーの調査に来た帰りですよ」

「お茶でも飲まんかね」

吉田がさきに立って喫茶店に入った。多血質の赤ら顔が、どことなく柔和になっていた。派手なベージュの上着に茶色いシャツも、小意気に見える。

「相変らず、商売熱心なんだねえ、滝野さん」

「小さなスーパーは、いつも火の車なんですよ」

飲物が運ばれてきた。吉田はコーヒーで、滝野はコーラだった。

「あんたには、すっかり迷惑かけちまったのに、挨拶《あいさつ》もしてなかった」

どういう気なのか、わからなかった。恨みは持っているはずだ。しかし、口調に皮肉っぽいところはなかった。煙草に火をつけた。吉田は、うまそうにコーヒーを啜っている。

「妙なふうに取らんでくださいよ。俺は、ああなってよかったと思ってんだよ。しがない商売にしがみついて、老いぼれなくて済んだんだからね。俺がいまなにやってるか、あんたにわかるかね？」

「さあ。羽振りは悪くないって感じですよ」

「テキ屋だよ。この街に丸和会ってのがあってね、そこで世話役みたいなことをしてる。多少の金は持ってたし、女房と二人で気楽なもんだよ」

「テキ屋、ですか」

「野田っての。ほら、あんた知ってるでしょうが。あれはガキのころ俺の家《うち》で育ったんだよ。親がなくてね、俺の両親が面倒みたわけ。ほんの三年ばかりだけどね」

「なるほど。あの人と吉田さんは、そういう関係だったわけですか」

「あれが、丸和会を取り仕切ってるのよ。それで、世話役という恰好《かっこう》で俺を使ってくれてるわけさ。忙しかったよ、秋祭りだったんでね。洋品屋やってる時、あんな精出して働いたこたあなかったね」

「馴れん仕事でしょう」

「いや、商売ってのは、みんな同じだね。同じなのに、なんでこんなに愉しいのか、最初はわからんかった。洋品屋はね、つまり親父から譲られたもんだった。潰しちゃいけねえ、つまり親父から譲られたもんだった。それが、いまはないいんだよ」


「そんなもんですか」

滝野はコーラにストローを突っこんだ。味はなかった。舌が火傷《やけど》をしているようだ。

「二十五年、洋品屋やってきたがね。いい時なんて一度もなかった。あくせくしてばかりだったね」

「俺は、吉田さんに恨まれてるとばかり思ってた」

「恨みねえ。いまでも、あんたに負けたと思っちゃいるよ。これでも男だからね、負けたこたあ口惜しいさ。だけどそれだけ。俺は、洋品屋の外のこたあ、なんも知らんかったんだ」

「ちょっと、ほっとしたな」

「野田が言ってたよ。あんた、ただ者《もん》じゃないって。あれがそう言うんだから、間違いはないだろう」

「俺もね、商売は守んなくちゃならなかった。必死だったんですよ」

時々、窓の外に眼をやった。男がビルから出てきた気配はない。

吉田が、千葉の方の秋祭りの話をはじめた。滝野は、まだ気を許したわけではなかった。相槌《あいづち》を打ちながらも、吉田の言葉の裏にあるものを探ろうとしていた。

時計を見て、吉田が立ちあがった。

「俺は失礼するよ、滝野さん。一杯奢《おご》りたいとこなんだが、人を待たしてんでね。こっちに来ることがあったら、寄ってってちょうだいよ。丸和会で吉田って訊けばわかるから」

吉田が伝票を摑《つか》んだ。滝野は慌《あわ》てて取り返そうとしたが、間に合わなかった。

吉田が背をむけた。滝野は立ちあがって頭を下げた。吉田の後姿には、飄然《ひょうぜん》とした風格が滲《にじ》み出していた。醜悪な男の印象はどこにも残っていない。

吉田が立ち去っても、その喫茶店から動かなかった。吉田がなにかする気があれば、逃げるのは難しい。こちらは、地理もよくわからないのだ。

十一時に、喫茶店を追い出された。

繁華街の人通りは、まだ絶えていない。歩きながら、待った。吉田が嘘を言ったとは思えなかった。ああいう人生もある。ああいう男もいる。そういうことだろう。

男が出てきたのは、十一時半を過ぎていた。ホステスが五、六人見送りに付いてきた。人と会っていたらしい。四十過ぎの、眼鏡をかけた男をハイヤーに乗せて送り出し、それから自分のベンツを呼んだ。

滝野は、反対側の舗道にいた。男の顔を、頭に刻みつけた。実業家とでもいう感じだ。ポマードで撫でつけたオールバックの髪、陽焼けした肌、横一文字の濃い眉の下にある小さな眼。白いワイシャツとスリー・ピース、地味なシルバー・グレーのタイ。

そばにいる二人の男に、品がなかった。スーツを着こんではいるが、地が丸出しになっている。ダボシャツに雪駄《せった》履きが似合いそうな手合だ。

男を乗せたベンツが滑り出した。ホステスたちが嬌声をあげ、手を振った。

「あれが大和田だよ」

不意に背後で声がした。でかい男が立っていた。九十キロ近くありそうだ。背も高い。

「なんでやらなかったんだ、滝野。そのつもりで来たんじゃないのか？」

男は、片手をズボンのポケットに突っこんでいた。どこかで会ったことがあるような気がした。

「なんでだ、怯気《おじけ》づいたのか？」

「あんたは？」

「大和田がいたんだぜ、高安を殺《や》った大和田がおまえの眼の前に」

「なんのことかな？」

刑事《でか》。はっきりとわかった。しかし、なぜこんなことを言う。

「歩きな」

「どういうことだ？」

「そこの路地に入りゃ、誰もおらん。話ができる。ほかのことをもな」

「ごめんだね。どいてくれないか」

男が、一歩滝野に歩み寄った。妙な気迫に押された。腕が摑まれた。逆らわなかった。

路地に引きこまれた。さっきまでベンツが駐《と》まっていたところだ。

「出しなよ」

男はまだ片手をズボンのポケットに突っこんでいた。

滝野はただ立っていた。

「出せって言ってんだぞ」

「なにを？」

「とぼけるのはやめとけ。どうせ出すんだ。おまえが素手で俺とやり合えるわけはないからな」

「強盗か、あんた？」

男はもう喋らなかった。ポケットから手を出し、右肩をちょっと前に出すような恰好で立っていた。滝野は、男の眼を見つめた。敵意は読めなかった。しかし覇気があった。やるつもりだ。滝野は、二、三歩退がった。両手をズボンのポケットに突っこみ、男と見つめ合った。逃げる隙はなかった。刑事《でか》がなぜ、と思う。刑事《でか》ではないのか。それにしても、こいつの躰に溢《あふ》れている覇気はなんだ。

男の首がちょっと前に出た。滝野は一歩踏み出した。息を止めた。男は動かない。はあっ、と滝野は息を吐いた。その瞬間、男の躰が動いた。滝野は動かなかった。四歩、それくらいの間合になった。

踏み出したのは、同時だった。滝野はポケットから手を抜いた。ぶつかる寸前に沈みこんだ男の躰を、滝野は蹴りあげた。男が吹っ飛んだ。飛ぶことで、衝撃を和《やわ》らげたという感じだった。毬《まり》のように転がった男は、もう立ちあがり、中腰で身構えていた。

まともにぶつからずに男がなにを避けたか、はっきりわかった。滝野は、それを持っていなかった。

もう一度踏み出した。ぶつかった。肘で男の躰をのけ反らせた。打ちこんだ肘が、腕ごと男の躰に吸いこまれたような気がした。宙に浮いていた。路上に落ちた時、滝野は咄嗟《とっさ》に躰を捩《ねじ》って腕を振り解いた。男の動きは速かった。起きあがるのと、組みつかれるのがほとんど同時だった。また宙を舞った。肘の関節が決められて、路上に這《は》いつくばったまま身動きひとつできなかった。

滝野は全身の力を抜いた。まともにぶつかり合って勝てない相手には、すべて身を預けてしまうしかない。そうすることで殺されるかもしれないとしても、ぶつかり合っているより隙は見つけやすいのだ。

男の手が、滝野の躰を探った。右腕の関節は決められたままだ。

「なんでだ、なんで持ってねえんだ？」

男の声は呟くようだった。刃物を出させて逮捕する気だったのか。それにしては、あの眼の覇気はなんだ。右腕が自由になった。男が躰を離す時、一瞬の隙を滝野は見つけた。急所に、二発は叩きこめた。しかし動かなかった。相手は刑事《でか》だ。もう少し出方を見よう。この男が探していた刃物を、自分は持っていない。

男が立ちあがった。滝野もゆっくりと躰を起こした。男の眼から、もう光は消えていた。まるで負けたように、肩を落としている。

「大和田を殺《や》りにきたんじゃなかったのか、滝野？」

「なんの話だ？」

「おまえ、匕首《ヤッパ》を使わせたら、相当の腕だったんだってな」

「だから、なんの話だよ？」

「俺《おり》ゃ、おまえの匕首《ヤッパ》とやり合ってみたかったんだよ。なんでも、細身の匕首《ヤッパ》を、稲妻みたいに使うそうじゃないか。錆び付いちまったのか、え？　六年も使ってなかったんだろうからな」

「妙な言いがかりはやめて貰いたいな、刑事さん」

「刑事？　俺がか？」

「とぼけるのは下手だよ、あんた」

滝野は服の埃を掌で払った。そうしながら息を整えた。右の腕が、まだ痺《しび》れたような感じだった。男の額で、汗が一瞬街灯の光を照り返した。

「大和田を殺《や》るんじゃないぞ」

「どういう意味かね？」

「待ってるやつがいるのさ、おまえが大和田を殺《や》るのを」

誰が、と訊こうとした時、男はもう背をむけていた。

二

事務所を見回した。

ロッカー、デスク、書類戸棚、金庫。

日曜の午前十時。店は開いたばかりだ。金曜と土曜で、ほぼ整理はついていた。デスクの上をハンカチで拭いた。埃などない。何度も同じことをやったのだ。

受話器を取り、手帳を開いてダイヤルを回した。三度、コール音を聞いた。

「起きてたのか」

「あんたなの？」

暁美の声は、ちょっと上ずって囁くような感じに聞えた。

渋谷神泉町のマンションを出たのが、先週の日曜日。

父親に見つからないところにアパートを捜す、と暁美は言った。それから一週間の間に、二度事務所に電話があった。一度目は、葛飾《かつしか》区金町《かなまち》のアパートの住所と電話番号を知らせてきた。二度目は、勤めはじめたというバーの名前と電話番号だった。金はあるはずだ。滝野が渡した金のうち、百万だけを父親に持たせた。三百万は残っていただろう。なぜ勤めるのかは訊かなかった。

待っている、とは言わなかったが、その気配ははっきり感じられた。この一週間、滝野の方から連絡はしていない。

「あんた、なのね？」

ああ、とだけ滝野は言った。しばらく、言葉が途切れた。

「怒ってると思ってたわ。いつまでもお部屋に来てくれないから」

「忙しかったのさ」

滝野は要件を伝えた。

「待って、メモするから」

メモをしなければならないほどの内容ではなかった。

「憶えられんのか？」

「間違ったら大変だから。いいわ、言って」

同じことをくり返した。暁美がまたくり返す。

「ここへ、三時に行けばいいのね？」

「三時きっかりだ。待つこたあない。俺がさきに来てるよ」

電話を切った。

デスクから腰をあげ、掃除用具を入れたロッカーを開けた。ゴルフバッグを担ぐ。裏口のドアから外に出て、駐車場の車にむかった。

鳥籠は、居間のテーブルの上にあった。ベランダに出しておく季節は過ぎた。

ゴルフバッグから、クラブを全部出した。逆様にし、底の金具を三本抜いた。ガムテープで貼りつけた、拳銃が見えた。丁寧にテープを剝がす。杉村から預かった拳銃だった。三八口径のコルト・エージェント。シリンダーには実包が五発。一発は横浜の埠頭で使った。

拳銃を布で包み、バッグのサイドポケットに移した。クラブを元に戻す。

旅行用の鞄に、下着と服をひと揃い詰めた。ちょっと迷ったが、パイプは入れなかった。洗面具、タオル、買い置きの煙草、それでチャックを締めた。

ソファに腰を降ろす。ピー子とピー助が鳴いた。滝野は低く名前を呼んだ。二羽とも首を傾げた。誰が呼んだのか、と考えてでもいるような感じだった。煙草を一本喫う間、滝野は何度か呼んでみた。

煙草を消し、立ちあがって寝室へ行った。押入れを開け、しゃがみこんで上半身を突っこむ。古いスーツケース。白い色が変色し、さらに古びてしまったように見える。幸江と結婚した時、滝野はこのスーツケースひとつだけを持ってきた。把手《とって》が毀《こわ》れている。

中は、外側ほど古びてはいなかった。白い布で巻いたものを摑み出す。

なぜ俺はこれを捨てなかったのか。ふと、そう思った。親父のただひとつの形見。自分に言い聞かせた。捨てようとする気持を、言い聞かせることで打ち消した。それだけだったのか。別の意味で、俺はこれを大事にしてきたのではないか。

包みを解いた。スーツケースは、押入れに戻した。短剣。白い陶製の柄。彫金の飾りのついた革の鞘《さや》。吊り紐をつける金具。

親父が死んだのは、十六の時だった。おふくろは、その七年も前に死んでいた。酔っ払いの親父と、七年間二人だけで暮したのだ。いやな親父ではなかった。朝から酒を食らっていたが、暴れたり絡んだりしたことは一度もなかった。ただ酒を飲み続け、眼が据り、それから眠ってしまうのだった。

仕事はしていなかった。生活のための金が、前橋で鉄工所を経営している伯父貴から送られてきていることを、親父が肝臓病で入院した時に知った。それを言うと、親父は病院のベッドの中で力無く笑った。いいんだよ、和。兄貴にはでっかい貸しがある。おまえを大学までやっても、まだ釣りを貰えるくらいだ。なにしろ、おまえのおふくろを死なせちまったんだからな。

なにがあったのかは、親父は言わなかった。伯父貴とも、会ったのは数えるくらいだ。親父の葬式が最後だった。それっきり、金など送ってこなかった。それでも、入院費や葬式の費用は伯父貴が出してくれたのだ。昔なにがあったとしても、恨む気にはなれなかった。親父が死んだ五年後に、伯父貴も死んだという噂だった。

入院してから、親父はよく自分のことを話すようになった。それまでは、ほとんど喋ったことがなかったのだ。

俺はな、和、海軍経理学校ってとこを出たんだよ。おまえに言ったってわからんだろうが、難しい学校だ。兄貴だって入れなかった。桐生の中学からそこへ行ったのは、俺のほかにゃひとりしかいなかった。そいつは戦死しちまった。海経を出て戦死するなんざ、大馬鹿野郎さ。俺は中尉だった。そこで戦争が終っちまってな。

死んだ時、親父は四十四だった。痩せて、顔が土気色で、死ぬ時はとても四十代には見えなかった。おふくろの名前を呼びながら、親父は死んだ。滝野の名前は、一度も呼ばなかった。

おふくろのことは、よく憶えている。親父のことよりも、はっきり憶えているくらいだ。病気をした時は、病院まで背負って連れていってくれた。寒い夜は、蒲団の中で抱いて暖めてくれた。毛糸のセーターを編んでくれた。よく叱られた。なにをやって叱られたのかは憶えていないが、お父様に言います、という科白《せりふ》は、それを言う時の口調や顔まではっきり思い出すことができる。

突然、いなくなった。そんな感じだった。そして、それまで仕事に出かけていた親父が、毎日家にいるようになったのだ。

親父が死んだ時、残っていたものの中から短剣だけを選んだのは、親父が海軍を自慢していたからだった。ほかのものは、借家を追い出される時に全部捨てた。不思議なのは、おふくろのものがなにひとつとして残っていなかったことだ。写真一枚、ありはしなかった。

それでも、いま思い出すと、親父の顔は妙にぼんやりしているのに、おふくろの顔は鮮やかに浮かんでくる。

工業高校を中退して、最初に勤めたのが織物工場だった。三カ月しか保《も》たなかった。それから自動車の修理工場に半年、土方をひと月。ちょっとしたいざこざで、喧嘩をして相手をぶちのめした。そいつが、金を出して許しを乞うた。千円札一枚。いまでも憶えている。人を脅して金を奪《と》った最初だった。

短剣の鞘を払った。

刀身は鞘の長さと較べるとかなり短い。ただ細身だ。同じ刃渡りの匕首《あいくち》よりも長く見える。

思ったほど錆は出ていなかった。黒い斑点が目立つくらいだ。刃紋も反りもない、肉切り庖丁のような短剣だった。海軍士官がみんな腰にぶらさげていたという代物だ。銘のある、値打ち物ではなかった。

いっぷう変った刃物を使う。使い馴れているからだ、と誰もが思った。最初に持ち出したのは、そういうはったりからだった。そのうち、ほんとうに手に馴染んできた。普通の匕首では、持った時妙に不安な気分になった。短剣には、小さな飾りのような鍔《つば》が付いている。それがあるのとないのでは、大違いだった。鍔のない匕首では、手もとが不安で思い切り前へ突き出せないのだ。

竹の目釘を抜いた。刀身だけになった短剣と砥石を抱えて、バス・ルームに入った。パイプを削る鑿《のみ》や彫刻刀を砥ぐために揃えた砥石だった。荒砥、中砥、仕上げ砥とある。

上半身裸になった。両端に布を巻き、しっかり握って、荒砥からはじめた。体重をかける。押すたびに、ズッという重い音がバス・ルームに響く。十分もやっていると、両面とも錆はきれいに落ちた。

中砥に替えた。体重をあまりかけず、少し早目に動かす。躰が汗ばんできた。

砥ぎ過ぎると減っちまうぜ、桜井にそう言われたことがある。喧嘩《でいり》の後は、必ず丁寧に砥石にかけた。血の曇りが我慢できなかったのだ。この短剣で、少なくとも二人が死んでいる。傷を負ったやつは十人を下らないだろう。滝野は、物に執着する方だった。絶対にこの短剣でなければ駄目だ。そういうところがあった。桜井や高安は、自分の匕首さえ持っていなかった。そばにあるもんでぶった切りゃいいんだ、高安はいつもそう言っていた。組には、長いのから短いのまで、刃物はゴロゴロしていたのだ。

興行のことで、対立組織と揉めた時だった。こちらは滝野と高安を入れて五人、むこうは十人だった。数で嵩《かさ》にかかってきた。三人は頼りにならなくて、ほとんど滝野と高安だけと言ってよかった。追いつめられた。高安がチェーンを出した。するとむこうの四人が長目の匕首を抜いた。滝野が躍り出た。躰ごとぶつかり、短剣を引き抜いた。相手の頭株の匕首が飛んだ。指が三本、一緒だった。それで勝負は決まった。おまえとドスでやり合いたかねえな、高安が言った。

あのころ、組は上げ潮に乗っていた。どんな喧嘩でも躰を張って勝ってしまう、滝野にも高安にもそんなところがあった。桜井が乱暴なだけの男だったら、どこまで突っ走ったかわからない。手綱がきつかった。やらなくてもいい喧嘩をやった時など、二、三日物が食えないような張り手を貰ったものだ。強《つえ》えってのは、なんの自慢にもならねえぞ。うちじゃ刑務所《ムショ》帰りなんて箔《はく》にもなんにもしねえ。馬鹿みてえに突っ走るから刑務所《ムショ》へ行かなきゃなんねえ。俺がやれって言う時以外は逃《ふ》けんだ、わかったな。

親分《おやじ》さんは老いぼれていて、組を取り仕切っているのは桜井だった。それでも親分《おやじ》は親分《おやじ》だった。桜井がそう扱っていたから、ピシッとけじめはついていた。

拳銃《ハジキ》の撃ち合いなど、滅多にあることではなかった。拳銃《ハジキ》を出した時は、組と組の戦争。そう決まっていた。ちょっとしたいざこざは、素手か刃物で片を付けた。刃物だと、すぐ死ぬことはあまりない。死ぬ前に、いざこざは収まってしまうのだ。それに、拳銃《ハジキ》ってやつは誰にでも撃てる。離れた場所から相手を倒すことができる。腰抜けが使うものだ。刃物だとそうはいかない。肚《はら》が必要だった。自分の方がやられてもいい、という覚悟も必要だった。

桜井は、拳銃《ハジキ》が待ち構えているとわかっている場所へ、刃物で乗りこんでいった。

刀身を水で洗った。それから、親指の腹を刃に当ててみる。ちょっと触れただけで、ひっかかってくるような感触があった。切れ味は充分なはずだ。だがまだ粗い。仕上げ砥にかかった。

顎《あご》のさきから、汗が滴り落ちてきた。滑らかな、ちょっとぬるぬるしたような感じさえする砥石で、入念に仕上げた。

鈍いが、深い光沢を放ちはじめた刀身を、滝野は何度も水で洗っては眺めた。

それから、水を切った。

鞘に収めた短剣をさらに布で包み、旅行鞄に突っこんだ。すべてが終りだった。居間で煙草を一本喫った。ピー子とピー助が戯《たわむ》れている。仲がいい。また卵を孵《かえ》すだろう。幸江が雛《ひな》をペット・ショップに持っていく。お金はいらないの、可愛がってくれる人を捜してあげて。またそう言うだろうか。

灰皿の吸殻をキッチンのダスト・ボックスに放りこみ、きれいに洗った。食卓のセンタークロスの上に置く。幸江がレースで編んだセンタークロスだった。端にずれている。引っ張って真中に動かした。

上半身裸だった。汗はとうにひいている。ワイシャツを着こみ、ネクタイを締めた。靴下も穿《は》いた。

部屋のひとつひとつを一度見て回った。瑞江の部屋の前に来た。ノブに伸しかかった手を、宙で止めた。踵《きびす》を返し、居間に戻って背広の上着を着こんだ。左肩にゴルフバッグを担ぎ、右手に旅行鞄をぶらさげて部屋を出た。


三時きっかりに、暁美は喫茶室に姿を現わした。

窓際のボックス席に滝野を見つけて、ちょっと不安そうな笑みを浮かべる。グレーのバーバリ地のコート。下はワイン・レッドのワンピース。地味な身なりだった。

カウンターの中で、幸江がこちらに眼をむけている。

「この下のスーパー、もしかすると」

「俺の店、だったところさ」

「そんな」

暁美の大きな眼が滝野を覗きこんでくる。女の子がオーダーを取りにきた。コーヒー、暁美の代りに滝野が言った。

「奥さんに見られたらどうする気？」

顔を寄せて囁くように言う。

「カウンターの中にいるのが、女房だ」

「そんな、どういうつもりよ」

暁美が下をむいた。カウンターの方を見ようとはしない。

「女房に会って貰おうと思ってな」

「いやよ、あたし、そんなこと」

滝野はテーブルの水に手を伸した。

「帰る。奥さんになんて言やいいのよ。あたし、帰るわ」

「女房はもう、おまえを見てるぜ」

「どういう気なの、あんた。あたし、いやよ。とても奥さんの前に坐ってなんかいられないわ」

滝野は煙草に火をつけた。手を挙げて、カウンターの中の幸江を呼ぶ。

幸江がコーヒーを運んできた。

「坐れよ」

幸江は坐らなかった。

「暁美だ」

暁美が立ちあがってぎこちなくお辞儀をした。腰がテーブルに触れて、コーヒーが受け皿にこぼれた。

「俺は今日から暁美と暮そうと思うんだ」

「あんたっ」

暁美が叫んだ。滝野は煙草を消した。

「事務所で話そうか」

幸江がかすかに頷く。滝野は、暁美の掌の中に車の鍵《キー》をねじこんだ。

「裏の駐車場に車がある。そこで待ってろ」

暁美の躰を押した。もう一度、暁美はお辞儀をした。そのまま喫茶室を飛び出していった。茶のハンドバッグを放り出したままだ。滝野はそれをぶらさげ、さきに喫茶室を出た。

事務所へ入っても、幸江は口をきかなかった。ただじっと、滝野を見つめてきた。

「勝手を言って済まん。デスクの抽出《ひきだし》に離婚届の用紙が入ってる。俺の方は書きこんであるから、君が判を押して届けりゃそれで成立する」

「君って呼ぶの、あたしのことを？」

眼が合った。滝野は暁美のハンドバッグに視線を移した。

「結婚して、そんなふうに呼んだことなんて一度もなかったわ」

暁美のハンドバッグの留金に触れた。開いて閉じると、硬い音がした。その金属の触れ合う響きが、いつまでも耳から離れなかった。

「車を貰いたい。それから現金を百万ばかり。ほかのものは適当に処分してくれ。君なら、スーパーも喫茶室もうまくやっていけるはずだ」

「お願いだから、あたしを君って呼ばないで」

滝野は煙草に火をつけた。言うべきことは言った、そう思った。あとは出ていくだけだ。しかし、足が動かなかった。

「判は押さないわ」

見つめてくる眼に、引きこまれそうな気がした。

「帰ってくる。あたしには、わかるわ」

滝野は首を振った。それから眼をそらした。いつまでも、幸江は喋らなかった。煙草の灰が、ポトリと床に落ちた。

「待ってるわ」

「無駄だよ」

「それでも待ってる。あたしが待ってるってことが、あなたには耐えられなくなるわ。そして帰ってくる」

行くぜ。言おうとした。声にならなかった。

「待ってるわ」

視線が追ってくる。潤んだ眼だった。しかし涙は出ていない。

「派手に泣かれるかと思った」

「泣くわ、きっと。ひとりになったら」

もう一度髪を撫でたい、と思った。手が動きそうになった。煙草を揉み消す。

「待ってるわ」

君はまだ若い。それにきれいだ。ふさわしい男が見つかるはずだよ。俺は堅気の暮しができるような男じゃないんだ。考えていた科白はひとつも出てこなかった。

「じゃあな」

とだけ言って、滝野は裏口のドアを開けた。

車の中で、暁美が泣いていた。滝野は運転席に乗りこみ、ハンドバッグを差し出した。ハンカチを出して暁美が涙を拭く。それからコンパクトの鏡を覗きこんだ。

「いやな思いをさせて、悪かったな」

「ひど過ぎるわ。女が一番いやなことをさせるのね、平気で」

「ああでもしなけりゃ、別れちゃくれん」

「離婚、するの？」

滝野は、ステアリングを一度ポンと叩いた。

「いやよ、あたし。奥さんに悪いわ」

「誰もおまえと結婚するなんて、言っちゃおらんぜ」

煙草をくわえ、イグニッションに手を伸した。

三

土曜も日曜も、高樹は家から動かなかった。

妙な枝を伸している庭木があった。前から気になっていた。休んでいるのだから切ればよさそうなものだが、そういう気は起きなかった。書斎の窓から眺めているだけだ。

五十五坪の土地に洒落た家。庭木はほとんど、親父の代に植えられたものだ。親父は、祖父からこの家を引き継いだ。戦災で、祖父が植えた木はみんな焼けた。疎開地から引き揚げてきた時、一面の焼野原を見て唖然としたものだ。

木を植えたのは、おふくろだったのかもしれない。親父は、庭木に興味を持つような男ではなかった。

日曜の夜十時過ぎに、村沢がやってきた。

この三日間、村沢は一日に一度ちょっと顔を見せるだけだった。本庁でなにをやっているか、という報告もしなくなった。

「滝野が消えちまったみたいです」

世間話をするような口調だった。

「おまえ、まだ滝野を張ってたのか？」

「偶然ですよ。マンションの前を通りかかったんで、駐車場を覗いたんです。やつの車はありませんでした。店の裏の駐車場にもね」

高樹の視線をはね返すように、村沢は顔をあげた。

「逃《ふ》げたのかもしれない」

「高安が消された時に逃《ふ》げなかった男がか。女のところじゃないのか」

「かもしれませんね。そして女の居所はわからない」

不意につまらなさそうな顔になって、村沢はビールを呷《あお》った。

「待つんだよ」

「なにかが起きるまでですか？」

「なにが起きると思ってるんだ？」

「わかりませんよ。そんな気がするだけです」

「私はうんざりしてる」

「どういう意味ですか？」

「明日、車を持ってこい」

「滝野を、捜すんですか？」

「われわれの仕事は、浮気中のスーパーの親父を捜すことじゃないだろう。大和田にへばり着いてみようじゃないか」

「いまさら、そんなことしてなにになります？」

「じっとして給料を貰ってるのが、申し訳ないような気分になってきたのさ」

村沢が、ポテトチップをパリパリやった。眼を合わせようとしない。

「おまえも、ブランデーを飲《や》るか？」

「いただきます。ビールを空けちまってから」

高樹は、自分で立ってブランデーグラスを持ってきた。

「この間、訊かれたことですが」

「なにか訊いたかな？」

「なんで柔道をやめたのかって」

村沢はもうビールを空けていた。高樹はブランデーを注いでやった。台所の方から、万里子と一雄の話声がした。

「俺は刃物が怕《こわ》いんですよ」

「ふうん」

「眼の前で、人が刺されるのを見ました。腹でしたよ。やったやつは、刃物を握ったまま俺を突き飛ばして逃げました。まるで邪魔な荷物でも押しのけるみたいにね。俺は竦《すく》んじまって、声も出せなかったんです。全日本に出て、いいとこまでいけるんじゃないか、と言われてたころです。刺されたやつは、翌日病院で死にました」

「柔道が役に立たなかったたってことか」

「救急車を呼びました。所轄の連中も飛んできました。その中のひとりが俺を知ってて、もうちょっと早けりゃ刺されなくて済んだのにって言ったんです。警視庁で屈指の柔道家と言われてる男が、まさか犯人《ホシ》を素通りさせるとは思わなかったんでしょう」

村沢がブランデーを呷った。なぜこんな時につまらない繰り言を並べる気になったのか。村沢の手がブランデーの瓶に伸びた。

「素通りさせただけじゃない。匕首《ヤッパ》を抜く前から、俺は見てたんです。すごい眼をしてやがった。それに怯《おび》えたんですよ。その気がありゃ、押さえられたんだ」

高樹は、ブランデーを注ぐ村沢の手を押さえた。もう限度だろう。

「おまえ、刃物を振り回してるやつを取り押さえたことが、何度かあったじゃないか」

「苦しまぎれに振り回してただけだからですよ。あの時の男の眼は、まるで違ってた。人を殺そうと決めた男の眼ってのは、ほんとにすごいもんです」

「捜査刑事を志願したのは、刃物恐怖症の逆療法ってわけか」

「不純な動機ですかね？」

「仕事をきちんとこなせりゃ、動機なんてどうでもいいことさ」

高樹はブランデーを口の中で転がした。恐怖を感じることができる人間は、ある意味では幸福なのかもしれない。自分というものを、実感できるだろう。高樹に恐怖の経験はなかった。刃物はおろか、銃口に身を晒《さら》した時も、妙に冷えた気持があるだけだ。なにかが欠けているのではないか、そう思うこともあった。欠けているものを補うために、詩を読み、酒を浴びる。それでこみあげてくるのは、やりきれない苦さだけだ。

高樹はブランデーグラスをテーブルに置き、ゴロワーズをくわえてライターをカチカチ鳴らした。

「滝野は匕首《ヤッパ》を使うそうだな。いまだに噂として残ってるくらいだから、相当な腕なんだろう」

「そうですか」

「おまえのメモにあったことだ」

村沢は掌の中のブランデーに眼をやっていた。台所から、万里子の鼻唄が聞えてきた。夜なべの洋裁だ。ひどい時は、二時三時までやっている。

「明日われわれが貼りつくのは、大和田だぞ。それを忘れるな」

村沢の掌の中で、ブランデーがかすかに揺れている。


久しぶりに街へ出たような気がした。

人出が多い。三日の祭日が日曜で、今日は振替休日だった。村沢は黙ってハンドルを握っている。浦和の市内に入っていた。

滝野の姿が店にもマンションにもない。ここへ来るまでに村沢は三度そう言ったが、高樹は返事をしなかった。

「もうすぐ大和田の屋敷ですが、どうしますか。市内には会社と丸和会の事務所もあります」

「どこだと思う?」

「さあ、会社は休みだろうから、事務所か屋敷でしょうね」

「屋敷の方へ行こう。やつの車は、ベンツのリムジンだったな」

「大抵の場合は、です」

閑静な住宅街に入っていた。高い土塀が見えた。上にはさらに有刺鉄線が張ってある。数寄屋《すきや》風の門のそばに黒い車。ベンツらしい。

「あれです」

「出かけるところか。おあつらえむきだったな」

村沢が車を停めようとした。五、六十メートルの距離だ。

「もっと近づけろ」

「これ以上近づくと、妙に思われますよ」

「妙に思われたいのさ」

村沢は黙って車を進めた。もっと近くだ、と高樹は言った。ベンツの後ろ、十メートルほどのところで停車した。そのまま待つ。運転手が降りてきた。こちらに眼をむけ、車のそばに突っ立っている。

五分ほど待った。

男三人が出てきた。運転手が背の高い男になにか言っている。背の高い男がこちらを見た。

「最後に出てきたのが、そうか?」

「ノッポが後藤という秘書で、ずんぐりした方が田中です。田中はボディガードでしょう。運転手も会社の若い者《もん》ですよ」

「走り出しても、この距離を保て。高い車だ。無理して振り切りゃせんだろうが」

「なにか言ってきますよ」

「どれくらいで言ってくるかな。一時間か、一日か、それとも無視し続けるか」

ベンツが滑り出した。挑発的な尾行がはじまった。というより、うるさくつきまとっているだけだ。

市街地に入った。間に、一台だけ車を入れた。村沢は無表情でハンドルを握っている。すぐにベンツは停まった。ビルの玄関の前だった。後ろに停める。

大和田と後藤がビルに入っていった。高樹は車を降りた。田中というボディガードが、ビルの入口に立ち塞がっている。

「通るぞ」

小声で言った。村沢が頷き、さきに立って歩いた。田中と村沢がぶつかったように見えた。田中が吹っ飛んでいた。

「野郎っ」

跳ね起きた田中の鼻さきに、高樹は警察手帳を突きつけた。

「捜査一課の者《もん》だ。県警じゃないぜ、警視庁だ」

村沢は、エレベーターの前に立っていた。上昇していた数字が、六のところで停まった。降りてくる。

「六階ね。県会議長の事務所がある」

エレベーター前のプレートを指して、高樹は言った。

六階の廊下で待っていた。三十五分。十一時を回った。廊下に出てきた後藤が、高樹と村沢の姿を見て眼を剝いた。紺のダブルの背広を着た大和田は、胸を反らして悠然と通り過ぎていった。

また尾行した。郊外にむかっている。間に入れる車がいなくなった。まるで随行車のような感じだ。畠が目立ちはじめた。大きな農家の前で、ベンツが停まった。

「県会の選挙に出るって噂は、ほんとらしいですね」

「この家は?」

「浦和市会の有力議員の家です。票はごっそり握ってるでしょう」

「詳しいな」

「大和田が抱きこんだ市会議員のひとりですよ。埼玉県警から回ってきたリストにありました」

　三十分も待たずに、大和田は出てきた。ちらりと、こちらの車に眼をやる。

　東京方面にむかった。途中のレストランで、三人が食事をした。運転手は車の中で待っている。村沢が、カップヌードルを二つ買いこんできた。

　高速に乗り、霞ガ関ランプで降りた。国会議事堂を右に見、永田町から平河町に入った。

　大和田が入っていったのは、名の通ったビルだった。国会議員の事務所がいくつも入っている。駐車場のベンツが見える位置で待った。本庁まで、歩いても大して時間のかからない場所だ。

　二時過ぎに、大和田が出てきた。

　また尾行《つけ》た。田園調布の住宅街。総会屋として有名な男の屋敷だった。それから銀座へむかった。夕食時になっていた。ベンツを待たせて舗道を歩いていく。高樹も車を降りた。

　大和田が立ち止まった。高樹が近づいてくるのを待っている。

「本庁の捜査一課だそうだな、君は」

　尊大な男だった。太い横一文字の眉が、年齢に相応《ふさわ》しくない若々しい印象を与えている。

「なにかの嫌がらせかね。不愉快なことを、私はいつまでも我慢しているタイプじゃないよ」

　睨み合った。大和田の方がさきに下をむいた。背広の襟にちょっと手をやり、煙草をくわえる。田中が火を出した。休日の銀座は人通りが多かった。四人が立ち止まっていると、人の流れが滞る。高樹はビルの下に移った。

「要件があるなら、言いたまえ」

「テキ屋の親分《おやじ》風情が、いつからそんな口をきくようになったんだ」

　田中が一歩踏み出してきた。高樹が睨みつける。眼が合うと、田中も下をむいた。

「確かに出身はテキ屋だが、いまじゃ実業家ですよ、刑事さん」

「虫酸の走るような呼び方はやめろ。私のことは旦那と呼びゃいいんだ。それがおまえらの言い方じゃなかったのか」

　大和田の眉が、ちょっと動いた。恰幅《かっぷく》がいい。堂々とした押し出しだ。議員になれば、結構人気が出そうだった。

「捜査一課が、なぜ私を尾行回《つけ》すのか、訊く権利くらいはあると思いますがね」

「私は、どこへでも行きたいところへ行く。それだけのことさ。それに、私を知らないようじゃ、東京じゃ潜り扱いだよ。名前を教えとこう。高樹って者《もん》だ」

「これは」

大和田がちょっと頭を下げた。尊大さが崩れ、筋者の地が覗いた。

「老いぼれ犬の、いや失礼、高樹の旦那だったんですかい。お名前だけは、前から知っておりやした」

「食事をするなら、さっさと済ましてくれ。飲みたきゃ飲んでも構わんよ。とにかく、私はおまえに貼り付いてる。それが仕事なんでね。気にすることたあない。空気みたいなもんさ」

「しかし、旦那」

高樹は横をむいた。ゴロワーズをくわえ、ライターを鳴らした。軽い舌打ちが聞えてきた。煙草に火をつけて顔をあげた時、大和田はもう歩きはじめていた。

「なんか言われましたか?」

車に戻ると村沢が訊いた。

「世間話をしただけだ」

「上の方に、抗議がくるんじゃないですかね」

「それがどの程度かってことで、大和田の実力も知れるってもんさ」

高樹は灰皿で煙草を消した。空はもうすっかり暗くなっている。天気はよくなかった。明日あたり、雨になるかもしれない。

「とにかく、今夜は終りまでだ。あのベンツがガレージに収まるまでさ」

「明日は?」

「定時に、デスクに坐ってりゃいい。私だけじゃなく、おまえもだぞ。火曜は、新興宗教の集会だろう。別に尾行《つけ》る必要もない」

「いまだって、ただの夕食ですよ」

「尾行《つけ》てみてわかったことだろう、それは。集会の方は毎週恒例だ」

「妙な集会ですがね」

北千住にある道場に、毎週五十人ほどが集まっている。半数以上が、丸和会系の人間の家族だった。老人や女が多い。教祖と称している女は三十代で、大和田の情婦と推測されていた。

丸和会の覚醒剤が、その道場を通っている可能性があった。会員は百名程度で、月に一度ずつ二十名ほどのツアーを組んで韓国旅行をしている。本尊が韓国にあるのだ。その旅行で覚醒剤が持ち込まれているとして、税関で何度か徹底的な検査をしているが、証拠はあがっていない。取締官も潜入したが、なにも摑めなかった。

覚醒剤の持ち込みは、巧妙を極めていた。信じられないような方法が取られている。旅行者の中の何人かが運び屋なのか、それとも毎月の旅行のうちの、何回かだけが運搬日なのか。あるいはまったく別の目的が、旅行にはあるのか。

考えればきりがなかった。そちらは、そちらの専門家がやるだろう。

「明日は定時だ」

高樹はもう一度念を押した。

火曜日はやはり雨だった。

霧のように細かい、気の滅入るような雨だ。

傘は持たず、レインコートをひっかけただけで、高樹は本庁に出てきた。村沢はすでにきて、自分のデスクで本を読んでいる。

課長に呼ばれた。

高樹は、村沢にちょっと眼をくれて席を立った。村沢もついてきた。

「大和田に嫌がらせをしているそうだね」

「嫌がらせ？」

高樹はとぼけてみせた。

「手段を問わない、と確かおっしゃいませんでしたか？」

「しかし、理由もなく一日尾行回《つけまわ》すというのはね。抗議してくることくらい、予測できるでしょう」

課長は無表情だった。高樹はゴロワーズをくわえて、ライターを鳴らした。

「今日も、貼り付くつもりなんですがね」

「無意味なことに、なにか意味があるんですか？」

「尻尾を出すかもしれん、と思いましてね」

「真面目に答えてくれんかね、高樹さん」

「ふざけちゃいませんよ、私は」

「尾行回《つけまわ》すのはやめて貰いたい」

「命令ですか？」

「どういう意味です？」

「大和田に貼り付くのはやめろ、という課長の御命令が欲しいんですよ。はっきりした言葉でです」

課長の顔が引き緊った。眼に、一瞬鋭い光がよぎった。決断は速かった。

「命令です」

「わかりました」

高樹は、デスクの灰皿で煙草を揉み消した。ハイライトの吸殻が二本。節煙はまだ実行中らしい。

課長が煙草をくわえ、卓上ライターで火をつけた。続けざまに煙を吐く。

「仕事は成功しますね、高樹さん？」

「なんとも申しあげられません。結果を見て判断していただくしかありませんな」

捜査一課長室を出るまで、村沢はひと言も口をきかなかった。

「軽蔑するか、私を？」

「なぜですか？」

「わかってるはずだ、おまえには」

村沢はただ首を振った。

四

北千住の駅前商店街を抜けたところにある、しもた屋ふうの古い家だった。

人の出入りはまだない。午後一時。朝からの雨が、いくらかひどくなっている。

商店街のパン屋で買ったサンドウィッチとジュースで、昼食を済ませたばかりだった。周囲の地理は頭に入っている。車も、決めた場所に置いてある。あとは待つだけだ。

腰に差した短剣に、滝野は手をやった。目立たないように、鞘はズボンに突っこんである。拳銃は上着のポケットだった。左手で傘を持ち、右手は遊ばせていた。いつでも抜ける。

月曜日は、一日下見をした。周辺の道路、人の動き、路地という路地、派出所や警察署の位置。家の中の様子を見てきたのは、暁美だった。入信したい、という理由で訪ねたのだ。三十をちょっと越えたくらいのきれいな女が応対したという。ほかに、女の母親らしい老女が一緒に住んでいるらしい。硝子《ガラス》戸を開けたところは土間になっていて、あがるとすぐ部屋が二つある。二つとも十畳の広さだ。神棚か仏壇かわからないようなものが、奥の部屋の正面に据えてある。二間をぶち抜きにして、集会をやるのだろう。

暁美は、女に自分の父親のことを話した。そうしろと言ったのは滝野だった。明日の二時からの集会に来なさい、女はそう答えている。どういう人間が集会に集まるのかは、わからなかった。

一時半になった。

硝子戸が開かれ、人が集まりはじめた。年寄が多い。十五、六人。その中で若い男は二人しかいなかった。考えていたような人種は集まってこない。ここで覚醒剤が捌《さば》かれているというのは、思い過ごしだろうか。

一時四十分に、黒塗りのベンツが横付けされた。降りてきたのは、大和田とずんぐりした躰つきの男だ。すぐ中に消えた。集まっているのは、二十五、六人。若い男は三人。それにずんぐりした男。

一度、深く息を吸った。

歩きはじめた。家の前で傘を畳んだ。腰を屈めるようにして、老婆が脇をすり抜けていった。滝野は後ろに続いた。土間と部屋の境の唐紙が開かれた。

並んだ背中が見えた。みんな正座している。奥の突き当たりに、祭壇。太い蠟燭《ろうそく》の火が揺れている。大和田の広い背中が見えた。左端の前の方だ。隣りに、ずんぐりした男がいる。ほかに若い男が三人。これは邪魔になりそうだ。

呼吸を、二つ数えた。ふっと、空白の時間が滝野を襲った。

靴のまま、駈けあがっていた。二、三人、膝で弾き飛ばした。大和田がふりむいた。あと三歩。ずんぐりした男が、大和田を庇《かば》うように躰を投げ出した。蹴あげる。顎。男の躰が丸太のように転がった。大和田が立ちあがっている。抜いた。刃を上にむけ、腰だめにして躰ごとぶつかっていった。があっ、と大和田が息を吐いた。短剣は、下腹のやわらかなところに、根もとまで入っていた。そのまま押した。祭壇の端が崩れた。大和田の背中を壁に押しつける。両手で握りしめた柄を腹の真中で固定し、伸びあがるように思いきり腰を捩った。血が飛んだ。短剣が抜けた反動で、滝野は一瞬躰のバランスを失った。しゃっ、という声が聞えた。咄嗟に、畳に転がりこみ、短剣を横に薙《な》いだ。切先が堅いものを掠《かす》めた。臑《すね》。ずんぐりした男だった。両手で右脚を抱えて転げ回っている。

跳ね起きた。壁に凭《もた》れて、大和田はまだ立っていた。赤く濡れた両手が下腹を押さえている。指の間から、はらわたがはみ出していた。踏みこんだ。大和田が眼を剝き、口を大きく開いた。かすれた叫び声。涎《よだれ》が垂れた。背中になにかぶつかってきた。見るよりさきに腰を沈め、上体を回した。短剣も払っていた。折り畳み椅子を振り降ろした若い男の、頰《ほお》から鼻を掠めた。男が叫ぶ。もうひとりいた。そいつは傘を突き出してきた。躱《かわ》しながら、左手で摑んだ。踏みこみ、膝で股間を蹴りあげる。前屈みになったところを、短剣で突きあげた。男が上体を捩ったので、切先が肩を掠めた。

臑を押さえていた男が、躰を起こそうとしている。右手には、やや長目の匕首を握っていた。一瞬、それを眼の端で捉えた。

　大和田の方に躰をむけた。大和田は凭れていた壁から、祭壇の方に動いていた。一度、深く息を吸った。跳んだ。大和田の額がパクリと割れた。深くはない。骨まで断ち割ることはできなかった。左手で、大和田の髪を摑み、横に振った。下腹を押さえていた手が泳ぎ、腸がずるりと膝の下まで垂れ落ちてきた。首が手頃なところにあった。下から上へ、腰を回転させながら切りあげた。血が噴きあげた。倒れたあとも、血は赤い湧水のように止まっては溢れ出した。

　背後で、畳を蹴る音がした。横に飛ぶのが一瞬遅れた。左の二の腕に痛みが走る。突き出されてくる白い刃だけが見えた。前へ出た。刃と刃が交錯した。鍔。飾りにしか見えなかった短剣の鍔が、相手の刃を止めた。甲の肉を浅く切られただけだ。滝野の短剣は、かなり深く相手の手に入ったはずだ。

　外が見えた。折り畳み椅子を構えた男が二人立ち塞がっている。ひとりにむかって走った。逃げ腰になった男を蹴倒した。椅子が飛んできて、右肩に当たった。右腕が痺れる。短剣を握っている感覚が消えた。しかし、指はしっかりと柄にからみついている。叫んだ。男が背中をむけた。

　外に飛び出した。走る。力のかぎり走る。悲鳴が聞えた。追ってくる気配があった。路地に飛びこんだ。鞘は、ズボンの中にぶらさがっていた。腰に吊るための金具を、ベルトにひっかけておいたのだ。走りながら、短剣を鞘に収めた。しかし、柄から指が放れない。吸い着いたようになっていた。

　ちがう通りに出た。また悲鳴が聞えた。鞘に収めた短剣の柄を握ったまま、上着を脱いだ。返り血がひどい。走り続けながら、上着で顔を拭いた。また路地に入った。追ってくる。眼がくらみそうだった。路地は曲がりくねっていた。曲がり角の、死角になるところで足を止めた。息があがっていた。上着のポケットを探る。足音が近づいてきた。左手で拳銃を握り、飛び出した。三人。空にむけて一発ぶっ放した。三人が這いつくばる。走った。もうひとつ通りを越えて路地に入った。二度曲がった。そこで転んだ。足が思うように動かない。起きあがった時、ようやく右手から短剣が放れた。荒い呼吸の合間に、一度吐いた。湯気をあげている吐瀉物《としゃぶつ》にちょっと眼をくれた。それからまた走った。

路地の出口で、通りを窺《うかが》った。傘が二つ。後姿だ。車は、五歩ばかりの距離のところに置いてある。ズボンのポケットの鍵《キー》を探った。走る。五歩。素速くドアを開け、乗りこんだ。誰にも見られなかった。

エンジンをかける。シフト・レバーに置いた手が、荒い息遣いと一緒に揺れていた。ゆっくり、スタートさせた。荒い息は、まだ収まっていない。時々視界が暗くなった。

暖房のスイッチを入れた。躰は汗まみれだが、硝子を曇らせたかった。ツキはあった。雨がひどくなっている。車の中の人間にまで注意を払う者はいないだろう。

日光街道に入り、千住新橋を渡った。いくらか呼吸が楽になっていた。制限スピードを守りながら走る。草加の表示が見えた。

東京を出た。警視庁の検問はまだ敷かれていなかった。走り出してから十分といったところだ。

草加バイパスからはずれた。住宅街を走る。畠が目立ってきた。団地、建売住宅、分譲地。右が畠で、左が工場の高い塀になっている道路に出た。

塀に寄せて停めた。

煙草に火をつけ、シートを倒した。なにも頭に浮かばなかった。肺に入ってくる煙の、かすかに冷たい刺激だけを感じていた。煙草は、すぐに短くなった。ウィンドを降ろし、外に弾き飛ばす。

躰を起こした。シートに胡坐《あぐら》をかき、助手席の脹《ふく》らんだ紙袋を破った。血で汚れた背広で、まず短剣を拭った。柄や鍔も丁寧に拭った。血はもう固まりかかっていて、なかなか落ちなかった。

ビニールで包んだ濡れタオルが四枚。上半身裸になり、きれいに拭いた。腕の傷は、かなり深かった。動かすと出血する。ガーゼを当て、繃帯《ほうたい》をしっかりと巻いた。右手の甲の傷は、もう塞がっていた。浅い傷で、猫の爪にでもやられたように見える。放っておいても大丈夫なようだ。用意してきた繃帯が十本。一本で済んだのは、昔と較べて腕が落ちていなかったからか。それとも運がよかったのか。

何カ所か痣《あざ》があった。ひとつずつ点検したが、ひどいものはない。新しいワイシャツを着てネクタイを締めた。ズボンも靴下も靴も替えた。汚れたものは新聞紙に包んで助手席のフロアに置く。髪に櫛を入れた。上着を着ると、もうごく普通の男だった。インサイド・ミラーには、いつもよりいくらか蒼い顔が映っているだけだ。

午後二時四十九分。滝野は車を出した。

打ち合わせ通り、東京駅の新幹線改札口で平川が待っていた。耳にラジオのイヤ・ホーンを突っこんでいる。滝野を見て、軽く会釈する。

「車は、どうなさいました？」

「いずれ見つかる。放っといて構わんよ」

病院の駐車場に置いてきた。救急指定の綜合病院で、車の出入りは多そうだった。都内よりも見つかりにくいだろう。ここまでは電車を使ってきた。

「大和田は死にましたよ。救急車が来た時にゃ、死んでたそうです。さっきラジオのニュースで派手にやりましてな。まだ犯人が誰かもわかっちゃおらんようです」

平川に、詳しいことは話してなかった。仕事《ヤマ》を踏む。逃《に》げるのを助《す》けてくれ。電話でそう頼んだだけだ。二つ返事だった。午後二時から七時までの五時間、約束の場所で待つことになっていた。

滝野は周囲に眼を配った。

「大丈夫です。さっきひと回りしてみましたがね、まだ刑事《でか》なんか張っちゃおりません」

平川が乗車券と特急券を差し出した。滝野は、用意していた封筒を出した。

「こりゃ、いただくわけにゃいきませんや。高安さんが亡くなったのも、あたしのせいじゃないかと気に病んでたんですぜ。年寄の気を重くさせんでください」

「女のことも頼まなくちゃならん」

「わかってます。そっちの方は御心配いりやせんや。あたしは、滝野さんよりさきに福岡に着いてますんで。落ち合うのは、別府の方がいいですかな」

「どういうことです？」

「とことん、付き合わせていただこうと思いましてね。あては太郎丸しかないんでやんしょ。そしてあそこは、老いぼれ犬が眼えつけてます。ひとりじゃきついですぜ」

「だからって」

「決めたんですよ。やらして貰います。いやだって言われても、あたしは八幡浜へ飛びますぜ」

「正気かね、平川さん？」

「正気も正気。あたしは嬉しくってね。こうならんかな、と思ってた通りになったんです。はじめてですわ、こんなこたあ」

「老いぼれ犬が、黙っちゃいませんよ」

「滝野さん、野郎のやり方、妙だたあ思わんかったですか？　その気になりゃ滝野さんを引っ張れたでしょう。ところが野郎、なにもしやがらなかった。こうなんのを、待ってたみたいじゃないですか」

「やつがなにを目論《もくろ》んでいようと、俺にゃ関係ない。俺はね、やりたいことをやっただけですよ」

「あたしは、まだやりたいことをやっちゃおりませんよ。借りを背負って墓に入りたかないんでね」

滝野は煙草をくわえた。人通りは多いし、列車を待つ人間もいる。目立たなかった。三時四十五分。これまでのところ、追われている気配はまったくない。

「あんたには、暁美を頼みたいんですよ。危《やば》いってわけじゃない。ただ、東京から離れさせてやりたいんです。住民票を辿《たど》っても居所がわからんような方法を考えてやって欲しい。多少、金は持ってます」

「そっちは、任せといてください。十一時ごろ、ちょっと寄って会ってきました」

「ここに警戒体制が敷かれてるかどうか、見張ってて貰った。俺の方はそれで充分です」

「老いぼれ犬にね」

平川が咳をした。口を、がっしりした手で拭った。

「脅されたんですよ、あたしは。情無いくらい簡単に転んじまった。それが口惜しくてね。野郎は確かに、脅しのツボは心得てます。だけどあたしだって、伊達《だて》に六十何年も飯食ってきたんじゃないんでね」

滝野は煙草を捨てた。平川がメモを差し出す。別府の落ち合う場所が書いてあった。返した。

「憶えていただけましたね？」

「無理する必要はない。俺は、三十分だけそこで待ちましょう」

「わかりました。十六時ちょうどって『ひかり』がありますが、どうなさいます。それ逃がすと、一時間遅れになりますが」

滝野は頷いた。平川がすっと離れていった。背筋がしゃんと伸びた後姿が、人波に紛れて見えなくなった。

滝野は旅行鞄を持ち、改札口を通った。

五

午後二時に、所轄署からの第一報が入った。高樹はデスクを動かなかった。村沢もじっと書類に眼を落としている。

犯人《ホシ》、三十五歳前後。黒っぽい背広の上下。中肉中背。凶器、短刀。拳銃も所持している。周辺を捜索中。

第二報はいくらか詳しくなっていた。特機捜も駈けつけているはずだ。第三報では、警察犬を使っている、とでも言うだろう。

ライターを分解した。デスクにも、小さなドライバーが入れてある。発火石のカスをきれいに拭き取った。芯はまだ大丈夫のようだ。

周辺の道路に緊急配備が敷かれたのが、三時十分過ぎ。悪くはない。むしろ素速い対応と言っていい。しかし遅過ぎる。やつを逮捕《あげ》るには、現場で網を張っておくしかなかっただろう。

ライターを組立てはじめた時、一課長室から呼び出しがかかった。村沢に合図した。

「俺が四年前に逮捕《あげ》た若いのが、きのう出所《で》てるんですよ」

村沢は、関係ないことを言った。

「いくつなんだ？」

「二十歳《はたち》でした。様子を見てこようかと思ってます。つまらんことで、人を刺しちまいましてね」

「どんなふうにつまらんことなんだ？」

「女がね、男を作ったんですよ。八つ歳上の女でした。その男を刺したんです」

課長室のドアをノックした。放火犯を思い出させる声。今日はこの声を二度聞くことになった。

「三カ月前の新宿の事件《ヤマ》ね」

デスクの書類に眼を落としたまま、課長が言った。

「継続捜査になる前に、もうひと押ししてみたいんですよ」

通り魔殺人として新聞を賑《にぎ》わした事件だった。仕事は終った、それを課長は伝えようとしている。大和田は死んだのだ。完璧なかたちで仕事は終った。

「村沢と二人で、応援に入ってくれませんか」

「途中から捜査に首を突っこむのを、私が嫌いなことは御存知でしょう」

「しかし」

「大和田に貼りつくな、と課長は命令されました。ほんの何時間か前です」

「どういう意味かな？」

「われわれは、大和田を殺《や》った犯人《ホシ》を追いたいんですよ。それができりゃ、あの命令が大和田を殺したなんて口が裂けても言いません」

「高樹さん」

課長の眼が光った。それから笑った。

「あんたの方が役者が一枚上みたいだな。俺はあんたが、保身のためにああいう命令を出させた、と思ってましたよ」

「言葉にゃ、いろんな意味があるもんです」

「年の功かな。いい勉強をさせて貰った」

「いいんですね」

高樹は、応接用のテーブルの煙草をくわえた。卓上ライターで火をつける。ガスの火というのは、どうしてこうみんな同じかたちをしているのか。

「特機捜をはずすわけにゃいかんな」

「そっちはそっちです。われわれが追うのは、杉村敏夫を台湾に逃がした男、ということにしていただけませんか」

「なるほどね」

それ以上は訊かなかった。深入りはしない。この男も官僚の素質を、自覚しないまま備えようとしている。

高樹は煙草を揉み消した。

「杉村を逃がした犯人《ホシ》は、逮捕《あげ》なきゃならん」

「村沢と二人で、やらせていただきます」

「せいぜい三、四日。それくらいで片付けてくれませんかね」

「充分過ぎるくらいですな」

課長が頷いた。高樹と村沢は部屋を出た。

「滝野が憎いんですか、警部？」

「なぜだ？」

「そんな気がしただけです」

「私は人を憎んだことはないな」

「罪を憎むってやつですか」

「それもない。憎しみなんて感情とは無縁で、これまでやってきた」

「俺も、滝野を追わなくちゃいけませんか？」

「はじめたことの片はつけるもんだぜ、村沢」

「言っていいですか？」

「なにを？」

「俺、なんとなく滝野を好きになりました」

「手錠《ワッパ》をぶちこんでみるんだな、そんな相手に」

「なんかわかるもんですか？」

「大して気はとがめん、ということがわかる」

村沢がいやな顔をした。高樹はデスクに戻り、ライターを組立てた。たっぷりオイルを入れた。発火石も入れ替えた。着火は悪くない。

「私は滝野の女房と会ってくる」

レインコートを着こんだ。外の雨はひどくなっている。

「俺はなにをやりましょう？」

「まず、滝野の足だ。千葉と埼玉の県警に、滝野の車の手配を頼め。都内はいい」

「自分の車を使ったでしょうか？」

「わからんが、見つかりゃ儲けものだ」

四時になろうとしていた。事件発生から二時間。現場では、まだ鑑識活動が続いているだろう。

滝野商店の裏の駐車場は、白いクラウンのところだけポカリとあいていた。高樹はそこに車を入れた。隣りに、滝野商店と書いたライトバンが置いてある。

表通りに回り、まず喫茶室を覗いた。閉まっていた。スーパーの方は営業している。

売場を通り抜け、ノックもせずに事務所のドアを開けた。デスクで、女が煙草を喫っていた。高樹を見ても表情を変えず、立ちあがりもしなかった。

「奥さんですね、滝野和也氏の？」

きれいな女だった。流れるような髪をしている。ただ、眼が虚《うつ》ろだった。話しかけても、聞えているのかどうか判然としない。

「なにか？」

「御主人はどちらへ？」

「おりませんわ、いま」

「どこへ行かれました？」

「あなたは？」

「こりゃ申し遅れました。警視庁の高樹といいます」

女が煙草を消した。セーラム。マニキュアが剝げかかっている。

「どんな御用ですの？」

「なに、大した用事じゃないんですが、通りがかったもんでね」

「主人が、なにかしたんですね？」

「どうしてそう思われるんです？」

「そんな気がしているんです。朝からなんだか落ち着かなくて。それに、あなたは警察の方でしょう」

「刑事が来たからって、なにも犯罪と関係あるとはかぎりませんよ」

女が、デスクの抽出から封筒を出した。開くでもなく、眼の前に置いてじっと見入っている。

「離婚届の用紙が入ってますの。主人は署名済みですわ」

高樹はゴロワーズをくわえた。ライターをカチカチ鳴らす。オイルを入れ過ぎたらしくて、なかなか火がつかなかった。まったく気紛れなライターだ。

「仕事も、あたしが引き継ぎやすいように、きちんと整理されてました」

「だから？」

「気がついてたんですの、あたし。あの人が浮気をしていることも、堅気の暮しをしてきた人じゃないってことも。でも、あたし黙ってましたわ。かわいそうだったから。高安さんとおっしゃる方、あの人が若いころのお友達ね。この間、新聞に出てましたわ、殺されたって。あの人は、それをなんとかあたしに見せまいとしてたの」

「止めなかったんですか、出ていく時」

「性格は呑みこんでますの。待ってるってだけ言いましたわ」

「それじゃ、離婚はなさらない？」

「滝野商店の看板も降ろしませんわ。もっとも名儀は父なんです。あの人、そんなとこにひどく頑固で」

女が煙草をくわえた。赤漆のいいライターを使っていた。

「喫茶室、閉まってるようですな」

「明日は開けますわ。あの人ね、この間あそこでコーヒーを飲んだの。無理して、熱いのをね。結婚してはじめてだわ」

女がちょっと笑った。笑うと淋しそうな翳《かげ》が顔に浮き出してきた。

「離婚された方がいい、と私は思いますがね」

「これから、いろんな方にそう言われるだろうって覚悟はできてますわ」

「そういう意味じゃありません。彼がそれを望んでるってことです。それも、奥さんを愛しているから望んでるんですよ」

「望んではいませんわ。あたし、わかるんです。あの人は、きちんとしたんですよ。仕事をきちんと整理したみたいに」

高樹は、ゴロワーズを灰皿で揉み消した。なぜ、滝野の女房と会おうという気になどなったのか。困っていれば助けてやり、悲しんでいれば慰めてやる。とんだ人情刑事だ。

「車は、御主人が乗っていかれましたね？」

「ええ。それにお金をちょっと。悲しくなるくらいちょっとのお金ですわ」

「失礼しました」

出ていこうとした。後ろから声が追ってきた。

「何年待てばいいんですの、刑事さん？」

「さあね、五年か十年か、それとも一生か。奥さんの気持が続くまでってことでしょう」

「そんなふうに、思ってらっしゃるの」

高樹は事務所を出た。

車に戻って本庁と連絡を取った。村沢は、まだ自分のデスクにいた。現場検証がやっと終了したところらしい。通行人も含めれば四十人以上の目撃者。それでまだ糸口さえ摑めていないらしい。

村沢と、空港で会う打ち合わせをした。松山行の最終便に、なんとか滑りこめるかもしれない。村沢は、八幡浜から海外《そと》へ飛ぶだろうという意見に否定的だった。

太郎丸の親方は、危険過ぎる仕事をいやがるにちがいない。二隻の持ち船も南方海上にいて、どこかに呼び戻すとしても手間がかかるはずだ。石垣島のドックで出渠《しゅっきょ》を待っていた時とは状況がちがう。

だが、滝野がほかにルートを持っているとは思えなかった。それに、都内に潜伏しているのなら、いずれ洗い出されるはずだ。高樹の出番はない。

車を出した。はっきりと声に出して『老犬トレー』を唄いながら、雨の中を走った。

第六章

一

ホテルに入ったのは十一時半だった。

滝野は、ネクタイも解かず受話器を取った。太郎丸。コール音が続いた。待った。老人の声が出た。

「親方だね？」

「どちらさんだね？」

「この間は世話になった。おたくの船に、客を二人乗せて貰《もら》ったよ」

「おまえか」

老人はすぐにわかったようだった。

「何時だと思ってやがる」

「起きてたんだろう？」

「年寄は耳ざといのよ。夜中にこう鳴らされたんじゃな、起きねえわけにゃいかねえ」

「あんたの仕事は確かだった」

「また乗せろってんじゃあるめえな？」

「礼を言うために、夜中に電話したりはせんよ」

「切るぜ」

「待ってくれ。話も聞いちゃくれんのか」

「無駄なことよ。あばよ」

「押しかけてくぜ、そこへ」

「おまえ、またナオミに手え出しやがったら」

「そんな気はない」

「この間、俺はなんとなくおまえのやり方が気に入ったんだ。儲け話に乗って動いてんじゃねえ。そう思ってたのにな、見損なったぜ」

「定期便を作ってくれなんて言うつもりはないさ。これで最後だ。俺が乗せて貰うんだからな」

「ふん、ドジ踏んで、尻ぬぐいを俺にしろってわけかい。ま、おまえみたいな半端者《もん》は、いずれそんな破目になんのが落ちよ。気いつけて逃げな」

「俺は、失敗《ドジ》っちゃいない。やりたいことをやりたいようにやって、ここにいる」

「郵便局でも襲って、端金《はしたがね》でも手に入れたんか」

「ひとり殺《や》った。ほかにも何人か怪我したはずだ」

「自慢してんのか、馬鹿野郎が」

「逃《ふ》けなきゃならん事情を、説明してるんだよ。ついでに言っとくと、警察は多分、俺があんたを頼ると見当つけるだろう」

「待てよ。大和田とかいうのが東京でやられたってニュースをやってたが、あれがおまえか？」

「そういうことだ」

「無茶な野郎だ。長生きできねえ口だな。さっさとパクられるか、くたばっちまうかしちまえ」

「あんたがなんと言おうと、俺は朝になったら佐賀関から一番のフェリーに乗るつもりだ」

「佐賀関だと。おまえ、いまどこにいやがんだ？」

「小倉《こくら》だよ」

「俺んとこへ来るのに、なんで九州から回ったりすんだ？」

「逃《ふ》ける時は、遠回りする方が無難なんだよ、親方」

老人がしばらく黙った。それがなにを意味するのか、滝野にはわからなかった。

「小倉の、どこだ？」

「そりゃ言えんよ、親方」

「言いな、俺に頼りてえなら」

滝野はちょっと考えた。それからホテルの名前を言った。部屋の番号も言った。

電話が切れた。


服を着たままベッドに横たわり、一時間ほどじっとしていた。煙草を二本喫った。狭い部屋だった。ツインをとればよかった、と思った。東京がどんな騒ぎになっているか、一度も考えなかった。済んだことだ。逃げきれるかどうか、それしか頭になかった。

十一月だというのに、暖かい夜だ。東京は雨だったが、大阪を過ぎたあたりで天気はよくなったようだった。西の方から天気は変ってくる。中学のころ、そんなことを習った。低気圧も高気圧も、西から東へ移動していくのだ。多分、晴れた朝が来るだろう。

電話が鳴った。滝野はうとうととしかかっていた。

「フェリーに乗るのは、ちょいと待ちな。こっちの準備ができねえ」

老人だった。待っていた。だが期待はしていなかった。人に頼る。虫がいいことなのだ。自分の足で走る。自分の才覚で逃《ふ》げる。結局はそれしかない。

「風向きが変ったのか。なぜだ？」

「返事だけしろ、わかったのか？」

「ああ」

「フェリーはな、三崎町の本浦ってとこに着く」

「それもわかってる。そこからタクシーを飛ばしゃ、八幡浜まで一時間ってとこだろう」

「俺んとこへ来るんじゃねえ。ここにゃ、乗れる船なんて一隻もいねえぞ。反対に走んだ。串《くし》ってとこまでな。そこは、ずっと石段を降りて、一番下が波止場だ。タクシーは上の道までしかいけねえ」

「それで？」

「明日、佐賀関から電話してこい。それまでにゃ、なんとかできるようにしとく。いいか、間違ってもてめえひとりの力で速吸《はやすい》の瀬戸を渡ろうなんて思うな」

「切羽詰ったら、そういうことになる。無論泳ごうなんて思っちゃいないさ。漁師町がいっぱいあるみたいだからな、小舟くらい見つかるだろう」

「動力なしで渡んのは無理だ。フェリーに乗れない時にゃ、ほかの方法《て》を考える」

老人がちょっと咳払いをした。痰《たん》を切るような音がした。

「おまえ、怪我してんじゃねえのか？」

「ニュースじゃ、そう言ったのかね。大したこたあない。出血もとうに止まってる」

「医者は、捜せねえ」

「必要ない」

滝野は煙草をくわえた。ネクタイを解き、引き抜く。

「親方」

「なんでえ？」

「なぜ俺に入れこむ気になった。警察《サツ》は眼えつけてんだぞ」

「俺は、おまえを逃がすわけじゃねえ」

「どういう意味だ？」

「おまえに関係ないことだ」

「逃がして貰うのは俺だぜ」

「それでも、おまえには関係ねえ。俺は、俺が逃がしてえやつを逃がそうとしてんだよ」

どういう意味か、もう一度訊いた。喋りたくない、そういう老人の気配がはっきりと伝わってきた。お互いに、しばらく黙っていた。老人がまた咳をした。

「おまえ、金は持ってんのか？」

「百万、ばかしだ」

「足りねえな。うちの船は南シナ海にいる。よそのを使わなくちゃなんねえんだ」

「時計、ライター、ダイヤを埋めこんだタイ・タック。それで五十万くらいのはずだが」

「現ナマしか物言わねえことくらい、おまえ知ってんだろう。ま、いい。値切って値切れねえこたあないだろう」

「親方に払う分は？」

「金でやろうってんじゃねえよ」

「じゃ、タイ・タックで勘弁してくれ。買った時、八十万だった」

スーパーに改装した滝野商店の借金を返済し終えた時、記念にといって幸江に勧められたものだ。幸江は、同じ額の指環を買った。あのころ、瑞江はまだ一歳になったばかりで、宝石屋の商品に手を出そうとするのを、幸江が慌《あわ》てて止めていた。

「俺は金なんて欲しくねえ。第一、俺とおまえは会わねえんだ」

「そういう手筈《てはず》なのか？」

「俺の頭ん中じゃな」

電話を切った。

滝野はベッドに横たわった。服は脱がなかった。長い旅になりそうだ、ふとそう思った。躰《からだ》が、地の底に引きこまれるような感じがした。眠れるのか。眠りに落ちる時の感じに似ている。だが頭は冴えていた。躰を横にむけると、左腕の傷が下になり、痛みが走った。痛みは、切られた直後よりもひどくなっている。そういうものだ。そして、痛ければ痛いほど、死からは遠い。

五時七分の鈍行に乗った。

まだ闇だが、結構乗客は多かった。列車が動き出すと、すぐに眠った。深くはない。人の話声、停車や発車の震動。躰が聞いていた。逃げているのだ。追ってくる者が見えなくても、気持が切迫していなくても、躰は逃げている。

外が明るくなりはじめていた。やはり晴れた日になりそうだ。前の座席に老婆が二人坐った。煙草を喫いながら、九州弁で喋り合っている。滝野も煙草をくわえた。左手に海が見える。周防灘《すおうなだ》だろう。朝陽を受けて金色に輝いている。逆光の中で黒い影のように見える数隻の漁船。平和な海だ。

中津で弁当を買った。六時半を回っている。嚙みしめるように、ゆっくりと弁当を食った。容器に、ひと粒の飯も残さなかった。冷えたお茶を飲み、また眼を閉じる。眠らなかった。

別府で降りた。

街はもう動きはじめている。九時までに、まだ間があった。海岸にむかって真直ぐに伸びた道路を歩いていった。五百メートルほどで、防潮堤に突き当たった。海にせり出したように、ホテルの建物が並んでいる。右へ歩いた。波止場が見えてきた。大型フェリーが桟橋に横付けされている。大阪へ行く船だろう。

滝野は、腰の高さほどある道路沿いの防潮堤に登った。腰を降ろす。煙草をくわえる。約束の時間まで、まだ三十分近くあった。

女の姿が見えた。グレーのコート。ブルーのスーツケース。短い髪。女は滝野を見ているようだ。暁美。間違いはなかった。滝野は腰をあげた。

滝野が近づいていくのを、暁美は立って待っていた。笑っている顔が見える距離になった。ぎこちない笑顔だ。泣いているような感じだった。

「どういうことなんだ?」

「平川さんの代りに、あたしが来たの」

「なぜ?」

「あんた、あたしのことを平川さんに頼んでくれたんでしょ。東京を離れさせてやってくれって。誰にも見つからないところで暮せるようにしてやれって」

「あの男は、それを引き受けてくれた、と思ってた」

「あんたと一緒に行きたいって、あたしが頼んだの。外国だったら、誰にも見つからないでしょ。最初は、平川さんは相手にしてくれなかったわ。あんたが、いいって言うはずはないって」

風で、暁美の髪がちょっと靡《なび》いた。幸江を思い出した。あの長い髪なら、もっと頼りなく舞いあがるだろう。細く長い幸江の指がそれを押さえる。

暁美の大きな眼から、ポロポロと涙がこぼれ落ちてきた。拭おうともしない。じっと滝野を見ている。

「父のことを、平川さんに話したの。いつか見つけ出すわ、あの人はあたしを。それが生き甲斐なの。どこに逃げても同じよ」

「本気で逃げたことがあるのか、一度でも?」

「いま、本気で逃げたいと思ってるの。平川さんにはそう言ったわ。でも、ちがう。父のことなんか、どうだっていいのよ。あんたと一緒にいたいの、あんたが逃げるなら一緒に逃げたいの」

滝野は煙草をくわえた。暁美の眼からは、まだ涙がこぼれ落ちている。車が通った。滝野も暁美も、海の方をむいた。

「なぜだ?」

「わかんない。離れたくないの。離れるくらいなら、死んじゃった方がましだわ。こんな気持になったの、はじめてよ」

「俺がなにをやったか、知ってんのか？」

暁美は、かすかに頷《うなず》いたようだった。

「楽な旅じゃないぜ」

また頷いたようだった。二人とも海を見ていた。

「なんの当てもないんだ」

煙草を、防潮堤のむこうに弾き飛ばした。

「駅を降りた時な、地獄めぐりのバスの案内が出てた」

暁美が、コートのポケットからハンカチを出した。

滝野は、もう一本煙草をくわえた。

「約束の場所はあそこじゃなかったかな」

海際にそそり立っている展望用の塔の上部だけが、ビルの頭の上に見えた。その下で九時、三十分だけ待つという約束だった。

「あたし、きのうの夜、ここへ着いたの。夕方の飛行機で福岡に降りて、車を飛ばしてきたのよ。ホテルは、平川さんが予約しといてくれたわ。九時までに時間があったから、歩いてたの。そしたら、あんたがいた」

「平川は東京か？」

「九時に電話をくれって、ここへ」

暁美がメモを差し出した。八幡浜の旅館の電話番号だった。杉村を逃がすために太郎丸を調べにきた時も、平川はこの商人宿に泊っていた。

「喫茶店も開いてないな」

滝野は、暁美のスーツケースをぶらさげた。旅行鞄は肩にかける。街の方へ歩いた。どう見ても、これから駅にむかう旅行客にしか見えないだろう。この街では、一番ありふれた恰好《かつこう》だ。

電話ボックスがあった。小銭をかき集めた。平川はすぐに電話口に出てきた。

「断りきれなくなっちまいましてな。女連れじゃどうだろうってえ気はしたんですが」

暁美のことは、それだけしか言わなかった。

「老いぼれ犬と、もうひとり若いのが来てますよ。きのう、危なくぶつかっちまうとこでしたわ。今朝早くね、太郎丸の親方とも会いましたよ。あちこち当たってるみたいですな。滝野さんがなんで大和田を殺《や》らなきゃならなかったか、よく言っときました」

余計なことだった。太郎丸の親方にはなんの関係もない。しかし黙っていた。

「滝野さんのことは、まだ割れちゃおらんようです。老いぼれ犬は、てめえのカンだけでここまで追ってきてんでしょう。だけど、所轄署を動かしてますよ。この街は封鎖されたみたいなもんです。鉄道は一本だし、道路だって数えるくらいだ。所轄だけで、頭数は充分なんですな」

「親方は、串ってとこへ行けって言ってた」

「聞いてます。ここまで来たら、あの親方に任せるしかないざんしょね。実は、あたしももうあの人にゃ会えんのですよ。家の前を所轄の刑事《でか》が張ってましてね」

「佐賀関から電話することになってます。俺たちゃ、いまからそこへむかう」

「ま、そっちは安全でしょう。早いとこ九州へ行っててよかったですよ。あたしが空港に行った時は、警官が出て不審者の訊問をやってました。駅の方も、多分同じようなもんだったでしょう」

電話を切った。

ボックスから出ると、暁美が紙包みを差し出した。

「お金。あんたがくれたもんだけど、三百二十万しか残ってないの」

「上出来だ。おまえの船賃をどうしようか、考えてたとこだったんだ」

タクシーを停めた。スーツケースと旅行鞄をトランクに放りこんだ。

二

所轄署の仮眠室で、五時間ばかり横になっていた。

松山空港に降りたのが、きのうの午後七時。県警本部に寄って協力を依頼し、車を一台借り、八幡浜に入った時は十時近くになっていた。街の封鎖に立ち合った。殺人犯の捜査ではない。逃亡幇助《ほうじよ》の捜査である。大袈裟なやり方に、所轄署の連中は戸惑っていた。大きな事件が起きていないのが、幸いだった。それに、近くの原子力発電所の警備のために待機していた機動隊から、一個小隊の応援も得られた。人員は余るくらいだ。

東京と連絡を取りにいっていた村沢が、朝めし代りのカップヌードルを二つ持って戻ってきた。朝の七時。晴れた日だ。

「滝野の車は、まだ見つかってません。担当してる特機捜は、糸口を摑《つか》めなくて焦ってるようですよ。一発撃ったっていう拳銃《ハジキ》も、薬莢《やつきよう》も弾も見つかってない。

都内に潜伏中って見方は変えちゃおらんようですがね」

村沢が、勢いよくカップヌードルを啜った。村沢も、滝野が東京に潜伏中と考えている。だから気楽に、高樹に命じられたことをこなしていた。

「ひとつだけ収穫って言や」

村沢が、掌で口を拭った。勢いよく啜り過ぎるので、スープが飛ぶのだ。

「あの集会所から、覚醒剤《シャブ》が出たそうです。それであそこに集まってた連中が訊問されて、吐いたのが二、三人いたみたいです。誰が運んでたと思いますか？」

高樹には関心がなかった。大和田は死んだ。丸和会は、またもとのテキ屋に戻るだろう。

「添乗員ですよ、旅行社の。あそこの毎月の韓国巡礼に専属みたいにして添乗してたのがいましてね。そいつが大和田に抱きこまれてたってわけです。多分、もっとほかにもなんか出るでしょう」

「どういう宗教団体なんだ、あれは？」

「さあね。集会じゃ、割りにまともなことをやってたようですが、仏教に近いみたいですよ」

すでに潰れている。大和田が死んだ時に、潰れたのだ。高樹は、カップを傾けてスープを飲んだ。

「バタバタしてて訊きそびれてましたが、滝野の女房、どうしてました？」

「別に。女ってのは強いもんだ」

「どういうことですか？」

「わからん。話してるうちに、なんで会いに行ったのかもわからなくなった」

「あの商売を、ひとりで切り盛りしていく気なのかな」

「何年待てばいいのかと、私に訊いたよ」

「亭主がやったことを知ってんのかな。何年で出所《で》られるかってことでしょう？」

カップヌードルを全部胃に流しこんだ。お茶を淹《い》れます、と言って村沢が立ちあがった。

検問体制は、ほぼ完璧だった。八時から九時にかけて、市内の検問所を回ってみたが、顔も見られずに出入りするのは不可能に近いと言ってよかった。まして滝野は余所者《よそ》だ。いやでも目立つ。

太郎丸には、刑事を二人貼りつかせることにした。親方は、いつもと同じように日課をこなしている。

所轄署の刑事部屋に戻ってきて、高樹は愛媛県の地図を拡げた。

滝野は八幡浜に来るのか。杉村の場合は、石垣島から船に乗っている。しかし、太郎丸の二隻の船は、南方海上で操業中だ。短時間で石垣島へ呼び戻すのは難しいだろう。とすると、太郎丸の親方の伝手《つて》で、別の船を捜すしかない。

太郎丸が、全国に密航のルートを持っているとは考えられない。あくまで、八幡浜が基点なのだ。滝野は太郎丸の親方に身を預けるか、付近に潜伏して船を待つ以外にないだろう。やはり、どこか近くまで来ているはずだ。

東京に潜伏していて逮捕《あげ》られるのなら、それはそれでよかった。可能性が皆無とはいえない。ただ、自分は八幡浜に眼をつけた。これまでの滝野の行動から考えて、じっと東京に潜伏する男ではないと踏んだのだ。すでに網も張った。

鼻唄が出た。所轄署の刑事の怪訝《けげん》な表情で、自分がうたっていることにはじめて気づいた。地図を畳んで内ポケットに入れる。妙な昂《たか》ぶりを抑えた。網を張って待つ時、いつもこの昂ぶりに襲われる。

村沢が飛びこんできたのは、十一時だった。

「滝野の車が発見されました。病院の外来用の駐車場です。埼玉県警から連絡がありましてね。いま、内部を調べたところだそうです。服が一式出ましたよ、血みどろのやつがね。靴まで、新しいのと替えたみたいです。拳銃《ハジキ》や匕首《ヤッパ》は出てません。すぐに服の血液鑑定と、硝煙反応の検査をやるそうです」

「周到な男だ。そうは思わんか」

「着替えを用意してたことですか？」

「車を置いた場所もな。事件は本庁の管内で起きてる。東京に置いておいたら、半日は早く見つかったはずだ。徹底的に不審車のチェックはやっただろうからな」

カンは、はずれていなかった。服を替える。車は放置する。最初から、逃げることまで頭に入れているのだ。

高樹は立ちあがった。

「太郎丸の親方に会ってみるぞ」

太郎丸が、簡単に滝野の身を引き受けるのか。引き受けるとしたら、なぜか。杉村を逃がした時、滝野と親方の間に特殊な関係が生じたのか。金が動いたのか。それとも、まったく別の理由か。

村沢が運転した。

所轄署から五分と離れていないところに、太郎丸はあった。総二階の、ごく普通の家だ。網元とか船主とかいう感じではない。玄関の上に貼られた数枚の守り札が、この家の生業《なりわい》が漁業であることを感じさせるだけだ。

張込みの刑事に合図した。ひとりが、家の方を指さす。高樹は頷いた。

玄関の引戸を開けた。ゴム長靴が転がっていた。女物のサンダルもある。声をかけた。しばらくして、黒いトックリのセーターを着た老人が出てきた。白い髪は短く刈り、眼には不屈な光がある。赤い肌とそこに刻まれた深い皺《しわ》は、潮焼けというやつなのだろう。漁師町なら、どこにもいそうな老人だった。

「警察《サツ》の旦那方ですかい」

「どうしてそう思うのかね？」

「朝から、家の周りをうろうろしてる旦那方がいるじゃねえですか。道に突っ立ってるぶんにゃ、別に文句はありませんがね」

「掛けていいかね？」

老人が頷いた。高樹は上がり框《かまち》に腰を降ろした。檜《ひのき》の板の、金のかかった廊下だ。老人も、ペタリと高樹の前に正座した。立っている村沢の方は見ようともしない。

「警察は嫌いだね、親方」

「好きじゃありませんね」

「調べたんだが、あんたの弟さんを撃ったのは、刑事じゃない。弾を調べりゃそれがわかるんだよ」

「そんなこたあ、弟の躰を貰い受けに行った時に、説明はしていただきやした」

「煙草、どうかね？」

「いや、俺は船を降りた時、きっぱりやめちまいましてね」

「なんで？」

「なんかやめなくちゃなんねえ、そう思ったんですよ。そいで煙草と女。酒だけはやってますがね」

高樹はゴロワーズをくわえた。ライターを鳴らす。背広のポケットから、アルミ箔で作られた吸殻入れを出した。専売公社で配ったものだ。もう三年近く使っている。

「船に人を乗せるようになったのは、いつからだね？」

「人をね。確かに、そんな噂を立てられてるこたあ知ってますが」

「噂だけじゃないだろう」

村沢が言った。高樹は手で制した。老人がちょっと村沢に眼をくれる。なにも言わなかった。

「若いのは、気が早くてね」

「俺も、気が長《なげ》え方じゃねえですよ」

「弟さんは、広島から九州へ逃げた。それから八幡浜に渡ってこようとした。なんで瀬戸内を渡ろうとしなかったんだ。ルートは沢山あるし、その方がずっと近い」

「弟に訊いてくだせえ」

「どうやって?」

「そいつは、訊きてえ人が考えるこった」

「死んだやつにどうやって訊けってのかね?」

また村沢が言った。老人は無視していた。高樹は、吸殻入れの中で煙草を揉み消した。脹《ふく》らんでいる。今朝、捨てるのを忘れた。

「親方、いくつになった?」

「忘れましたねえ」

「いつ死んだっていい、と思える歳だろう。十五年前たあちがうようだな」

老人の眼が高樹を見た。あるかなきかの敵意のようなものが、眼の中をよぎった。一瞬だった。老人が嗄《しわ》がれた咳をひとつした。

「おかしな旦那だ。十五年も昔のことを調べてんですかい」

「あんたが思い出させるんだよ、十五年前のことをな」

「弟は半端者《もん》でやした。どこでくたばろうと、俺は知らねえ。弟にだって、その覚悟はできてたはずだ」

「あんたを頼った、と私は思ってたが?」

「弟はね、ガキのころから海で育ったんだ。死ぬ時も海でって考えたんでしょう。海が好きなんだ」

「あんたは?」

「さあね。てめえの躰の一部みたいなもんだ。誰だって、てめえの躰が好きかどうか、言えやせんでしょう。旦那、漁師が海を好きだと思われますかい? 弟は漁師じゃなかった」

高樹は腰をあげた。老人も立ちあがった。

「邪魔したね、親方。外の連中は、もうしばらく置かして貰うよ」

外に出た。いいんですか、村沢が呟く。もっと締めあげた方がいい手合ですよ。

車に戻った。ポケットから地図を出し、八幡浜近辺に眼をやった。

「太郎丸にゃ、乗組員がいるだろう。その連中はどこの出身なのかな？」

「漁協にでも問い合わせりゃ、わかるはずです」

「所轄の誰かにやって貰え。できるだけ昔のまでな」

村沢が無線に手を伸した。高樹はまだ地図を睨んでいた。八幡浜を付け根にして、九州にむかって細長い半島が伸びている。佐田岬半島。四国全体が、なにか動物を連想させるかたちに見えた。まるで尻尾のように、佐田岬半島が伸びているからだ。

「佐賀関からのフェリーが入るのは三崎町か」

呟いた。え、と村沢が訊き返した。出せ、と高樹は言った。指示した通り、村沢は車を走らせた。

ひどい道に入った。絶壁沿いで、しかも曲がりくねっている。十メートルさきも見通せない場所が続いていた。

「こいつだな、例のイクナ酷道ってのは」

クラクションを派手に鳴らしながら村沢が言う。国道一九七号線のことを、地もとではそうもじっているらしい。

ゴロワーズをくわえた。ライターの音が、ブレーキの軋みに消された。

三

メリケン粉の味のするカレーライスだった。

老婆ひとりがやっている、小さな大衆食堂だ。滝野も暁美も、カレーライスをきれいに平らげた。道路沿いの店だが、車はそれほど多くない。フェリーに乗る車、降りてきた車が時折通るだけだった。

「海岸の方で待ってろよ。俺は八幡浜に電話をしてみる」

外に出ると、滝野は暁美に言った。暁美が頷く。桟橋のフェリーが見えた。海のずっとむこうには、佐田岬半島や四国の山並みも見えていた。相変らず晴れている。

フェリー発着所のそばに、二つ並んだ電話ボックスがあった。佐賀関に着いてすぐ電話したが、太郎丸の親方は、はかばかしい返事をくれなかった。二時過ぎにな、もう一遍電話くれ、そう言っただけだ。いま午後二時半を回っている。集落から少し離れた海岸の砂浜で、暁美と二人で寝そべって時間を潰していた。

焦りはなかった。躰を預けたのだ。待つだけだった。二日、三日、待つだけ待って駄目なら、自分の足で走る。最初からそのつもりだ。

親方はすぐに電話に出た。

「いいか、手筈を説明する。三時半のフェリーに乗んな。一時間ばかりで三崎に着く。タクシーが客待ちしてるはずだからな、そいつで串ってとこまで行くんだ。そのこたあ、きのうの夜、話したよな」

「タクシーは上の道までしか行けなくて、石段を降りて波止場へ出るんだろう」

「フェリーからよく見える。山の斜面に家がへばりついてるようなとこさ」

「距離は?」

「走りゃ、十分もかかからねえだろう。とにかく降りんだよ。一番下が波止場だ」

「船は待ってるんだな?」

「いや、おまえはボートに乗る。船外機の付いてるやつだ。船外機にゃ赤いシートが被せてある。見りゃすぐわかるはずだ。そのボートで、真直ぐ沖へ行け。松栄丸って船が拾ってくれる」

「どれくらい沖だ?」

「心配すんな。むこうで見てる。松栄丸に乗ってるのは、広田って男だ。海士《あまし》のくせして胆が小さくてな、波止場から乗せんのをびびりやがった」

「そいつが俺を運んでくれるのかね?」

「慌てんな。簡単にゃいかねえんだ。室戸の船で第三長福丸ってのが宿毛《すくも》の沖にいるのをやっと捕まえた。いま、こっちへむかってる。東シナ海へ行く船さ。船長は俺の兄弟分みてえなもんで、信用していい。そいつが、台湾でもどこでも、おまえを降ろしてくれる」

「海の上で、道路を走るみたいにうまく会えるかな」

「玄人《くろうと》だぜ、こっちは。潮と速力を計算してある。七時に、日振島《ひぶりじま》と戸島の間で会えるはずだ。とにかく、松栄丸に乗ったら心配はいらねえ。おまえが大変なのは、串からボートで出る時だな。ここに平川って爺さんがいる。いま代るからな」

「待ってくれ。こっちはひとりじゃない」

「聞いてるよ、爺さんから。女をどうしようと、そりゃおまえの勝手だ」

平川の声に代った。

「老いぼれ犬は大丈夫なのか、平川さん?」

「それがね、ちょいと面倒になってんですよ。八幡浜の検問は厳しいみたいですが、老いぼれ犬の野郎、どういうわけか三崎町のフェリー岸壁に腰据えちまいましてね。さっき親方の知り合いに問い合わせたんですが、三崎町の警戒が特に厳重ってこたあないみたいです。野郎だけが、腰据えてんですよ」

「じゃ、俺がフェリーを降りたら」

「あたしら二人で、老いぼれ犬を岸壁から引っ張り出します。ちょうどフェリーが着くところにね」

「動かなかったら？」

「そん時ゃ、諦《あきら》めてください」

平川は、あっさりそう言った。滝野はちょっと考えた。大博奕《おおばくち》になる。しかし、これを逃せば、また別のルートを捜さなければならなかった。当てはない。一分《ぶ》の見込みがあれば、乗るべきだ。決めた。決めると気持が軽くなった。

「二人で、なにやろうって気です？」

「年寄がやることなんでね、高は知れてまさ。三崎から串までは、できるだけ急いでください。ちっとばかし荒っぽくやったっていいですよ。滝野さんの車が見つかりましてね、名前は割れちまいました」

「やってみよう」

「愉しみにしてんですよ、あたしら。老いぼれ犬の鼻をあかしてやれそうだ」

「親方は、なんだってそこまで入れこんでくれるんだろう」

「さあね。訊いちゃいないし、訊く気もありませんのでね。とにかく、親方が本気なのは確かです」

電話を切った。

海岸の方へ歩いていった。暁美は砂浜に腰を降ろし、両膝を抱えて海を見ていた。

「三時半のフェリーに乗ることになった」

「そう。よかったわ」

「ところが、大博奕になっちまってな。やっぱり一緒に来るか？」

「どういうこと？」

暁美の髪が風に靡いていた。晴れているが、風があるので海辺は肌寒い。

「いまなら、おまえがなにかの罪に問われるこたあない。無理に付いてこなくってもいいぜ」

暁美が滝野を見あげた。子供の眼。そんな感じがした。すべてを預けきった眼だ。訊くべきでないことを、訊いた。煙草をくわえた。風の中で、火はなかなかつかなかった。

「一緒に行こう」

煙を吐いた。風がすぐに持っていった。暁美が頷く。

「すぐに、フェリーに乗るの？」

「いや、もうちょっと時間がある。しばらくここにいよう」

滝野は暁美のそばに腰を降ろした。暁美が、肩に頭を凭《もた》せかけてくる。じっとしていた。風が一瞬強くなり、飛び散った砂が顔に当たった。


村沢は苛立《いらだ》っているようだった。

滝野は東京に潜伏中と、言葉には出さないが信じていた気配だった。ところが、一時過ぎに男がひとり太郎丸を訪ねた、という情報が入ったのだ。人相風体から、平川にまず間違いはなかった。平川が現われたということは、いずれ滝野も現われるということだ。だが、高樹は三崎町のフェリー岸壁から動こうとはしなかった。平川は太郎丸に入ったきりだった。

大和田殺しの犯人《ホシ》は、滝野和也と断定されていた。車から出てきた服の血痕と硝煙反応が決め手になっていた。滝野幸江は警察で保護したが、丸和会は混乱しているだけで、動く気配はないようだった。八幡浜の警備体制は、単なる逃亡幇助犯から殺人犯に対するものに切り替えられている。滝野が拳銃を所持している、という通達も出ていた。

しかし、八幡浜から車で一時間近くも離れた三崎町は、のどかなものだった。高樹の車のほかに、三崎町のパトカーが二台。それだけの陣容だ。

二時のフェリーに、滝野は乗っていなかった。

「戻りませんか、八幡浜に。もう二時間近くもここで粘ってんですよ」

村沢は苛立ちを隠そうとしなくなった。高樹は黙っていた。最終のフェリーが四時半に着く。

ダンプが二台と、乗用車や軽トラックが五、六台、フェリーの腹に吸いこまれていった。いま眼の前にいるフェリーは、三時に佐賀関にむけて出航する。

佐賀関にも網を張るべきだっただろうか。高樹は考えていた。しかし遅過ぎた。いま動けば、滝野は消えるだろう。高樹が佐賀関に眼をつけたのは、太郎丸の親方と話してからだった。カンだ。カンだけに頼ることに多少の不安はあったが、八幡浜の警備はほぼ完璧だ。自分がいる必要はない。そう思った。根拠のないカンだというだけで見過ごして、あとで後悔したくはなかった。

それに、網は狙ったところに小さく張るべきなのだ。口をすぐしぼれる。

「警部、滝野がフェリーに乗ってくるっていう確信はあるんですか?」

たまりかねたように、村沢が言った。

「太郎丸の乗組員は、三崎町の出身が一番多かったじゃないか。親方の息のかかったのも、それだけいるってことだ。なにかやる時、あの親方はこの町の人間を使いそうだとは思わんか」

「漁協が教えてくれた中では、八幡浜が半数でしたよ。ここは二番目だ。それにいろんな村に散らばってる。正野とか串とか二名津《ふたなづ》とか」

「外部と繋がってるのはここだけだ」

村沢が黙りこんだ。次のフェリーまで二時間半も待たなければならないことを考えて、うんざりしたのだろう。高樹はゴロワーズをくわえた。火がつかない。仕方なく、カー・ライターを使った。

しかし、二時間半待つ必要はなかった。太郎丸の親方と平川が出てきた、という無線が入ったのだ。

「散歩だと」

村沢が大声をあげた。二人は波止場を笑いながら歩いているという。ほとんど二、三分おきに報告が入った。倉庫の前、漁協の前、岸壁、燃料タンクの前。

「モーターボート」

無線が叫んだ。二人は尾行の隙を衝いて、モーターボートで飛び出して行ったらしい。追うボートが、見つからないようだ。慌てぶりがそのまま伝わってくる。高樹は時計を見た。ちょうど三時だった。

「くそっ」

村沢が吐き捨てた。別のモーターボートを見つけて追いはじめたのは、十五分も経ってからだった。

「どうします?」

「待つしかないだろう。大して遠くへは行けんはずだ。いずれ連絡が入る」

「しかし、警部」

「いいから待て」

鮮やかなものだ、と高樹は思った。老人が二人で、刑事を撒いた。ツキは滝野の方にあるのかもしれない。しかし、勝負はこれからだ。はじまったのだ。鼻唄が出た。ゴロワーズをくわえ、ライターを鳴らした。一度で火がつく。こっちのツキも落ちちゃいない。高樹は、ちょっとだけ口もとを綻ばせた。

　じっと待った。三時半を過ぎ、四時近くになった。モーターボートの情報は入らない。八幡浜からどちらにむかったとしても、海岸線はひどく入り組んでいる。そして太郎丸の親方は、誰よりもそれを知り抜いているだろう。

　村沢が車の外に出た。フェリーのいなくなった岸壁を、乗り遅れた客のように歩き回っている。

　情報が入ったのは、四時十分過ぎごろだった。伊方という町の砂浜に乗りあげたボートが発見されたということ。

「伊方というと」

「来る時に通った。原子力発電所のある町だよ」

　そこにも、漁船はいた。一時間以内に出た船はいないか、刑事が聞込みをはじめた。

　網の目の粗いところを狙われたのか。だが、滝野はどうした。八幡浜にはいないし、近辺の道路には全部検問が敷かれている。九州から来るしかないではないか。佐賀関付近で漁船でも調達した、という可能性はあった。そうだとすれば、眼の前で滝野に逃げられるのか。

　無線が呼んだ。老人たちは、伊方の親類の家の車を借りていた。三十分も前のことだった。

「車型とナンバーの手配をします。無線を持っているタクシーにも、協力を要請した方がいいんじゃないでしょうか。伊方から八幡浜に戻ると検問にかかるでしょう。こっちへむかってるんじゃないかな」

　その可能性が強かった。しかし、伊方から三崎の間には、いくつもの村がある。その全部をすぐに押さえるというのは、不可能だった。医者はおろか、駐在所もない村が多いのだ。もうちょっとこらえろ、高樹は自分に言い聞かせた。道は一本。必ず情報が入るはずだ。

　四時二十分を過ぎた。

　無線。車が発見された。三崎の町の中だった。町を通り抜け、半島の突端方面にむかっている。

　パトカーに乗っている、地もとの警官を呼んだ。串、正野。二つの村には船があるらしい。

「外洋に出るなら、正野の船だと思います。串は海士《あまし》の小舟が多いですから」

　正野は、半島の最先端の村だった。佐賀関からも一番近い。追え、と高樹は言った。村沢がルーフに赤色灯を出した。二台のパトカーも付いてくる。串まで十五分、正野まではさらに四、五分。

ひどい道路だった。曲がりくねっているうえに、未舗装だ。ただ、車は少ない。

串を過ぎた。道路がいくらか低く、平坦になってきた。村沢はハンドルを摑み、シートに背中を押しつけている。運転はさすがにうまい。高樹は頭に手をやっていた。バウンドするたびに、天井にぶっつけるのだ。

「あそこだ」

村沢が叫んだ。石垣に包みこまれたような集落が見えた。車はいない。パトカーの警官が飛び出していった。村の人間をつかまえてなにか訊いている。

「灯台の方にむかってます」

正野のさきに、集落はなかった。灯台があり、第二次大戦中に造られた要塞の跡もある。

パトカーが先導した。道路は途中で行き止まりだった。そこに、手配された車が放置してあった。

警官が走った。高樹も村沢も走った。小高い丘が連なり、そのさきに白い灯台が見えた。

四

三崎の波止場が見えてきた。

滝野は、暁美と並んで甲板の手すりに肘を載せていた。風が強い。時々飛沫《しぶき》が顔を打った。

串は、途中でよく見てきた。十分ほど前に、沖を通ったのだ。急な山の斜面に家々がへばり着いた集落だった。波止場のものらしい、小さな防潮堤も見えた。串から三崎までの海岸線は入り組んでいる。時々、走っている車が小さく見えることがあった。海際の崖っぷちの道だ。

車でどれくらいかかるか、見当はつかなかった。しかし、親方にはわかっているのだろう。それを頭に入れて動いているにちがいない。時計を見た。四時半を過ぎていた。到着予定は四時半になっている。三崎を眼の前にした時から、船の速度が急に鈍ったようだった。ほとんど停止したように感じられる。

汽笛が鳴った。遠くからもうひとつ。

「あの船が出てくんのを待ってんだわ」

三百トンほどの、小さな貨物船だった。擦れ違った。フェリーが、徐々に動きはじめた。滝野はまた時計を見た。岸壁が近づいてきた。人の姿がはっきり見分けられるようになった。十分、それくらいの遅れだろう。

接岸した。タラップが降ろされるのを待つ間、滝野は岸壁に眼を配った。駐車場に車が一台。若い男女がそばに立っている。誰かを迎えにでもきているような感じだ。警察車らしい車は見当たらない。

十三分遅れた。四時四十三分。タクシーはすぐに見つかった。串というと、運転手が黙って頷いた。

「飛ばしてくれ」

「この道をかね」

カーブばかりが続く、ひどい道だった。滝野は、一万円札を運転手の耳もとでヒラヒラさせた。

「釣りはいらん。急いでるんだ」

「わしは、そんなのは好きじゃねえ」

運転手の首筋に皺が見えた。痩せた初老の男だ。

「走りたいように走んのが、わしのやり方でね。そう決めてんだ。だから事故を起こしたこともねえ」

「この道を真直ぐ行くと、串かね？」

「そうだよ。串、正野、そのさきにゃ道はないね」

「停めな」

滝野は拳銃を出した。運転手の首筋に銃口を当てる。銃身を伝って、運転手のふるえが掌に感じられた。停まった。運転手をさきに降ろした。

「車を借りるだけだ。下がってな」

ハンドルを握った。急発進させる。助手席に移っていた暁美が、短い悲鳴をあげた。

右は崖だった。左は山の斜面で、蜜柑《みかん》の木が道にまで枝を出している。カーブの連続だった。見通しは極端に悪い。クラクションを鳴らし続けた。曲がるたびに、暁美の躰が右に左に傾いている気配がある。見る余裕はなかった。

「無茶しないで、あんた」

親方は、四時半にフェリーが入ったと考えているだろう。十三分の遅れ。それぐらいは計算済みなのか。それとも、ギリギリの勝負をしているのか。

いま滝野にできるのは、十三分を、一分でも二分でも縮めることだけだ。

ボディが、張り出した石を擦った。暁美の悲鳴。落ち着いていた。危険はない。ただ、この道で出せるかぎりのスピードを出しているだけだ。対向車。躱《かわ》した。背中に冷たい汗が吹き出してきた。左側にはずせば、海に落ちるしかない。

どれくらい時間を縮めたのか。三十秒か、一分か、二分か。額にも汗が吹き出す。

高樹は、村沢と並んで走った。

息があがっている。村沢も、前を走る警官も同じだ。白い灯台が近づいてきた。灯台のむこうに、小さな丘がひとつある。走りながら、灯台の方を見た。人影。こちらを見ている。あの二人ではない。灯台の脇を走り抜けた。丘を登る。展望が開けた。眼下にはコンクリートの小さな囲いがあるだけで、あとは海だ。養殖場なのか。

二人の男が、灯台のそそり立った岩の斜面の方を同時に指した。警官がふりむいた。

養殖場の囲いから岩場へ行く方に、有刺鉄線が張られている。それがきれいに切断されていた。

高樹は岩場に眼をやった。灯台の下の岩にトンネルの入口のようなものが二つ見えた。

「要塞の跡です」

警官が言う。高樹は呼吸を整えた。養殖場の男を呼ぶ。

「入っていったのは、二人だけか?」

「太郎丸の旦那ともうひとり」

舌打ちをした。時計を見る。四時五十五分。二十五分前にフェリーは三崎に到着している。

「ここで封鎖しろ。応援が来るまで中に入るな」

四人の警官に指示した。

「警部」

村沢は、いまにも飛びこんでいきそうだった。手で制した。

「爺さんたちに、一杯食わされたのかもしれん」

息を大きく吸い、高樹は走り出した。二十五分あれば、三崎からかなり離れることができる。八幡浜方面にむかったのか。それともこっちへむかっているのか。

車に辿《たど》り着いた。村沢が強引にUターンさせる。突っ走った。高樹は額の汗を拭った。二度、三度と深呼吸をする。それから無線のマイクを摑む。

「タクシー強盗だと」

ちょっと時間がズレていた。フェリーが遅れたのか。タクシーは串にむかっている。間に合うかもしれない。

「一緒の女って?」

村沢が言う。滝野の女。渋谷神泉町のマンションにいた女と考えていいだろう。

「飛ばせ。その辺のものは吹っ飛ばしても構わん」

村沢の顔が歪んでいた。六十、七十、気違い沙汰のスピードだ。対向車が来たら、避けきれないだろう。

時々、車体が宙に浮いた。シートに背中を押しつけ、足を突っ張っているだけで精一杯だ。

串の家並が右下の斜面に見えてきた。間に合った。そう思った時、対向車が突っこんできた。


滝野はブレーキを踏んだ。スピンした。崖際のガードレールにぶつかり、車は停まった。拳銃を握った。前方を塞いだ車は、警察車だ。ルーフに、赤色灯を載せている。降りてきた。老いぼれ犬。それにあのでかい男。

「大丈夫か？」

暁美に言った。短い返事が聞えた。

「石段を下まで降りろ。波止場までだ。そこで俺を待て」

二人は、車の蔭《かげ》に回ってこちらを窺《うかが》っている。十メートルとない。

「降りるんだ。ゆっくりでいい。それから走れ。波止場へ着けたら、俺たちは逃げられる」

暁美が頷いた。一瞬、眼が合った。行け、眼でそう言う。ドアを開けた。同時に出た。暁美が走った。でかい男が、車の蔭から飛び出そうとする。二発続けてぶっ放した。車がぐっと傾いた。タイヤをぶち抜いたようだ。数えた。三十まで。それから走った。二人も飛び出してきた。走りながら、もう一発撃った。二人とも路上に伏せる。石段の降り口に辿り着いた。二、三段降り、ふりかえる。二人とも中腰で進んでいた。撃った。また路上に伏せた。駈け降りる。もう一度ふりかえった。二人とももう石段を降りてきていた。拳銃を構えた。引金を絞った。弾が出ない。三度そうした時、二人が真直ぐに立ちあがった。旅行鞄を脇に抱えたまま、滝野は突っ走った。

石段。細い道。曲がり角。迷路のような村だ。降りたかと思うと、昇りになる。竹籠をしょった女が、ぶつかりそうになって声をあげた。小さな溝。こいつを辿れば下へ行ける。だが溝は、途中で家の床の下に入っていた。

背後で靴音がした。ふりむく。老いぼれ犬。睨み合った。旅行鞄のチャックをちょっと開いた。手を入れる。短剣の柄を摑む。呼吸が二つ。同時に動いた。老いぼれ犬は跳躍し、滝野は低い姿勢で駈けあがった。擦れ違った。右手が痺《しび》れた。だが、短剣は放さなかった。太腿を押さえた老いぼれ犬が、石段を転げ落ちた。突き当たりの家の壁にぶつかって止まる。右手に手錠を握っていた。そいつで手首を叩かれたのだ。痺れが痛みに変りはじめている。

走った。何度も曲がり、狭い庭を突き抜け、石垣を飛び降りた。金の入った旅行鞄を抱え、短剣は握ったままだ。ぶつかりそうになった男が、石垣に背をつけて叫んだ。叫び声は、すぐ後ろに遠ざかった。

道が平坦になった。家と家との間を走り抜けた。不意に、なにもない場所に出た。いや、ある。海だ。波止場だった。ボートを捜した。船外機に被せた赤いシート。すぐに見つかった。

飛び乗った。暁美はいない。シートをはずし、紐を思い切り引いて船外機をかけた。舫《もや》いは解かなかった。息を整える。それから、旅行鞄の中から鞘《さや》を出し、短剣を収めた。

夕方だった。陽が落ちかかっている。はじめて、そのことに気づいた。

暁美のグレーのコート。こっちだ、叫んだ。暁美が走る。でかい男が飛び出してきた。暁美ともつれ合う。倒れ、立ちあがったのは男の方だけだった。

暁美は、倒れたまま滝野の方を見ていた。船外機が、ボートをかすかに震動させている。

男と、睨み合った。こいつは俺の短剣と勝負をしたがっていた。

鞘ごと、滝野は短剣を摑んだ。片足を、岸壁の石段にかける。男は動かない。逃げて、暁美が叫んだ。

滝野は、躰を石段に移した。揺れていた足もとが、しっかりとかたまった。一段ずつ、ゆっくり昇った。男は動かない。昇りきったところで、滝野は短剣の柄を握った。まだ距離はある。二十歩。そんなところだ。

男の眼の中で、覇気が燃えていた。一歩、踏み出した。男が腰を引き、両手を前に出して構えた。眼がぶつかり合っている。二歩目はいくらか早く、三歩目はもっと早かった。あと十歩。息をとめた。ゆっくりと鞘を払う。つっ、と前に出た。男の眼から、覇気が消えた。怯《おび》えの色が滲《にじ》み出している。小さく見えた。男が退がった。勝った。そう思った。こいつは負け犬だ。

短剣を腰に引きつける。姿勢を低くした。男が退がる。退がりながら、腰のあたりを探っている。

地を蹴ろうとした。轟音。躰の中を、音が突き抜けていった。男の眼が、恐怖で見開かれている。完全に俺の勝ちだ。また音が突き抜けていく。滝野は、男の眼だけを見ていた。躰がぐらりとした。男の姿が消えた。

村人に両脇から支えられて歩きながら、高樹は銃声を聞いた。二発。なにが起きたか、想像はついた。滝野の拳銃には弾がない。

波止場に出た。倒れている女が見えた。その数歩むこうに、滝野も倒れていた。滝野のそばに、村沢ががみこんでいる。

女は、声をあげずに泣いていた。

ふりかえった村沢の顔が強張《こわば》っていた。右手には、まだしっかりと拳銃を握りしめている。

「撃っちまった、俺は」

ふらりと村沢が立ちあがった。撃っちまったんです、呟くように言う。

村沢の躰を押しのけ、高樹は滝野のそばにかがみこんだ。仰むけだった。胸が大きく波打っている。見開いた眼は空を見あげていた。右胸と下腹。やはり二発食っていた。

吐瀉物《としゃぶつ》のように、滝野の口から泡の混じった血が噴き出してきた。肺が破れているようだ。口が動いた。なにか言おうとしているように見えた。

「オリって言ったみたいです。二度、そう言いました」

滝野の口もとに耳を近づけた。檻。そう聞えた。

「高樹だ。わかるか、滝野？」

表情は変らなかった。口だけが、かすかに動いた。

「出られた、ぜ、旦那」

また、口から血が噴き出してきた。どうしようもなかった。滝野の躰を、痙攣《けいれん》が一度走り抜けた。笑った。一瞬そう思った。滝野の顔から、生の色が拭き取ったように消えた。高樹は滝野の手首を握った。脈には触れなかった。

もう血も吐かなかった。右手で短剣を握り、もう一方の手で鞘を摑み、眼を見開いて倒れているだけだった。指で目蓋《まぶた》を被せた。口のまわりの血の汚れを、掌で拭ってやった。

「オリって、なんのことだったんでしょうか？」

村沢の声がした。高樹はゴロワーズをくわえ、ライターをカチカチ鳴らした。

この男のいるところなど、どこにもなかった。倉庫と兼用になったあのスーパーの事務所だけが、檻ではなかったのだ。海外《そと》へ逃げても、筋者の世界に戻っても、この男はそこを脱け出したいと思っただろう。なにもかもが、この男にとっては檻だった。自分がもしこの男を逮捕《あげ》ていたとしても、結局は檻の中で暮すことになったはずだ。

高樹は、火のついたままのゴロワーズを、滝野の躰のそばに置いた。出たのだ。この男は、見事に自分の足で檻から出た。

立ちあがった。村沢がなにか呟いていた。

「警部、俺は」

「海軍士官が腰にぶらさげていた短剣だな」

遮るように高樹は言った。

「おまえは知らんだろうが、私が子供のころは、みんなこの短剣に憧れたものだよ」

歩こうとすると、腿に鋭い痛みが走った。村人が両脇を支える。なんとか歩けそうだ。ズボンから滴り落ちた血が、やけに黒ずんで見えた。

陽が落ちかかっている。そのことに高樹ははじめて気づいた。

解説――私的ハードボイルド考

今野敏

本書に収録されたそれぞれの作品については、池上冬樹氏が詳しく解説してくれるはずなので、ここで私は、冒険小説全体、分けてもハードボイルドについての私論を述べたいと思う。

私は今は警察小説を主に書いているが、もともと冒険小説やハードボイルドには強い思い入れがある。

中学・高校の頃は、ＳＦが大好きで、私のアイドルは何といっても筒井康隆だった。ＳＦを読みあさるうちに、平井和正のウルフガイ・シリーズと出会うことになる。今思うと、このシリーズが冒険小説への誘い水になったのかもしれない。

濃密な暴力の描写。徹底的に痛めつけられる主人公。そして、月齢が満ちたときの起死回生の活躍。

ウルフガイ・シリーズは、ＳＦ作品であり、ハードボイルドに分類されてはいないが、充分にその「匂い」を持っていたと、私は思っている。

それから私は、自然に大藪春彦などの冒険小説作家に惹かれていった。特に、ジャック・ヒギンズは短編長編に限らず、むさぼるように作品を読んだ。それが、私の血となり肉となっているのは間違いない。

一九七八年にデビューしてしばらくは、ノベルスと呼ばれる新書判の小説を中心に仕事をしていた。当時は、夢枕獏や菊地秀行が牽引役となって伝奇バイオレンスの全盛期だった。

勢い、私もそうした作品を書くことになる。ウルフガイ・シリーズが大好きだったので、そういう作品を書くことが楽しかった。

冒険小説にも強い思い入れがあったので、アクションを書くことこそが自分の役割だと思っていた。

その時期に、一方で、ひたすらハードボイルドにこだわって書き続けていた作家たちもいた。大沢在昌や北方謙三がその代表と言えるだろう。

彼らの重厚な作品に対して、当時の私の作品は、二時間で読んでゴミ箱に捨てられるといったものでしかなかったように思う。

つまり、消費されてしまう小説だった。だから、私がこのような本の解説を書くのは、まことに僭越《せんえつ》であり、ふさわしくないと感じている。

にもかかわらず、この原稿を引き受けたのは、私なりにハードボイルドについて、いろいろと思うところがあるからだ。

最近は、冒険小説もハードボイルドも、あまり取り沙汰されることがなくなったように思える。時代のせいもあるのかもしれない。

テレビドラマや映画を観ても、なんだか世の中全体が女性化しているように思える。三船敏郎のような無骨な役者もいなくなったし、高倉健のように男の色気を感じさせる俳優もなかなか見られなくなった。

テレビドラマの主人公は、妙にきれいな顔立ちの、なよなよとしたタイプの俳優ばかりに思える。小説の世界でも、女性の作家が大活躍だ。汗と血と硝煙の臭いがするような作品は、あまり人気がない印象がある。

だが、決して需要がなくなったわけではないと、私は信じている。

かつて、絶大な人気を誇ったSF小説が、今は売れないのだという。だが、それはSFが衰退したのではない。拡散して、私たちの生活の中に入り込んできたのだ。アニメやゲームという形で、SFは根づいた。

おそらく冒険小説やハードボイルドにも、同じことが言えるのではないだろうか。

ハードボイルドの精神は、他の多くのジャンルに影響を与え、根づいていったのだ。

警察小説に取り込まれた例もあるだろう。時代小説においてもしかりだ。そして、読者たちは、そうした多くのジャンルからハードボイルドの魅力を享受しているのだ。

さて、そもそもハードボイルドとは何だろう。

一般には、暴力的な事柄や犯罪的な物語を、批判を加えずに、客観的かつ簡潔な文体で綴る作品のことだと言われている。

そのスタイルの先駆者となったのは、アーネスト・ヘミングウエイだ。彼は、心理描写などを省略して、出来事を淡々と、しかも力強く描写していく。

ミステリの世界では、一九二〇年代のアメリカでハードボイルドが花開くことになる。パルプマガジンの「ブラック・マスク」誌に寄稿した、レイモンド・チャンドラーやダシール・ハメットが、アクティブでタフな探偵を登場させて人気を得ていく。

それまでの、思索型の探偵とはまったく違う、行動する探偵たちだ。時には殴り合い、時には銃で戦う。そのアクションシーンも売り物だった。

日本で、ハードボイルドという言葉を一躍有名にしたのは、おそらく内藤陳ではないかと、私は思っている。

一九六〇年代、トリオ・ザ・パンチというお笑いグループで、ダークスーツに拳銃を持って登場した彼は、「ハードボイルドだド」という台詞《せりふ》とともに人気を博した。

当時、私はまだ子供だったが、意味もわからずその台詞を真似たものだ。

ハードボイルドという言葉を、日本に広めた内藤陳の功績は大きい（実は、その言葉だけではなく、実際に書評家としてハードボイルドの作品も多く紹介しているのだが……）。

しかし、トリオ・ザ・パンチのコントで、ハードボイルドという単語と、拳銃にダークスーツ、トレンチコート、ソフト帽といった小道具のイメージが結びついてしまったことも事実だ。

そこに、誤解が生じるきっかけもあったのかもしれない。

どういう誤解か。

ハードボイルドが、スタイルであるという誤解だ。

感情表現をあまりせずに、事実を簡潔に述べていくスタイル。

主人公が、タフで行動的であるというスタイル。

そして、先ほども述べた、拳銃やダークスーツ、トレンチコート、ソフト帽といった小道具を使ったスタイル。

そうした定型を持った作品が、さらに言えば、そういう小道具を使いさえすれば、ハードボイルドと呼ばれることもある。

ノベルスが全盛期を迎えた一九八〇年代から一九九〇年代初頭にかけての時期に、私たちは伝奇バイオレンスの大流行という洗礼を受けた。そのことは、すでに述べた。

それに慣れた読者が、バイオレンスアクションとハードボイルドをいっしょくたにしてしまった嫌いもある。

これはあくまで私見なので、異論がある方もおられよう。だが、拳銃で撃ち合いをし、あるいは、殴り合いをすればハードボイルド的だと言われたことは間違いない。

そしてまた、先ほどの問いにもどる。ハードボイルドというのは、何なのだろう。

私は、一種の哲学だと思っている。スタイルではなくて、たたずまいだ。

この話をするとき、私はいつもジャズやブルースにおけるブルーノートのことを思い出す。ブルーノートというのは、通常の長調の音階の、三度、五度、七度の音をフラットさせた音階だ。ドレミファソラシドのミとソとシの音を半音下げるのだ。この音階のことを一般にブルーノートスケールと呼んでいる。特に、五度、つまりソの音を半音下げたものをブルーノートと呼ぶ。ジャズやブルースの演奏のアドリブソロにおいては、このブルーノートスケールが使われる例が多い。

では、ブルーノートスケールを使えば、ジャズやブルースになるかといえば、決してそうではないのだ。

この独特の音階は、アフリカ系アメリカ人たちの血と生活の中から自然に発生したものだ。リズムと相まって醸し出される魂の音だ。だから、アフリカ系の人々が楽器を演奏すれば、ブルーノートスケールなど意識しなくてもジャズやブルースに聞こえる。

逆に、私たちがブルーノートスケールを弾くだけでは、なかなかジャズにはならないのだ。

ハードボイルドも同じだと、私は思っている。いくら小道具をそろえて、アクションシーンを加え、登場人物に粋な軽口を叩かせても、「何かが違う」ということがある。

それは、たたずまいが違うのだ。作者の眼差しが違うと言い換えてもいい。

ハードボイルドは、やせ我慢の文学でもあると、私は思う。そして、自分なりのルールを遵守する主人公の物語だ。

だから、そうしたたたずまいや哲学があれば、暴力シーンや銃撃戦などなくても、ハードボイルドは成立する。

ジャズが、アフリカ系の人々の血と魂の音楽であるように、ハードボイルドは男の血と魂の文学なのだ。

解題——内面の故郷の確認、または人間性の復活

池上冬樹

どん底につきおとされた男、あるいは自らの弱さにつかまりおちぶれてしまった男が、あることを契機に再起を賭けようとする。それが成功する場合もあるし成功しない場合もあるが、成功・不成功は社会的な意味合いが大きく、当事者にとっては意味がないかもしれない。満足のいく行為と結果であるならば、成功とよべるときがあるからで、再び生き直した、生き返った、復活したと実感できればそれでいい。再起・復活は決して一様ではなく、むしろ人間の数だけあるといえるのではないか。

本書「冒険の森へ　傑作小説大全」第十一巻のテーマは、「復活する男」である。ここには実に変化にみちた〝復活〟の風景がある。復活というとどうしても清く正しい復活劇を想像しがちであるけれど、むしろそういうものは少ないかもしれない。

まず、冒頭の星新一の「使者」からして変化球である。円盤状の物体が飛来し、宇宙人が一人、にこやかな表情と動作で出てくるものの、円盤が爆発し、宇宙人の体が四散してしまう。そこからいったいどのように〝復活〟するのかという興味で読むと、いかにもショートショートの神様らしい、短い枚数のなかに社会風刺をもりこんでテンポよく話を進め、オチを用意して、ニヤリとさせる。日本人には特に身につまされる、ことなかれ主義と、どこの国でも起こりうる国家規模での隠蔽《いんぺい》の恐怖をさらりと示して、切れがいい。

城昌幸の「スタイリスト」も、復活というテーマで捉えると意味深である。死ぬこともまた〝一つのスタイル〟と

考えた男の気取りを描いた作品で、ロマンティストであった男の死後の計画をあざやかに（いや啞然とした形で）見せてくれる。肉体は消滅しても、いくらでも復活することができることを教えてくれるのだが、結末まで読むと現代の読者は〝そこに何の意味があるのか？〟と問いかけたくなる。だが、その不可思議さを珍重するのもダンディズムの表れである。そもそも城昌幸はかつて江戸川乱歩に「人生の怪奇を宝石のように拾い歩く詩人」と評されたほどの作家であるのだから。

眉村卓の「拾得物」は、サラリーマンが深夜の路上で金属の物体を拾う話である。その物体は驚くべき威力を発揮して、男の生気をよみがえらせるのだけれど、道具の力が男を輝かせるのではなく、むしろ精神の奥深くでは復活の志が出来ているると解釈したほうがいいかもしれない。

景山民夫の「ボトムライン」は、フォーク全盛の時代にブルースを歌い、いまなおブルースを歌いつづけているミュージシャンの確かな生き方をきりとった佳篇である。一九八七年にデビュー長篇『虎口からの脱出』で吉川英治文学新人賞を受賞し、翌八八年に本作を収めた第一短篇集『休暇の土地』を出し、同年『遠い海から来たCOO《クー》』を上梓して直木賞受賞。テレビの放送作家から本物の作家へと転身していく充実の年の作品だ。

大沢在昌の「二杯目のジンフィズ」は、妻を失った男がもう一度生き直す勇気をえようとする話である。そこに伝説の酒場を登場させ、男はタイトルとなるカクテルを飲み、古人の諺《ことわざ》を思い浮かべる。その諺がいかなるものかは実際にあたってほしいが、僕は本作の諺にふれ、その対極にあるT・S・エリオットの詩句「私は自分の人生をコーヒースプーンで測りつくした」（「J・アルフレッド・プルーフロックの恋歌」）を思い出した。立原正秋のある短篇にも出てきたし、海外ミステリのなかでもよく引用される名句であるが、大沢在昌はそんなに簡単に測りつくせないという意味をこめて掌篇を作り上げたのだろう。

短篇部門にうつると、まずは東野圭吾の「誘拐天国」。どんでん返しを得意とする巧緻なミステリ作家の東野圭吾は、優れたユーモア作家であることは名探偵のパロディ小説の傑作『名探偵の掟』や『怪笑小説』『毒笑小説』『黒笑小説』などを読めばわかるだろう。「誘拐天国」は『毒笑小説』に収録されたもので、最初から最後まで笑える。

物語は、大富豪たちが、勉強ばかり強いられる孫世代に同情して、いっときの自由と娯楽を与えようとする話。ただし可笑《おか》しいのは、少年少女たちを〝誘拐〟してしまうことで、そのために〝被害者〟家族への連絡だの、身代金受け渡しだのを実際に行ってしまう。もちろん意外性たっぷりで先が読めないから、まことに愉快。相変わらず人物像の誇張やデフォルメが楽しく、スピーディな語りもいい。さりげないところで笑いをとるのもうまいし、苦笑いのオチにも脱力してしまう。

浅田次郎の「門前金融」は、元自衛隊員の作者の経験が生きた『歩兵の本領』の一篇で、自衛隊員が借金の利息の返済に困る話である。ユーモラスで情けなくて、でも、それだからこそ人間味があり、泣いて笑って(プレゼントの場面がいい)、思わずがんばれよと声をかけたくなる。目線が低く温かで、包容力がある。人間讃歌といえるほど正面からの正しい歌ではないけれど、こういう屈折した、いや屈折しているがゆえに人間くさい悩みにみちた、複雑な人生をあらわして印象深い。『歩兵の本領』が出たあと、全国の自衛隊から「講演依頼が妙に増えて一部の人の間でモテている」(『待つ女　浅田次郎読本』朝日文庫)というが、一部の人の間だけではなく、浅田ファン以外にも多くの人を魅了する連作だろう(とりわけ最後におかれた表題作が切々としていて胸に迫る)。

乃南アサの「彫刻する人」は、日常に潜む狂気を照射した短篇集『家族趣味』から採録した一篇で、自らの筋肉を彫刻のように作りあげていく男の話である。付き合っている女にいわれた何気ない一言からダイエットと運動に目覚め、やがて筋肉オタクへと一直線に進むことになる。筋肉オタクというと簡単だが、ここには自らの肉体改造という冒険にかりたてられてしまう怖さがある。自らの肉体の中にも冒険の対象が潜んでいるのである。たんたんと丁寧に変わりゆく男の気持ちと肉体を捉えて巧みだし、予想外の皮肉なオチも納得である。

藤原伊織の「雪が降る」は、マージャンで徹夜して会社のデスクで仮眠をとった男が目覚める場面から始まる。くたびれた駄目男のようにみえて食品企業の販売促進課長としては有能、しかし過去の女性関係をめぐって穏やかでないメールが送られてきて、男は差出人と会うことにする。単行本が出たときに書評したことがあるのだが、短篇集『雪が降る』は秀作ぞろいで、寓意性に富む〝人魚〟とバーで酒を飲む掌篇「トマト」や、破滅へと向かう男の人生を、血と樹木のイメージで象徴的に捉えた中篇「紅《くれない》の樹」など忘れがたいが、やはり本作がベスト。男と女の愛があり、男と男の友情があり、子供を間にはさんだ不思議な絆《きずな》がある。それらを一筆の叙情で、鮮やかに、艶やかに、それでいて何とも清潔に描く。

藤原伊織というと江戸川乱歩賞&直木賞受賞作『テロリストのパラソル』が有名だが、彼の本領はむしろ『テロパラ』以降にある。洗練された大人の都会小説ともいうべき作品を次々に送りだしたからで、それは長篇のみならず本作のような短篇にもいえる。清新な叙情に彩られて、何とも味わい深い。

隆慶一郎の「ぼうふらの剣」は、柳生《やぎゅう》一族の肖像に迫る『柳生非情剣』に収録された一篇で、父と息子たちのそれぞれの内的葛藤を巧みに描いている。ぜんぜん気取らずに、ひょうひょうと生きた男（柳生宗冬《むねふゆ》）の、自然体のすごさをひとつひとつの挿話を通してあざやかに捉えている。のびやかで明るくユーモラスで、それでいて武士道と能楽の類似を語って余りある。隆慶一郎らしい資料探索を駆使した奥の深い知的な小説でもある。

なお、将軍家御指南役として剣術家の立場をとる表柳生に対抗して、忍者として暗躍するのが裏柳生で、その壮絶な戦いは隆慶一郎のデビュー作『吉原御免状』や短篇集『柳生刺客状』に詳しいので、ぜひ未読の人は読まれるといい。

白石一郎の「秘剣」は、左手の指四本を失った武士の屈辱と忍耐と決意を静かに高らかに謳《うた》いあげた作品である。孤独な内なる戦いを感動的に示す一篇で、実に読ませる。父と子の非情な関係やひそやかな愛を点綴《てんてい》させながら、迫力に富む剣戟《けんげき》場面を交えて、終盤で一気に本懐を明らかにする（まさに感涙必至）。技を磨き、同時に己が心も磨くことの重要さと崇高さを訴える優れた士道小説である。藤沢周平のファン、なかでも秘剣をテーマにした隠し剣シリーズ（『隠し剣孤影抄』『隠し剣秋風抄』。これは藤沢周平のベスト3に入る大傑作）の愛読者なら必読だろう。

長篇に移ろう。まず、飯嶋和一の『汝ふたたび故郷へ帰れず』である。これは一九八八年の文藝賞受賞作である。飯嶋和一は一九八三年、熊狩りをテーマにした「プロミスト・ランド」で小説現代新人賞を受賞しているから、エンターテインメントから純文学への転向と捉えがちだが、そうではない。どちらのジャンルにも帰趨《きすう》せずに、かといって純文学とエンターテインメントの中間でもなく、ただひたすら書きたいものを執拗に書き上げていく土台を確保した感が強い。エンターテインメントの新人賞を受賞すればどうしても娯楽小説のジャンルを求められるけれど、純文学なら好きなものをじっくりと書き上げることができる。幸いにそれを許す編集者との出会いもあり、飯嶋和一は自らの文学の基盤を築き、『雷電本記』『神無き月十番目の夜』『始祖鳥記』『出星前夜』など次々と傑作を送りだしていく。すなわちエンターテインメントというには濃密な世界が形作られ、純文学というには物語が興趣に富み、大いなるドラマ性をもつ作品たちだ。

このことは『汝ふたたび故郷へ帰れず』にもいえる。全日本ミドル級新人王から同級二位までランクをあげたあと凡戦を繰り返し、いつのまにかリングから姿を消した新田駿一の再生の物語である。前半はやや翻訳調の生硬な文章が鼻につくけれど、これは狙いである。アルコール中毒でぶよぶよとしてだらしない肉体をもつ男の精神のあらわれを文体に投影させたもので、回想も決してなめらかとはいえない。でもそれが故郷の宝島《たからじま》に帰り、大切な人間の訃報に接してから一変する。住民たちの思いを知り、再起を誓ってトレーニングを開始しだしてから、文章も引き締まり、翻訳調の文体もかげをひそめ、叙情するために叙事するというハードボイルド的な文体が見え始めるのだ。これがめざましい。勝利へとのぼりつめようとする男の挑戦が高らかに、つよく打ち出されて、読者一人一人がリングにたっているような臨場感を味わうことになる。ピュアな精神のきらめき、にごりのなさ、まっすぐな思い、夾雑物《きょうざつぶつ》を排した戦いの美しさが際立ってきて、胸が熱くなるのだ。

ボクシング小説は、映画『ミリオンダラー・ベイビー』（監督クリント・イーストウッド）の原作にもなった元カットマンのF・X・トゥールの傑作『テン・カウント』（文庫化に際して『ミリオンダラー・ベイビー』と改題）や、最近では角田光代の『空の拳』など、試合を徹底して描く職業小説も増えているが、飯嶋和一の小説が独創的なのは、ボクシング小説としての裾野を広げていることだろう。端的にいうなら、人と風土の関係を見つめていることである。「〝故郷〟とは、地理上に位置づけられたある地点をさすのではなく、心の中にあって、焼きつけられた様々な時間の集合のことである。どこに行ったとしても再び回復されることはないし、探せば探すほど感光したフィルムのように像は消え失せてしまうはずのものだ」（文藝賞受賞作あとがき「孤島まで」より）と述べているように、飯嶋和一は、人物の〝心の中にあって、焼きつけられた様々な時間の集合〟を子細に描いていく。生々しく喚起する形で表現され、あたかも自分の故郷のような気持ちを与えるほどに。本書のテーマにからめていうなら、復活するには、己が内面の故郷をもういちど確認することが重要ということになるだろう。

巻末におかれた北方謙三の『檻』は、北方謙三の代表作であるだけでなく、いまや、国産ハードボイルド／冒険小説の歴史に残る傑作である。デビューして二年後の一九八三年に発表された作品だから、もう三十年以上たっているけれど、読み返してみると何とも瑞々《みずみず》しく張りつめている。冒頭から躍動感にみち、緊張感がただよい、読む者の心をふるわせるのである。省略のきいた文章は尖《とが》りながらもリズミカルであり、叙事に徹しつつも感情が行間からこぼれおちて、おもわずため息が出る。

もとやくざの滝野和也は堅気の女と結婚して、義父が経営する乾物屋をスーパーに変えて成功をおさめていたけれど、最近、嫌がらせの事件が続けざまに起き、やくざまがいの男の訪問もうける。滝野はあっさりと男を退けるものの、スーパーの買収工作をめぐるトラブルは終わらず、しだいに滝野の押さえ込まれていた野性の血が騒ぎだす……。

と紹介すると、人間の獣性が目覚める話になるが、そうではない。「俺たちにゃ、なにかしみついてんだよ。心にな。そして、それを嫌っちゃいない。むしろ大事にしてる」「躰《からだ》はなにかを求めている。心もだ」（四一三、四一四ページ）という台詞《せりふ》が出てくるように、理性を揺さぶる何か危険なもので、読んでいるうちに不思議なことに知らず知らず感得できるのである。心の奥深くでうごめくものがあり、それに突き動かされていく快感に共振してしまう。

興味深いのは、初期作品ということもあり、己が心の奥深くに眠る滅びの欲望に焦点を最大限にあてるのではなく、滝野を追いかける刑事の肖像にも重点を置いていることだ。この刑事が〝老いぼれ犬〟といわれる警視庁捜査一課の高樹良文警部である（後に『傷痕』『風葬』『望郷』の老犬シリーズで主役を張り、本作を含めた八作の長篇と五作の「挑戦」シリーズで脇役をつとめることになる）。小説では、滝野と高樹警部の視点を並行させながら物語を進め、ダイナミックに対比させて、やくざと刑事の魂のふれあいを描く。アメリカの殺伐《さつばつ》としたハードボイルドというよりも、フランスのリリカルな犯罪小説（ノワール）の色合いが濃い。

そしてこのノワールは、北方謙三の出自である純文学的手法（文章の極端な省略と象徴の獲得）の追求で、犯罪や社会の暗黒よりも、精神の暗黒を深く掘り下げる方向へと進む。とくに一九九〇年代後半からスタートした北方の中国小説（『三国志』『水滸伝』『楊令伝』『岳飛伝』）と並行して書かれていく現代ハードボイルドの頂点にたつ諸作（『冬の眠り』『白日』『擬態』『煤煙』『抱影』）では、男の夢ともいうべき滅びの美学が徹底して描かれていくことになる。これは中国小説が外へ外へと激しく物語が展開していくことの反動で、現代ハードボイルドがひたすら内へ内へと向かい内的ドラマを象徴の高みへともっていくになった。

『檻』ではまだ犯罪小説の枠内にとどまっているけれど、それでも自らの体と心が求めているものに駆り立てられ、自分を閉じ込めている檻から抜け出す行為の追求はエモーショナルで、読む者の胸をゆさぶる。行為の果てにあるものがどのような結果であるにしろ、心から生きること、生きる実感を味わいつくす昂奮にみちていることに意味があり、その前では人間を縛りつける道徳も倫理も社会も二次的なものでしかない。きわめてアナーキーな視点だが、これもまた人間性の復活であることを鮮烈に打ち出しているといえるだろうし、その追求は、中国小説や現代ハードボイルドでいちだんと強力に押し進められている。北方文学のエポックメイキングな作品だ。

著者略歴

星新一（ほし・しんいち）

一九二六年東京生れ。九七年没。東京大学農学部卒。五七年「セキストラ」が同人誌「宇宙塵」から「宝石」に転載されてデビュー。以後、ショートショートという新ジャンルを開拓する。六八年「妄想銀行」で日本推理作家協会賞を受賞。八三年までに、ショートショート一〇〇一編執筆を達成する。没後九八年その功績に対して日本ＳＦ大賞特別賞を受賞。作品は二〇言語以上に翻訳され、世界中で読まれている。ノンフィクション長編に「人民は弱し 官吏は強し」「祖父・小金井良精の記」などがある。

城昌幸（じょう・まさゆき）

一九〇四年東京生れ。七六年没。日大芸術科中退。「城左門」名義で詩の創作のかたわら掌編ミステリを中心に活動。「宝石」の初代編集長も務める。ほかに推理長編「金紅樹の秘密」、また「若さま侍捕物手帖」など多くの時代小説がある。

眉村卓（まゆむら・たく）

一九三四年大阪生れ。大阪大学経済学部卒。六一年「ＳＦマガジン」の第一回コンテストで「下級アイデアマン」が入選。以後ＳＦ作家として活躍。七九年「消滅の光輪」で泉鏡花賞を、八七年「夕焼けの回転木馬」で日本文芸大賞特別賞をそれぞれ受賞。ほかに「燃える傾斜」「幻影の構成」などがある。

景山民夫（かげやま・たみお）

一九四七年東京生れ。九八年没。武蔵野美術大学中退。放送作家を経て作家、エッセイストに。八六年「ＯＮＥ ＦＩＮＥ ＭＥＳＳ 世間はスラップスティック」で講談社エッセイ賞を、八七年「虎口からの脱出」で吉川英治文学新人賞を、八八年「遠い海から来たＣＯＯ《クー》」で直木賞をそれぞれ受賞。ほかに「普通の生活」「トラブル・バスター」などがある。

大沢在昌（おおさわ・ありまさ）

一九五六年名古屋市生れ。七九年「感傷の街角」で小説推理新人賞を受賞してデビュー。九一年「新宿鮫」で吉川英治文学新人賞と日本推理作家協会賞を、九四年「新宿鮫 無間人形」で直木賞を、二〇〇四年「パンドラ・アイランド」で柴田錬三郎賞を、一四年「海と月の迷路」で吉川英治賞をそれぞれ受賞。ほかに「氷の森」「砂の狩人」などがある。

東野圭吾（ひがしの・けいご）

一九五八年大阪生れ。大阪府立大学卒。八五年「放課後」で江戸川乱歩賞を受賞してデビュー。九九年「秘密」で日本推理作家協会賞を、二〇〇六年「容疑者Xの献身」で直木賞を、一三年「夢幻花」で柴田錬三郎賞を、一四年「祈りの幕が下りる時」で吉川英治賞をそれぞれ受賞。ほかに「変身」「天空の蜂」「白夜行」などがある。

浅田次郎（あさだ・じろう）
一九五一年東京生まれ。九五年「地下鉄《メトロ》に乗って」で吉川英治文学新人賞を、九七年「鉄道員《ぽっぽや》」で直木賞を、二〇〇〇年「壬生義士伝」で柴田錬三郎賞を、〇七年「お腹召しませ」で司馬遼太郎賞を、〇八年「中原の虹」で吉川英治賞を、一〇年「終わらざる夏」で毎日出版文化賞をそれぞれ受賞。ほかに「きんぴか」「プリズンホテル」「蒼穹の昴」などがある。

乃南アサ（のなみ・あさ）
一九六〇年東京生まれ。早稲田大学中退。広告代理店勤務などを経て、八八年「幸福な朝食」で日本推理サスペンス大賞を受賞してデビュー。九六年「凍える牙」で直木賞を、二〇一一年「地のはてから」で中央公論文芸賞をそれぞれ受賞。ほかに「6月19日の花嫁」「チカラビトの国」などがある。

藤原伊織（ふじわら・いおり）
一九四八年大阪生まれ。二〇〇七年没。東京大学卒。広告代理店勤務のかたわら執筆した「ダックスフントのワープ」で、一九八五年すばる文学賞を受賞してデビュー。九五年「テロリストのパラソル」で江戸川乱歩賞を受賞し、ハードボイルド作家として再デビュー。同作で直木賞も受賞。ほかに「てのひらの闇」などがある。

隆慶一郎（りゅう・けいいちろう）
一九二三年東京生まれ。八九年没。東京大学卒。本名の「池田一朗」で映画、テレビの脚本家として活躍した後、八四年「吉原御免状」で作家に転じる。八九年「一夢庵風流記」で柴田錬三郎賞を受賞。ほかに「鬼麿斬人剣」「影武者徳川家康」などがある。

白石一郎（しらいし・いちろう）
一九三一年釜山生まれ。二〇〇四年没。早稲田大学卒。一九五七年「雑兵」で講談倶楽部賞を受賞してデビュー。八七年「海狼伝」で直木賞を、九二年「戦鬼たちの海」で柴田錬三郎賞を、九五年西日本文化賞社会文化部門を、九九年「怒濤のごとく」で吉川英治賞をそれぞれ受賞。ほかに「鷹ノ羽の城」「サムライの海」などがある。

飯嶋和一（いいじま・かずいち）
一九五二年山形県生まれ。法政大学卒。八三年「プロミスト・ランド」で小説現代新人賞を受賞してデビュー。八八年「汝ふたたび故郷へ帰れず」で文藝賞を、二〇〇〇年「始祖鳥記」で中山義秀賞を、〇八年「出星前夜」で大佛次郎賞をそれぞれ受賞。ほかに「雷電本紀」「神無き月十番目の夜」「黄金旅風」がある。

北方謙三（きたかた・けんぞう）
一九四七年唐津市生まれ。中央大学卒。八一年「弔鐘はるかなり」でデビュー。八三年「眠りなき夜」で吉川英治文学新人賞を、八五年「渇きの街」で日本推理作家協会賞を、九一年「破軍の星」で柴田錬三郎賞を、二〇〇四年「楊家将」で吉川英治賞を、〇六年「水滸伝」で司馬遼太郎賞を、〇七年「独り群せず」で舟橋聖一賞を、一一年「楊令伝」で毎日出版文化賞特別賞をそれぞれ受賞。一三年紫綬褒章を受章。ほかに「逃がれの街」「棒の哀しみ」などがある。

初出／底本一覧

「使者」星新一　「朝日新聞」一九七一年二月二七日／『さまざまな迷路』一九八三年八月　新潮文庫
「スタイリスト」城昌幸　「宝石」一九四八年一二月号／『日本探偵小説全集　11』一九九六年六月　創元推理文庫
「拾得物」眉村卓　「日本経済新聞」一九七一年六月四日／『C席の客』一九七一年八月　日本経済新聞社
「ボトムライン」景山民夫　『ハレルヤ』一九八八年一月　ワニブックス（原題「俺たちのボトムライン」）／『休暇の土地』一九九三年五月　新潮文庫
「二杯目のジンフィズ」大沢在昌　「翼の王国」一九八九年四月号／『一年分、冷えている』一九九四年七月　角川文庫
「誘拐天国」東野圭吾　「小説すばる」一九九五年一一月号／『毒笑小説』一九九九年二月　集英社文庫
「門前金融」浅田次郎　「小説現代」一九九九年三月号／『歩兵の本領』二〇〇四年四月　講談社文庫
「彫刻する人」乃南アサ　「小説ｃｉｔｙ」一九九二年一二月号／『家族趣味』一九九七年五月　新潮文庫
「雪が降る」藤原伊織　「小説現代」一九九八年三月号／『雪が降る』二〇〇一年六月　講談社文庫
「ぼうふらの剣」隆慶一郎　「別冊歴史読本」特別増刊号　一九八七年一二月／『隆慶一郎全集　一九』二〇一〇年七月　新潮社
「秘剣」白石一郎　「講談倶楽部」一九六〇年七月号（原題「秘剣無流控」）／『秘剣』一九八五年九月　新潮文庫
「汝ふたたび故郷へ帰れず」飯嶋和一　「文藝」文藝賞特別号　一九八八年一二月／『汝ふたたび故郷へ帰れず』二〇〇三年五月　小学館文庫
「檻」北方謙三　『檻』一九八三年三月　集英社（書き下し）／『檻』一九八七年三月　集英社文庫

ＪＡＳＲＡＣ　出１４１６９１９-４０１

この「冒険の森へ　傑作小説大全」の一部の作品には、身体的ハンディキャップなど、今日においては配慮を必要とする語句、表現が使われている箇所があります。

しかし、当該の語句、表現を前後の文脈、作品のテーマや時代性から判断するに、これらが差別を助長するものとは思われません。

したがいまして、「冒険の森へ　傑作小説大全」では、原則として全作品を底本のまま収録することにいたしました。

読者のみなさまのご理解をお願いいたします。

冒険の森へ
傑作小説大全11

復活する男

2015年5月17日　第1刷発行

著者
星新一／城昌幸／眉村卓
景山民夫／大沢在昌
東野圭吾／浅田次郎／乃南アサ
藤原伊織／隆慶一郎／白石一郎
飯嶋和一／北方謙三

編集　株式会社集英社クリエイティブ
東京都千代田区神田神保町2-23-1
〒101-0051　電話／03-3239-3811

発行者　堀内丸恵

発行所　株式会社集英社
東京都千代田区一ツ橋2-5-10
〒101-8050
電話／03-3230-6100（編集部）
03-3230-6080（読者係）
03-3230-6393（販売部）書店専用

印刷所　凸版印刷株式会社

製本所　加藤製本株式会社

定価はカバーに表示してあります。

ISBN978-4-08-157041-6 C0393

冒険の森へ　傑作小説大全〈全20巻〉

① 漂泊と流浪

【長編】江戸川乱歩「白髪鬼」／井上靖「敦煌」
【短編】吉川英治／司馬遼太郎／火野葦平／井伏鱒二／野上弥生子／押川春浪／香山滋／海野十三／橘外男／小栗虫太郎【掌編】夢野久作／小川未明／森鷗外／中島敦

② 忍者と剣客

【長編】山田風太郎「甲賀忍法帖」／柴田錬三郎「赤い影法師」
【短編】綱淵謙錠／津本陽／滝口康彦／五味康祐【掌編】江國香織／清水義範／逢坂剛／小泉八雲

③ 背徳の仔ら

【長編】黒岩重吾「裸の背徳者」／大藪春彦「野獣死すべし（付・復讐篇）」
【短編】江戸川乱歩／松本清張／西村京太郎／野坂昭如／筒井康隆／立原正秋【掌編】久生十蘭／川端康成／小酒井不木／皆川博子／赤川次郎

④ 超常能力者

【長編】小松左京「エスパイ」／半村良「黄金伝説」
【短編】平井和正／筒井康隆／宮部みゆき／恩田陸【掌編・ショートショート】星新一／北杜夫／阿刀田高／眉村卓

⑤ 極限の彼方　次回配本

【長編】田中光二「大いなる逃亡」／新田次郎「八甲田山死の彷徨」
【短編】村山槐多／手塚治虫／武田泰淳／石原慎太郎／白石一郎／小松左京【掌編・ショートショート】氷川瓏／五木寛之／星新一／平井和正

⑥ 追跡者の宴

【長編】五木寛之「裸の町」／生島治郎「男たちのブルース」
【短編】高城高／都筑道夫／中薗英助／山本周五郎／筒井康隆【掌編・ショートショート】稲垣足穂／吉行淳之介／小泉八雲／城昌幸／夢枕獏／星新一

⑦ 牙が閃く時

【長編】西村寿行「滅びの笛」
【短編】宮沢賢治／岡本綺堂／椋鳩十／新田次郎／戸川幸夫／宇能鴻一郎／豊田有恒／藤原審爾／井上ひさし／中島らも【掌編・ショートショート】広津和郎／嵐山光三郎／北杜夫／川田弥一郎／星新一

⑧ 歪んだ時間

【長編】浅田次郎「地下鉄（メトロ）に乗って」／山田正紀「竜の眠る浜辺」
【短編】芥川龍之介／北杜夫／安部公房／式貴士／小松左京／筒井康隆／清水義範／半村良【掌編・ショートショート】吉行淳之介／原田宗典／矢野徹／星新一

⑨ 個人と国家

【長編】伴野朗「三十三時間」／胡桃沢耕史「ぼくの小さな祖国」
【短編】野坂昭如／結城昌治／城山三郎／筒井康隆／西木正明／大沢在昌【掌編】渡辺温／吉行淳之介／五木寛之／かんべむさし

⑩ 危険な旅路

【長編】船戸与一「夜のオデッセイア」／矢作俊彦「リンゴォ・キッドの休日」
【短編】石川淳／森詠／片岡義男／谷克二／逢坂剛【掌編・ショートショート】川端康成／坪田譲治／河野典生／眉村卓／半村良／阿刀田高／星新一

⑪ 復活する男

【長編】飯嶋和一「汝ふたたび故郷へ帰れず」／北方謙三「檻」
【短編】隆慶一郎／白石一郎／浅田次郎／乃南アサ／藤原伊織／東野圭吾【掌編・ショートショート】星新一／城昌幸／眉村卓／景山民夫／大沢在昌

⑫ 法の代行者

【長編】逢坂剛「百舌の叫ぶ夜」／大沢在昌「毒猿　新宿鮫Ⅱ」
【短編】宮部みゆき／横山秀夫【掌編】谷川俊太郎／結城昌治／阿刀田高／景山民夫／嵐山光三郎

⑬ 飛翔への夢

【長編】佐々木譲「ベルリン飛行指令」
【短編】水谷準／新田次郎／戸川幸夫／豊田穣／野坂昭如／城山三郎／筒井康隆／稲見一良／椎名誠／清水義範／東野圭吾【掌編】芥川龍之介／阿刀田高／田中光二／原田宗典／本渡章

⑭ 格闘者の血

【長編】夢枕獏「餓狼伝Ⅰ」／今野敏「惣角流浪」／中島らも「超老伝　カポエラをする人」
【短編】新宮正春／北方謙三／椎名誠／船戸与一【掌編】大坪砂男／夢枕獏／原田宗典／景山民夫

⑮ 波浪の咆哮

【長編】椎名誠「水域」／景山民夫「遠い海から来たCOO（クー）」
【短編】小川未明／蘭郁二郎／笹沢左保／北杜夫／田中光二／中島らも／熊谷達也【掌編】川端康成／夏目漱石／三島由紀夫／生島治郎／原田宗典

⑯ 過去の囁き

【長編】志水辰夫「行きずりの街」／花村萬月「なで肩の狐」
【短編】清水義範／高橋克彦／髙村薫／藤田宜永／真保裕一【掌編】皆川博子／小松左京／結城昌治／北方謙三／桐野夏生

⑰ 私がふたり

【長編】東野圭吾「分身」
【短編】船戸与一／山田風太郎／三島由紀夫／阿刀田高／小池真理子／夢枕獏／乙一【掌編・ショートショート】稲垣足穂／星新一／筒井康隆／都筑道夫／赤川次郎／原田宗典／高橋克彦

⑱ 暗黒の街角

【長編】馳星周「不夜城」
【短編】長谷川伸／有馬頼義／河野典生／安部譲二／花村萬月／石田衣良／浅田次郎【掌編】かんべむさし／夢枕獏／清水義範／大沢在昌／子母沢寛

⑲ 孤絶せし者

【長編】真保裕一「ホワイトアウト」
【短編】椎名誠／坂東眞砂子／浅田次郎／篠田節子／桐野夏生【掌編・ショートショート】中島らも／宮部みゆき／星新一／北杜夫／筒井康隆

⑳ 疾走する刻

【長編】宮部みゆき「スナーク狩り」／福井晴敏「川の深さは」
【短編】海音寺潮五郎／佐々木譲【掌編】眉村卓／景山民夫／中島らも／船戸与一／北方謙三